Nouveau Cabinet Cosmopolite

(Collection dirigée par Marie-Pierre Bay et André Bay)

(Extraits)

ABE Kobo
- L'Homme-Boîte

ALECHKOVSKI Iouz
- Confession du bourreau
- Le Kangourou

AMADO Jorge
- La Bataille du Petit Trianon
- La Boutique aux miracles
- Dona Flor et ses deux maris
- Gabriela, Girofle et Cannelle
- Les Pâtres de la nuit
- Tieta d'Agreste
- Tocaia Grande
- Le Vieux Marin, etc.

ARIYOSHI Sawako
- Kae ou les Deux Rivales
- Les Dames de Kimoto

BARNES Julian
- Le Perroquet de Flaubert

BREYTENBACH Breten
- Confession véridique d'un terroriste albinos
- Mouroir

BRINK André
- Au plus noir de la nuit
- Le Mur de la peste
- Rumeurs de pluie
- Un instant dans le vent
- Un turbulent silence
- Une saison blanche et sèche
- L'Ambassadeur

DESAI Anita
- Un héritage exorbitant

DRABBLE Margaret
- Le Milieu de la vie
- Le Poing de glace

INOUE Yasushi
- Histoire de ma mère

JAMES Henry
- Un portrait de femme

KANIUK Yoram
- Adam ressuscité
- La Vie splendide de Clara Chiato

KEROUAC Jack
- Maggie Cassidy

KESEY Ken
- Vol au-dessus d'un nid de coucou

LAGERKVIST Pär
- L'Exil de la terre

McCULLERS Carson
- La Ballade du café triste, etc.

MERAS Icchokas
- La partie n'est jamais nulle
- Sur quoi repose le monde

NIN Anaïs
- Journal, tomes I, II, III, IV, V, VI, VII, etc.

OATES Joyce Carol
- Amours profanes
- Haute Enfance
- La Légende de Bloodsmoor
- Le Jardin des délices
- Mariages et Infidélités
- Le Pays des merveilles
- Une éducation sentimentale
- Bellefleur
- Eux
- L'homme que les femmes adoraient

OLINTO Antonio
- Le Roi de Ketou

QUEIROZ DE Rachel
- Dôra, Doralina
- Jean Miguel

ROZINER Felix
- Un certain Finkelmayer

RUSHDIE Salman
- Les Enfants de minuit
- La Honte

SACKVILLE-WEST Vita/WOOLF Virginia
- Correspondance

SCHNITZLER Arthur
- Berthe Garlan
- Vienne au crépuscule

SINGER Isaac Bashevis
- Amour tardif
- Le Beau Monsieur de Cracovie
- Le Blasphémateur
- Contes
- La Couronne de plumes
- Le Domaine
- L'Esclave
- Le Magicien de Lublin
- Le Manoir
- Passions
- Le Pénitent
- Perdu en Amérique
- Shosha
- Un jeune homme à la recherche de l'amour

TYLER Anne
- A la recherche de Caleb
- Le Déjeuner de la nostalgie
- Morgan l'insaisissable
- Toujours partir

UHLMAN Fred
- Il fait beau à Paris aujourd'hui
- Sous la lune et les étoiles
- La Lettre de Conrad, *suivi de* Pas de résurrection, s'il vous plaît

VAN DER POST Laurens
- Furyo

WOOLF Virginia
- Journal, tomes I, II, III, IV, V

CHRISTINE LAVRANSDATTER

LA MAÎTRESSE DE HUSABY

Du même auteur chez Stock

JENNY.
PRINTEMPS.

Sigrid Undset

Prix Nobel

Christine Lavransdatter

La maîtresse de Husaby

**

Roman

TRADUIT DU NORVÉGIEN PAR E. AVENARD

Nouveau Cabinet Cosmopolite
Stock

Titre original :

KRISTIN LAVRANSDATTER
HUSFRUE
(Aschehoug & Co, Oslo, Norvège)

1

Le fruit du péché

1

La veille de la Saint-Simon, dans la soirée, la barque de Baard Petersoen s'était embossée sur le banc de sable de Birgsi. L'abbé Olav de Nidarholm s'était lui-même rendu à cheval sur le rivage pour saluer son parent Erlend Nikulaussoen et souhaiter la bienvenue à la jeune épouse. Les nouveaux mariés devaient être les hôtes de l'abbé et passer la nuit à Vigg.

Erlend aida à débarquer la malheureuse jeune femme qui était d'une pâleur mortelle. L'abbé fit quelques plaisanteries sur les fatigues des voyages par mer ; Erlend dit en riant que sa femme avait certes bonne envie d'être couchée dans un lit, solidement encastré dans le mur d'une maison. Et Christine essayait de sourire, mais elle pensait que de sa vie elle ne retournerait plus à bord d'un bateau. Il suffisait qu'Erlend s'approchât d'elle pour qu'elle eût mal au cœur, tant il était imprégné de l'odeur du bateau et de la mer — ses cheveux étaient visqueux et lourds d'eau salée. Il avait été fou de joie tout le temps de la traversée et Messire Baard avait tenu la barre : à Moere, où il avait été élevé, les jeunes garçons s'exerçaient à la voile et à la rame du matin au soir. Ils avaient bien eu un peu pitié d'elle, Erlend et Messire Baard, mais pas autant que le méritait son triste état, se disait Christine. Ils s'obstinaient à dire que le mal de mer disparaîtrait quand elle serait habituée au bateau. Pourtant elle avait été malade jusqu'au bout.

Le lendemain, comme elle chevauchait à travers les villages, il lui semblait qu'elle naviguait encore. Ce n'étaient que montées et descentes par-dessus d'énormes éboulis de terre et, quand elle essayait de regarder au loin, c'était comme si tout le pays tanguait, se dressait en vagues lancées contre le ciel clair, d'un blanc bleuâtre, de ce matin d'hiver.

Toute une troupe d'amis et de voisins d'Erlend était venue à Vigg le matin pour accompagner les nouveaux mariés en grande escorte jusque chez eux. Le sol résonnait sous les sabots des chevaux, car la terre glacée était dure comme fer. Une vapeur enveloppait les gens et les chevaux ; et l'on voyait du givre sur le corps des animaux comme sur les cheveux et les fourrures des hommes.

Erlend semblait avoir les cheveux blancs comme ceux de l'abbé. L'alcool qu'il avait bu le matin et les morsures du froid lui mettaient le visage en feu. Il portait aujourd'hui ses vêtements de noces ; il était jeune, gai et rayonnant et la joie et la malice éclataient dans sa belle voix, tandis qu'il interpellait ses hôtes et riait avec eux.

Le cœur de Christine se mit à battre étrangement — de souci, de tendresse et d'angoisse. Elle était encore malade du voyage ; elle éprouvait des brûlures à la poitrine dès qu'elle avait un peu mangé ou bu ; elle souffrait cruellement du froid et, au fond d'elle-même, elle éprouvait une sourde et muette irritation contre Erlend, si insouciant. Cependant, voyant avec quelle fierté confiante et quelle joie rayonnante il l'emmenait chez lui comme sa femme, un regret amer l'envahissait ; en son cœur elle ressentait pour lui une compassion douloureuse. Elle regrettait maintenant de s'être obstinée et de n'avoir pas informé Erlend quand il se trouvait chez eux en été : leurs noces, trop fastueuses, avaient été inconvenantes. Mais en réalité elle avait été bien aise qu'il pût le constater, lui aussi, leur conduite leur vaudrait des humiliations qu'ils ne sauraient éviter.

Puis elle avait eu peur de son père. Et elle avait pensé qu'une fois les noces terminées ils partiraient bien loin ; sans doute ne reverrait-elle plus avant longtemps son village natal — pas avant que tous les bavardages se fussent apaisés.

Elle s'apercevait maintenant que cela devenait bien pire. Erlend avait bien parlé du grand festin de retour qu'il voulait donner à Husaby, mais elle n'avait pas imaginé que ce pût être une nouvelle fête nuptiale. Puis, les hôtes d'ici — c'était parmi eux qu'Erlend et elle allaient vivre — il s'agissait de gagner leur estime et leur amitié. Ils avaient été témoins, durant toutes ces années, des folies et des malheurs d'Erlend. A présent il pensait lui-même qu'il s'était réhabilité à leurs yeux et qu'il allait désormais tenir parmi ses pairs la place à laquelle il avait droit par sa naissance et sa fortune. Et sans doute deviendrait-il la risée de tous les villages environnants, quand on découvrirait que son mariage était encore une faute.

L'abbé se pencha vers Christine :

« Comme vous avez l'air sérieux, Christine Lavransdatter ! Est-ce toujours le mal de mer ? Ou peut-être le regret de votre mère ?

— Oui, Messire, dit doucement Christine. Oui, je pense à ma mère. »

On avait atteint Skaun. Ils gravirent le versant. Au-dessous d'eux, au fond de la vallée, s'étendait la forêt d'arbres à feuilles caduques, toute blanche sous la fourrure de givre étincelant au soleil ; un petit lac bleu scintillait plus loin. Ils sortirent d'un bosquet de sapins. Erlend fit un geste et dit d'une voix chaude :

« Voici Husaby, Christine. Dieu t'y donne beaucoup de jours heureux, chère femme ! »

Devant eux s'étendaient des champs immenses, blancs de givre. La ferme s'élevait sur une large terrasse à mi-côte ; tout près, une claire petite église de pierre contre laquelle se trouvaient les bâtiments, nombreux et vastes ; une vapeur tournoyait au-dessus des trous à fumée. Les cloches de la chapelle se mirent à sonner et les gens se précipitèrent hors de la ferme avec des cris et des salutations. Les jeunes hommes du cortège nuptial entrechoquèrent leurs armes, et, à grand fracas, dans un tumulte joyeux, la troupe se dirigea vers la ferme du nouveau marié.

Ils s'arrêtèrent devant la chapelle ; Erlend enleva de la selle sa jeune femme et la conduisit à la porte où un groupe de prêtres et de clercs les reçut. A l'intérieur le froid était pénétrant ; la lumière du jour se glissait dans la nef par les petites fenêtres en plein cintre, faisant pâlir dans le chœur l'éclat des cierges.

Christine se sentit abandonnée et apeurée lorsque Erlend lui lâcha la main et passa du côté des hommes, tandis qu'elle-même se mêlait au groupe de ces femmes étrangères en habits de fête.

Le service fut très beau, mais Christine avait froid et il lui semblait que ses prières retombaient sur elle quand elle essayait de soulager son cœur et de l'élever en priant. Peut-être n'était-ce pas un bon présage que ce fût la fête de saint Simon, patron de l'homme envers lequel elle avait mal agi.

De l'église, l'assistance se rendit en cortège à la ferme, les prêtres en avant, puis Christine et Erlend se donnant la main ; ensuite venaient leurs invités deux par deux. Christine ne put se ressaisir assez pour voir grand-chose de la ferme. La cour était longue et étroite ; les bâtiments se présentaient sur deux rangs au sud et au nord. Ils étaient nombreux, tout proches les uns des autres, mais paraissaient vieux et délabrés.

Le cortège s'arrêta à la porte de la grand-salle, et les prêtres l'aspergèrent d'eau bénite. Puis Erlend conduisit Christine à travers une antichambre sombre. A sa droite une porte s'ouvrit sur une pièce étincelante de lumières. Elle baissa la tête en passant sous le chambranle de la porte et se trouva avec Erlend dans le hall de sa maison.

C'était la plus grande salle qu'elle eût jamais vue. Sur le sol, au milieu de la pièce, il y avait un foyer si long qu'un feu brûlait à chaque extrémité. La salle était si large que les poutres transversales s'appuyaient sur des piliers sculptés ; elle parut à Christine plus semblable à une nef d'église ou à un hall royal qu'à la grand-salle d'une ferme.

Encastrés dans le pignon de l'est, entre les piliers, des lits fermés dominaient le banc au milieu duquel s'élevait le siège d'honneur.

Une foule de lumières étaient allumées dans la salle : sur les tables qui pliaient sous le poids des vases et des plats précieux, et dans des appliques scellées aux murs. A la mode d'autrefois des armes et des boucliers étaient accrochés entre des tapisseries. Derrière le siège d'honneur, contre le mur tendu de velours, un homme suspendait l'épée incrustée d'or d'Erlend et son bouclier blanc au lion rouge bondissant.

Serviteurs et servantes avaient débarrassé les invités de leurs manteaux. Erlend prit sa femme par la main et la conduisit vers le foyer ; les invités formaient un demi-cercle derrière eux. Une grosse femme au doux visage s'avança et dénoua le mouchoir de tête de Christine qui avait été un peu chiffonné sous le manteau. Tout en regagnant sa place, elle fit en souriant un signe de tête aux deux jeunes gens ; Erlend fit de même en souriant lui aussi et en baissant les yeux vers sa femme. Que son visage était donc beau ! Et de nouveau Christine sentit son cœur défaillir — elle avait pitié de lui ! Elle savait ce qu'il pensait maintenant en la voyant là, chez lui, avec son long voile de maîtresse de maison blanc comme neige se détachant sur sa robe de mariée rouge écarlate. Le matin elle avait dû se serrer fortement le ventre et la taille avec une longue ceinture de tissu pour que sa robe allât convenablement. Et elle avait teinté ses joues d'une couleur rouge que Dame Aashild lui avait donnée. Tout en se raidissant, elle s'était dit qu'Erlend ne la regardait sans doute pas beaucoup, maintenant qu'elle était sienne, puisqu'il ne s'apercevait encore de rien. Et elle regretta amèrement de ne lui avoir rien dit.

Tandis que les couples se tenaient ainsi la main dans la main, les prêtres faisaient le tour de la salle, bénissant la maison, le foyer, le lit, la table. Puis une servante apporta à Erlend les clefs de la maison. Il suspendit le lourd trousseau à la ceinture de Christine et l'on eût dit, à le voir, qu'il voulait aussi l'embrasser. Un homme apporta une grande corne cerclée d'anneaux d'or. Erlend la porta à ses lèvres et but à la santé de Christine :

« Salut et bonheur dans ta ferme, ma femme ! »

Et parmi les acclamations et les rires des invités elle but avec son mari, puis jeta le reste du vin dans le feu du foyer.

Les ménétriers commencèrent alors à jouer. Erlend Nikulaussoen conduisit sa femme au siège d'honneur et les gens de la noce se mirent à table.

Le troisième jour les invités commencèrent à se retirer et le cinquième jour les derniers s'en furent à trois heures de l'après-midi. Alors Christine demeura seule avec son mari à Husaby.

Avant tout, Christine pria les serviteurs d'enlever du lit toute la literie, de la laver à la lessive de cendres ainsi que les murs autour du lit, d'emporter la paille et de la brûler. On disposa ensuite de la paille fraîche et on prépara le lit avec ce qu'elle avait apporté à la ferme. Ce travail se prolongea fort avant dans la nuit. Mais Christine demanda qu'on fît de même pour tous les lits de la ferme et qu'on passât à l'étuve toutes les fourrures — les servantes devraient s'y mettre dès le lendemain et faire tout le possible pour terminer avant le prochain jour férié. Erlend rit en hochant la tête : « Quelle femme ! » Mais il se sentait en même temps tout honteux.

Christine n'avait pas beaucoup dormi la première nuit, bien que les prêtres eussent béni son lit. Il était garni de coussins de soie imprimée, de draps de lin, de tapis et de fourrures superbes, mais la paillasse était moisie et sale, et il y avait des poux dans les couvertures et dans la magnifique peau d'ours noire qui le recouvrait.

Au cours de ces journées elle avait remarqué mille et une choses. Sous les tapis précieux dont les murs étaient tendus, la suie et la crasse qui couvraient les troncs d'arbres n'avaient pas été lavées. On avait préparé pour la fête des quantités d'aliments, mais beaucoup étaient gâtés et mal cuits. Et on avait employé pour les feux du bois vert et humide qui donnait peu de chaleur et emplissait la salle de fumée.

Elle aperçut partout des traces de négligence lorsque, le second jour, elle fit avec Erlend le tour de la ferme. Les resserres à provisions seraient vides après la fête ; les huches à farine étaient à peu près épuisées. Elle ne pouvait imaginer comment Erlend pensait nourrir tous les chevaux et tant de bétail avec si peu de foin et de paille — à peine y avait-il assez de feuillage pour les moutons.

Cependant un grenier était à moitié plein de lin dont on ne s'était pas servi — ce devait être la majeure partie de la récolte de plusieurs années. Un cellier était rempli de laine très vieille, non lavée et puante, en partie dans des sacs, en partie répandue sur le sol. Lorsque Christine en ramassa une poignée, de petits œufs bruns de teignes et de vermine s'éparpillèrent.

Le bétail était chétif, maigre, galeux, écorché. Jamais elle n'avait vu réunis tant d'animaux si vieux. Seuls, les chevaux étaient beaux et bien soignés. Mais il n'y en avait aucun qui pût se comparer à Guldsvein ou Ringdrotten, l'étalon de son père. Sloengvanbauge, qu'il lui avait donné à son départ, était le plus beau cheval de l'écurie de Husaby. Lorsqu'elle arriva près de lui, elle ne put s'empêcher de le prendre par le cou et d'approcher son visage de la joue de l'animal. Et ces Trondhjémois de marque examinaient Sloengvanbauge, vantaient ses grosses jambes robustes, sa profonde poitrine et son cou allongé, sa petite tête et ses larges hanches. Le vieux paysan de Grimsar jurait par Dieu et par le Diable que c'était grand dommage d'avoir châtré ce cheval — qui eût aussi bien fait un cheval de bataille. Alors Christine parla un peu du père de

Sloengvanbauge, Ringdrotten. Beaucoup plus grand et plus robuste, il n'existait pas d'étalon capable de le battre ; son père l'avait même opposé aux chevaux les plus réputés, y compris ceux de Sogn. Si Laurent leur avait donné ces noms étranges de Ringdrotten et de Sloengvanbauge, c'est que l'un avait une robe dorée comme de l'or jaune, et l'autre était comme marqué d'anneaux d'or rouge. La mère de Ringdrotten avait quitté le troupeau des juments au cours d'un été sur les sommets des Raanekampene et l'on croyait que l'ours l'avait dévorée ; mais vers la fin de l'automne elle était revenue à la ferme. Et le poulain qu'elle avait eu l'année d'après n'était certes pas le rejeton d'un étalon qui appartînt à des fils d'Adam. Alors on avait enfumé le poulain avec du soufre et du pain et Laurent avait donné la jument à l'église pour plus de sûreté. Mais le poulain se comporta si bien que Laurent eût, disait-il, perdu la moitié de sa ferme plus volontiers que Ringdrotten.

Erlend sourit et dit :

« Tu es d'habitude sobre de paroles, Christine, mais, quand tu bavardes à propos de ton père, tu deviens éloquente ! »

Christine se tut brusquement. Elle se rappelait le visage de son père au moment où elle partait à cheval avec Erlend, alors qu'il l'aidait à se mettre en selle. Il s'était composé une mine joyeuse, parce qu'il y avait beaucoup de monde autour d'eux, mais elle avait vu ses yeux. Il lui avait caressé le bras de haut en bas et pris la main en signe d'adieu. A ce moment-là elle se sentait heureuse de pouvoir s'en aller. Mais il lui semblait à présent que, tant qu'elle vivrait, son cœur saignerait au souvenir des yeux qu'avait son père à cet instant.

Puis Christine Lavransdatter se mit à diriger et à ranger sa maison. Elle était debout à l'aube tous les matins, bien qu'Erlend protestât et fît mine de la retenir au lit de force — personne n'attendait d'une nouvelle mariée qu'elle s'affairât de bâtiment en bâtiment bien avant le grand jour.

Ayant vu que tout allait mal, et compris tout ce qu'elle aurait à reprendre en main, la vérité lui apparut, nette et dure : elle avait assumé le lourd poids du péché pour venir ici et elle devait en prendre son parti — et puis c'était péché d'en user avec les dons de Dieu comme on l'avait fait ici. C'était une honte pour ceux qui avaient conduit la ferme auparavant et pour tous ceux qui avaient laissé dépérir ainsi le bien d'Erlend. Durant les dernières années il n'y avait eu à Husaby aucun chef capable ; Erlend lui-même avait été souvent absent ; en outre, il avait peu de dispositions pour administrer la ferme. Aussi ses fermiers des villages éloignés le trompaient, Christine s'en aperçut, et les domestiques à Husaby travaillaient mal et à leur fantaisie. Ce ne lui fut pas chose facile que de tout remettre en ordre.

Un jour elle en parla avec Ulf Haldorssoen, valet particulier d'Erlend. Le battage du blé aurait dû être achevé avant la période des travaux de boucherie. Ulf dit :

« Tu sais bien, Christine, que je ne suis pas un domestique de ferme. Nous devrions être à présent les compagnons d'armes d'Erlend, Hatford et moi, et je ne suis plus au fait des occupations paysannes.

— Je le sais, dit la maîtresse de maison. Mais une chose est sûre, Ulf : ce ne sera pas facile pour moi de gouverner ici cet hiver, nouvelle venue comme je le suis au nord des montagnes et inconnue de nos gens. Tu serais gentil si tu voulais m'aider et me conseiller.

— Je m'en rends compte, Christine, ce ne sera pas facile pour toi pendant l'hiver », dit l'homme en la regardant avec un petit sourire — ce sourire étrange qu'il avait toujours quand il parlait avec elle ou avec Erlend. Il était insolent et ironique, et pourtant il y avait à la fois de la bonté et une sorte de respect pour elle dans toute son attitude. Elle n'estima point non plus qu'elle eût le droit d'être blessée qu'Ulf se permît à son égard des manières un peu plus familières qu'il n'eût convenu. Ils avaient permis que ce valet devînt le confident de leurs fautes d'avant le mariage et, maintenant, Christine se rendait compte qu'il savait dans quelle situation elle se trouvait. Il fallait donc le tolérer — d'ailleurs elle s'apercevait qu'Erlend acceptait tout ce qu'Ulf disait ou faisait, et le compagnon ne témoignait pas à son maître un très grand respect. Mais ils avaient été amis depuis l'enfance ; Ulf était de Moere, fils d'un petit paysan qui habitait près de la ferme de Baard Pertersoen. Il tutoyait Erlend, et Christine aussi, mais c'était, il est vrai, une coutume répandue ici, au nord des Dofrines.

Ulf Haldorssoen était un très bel homme, grand et un peu bronzé, avec de jolis yeux, mais une bouche méchante et dure. Christine avait entendu les servantes de la ferme dire de vilaines choses sur son compte — quand il était à la ville, il buvait affreusement, mangeait gloutonnement et menait grand tapage dans les maisons des venelles, mais à Husaby il était un homme sûr, laborieux et avisé. Christine avait un faible pour lui.

« Ce ne serait facile pour aucune femme de vivre dans cette ferme — après tout ce qui s'y est passé, reprit-il. Je crois cependant, Dame Christine, que tu t'en tireras mieux que les autres. Tu n'es point femme à t'effondrer, te plaindre et sangloter, mais tu es capable, au contraire, de sauvegarder le patrimoine de ta propre descendance, puisque aucun ne s'en souciera. Et tu sais bien que tu peux compter sur moi, que je t'aiderai dans la mesure de mes forces. Souviens-toi que je suis peu au fait du métier de paysan. Mais si tu veux me consulter et suivre mes conseils, l'hiver se passera bien. »

Christine remercia Ulf et entra dans la maison.

Elle avait le cœur lourd d'angoisse et d'inquiétude, mais elle essaya de s'en délivrer. Une chose était certaine : elle n'arrivait pas à comprendre Erlend qui ne paraissait d'ailleurs se douter de rien. Mais le pire, c'est qu'elle ne sentait pas vivre en elle l'enfant qu'elle portait. Au bout de vingt semaines il aurait dû donner des signes de vie, elle le savait — et il y avait plus de trois semaines que cette échéance était passée. Durant les nuits elle sentait ce faix qui grossissait, devenait plus lourd, mais demeurait toujours aussi muet et inerte. Et elle se souvenait de tout ce qu'elle avait entendu conter sur des enfants nés paralytiques, les tendons noués, sur des fœtus venus au jour sans membres, ayant à peine forme humaine. Devant ses yeux fermés passaient des images de frêles petits enfants avec d'horribles difformités ; une vision d'épouvante succédait à une autre. Au sud de chez elle, dans la vallée, à Lidstad, il y avait un enfant... il devait être grand, maintenant. Son père l'avait vu mais ne voulait jamais en parler ; elle avait remarqué qu'il se fâchait lorsqu'on faisait allusion à cet enfant. Comment pouvait-il bien être ?... Mais non ! Saint Olav, priez pour moi... Elle avait besoin d'une foi robuste en la compassion du saint roi ; elle avait mis l'enfant sous sa sauvegarde ; avec patience elle souffrirait pour ses péchés, elle se consolerait en reportant toute sa force sur l'aide et la grâce à obtenir pour son enfant. Le diable en personne avait dû l'éprouver avec ces affreuses visions pour la pousser au désespoir. — Les nuits surtout étaient pénibles. Si un enfant n'avait pas de membres, s'il devait naître paralytique, il est probable que la mère ne pouvait le sentir vivre — Erlend, à demi endormi, remarquait que sa femme était inquiète ; il la tenait plus serrée dans son bras et cachait son visage dans le creux de la gorge de Christine.

Mais pendant le jour elle avait l'air d'avoir tout oublié. Chaque matin elle se vêtait avec soin, pour dissimuler quelque temps encore aux domestiques que sa taille était alourdie.

C'était l'usage, à Husaby, que les domestiques, après le repas du soir, s'en allassent dans les bâtiments où ils dormaient. Erlend et elle restaient seuls alors dans le hall. D'ordinaire, les mœurs à la ferme restaient celles du vieux temps où l'on avait pour les travaux de la maison des esclaves hommes et femmes. Il n'y avait point, dans le hall, de table fixée au plancher, mais matin et soir on mettait le couvert sur une grande table posée sur des tréteaux, et on la suspendait ensuite au mur. Pour les autres repas, les gens emportaient leurs écuelles sur les bancs où ils s'asseyaient pour manger. Christine savait que c'était la coutume d'autrefois. Mais maintenant qu'il était difficile de trouver des hommes pour servir à table et que l'on devait se contenter de servantes pour les travaux d'intérieur, cela ne convenait plus — les femmes ne voulaient pas s'épuiser à soulever les lourdes tables. La mère de Christine lui avait raconté qu'à Sundbu, lorsqu'elle était âgée de huit hivers, il y avait une table fixe dans la grand-salle et les servantes trouvaient que cela présentait un grand avantage à tous points de vue — elles n'avaient pas besoin de s'en aller au-dehors, à la lingerie, pour le travail de couture : elles pouvaient rester dans la grand-salle, tailler, couper, et c'était si joli d'avoir toujours sur la table des chandeliers ou quelque jolie coupe. Christine se disait que pour l'été elle demanderait à Erlend de mettre une table contre le long mur du côté nord.

C'était ainsi chez elle, et son père avait sa place d'honneur au haut bout de la table — mais ici les lits étaient contre les murs de l'antichambre. Chez elle sa mère était assise à l'extrémité du banc extérieur, afin de pouvoir aller et venir et surveiller l'arrivée des aliments. Mais lorsqu'il y avait des hôtes Ragnfrid s'asseyait à côté de son mari. A la ferme la place d'honneur était au milieu du pignon est, et Erlend voulait qu'elle s'assît toujours auprès de lui. Chez elle son père offrait toujours aux serviteurs de Dieu le siège d'honneur, quand il y avait à Joerundgaard de tels hôtes ; et lui et Ragnfrid les servaient tandis qu'ils mangeaient et buvaient. Mais de cela, Erlend ne voulait pas entendre parler, à moins qu'ils ne fussent de haut rang. Il n'aimait pas beaucoup prêtres et moines qui étaient, à son avis, des amis coûteux. Christine pensait à ce que son père et Sira Eirik disaient toujours quand les gens se plaignaient de la cupidité des gens d'Eglise : au moment de la rançon chacun oublie les plaisirs coupables de sa vie.

Elle questionna Erlend sur la vie d'autrefois à Husaby. Mais il savait étrangement peu de chose. Il avait bien entendu parler de ceci et de cela, mais ses souvenirs étaient imprécis. Le roi Skule avait été propriétaire de la ferme, et il y avait fait des constructions — pensant probablement garder Husaby comme ferme de campagne après avoir fait don de Rein à un couvent de nonnes. Erlend était très fier d'être un descendant du duc, comme il appelait toujours le roi, et de l'évêque Nicolas qui avait été le père de son grand-père Munan Biskopssoen. Mais Christine s'apercevait que sur ces hommes il n'en savait pas plus qu'elle n'en avait appris par les récits de son père. Chez elle c'était tout différent. Ni son père ni sa mère n'étaient orgueilleux de la puissance et de la réputation de leurs ancêtres, mais ils parlaient souvent d'eux, citant en exemple leurs qualités et le bien qu'ils avaient fait, ainsi que leurs défauts. Ils connaissaient de petites anecdotes — sur le vieil Ivar Gjesling et son inimitié avec le roi Sverre, sur la riposte preste et maligne d'Ivar Provst, sur l'obésité monstrueuse de Haavard Gjesling et sur les mirifiques prouesses du jeune Ivar Gjesling à la chasse. Laurent parlait du frère de son grand-père qui avait enlevé du cloître de Vreta la fille des Folkunge ; de son grand-père, Messire Kertil, un Suédois, et de sa grand-mère paternelle Ramborg Sunesdatter qui avait toujours gardé la nostalgie de son Vestergötland et qui traversa en traîneau le lac Vener gelé, un jour qu'elle était invitée chez son frère à Solberga. Il contait la hardiesse de son père dans les combats et sa douleur indicible d'avoir perdu sa première jeune femme, Christine Sigurdsdatter, morte en donnant le jour à Laurent. Il lisait tout haut dans un livre des récits sur la fondatrice de sa famille, la sainte Dame Eline de Skoevde à qui échut la grâce d'être martyre de Dieu. Son père lui avait dit souvent qu'ils feraient un pèlerinage au tombeau de la bienheureuse veuve, mais il n'eut jamais lieu.

Dans son angoisse et sa détresse Christine essaya d'invoquer cette sainte à qui elle était apparentée. Elle priait sainte Eline pour son enfant et baisait la croix qu'elle avait reçue de son père, et qui contenait un petit morceau du suaire de la sainte femme. Mais Christine qui avait jeté une telle honte sur sa famille craignait sainte Eline. Quand elle demandait à saint Olav et à saint Thomas leur intercession, elle avait souvent le sentiment que ses doléances parvenaient à des vivants et à des cœurs compatissants. Ces deux martyrs de la justice, son père les aimait par-dessus tous les autres saints, plus que saint Laurent lui-même, dont il portait le nom et dont il célébrait toujours la fête à la fin de l'été par un grand festin et de riches aumônes. Il avait même vu saint Thomas en rêve, une nuit qu'il gisait blessé devant Bohus. Aucun homme n'eût pu exprimer combien le saint était aimable et vénérable, et Laurent n'avait pu que balbutier : « Seigneur, seigneur. » Mais l'évêque rayonnant avait avec douceur touché sa plaie, en lui promettant vie et santé : il reverrait sa femme et sa fille ainsi qu'il l'en avait supplié. Personne cependant n'eût alors pensé que Laurent Bjoergulfsoen pourrait passer la nuit.

« Oui, disait Erlend, ce sont des choses que l'on entend raconter, mais elles ne me sont jamais arrivées. Il est vrai que je n'ai jamais été un homme pieux comme Laurent. »

Christine, ensuite, posa des questions sur les gens qui avaient assisté à leur festin d'arrivée. Sur eux non plus Erlend n'avait pas grand-chose à dire. Ce qui frappait Christine, c'est que son mari ne ressemblait pas aux gens de la contrée. Il y avait beaucoup de beaux hommes parmi eux, avec le teint clair et rouge, des têtes rondes et dures, une forte et solide stature. Beaucoup d'entre les vieux étaient excessivement gros. Erlend faisait l'effet d'un oiseau étranger parmi ses hôtes. Il était d'une tête plus grand que la plupart des hommes, svelte et maigre, avec des membres souples et de fines attaches. Il avait les cheveux noirs et soyeux, la peau d'un brun pâle, mais des yeux bleu clair ombragés par des sourcils et des cils noirs comme le charbon. Son front était haut et étroit, ses tempes creusées, son nez un peu trop grand et sa bouche un peu trop petite et molle pour un homme. Pourtant il était beau ; Christine n'avait jamais vu un homme aussi beau qu'Erlend. Sa voix nuancée et tranquille ne pouvait être comparée au lourd parler des autres.

Erlend dit en souriant que sa famille en effet n'était pas de la région — à part la mère de son grand-père paternel, Ragnfrid Skulesdatter. On disait généralement qu'il ressemblait beaucoup au père de sa mère, Gaute Erlendssoen de Skogheim. Christine demanda ce qu'il savait de cet homme, mais il ne savait à peu près rien.

Un soir, Erlend et Christine étaient en train de se déshabiller. Erlend n'arrivant pas à délacer le cordon d'un de ses souliers, le coupa et s'enfonça le couteau dans la main. Il saignait beaucoup et serrait la chair énergiquement. Christine alla chercher un morceau de toile dans son coffret. Elle était en chemise simplement. Erlend lui entoura la taille d'un bras tandis qu'elle lui bandait la main.

Tout d'un coup il regarda, effrayé et troublé, le visage de Christine — et rougit. Christine baissa la tête.

Erlend retira son bras. Comme il ne disait rien, Christine s'écarta en silence et se glissa dans le lit. Son cœur battait à grands coups sourds contre ses côtes. De temps en temps elle regardait son mari. Il lui avait tourné le dos et, lentement, retirait ses effets l'un après l'autre. Puis il vint se coucher.

Christine attendait qu'il parlât. Si grande était son attente que parfois son cœur semblait s'arrêter.

Mais Erlend ne dit pas un mot et il ne la prit point dans ses bras.

Finalement il posa en hésitant une main sur la poitrine de Christine, appuya son menton contre l'épaule de sa femme qui sentait sa barbe piquante. Comme il ne disait toujours rien, Christine se tourna contre le mur.

Il lui semblait qu'elle s'enfonçait de plus en plus dans le désespoir. Il n'avait pas un mot pour elle en apprenant que depuis si longtemps elle portait son enfant ! Dans l'obscurité, Christine serrait les dents. Elle ne voulait rien lui demander — s'il gardait le silence, elle se tairait aussi, même si ce devait être ainsi jusqu'au jour de ses couches. L'indignation grondait en elle. Mais elle restait appuyée contre le mur, dans un silence absolu. Erlend aussi, dans les ténèbres, était silencieux. Des heures ils demeurèrent ainsi, et chacun savait que l'autre ne dormait pas. A la fin elle comprit, à son haleine régulière, qu'il s'était assoupi. Alors de chagrin, d'humiliation et de honte, elle donna libre cours à ses larmes. Il lui semblait que jamais elle n'oublierait ce que venait de faire Erlend.

Trois jours passèrent pour Erlend et Christine — il avait l'air d'un chien battu, pensait la jeune femme. Elle était endurcie dans sa colère, amère et farouche quand il la regardait d'un œil inquisiteur, mais il détournait bien vite son regard dès qu'elle dirigeait les yeux vers lui.

Le matin du quatrième jour, elle était assise dans la grand-salle lorsque Erlend vint sur la porte, habillé pour monter à cheval. Il dit qu'il partait vers l'ouest pour Medalby — voulait-elle l'accompagner pour voir la ferme ? Celle-ci faisait partie des biens qu'elle avait reçus de lui au lendemain de leurs noces. Christine accepta et Erlend l'aida à mettre les bottes de fourrure et le manteau noir à manches et agrafes d'argent.

Dans la cour il y avait quatre chevaux sellés, mais Erlend dit alors à Hatford et Egil qu'ils pouvaient rester à la maison et aider au battage du blé. Puis il aida sa femme à se mettre en selle. Christine pensait qu'Erlend avait l'intention de parler de tout ce qui était resté inexprimé. Cependant il ne dit rien tandis qu'ils chevauchaient lentement au sud de la forêt.

Le mois de novembre était fort avancé. Il n'avait pas encore neigé dans la région ; il faisait frais et beau, le soleil venait de se lever, et de toutes parts le givre blanc étincelait d'un éclat doré sur le sol et sur les arbres. Ils traversaient les terres de Husaby. Christine vit qu'il y avait peu de terre à blé et de chaumes, mais surtout des pâturages et de vieilles prairies couvertes de mauvaises herbes et de mousses et envahies par des rejets d'aunes. Elle en fit la remarque.

Son mari répondit dédaigneusement :

« Ne sais-tu donc pas, Christine, toi qui t'entends si bien à la direction et à l'économie des choses de la terre, qu'il ne vaut pas la peine de cultiver du blé si près de la ville — il y a plus à gagner à échanger du beurre et de la laine contre du grain et de la farine avec des marchands étrangers...

— Alors, dit Christine, tu aurais dû échanger tout ce qui reste dans tes greniers et qui est avarié depuis longtemps. Et puis je connais la loi : tout homme qui loue une terre doit en ensemencer les trois quarts en blé, mais garder le dernier quart en pâturage. Et le domaine du seigneur ne doit pas, j'imagine, être plus mal administré que la ferme du métayer — c'est ce que disait toujours mon père. »

Erlend sourit légèrement :

« Pour cela je ne m'en suis jamais rapporté à la loi. Pourvu que je touche ce qui m'est dû, mes paysans peuvent bien gérer leurs fermes à leur idée, et moi je mène Husaby comme il me paraît le plus convenable et le meilleur.

— Alors, dit Christine, tu prétends être plus intelligent que nos aïeux, saint Olav et le roi Magnus, qui ont établi ces lois ? »

Erlend sourit de nouveau :

« Ce n'était pas ma pensée. Mais, diable, comme tu es au courant des lois et du droit de la terre, Christine !

— Je suis un peu au courant de ces choses, parce que mon père priait souvent Sigurd de Loptsgaard de nous dire la loi, quand il venait chez nous le soir. Mon père trouvait qu'il était utile pour les domestiques et pour les jeunes d'apprendre ces choses ; alors Sigurd nous récitait un chapitre ou un autre.

— Sigurd ?... Ah ! oui. Maintenant je me souviens de l'avoir vu à nos noces. C'était ce vieux édenté, au nez tordu, qui bavait et pleurait et te tapait sur la poitrine... Il était encore tout crasseux le matin où les gens sont arrivés pour me voir poser sur tes épaules ton voile de mariée.

— Il me connaît depuis si longtemps, répondit Christine fâchée. Il avait l'habitude de me prendre sur ses genoux et de jouer avec moi quand j'étais petite fille... »

Erlend sourit de nouveau :

« Quel drôle d'amusement que d'entendre ce barbon vous débiter la loi, chapitre par chapitre ! Laurent, ma parole, est en tous points différent des autres gens ! D'ailleurs, comme dit l'autre, si le paysan connaissait la loi de la terre et le cheval sa force, le diable serait chevalier. »

Christine poussa un cri et donna à son cheval une tape sur les reins. Irrité et surpris, Erlend regarda sa femme qui le quittait au galop.

Brusquement, d'un coup d'éperons, il enleva son cheval. Jésus ! Le gué... mais il ne fallait pas songer à le passer à cette époque ; il y avait eu à l'automne des glissements d'argile !

Sloengvanbauge filait encore plus vite depuis qu'il se voyait suivi par l'autre cheval. Erlend fut saisi d'une peur mortelle en voyant sa femme dévaler les pentes abruptes. Il la dépassa au galop en traversant le petit bois, fit une volte sur le chemin à un endroit où il atteignait la plaine, et obligea ainsi Christine à s'arrêter. Quand il se rangea à côté d'elle, il vit qu'elle aussi avait eu un peu peur.

Erlend se pencha vers sa femme et lui donna sur la joue une tape sonore. Sloengvanbauge fit un écart et se cabra, effrayé.

« Tu méritais bien ça », dit Erlend d'une voix frémissante, quand leurs chevaux calmés marchèrent de nouveau côte à côte. « T'élancer ainsi, follement... Tu m'as fait peur... »

Christine tournait la tête de façon qu'il ne pût voir son visage. Erlend regrettait de l'avoir frappée. Mais il dit encore :

« Oui, tu m'as fait peur, Christine.... T'en aller ainsi ? Et alors, maintenant... », dit-il doucement.

Christine ne broncha pas. Mais Erlend la sentait moins fâchée que tout à l'heure, quand il s'était moqué de Joerundgaard. Il s'en étonna grandement, mais pourtant c'était vrai.

Ils arrivèrent à Medalby, et le métayer d'Erlend sortit pour les inviter à entrer chez lui. Mais Erlend voulut d'abord visiter les bâtiments de la ferme. — Christine les accompagnerait. « La ferme lui appartient maintenant, Stein, et elle s'y connaît mieux que moi », dit-il en riant. Il y avait là quelques paysans qui serviraient de témoins — certains étaient aussi des fermiers d'Erlend.

Stein était arrivé dans cette ferme au dernier terme, et, depuis, il avait toujours demandé au maître de venir examiner l'état des bâtiments ou bien d'envoyer quelque intendant. Les témoins assuraient qu'aucun bâtiment n'était intact ; les toitures étaient déjà effondrées à l'arrivée de Stein. Christine put constater que c'était une bonne ferme, mal entretenue il est vrai, et que Stein était un fainéant ; mais Erlend, fort accommodant, promit à Stein certains arrangements sur la rente seigneuriale jusqu'à ce que les bâtiments fussent réparés.

Ils entrèrent alors dans la ferme où la table était mise avec bonne chère et bière forte. La femme du paysan pria Christine de l'excuser de n'être pas allée au-devant d'elle. Mais son mari ne lui permettait pas de sortir au grand air avant qu'elle fût allée à l'église après ses couches. Christine fit un gentil compliment à la femme, puis elle voulut aller voir l'enfant dans son berceau. C'était le premier enfant des fermiers, un fils, âgé de douze nuits, grand et fort.

On conduisit alors Erlend et Christine à la place d'honneur et tout le monde s'assit, mangea et but pendant un bon moment. Ce fut Christine qui parla le plus pendant le repas ; Erlend parla peu ; les paysans firent de même, mais Christine remarqua cependant qu'ils semblaient avoir de l'affection pour elle.

Puis l'enfant s'éveilla, en geignant, et se mit ensuite à crier si affreusement que la mère alla le chercher et lui donna le sein pour l'arrêter. Christine se dérangea plusieurs fois pour aller les contempler tous deux, et, quand le marmot fut rassasié, elle le prit et le tint dans ses bras.

« Regarde, mon mari, dit-elle, ne trouves-tu pas que c'est un joli et gentil compagnon ?...

— Oui, c'est vrai », dit Erlend sans la regarder.

Christine garda un peu l'enfant sur ses genoux avant de le rendre à la mère.

« J'enverrai un cadeau à ton fils, Arndis, dit-elle, parce que c'est le premier enfant que j'ai tenu dans mes bras depuis que je vis au nord des Dofrines. »

Ardente et fière, avec un petit sourire, Christine regarda son mari, et ensuite les paysans assis sur le banc. Un sourire à peine perceptible s'esquissa sur quelques lèvres mais les visages restaient sérieux. Alors un vieux bonhomme, qui avait bu confortablement, se leva. Il prit la louche dans le bol à bière, la posa sur la table et leva en l'air la lourde coupe :

« Nous allons boire à ta santé, maîtresse ; puisse le prochain enfant que tu tiendras dans tes bras être le nouveau seigneur de Husaby ! »

Christine se leva et prit à son tour la lourde coupe. Elle invita son mari à boire le premier. Erlend y trempa tout juste les lèvres, mais Christine but longuement.

« Merci pour tes souhaits, Jean de Skog », dit-elle, rayonnante et rieuse, en faisant une révérence. Puis elle rendit le bol.

Erlend était rouge et très mécontent, mais Christine avait une envie immodérée de rire et d'être joyeuse. Peu après Erlend prit congé, et ils s'engagèrent sur le chemin de Husaby.

Ils avaient parcouru une partie du chemin sans parler lorsque Erlend dit tout à coup violemment :

« Penses-tu qu'il soit nécessaire d'apprendre toi-même à nos paysans que tu portais un enfant lorsque tu t'es mariée ?... Le diable t'emporte si les potins sur nous deux ne courent pas bientôt tous les villages le long du fjord !... »

Christine, d'abord, ne répondit rien. Elle regardait droit devant elle par-dessus la tête de son cheval et son visage était devenu si blanc qu'Erlend en fut effrayé.

« Je ne pourrai jamais oublier, dit-elle enfin et sans le regarder, que voilà les premiers mots dont tu auras salué l'enfant que je porte et qui est ton fils.

— Christine ! » supplia Erlend.

« Ma Christine ! répéta-t-il, comme elle ne répondait ni ne le regardait. Christine !

— Seigneur ? » interrogea-t-elle froidement et poliment, sans tourner la tête.

Erlend lança un furieux juron, éperonna son cheval et partit en avant. Mais peu après il revenait auprès d'elle.

« J'étais si fâché, que j'allais partir sans toi.

— Alors il aurait pu arriver, dit Christine tranquillement, que tu attendes longtemps avant de me revoir à Husaby.

— Voilà tout ce que tu trouves à dire ! » fit Erlend désespéré.

Ils chevauchèrent de nouveau sans un mot. Au bout d'un instant ils arrivèrent à un endroit où un petit sentier remontait une pente. Erlend dit à sa femme :

« J'avais pensé que nous rentrerions par le haut. C'est un peu plus long, mais j'avais envie de faire cette route d'en haut un jour avec toi. »

Christine fit un signe de tête indifférent.

Au bout d'un instant, Erlend dit qu'il vaudrait mieux continuer à pied. Il attacha les chevaux à un arbre.

« Gunnulf et moi avions un château en haut de la côte, dit-il. J'aurais envie de voir s'il reste quelque chose de notre forteresse. »

Il lui prit la main. Elle se laissa guider, mais elle marchait en regardant où elle mettait les pieds. Ils furent bientôt au sommet. Au-dessus de la forêt d'arbres à feuilles caduques, saupoudrée de givre, au tournant du petit fleuve, on voyait, sur le versant en face, Husaby, énorme et superbe, avec la chapelle de pierre, les nombreux et lourds bâtiments, les vastes champs alentour et au fond la croupe sombre de la forêt.

« Souvent, dit Erlend, ma mère montait ici avec nous. Mais elle tenait toujours ses regards fixés vers le sud, là-haut vers les Dofrines. Soir et matin ses pensées s'éloignaient de Husaby. Elle se tournait ensuite vers le nord et regardait le creux que tu vois là-bas, bleuissant ; c'est une montagne de l'autre côté du fjord. Jamais elle ne regardait vers la ferme... »

Sa voix était douce et tendre. Mais Christine se taisait et ne le regardait pas. Alors il se mit à marcher en donnant des coups de pied dans la bruyère gelée.

« Non, il ne reste rien ici de notre château, à Gunnulf et à moi. Il est vrai qu'il a passé bien du temps depuis que nous jouions ici. »

Il ne reçut pas de réponse. Un peu au-dessous d'eux il y avait un petit étang glacé. Erlend prit une pierre et la lança. La glace était épaisse ; il n'y eut qu'une petite étoile blanche sur le sombre miroir. Erlend prit une autre pierre et la lança avec plus de force, puis une autre, et une autre encore ; il s'était mis en tête de briser la glace. Il aperçut alors le visage de sa femme ; elle avait un sombre regard de mépris et souriait ironiquement de son enfantillage.

Erlend fit brusquement volte-face, mais Christine devint au même moment d'une pâleur mortelle et ses paupières se fermèrent. Elle tâtonna avec ses mains, vacilla comme si elle allait tomber à la renverse, puis se retint au tronc d'un arbre.

« Christine, qu'est-ce qu'il y a ? » questionna-t-il, effrayé.

Elle ne répondit pas, eut l'air d'écouter quelque chose. Elle avait un regard lointain, étrange.

Une seconde fois elle sentit nettement au fond de ses entrailles comme un poisson qui la frappait avec sa queue. Il lui semblait de nouveau que toute la terre tournait autour d'elle et elle était prise de vertige et de faiblesse.

« Qu'est-ce qu'il t'arrive ? » reprit Erlend.

Elle avait tellement attendu cela !... comment oserait-elle avouer sa grande angoisse ? Elle ne pouvait pas parler de cela après cette journée de discorde.

Ce fut *lui* qui demanda :

« Est-ce que l'enfant a remué en toi ? » Il la prit par les épaules en lui posant doucement la question.

Alors toute la colère qu'elle avait contre lui se dissipa, elle chercha un refuge auprès du père et cacha sa tête dans la poitrine d'Erlend.

Un instant plus tard ils descendirent vers l'endroit où étaient attachés leurs chevaux. La courte journée finissait. Derrière eux, au sud-ouest, le soleil s'abaissait entre les cimes des peupliers, rouge et terne dans le brouillard glacé.

Erlend vérifia soigneusement les boucles et les courroies de la selle avant d'aider sa femme à s'y asseoir. Ensuite il alla détacher son cheval. Il voulut prendre dans sa ceinture les gants qu'il y avait mis, mais n'en trouva qu'un. Du regard il chercha l'autre sur la pente.

Alors Christine ne put s'empêcher de dire ·

« Ne prends pas la peine de chercher ton gant ; le voici, Erlend.

— Tu aurais pu me prévenir si tu l'as vu tomber — à moins que tu ne fusses tellement fâchée contre moi. »

C'étaient les gants que Christine avait cousus pour lui et lui avait donnés avec ses cadeaux de noces.

« Il est tombé de ta ceinture quand tu m'as frappée », dit Christine doucement, les yeux baissés.

Erlend se tenait près de son cheval, la main sur l'arçon de la selle. Il avait un air craintif et malheureux. Mais ensuite il éclata de rire :

« Jamais je n'aurais cru, Christine, que tu étais une telle magicienne — quand je te faisais la cour et que j'allais prier humblement tous mes parents d'intervenir en ma faveur. »

Christine sourit aussi :

« Non — car tu aurais abandonné ton projet, et sans doute pour ton plus grand bien. »

Erlend fit quelques pas vers elle et posa la main sur son genou :

« Dieu m'assiste, Christine — si tu m'as jamais demandé de faire ce qui était pour mon plus grand bien !... »

Il s'appuya contre Christine et leva un regard rayonnant vers le visage de sa femme. Toute rose et joyeuse, Christine penchait la tête et essayait de cacher à Erlend son sourire et ses yeux.

Il prit le cheval de Christine par le mors et laissa le sien marcher derrière ; il la conduisit ainsi jusqu'à ce qu'ils fussent au bas de la pente. Chaque fois qu'ils se regardaient ils souriaient tous deux, mais Christine détournait son visage.

« Maintenant, dit-il d'un ton espiègle quand ils furent de nouveau en route, nous allons galoper jusqu'à Husaby, ma Christine, et nous serons joyeux comme deux voleurs. »

2

Le soir de Noël, la pluie et le vent faisaient rage. Il était imprudent d'aller en traîneau, et Christine dut rester à la maison tandis qu'Erlend et les domestiques se rendaient à cheval à la messe de minuit à l'église de Birgsi.

Debout à la porte de la grand-salle, elle les regarda partir. Les flambeaux de résine qu'ils portaient jetaient des lueurs rouges sur la vieille maison sombre et se reflétaient dans les flaques gelées et glissantes de la cour. Il y eut une rafale de vent et les flammes furent couchées de côté. Christine resta ainsi jusqu'à ce qu'elle n'entendît plus le piétinement des chevaux dans la nuit.

Dans le hall, des chandelles brûlaient sur la table, éclairant les reliefs du repas du soir : restes de bouillie dans un plat, galette entamée et arêtes de poissons mêlées à des éclaboussures de bière. Les servantes qui avaient dû rester reposaient sur la paille à même le plancher. Christine se trouvait seule à la ferme avec elles et un vieillard qui s'appelait Aan. Celui-ci était en service à Husaby depuis le temps du grand-père d'Erlend ; maintenant il demeurait dans une petite cabane en bas près du lac, mais il aimait à remonter à la ferme pendant la journée, trottant de-ci de-là, persuadé qu'il travaillait beaucoup. Ce soir-là Aan s'était endormi à table ; en souriant, Erlend et Ulf l'avaient transporté dans un coin et avaient étendu sur lui un manteau.

Là-bas, à Joerundgaard, le sol était couvert d'une couche épaisse de joncs, car tous les bruits domestiques devaient s'éteindre pendant les nuits de fête. On avait coutume, avant de se rendre à l'église, de débarrasser les restes des plats maigres ; la mère et les servantes dressaient la table aussi joliment qu'elles pouvaient, avec du beurre et du fromage, des piles de petits pains blonds, du lard luisant et d'énormes gigots de mouton salés. Il y avait des pots en argent et d'étincelantes cornes à hydromel. Et le père lui-même plaçait sur le banc le tonneau à bière.

Christine tourna sa chaise vers le foyer — elle n'avait pas le courage de regarder la vilaine table. Une des servantes ronflait très fort avec un bruit affreux.

Et voici encore ce qu'elle n'aimait pas en Erlend — chez lui, il mangeait d'une façon vilaine et malpropre, fouillant dans les plats à la recherche des bons morceaux, négligeant de se laver les mains avant d'aller à table — et puis il laissait ses chiens grimper sur ses genoux et happer des aliments pendant que les gens mangeaient. Aussi ne fallait-il pas être surpris que les domestiques se tinssent mal à table. Christine avait été habituée, chez elle, à manger élégamment — et lentement. Il n'est pas convenable, disait sa mère, que les maîtres attendent que les serviteurs aient fini de manger — et pourtant ceux qui peinent et travaillent doivent avoir le temps de manger à leur faim.

« Gunna ! » dit doucement Christine en appelant la grande chienne jaune qui était couchée avec tout le peloton de ses chiots contre la dalle du foyer. Elle était très irritable, et c'est pour cela qu'Erlend lui avait donné le nom de la vieille de Raasvold.

« Pauvre chienne ! » murmura Christine en caressant l'animal qui vint poser sa tête sur ses genoux. Elle avait l'échine effilée comme une faux et ses mamelles traînaient presque sur le sol. Les petits chiens dévoraient littéralement leur mère.

Christine renversa la tête contre le dossier de sa chaise et regarda tout en haut les lattes noires de suie. Elle était lasse.

Oh ! non, la vie n'avait pas été facile pour elle pendant ces mois qu'elle avait passés à Husaby. Elle avait un peu causé avec Erlend le soir du jour où ils étaient allés à Medalby. Elle avait alors compris qu'il la croyait courroucée parce qu'il était responsable de ce qui lui arrivait.

« Je me rappelle bien, disait-il à voix très basse. Ce jour du printemps dernier où nous sommes allés dans la forêt au nord de l'église. Je me rappelle que tu m'as demandé de ne plus m'occuper de toi... »

Christine s'était réjouie de l'entendre parler ainsi. Elle

s'étonnait souvent de la quantité de choses qu'Erlend semblait avoir oubliées. Mais il avait dit ensuite :

« Pourtant je n'aurais pas imaginé, Christine, que tu puisses avoir une telle rancune contre moi et conserver néanmoins douceur et gaieté. Car tu devais connaître depuis longtemps ton état. Je croyais que tu étais toute clarté et honnêteté, comme le soleil qui brille...

— Ah ! Erlend, dit-elle tristement, tu sais mieux que personne au monde que j'ai suivi les chemins détournés et que j'ai été fausse envers ceux qui avaient la plus grande confiance en moi. »

Mais elle désirait tellement qu'il comprît :

« Je ne sais si tu te souviens, ami, qu'auparavant tu as agi à mon égard d'une façon que personne ne pourrait approuver. Dieu et la Vierge Marie savent que je ne t'en ai pas gardé rancune et que je ne t'en ai pas moins aimé... »

Le visage d'Erlend se détendit :

« C'était mon opinion, dit-il doucement. Mais tu le sais bien aussi — pendant toutes ces années je me suis efforcé de réparer le mal que j'avais fait. Je me consolais à la pensée que je pourrais un jour, enfin, te récompenser d'avoir été si fidèle et si patiente. »

Elle lui avait alors demandé :

« Tu as bien entendu parler du frère de mon grand-père et de Demoiselle Bengta qui s'enfuirent de Suède contre la volonté des parents de Bengta. Dieu les punit en ne leur donnant pas d'enfant. N'as-tu jamais craint, pendant ces années, que nous fussions châtiés de la même façon ?... »

En tremblant, et avec douceur, elle avait ajouté :

« Tu dois bien comprendre, mon Erlend, que cela ne fut pas une grande joie pour moi, cet été, la première fois que je me suis aperçue de ce qui arrivait. Mais je pensais... Je pensais que si la mort t'enlevait à moi avant que nous fussions mariés, j'aimerais mieux te survivre avec ton enfant que toute seule. Et je pensais aussi que si je devais en mourir, cela vaudrait mieux que si tu n'avais pas un fils légitime qui pût siéger après toi à la place d'honneur quand tu quitteras ce monde... »

Erlend répondit vivement :

« Je trouverais mon fils trop chèrement acquis s'il devait te coûter la vie. Ne dis pas de telles choses, Christine... Je ne tiens pas tellement à Husaby, ajouta-t-il peu après. Surtout depuis le jour où j'ai compris qu'Orm ne pourrait pas en hériter après moi...

— Tiens-tu plus à *son* fils qu'au mien ? » demanda alors Christine.

« *Ton* fils, dit Erlend en souriant légèrement. Tout ce que je sais de lui jusqu'à présent, c'est qu'il verra le jour environ un an plus tôt qu'il ne sied. Orm, je l'ai aimé pendant douze ans... »

Un instant plus tard, Christine demanda :

« Regrettes-tu quelquefois tes enfants ?

— Oui, répondit-il. Auparavant j'allais souvent les voir dans l'Œsterdal, où ils sont.

— Tu pourrais t'y rendre maintenant pendant l'Avent, dit Christine doucement.

— Cela ne te contrarierait pas ? » demanda Erlend joyeusement.

Christine avait répondu qu'elle trouverait cela raisonnable. Alors il avait demandé si cela lui déplairait qu'il amenât les enfants à la ferme pour Noël. « Il faudra bien qu'un jour tu les voies. » Et de nouveau elle avait répondu que cela aussi lui paraissait raisonnable.

Pendant l'absence d'Erlend, Christine s'efforça de tout préparer pour Noël. Elle souffrait beaucoup de vivre au milieu de ces étrangers, valets de ferme et servantes. Elle devait faire un gros effort pour se vêtir et se dévêtir en la présence des deux chambrières qui, sur les instructions d'Erlend, dormaient près d'elle dans le hall, et elle avait besoin de se rappeler qu'elle n'aurait jamais osé coucher seule dans la grande maison où une autre avait dormi avant elle auprès d'Erlend.

Les servantes de la ferme ne valaient pas grand-chose. Les paysans qui veillaient sur leurs filles ne les envoyaient pas servir dans une ferme dont le maître avait confié la direction à une concubine avec laquelle il avait vécu ouvertement. Les servantes, qui n'avaient pas l'habitude d'obéir à une maîtresse de maison, étaient paresseuses. Mais certaines d'entre elles furent satisfaites de voir Christine mettre de l'ordre dans la maison et prendre part en personne à leurs occupations. Elles devinrent loquaces et joyeuses lorsqu'elles s'aperçurent que la jeune femme les écoutait et leur répondait avec douceur et enjouement. Et chaque jour Christine montrait aux gens de service un visage doux et tranquille. Elle ne réprimandait personne, mais si quelque servante maugréait, elle feignait de croire que la jeune fille était ignorante et elle lui montrait soigneusement comment elle voulait que le travail fût fait. C'est ainsi que Christine avait vu son père agir avec les nouveaux valets qui grommelaient — et personne à Joerundgaard ne s'était permis de grogner deux fois contre les ordres de Laurent.

Les choses allèrent ainsi pendant l'hiver. Ensuite elle chercha un moyen de se débarrasser des femmes qu'elle n'aimait pas ou qu'elle n'arrivait pas à former.

Il y avait un travail qu'elle n'osait entreprendre sous les yeux de ces étrangers. Mais le matin, quand elle était seule dans le hall, elle cousait des vêtements pour son enfant — maillots de bure souple, couches de tissu rouge et vert, blanches lingeries baptismales. Pendant qu'elle travaillait à cette layette, son esprit se débattait entre son angoisse et la confiance qu'elle mettait dans les saints qu'elle priait. En réalité l'enfant vivait et remuait en elle de telle façon qu'elle n'avait de repos ni jour ni nuit. Mais elle avait entendu parler d'enfants qui étaient nés avec une peau lisse au lieu de visage, avec la tête tournée vers le dos, avec les orteils là où il aurait dû y avoir les talons. Et elle avait devant les yeux Svein dont la moitié du visage était violette parce que sa mère avait regardé trop longtemps un incendie.

Alors elle rejetait son ouvrage, allait s'incliner devant l'image de la Vierge Marie et récitait sept ave. Frère Edvin lui avait dit que la mère de Dieu éprouvait une joie toujours aussi vive chaque fois qu'elle entendait la salutation angélique, fût-ce de la bouche du plus misérable pécheur. Et c'étaient les mots *Dominus tecum*, qui réjouissaient le plus le cœur de Marie ; pour cette raison, Christine devait toujours les prononcer trois fois.

La prière la réconfortait un instant. Elle connaissait certes bien des gens, hommes et femmes, qui n'avaient guère honoré Dieu et sa mère ni observé les commandements... ils n'avaient cependant pas mis au monde des enfants difformes. Dans sa miséricorde Dieu ne faisait pas retomber sur les innocents les péchés des parents ; mais il devait parfois signifier aux hommes qu'il ne pouvait tolérer indéfiniment leur perversité. Pourquoi Dieu frapperait-il justement son enfant... ?

Ensuite elle invoquait en son cœur saint Olav. Elle avait entendu raconter sur lui tant de choses qu'il lui semblait l'avoir connu et rencontré pendant qu'il vivait dans le pays. Il était de petite taille, corpulent, mais droit et beau, avec une couronne d'or et un halo brillant autour de ses cheveux dorés et bouclés, une barbe rousse frisée autour d'un visage ferme, hâlé et fier. Ses yeux profonds et ardents pénétraient au cœur de tous les hommes ; quiconque avait fait le mal ne pouvait en soutenir le regard. Christine ne le pouvait pas non plus ; devant lui elle baissait les yeux, mais elle n'avait pas peur. C'était plutôt comme lorsqu'elle avait commis une faute, étant enfant, et qu'elle devait baisser les yeux devant ceux de son père. Saint Olav la regardait sévèrement, mais non durement ; n'avait-elle pas promis de s'amender ? Elle souhaitait tellement aller à Nidaros s'agenouiller dans son sanctuaire ! Erlend lui avait promis, quand ils étaient montés à Husaby, qu'ils s'y rendraient bientôt. Mais le voyage avait été différé. Et Christine comprenait maintenant qu'il ne désirait pas faire ce pèlerinage avec elle ; il avait honte et redoutait les racontars.

Un soir qu'elle était à table avec ses femmes, une des servantes, jeune fille qui aidait dans la maison, déclara :

« Je me demande, maîtresse, s'il ne vaudrait pas mieux commencer à faire des maillots et des vêtements d'enfant, avant de mettre en train ce métier dont vous parlez ?... »

Christine eut l'air de n'avoir pas entendu et continua à parler de la teinture. La jeune fille reprit :

« Mais peut-être avez-vous apporté de chez vous des vêtements d'enfant ? »

Christine sourit légèrement et se tourna de nouveau vers les autres. Lorsque au bout d'un instant elle glissa un regard furtif vers la jeune fille, celle-ci avait le visage écarlate, et regardait avec angoisse la maîtresse de maison. Christine sourit de nouveau et causa avec Ulf à travers la table. Alors la servante se mit tout à coup à pleurer. Christine continua de sourire, et l'autre de pleurer de plus en plus.

« Voyons ! En voilà assez, Frida, dit finalement Christine d'un ton calme. Tu es entrée ici comme servante ; tu ne vas pas te comporter comme une gamine... »

La jeune fille soupira ; elle n'avait pas eu l'intention d'être impertinente et Christine ne devait pas être fâchée.

« Non, fit Christine toujours souriante. Mange et ne pleure plus. Nous aussi, nous n'avons pas plus de raison que celle que Dieu nous accorde. »

Frida se leva brusquement et sortit en sanglotant.

Ensuite, comme Ulf Haldorssoen parlait avec Christine des travaux du lendemain, il dit d'un air enjoué :

« Christine, Erlend aurait dû t'épouser il y a dix ans. Ses affaires s'en trouveraient mieux aujourd'hui de toutes les façons.

— Crois-tu ? répondit Christine avec le même sourire. Je comptais alors neuf hivers. Penses-tu qu'il eût été bien avantageux pour Erlend d'attendre tant de jours et d'années une fiancée enfant ? »

Ulf sourit et s'en fut.

Mais pendant la nuit, Christine pleura de détresse et d'humiliation.

Puis, la semaine avant Noël, Erlend arriva avec son fils, Orm. Christine eut un choc lorsque Erlend lui amena l'enfant, et le pria de saluer sa belle-mère.

C'était le plus joli des enfants. Elle se représentait ainsi le fils qu'elle portait. Parfois, quand elle osait être joyeuse et croire que son fils naîtrait sain et bien constitué et grandirait heureusement sur ses genoux, c'est ainsi qu'il lui apparaissait, pareil à son père.

Orm était peut-être un peu petit et délicat pour son âge, mais bien fait, avec des membres fins et un joli visage, un teint et des cheveux bruns, de grands yeux bleus et une bouche rouge et tendre. Il salua poliment sa belle-mère, mais son visage restait dur et froid. Christine avait à peine causé avec lui. Mais elle sentait son regard sur elle partout où elle allait, et elle avait l'impression que sa démarche était encore plus lourde et embarrassée quand elle savait que l'enfant la suivait des yeux.

Elle s'aperçut qu'Erlend ne parlait pas beaucoup avec son fils, mais elle comprit que c'était l'enfant qui se tenait sur la réserve. Elle dit à son mari qu'Orm était beau et paraissait intelligent. Quant à sa fille, Erlend ne l'avait pas amenée. Il trouvait Margret encore trop petite pour faire ce long voyage en hiver. Elle était encore plus jolie que son frère, dit Erlend avec fierté quand Christine l'interrogea sur la fillette — et beaucoup plus vive ; elle menait ses parents adoptifs avec son petit doigt. Elle avait des cheveux d'or bouclés, et des yeux bruns.

Sans doute ressemble-t-elle à sa mère, pensa Christine.

Elle ne pouvait se défendre d'être jalouse. Erlend aimerait-il sa fille comme son père à elle l'avait aimée ? Il y avait eu dans sa voix, pour parler de Margret, tant de tendresse et de chaleur !

Christine se leva et alla à la porte extérieure. Dehors le temps était si sombre et si pluvieux qu'on ne voyait ni lune ni étoiles. Mais elle se dit qu'il ne devait pas être loin de minuit. Elle prit une lanterne dans l'antichambre, et l'alluma. Ensuite elle jeta un manteau sur ses épaules et sortit sous la pluie.

« Au nom de Jésus ! » murmura-t-elle, et elle se signa trois fois en marchant dans la nuit.

Tout au bout de la cour se trouvait la maison du prêtre. A présent elle était vide. Depuis qu'Erlend avait été relevé de l'interdit, il n'y avait pas eu de chapelain à Husaby ; de temps à autre un des vicaires d'Orkedal venait dire la messe, mais le nouveau prêtre affecté à la chapelle se trouvait à l'étranger avec maître Gunnulf ; ils étaient des amis d'école. On avait attendu leur retour pendant l'été — maintenant Erlend pensait qu'ils ne reviendraient au pays qu'après le printemps. Gunnulf avait été malade de la poitrine dans sa jeunesse, et il hésitait à voyager en hiver.

Christine fit jouer la serrure, entra dans la maison vide et froide et trouva la clef de la chapelle. Elle s'arrêta un instant. Il faisait un froid terrible avec vent et pluie, et l'obscurité était complète. C'était bien hardi de s'en aller dehors en pleine nuit, surtout une nuit de Noël, quand tous les démons étaient déchaînés. Mais elle ne pouvait renoncer — il fallait qu'elle allât à la chapelle.

« Au nom de Dieu tout-puissant, j'irai », murmura-t-elle dans la tempête. S'éclairant avec la lanterne, elle évitait le verglas en posant les pieds sur les pierres et les herbes enchevêtrées. Dans les ténèbres le trajet lui parut long. Mais elle finit par se trouver sur le seuil de la chapelle.

A l'intérieur le froid était plus pénétrant qu'au-dehors sous la pluie. Christine avança jusqu'au chœur et s'agenouilla devant le crucifix qu'elle entrevoyait au-dessus d'elle dans l'obscurité.

Quand elle eut récité ses prières elle se releva, s'arrêta un instant. Elle semblait attendre que quelque chose survînt. Mais rien n'arriva. Elle avait froid et peur dans la chapelle sombre et déserte.

Elle remonta jusqu'à l'autel et éclaira les tableaux vieux et sévères, et l'autel, simple pierre nue ; quant aux nappes, aux livres et aux vases, elle les savait enfermés à clef dans un coffre.

Dans la nef un banc courait le long du mur. Christine alla s'y asseoir ; elle posa la lanterne sur le sol. Son manteau était humide, elle était mouillée et avait froid aux pieds. Elle essaya de ramener une de ses jambes sous elle, mais ne réussit qu'à être très mal assise. Alors elle s'enveloppa dans son manteau et s'efforça de concentrer ses pensées : c'était une fois encore l'heure sainte de minuit où Jésus fut mis au monde à Bethléem par la Vierge Marie.

Verbum caro factum est et habitavit in nobis.

Elle se rappelait la voix profonde et pure de Sira Erik. Et Audun, le vieux diacre, qui ne fut jamais rien de plus. Et l'église de son village, où elle avait entendu la messe de minuit à côté de sa mère. Tous les ans elle y assistait. Elle essaya de se rappeler d'autres paroles du texte sacré, mais elle ne pouvait penser qu'à l'église et à tous les visages connus. Tout en haut de la travée des hommes, son père se tenait debout, le regard fixé sur la lumière aveuglante du chœur.

Comment imaginer que leur église n'existât plus ! Elle était brûlée. A cette pensée Christine fondit en larmes. Et la voici seule ici dans les ténèbres la nuit où tous les chrétiens sont assemblés pour l'allégresse et la joie dans la maison de Dieu. Mais n'était-il pas juste qu'elle fût exclue d'une fête célébrant la mise au monde du fils de Dieu par une vierge sans tache ?

Ses parents étaient sans doute à Sundbu pour ce Noël. Mais il n'y avait pas de messe à la chapelle pendant la nuit de Noël. Elle savait que cette nuit-là les gens de Sundbu partaient toujours à cheval pour entendre le service divin à l'église paroissiale de Ladalm.

Aussi loin que remontât son souvenir, elle avait toujours assisté à la messe de minuit. Elle devait être toute petite la première fois que ses parents l'y avaient emmenée. Car elle se rappelait qu'on l'avait enveloppée dans un sac de peau qui avait la fourrure en dedans, et que son père la portait. La nuit était terriblement froide, et ils chevauchaient à travers une forêt — les flambeaux de résine jetaient des lueurs sur les sapins chargés de neige. La lumière empourprait le visage de son père et le givre faisait paraître blanc comme la craie le bord de fourrure de son capuchon. De temps en temps il se penchait un peu et lui mordillait le bout du nez en lui demandant si elle le sentait, et il criait alors en riant à la mère que Christine n'avait pas encore le nez gelé. Cela se passait sans doute à l'époque où ils demeuraient encore à Skog — elle pouvait avoir alors trois hivers. Ses parents étaient de tout jeunes gens. Elle se rappelait maintenant la voix de sa mère cette nuit-là — voix haute, joyeuse, pleine de rire quand elle appelait son mari et lui demandait comment allait l'enfant. Oui, sa mère avait eu une voix jeune et fraîche...

« Bethléem » signifie en langue norvégienne la maison du pain. Car c'est là que fut donné aux hommes le pain qui les nourrit pour gagner la vie éternelle...

Ce fut à la messe du jour que Sira Erik monta en chaire et interpréta l'évangile en dialecte du pays.

Dans l'intervalle des messes, les gens s'asseyaient dans le hall de confrérie au nord de l'église. Ils avaient apporté des boissons et se les passaient à la ronde. Les hommes sortaient pour aller aux écuries voir les chevaux. Tandis que pendant les nuits d'été, la foule se tenait sur le terre-plein devant l'église et les plus jeunes des domestiques dansaient... Et la bienheureuse Vierge Marie enveloppa elle-même son fils dans un maillot. Elle le plaça dans la crèche entre le bœuf et l'âne.

Christine appliqua ses mains contre ses flancs. Petit enfant, mon fils, mon fils chéri ! Que Dieu ait pitié de nous par la grâce de sa sainte mère. Bienheureuse Marie, claire étoile des mers, aurore de la vie éternelle, toi qui enfantas le soleil de l'Univers, viens-nous en aide ! Petit enfant, qu'as-tu donc cette nuit à t'agiter ainsi ? Sens-tu là, sous mon cœur, que j'ai si affreusement froid ?

Au Noël précédent, le jour des Saints Innocents, Sira Erik avait lu le message relatif aux enfants que les cruels guerriers égorgèrent dans les bras de leurs mères. Mais Dieu avait élu ces petits pour entrer dans son paradis avant tous les autres martyrs. Et cela signifie que le royaume des cieux appartient à leurs pareils. Il avait pris un petit garçon et l'avait placé parmi eux. A moins de vous réformer à leur image, mes frères, vous ne pourrez pas pénétrer dans le royaume des cieux. Mais que ce soit là une consolation pour quiconque, homme ou femme, pleure la mort d'un petit enfant. — Christine avait vu alors les regards de son père et de sa mère se rejoindre à travers l'église, et elle avait détourné les yeux, parce qu'elle comprenait qu'il ne s'agissait pas d'elle.

C'était l'an passé. Le premier Noël après la mort de Ulvhild. Oui... mais pas mon enfant ! Jésus, Marie ! Accordez-moi de garder mon fils !...

L'année précédente son père ne voulait pas monter dans la course de chevaux de Saint-Etienne — mais ses hommes l'avaient tellement supplié qu'il avait fini par y consentir. La course allait de la côte de l'église au confluent des ruisseaux à Loptsgaard ; là, on rencontrait les hommes de l'Ottadal. Elle se rappelait son père passant au galop sur l'étalon à la robe dorée — il se dressait debout sur ses étriers, se penchait en avant, pressant et excitant le cheval, tandis que les autres le suivaient avec un martèlement de sabots.

Il était rentré chez lui de bonne heure et n'avait rien bu, tandis que d'ordinaire, ce jour-là, les hommes rentraient tard chez eux et s'enivraient. Ils devaient, en effet, entrer dans toutes les fermes et boire en l'honneur du Christ et de saint Etienne qui avait le premier aperçu l'étoile à l'Orient alors qu'il menait les poulains du roi Hérode s'abreuver dans la rivière du Jourdain. On donnait même de la bière aux chevaux ce jour-là afin de les rendre fougueux. A la Saint-Etienne, les paysans jouaient avec leurs chevaux jusqu'aux vêpres, et ils en parlaient constamment.

Christine se souvenait d'un Noël où ils avaient tenu à Joerundgaard leur grande beuverie. Son père avait promis à un prêtre qui était parmi ses hôtes de lui donner un jeune étalon rouge, fils de Guldsvein, s'il réussissait à l'attraper et à sauter sur lui pendant qu'il courait non sellé dans la cour.

Il y avait longtemps — c'était avant le malheur qui arriva à Ulvhild. La mère, debout devant la porte de la maison, portait sa petite fille dans les bras et Christine la tenait par sa robe — un peu effrayée.

Le prêtre courait après le cheval, saisissait le licol, faisant de tels bonds que sa soutane flottante s'enroulait autour de lui, puis lâchait le fougueux animal qui se cabrait.

« Eh ! là, eh ! là, fiston ! » chantait-il, sautant et dansant comme un bouc.

Le père de Christine et un vieux paysan se tenaient par le cou, leurs visages défigurés par le rire et la boisson.

Le prêtre avait eu raison de Rauden et Laurent lui en avait gracieusement fait cadeau, car Christine se souvenait qu'il le montait en quittant Joerundgaard. Tous étaient alors dégrisés. Laurent tint respectueusement l'étrier pour le prêtre, et celui-ci les bénit de trois doigts en leur disant adieu. C'était certainement un prêtre d'importance...

On s'amusait bien chez elle à Noël. Il y avait aussi le jeu des boucs de Noël. Son père la jetait sur ses épaules ; son pourpoint était couvert de glace et ses cheveux mouillés. Pour rafraîchir les cerveaux en attendant les vêpres, les hommes se jetaient de l'eau glacée près de la fontaine. Ils riaient quand les femmes se fâchaient. Le père avait pris les petites mains froides de Christine et les avait plaquées sur son front qui était encore rouge et brûlant. Cela se passait dehors, dans la cour, vers le soir — un jeune et blanc croissant de lune était suspendu au-dessus de la crête des montagnes dans un ciel vert pâle. Comme il entrait dans la grand-salle en la portant sur ses épaules, il lui cogna si fort la tête contre le chambranle de la porte qu'elle en eut une grosse bosse au front. Puis à table il l'avait prise sur ses genoux. Il avait posé la lame de son poignard sur la bosse, lui avait donné à manger de bons morceaux et lui avait fait boire de l'hydromel dans son propre gobelet. Et alors elle n'avait plus eu peur des boucs de Noël qui emplissaient la salle de leur tapage.

« ... Oh ! père, oh ! père... Mon gentil père chéri !... » Secouée de sanglots, Christine cachait son visage dans ses mains. Il fallait que son père apprît comment elle avait passé cette nuit de Noël !

En revenant, comme elle traversait la cour, elle vit que des étincelles voltigeaient au-dessus du toit du four. Les servantes préparaient à manger pour les gens qui allaient revenir de l'église.

Il faisait sombre dans le hall. Sur la table les chandelles s'étaient consumées et le feu du foyer était presque éteint. Christine remit du bois et souffla sur la braise. Elle vit alors qu'Orm était assis sur sa propre chaise. Il se dressa dès que sa belle-mère l'aperçut.

« Chéri..., lui demanda Christine, tu n'es donc pas à la messe avec ton père et les autres ? »

Orm avala une ou deux fois sa salive :

« Père a sans doute oublié de m'éveiller. Il m'avait envoyé me reposer un peu sur le lit du midi ; il avait dit qu'il me réveillerait...

— C'est dommage, Orm », fit Christine.

L'enfant ne répondit pas. Peu après il dit :

« Je croyais que tu étais partie avec eux... quand je me suis éveillé, j'étais tout seul ici dans le hall...

— Je suis allée à la chapelle un instant, répondit Christine.

— Alors, toi, tu oses aller dehors la nuit de Noël ? demanda l'enfant. Ne sais-tu pas que la chasse infernale des Ases pouvait passer et t'emporter ?...

— Il n'y a pas que les démons qui soient dehors cette nuit. La nuit de Noël, il y a tous les esprits... J'ai connu un moine, qui est mort maintenant et qui voit Dieu face à face, je pense, car il était toute bonté. Eh ! bien, il m'a raconté... As-tu quelquefois entendu dire que les bêtes de l'étable parlent entre elles la nuit de Noël ? En ce temps-là elles savaient le latin. Alors le coq chantait « Christus natus est ! » Mais je ne me rappelle pas tout. Les autres animaux demandaient où c'était arrivé, la chèvre bêlait : « Bethléem, Bethléem... », et le mouton disait : « Eamus, eamus... »

Orm eut un sourire ironique :

« Me crois-tu si petit que tu puisses me consoler avec des sornettes ? Tu pourrais aussi bien me prendre sur tes genoux et me donner à téter...

— J'ai dit cela surtout pour me consoler moi-même, Orm, dit Christine d'un ton calme. J'aurais été volontiers à la messe, moi aussi... »

Christine ne pouvait supporter plus longtemps de voir la table sale. Elle alla balayer tous les restes dans l'auge qu'elle posa à terre devant la chienne. Puis elle prit un chiffon de laine sous le banc et essuya le dessus de la table.

« Si tu veux m'accompagner au cellier de l'ouest, Orm, et rapporter du pain et des salaisons, nous mettrons le couvert pour la fête de demain, dit-elle.

— Pourquoi ne le fais-tu pas faire par des servantes ? répondit l'enfant.

— A la maison, chez mes parents, j'ai appris qu'à Noël on ne doit rien demander à personne, mais que chacun doit s'efforcer de faire le plus qu'il peut ; le plus heureux est celui qui sert le mieux les autres pendant ces journées saintes.

— Pourtant tu m'as demandé de t'aider.

— C'est une autre question — tu es ici le fils de la maison. »

Orm prit la lanterne, et ensemble ils traversèrent la cour. Dans le cellier Christine remplit deux plats d'aliments préparés pour Noël. Elle prit aussi un paquet de grandes chandelles. Pendant qu'ils étaient ainsi occupés, l'enfant dit : « Ce doit être un usage paysan, ce que tu racontais au sujet des étriers. Car j'ai entendu dire qu'il n'est qu'un paysan vêtu de bure, Laurent Bjoergulfsoen.

— Par qui as-tu entendu dire cela ? demanda Christine.

— Par maman. Je l'ai entendue mainte et mainte fois dire à papa, quand nous demeurions ici à Husaby, que pas même un grossier paysan ne voudrait lui donner sa fille en mariage.

— La vie était charmante à Husaby à cette époque », fit sèchement Christine.

L'enfant ne répondit pas. Ses lèvres eurent un léger frémissement.

Christine et Orm rapportèrent dans le hall les écuelles pleines, et elle mit le couvert. Mais elle dut retourner au cellier pour y prendre d'autres aliments.

Orm prit l'écuelle et dit d'un ton un peu confus :

« Je vais aller à ta place, Christine ; c'est si glissant dans la cour ! »

Elle se tint devant la porte de la grand-salle, attendant qu'il revînt.

Puis ils allèrent s'asseoir près du foyer, elle dans le fauteuil, et l'enfant à son côté sur un tabouret à trois pieds. Au bout d'un instant, Orm Erlendssoen dit doucement :

« Raconte-moi encore quelque chose, pendant que nous sommes ainsi, belle-maman.

— Raconter ? demanda Christine sur le même ton.

— Oui... une histoire ou quelque chose dans ce genre... une histoire pour la nuit de Noël », répondit l'enfant embarrassé.

Christine se renversa dans le fauteuil et de ses mains fines saisit les têtes d'animaux des bras du siège :

« Le moine dont je parlais avait été aussi en Angleterre. Et il racontait qu'il y a là-bas un endroit où poussent des buissons d'épines qui se couvrent de fleurs blanches la nuit de Noël. Saint Joseph d'Arimathie débarqua à cet endroit lorsqu'il s'enfuyait devant les païens ; il ficha son bâton dans la terre, et celui-ci prit racine et fleurit. Ce saint fut le premier qui apporta aux Bretons la foi chrétienne. L'endroit s'appelle Glastonborg — je m'en souviens. Frère Edvin avait vu lui-même ces buissons. C'est là, à Glastonborg, que fut enterré avec sa reine le roi Arthur dont tu as probablement entendu parler et qui est l'un des sept plus glorieux héros de la chrétienté.

« On dit, en Angleterre, que la croix du Christ était faite de bois d'aune. Mais chez nous, pendant les fêtes de Noël, nous brûlions du frêne, car c'était avec du bois de frêne que saint Joseph, le père nourricier du Christ, alluma du feu pour la Vierge Marie et l'enfant divin qui venait de naître. C'est aussi de frère Edvin que père avait appris cela.

— Mais les frênes ne poussent pas beaucoup par ici, dans le Nordenfjeld, dit l'enfant. Dans l'ancien temps, tu sais bien, on s'en servait pour faire des bois de lances. Je crois que le seul frêne que possède la terre de Husaby est celui qui se trouve à l'est de la barrière de la ferme, et celui-là, père ne peut pas l'abattre, car au-dessous demeure le bon génie paysan. — Mais tu sais bien, Christine, qu'à Rome ils possèdent la sainte croix ; ils pourraient se rendre compte si elle est vraiment en bois d'aune...

— Oui, dit Christine. Je ne sais pas si c'est vrai, car, tu le sais, il est dit que la croix fut faite d'un rejeton de l'arbre de vie que Seth eut la permission d'aller chercher dans le jardin du Paradis et de rapporter à Adam avant qu'il mourût...

— Oui. Mais raconte tout de même... »

Un instant plus tard, Christine dit à l'enfant :

« A présent, mon jeune parent, tu devrais te coucher un peu et dormir. Il se passera encore longtemps avant que les gens de l'église soient de retour. »

Orm se leva :

« Nous ne nous sommes jamais encore appelés parents tous les deux, Christine Lavransdatter. » Il alla prendre une corne sur la table, but à la santé de sa belle-mère et lui tendit la corne.

Christine eut l'impression qu'une eau glacée coulait le long de son dos. Elle ne put s'empêcher de se rappeler le moment où la mère d'Orm avait voulu boire avec elle. Et dans ses entrailles son enfant lui donnait de violentes secousses. Qu'a-t-il donc cette nuit ? pensait la mère. On eût dit que l'enfant, avant même d'être né, ressentait ce qu'elle éprouvait, eût froid avec elle, se tordît dans l'angoisse quand elle tremblait de peur. Mais il ne faut pas que je sois si lâche, pensa Christine. Elle prit la corne et but à son beau-fils.

Quand elle rendit la corne à Orm, elle caressa doucement ses boucles noires. Non, certes, je ne serai pas pour toi une dure marâtre, pensait-elle. Toi qui es le joli, joli fils d'Erlend...

Elle était endormie dans son fauteuil quand Erlend rentra et lança sur la table ses moufles glacées.

« Est-ce vous déjà ? fit Christine surprise. Je croyais que vous deviez assister à la messe du jour...

— Oh ! Deux messes me sanctifient pour longtemps », dit Erlend.

Christine le débarrassa de son manteau couvert de glace.

« Le temps est clair, il gèle plus fort...

— Ce n'est pas bien d'avoir oublié d'éveiller Orm, dit Christine.

— En a-t-il été ennuyé ? demanda le père. Ce n'est pas que je l'aie oublié, ajouta-t-il à voix basse. Mais il dormait si bien ! Tu penses bien que les gens me regardaient dans l'église, surpris de me voir sans toi. Je n'avais pas envie de me montrer là-bas avec, en plus, ce gamin à mon côté... »

Christine ne dit rien. Mais cela lui faisait mal. Il lui semblait qu'Erlend n'avait pas bien agi.

3

Ce Noël-là, on ne vit pas grand monde à Husaby. Erlend ne voulait se rendre à aucun des endroits où il était invité, mais il allait et venait dans sa ferme, de mauvaise humeur.

En réalité il était plus affecté que ne le croyait sa femme de ce coup du sort. Il avait crié sur les toits les mérites de sa fiancée depuis le jour où ses parents avaient obtenu la main de Christine pour lui à Joerundgaard. Pour rien au monde il n'eût voulu laisser supposer qu'il la considérait, elle et les siens, comme de condition inférieure à celle de sa propre famille. Non, tous devaient le savoir, il se sentait honoré et relevé par le fait que Laurent Bjoergulfsoen lui avait accordé sa fille. Les gens devaient dire maintenant qu'il n'avait guère fait plus de cas de la jeune fille que d'une fille de paysans, puisqu'il avait osé faire au père l'injure de coucher avec sa fille avant de l'avoir obtenue légalement. Pendant les noces, Erlend avait vivement insisté auprès des parents de sa femme pour qu'ils vinssent en été à Husaby voir dans quelles conditions il vivait. En même temps il n'eût pas été fâché de leur montrer que leur fille ne serait pas dans la gêne. Mais il aurait eu aussi grand plaisir à se montrer aux environs en compagnie de ces beaux-parents de belle prestance ; il comprenait que Laurent et Ragnfrid étaient gens à être distingués entre tous, en quelque lieu que ce soit. Et depuis le jour où il avait assisté à l'incendie de l'église à Joerundgaard, il avait le sentiment que Laurent, malgré tout, n'était pas si mal disposé à son égard. A présent il n'était guère plausible qu'une rencontre nouvelle entre ses beaux-parents et lui pût être agréable à aucune des deux parties.

Christine s'indignait qu'Erlend manifestât trop souvent sa mauvaise humeur à Orm. Celui-ci, qui n'avait aucun enfant de son âge à fréquenter, était souvent un peu agaçant et insupportable et il faisait parfois des sottises. Un jour il avait pris sans autorisation l'arbalète française de son père, et quelque chose s'était détraqué dans le mécanisme. Erlend s'en irrita fort ; il souffleta Orm et jura que désormais le gamin ne toucherait plus un arc à Husaby.

« Orm n'y est pour rien », dit Christine sans se retourner. Elle était assise à coudre, leur tournant le dos. « Le ressort était faussé quand il l'a pris, et il a essayé de le réparer ! Tu n'auras tout de même pas l'absurdité d'interdire à ton grand fils de se servir de l'un des nombreux arcs qu'il y a ici à la ferme. Donne-lui plutôt un de ceux qui sont dans le grenier des chevaliers.

— Tu peux lui donner toi-même un arc si cela te fait plaisir, fit Erlend avc humeur.

— Je le ferai de bon cœur, répondit Christine du même ton. J'en parlerai à Ulf la prochaine fois qu'il ira à la ville.

— Eh bien ! Orm, approche et remercie ta gentille belle-mère », dit Erlend d'une voix ironique et irritée.

Orm s'exécuta. Et après cela il s'esquiva le plus vite qu'il put. Après un instant de silence, Erlend dit :

« C'est surtout pour m'irriter que tu as fait cela, Christine.

— Oui, je sais que je suis un troll. Tu me l'as déjà dit.

— Te rappelles-tu aussi, ma chérie, dit Erlend avec mélancolie, qu'alors je ne parlais pas sérieusement ? »

Christine ne répondit pas et ne leva pas les yeux de son ouvrage. Erlend sortit et elle se mit à pleurer. Elle aimait Orm et elle trouvait qu'Erlend était souvent injuste envers son fils. Mais en outre, l'humeur taciturne et les airs moroses de son mari la faisaient tant souffrir maintenant qu'elle pleura dans son lit la moitié de la nuit. Puis elle eut la migraine toute la journée du lendemain. Ses mains avaient maigri ; elle dut mettre de petites bagues d'argent qu'elle avait depuis son enfance pour retenir sa bague de fiançailles et son alliance et les empêcher de glisser pendant son sommeil.

Le dimanche d'avant le carême, tard dans l'après-midi, arrivèrent inopinément à Husaby Messire Baard Petersoen avec sa fille, la veuve, et Messire Munar Baardsoen avec sa femme. Erlend et Christine sortirent dans la cour pour souhaiter la bienvenue à leurs hôtes.

Sitôt que Messire Munar aperçut Christine, il donna à Erlend une forte tape sur les épaules :

« Je vois, cousin, que tu as su t'y prendre de telle manière avec ta femme qu'elle se trouve tout à fait bien dans ta ferme. Tu n'es plus si maigre et chétive que tu l'étais lors de tes noces. Christine, et tu as aussi des couleurs bien plus fraîches », dit-il en souriant, car Christine était devenue rouge comme une pomme d'églantier.

Erlend ne répondit pas. Messire Baard avait une mine sombre. Quant aux deux femmes, elles avaient l'air de ne rien voir ni rien entendre ; elles saluèrent leurs hôtes silencieusement et poliment.

Christine fit apporter de la bière et de l'hydromel près du foyer tandis qu'ils attendaient le repas. Munar Baardsoen bavardait sans arrêt. Il avait pour Erlend une lettre de la duchesse — elle avait demandé ce que devenaient Erlend et sa jeune femme. La jeune fille qu'il avait épousée, était-ce bien celle qu'il avait voulu emmener en Suède ? C'était le diable de voyager à cette époque, en plein hiver, en remontant les vallées, puis en bateau jusqu'à Nidaros. Mais il voyageait pour le service du roi, de sorte que rien ne servait de grommeler. Il était passé voir sa mère à Hangen et elle l'avait chargé de ses salutations.

« Etes-vous allé à Joerundgaard ? » demanda doucement Christine.

Non, car il avait appris qu'ils étaient partis pour le repas de funérailles à Blakarsarv. C'était une histoire affreuse. La maîtresse de maison, Tora, cousine germaine de Ragnfrid, s'était brisé l'épine dorsale en tombant de la galerie du cellier à provisions. Son mari l'avait poussée sans le faire exprès... C'était un de ces vieux celliers qui n'ont pas de véritable galerie ; il n'y avait que quelques planches posées sur les extrémités des troncs d'arbres au second étage. On avait dû ligoter Rolf et le surveiller nuit et jour depuis le malheur car il voulait se tuer.

Tous demeuraient silencieux, frissonnants. Christine connaissait peu ces parents, mais ils avaient assisté à ses noces. Elle eut soudain une faiblesse et fut prise d'un éblouissement. Munar, qui était assis en face d'elle, se précipita. Penché au-dessus d'elle et la tenant par les épaules, il était l'image même de l'amabilité. Christine comprit qu'il ne fallait peut-être pas trop s'étonner qu'Erlend eût de l'affection pour son cousin germain.

« J'ai connu Rolf quand nous étions jeunes, reprit-il. Les gens avaient pitié de Tora Guttormsdatter. Ils disaient qu'il était sauvage et dur. On voit bien à présent qu'il tenait à elle. Eh ! oui, bien des maris crânent et font semblant de souhaiter d'être loin de leur épouse, mais la plupart des hommes savent bien que perdre sa femme est la pire des pertes... »

Baard Petersoen se leva brusquement et se dirigea vers le banc adossé au mur.

« Dieu me damne, maudit bavard ! dit tout bas Messire Munar. Dire que je ne serai jamais capable de tenir ma langue ! »

Christine ne comprenait pas ce qui arrivait. Son étourdissement était passé, mais un tel malaise régnait — ils étaient si étranges ! Elle fut heureuse de voir les domestiques apporter le repas.

Munar regarda la table et se frotta les mains : « Je pensais bien que nous ne perdrions rien à passer chez toi avant d'entrer en carême, Christine. Comment as-tu préparé cette bonne chère en si peu de temps ! On pourrait croire que ma mère t'a enseigné la magie. Mais je m'aperçois que tu es habile à préparer ce qui peut plaire à un mari. »

Ils se mirent à table. Pour les hôtes on avait garni de coussins de velours le banc intérieur de chaque côté de la place d'honneur. Les domestiques étaient assis sur le banc extérieur, Ulf Haldorssoen au milieu, juste en face du maître de maison.

Christine causait à voix basse et calme avec les femmes, et s'efforçait de cacher son malaise persistant. Tout d'un coup Munar Baardsoen lança quelques mots qui voulaient être plaisants, au sujet de la timidité de Christine. Christine fit semblant de ne pas entendre.

Munar était un homme extraordinairement corpulent. Ses oreilles, petites et bien faites, se perdaient dans la chair rouge et grasse de son cou, et son ventre le précédait quand il se rendait à table.

« Il y a une question que je me suis souvent posée à propos de la résurrection de la chair, dit-il. Quand viendra le grand jour, devrai-je me relever avec toute cette graisse que je me suis faite ? Toi, Christine, tu retrouveras bientôt ta fine taille — moi, non. Tu ne le croiras peut-être pas, mais lorsque j'avais vingt hivers j'étais aussi mince de taille que l'est aujourd'hui Erlend...

— En voilà assez, Munar, dit tout bas Erlend. Tu fatigues Christine...

— Je me tairai, puisque tu le désires, répliqua Munar. Tu fais le fier maintenant, dirait-on. Te voilà assis à ta propre table, avec ta femme légitime auprès de toi à la place d'honneur. Dieu sait que ce n'était pas trop tôt — tu avais l'âge, mon vieux ! Certes, je me tairai, puisque tu le demandes. Mais personne ne t'a jamais dit, à toi, si tu devais parler ou te taire — autrefois, lorsque tu étais assis à ma table — tu séjournais chez moi longuement et à ta fantaisie, et je ne pense pas que tu aies jamais remarqué que tu n'y fusses pas le bienvenu...

« Mais je me demande s'il déplaît tellement à Christine que je plaisante un peu avec elle — qu'en dis-tu ? ma jolie cousine — tu n'étais pas si sensible autrefois. J'ai connu Erlend depuis qu'il était grand comme ça et je lui ai toujours porté de l'intérêt pendant son enfance. Tu es alerte et gaillard, Erlend, que ce soit l'épée à la main, à cheval, ou à bord d'un bateau. Mais que saint Olav me fende en deux d'un coup de hache le jour où je te verrai, bien d'aplomb sur tes longues jambes, regarder droit dans les yeux un homme ou une femme et prendre la responsabilité du mal que tu auras causé par ton irréflexion. Non, mon cher, te voilà comme l'oiseau dans le lacet, attendant que Dieu et tes parents t'aident à sortir d'embarras. Tu es une femme si raisonnable, Christine, tu sais cela, je le pense — je veux dire que tu peux bien en rire maintenant ; durant l'hiver tu as certainement vu assez de mines honteuses, de soucis et d'angoisses... »

Une rougeur montait au visage de Christine. Ses mains tremblaient et elle n'osait pas regarder du côté d'Erlend. L'indignation bouillonnait en elle — il y avait là ces étrangères, et Orm, et les domestiques. Telle était donc la courtoisie des riches parents d'Erlend !

Alors Messire Baard dit, d'une voix si basse que ceux-là seuls pouvaient l'entendre qui étaient assis tout près de lui :

« Je ne trouve pas que ce soit là un sujet de plaisanterie. Erlend pouvait se marier comme il l'entendait. Moi, je t'ai soutenu, Erlend, devant Laurent Bjoergulfsoen.

— Oui, et c'était une sacrée bêtise de ta part, mon cher Baard, dit Erlend à voix haute et avec vivacité. Et je ne puis comprendre que tu aies pu être fou à ce point. Car toi, tu me connais bien aussi... »

Mais Munar était maintenant tout à fait déchaîné.

« Eh bien ! je vais vous dire pourquoi cela me semble plaisant. Te rappelles-tu ce que tu m'as répondu, Baard, lorsque je suis venu te trouver pour te dire que nous devions aider Erlend à faire ce mariage — eh bien ! je vais le raconter ; Erlend doit apprendre ce que tu pensais de moi. Je disais : “ C'est comme ci et comme ça entre eux, et, s'il n'obtient pas Christine, Dieu et la Vierge Marie savent à quelles folies nous pouvons nous attendre. ” Tu m'as alors demandé si la raison pour laquelle je voulais le voir enfin marié avec la jeune fille c'est que je la soupçonnais d'être inféconde, puisqu'elle l'était restée si longtemps. Mais je pense que vous me connaissez, vous autres ; vous savez que je suis pour les miens un parent fidèle... » D'émotion, il éclata en larmes :

« Que Dieu et tous les saints m'en soient témoins, je n'ai jamais convoité ton bien, cousin — d'ailleurs il y a aussi Gunnulf entre moi et Husaby. Mais je t'ai répondu, Baard, tu le sais... qu'au premier fils qu'aurait Christine je donnerais mon poignard serti d'or avec le fourreau en os de baleine... tiens ! le voilà ! » cria-t-il en pleurant et en lançant l'arme splendide à Christine, par-dessus la table. « Si ce n'est pas un fils cette fois-ci, ce sera sans doute pour l'an prochain... »

Des pleurs de honte et de colère coulèrent sur les joues brûlantes de Christine. Elle fit un effort pour ne pas sangloter. Mais les deux étrangères mangeaient bien tranquillement, en femmes habituées à de pareils éclats. Erlend chuchota qu'elle devait prendre le poignard : « Sinon Munar n'en finirait pas de la soirée.

— Et, après tout, je ne cacherai pas que j'en suis bien aise pour ton père, poursuivit Munar. Il verra qu'il a été trop prompt à répondre de ta sagesse. Cet orgueil qu'il avait, Laurent !... Nous n'étions pas assez bons pour lui, nous, et tu étais trop fine et trop pure pour pouvoir supporter dans ton lit un homme comme Erlend. A l'entendre, tu n'aurais jamais pu faire autre chose, pendant la nuit, que de chanter dans un chœur de nonnes : “ Mon cher Laurent, lui ai-je dit, votre fille est une jolie, fraîche et vive jeune fille, et la nuit d'hiver est longue et froide dans notre pays... ” »

Christine se cacha le visage avec son foulard ; elle sanglotait tout haut et voulut se lever, mais Erlend l'obligea à se rasseoir.

« Contiens-toi, dit-il vivement. Ne t'occupe pas de Munar. Tu vois bien qu'il est abominablement ivre... »

Elle sentait qu'aux yeux de Dame Catherine et de Dame Vilborg c'était pitié qu'elle ne sût pas mieux se dominer. Mais elle ne pouvait s'arrêter de pleurer.

Baard Petersoen dit, furieux :

« Ferme ta gueule pourrie. Cochon, tu l'as été toute ta vie, mais tu pourrais tout de même épargner à une femme malade tes sales propos...

— Tu as dit cochon... Oui, j'ai plus de bâtards que toi, ça, c'est vrai. Mais il y a une chose que je n'ai jamais faite, et Erlend non plus, c'est de payer un autre homme pour se dire le père à ma place.

— Munar ! cria Erlend en sursautant. Je veux avoir la paix ici sous mon toit !

— Tu peux te la mettre quelque part, la paix ! On appelle père celui qui a procréé — dans la vie des cochons, comme tu dis ! » Et Munar donna un tel coup sur la table que coupes et assiettes tressautèrent. « Nos fils ne vont pas se mettre en service dans la maison de leurs cousins. Mais il y a ici ton fils, à la même table que toi, assis sur le banc des domestiques. Cela me paraît bien la pire des hontes... »

Baard se dressa et lança un pichet à la tête de Munar. Les deux hommes se jetèrent l'un sur l'autre, si bien que le dessus de la table bascula presque et que mets et pots de bois roulèrent sur les genoux de ceux qui étaient assis sur le banc extérieur.

Christine, très pâle, restait la bouche entrouverte. A un moment elle regarda Ulf. Celui-ci riait ouvertement, d'un air grossier et mauvais. Il bascula le dessus de table en sens inverse et le serra contre les deux hommes qui se battaient.

Erlend sauta sur la table. A genoux au milieu du désordre il s'empara des bras de Munar, le saisit sous les épaules et le tira à lui — devenant lui-même rubicond. Munar décocha au vieux Baard un coup de pied si violent qu'il lui fit venir le sang à la bouche. Erlend alors le lança à travers la table sur le plancher. Puis il sauta lui-même à terre et s'arrêta, soufflant comme un soufflet de forge.

Munar se remit debout et se précipita sur Erlend qui se glissa sous ses bras par deux fois. Puis Erlend se dressa contre Munar et le tint serré dans l'étau de ses bras longs et forts. Erlend était agile comme un chat, mais Munar avait le pied solide ; fort et lourd il ne se laissa point abattre. Ils tournèrent en rond dans la salle tandis que les servantes poussaient des hurlements ; aucun des hommes ne faisait mine de venir les séparer.

Alors Dame Catherine se leva, lourde et grasse. Lentement elle escalada la table, aussi tranquillement qu'elle eût gravi l'escalier d'un magasin à provisions.

« Allons, cessez maintenant ! dit-elle d'une voix forte et pâteuse. Lâche-le, Erlend ! Et toi, Munar, tu as eu tort de parler ainsi à un homme âgé, qui est ton proche parent... »

Les hommes obéirent. Munar apaisé laissa sa femme essuyer

avec son mouchoir de tête le sang qui lui coulait du nez. Elle l'engagea à aller se coucher, et il la suivit de bonne grâce quand elle l'emmena vers le lit placé du côté sud. Sa femme et l'un de ses compagnons le dévêtirent et le firent rouler à l'intérieur du lit dont ils fermèrent la porte.

Erlend était retourné vers la table. Il se pencha devant Ulf qui était assis comme auparavant.

« Père nourricier ! » dit-il d'un air malheureux. Il semblait avoir complètement oublié sa femme. Messire Baard était asssis, branlant la tête, et des larmes tombaient sur ses joues une à une.

« Ulf n'avait pas besoin de se mettre en service, perçut-on au milieu de ses larmes et de ses sanglots. Tu aurais pu prendre la ferme après Haldor, tu sais que c'était mon idée...

— Elle n'est pas si magnifique, la ferme que tu as donnée à Haldor ; tu as acheté à bon compte un mari pour la servante de ta femme, dit Ulf. Il l'a défrichée et l'a gérée habilement ; il me semblait juste que mes frères la prissent après leur père. Ce qui est vrai aussi, c'est que je n'avais aucune envie de m'établir comme maître — surtout là-haut sur le versant de la montagne, hypnotisé par cette ferme de Hestnaes. J'aurais cru entendre monter chaque jour jusqu'à moi les reproches de Paul et Vilborg, furieux que tu aies fait un cadeau beaucoup trop beau à ton bâtard...

— J'ai offert de te venir en aide, Ulf, dit Baard en pleurant, lorsque tu as voulu partir avec Erlend. Je t'ai tout raconté sur cette affaire dès que tu as été en âge de comprendre. Je t'ai prié de t'adresser à ton père...

— J'appelle mon père celui qui m'a protégé quand j'étais petit. Celui-là, c'est Haldor. Il a été bon pour mère et pour moi. Il m'a appris à monter à cheval et à manier l'épée à la manière des massues de paysans, comme Paul disait un jour... »

Ulf lança le couteau qu'il portait sur lui et le jeta dans un sifflement de l'autre côté de la table. Puis il se leva, le ramassa, l'essuya sur sa cuisse, le remit au fourreau et se tourna vers Erlend :

« Mets fin à ce repas et envoie les gens au lit. Ne vois-tu pas que ta femme n'est pas encore accoutumée à nos réunions de famille ?... »

Et sur ces mots, il quitta la salle.

Messire Baard le suivait des yeux. Il avait l'air tout à fait pitoyable, vieux et cassé, affalé parmi les coussins de velours. Sa fille, Vilborg, et un de leurs hommes le mirent debout et l'emmenèrent.

Christine restait seule à la place d'honneur, pleurant sans arrêt. Quand Erlend s'approcha d'elle, elle repoussa vivement sa main. Elle trébucha deux ou trois fois en traversant la salle, mais elle répondit non, sèchement, quand son mari lui demanda si elle était malade.

Elle n'aimait pas beaucoup ces lits clos. Chez elle, il y avait seulement des tapis pendus du côté de la pièce, et ce n'était pas aussi chaud et étouffant. Aujourd'hui c'était pire que jamais : elle avait tant de peine à respirer ! La masse dure qui l'oppressait juste en dessous des côtes, elle pensait que c'était la tête de l'enfant. Elle se figurait que la petite tête noire était engagée parmi les racines de son cœur. Il l'étouffait comme Erlend autrefois quand il pressait sur le sein de sa femme sa tête aux cheveux noirs. Mais, aujourd'hui, cette pensée n'avait rien d'agréable.

« Voyons, ne cesseras-tu pas de pleurer ? » demanda Erlend en passant un bras autour des épaules de Christine.

Il avait toute sa raison. Il supportait bien la boisson, et d'ailleurs, en général, il buvait peu. Christine pensait que cela n'aurait jamais pu arriver chez elle — jamais elle n'avait entendu des gens s'adresser des paroles envieuses ou déterrer des choses qu'il eût mieux valu taire. Elle avait vu souvent son père tituber sous l'effet d'une forte ivresse dans la maison pleine d'invités ivres ; jamais cependant il n'était arrivé qu'il ne pût faire observer chez lui les convenances, mais la paix et la bienveillance régnaient jusqu'à ce que les gens tombassent des bancs et s'endormissent dans la joie et la bonne entente.

« Ma chérie, ne prends pas cela tellement à cœur, fit Erlend.

— Et Messire Baard ! dit Christine en éclatant en larmes. Se conduire ainsi... lui qui parlait à mon père comme s'il avait eu un message de Dieu à apporter... oui, c'est ce que m'a dit Munar lors de nos fiançailles... »

Erlend répondit à voix basse :

« Oui, Christine, je sais que j'ai des raisons de baisser les yeux devant ton père. C'est un honnête homme, mais mon père nourricier n'est pas mauvais. Inga, mère de Paul et de Vilborg, est restée paralysée et malade pendant six ans avant de mourir.

C'était avant que je vinsse à Hestnaes, mais je l'ai entendu raconter — jamais un mari n'a soigné une femme malade plus fidèlement et affectueusement. Mais c'est à cette époque qu'Ulf vint au monde...

— C'est une honte bien plus grande... avec la servante de sa femme malade !...

— Tu as souvent de tels enfantillages qu'on ne peut parler avec toi, dit Erlend découragé. Dieu m'assiste, Christine ! Tu auras vingt ans ce printemps-ci et il y a plusieurs hivers qu'on doit te compter pour une vraie femme...

— Oui, c'est vrai, toi tu as le droit de te moquer de moi à ce propos... »

Erlend poussa un gémissement :

« Tu sais bien que ce n'était pas là ma pensée. Mais à Joerundgaard, tu as entendu Laurent ; loyal et viril comme il est, il parle souvent maintenant comme s'il avait été un moine et non un homme...

— As-tu jamais entendu parler d'un moine qui ait eu six enfants ? dit-elle blessée.

— J'ai entendu dire de Skurda-Grim qu'il en eut sept, dit Erlend désespéré. L'ancien abbé de Holm... Non, Christine, Christine, ne pleure pas ainsi. Au nom de Dieu, je crois que tu as perdu l'esprit !... »

Munar était très doux le lendemain matin. « Je n'aurais jamais pensé que tu pourrais prendre tellement à cœur mes propos de table, petite Christine, dit-il d'un air sérieux en lui caressant la joue. Sinon j'aurais surveillé davantage mes paroles. »

Il parla avec Erlend de l'étonnement que pouvait causer à Christine la présence continuelle de cet enfant — le mieux serait d'éloigner Orm le plus tôt possible. Munar s'offrait à le prendre avec lui quelque temps. Cela plut à Erlend et Orm accepta volontiers de partir avec Munar. Mais Christine ne se faisait pas à cette séparation ; car elle aimait son beau-fils.

De nouveau elle passait les soirées toute seule avec Erlend et ce n'était pas pour elle une grande société. Il restait assis à distance, près du foyer, disait un mot de temps à autre, avalait une gorgée de bière, jouait un peu avec ses chiens. Puis il allait s'étendre sur le banc — et ensuite se mettait au lit. Il demandait deux ou trois fois si elle n'allait pas venir bientôt se reposer, puis il s'endormait.

Christine, assise, cousait. On entendait sa respiration, courte et lourde. Mais maintenant le terme n'était pas loin. Elle ne pouvait plus se rappeler ce que c'était que d'avoir la taille légère et mince, de pouvoir attacher ses chaussures sans peine ni souffrance.

Quand Erlend dormait, elle n'essayait même plus de retenir ses larmes. Pas d'autre bruit dans la grand-salle que les tisons qui s'affaissaient dans le foyer et les chiens qui remuaient. Elle se demandait parfois de quoi ils parlaient autrefois, Erlend et elle. Ils ne parlaient, certes, pas beaucoup — ils avaient autre chose à faire pendant les courts moments qu'ils volaient pour leurs rendez-vous.

C'est la saison où sa mère et les servantes avaient l'habitude de passer les soirées dans la maison de tissage ; le père et les hommes y venaient aussi s'asseoir avec leur travail — ils raccommodaient des harnais et des outils agricoles, sculptaient le bois. La petite maison était toute pleine de gens qui causaient tranquillement avec des mots brefs. Lorsque l'un d'eux allait se servir au pot de bière, il demandait toujours — comme c'était la coutume —, avant de pendre à nouveau la cuiller de bois, si on en désirait.

Quelqu'un se mettait à raconter une brève saga sur les guerriers d'autrefois qui luttaient avec les démons souterrains et les sorcières. Ou bien son père, tout en sculptant le bois, contait des aventures de chevaliers dont il avait entendu le récit dans le hall du duc Haakon quand il était porte-flambeau au temps de sa jeunesse. Quels noms étrangement beaux ! Le roi Osantrix, le chevalier Titurel — les reines Sisibe, Guniver, Gloriana et Isodd. Mais d'autres soirs c'étaient des contes en l'air et des histoires bouffonnes qui faisaient pouffer les hommes, tandis que les femmes riaient sous cape en hochant la tête.

Ulvhild et Astrid chantaient. Sa mère avait une voix admirable, mais il fallait la prier beaucoup avant d'obtenir qu'elle chantât. Son père se faisait moins prier, et il jouait très joliment de la harpe...

Puis Ulvhild écartait rouet et fuseau et se laissait aller en arrière.

« Es-tu lasse, petite Ulvhild ? » demandait le père en la

prenant sur ses genoux. Quelqu'un apportait le tric-trac et le père et Ulvhild jouaient jusqu'à l'heure du coucher. Christine se rappelait les boucles blondes de sa petite sœur qui flottaient sur les manches de bure gris-brun de son père. Il entourait de ses bras le fragile petit dos avec une telle tendresse !

Les mains de son père... Grandes, fines, avec une lourde bague en or à chaque petit doigt. C'étaient les bagues de la mère de Laurent.

L'anneau à pierre rouge, sa bague de mariage, il avait dit que Christine l'aurait après lui. Mais celle qu'il portait à la main droite, avec une pierre mi-bleue, mi-blanche, comme ses armoiries, c'était Messire Bjoergulf qui l'avait fait faire pour sa femme quand elle était enceinte — elle la recevrait quand elle lui aurait donné un fils. Trois nuits Christine Sigurdsdatter avait porté la bague, puis elle l'avait attachée au cou de l'enfant, et Laurent disait qu'il voulait l'avoir avec lui dans la tombe.

Que voulait bien dire son père quand il lui rapportait cela ? On en parlait dans tout le pays et il devait savoir que partout où il allait, à l'église, à l'assemblée ou à une réunion, tout le monde riait derrière son dos parce qu'il s'était laissé duper ainsi. A Joerundgaard on avait revêtu de la toilette de mariée avec la couronne de Sundbu sur ses cheveux flottants, une concubine...

« Les gens racontent que je ne sais pas faire obéir mes enfants. » Christine se rappelait le visage qu'avait son père en disant ces mots. Il aurait dû être sérieux et sévère, mais ses yeux étaient gais. Elle avait commis quelque petite faute — lui avait parlé sans être interrogée, en présence d'étrangers, ou quelque autre vétille. « Oh ! toi, Christine, tu n'as pas grand-peur de ton père ! » Puis il se mettait à rire, et elle riait avec lui. « Mais ce n'est pas bien, cela, Christine ! » Et ni l'un ni l'autre ne savait ce qui n'était pas bien ! qu'elle n'eût pas la juste crainte de son père ou qu'il fût tellement incapable de tenir son sérieux quand il aurait dû la corriger.

Il semblait que les terreurs insupportables de Christine au sujet de son enfant s'évanouissaient et s'éloignaient à mesure qu'elle souffrait davantage dans sa chair. Elle essayait de penser à l'avenir — au mois suivant, elle aurait alors son bébé depuis peu de temps. Mais elle n'arrivait pas à réaliser le fait. Elle ne faisait que languir en pensant à Joerundgaard.

Une fois Erlend lui demanda si elle voulait qu'il envoyât un message à sa mère. Mais elle avait refusé ; elle ne croyait pas que sa mère osât faire un si long voyage en hiver. A présent elle le regrettait. Elle regrettait aussi d'avoir dit non à Tordis de Laugarbru qui aurait voulu absolument la suivre au nord et lui venir en aide pendant son premier hiver de maîtresse de maison. Mais elle était gênée à propos de Tordis qui avait été la servante de Ragnfrid à Sundbu, l'avait suivie à Skog et dans la vallée. Lorsqu'elle s'était mariée, Laurent avait pris son mari comme premier domestique à Joerundgaard parce que Ragnfrid ne pouvait se passer de sa chère servante. Christine n'avait voulu emmener aucune domestique de chez elle.

A présent il lui paraissait affreux de n'avoir aucun visage connu penché sur elle quand le moment viendrait des grandes douleurs. Elle avait peur ; elle ne savait presque rien des choses de l'accouchement. Sa mère n'en avait jamais parlé avec elle et n'avait jamais voulu que des jeunes filles fussent présentes quand une femme était en mal d'enfant : ce n'était bon qu'à effrayer les jeunes, disait-elle. Ce devait être affreux — Christine se souvenait de la naissance d'Ulvhild. Mais Ragnfrid disait que l'accouchement avait été pénible parce qu'elle avait commis l'imprudence de ramper sous une haie — elle avait mis facilement au monde ses autres enfants. Christine se souvenait que sur le bateau elle aussi avait eu l'imprudence de passer sous un cordage.

Cela ne se passait pas toujours ainsi — elle avait entendu des propos de ce genre entre sa mère et les autres femmes. Dans leur village, Ragnfrid avait la réputation d'être la meilleure sage-femme, et elle ne refusait jamais de se mettre en route pour apporter son aide, fût-ce à une mendiante ou à la maîtresse de l'homme le plus pauvre, et même si le temps était si mauvais que trois hommes dussent l'accompagner à skis et la porter tour à tour sur leur dos. — Mais on ne pouvait imaginer qu'une femme aussi expérimentée que sa mère n'eût pas compris ce qui la rendait cet été si pitoyable. Cela vint tout à coup à l'esprit de Christine. Mais alors... mais alors il était certain que mère viendrait, même si on n'envoyait pas de message ! Ragnfrid ne souffrirait pas qu'une étrangère assistât sa fille dans cette lutte. Sa mère venait — elle était sûrement en route. Oh ! comme elle lui demanderait pardon de l'offense qu'elle lui avait faite !... C'est sa propre mère qui l'assisterait ; c'est aux genoux de sa propre mère qu'elle s'agenouillerait quand elle aurait donné le jour à son enfant. Mère, viens, mère... Christine se mit à sangloter, la tête dans ses mains. Oui, mère, mère, pardonne-moi...

Cette pensée que sa mère était en chemin pour la rejoindre s'ancra si fort dans l'esprit de Christine qu'elle eut un jour cette conviction : mère est venue aujourd'hui. Et au petit matin elle prit son manteau et sortit pour aller à sa rencontre sur le chemin qui conduit du val de Gaul à Skaun. Personne ne remarqua qu'elle sortait de la ferme.

Erlend avait fait amener des bois de charpente pour la réparation des maisons, de sorte que le chemin était bon, mais ce n'en était pas moins pénible pour elle de marcher. Elle fut vite essoufflée avec des battements de cœur, des points de côté. Quand elle eut marché quelques instants, il lui sembla que sa chair tendre allait éclater. La plus grande partie du chemin traversait une épaisse forêt. Elle avait un peu peur — mais cet hiver on n'avait pas relevé de traces de loups dans la commune. Et Dieu la protégerait, elle qui allait à la rencontre de sa mère pour se jeter à ses pieds et lui demander pardon... de sorte qu'il lui était impossible de ne pas continuer.

Elle arriva à un petit lac proche de plusieurs petites fermes. A l'endroit où le chemin s'engageait sur la glace elle s'assit sur un tronc d'arbre. Elle attendit ainsi des heures, tantôt se reposant, tantôt marchant un peu quand elle avait froid. Mais finalement elle dut rentrer à Husaby.

Le jour suivant elle reprit le même chemin. Mais comme elle traversait la cour de l'une des petites fermes proches du lac, la femme du logis courut derrière elle.

« Au nom du ciel, maîtresse, tu ne peux faire cela ! »

En entendant ces mots, Christine fut si effrayée qu'elle resta clouée sur place, tremblante, regardant la paysanne avec des yeux épouvantés.

« Traverser la forêt !... Pense donc, si le loup t'avait flairée ! Et d'autres malheurs pouvaient t'arriver ! Quelle imprudence de t'en aller ainsi ! »

La paysanne entoura de son bras la jeune femme et la soutint ; elle examina le visage maigre et pâle, jaunâtre, avec des taches brunes. « Entre dans notre maison et repose-toi un peu.

Ensuite quelqu'un d'ici t'accompagnera chez toi. » La cabane était petite et pauvre et il y avait un grand désordre à l'intérieur, avec beaucoup de petits enfants jouant par terre. La mère les envoya à la maison de la cuisine, enleva le manteau de son hôtesse, la conduisit au siège ménagé dans le banc et lui ôta ses chaussures couvertes de neige. Ensuite elle enveloppa les pieds de Christine dans une fourrure.

Bien que Christine la priât de ne pas se donner tant de peine, la paysanne lui servit des aliments et de la bière du tonneau de Noël. Pendant ce temps elle réfléchissait... il y avait une belle organisation à Husaby ! Elle-même n'était que la femme d'un pauvre homme : ils avaient eu un peu d'aide à la ferme, et le plus souvent aucune, mais jamais Œistein n'eût toléré qu'elle s'en allât seule au-delà de la barrière de la cour quand elle était enceinte — n'allât-elle qu'à l'étable, la nuit venue, quelqu'un devait être à l'écoute. Mais la femme la plus riche de la paroisse pouvait aller risquer la mort la plus affreuse sans qu'aucune âme de chrétien veillât sur elle — tandis que les domestiques de Husaby passaient leur temps à se disputer et à ne rien faire. C'était donc bien vrai, ce qu'on disait : qu'Erlend Nikulaussoen était déjà las de son mariage et indifférent à l'égard de sa femme !...

Cependant la paysanne bavardait sans répit avec Christine et l'obligeait à manger et à boire. Et Christine était toute confuse, mais il lui venait un appétit qu'elle n'avait pas eu depuis le printemps ; les mets de cette gentille femme avaient si bon goût ! La paysanne souriait et disait que les femmes des grands n'étaient point faites autrement que les autres. Telle qui pouvait à peine voir la nourriture chez elle, se montrait souvent gourmande d'une nourriture étrangère, fût-elle grossière et pauvre.

Elle s'appelait Audfinna Audunsdatter et était de l'Updal. Quand elle remarqua que cela intéressait son hôtesse, elle se mit à parler de sa famille et de sa paroisse, donnant une foule de détails sur sa maison, ses parents, son village natal. Audfinna comprenait qu'elle séduisait et charmait Christine avec son récit et que le cœur de la jeune femme était près de se briser de nostalgie. Echauffée et étourdie par la bière forte, Christine elle aussi parla jusqu'à en rire et en pleurer à la fois. Tout ce qu'elle avait vainement tenté d'arracher à sa poitrine secouée de sanglots pendant les soirées silencieuses de Husaby, elle l'épanchait à présent, peu à peu, auprès de la brave paysanne.

Au-dessus du trou à fumée il faisait déjà tout à fait sombre, mais Audfinna voulait que Christine attendît qu'Œistein ou ses fils fussent de retour de la forêt et pussent l'accompagner. Christine se tut comme prise de torpeur, mais elle souriait avec une lueur dans les yeux. Jamais elle ne s'était sentie si bien depuis son arrivée à Husaby.

Un homme ouvrit brusquement la porte et demanda en criant si l'on avait vu la maîtresse de maison de Husaby — et l'ayant aperçue, il s'en alla. Aussitôt après, la haute figure d'Erlend apparaissait sous le chambranle de la porte. Il se débarrassa de la hache qu'il portait, et recula jusqu'au mur où il dut s'appuyer, les mains derrière le dos. Il ne pouvait dire un mot.

« Tu as eu peur pour ta femme ? demanda Audfinna en allant vers lui.

— Oui, je n'ai pas honte de le dire. » Il se passa la main dans les cheveux. « Jamais homme n'a eu aussi peur que moi ce soir. Lorsque j'ai appris qu'elle était partie dans la forêt... »

Audfinna raconta comment Christine était arrivée. Erlend prit la main de la paysanne :

« Cela, je ne l'oublierai jamais, ni pour toi ni pour ton homme », dit-il.

Puis il s'approcha de Christine qui était assise, se tint à son côté et posa une main sur sa nuque. Il ne lui dit pas un mot, mais il resta ainsi debout tout le temps qu'ils furent dans la cabane.

Alors entrèrent les compagnons de Husaby et les hommes des fermes voisines. Comme tous paraissaient avoir besoin d'un réconfort, Audfinna offrit de la bière à la ronde.

Les hommes allaient à skis à travers champs, mais Erlend avait donné les siens à un compagnon ; il marcha en tenant Christine sous son manteau jusqu'au bas de la côte. Il faisait tout à fait nuit à présent, avec un ciel étoilé.

Alors de la forêt derrière eux parvint un hurlement diffus qui croissait peu à peu dans la nuit. C'étaient les loups — il y en avait plusieurs. Erlend s'arrêta en frissonnant, lâcha Christine, et celle-ci sentit qu'il faisait le signe de la croix tandis qu'il serrait sa hache dans l'autre main. « Est-ce que tu aurais... oh ! non... » Il l'attira à lui si rudement qu'elle en fut attendrie.

Les skieurs qui étaient dans la prairie firent volte-face et revinrent en hâte vers eux. Ils mirent leurs skis sur leurs épaules et se serrèrent autour de Christine avec leurs lances et leurs haches. Les loups les suivirent tout le long du chemin jusqu'à Husaby — à si faible distance que de temps à autre on les entrevoyait dans l'obscurité.

Quand ils arrivèrent dans la grand-salle de Husaby, plusieurs des hommes avaient le visage gris de peur.

« Cela a été la chose la plus affreuse », dit l'un d'eux qui vint en même temps vomir dans le foyer. Les servantes effrayées emportèrent leur maîtresse dans son lit. Elle ne pouvait manger. Mais maintenant que la douloureuse et terrible angoisse était passée, Christine éprouvait quelque douceur à voir que tous avaient eu si peur pour elle.

Quand ils furent seuls dans la grand-salle, Erlend vint s'asseoir sur le bord du lit.

« Pourquoi as-tu fait cela ? » murmura-t-il. Et comme elle ne répondait pas, il dit encore plus bas : « Est-ce si pénible pour toi de vivre dans ma ferme... ? »

Quelques instants passèrent avant qu'elle comprît ce qu'il voulait dire :

« Jésus ! Peux-tu avoir une pareille pensée ?

— Te rappelles-tu le jour où nous avions été à Medalby et où je me suis écarté de toi : que voulais-tu dire en me criant que je pouvais attendre longtemps avant que tu ne viennes me retrouver à Husaby ?

— Oh ! j'étais en colère », dit Christine d'une voix basse et timide. Et alors elle raconta à Erlend les idées qu'elle avait eues les jours précédents. Erlend demeurait très calme en l'écoutant.

« Je me demande quand viendra le jour où tu sentiras que c'est chez moi, à Husaby, que tu es chez toi, dit-il en se penchant sur elle dans l'obscurité.

— Oh ! Il ne faut certainement pas beaucoup plus d'une semaine à présent », murmura Christine avec un sourire mal assuré. Comme il approchait son visage, elle jeta ses bras autour du cou de son mari et l'embrassa avec violence.

« C'est la première fois que tu m'embrasses depuis que je t'ai battue, dit Erlend à voix basse. Tu es rancunière, ma Christine... »

Il lui vint à l'esprit que c'était la première fois, depuis le soir où il avait compris qu'elle était enceinte, qu'elle avait osé le caresser sans qu'il l'en priât.

Mais depuis ce jour Erlend fut si gentil pour elle que Christine regretta tous les mouvements d'irritation et de colère qu'elle avait eus contre lui.

4

La Saint-Grégoire vint et s'en fut. Christine avait été bien convaincue que c'était pour elle le délai extrême. Mais ce fut, aussitôt après, la fête de Marie en Carême, et elle se leva encore.

Erlend dut se rendre à Nidaros pour l'assemblée de la Mi-Carême ; il pensait être de retour le lundi soir, mais le mercredi matin il n'était pas encore rentré. Christine assise dans la grand-salle ne savait que faire ; il semblait qu'elle n'eût pas le courage de rien commencer.

La lumière du soleil tombait à flots par le trou à fumée. Elle sentit qu'il devait faire un temps de printemps. Alors elle se leva et jeta un manteau sur ses épaules.

Une des servantes lui avait raconté que si une femme demeurait enceinte trop longtemps, il était sage pour elle de donner à son cheval de noces de l'avoine dans son giron. Christine s'arrêta un peu sur le seuil de la porte ; sous le soleil aveuglant la cour était toute brune avec un miroir d'eaux courantes qui entraînaient des glaçons étincelants mêlés au crottin de cheval. Le ciel, tendu de soie bleue, resplendissait au-dessus des vieilles maisons — un reste de vieille dorure brillait sur les deux figures de proue qui ornaient le pignon d'entrée du cellier du levant. L'eau dégouttait et coulait des toits ; la fumée tourbillonnait et dansait sous les tièdes risées du vent.

Christine alla à l'écurie, y entra, prit dans le coffre à grain de l'avoine dont elle emplit le creux de sa robe. L'odeur de l'écurie et le bruit des chevaux remuants dans l'obscurité lui firent du bien. Mais il y avait des gens dans l'écurie, et elle n'osa, devant eux, exécuter son projet.

Elle sortit et jeta le grain aux poules qui couraient et se roulaient au soleil dans la cour. Distraite, elle regarda Tore, le valet d'écurie, qui étrillait et nettoyait le hongre gris ; celui-ci perdait beaucoup de poils. Puis elle ferma les yeux et tourna vers le soleil son visage fané et pâli par sa longue claustration.

Elle se tenait ainsi lorsque trois hommes entrèrent à cheval dans la cour. Le premier était un jeune prêtre qu'elle ne connaissait pas. Dès qu'il l'aperçut, il sauta de sa selle et alla vers elle la main tendue.

« Vous n'aviez pas prévu, maîtresse, que vous me feriez l'honneur de venir me recevoir hors de la maison, dit-il en souriant. Mais laissez-moi vous en remercier tout de même. Car vous êtes sans doute ma belle-sœur, Christine Lavransdatter ?

— Alors vous êtes maître Gunnulf, mon beau-frère..., répondit-elle, le visage empourpré. Bonne rencontre, Messire ! Et soyez le bienvenu chez nous, à Husaby !

— Merci pour le bon souhait ! » dit le prêtre. Il se pencha et embrassa la joue de Christine. Elle savait que c'était l'usage à l'étranger quand des parents se rencontrent. « C'est une heureuse fortune pour moi de rencontrer la femme d'Erlend ! »

Ulf Haldorssocn sortit et pria un garçon de prendre les chevaux des étrangers. Gunnulf salua Ulf d'un ton cordial.

« Te voilà donc ici, cousin !... Moi qui m'attendais à apprendre que tu étais un homme marié et établi.

— Nenni, je ne me marierai que si je dois choisir entre la femme et la potence », dit Ulf en riant ; et le prêtre rit aussi. « J'ai promis à Satan de vivre célibataire aussi fermement que toi tu l'as promis à Dieu.

— Alors tu seras sauvé quelque chemin que tu prennes, Ulf, répondit maître Gunnulf en riant. Puisque tu feras bien le jour où tu rompras la promesse que tu as faite au Malin. Mais il est dit aussi qu'un homme doit tenir sa parole, même envers le Diable... Erlend n'est pas ici ? » demanda-t-il étonné. Il tendit la main à Christine comme ils se retournaient pour gagner la maison.

Pour cacher sa confusion, Christine alla se mêler aux servantes et surveiller l'arrangement de la table. Elle pria le savant frère d'Erlend de prendre le siège d'honneur, mais comme elle ne voulut point s'y asseoir avec lui, il vint se placer auprès d'elle sur le banc.

Maintenant qu'il était assis à côté d'elle, Christine remarqua que maître Gunnulf était d'une demi-tête au moins plus petit qu'Erlend — et beaucoup plus gros, plus fort et plus trapu, ses larges épaules toutes droites, tandis qu'Erlend les avait un peu tombantes. Gunnulf était vêtu de couleur foncée, ainsi qu'il convient pour un prêtre, mais la soutane qui lui tombait jusqu'aux pieds et montait presque jusqu'au col de sa chemise de lin était fermée par des boutons émaillés ; à la ceinture tissée pendait son couvert de table dans une gaine d'argent.

Du coin de l'œil elle regarda le prêtre. Il avait une tête ronde et forte, un visage maigre et large, avec un front bas, des pommettes saillantes et un menton finement arrondi. Il avait le nez droit, les oreilles fines et jolies, mais la bouche longue et mince, et la lèvre supérieure, qui avançait de manière assez prononcée, masquait la petite tache rouge de la lèvre inférieure. Seuls, les cheveux étaient pareils à ceux d'Erlend — l'épaisse couronne qui entourait la tonsure du prêtre était noire avec l'éclat sec de la suie, et elle paraissait soyeuse comme la chevelure d'Erlend. Par ailleurs il ressemblait assez à son cousin germain Munar Baardsoen — Christine comprenait maintenant que Munar avait pu être beau dans sa jeunesse. Oh ! C'était à sa tante Aashild qu'il ressemblait ! Christine remarqua qu'il avait les mêmes yeux que Dame Aashild, jaune d'ambre et brillants sous des sourcils noirs, minces et droits.

Tout d'abord Christine fut un peu timide devant ce beau-frère qui avait étudié tant de sciences à Paris et en Occident. Mais peu à peu elle oublia sa gêne. C'était si facile de causer avec Gunnulf. Il ne parlait pas de lui-même, et surtout il évitait de faire parade de sa science. Mais après que Christine eut un peu repris ses esprits, elle trouva, tant il lui avait raconté de choses, que jamais auparavant elle n'avait soupçonné combien le monde était grand en dehors de la Norvège. Elle s'oubliait, elle et tout ce qui la concernait, tandis qu'elle levait son regard sur le visage rond et fortement charpenté du prêtre, au sourire vif et fin. Il avait croisé ses jambes sous sa soutane, et il tenait ses mains blanches et robustes nouées sur sa cheville.

Lorsque sur la fin de l'après-midi il alla vers elle à travers la salle et lui demanda si elle voulait jouer aux tables, Christine répondit qu'elle ne croyait pas qu'il y eût un jeu de tables dans la maison.

« Vraiment ? » dit le prêtre, stupéfait. Il alla vers Ulf :

« Ulf, sais-tu ce qu'Erlend a fait du jeu de tables en or de notre mère ? Il n'a tout de même donné à personne les jeux qu'elle a laissés ?

— Ils sont là-haut dans un coffre, dans la chambre des chevaliers. Il ne voulait pas les voir aller à quelqu'un... qui habitait cette ferme autrefois, dit Ulf tout bas. Veux-tu, Gunnulf, que j'aille chercher le coffre ?

— Oui, cela ne saurait maintenant contrarier Erlend », dit le prêtre.

Peu après, ils revenaient tous les deux avec un grand coffre sculpté ! La clef s'y trouvait, et Gunnulf ouvrit. Sur le dessus il y avait un *langleik* et un autre instrument à cordes dont Christine n'avait jamais vu le pareil. Gunnulf l'appela psaltérion ; il fit courir ses doigts sur les cordes, mais l'instrument était tout à fait désaccordé. Il y avait là des rouleaux de rubans, des pelotons de soie, des gants brodés et trois livres à fermoirs. Finalement le prêtre trouva le jeu de tables ; il était quadrillé en blanc et or ; les pions, en fanons de baleine, étaient aussi blancs et dorés.

Alors seulement Christine se rendit compte qu'elle n'avait jamais vu de tels objets destinés à distraire les gens, depuis son arrivée à Husaby.

Elle dut avouer à son beau-frère qu'elle ignorait le jeu de tables et n'était guère capable non plus de jouer de la musique. Mais les livres l'intéressaient.

« Sans doute as-tu appris à étudier dans les livres, Christine », interrogea le prêtre, et elle put cette fois répondre avec un peu de fierté qu'elle l'avait appris quand elle était enfant. Au couvent on lui avait fait compliment de son habileté à lire et à écrire.

Le prêtre se tenait debout près d'elle tandis qu'elle feuilletait les livres. L'un était un roman de chevalerie sur Tristan et Yseult, l'autre traitait de la vie des saints — elle ouvrit à la page de la légende de saint Martin. Le troisième livre était en latin et particulièrement bien imprimé, avec des en-tête de chapitres en majuscules coloriées.

« Celui-ci appartenait à notre ancêtre, l'évêque Nicolas », dit Gunnulf.

Christine lut à mi-voix :

Averte faciem tuam a peccatis meis et omnes iniquitates meas dele.

Cor mundum crea in me, Deus, et spiritum rectum innova in visceribus meis.

Ne projicias me a facie tua et Spiritum Sanctum tuum ne auferas a me[1].

« Comprends-tu ? » demanda Gunnulf. Christine fit un signe de tête et dit qu'elle comprenait un peu. Elle connaissait assez bien les mots pour être étrangement émue qu'ils vinssent sous ses yeux à ce moment même. Son visage eut un frémissement et les larmes étaient proches. Alors Gunnulf prit le *langleik* contre sa poitrine et dit qu'il voulait essayer de l'accorder.

Pendant qu'ils étaient ainsi, ils entendirent des chevaux dans la cour, et aussitôt après Erlend entra vivement dans la salle rayonnant de joie ; il avait appris qui était arrivé. Chacun des deux frères appuya les mains sur les épaules de l'autre. Erlend posait des questions sans attendre les réponses. Gunnulf avait séjourné deux jours à Nidaros, si bien que c'était pur hasard qu'ils ne s'y fussent pas rencontrés.

« Oui, c'est étonnant, dit Erlend. J'aurais cru que tout le clergé de l'église du Christ serait allé à ta rencontre en procession lors de ton retour au pays, en l'honneur de la sagesse et du savoir extraordinaire que tu dois avoir acquis...

— Et comment peux-tu savoir s'ils ne l'ont point fait, dis-moi, demanda le frère en riant. J'ai entendu dire que tu n'approches guère de l'église du Christ, quand tu te rends à la ville.

— Non, mon petit — je ne me frotte pas à mon seigneur l'archevêque quand je peux l'éviter ; je m'y suis un jour roussi le poil, dit Erlend avec un rire orgueilleux. Que dis-tu de ton beau-frère, chérie ?... Je vois que vous êtes déjà bons amis, Christine et toi, Gunnulf... Elle a peu de goût pour nos autres parents... »

1. « Détourne ta face de mes péchés et efface toutes mes iniquités.
Crée en moi un cœur pur, ô Dieu, et innove en mes entrailles un esprit droit.
Ne me rejette pas de ta face et n'ôte pas de moi ton Saint Esprit. »

Au moment de s'asseoir pour le repas du soir, Erlend s'aperçut qu'il avait encore son bonnet de fourrure, son manteau et son épée au côté.

Ce fut la soirée la plus gaie que Christine eût connue à Husaby. Erlend contraignit son frère à s'asseoir à la place d'honneur avec Christine ; il découpa lui-même les mets pour les lui servir et lui versa à boire dans son gobelet. La première fois qu'il but à la santé de Gunnulf, il mit un genou à terre et voulut baiser la main de son frère :

« Salut et bonheur, Messire ! Il nous faut apprendre, Christine, à rendre à l'archevêque les honneurs qui lui sont dus — car il ne fait aucun doute que tu deviennes un jour archevêque, Gunnulf ! »

Tard, les domestiques quittèrent la salle, mais Christine et les deux frères restèrent encore à boire. Erlend s'était assis sur la table, le visage tourné vers son frère : « C'était mon idée au moment de mes noces, dit-il, en montrant le coffre de leur mère, qu'il serait pour Christine. Mais j'oublie très vite, et toi, frère, tu n'oublies rien, mais la bague de notre mère est allée à une jolie main, n'est-ce pas ? » Il posa la main de Christine sur son genou et fit tourner l'anneau de leurs fiançailles.

Gunnulf fit un signe de tête. Il mit le psaltérion dans les bras d'Erlend.

« Chante, Erlend. Tu chantais et tu jouais si bien autrefois !...

— Il y a bien des années de cela », dit Erlend d'un ton plus sérieux. Puis il fit courir ses doigts sur les cordes.

Le roi Olav, fils de Harold,
Chevauchant dans l'épaisse forêt,
Dans la glaise trouva une petite trace,
Et ce fut un grand événement.

Dit alors Finn Arnessoen
Qui marchait en tête de la troupe :
Il serait joli, un pied si petit,
Dans des chaussons d'écarlate.

Erlend souriait en chantant, et Christine levait vers le prêtre des yeux un peu craintifs — la chanson de saint Olaf et Alvhild n'allait-elle pas lui déplaire ? Mais Gunnulf souriait — pourtant elle sentit tout d'un coup que ce n'était pas de la chanson, mais d'Erlend...

« Christine sera dispensée de chanter ; tu dois ménager ta poitrine, n'est-ce pas, ma chérie ? dit-il en lui caressant la joue. Mais, toi, tu peux à présent... » Et il tendit le psaltérion à son frère.

Au jeu et au chant du prêtre on sentait qu'il avait fait de bonnes études :

Le roi chevauchait vers le nord dans la montagne.

Il entendit le pigeon se plaindre douloureusement :
« L'autour a ravi ma bien-aimée ! »

Il fit ensuite une longue traite ;
L'autour s'envola par-delà le haut plateau sauvage.

L'autour s'envola jusqu'à un jardin
Qui toujours fleurit.

Dans le jardin il y a une grande salle
Où les bancs sont tendus de pourpre.

Là est couché un chevalier dont le sang coule,
C'est le roi loyal et bon.

Il est couché tout bleu sous l'étoffe écarlate
Avec l'inscription Corpus domini au-dessus.

« Où as-tu appris cette chanson ? demanda Erlend.

— Voilà. Des enfants la chantaient devant l'auberge où je demeurais à Canterbury, dit Gunnulf. Alors l'envie me prit de la traduire en langue norvégienne. Mais cela ne va pas si bien... ajouta-t-il en jouant l'air sur les cordes.

— Eh ! Frère... Minuit est passé depuis longtemps. Christine a certainement besoin de se mettre au lit. Es-tu fatiguée, ma femme ? »

Christine regarda timidement les deux hommes. Elle était extrêmement pâle.

« Je ne sais pas... Je ne vais certainement pas me coucher dans le lit qui est ici...

— Es-tu malade ? demandèrent-ils tous deux en se penchant sur elle.

— Je ne sais pas », dit-elle du même ton. Elle mit ses deux

mains en arrière sur ses hanches. « J'ai une sensation étrange dans les reins... »

Erlend se leva d'un bond et courut vers la porte. Gunnulf le suivit. « Ce n'est pas bien de n'avoir pas fait venir à l'avance les mères de famille qui doivent l'aider, dit-il. Est-ce que cela arrive beaucoup plus tôt qu'elle ne s'y attendait ?... »

Erlend devint tout rouge :

« Christine trouvait qu'elle n'avait pas besoin d'autres femmes que ses servantes. Quelques-unes d'entre elles ont eu des enfants... » Et il essaya de sourire.

« Tu n'as tout de même pas perdu l'esprit ! dit Gunnulf en le regardant. La plus pauvre des paysannes a auprès d'elle des servantes et des voisines quand elle est en mal d'enfant ! Est-ce que ta femme va se traîner dans un coin et se cacher comme une chatte qui met bas ? Non, frère, tu dois être vraiment un homme et appeler auprès de Christine les meilleures des mères de famille du pays... »

Erlend pencha son visage rouge de honte :

« Tu dis vrai, frère. J'irai moi-même à cheval à Raasvold et j'enverrai des hommes dans les autres fermes. Toi, reste auprès de Christine.

— Est-ce que tu t'en vas ? » demanda Christine effrayée lorsqu'elle vit Erlend prendre son manteau.

Il vint à elle et la prit dans ses bras.

« Je vais appeler auprès de toi les femmes les meilleures, ma Christine. Gunnulf restera près de toi pendant que les servantes prépareront pour toi la petite chambre, dit-il en l'embrassant.

— Ne peux-tu pas envoyer un messager chez Audfinna Audunsdatter ? demanda-t-elle. Mais pas avant le matin ; je ne veux pas qu'on l'éveille à cause de moi ; elle a fort à faire, je le sais... »

Gunnulf demanda à son frère qui était Audfinna.

« Cela ne me paraît pas très indiqué, dit le prêtre. La femme d'un de tes métayers...

— Il faut faire ce que veut Christine », dit Erlend. Et tandis que le prêtre l'accompagnait dehors et qu'il attendait son cheval, il raconta comment Christine avait fait la connaissance de la paysanne. Gunnulf se mordait les lèvres d'un air pensif.

Ce fut alors à la ferme un grand remue-ménage. Des hommes partaient à cheval, les servantes arrivaient en courant et demandaient comment allait la maîtresse. Christine disait qu'il n'y avait rien à craindre pour elle, mais elles préparèrent tout dans la petite chambre. Elle ferait dire quand elle voudrait qu'on l'y accompagnât.

Puis elle resta seule avec le prêtre. Elle s'efforçait de parler avec lui d'un ton égal et enjoué comme auparavant.

« Tu n'as pas peur, toi, dit-il avec un léger sourire.

— Si, j'ai peur. » Elle le regardait dans les yeux, les siens étant noirs et pleins d'effroi. « Sais-tu, beau-frère, ... si les autres enfants d'Erlend sont nés à Husaby ?

— Non, dit le prêtre. Le garçon est né à Hunehals, et la fille à Strind, dans une ferme qu'il avait là-bas à cette époque. Est-il vrai, demanda-t-il peu après, que cela t'ait fait souffrir de penser que cette autre femme a vécu ici auparavant avec Erlend ?

— Oui, répondit Christine.

— Il t'est difficile de juger la conduite d'Erlend à l'égard d'Eline, dit le prêtre gravement. Ce n'était pas facile pour Erlend de prendre une décision — jamais cela n'a été facile pour Erlend de savoir ce qui était bien. Depuis notre plus tendre enfance les choses étaient ainsi : ce que faisait Erlend, mère le trouvait parfait et père stupide. Mais, au fait, il a dû t'en dire assez sur notre mère pour que tu saches tout cela.

— Tout ce que je puis me rappeler, c'est qu'il a cité sa mère deux ou trois fois. Mais j'ai bien compris qu'il l'aimait... »

Gunnulf dit à voix basse :

« Il n'y a certainement jamais eu pareille tendresse entre une mère et son fils. Mère était beaucoup plus jeune que mon père. Puis arriva cette histoire avec tante Aashild — la mort de notre oncle Baard, et on raconta... mais tu sais cela, n'est-ce pas ? Père voyait le pire et dit à mère... Un jour, Erlend, alors qu'il n'était pas encore grand garçon, lança son couteau contre père. Pour l'amour de sa mère il se précipita plus d'une fois à la tête de son père pendant son adolescence.

« Quand mère tomba malade, il se sépara d'Eline Ormsdatter. Mère souffrait de plaies et d'escarres au côté, et père disait que c'était la lèpre. Il l'éloigna de lui, voulut la forcer par des menaces à prendre pension chez les sœurs à l'hôpital. Alors Erlend vint chercher mère et l'emmena à Oslo ; ils allèrent aussi trouver Aashild qui est bon médecin, et le médecin français du roi ; ils déclarèrent tous deux qu'elle n'était point lépreuse. Le roi Haakon accueillit Erlend affectueusement et lui conseilla d'aller au tombeau du saint roi Erik Valdemarssoen, son grand-père maternel. Bien des gens y avaient obtenu la guérison de maladies de la peau.

« Erlend partit pour le Danemark avec mère, mais elle mourut à bord du navire au sud de Stad. Lorsqu'il ramena le corps — tu dois te rappeler que père était très vieux, et Erlend avait toujours été un fils indocile — lorsque Erlend arriva à Nidaros avec le corps de mère, père s'y trouvait, dans la maison que nous avions en ville ; il ne voulut pas héberger son fils avant d'être sûr qu'Erlend n'avait pas contracté la maladie. Erlend sauta à cheval et partit ; il ne s'arrêta pas avant d'être arrivé à la ferme où Eline l'attendait avec son fils. Ensuite il lui resta attaché, en dépit de tout, et bien qu'il fût fatigué d'elle, et cela continua ainsi jusqu'au jour où il l'amena ici à Husaby et lui confia le gouvernement de la ferme dès qu'il en devint le maître. Elle avait un grand pouvoir sur lui ; et elle disait que s'il la trahissait après cela, il méritait d'être lui-même atteint de la lèpre...

« Mais il est bien temps que tes femmes s'occupent de toi, Christine... » Il baissa son regard sur le jeune visage pâle, raidi de peur et de souffrance. Mais comme il allait se diriger vers la porte, elle le rappela avec un grand cri :

« Non, non, ne me quitte pas...

— Puisque tu es déjà si souffrante, dit le prêtre pour la consoler, tout n'ira que plus vite...

— Ce n'est pas cela ! » Elle lui saisit doucement le bras. « Gunnulf ! »

Il crut n'avoir jamais vu pareil effroi sur un visage humain.

« Christine, il faut bien te dire que ce n'est pas plus grave pour toi que pour les autres femmes...

— Si, si. » Elle cachait son visage dans les bras du prêtre. « Car je sais à présent qu'Eline et ses enfants devraient être ici. Il lui avait promis de l'épouser avant que je devinsse sa maîtresse...

— Tu le sais ? dit Gunnulf d'un ton calme. Erlend ne pouvait faire autrement. Tu comprends que cette promesse, il ne pouvait pas la tenir — jamais l'archevêque n'eût consenti à leur mariage. Ne te mets pas en tête que ton mariage ne serait pas valable... Tu es la femme légitime d'Erlend...

— Ah ! J'avais perdu le droit de marcher sur la terre longtemps avant d'être en cet état... Et cependant ce fut pire que je ne pensais. Ah ! Que ne puis-je mourir et cet enfant ne naître jamais ! Je n'aurai pas le courage de regarder le fils qui sortira de moi.

— Dieu te pardonne, Christine, tu ne sais pas ce que tu dis... Souhaiterais-tu que ton enfant meure dans tes entrailles et sans être baptisé ?

— Oui vraiment, celui que je porte là sous mon cœur, le diable peut bien s'en emparer ! Il n'est pas possible de le sauver... que n'ai-je bu le breuvage que m'offrit Eline ! Cela eût peut-être été une expiation pour tous les péchés que nous avions commis, Erlend et moi ! Au moins, cet enfant n'eût jamais été procréé. Ah ! Gunnulf, voilà ce que j'ai pensé sans cesse depuis le jour où j'ai senti qu'il était en moi ; j'aurais dû comprendre qu'il eût mieux valu boire la liqueur infectée de lèpre qu'elle m'offrait plutôt que de pousser dans la mort celle qu'Erlend avait aimée d'abord...

— Christine, dit le prêtre, tu déraisonnes. Ce n'est pas toi qui as poussé cette pauvre femme dans la mort. Erlend ne pouvait pas tenir la parole qu'il lui avait donnée alors qu'il était jeune et connaissait mal la loi et le droit. Jamais il n'aurait pu vivre avec elle sans péché. D'ailleurs elle-même s'était laissé séduire par un autre à qui Erlend voulait la marier lorsqu'il en fut informé. Vous n'êtes pas responsables de son suicide.

— Veux-tu savoir dans quelles conditions elle s'est donné la mort ? »

Christine était dans un tel désespoir qu'elle parlait avec le plus grand calme. « Nous étions ensemble à Haugen, Erlend et moi, quand elle y arriva. Elle avait à la main une corne ; elle voulait me faire boire avec elle. Sans doute destinait-elle le contenu de la corne à Erlend, je le comprends maintenant, mais comme elle m'avait trouvée avec lui, elle voulait que ce soit moi... Je devinai que c'était une supercherie. Je vis qu'elle-même ne buvait rien quand elle porta la corne à ses lèvres. Mais moi, je voulais boire ; il m'était indifférent de vivre ou de mourir puisque je savais qu'il l'avait toujours eue ici chez lui à Husaby. Alors Erlend entra. Il la menaça de son couteau. “ Tu boiras la première ", disait-il. Elle suppliait, suppliait, et il allait la lâcher. Mais le diable s'empara de moi ; je pris la corne : " Une de tes deux maîtresses ", dis-je. — J'excitais Erlend à agir. — " Tu ne peux pas nous garder toutes deux. " Et la vérité, c'est qu'elle se tua avec le couteau d'Erlend ; mais Bjoern et Aashild trouvèrent opportun de cacher comment cela s'était passé...

— Ainsi tante Aashild donna ce conseil, dit Gunnulf durement. Je comprends... elle te livrait aux mains d'Erlend...

— Non, dit Christine violemment. Dame Aashild nous pria — elle pria Erlend et elle me pria de telle sorte que je ne pouvais refuser — de nous comporter aussi honorablement qu'il était encore possible — de tomber aux pieds de mon père et de lui demander pardon. Mais je n'osai pas. Je prétextai que j'avais peur que père tuât Erlend. Oh ! Je savais bien que père n'eût pas voulu se conduire envers lui de telle manière qu'il risquât de tomber, lui et sa cause, à la merci d'Erlend. Je prétextai aussi ma crainte qu'après un tel chagrin il ne pût jamais plus tenir la tête haute. Oh ! J'ai montré depuis, il est vrai, que je n'avais pas tellement peur de faire de la peine à mon père ! Tu ne peux pas savoir, Gunnulf, quel homme bon est mon père ; nul ne saura jamais combien il a toujours été gentil pour moi. Il m'a toujours aimée ainsi. Je ne voulais pas qu'il apprît que j'avais eu une conduite aussi honteuse lorsqu'il me croyait chez les sœurs à Oslo à m'instruire dans ce qui est juste et bon — oui, Gunnulf, je portais les habits de novice quand je rejoignais Erlend en ville, à l'étable et au grenier... »

Elle leva les yeux vers Gunnulf. Le visage de celui-ci était blanc et dur comme la pierre.

« Comprends-tu maintenant que j'aie peur ? Cette femme qui l'a reçu chez elle lorsqu'il revint, contaminé par la peste...

— N'en aurais-tu pas fait autant ? demanda le prêtre avec calme.

— Si. Si. Si. » L'ombre du sourire sauvage et doux d'autrefois passa sur le visage ravagé de la jeune femme.

« D'ailleurs Erlend n'était pas contaminé, dit Gunnulf. Personne sauf mon père n'a jamais cru que mère soit morte de la peste.

— Mais moi je dois sans doute être une lépreuse aux yeux de Dieu », dit Christine. Elle posa son visage sur le bras de

Gunnulf, en s'y cramponnant. « Infectée de péchés comme je le suis...

— Petite sœur », dit doucement le prêtre en posant la main sur le foulard de tête de Christine. « Tu n'es pas une si grande pécheresse, mon enfant, que tu l'aies oublié : de même que Dieu peut délivrer de la peste la chair de l'homme, il peut aussi purifier ton âme du péché...

— Oh ! Je ne sais pas. » Elle sanglotait, le visage caché contre le bras de Gunnulf. « Je ne sais pas — je ne regrette pas non plus, Gunnulf. J'ai peur, mais pourtant... J'ai eu peur lorsque j'ai été à la porte de l'église avec Erlend et que le prêtre nous a unis. J'ai eu peur lorsque je suis entrée avec lui à la messe de mariage avec la couronne d'or sur mes cheveux flottants, parce que je n'osais pas avouer ma honte à mon père, avec tous mes péchés non absous ; je n'osais même pas confesser la vérité au prêtre de ma paroisse. Mais l'hiver, effrayée en me voyant devenir plus laide chaque jour et plus effrayée encore qu'Erlend ne fût pas avec moi comme auparavant, je pensais à l'époque où il venait me retrouver le soir dans le cellier de Skog...

— Christine... — le prêtre essayait de relever le jeune visage —, tu ne dois pas penser à cela maintenant ! Pense que Dieu voit ton chagrin et ton angoisse. Tourne-toi vers la douce Vierge Marie, pitoyable aux affligés...

— Ne comprends-tu pas que j'ai poussé une autre femme à se donner la mort ?...

— Christine, dit le prêtre sévèrement, es-tu si orgueilleuse ? Te crois-tu capable de pécher si grandement que la miséricorde de Dieu ne soit pas plus grande ?... »

Sa main allait et venait sur la tête de la jeune femme. « Te rappelles-tu, petite sœur, la réponse de saint Martin quand le diable voulut le tenter ? Le Malin demanda à saint Martin s'il croyait à ce qu'il disait, lorsqu'il promettait la miséricorde de Dieu à tous les pécheurs qu'il confessait. L'évêque répondit : Même à toi j'ose promettre le pardon de Dieu à l'instant où tu le demanderas — si seulement tu veux déposer ton orgueil et croire que son amour est plus grand que ta haine... »

Gunnulf continuait à caresser la tête de la jeune femme en pleurs. Il se disait cependant : Est-ce ainsi qu'Erlend a agi envers sa jeune femme ? A cette pensée, il pâlissait, les lèvres dures.

Audfinna Audunsdatter fut la première femme qui arriva. Elle trouva Christine dans la petite salle. Gunnulf était assis auprès de la jeune femme et deux ou trois servantes étaient occupées dans la pièce.

Audfinna salua respectueusement le prêtre, mais Christine se leva et alla vers elle la main tendue :

« Merci d'être venue, Audfinna. Je sais qu'il n'est pas facile pour les tiens de se passer de toi... »

Gunnulf avait examiné la femme. Il se leva aussi :

« C'est gentil à toi d'être venue si vite. Il est nécessaire que ma belle-sœur ait auprès d'elle quelqu'un à qui elle puisse se fier. Elle est étrangère au pays, jeune et inexpérimentée...

— Jésus ! Elle est aussi blanche que son mouchoir de tête ! murmura Audfinna. Etes-vous d'avis, Messire, que je lui donne une petite potion pour dormir ? Elle a certainement besoin de se reposer un peu avant d'être prise par les douleurs. »

Elle se mit à l'œuvre silencieusement et activement, tâta le lit que les servantes avaient préparé sur le sol et les pria d'apporter plusieurs coussins et plus de paille. Puis elle mit à chauffer de petites marmites de pierre contenant des simples. Après quoi elle commença de défaire tous les rubans et nœuds des vêtements de Christine et enleva enfin les épingles de la chevelure de la jeune femme.

« Jamais je n'ai rien vu de si joli », dit-elle quand le flot brun doré de la chevelure soyeuse se déroula autour du pâle visage. Elle ne put s'empêcher de rire.

« Ces cheveux-là n'ont pas dû perdre beaucoup de leur force ni de leur éclat, même si tu les as portés sur les épaules plus longtemps qu'il ne fallait... »

Elle fit coucher Christine parmi les coussins sur le plancher et la borda soigneusement :

« Bois ceci ; tu sentira moins les accès. Et tâche de dormir un peu. »

Gunnulf devait se retirer. Il se pencha sur Christine :

« Tu prieras pour moi, Gunnulf, supplia-t-elle.

— Je prierai pour toi jusqu'à ce que je t'aie vue avec ton enfant dans les bras — et après aussi », dit-il, et il replaça la main de Christine sous la couverture.

Christine s'était assoupie. Elle se sentait presque bien. Les élans douloureux l'ébranlaient, disparaissaient, revenaient —

mais c'était si différent de tout ce qu'elle avait jamais éprouvé qu'à chaque pause elle se demandait presque si elle n'avait pas rêvé. Après les horribles souffrances des premières heures de la matinée, elle sentit qu'elle avait heureusement dépassé les pires angoisses et tortures. Audfinna, dans le plus grand silence, suspendait près du foyer pour les faire chauffer des linges pour l'enfant, des tapisseries et des fourrures ; elle remuait un peu le contenu de ses marmites, de sorte que cela sentait les aromates dans la chambre. Finalement Christine sommeillait entre ses crises ; elle se croyait chez elle dans la brasserie de Joerundgaard, où elle aidait sa mère à teindre un grand tissu — c'était sans doute l'effet des vapeurs d'ortie et d'écorce de frêne.

Puis les femmes du voisinage arrivèrent une à une — maîtresses des fermes des environs et de Birgsi. Audfinna se retira parmi les servantes. Dans la soirée Christine eut l'impression que cela allait vraiment mal. Les femmes lui dirent qu'elle devrait se tenir debout aussi longtemps qu'elle le pourrait. Cette idée la mettait au supplice — la pièce était maintenant pleine de femmes, et elle devait se tenir là comme une jument qu'on va vendre. Cependant elle fut obligée de laisser ces femmes étrangères la presser et la tâter avec leurs mains à tour de rôle, tout en bavardant entre elles. Finalement Dame Gunna de Raasvold, qui paraissait les diriger, dit qu'elle pouvait se recoucher. Elle divisa les femmes en deux groupes : les unes dormiraient tandis que les autres veilleraient. « Ça n'ira pas vite, mais crie lorsque tu trouveras que cela va plus mal, et ne t'inquiète pas de celles qui dorment. Nous sommes toutes ici pour t'aider, pauvre enfant », dit-elle avec douceur et bonté en donnant à la jeune femme une petite tape sur la joue.

Mais Christine se mordait les lèvres et serrait le coin des tapisseries dans ses mains moites. Il faisait une chaleur étouffante ; les femmes disaient que cela devait être ainsi. Après chaque crise Christine ruisselait de sueur.

Cependant elle pensait à la nourriture de toutes ces femmes. Elle avait à cœur de leur montrer que sa maison était bien tenue. Elle avait ordonné à Torbjoerg, la cuisinière, de mettre du caillé épais dans l'eau bouillante pour le poisson frais. Elle espérait que Gunnulf n'y verrait pas une atteinte au jeûne. Sur ce point Sira Erik l'avait rassurée, parce que le caillé n'est pas un laitage alimentaire et que de plus on enlève le bouillon du poisson. Quant au poisson séché qu'Erlend avait apporté en automne, les femmes n'y goûteraient point — car il était gâté et plein de vers.

« Bienheureuse Vierge Marie, tarderas-tu encore à me venir en aide ? J'ai mal, si mal, si mal !... »

Elle essaya de se dominer avant de s'abandonner et de pousser un long cri...

Audfinna était assise auprès du foyer, surveillant ses marmites. Christine aurait voulu la prier de venir lui tenir la main. Que n'eût-elle pas donné pour serrer à ce moment une main connue et amicale ! Mais elle n'osa pas le demander...

Bien avant dans la matinée du lendemain une sorte de torpeur étonnée pesa sur Husaby. C'était la veille de la fête de Marie, et le travail devait être achevé pour trois heures de l'après-midi, mais les hommes étaient distraits et graves, et les servantes alarmées ne mettaient aucune ardeur à l'ouvrage. Les gens de la ferme s'étaient mis à aimer leur jeune maîtresse, et on comprenait que les choses n'allaient pas très bien pour elle.

Erlend était sorti dans la cour et parlait avec son forgeron. Il s'efforçait de suivre ce que l'homme lui disait. A ce moment Dame Gunna accourut vers lui. « Il n'y a aucun progrès, Erlend. Nous avons essayé tous les moyens. Viens. Peut-être cela servira-t-il à quelque chose que tu la prennes sur tes genoux. Va mettre un pourpoint court, mais fais vite : c'est un dur moment pour la pauvre jeune femme ! »

Erlend avait rougi violemment. Il se souvint d'avoir entendu dire que si une femme ne pouvait accoucher d'un enfant conçu en secret, il pouvait être utile que son mari la prît sur ses genoux.

Christine était couchée sur le plancher sous des tapisseries, deux femmes assises auprès d'elle. Dès qu'il entra, Erlend vit qu'elle s'était pelotonnée, et faisait tourner de droite à gauche sa tête cachée dans le giron de l'une des femmes, mais elle ne faisait entendre aucun gémissement.

Quand la crise fut passée, elle leva des yeux sauvages et effrayés ; ses lèvres gercées aspiraient l'air par saccades. Toute trace de jeunesse et de grâce s'était retirée de son visage enflé et rouge comme la flamme. Ses cheveux eux-mêmes étaient emmêlés, avec des débris de paille et de laine arrachée à une fourrure. Elle regarda Erlend comme si elle ne le reconnaissait pas. Mais quand elle comprit pourquoi les femmes l'avaient fait venir, elle secoua vivement la tête :

« Ce n'est pas l'habitude, chez moi, que les hommes soient présents quand une femme accouche...

— Il y a des cas où cela se pratique, au nord des Dofrines, dit doucement Erlend. Si cela doit abréger tes douleurs, ma Christine, laisse...

— Eh bien !... » Quand il se fut mis à genoux près d'elle, elle passa ses bras autour de la taille d'Erlend et se serra contre lui. Recroquevillée et secouée de frissons, elle se débattait contre la crise sans articuler un mot.

« Est-ce que je pourrais dire deux mots seule à mon mari ? » demanda-t-elle très vite, essoufflée, quand elle put respirer.

Les femmes se retirèrent.

« Etait-elle en mal d'enfant quand tu lui as promis de l'épouser si elle devenait veuve — la nuit où Orm vint au monde ?... » murmura Christine.

Erlend perdit la respiration comme s'il avait reçu un coup en plein cœur. Puis il secoua énergiquement la tête.

« Cette nuit-là, je l'ai passée au château. Mes gens étaient de garde. C'est lorsque je suis rentré à notre auberge le matin et qu'ils m'ont mis le petit dans les bras... En un tel moment tu as pensé à cela, Christine ?...

— Oui... » De nouveau elle se cramponnait à lui, car la vague de souffrance l'assaillait. Erlend essuya la sueur qui ruisselait sur son visage.

« Maintenant tu le sais, dit-il quand elle eut retrouvé le calme. Ne veux-tu pas que je te prenne sur mes genoux, comme dit Gunna ?... »

Mais Christine secoua la tête. Et finalement les femmes firent sortir Erlend.

Mais il semblait que cet entretien eût brisé la force de résistance de Christine. Dans une terreur sauvage de la crise qu'elle sentait venir, elle cria et supplia en gémissant qu'on la secourût. Pourtant quand les femmes parlèrent de nouveau d'aller chercher son mari elle cria qu'elle refusait — elle préférait souffrir à la mort...

Gunnulf et son clerc se rendirent à la chapelle pour chanter les vêpres. Tous les gens de la ferme qui n'étaient pas auprès de

Christine les accompagnaient. Mais Erlend s'éclipsa avant que ce fût fini et se dirigea au sud vers les bâtiments.

A l'ouest, au-delà des montagnes, de l'autre côté de la vallée, le ciel était d'or rouge — le soir de printemps épandait son crépuscule clair, lumineux et doux. Quelques étoiles se montraient, blanches dans l'atmosphère blonde. Une nappe légère de brouillard glissait sur la forêt d'arbres à feuilles caduques, en bas, près du lac — et il y avait des taches de terrain nu sur les pentes exposées au soleil ; dans l'air flottait une odeur d'humus et de neige fondante.

La petite chambre était à l'ouest dans la cour et donnait sur la pente de la vallée. Erlend la dépassa et s'arrêta derrière le mur. Les poutres étaient encore tiédies par le soleil quand il s'y appuya. Ah ! Elle criait... Une fois il avait entendu geindre une génisse attaquée par un ours. C'était près de leur chalet, là-haut, au temps de son adolescence. Arnbjoern, le berger, et lui-même avaient couru vers le sud de la forêt. Il se souvenait de la masse velue qui, en se dressant, devint un ours, à la gueule rouge et brûlante. La lance d'Arnbjoern se brisa sous les coups de l'ours ; alors Arnbjoern saisit la lance du jeune homme pétrifié d'horreur. La génisse vivait, mais ses mamelles et ses cuisses avaient été dévorées.

« Christine, ma Christine... Seigneur, au nom de votre bienheureuse mère, ayez pitié... »

Il retourna à la chapelle.

Les servantes entrèrent dans la grand-salle avec le repas du soir ; elles ne dressèrent pas la table, mais déposèrent les plats près du foyer. Les hommes emportèrent chacun pain et poisson sur les bancs, s'assirent à leurs places et, en silence, mangèrent un peu mais aucun d'eux ne semblait avoir d'appétit. Après le repas, aucun ne sortit ni ne se leva pour aller se reposer. Ils restaient là, assis, sans parler, regardant le feu de l'âtre.

Erlend s'était caché dans un coin près du lit. Il n'avait le courage de laisser voir son visage à personne.

Maître Gunnulf avait allumé une petite lampe à huile de poisson et l'avait posée sur le bras du siège d'honneur. Il s'assit au-dessous, sur le banc, avec un livre dans les mains. Sans bruit et sans arrêt ses lèvres remuaient faiblement.

Tout à coup, Ulf Haldorssoen se leva, alla au foyer et prit une galette de pain mou ; puis il chercha un peu parmi les bûches et en choisit une. Il retourna ensuite dans le coin près de la porte d'entrée où le vieil Aan était assis. Tous les deux, cachés derrière le manteau d'Ulf, tournèrent et retournèrent le pain. Aan tapait et coupait dans la bûche. Les autres hommes jetaient de temps à autre un regard de leur côté. Au bout d'un instant Ulf et Aan se levèrent et sortirent de la salle.

Gunnulf les regarda partir mais ne dit rien. Il reprit ses prières.

Un jeune garçon en plein sommeil tomba du banc sur le sol, la tête la première. Il se releva et, l'air égaré, regarda autour de lui. Puis il soupira légèrement et s'assit de nouveau.

Ulf et Aan rentrèrent en silence et reprirent les places qu'ils avaient auparavant. Les hommes les regardèrent, mais aucun ne dit mot.

Soudain Erlend se dressa. Il traversa la pièce et vint trouver ses gens. Il avait le visage gris comme l'argile et les yeux cernés.

« Aucun de vous ne connaît-il un moyen ? Toi, Aan ? murmura-t-il.

— Ça n'a pas réussi, répondit Ulf tout aussi bas.

— Il doit être écrit qu'elle n'aura pas cet enfant, dit Aan en s'essuyant le nez. Alors ni sacrifice ni ruses n'y peuvent rien. C'est dommage pour toi, Erlend, que tu doives perdre si tôt cette gentille femme...

— Ah ! ne parle donc pas comme si elle était déjà morte ! » gémit Erlend d'une voix brisée et désespérée. Il retourna dans son coin et s'abattit, la tête au pied du lit clos.

A ce moment un homme sortit et rentra. « La lune est levée, dit-il. Il fera bientôt jour. »

Peu après, Gunna entra dans la grand-salle. Elle se laissa tomber sur le banc des mendiants, près de la porte. Les mèches grises de ses cheveux s'étaient répandues et son foulard de tête avait glissé sur son dos.

Les hommes se dressèrent et allèrent lentement vers elle.

« Il faut que l'un de vous vienne la tenir, dit-elle en pleurant. Nous n'avons plus le courage. Viens l'assister, Gunnulf... on ne sait comment cela va finir. »

Gunnulf se leva et mit son livre de prières dans la poche de sa ceinture.

« Il faut que tu viennes toi aussi, Erlend », dit la femme.

Aux hurlements sauvages et entrecoupés qui l'assaillirent dès la porte, Erlend s'arrêta et frémit. Au milieu des femmes en pleurs il aperçut le visage convulsé, méconnaissable, de Christine. Elle était à genoux et les femmes la tenaient.

Près de la porte, des servantes étaient prosternées, la tête sur les bancs. Elles priaient tout haut et sans arrêt. Il se jeta à terre auprès d'elles et cacha sa tête dans ses bras. Christine criait, criait ; il se sentait glacé de désespoir et de terreur. Cela ne pouvait durer ainsi...

Il se risqua à jeter un regard vers elle. Gunnulf était assis sur un banc devant elle et la tenait sous les bras. Dame Gunna était agenouillée, les bras passés autour de la taille de Christine, mais celle-ci, dans une angoisse de mort, résistait et voulait l'éloigner.

« Non, non ! Lâchez-moi... Je ne peux pas... Mon Dieu, mon Dieu, aidez-moi...

— Dieu t'aidera bientôt, Christine », répétait le prêtre.

Une servante tenait une cuvette d'eau ; après chaque crise il prenait un linge et essuyait le visage de la patiente — à la racine des cheveux et entre les lèvres d'où coulait une sorte de bave.

Elle plongea la tête dans les bras de Gunnulf et dormit un court instant, mais les souffrances l'arrachèrent de nouveau à son somme. Et le prêtre reprit :

« Bientôt tu recevras de l'aide, Christine... »

Personne ne savait plus quelle heure de la nuit il pouvait être. Déjà la grisaille du petit jour grimaçait à travers le trou à fumée.

Puis après un long cri d'effroi insensé, il y eut un calme absolu. Erlend entendit que les femmes s'affairaient. Il allait regarder, quand il entendit quelqu'un pleurer bruyamment. Il se blottit de nouveau. Il n'osait pas savoir.

Alors de nouveau Christine cria — un haut et sauvage cri de douleur qui ne ressemblait pas aux hurlements déments et inhumains d'avant. Erlend s'approcha.

Gunnulf était penché et tenait Christine, toujours à genoux. Les yeux pleins d'une horreur mortelle, elle regardait fixement une chose que Dame Gunna tenait dans une peau de mouton. Le paquet informe, rouge brun, ressemblait aux viscères d'une bête de boucherie.

Le prêtre la serrait contre lui :

« Ma Christine, tu as mis au monde le fils le plus joli et le

plus mignon dont aucune mère ait jamais eu à remercier Dieu.
— Et il respire ! dit Gunnulf vivement aux femmes en pleurs. Il respire... Dieu n'est pas si cruel qu'il ne veuille nous entendre... »

Le prêtre parlait encore lorsque ceci arriva : le cerveau las et bouleversé de la jeune mère fut envahi par le souvenir imprécis d'un bouton qu'elle avait vu autrefois dans le jardin du couvent — de ce bouton sortaient des morceaux de soie rouges et frisés qui s'épanouissaient en une fleur.

L'embryon informe remuait en gémissant ; il s'allongea et devint un tout petit enfant qui avait la couleur du vin et une apparence humaine. Il avait des bras et des jambes, des mains et des pieds avec tous leurs doigts et leurs orteils. Il se débattait en haletant un peu.

« Il est si petit, si petit, si petit ! » cria Christine d'une voix mince et brisée, et elle éclata d'un rire mêlé de larmes. Les femmes l'entouraient en riant et séchaient ses pleurs. Gunnulf la remit entre leurs bras.

« Lui, roulez-le dans une bassine, il pourra mieux crier », dit le prêtre en accompagnant les femmes qui emportaient le nouveau-né auprès du foyer.

Lorsque Christine s'éveilla après une longue défaillance, elle était couchée dans le lit. On lui avait enlevé ses horribles vêtements trempés de sueur, et la tiédeur, la santé se répandaient dans son corps avec la bonne impression du retour à la vie ; on avait mis sur elle de petits sacs de bouillie d'ortie et elle était enveloppée de tapisseries et de fourrures très chaudes.

On l'obligea à se taire quand elle voulut parler. Le plus grand silence régnait dans la salle. Et une voix lui parvint qu'elle reconnaissait mal :

« Nicolas, au nom du Père, du Fils et du Saint-Esprit... »

De l'eau clapotait.

Christine se souleva un peu sur son coude et regarda. Près du foyer se tenait un prêtre en vêtements blancs ; Ulf Haldorssoen soulevait hors de la grande bassine de cuivre un enfant nu, rouge, et qui gigotait, le passait à la marraine et recevait le cierge allumé.

Elle avait eu son enfant. — Ses cris étaient si forts qu'ils couvraient presque complètement les paroles du prêtre. Mais comme elle se sentait lasse ! Elle était indifférente et voulait dormir.

Alors elle entendit la voix d'Erlend qui disait vite d'un ton alarmé :

« Sa tête... il a une tête si étrange !

— Il est enflé, dit une femme tranquillement. Ce n'est pas rare. Il a rudement lutté pour sa vie, le gaillard... »

Christine poussa un cri. Il lui sembla que s'éveillaient en elle les fibres les plus intimes de son cœur. C'était son fils, et il avait lutté pour vivre, lui comme elle...

Gunnulf se retourna brusquement, et, en souriant, saisit le petit paquet blanc emmailloté sur les genoux de Gunna et le porta jusqu'au lit. Il mit le bébé dans les bras de sa mère.

Bouleversée de tendresse et de bonheur, elle frotta son visage contre le lumineux petit visage rouge et soyeux enfoui dans les linges.

Elle leva les yeux vers Erlend. Une fois déjà elle lui avait vu ce visage gris et ravagé — elle ne pouvait se rappeler à quel moment, tant elle se sentait étourdie, avec d'étranges sensations dans la tête — mais elle savait que c'était une bonne chose qu'elle ne pût se souvenir. C'était bon aussi de le voir ainsi auprès de son frère — le prêtre avait posé une main sur l'épaule d'Erlend. Une paix et une sécurité indicibles l'envahissaient tandis qu'elle regardait la haute stature de l'homme à la chasuble et à l'étole ; le visage large et maigre sous la brune couronne de cheveux était puissant, mais il souriait avec gentillesse et bonté.

Erlend piqua son poignard profondément dans la poutre du mur derrière la mère et l'enfant.

« Ce n'est pas nécessaire à présent, dit le prêtre en souriant. Le nouveau-né est baptisé... »

Christine se souvint d'une chose que frère Edvin avait dite un jour. Un enfant nouvellement baptisé était aussi saint que les saints anges du ciel. Le péché des parents était lavé par lui, et lui-même n'avait encore péché en rien. Avec crainte et circonspection elle baisa le petit visage.

Dame Gunna vint à eux. Elle était à bout de forces, lasse et irritée contre le père qui n'avait pas eu l'idée de remercier d'un mot les femmes. Puis le prêtre lui avait pris l'enfant pour le porter à la mère... ; c'était à elle de le faire, à elle qui avait délivré la mère et qui serait marraine de l'enfant.

« Tu n'as pas encore salué ton fils, Erlend, tu ne l'as pas pris dans tes bras », dit-elle d'un ton colère.

Erlend prit le bébé emmailloté des bras de la jeune mère et appuya un instant son visage contre lui :

« Je ne peux pas encore t'aimer vraiment, je ne peux pas avant d'avoir oublié que tu as fait souffrir ta mère si affreusement ! » dit-il, et il replaça le bébé auprès de Christine.

« C'est cela... Rends-le responsable », dit la vieille femme irritée. Maître Gunnulf sourit, et alors Dame Gunna sourit aussi. Elle voulait prendre l'enfant et le coucher dans le berceau, mais Christine demanda à le garder encore un peu auprès d'elle. Aussitôt après, elle s'endormit avec son fils contre elle ; elle sentit tout juste qu'Erlend la touchait avec précaution, comme s'il avait peur de lui faire mal, et se rendormit.

5

Le dixième jour après la naissance de l'enfant, maître Gunnulf dit à son frère, comme ils étaient seuls le matin dans la grand-salle :

« Je crois qu'il est temps, Erlend, que tu envoies un messager aux parents de ta femme, pour leur dire comment elle va.

— Je ne pense pas que cela presse tellement. Ils ne seront certainement pas si enchantés à Joerundgaard d'apprendre qu'il y a déjà un fils à notre ferme.

— Peux-tu croire que la mère de Christine ne se soit pas rendu compte, cet automne, que sa fille n'était pas bien ? Alors elle a sans doute peur... »

Erlend ne répondit rien.

Mais un peu plus tard dans la journée, comme Gunnulf assis dans la petite pièce causait avec Christine, Erlend entra. Il était vêtu d'un bonnet de fourrure, d'un pourpoint de bure épaisse, d'un pantalon long et de bottes velues. Il se pencha sur sa femme et lui caressa la joue :

« Ma Christine, as-tu des salutations à faire porter à Joerundgaard ? Je vais dans le sud pour leur annoncer la naissance de notre fils... »

Christine devint toute rouge. Elle paraissait à la fois effrayée et joyeuse.

« Ton père ne peut pas me demander davantage, dit Erlend sérieusement, que de venir moi-même apporter la nouvelle... »

Christine se recueillit un peu.

« Dis-leur à la maison, dit-elle doucement, que chaque jour, depuis que je les ai quittés, j'ai passionnément désiré tomber aux pieds de père et de mère pour implorer leur pardon. »

Erlend s'en alla peu après. Christine ne pensa pas à lui demander comment il allait faire le voyage. Mais Gunnulf suivit son frère dans la cour. Les skis d'Erlend étaient devant la porte de la maison, ainsi qu'un bâton à fer de lance.

« Tu pars à skis ? demanda Gunnulf. Qui t'accompagne ?

— Personne, répondit Erlend en riant. Tu devrais savoir mieux que personne, Gunnulf, qu'il n'est pas facile de me suivre à skis.

— Cela me paraît imprudent, dit le prêtre. On dit qu'il y a beaucoup de loups cette année dans la forêt de Hoeiland... »

Erlend se contenta de rire en fixant ses skis :

« Je pense être là-haut, aux chalets de Gjeitskar, avant la nuit tombée. Les jours sont déjà longs. Je puis arriver à Joerundgaard le soir du troisième jour...

— Les pistes sont embrouillées à partir de Gjeitskar jusqu'au grand chemin. Il y a aussi de mauvais trous à brouillard. Et tu sais qu'aux chalets le temps n'est pas sûr en hiver.

— Prête-moi ton briquet, pour le cas où je serais obligé de jeter le mien sur quelque elfine qui me demanderait une faveur incompatible avec ma qualité d'homme marié. Ecoute, frère, je fais ce que tu dis : je vais trouver le père de Christine pour lui offrir de payer telle amende qu'il jugera convenable de me réclamer — tu peux bien me laisser choisir le chemin que j'entends suivre. »

Maître Gunnulf dut se contenter de ces paroles. Mais il ordonna aux domestiques de ne pas dire à Christine qu'Erlend était parti seul.

Le ciel s'étendait tout blond vers le sud, au-dessus des neiges bleuissantes des montagnes, le soir où Erlend dévala à une telle allure devant les décombres de l'église qu'il faisait crisser et siffler la couche de neige. La demi-lune était haute et brillait, blanche et embuée, dans le crépuscule.

A Joerundgaard une fumée sombre tourbillonnait par les trous à fumée vers le ciel pâle et clair. Des coups de hache retentissaient, secs et cadencés, dans le silence.

A la barrière de la ferme une troupe de chiens aboya contre l'étranger. Dans la cour, un groupe de bergers hirsutes, sombres dans le clair crépuscule, marchaient à petits pas ; ils balayaient avec des rameaux de sapin en formant un tas au milieu de la cour. Trois petits enfants en vêtements d'hiver couraient parmi eux.

La paix familiale de cet endroit fit sur Erlend une impression extraordinairement forte. Il s'arrêta, embarrassé, attendant Laurent qui venait à sa rencontre. Le beau-père d'Erlend était descendu au hangar à bois pour causer avec un homme qui fendait des troncs d'arbres. Il s'arrêta net en reconnaissant son gendre et piqua vigoureusement dans la neige la lance qu'il tenait à la main.

« C'est *toi* ? demanda-t-il tout bas. Seul ?... Est-ce qu'il y a... est-ce qu'il y a quelque chose ?... Que se passe-t-il, pour que tu arrives ainsi ?

— Voici ce qui se passe. » Erlend se ressaisit et regarda son beau-père dans les yeux. « J'ai cru ne pas pouvoir faire moins que de venir moi-même vous annoncer cette nouvelle : Christine a mis au monde un fils le matin de la fête de Marie. Maintenant, elle va bien. »

Laurent restait immobile. Ses dents pressaient fortement sa lèvre inférieure ; son menton frémissait et tremblait légèrement.

« Voilà des nouvelles ! » dit-il au bout d'un instant.

La petite Ramborg était accourue, et se tenait à côté de son père. Elle levait les yeux, le visage d'un rouge de feu.

« Tais-toi », dit Laurent rudement, bien que la petite fille n'eût rien dit, mais seulement rougi. « Ne reste pas ici — file ! »

Il n'en dit pas davantage. Erlend restait là, debout, penché en avant, serrant son bâton de la main gauche. Il regardait à terre dans la neige, sa main droite enfoncée dans sa poitrine.

« Est-ce que tu t'es fait mal ?

— Un peu, dit Erlend. Je suis tombé dans une pente hier à la nuit. »

Laurent lui prit le poignet qu'il tâta avec précaution :

« L'os n'est pas brisé, je crois. Annonce toi-même la nouvelle à sa mère... » Comme il se dirigeait vers la maison, Ragnfrid sortit dans la cour. Elle regarda son mari d'un air étonné — puis elle reconnut Erlend et vint droit à lui.

Elle écouta sans dire un mot le message qu'Erlend répétait. Mais ses yeux devinrent humides et brillants quand Erlend dit à la fin :

« J'ai pensé que tu avais pu t'apercevoir de quelque chose avant son départ, l'automne dernier ; tu étais peut-être inquiète pour elle.

— C'est gentil de ta part, Erlend, de l'avoir deviné, dit-elle d'une voix mal assurée. Oui, j'ai été inquiète chaque jour, depuis que tu l'as emmenée loin de nous. »

Laurent revint.

« Voici de la graisse de renard. Je vois que tu as eu la joue gelée, mon gendre. Attends un peu dans l'antichambre, que Ragnfrid s'occupe de cela et te dégèle. Et tes pieds, comment sont-ils ? Retire tes bottes, que nous voyions... »

Quand les gens entrèrent pour le repas du soir, Laurent leur annonça la nouvelle et fit apporter de la bière, afin qu'ils pussent se réjouir. Mais il n'y eut point de vraie gaicté pendant le festin. Le maître de maison avait devant lui un bol d'eau. Il pria Erlend de l'excuser, mais dès son enfance il avait fait le vœu de ne boire que de l'eau pendant les périodes de jeûne. Tous étaient assez silencieux, et la conversation languissait, malgré la bonne bière. Les enfants vinrent cependant trouver Laurent. Il les entoura de ses bras quand ils se placèrent contre ses genoux, mais il répondait distraitement à leurs questions. Ramborg parlait sèchement et d'un ton pointu à Erlend quand il voulait plaisanter avec elle — montrant ainsi qu'elle n'aimait pas son beau-frère. Intelligente et jolie, elle avait atteint son huitième hiver, mais elle ne ressemblait pas à ses sœurs.

Erlend demanda le nom des autres enfants. Laurent répondit que le garçon était Haavard Trondssoen, le plus jeune enfant de Sundbu. Il s'ennuyait tellement là-bas parmi ses frères et sœurs adultes, qu'il avait imaginé à Noël de venir au foyer de sa tante. La fillette était Helga Rolvsdatter. Les proches parents avaient dû emmener les enfants de Blakarsarv lorsqu'ils rentrèrent chez eux après le repas des funérailles ; c'était pitié qu'ils vissent leur père dans cet état. Il était bon pour Ramborg d'avoir ces frère et sœur d'adoption. « Nous commençons à vieillir, Ragnfrid et moi, dit Laurent. Et elle est plus folâtre et plus joueuse que n'était Christine. » Il caressa les cheveux bouclés de sa fille.

Erlend alla s'asseoir auprès de sa belle-mère ; elle le questionna sur l'accouchement de Christine. Erlend vit que Laurent écoutait. Ensuite celui-ci se leva, et alla prendre son chapeau et son manteau. Il se proposait d'aller jusqu'au presbytère pour inviter Sira Erik à venir boire avec eux.

Laurent prit à travers champs le sentier battu qui menait à Romundgaard. La lune allait s'enfoncer derrière la montagne, mais mille étoiles brillaient au-dessus des cimes toutes blanches. Il espérait que le prêtre serait chez lui ; il ne pouvait rester plus longtemps seul avec les autres.

Mais quand il atteignit les clôtures, près de la cour, il vit un petit cierge venir au-devant de lui. C'était le vieil Audun qui agita sa petite clochette d'argent en s'apercevant qu'il y avait quelqu'un sur le chemin. Laurent Bjoergulfsoen se jeta à genoux dans la neige au bord du chemin.

Audun passa avec son cierge et sa clochette au tintement grêle et doux. Derrière lui Sira Erik avançait à cheval. Il éleva le saint ciboire dans ses mains en passant devant l'homme agenouillé ; il ne regarda pas de côté, mais passa tranquillement sur son cheval tandis que Laurent s'inclinait, les bras tendus vers son Sauveur.

C'était le fils d'Einar Hnufa qui accompagnait le prêtre ; le vieux approchait donc de sa fin. Eh oui ! Laurent récita les prières des agonisants avant de se relever et de rentrer chez lui. Cette rencontre avec Dieu, dans la nuit, l'avait cependant beaucoup réconforté et consolé.

Quand ils furent couchés, Laurent demanda à sa femme :

« Soupçonnais-tu que pareille chose fût arrivée à Christine ?

— Et toi ? dit Ragnfrid.

— Non », répondit Laurent d'un ton si bref qu'elle pouvait bien se douter que de temps à autre il en avait eu l'idée...

« Un moment j'ai eu assez peur cet été, dit la mère en hésitant. Je voyais qu'elle ne pouvait prendre goût à la nourriture. Et puis, comme le temps passait, je me suis dit que je m'étais sans doute trompée. Elle paraissait si joyeuse pendant tout le temps des préparatifs pour les noces...

— Oui, elle avait de bonnes raisons pour cela, dit le père

avec un peu d'ironie. Mais qu'elle ne t'ait rien dit, à toi, sa mère...

— Tu fais bien de me rappeler cela, après sa faute, dit Ragnfrid amèrement. Tu sais bien que Christine n'a jamais eu l'habitude de se confier à moi... »

Laurent n'en dit pas davantage. Peu après il souhaita bonne nuit à sa femme et demeura silencieux. Il savait que le sommeil ne viendrait pas tout de suite.

Christine... Christine, sa petite fille...

Jamais il n'avait fait la moindre allusion à ce que Ragnfrid venait de lui confier. Et elle ne pouvait raisonnablement prétendre qu'il lui eût donné à croire qu'il y pensât. Il n'avait pas changé d'attitude à son égard ; il s'était plutôt efforcé de lui témoigner encore plus d'amitié et de tendresse. Mais ce n'était pas la première fois cet hiver qu'il remarquait cette amertume chez Ragnfrid : on la voyait chercher des sous-entendus offensants à des mots innocents qu'il avait prononcés. Il ne comprenait pas cela et n'y voyait aucun remède.

« Notre Père qui êtes aux cieux... » Il pria pour Christine et pour son enfant. Ensuite il pria pour sa femme et pour lui-même. Finalement, il implora du ciel la force de supporter Erlend Nikulaussoen d'une âme indulgente tout le temps qu'il devrait l'héberger à la ferme.

Laurent ne voulut pas permettre qu'Erlend retournât chez lui avant qu'on vît clairement comment allait son poignet, ni qu'il fît le chemin tout seul.

« Quelle joie ce serait pour Christine si vous m'accompagniez ! » dit un jour Erlend.

Laurent se tut quelques instants. Ensuite il fit maintes objections. Ragnfrid n'aimerait certainement pas rester seule à la ferme. Et s'il partait si loin dans le nord, il ne serait pas de retour pour les grands travaux du printemps. Finalement il partit tout de même avec Erlend. Il ne prit avec lui aucun compagnon : il reviendrait en bateau jusqu'à Raumsdal et il pourrait louer des chevaux pour descendre la vallée : il avait des connaissances partout sur le chemin.

Ils ne parlèrent pas beaucoup pendant le trajet à skis, mais ils s'entendirent bien. Laurent devait faire des efforts pour suivre

Erlend ; il ne voulait pas convenir que son gendre allait trop vite pour lui. Mais Erlend le remarqua et régla aussitôt sa marche sur celle de son beau-père. Il se donnait beaucoup de peine pour être agréable au père de sa femme, avec cette manière paisible et douce qu'il avait lorsqu'il voulait gagner l'amitié de quelqu'un. Le troisième soir, ils s'abritèrent dans une hutte de pierre. Ils avaient eu du mauvais temps et du brouillard, mais Erlend semblait retrouver son chemin avec sûreté. Laurent l'avait remarqué, Erlend possédait une connaissance étonnante et sûre de tous les signes et phénomènes de la nature aérienne ou terrestre et des habitudes et mœurs des animaux — et il savait toujours où il se trouvait. Tout ce que lui-même, habitué à la montagne comme il l'était, avait appris par la vue, l'attention et la mémoire, il semblait que l'autre le sût aveuglément. Erlend en riait lui-même, mais ce n'était là qu'un pur instinct.

Ils trouvèrent la hutte de pierre dans l'obscurité au moment même qu'Erlend avait prévu. Laurent se rappelait que par une nuit pareille il s'était enlisé dans la neige à une portée d'arc de son propre abri à chevaux. La neige s'était tellement entassée autour de la hutte qu'ils durent se frayer un chemin à travers le trou à fumée. Erlend boucha l'ouverture avec une peau de cheval qui se trouvait à l'intérieur de la hutte et qu'il fixa avec des skis coincés entre les poutres. Avec un ski il rejeta au-dehors la neige qui avait pénétré et il fit du feu sur le foyer avec le bois gelé qui se trouvait là. De dessous le banc, il tira trois ou quatre perdrix des neiges qu'il avait placées là quand il se rendait au sud. Il les enroba de glaise dégelée autour du foyer, et jeta les grosses boules dans les cendres chaudes.

Laurent se coucha sur le banc de terre où Erlend l'installa du mieux qu'il put avec leurs sacs et leurs manteaux.

« C'est ainsi que font les gens de guerre avec les poules qu'ils ont volées, Erlend, dit Laurent en riant.

— Ma foi, répondit Erlend de même, j'ai appris plus d'une recette quand j'étais au service du comte. »

Il était à présent aussi vif et plein d'entrain que son beau-père l'avait vu, en général, compassé et un peu indolent. Assis par terre, il se mit à raconter à Laurent les années où il avait servi chez le comte Jacob en Halland. Il avait été chef d'une troupe au château et avait été chargé de garder la côte avec trois petits bateaux. Erlend avait des yeux d'enfant ; il n'était point hâbleur, il laissait seulement courir sa pensée. Laurent le regardait...

Il avait prié Dieu de lui donner de la patience à l'égard du mari de sa fille ; maintenant il était presque fâché contre lui-même parce qu'il aimait Erlend plus qu'il ne voulait. Il se rappelait que la nuit où l'église avait brûlé, il avait éprouvé un sentiment d'affection pour son gendre. Ce n'était point par son long corps qu'Erlend manquait de virilité. Un chagrin poignait le cœur du père... c'était dommage, Erlend aurait pu prétendre à mieux qu'à séduire des femmes. Mais pour le reste, il n'avait guère été capable que d'enfantillages. En d'autres temps, un chef aurait pu prendre cet homme en main et l'utiliser. Mais en cet état du monde chaque homme ne pouvait, la plupart du temps, s'en rapporter qu'à son propre jugement ; et un homme dans la condition d'Erlend devait assurer lui-même à la fois son propre bonheur et celui de beaucoup d'autres. Et c'était là le mari de Christine.

Erlend leva les yeux vers son beau-père. Il devint lui-même sérieux. Puis il dit :

« Je veux vous demander une chose, Laurent, avant que nous n'arrivions chez moi, c'est de me dire ce que vous pouvez avoir sur le cœur. »

Laurent se tut.

« Vous le savez, continua Erlend, je suis tout disposé à tomber à vos pieds si vous le voulez ; je paierai telle amende qui vous paraîtra une juste punition de ma conduite... »

Laurent regarda le jeune homme bien en face, puis il eut un sourire singulier :

« Ce serait là une chose difficile pour tous deux, Erlend. Envoie un honnête cadeau à l'église de Sundbu et aux prêtres dont vous vous êtes moqués, dit-il vivement. Je ne veux pas parler davantage de tout cela. Tu ne peux tout de même pas alléguer ta jeunesse. Il eût été plus honorable, Erlend, de tomber à mes pieds avant que je ne vous marie...

— Oui, dit Erlend. Mais je ne savais pas alors que les choses en étaient là et qu'un jour viendrait où il apparaîtrait que je vous ai offensé. »

Laurent se mit sur son séant.

« Quand tu t'es marié, ne savais-tu pas que Christine ?...

— Non, dit Erlend qui paraissait abattu. Nous étions mariés depuis deux mois environ lorsque je l'ai compris. »

Laurent le regarda avec étonnement, mais ne dit rien. Alors Erlend reprit d'une voix faible et indécise :

« Je suis content de vous avoir avec moi, beau-père. Christine a été d'une humeur si sombre, cet hiver ! Elle pouvait à peine se décider à me dire un mot. J'avais souvent l'impression qu'elle ne se plaisait ni à Husaby ni avec moi. »

Laurent répondit d'un ton un peu froid et distant :

« Il en est de même sans doute pour toutes les jeunes femmes. Mais la voilà de nouveau bien portante, de sorte que vous allez redevenir, je pense, les bons amis que vous étiez auparavant. » Ce disant, il souriait un peu ironiquement.

Mais Erlend regardait fixement le tas de braises. Il en était sûr tout d'un coup, mais il l'avait compris dès l'instant où il avait vu le petit visage rouge de l'enfant sur l'épaule blanche de Christine : jamais plus ce ne serait entre eux comme avant.

Lorsque le père de Christine s'avança vers elle dans la petite pièce, elle se redressa dans son lit et se tendit vers lui. Elle enlaça ses bras autour des épaules de Laurent et pleura, pleura tellement que Laurent finit par s'en effrayer.

Elle s'était levée quelque temps, mais elle avait appris qu'Erlend était parti seul pour la vallée, et, comme il tardait à revenir, une telle angoisse la prit qu'elle fut terrassée par la fièvre. Elle avait dû se remettre au lit.

Il était facile de voir qu'elle était encore faible ; elle avait les larmes aux yeux à propos de tout et de rien. Le nouveau chapelain du domaine, Sira Eiliv Serkssoen, était venu à la ferme pendant l'absence d'Erlend. Il venait voir la maîtresse de maison de temps à autre et lui faisait la lecture — mais elle pleurait à propos de choses si franchement absurdes qu'il ne sut bientôt plus ce qu'il pouvait lui lire.

Un jour que Laurent était auprès de sa fille, elle voulut emmailloter elle-même l'enfant, pour qu'il pût voir combien son petit-fils était beau et bien conformé. L'enfant, étendu tout nu parmi les langes, se débattait sur le tapis de laine devant sa mère.

« Quelle est cette marque qu'il a sur la poitrine ? » demanda Laurent.

Un peu au-dessus du cœur, il y avait quelques petites taches rouge sang ; on eût dit qu'une main sanglante avait touché l'enfant à cet endroit. Christine elle-même avait eu une mauvaise impression en voyant ce signe pour la première fois. Mais elle avait cherché à se consoler et elle dit :

« Ce n'est sans doute qu'une marque de feu. J'ai crispé ma main sur mon sein lorsque j'ai vu que l'église brûlait. »

Le père reçut un choc à cette réponse. Combien de temps — et jusqu'à quel point — avait-elle dissimulé ? Il ne le savait pas. Et il ne comprenait pas qu'elle l'eût osé — elle, son enfant, et à lui...

« Je ne crois pas que vous aimiez vraiment mon fils », déclara maintes fois Christine à son père, et Laurent répondait en souriant qu'il l'aimait vraiment. Il avait aussi déposé de nombreux cadeaux sur le berceau et sur le lit de l'accouchée. Mais Christine croyait que personne n'aimait assez son fils — Erlend surtout. « Regardez-le, père, disait-elle. Avez-vous vu ? Il vient de rire... Avez-vous vu un enfant aussi joli que Naakkve, père ? »

Elle posait et reposait toujours cette question. Une fois Laurent dit, un peu songeur :

« Haavard, ton frère, notre second fils... était un très bel enfant. »

Au bout d'un instant Christine demanda :

« C'est celui de mes frères qui a vécu le plus longtemps ?

— Oui. Il a vécu deux hivers. — Mais tu ne vas pas te remettre à pleurer, ma Christine », dit-il tranquillement.

Ni Laurent ni Gunnulf Nikulaussoen n'aimaient ce nom de Naakkve pour l'enfant ; son nom de baptême était Nicolas. Erlend soutenait que c'était le même nom, mais Gunnulf était d'avis contraire ; il y avait eu dans les sagas des hommes qui s'appelaient Naakkve, déjà au temps du paganisme. Cependant Erlend ne voulait pas se servir du nom que son père avait porté. Et Christine appelait toujours l'enfant du nom dont Erlend avait salué leur fils la première fois.

De l'avis de Christine, une seule personne avec elle comprenait tout à fait quel enfant superbe et plein d'espérances était

Naakkve. C'était le nouveau prêtre, Sira Eiliv. Il avait à ce point de vue une compréhension presque égale à celle de la mère.

Sira Eiliv était un homme courtaud, fluet, avec un petit ventre rond qui le rendait un peu ridicule. Il avait fort peu d'apparence. Des gens qui avaient parlé avec lui plusieurs fois le reconnaissaient difficilement tant son visage était banal. Il avait les cheveux et la peau de la même couleur — pareille à du sable orangé — et des yeux ronds, bleu d'eau, sans relief. Par nature il était paisible et craintif, mais selon maître Gunnulf, si instruit qu'il aurait pu conquérir les grades à condition d'avoir plus de facilité pour la parole. Mais beaucoup plus que de sa science il était paré de la pureté de sa vie, de son humilité et de son amour profond pour le Christ et pour son Eglise.

Il était de famille pauvre et bien qu'il ne fût guère plus âgé que Gunnulf Nikulaussoen il paraissait assez vieux. Gunnulf le connaissait depuis le temps où ils allaient à l'école ensemble à Nidaros, et il parlait toujours très affectueusement d'Eiliv Serkssoen. Erlend trouvait que ce n'était pas un fameux prêtre qu'on leur avait donné à Husaby, mais Christine éprouva aussitôt de la confiance et de l'affection pour lui.

Christine continua à demeurer dans la petite pièce même après le jour de ses relevailles. Ce fut une journée pénible pour elle. Sira Eiliv la conduisit de la porte de l'église à l'intérieur, mais il n'osa pas lui donner le corps de Notre-Seigneur. Elle s'était confessée à lui, mais elle devait demander l'absolution de l'archevêque pour le péché qu'elle avait commis en se rendant complice de la mort impie d'une autre personne. Ce matin où Gunnulf s'était associé à sa désolation, il lui avait instamment recommandé, dès qu'elle serait délivrée du danger de mort corporelle, de chercher en toute hâte la guérison de son âme. Dès qu'elle aurait recouvré la santé, elle devrait tenir sa promesse à saint Olav. Puisque par son intercession il lui avait conservé son fils sain et vivant jusqu'à ce qu'il vît le jour et reçût le bain baptismal, elle devait se rendre pieds nus à son tombeau et y déposer sa couronne d'or, gage de l'honneur des jeunes filles, qu'elle avait si mal défendue et portée injustement. Et Gunnulf lui conseilla de se préparer à ce voyage par une vie retirée, des prières, des lectures et de la méditation, par le jeûne également, mais avec modération, parce qu'elle allaitait son enfant.

Ce soir-là, comme elle était triste après sa visite à l'église, Gunnulf était venu la trouver et lui avait donné un chapelet. Il lui dit que dans les pays étrangers ce n'étaient pas seulement les religieux et les prêtres qui faisaient usage de tels chapelets dans leurs exercices de dévotion. Ce rosaire était très beau ; les grains étaient d'une espèce de bois jaune qui venait de l'Inde et avaient une odeur si douce et si chaude qu'ils pouvaient donner l'idée de ce que doit être une bonne prière, don du cœur et désir ardent d'obtenir une aide pour mener une vie agréable à Dieu. A intervalles réguliers il y avait des perles d'ambre jaune et d'or, et la croix était d'un bel émail.

Erlend regardait sa jeune femme avec convoitise quand il la rencontrait dans la cour. Jamais elle n'avait été aussi belle — grande et svelte dans sa simple robe de bure brune, couleur de la terre. Le grossier fichu de lin qui lui couvrait les cheveux, le cou et les épaules rehaussait encore la blancheur resplendissante de sa peau. Quand le soleil de printemps tombait directement sur son visage, on eût dit que la lumière pénétrait profondément dans sa chair, tant elle était claire ; ses yeux et ses lèvres paraissaient diaphanes. S'il descendait dans la petite chambre pour voir l'enfant, elle baissait ses longues paupières blanches dès qu'il la regardait. Elle paraissait si timide et si pure qu'il osait à peine toucher sa main. Si elle donnait le sein à Naakkve, elle jetait son foulard de tête sur le peu qu'il eût pu apercevoir de son corps blanc. Il semblait à Erlend que l'on fût en train de lui prendre sa femme pour la consacrer à Dieu.

Il en plaisantait non sans un peu d'irritation avec son frère et son beau-père quand ils étaient assis le soir, entre hommes, dans la grand-salle. Husaby était devenu proprement une chapelle de couvent. On y voyait Gunnulf et Sira Eiliv ; il fallait compter son beau-père comme un demi-prêtre, et ils voulaient en faire autant de lui. Il y avait trois prêtres à la ferme. Mais les autres riaient de lui.

Ce printemps-là, Erlend Nikulaussoen s'occupa beaucoup des choses de sa ferme. Dans le courant de l'année toutes les clôtures furent réparées et les barrières replacées en temps utile, les labours et les travaux du printemps furent achevés convenablement et à temps ; Erlend acheta un excellent bétail — il avait dû, au nouvel an, abattre un grand nombre de bêtes, ce qui n'avait pas été un grand dommage, tant il y en avait de vieilles et pitoyables dans son troupeau. Il embaucha des gens pour distiller le goudron et arracher les écorces de bouleau ; les bâtiments de la ferme furent remis en état et les toits réparés. On n'avait pas vu pareil ordre à Husaby depuis le temps où le vieux seigneur Nicolas était dans la plénitude de ses forces. On savait évidemment qu'Erlend prenait conseil du père de sa femme, Erlend l'emmenait avec lui ainsi que son frère, le prêtre, et ils allaient séjourner chez des amis et des parents dans les villages pendant qu'il s'occupait ainsi. Mais il circulait maintenant de façon décente avec deux ou trois compagnons alertes et aimables. Auparavant Erlend chevauchait entouré de toute une bande d'écervelés sans discipline. Si bien que les racontars et l'irritation qu'avaient si longtemps alimentés la conduite scandaleuse d'Erlend Nikulaussoen et le désordre et la ruine de Husaby, s'apaisaient maintenant en plaisanterie bienveillante. Les gens souriaient et disaient que la jeune maîtresse de maison de Husaby avait obtenu de beaux résultats en six mois.

Un peu avant le 17 juin, fête de Botolf, Laurent Bjoergulfsoen partit pour Nidaros en compagnie de maître Gunnulf. Il devait être l'hôte du prêtre quelques jours pendant lesquels il visiterait le sanctuaire de saint Olav et les autres églises de la ville, avant de retourner chez lui vers le sud. Il quitta sa fille et son gendre avec des sentiments affectueux et amicaux.

6

Christine devait se rendre à Nidaros trois jours après la fête des Martyrs de Selja (8 juillet) — plus tard la ville s'affairait dans la préparation de la Saint-Olav, plus tôt l'archevêque était absent.

La veille au soir, maître Gunnulf était venu à Husaby de bonne heure ; il se rendit avec Sira Eiliv à la chapelle pour chanter les matines. La rosée s'étalait sur l'herbe comme une couverture lorsque Christine se rendit à la chapelle, mais le soleil dorait les bois au sommet de la montagne, et le coucou chantait sur la côte ; il semblait qu'elle allait avoir un joli temps pour son pèlerinage.

Il n'y avait personne à la chapelle sauf Erlend et sa femme, et dans le chœur illuminé les prêtres. Erlend regarda les pieds nus de Christine. Ce devait être glacial pour elle de se tenir ainsi sur la pierre. Elle devait marcher pendant trois milles sans autre compagnie que leurs prières. Il essaya d'élever son cœur vers Dieu comme il ne l'avait pas fait depuis bien des années.

Elle était vêtue d'une robe gris cendre et avait une corde autour de la taille. Par-dessous, il savait qu'elle portait une chemise en grosse toile d'étoupe. Une étoffe de bure fortement serrée cachait ses cheveux.

Quand ils sortirent de la chapelle, dans le soleil matinal, une servante vint à eux avec l'enfant. Christine s'assit sur un tas de madriers. Tournant le dos à son mari, elle allaita le bambin avant de se mettre en route. Erlend demeurait debout, immobile, à quelque distance. D'anxiété il avait les joues blanches et froides.

Les prêtres sortirent un peu plus tard — ils avaient enlevé leurs aubes à la sacristie. Ils s'arrêtèrent près de Christine. Sira Eiliv partit aussitôt après pour sa ferme, mais Gunnulf aida Christine à placer l'enfant, solidement attaché, sur son dos. Dans un sac qui pendait à son cou elle avait sa couronne d'or, de l'argent et un peu de pain et de sel. Elle prit le bâton à la main, s'inclina profondément devant le prêtre et commença silencieusement à suivre le chemin qui montait vers le nord, à travers la forêt.

Erlend demeurait en arrière, le visage tout pâle. Tout à coup il se mit à courir. Au nord de la chapelle il y avait de petits monticules avec de maigres touffes d'herbe et des buissons de genévriers et de petits bouleaux rongés par les animaux — les pâtres affectionnaient cet endroit. Erlend y courut ; de là il pouvait voir Christine encore un instant avant qu'elle ne disparût dans la forêt.

Gunnulf montait lentement derrière son frère. Le prêtre paraissait très grand et sombre dans la clarté du matin. Il était très pâle lui aussi.

Erlend restait là, la bouche entrouverte ; des larmes coulaient le long de ses joues blanches. Tout à coup il se plia en avant, s'agenouilla, puis se jeta tout de son long, la tête la première, dans l'herbe courte, sanglotant et arrachant sans arrêt de la bruyère avec ses longs doigts bruns.

Gunnulf se tenait debout, immobile. Il regardait à terre l'homme en pleurs — puis au loin la forêt où la femme avait disparu.

Erlend leva un peu la tête.

« Gunnulf... était-ce nécessaire de lui imposer cette épreuve ?

« Était-ce nécessaire ? répéta-t-il. Ne pouvais-tu l'absoudre, toi ? »

Gunnulf ne répondit pas. Alors Erlend reprit :

« Je m'étais confessé et j'avais payé l'amende. Pour elle j'ai payé une trentaine de messes et de prières d'anniversaire et un tombeau en terre bénite. Mon péché, je l'ai confessé à l'évêque Helge et j'ai fait le pèlerinage du Saint Sang à Schwerin. Est-ce qu'il ne pouvait en être tenu compte à Christine ?

— Même si tu as fait cela, dit le prêtre avec calme, si tu as offert à Dieu un cœur contrit et obtenu un complet accommodement avec lui, tu comprends bien que tu dois encore t'efforcer, pendant des jours et des années, d'effacer les traces de ton péché. Ce qui arrive à celle qui maintenant est ta femme, tu en as été la cause lorsque tu l'as entraînée d'abord dans une vie impure et ensuite dans l'homicide ; cela, tu ne peux l'en absoudre, Dieu seul le peut. Prie-le d'étendre la main sur elle pendant ce voyage puisque tu ne peux l'accompagner et la protéger. Et n'oublie pas, frère, aussi longtemps que vous vivrez tous les deux, que tu as vu ta femme quitter ta ferme en cet état — à cause de tes péchés plus que des siens. »

Erlend dit au bout d'un instant :

« J'avais juré, au nom de Dieu et de ma foi chrétienne, avant de lui ravir son honneur, que je n'aurais jamais une autre femme, et elle avait promis qu'elle ne prendrait jamais un autre homme aussi longtemps que nous vivrions sur la terre. Tu as dit toi-même, Gunnulf, qu'ainsi nous étions unis devant Dieu ; quiconque épouse ensuite une autre personne, vit en concubinage à ses yeux. Christine n'a donc pu commettre une impureté en se donnant à moi...

— Le péché ne fut pas de vivre avec elle. Si tu avais pu le faire sans léser le droit d'une autre... mais tu l'as entraînée à une rébellion coupable contre tous ceux que Dieu avait mis au-dessus d'elle et finalement tu l'as rendue complice du crime d'homicide. Je te l'ai dit le jour où nous en avons parlé — c'est pour cette raison que l'Eglise a réglementé le mariage et voulu qu'il soit publié et que nous autres prêtres ne puissions unir un homme et une jeune fille contre la volonté de la famille. »

Il s'assit, joignit les mains sur l'un de ses genoux et fixa son regard au loin sur le village ensoleillé où le petit lac brillait tout bleu au fond du ravin. « Tu devais pourtant le savoir toi-même, Erlend — tu avais semé des buissons autour de toi et des épines et des orties — pouvais-tu attirer à toi une jeune fille sans qu'elle s'écorchât jusqu'à être couverte de sang et de blessures ?

— Tu es venu à mon aide plus d'une fois, frère, à l'époque où j'étais avec Eline, dit Erlend doucement. Cela, je ne l'oublierai jamais...

— Je ne crois guère que je l'aurais fait, répondit Gunnulf dont la voix tremblait, si j'avais pu prévoir que tu aurais le cœur de te conduire ainsi à l'égard d'une pure et gentille jeune fille — une enfant en comparaison de toi. »

Erlend ne répondit pas. Gunnulf demanda doucement :

« A cette époque, à Oslo, ne pensais-tu jamais à ce qu'il adviendrait de Christine si elle avait un enfant pendant qu'elle demeurait au couvent ? Et elle était fiancée à un autre ; son père était un homme fier et chatouilleux sur l'honneur ; tous ses parents, des gens de grande famille, peu disposés à tolérer la honte. »

Erlend avait détourné la tête :

« Tu peux bien croire que j'y pensais !... Munar avait promis de s'occuper d'elle. Et je l'avais dit à Christine...

— Munar ! Tu aurais osé parler de l'honneur de Christine à un homme comme Munar !

— Il n'est pas tel que tu crois, dit Erlend sèchement. Puis Dame Catherine est notre parente. Car il n'était évidemment pas question de la conduire dans quelqu'une des autres fermes de Munar, où il a ses maîtresses... »

Erlend frappa le sol de sa main, à s'en faire saigner les jointures.

« C'est bien le diable lui-même qui se mêle de nos affaires quand notre femme va se confesser à notre frère...

— Elle ne s'est point confessée à moi, dit le prêtre, et je ne suis point le prêtre de sa paroisse. Elle s'est plainte à moi dans l'amertume de son angoisse et de son malheur — et j'ai essayé de l'aider, de lui donner les consolations et les conseils qui me paraissaient les meilleurs.

— Bien. » Erlend rejeta la tête en arrière et regarda son frère. « Moi aussi, je le sais, je n'aurais pas dû la faire venir à la maison de Brynhild... »

Le prêtre garda un instant le silence.

« A la maison de Brynhild Fluga ?...

— Oui. Est-ce qu'elle ne t'a pas dit cela, puisqu'elle t'a dit le reste ?...

— C'est déjà certainement assez dur pour Christine de faire un tel aveu sur son mari au confessionnal, dit le prêtre un instant après. Je pense qu'elle préférerait mourir que de dire cela dans un autre lieu... » Il s'arrêta un peu, puis il ajouta durement et vivement :

« Si tu pensais, Erlend, que tu étais son mari devant Dieu, donc celui qui devait la protéger et la défendre, alors ta conduite me paraît encore pire. Tu l'as attirée dans des bois et des granges, tu lui as fait franchir le seuil d'une prostituée. Et finalement tu l'as menée chez Bjoern Gunnarssoen et Dame Aashild...

— Tu ne devrais point parler ainsi de tante Aashild, dit Erlend à voix basse.

— Auparavant, tu l'as dit toi-même, tu croyais que tante Aashild avait causé la mort de notre oncle — elle et cet homme, Bjoern...

— Cela m'est égal, dit Erlend vivement. J'aime tante Aashild...

— Je l'ai compris », dit le prêtre. Il esquissa un petit sourire ironique. « Ensuite tu n'as pas vu d'inconvénient à ce qu'elle rencontrât Laurent Bjoergulfsoen, après que toi tu fus parti avec sa fille. Il semble, Erlend, que tu estimes que ton amitié vaut la peine d'être payée cher...

— Jésus ! » Erlend cacha son visage dans ses mains.

Mais le prêtre continua :

« Si tu avais vu la détresse morale de ta femme, frémissant d'horreur devant ses péchés, sans confession et sans aide !... Elle allait mettre au monde un enfant, et la mort était à sa porte... Elle était elle-même si enfant et si malheureuse !...

— Je sais ! je sais ! dit Erlend en tressaillant. Je sais qu'elle pensait à cela au milieu de ses souffrances. Au nom de Dieu, Gunnulf, n'en dis pas davantage. Je suis ton frère ! »

Mais Gunnulf continua sans ménagement :

« Si j'avais été un homme comme toi, et non un prêtre, et que j'eusse séduit une fille si jeune et si gentille, je me serais délivré de l'autre — Dieu m'assiste, j'aurais fait ce que fit tante Aashild à son mari et accepté de brûler en enfer à tout jamais, plutôt que de supporter qu'elle souffrît tout ce que tu as attiré sur ton innocente et très chère amie... »

Erlend demeura quelques instants frémissant.

« Tu dis que tu es prêtre, fit-il à voix basse. Es-tu un si bon prêtre que tu n'aies jamais péché — avec une femme ? »

Gunnulf ne tourna point les yeux vers son frère. Une rougeur passa sur son visage.

« Tu n'as pas le droit de me poser pareille question, mais je te répondrai cependant. Celui qui mourut pour nous sur la croix sait combien j'ai besoin de sa miséricorde. Mais je te le dis, Erlend : même s'il n'y avait pas, sur toute la machine ronde, un seul serviteur pur et sans péché, même s'il n'y avait pas dans sa sainte Eglise un seul prêtre plus fidèle et plus digne que moi, misérable traître à mon roi, ce sont tout de même les commandements et la loi du Maître qu'enseigne l'Église. Sa parole ne peut être souillée par la bouche d'un prêtre impur, elle ne peut que brûler et consumer ses lèvres. Cela, tu ne le comprends peut-être pas. Mais ce que tu sais aussi bien que moi, ou que n'importe quel infâme esclave du Malin racheté par son sang, c'est que la loi de Dieu ne peut pas être ébranlée ni sa gloire amoindrie, de même que son soleil est aussi puissant quand il brille sur la mer dorée ou les montagnes dénudées que sur ces jolis villages... »

Erlend avait caché son visage dans ses mains. Il resta longtemps ainsi, mais, quand il parla, sa voix était sèche et dure :

« Prêtre ou non, puisque tu n'es pas un pur entre les purs, est-ce que tu ne comprends pas ?... Aurais-tu traité une femme qui aurait dormi dans tes bras, qui t'aurait donné deux enfants, l'aurais-tu traitée comme tante Aashild son mari ? »

Le prêtre se tut un instant. Puis il dit avec un peu d'ironie :

« Tu ne juges tout de même pas si durement tante Aashild ?

— Le cas ne saurait sans doute être le même pour un homme

et pour une femme. Je me rappelle la dernière fois qu'ils vinrent à Husaby ; Messire Bjoern les accompagnait. Nous étions assis près du foyer avec mère et tante ; Messire Bjoern jouait de la harpe et chantait pour elles — moi j'étais à ses genoux. L'oncle Baard appela alors tante Aashild ; il était au lit et il voulait qu'elle allât se reposer ; il employait des mots outrageants et horribles. Tante se leva, Messire Bjoern aussi ; il sortit de la salle, mais auparavant ils se regardèrent. J'ai pensé plus tard, lorsque je fus assez grand pour comprendre : c'est peut-être vrai... J'avais supplié qu'on me permît d'éclairer Messire Bjoern jusqu'au cellier où il devait dormir ; mais je n'osai pas et je n'osai pas non plus me coucher dans la grand-salle ; je courus me coucher avec les compagnons dans la chambre des hommes. Au nom de Dieu, Gunnulf, il ne peut arriver à un homme ce qui arriva à Aashild ce soir-là...

— Non, Gunnulf, tuer une femme... à moins de l'avoir surprise avec un autre... »

En tout cas il avait fait cela. Et cela, cependant, Gunnulf n'osait pas le dire à son frère. Alors le prêtre demanda froidement :

« N'était-ce donc point vrai, cela, non plus, qu'Eline t'avait été infidèle... ?

— Infidèle ? » Erlend se tourna vers son frère d'un mouvement brusque et ardent. « Trouves-tu que je devais lui reprocher comme un crime de s'être attachée à Gissur, après que je lui avais dit tant de fois qu'entre nous tout était fini ? »

Gunnulf baissa la tête.

« Non. Tu as raison », dit-il d'une voix basse et fatiguée.

Mais fort de cette légère approbation Erlend s'enflamma. Il rejeta la tête en arrière et regarda le prêtre :

« Tu as tant d'attentions pour Christine, Gunnulf ! Tout le printemps tu t'es pour ainsi dire penché sur elle — peut-être plus qu'il ne convient à un frère et à un prêtre. On dirait que tu me l'envies. N'était-ce point à cause de l'état où elle se trouvait quand tu l'as vue pour la première fois ? On pourrait le croire... »

Gunnulf le regarda. Exaspéré sous le regard de son frère, Erlend se leva brusquement. Gunnulf se dressa également.

Comme il continuait à le regarder, Erlend leva son poing sur lui. Le prêtre lui saisit le poignet. Erlend voulut se jeter sur son frère, mais Gunnulf était inébranlable.

Brusquement Erlend s'adoucit. « J'aurais dû me rappeler que tu es prêtre.

— Tu vois que tu n'as pas à te repentir », dit Gunnulf avec un léger sourire. Erlend se frictionnait le poignet.

« C'est vrai, tu as toujours eu une force du diable dans les mains...

— C'est comme lorsque nous étions enfants. » La voix de Gunnulf se fit infiniment tendre et douce. « J'ai souvent pensé, pendant les années où j'étais au loin... à notre enfance. Nous étions souvent brouillés, mais cela ne durait jamais longtemps, Erlend.

— A présent, Gunnulf, dit Erlend tristement, cela ne sera plus jamais comme lorsque nous étions enfants.

— Non, répondit le prêtre avec calme. Cela ne se peut sans doute pas. »

Il y eut un long silence. Finalement Gunnulf reprit :

« Je vais partir, Erlend. Je vais aller faire mes adieux à Eiliv, puis je pars. Je m'en irai chez le prêtre d'Orkedal ; je n'irai pas à Nidaros tant qu'elle, elle y sera. » Il souriait doucement.

« Gunnulf ! Je n'avais pas une pareille pensée... Ne me quitte pas ainsi... »

Gunnulf ne bougeait pas. Il respira profondément deux ou trois fois, avant de dire :

« Il y a une chose que je veux t'apprendre sur moi, Erlend, puisque tu sais tout ce que je connais sur toi. Assieds-toi. »

Le prêtre s'assit comme auparavant. Erlend s'étendit devant lui, la main sous le menton, et regarda le visage étrangement rigide et tendu de son frère. Puis avec un léger sourire :

« Gunnulf, que veux-tu me confesser ?

— Voilà », dit Gunnulf à voix basse. Il se tut un long moment. Erlend le vit remuer les lèvres et serrer contre son genou ses mains croisées.

« De quoi il s'agit ? » Il eut un sourire fugitif. « Je ne pense pas que tu aies jamais... qu'une jolie femme des pays du sud...

— Non », dit le prêtre. Sa voix était devenue d'une étrange âpreté. « Il ne s'agit pas d'amour... Est-ce que tu sais, Erlend, comment je me suis engagé dans le sacerdoce ?

— Oui, nos frères étaient morts et nos parents s'imaginaient qu'ils nous perdraient aussi tous deux...

— Non, dit Gunnulf. Munar les croyait bien portants ; Gaute n'était pas malade, il mourut l'hiver suivant. Mais toi, tu étais au lit, malade, et notre mère promit de me consacrer à saint Olav s'il voulait te sauver...

— Qui t'a dit cela ?

— Ingrid, ma mère adoptive.

— Oui, dit Erlend avec un léger sourire. C'est que moi j'aurais été un singulier cadeau pour saint Olav. Avec moi il eût été bien mal servi. Mais, Gunnulf, tu as dit que tu étais fort heureux d'avoir été destiné au sacerdoce depuis l'enfance...

— Oui. Mais il n'en a pas toujours été ainsi. Je me rappelle le jour où tu partis à cheval de Husaby en compagnie de Munar Baardsoen pour te rendre auprès du roi, notre parent, et te mettre à sa disposition. Ton cheval caracolait et tes armes toutes neuves étincelaient. Je ne porterais jamais d'armes, moi. Tu étais beau, mon frère ; tu n'avais que seize hivers, mais depuis des jours et des années j'avais compris que les femmes et les jeunes filles t'aimaient.

— Ce temps délicieux n'a guère duré, dit Erlend. J'appris à me couper les ongles court, à jurer le nom de Jésus tous les deux mots et à recourir éventuellement au poignard quand je jouais avec l'épée. Puis je fus envoyé dans le Nord où je la rencontrai — et je fus chassé honteusement de la garde du roi, et notre père me ferma sa porte.

— Et tu quittas le pays avec une jolie femme, dit Gunnulf du même ton calme. Et nous apprîmes à la maison que tu étais devenu capitaine au château du comte Jacob.

— Oh ! La réalité n'était pas si brillante que vous le pensiez.

— Père et toi n'étiez pas amis — mais il ne faisait pas assez de cas de moi pour qu'il pût être question entre nous d'inimitié. Mère m'aimait, je le sais, mais combien peu je comptais pour elle en comparaison de toi, je m'en aperçus lorsque tu eus quitté le pays. Toi, frère, tu étais le seul qui tînt réellement à moi. Et Dieu sait que tu étais mon ami le plus cher sur la terre. Mais au temps où j'étais jeune et irréfléchi, il m'arriva de penser que tu avais été beaucoup mieux partagé que moi. Maintenant je t'ai fait ma confession, Erlend ! »

Erlend demeurait étendu le visage contre terre.

« Ne t'en va pas, Gunnulf, supplia-t-il.

— Si ! Nous nous en sommes trop dit. Puissent Dieu et la Vierge Marie nous accorder de nous retrouver en un meilleur instant ! Au revoir, Erlend.

— Au revoir », dit Erlend sans lever les yeux.

Lorsque Gunnulf, quelques heures plus tard, sortit en costume de voyage de la maison du prêtre, il aperçut un cavalier qui chevauchait à travers les terres vers le sud, vers la forêt. Un arc était suspendu à son épaule. Trois chiens couraient autour du cheval. C'était Erlend.

Christine cheminait rapidement par le sentier de la forêt, franchissant la montagne. Le soleil était haut et les cimes des sapins brillaient sur le ciel estival, mais le sous-bois gardait encore la fraîcheur du matin. L'air était empli du parfum de la résine, de la terre limoneuse et des bruyères en fleurs dont les clochettes doubles, d'un rouge clair, sortaient de toutes parts des touffes d'herbe ; le sentier herbeux était humide, doux et bon sous les pieds. Christine récitait ses prières en marchant, et, de temps à autre, elle levait les yeux vers les petits nuages blancs annonciateurs du beau temps qui nageaient dans le bleu du ciel au-dessus des cimes des arbres. Elle ne cessait pas de penser à frère Edvin. Il avait cheminé ainsi d'un bout de l'année à l'autre, du début du printemps à la fin de l'automne. Par les sentiers de la montagne, à travers les sombres crevasses et les blancs amas de neige. Il avait gîté dans les chalets, bu aux ruisseaux, mordu au pain que lui tendaient les vachères et les gardiens de chevaux, puis, à l'instant des adieux, appelé la paix et la bénédiction divines sur les gens et les bêtes. Par les pentes bruissantes des forêts le moine descendait dans la vallée ; long et voûté, la tête inclinée, il suivait le chemin des pacages, passait devant les fermes et les habitations — et partout où il était allé, il laissait après lui en guise d'adieux ses charitables prières pour tous les hommes.

Elle ne rencontra aucun être vivant sauf quelques vaches de temps en temps ; sur le flanc de la montagne il y avait des chalets. Mais le sentier était rude et il franchissait les marécages sur des ponts de rondins. Christine n'avait pas peur ! il lui semblait que le moine marchait invisible à son côté.

« Frère Edvin, s'il est vrai que tu es un saint homme, et toujours devant la face de Dieu, prie pour moi !

« Seigneur Jésus, sainte Marie, saint Olav !... » Elle aspirait ardemment au but de son voyage, à se délivrer de son fardeau de péchés cachés durant des années, du poids des messes et des offices qu'elle avait volés, sans confession ni pénitence ; elle aspirait à se libérer, à se purifier, plus qu'elle n'avait rêvé d'être délivrée de son fardeau au printemps, quand elle portait son enfant.

Il dormait si bien et si confiant sur le dos de sa mère ! Il ne s'éveilla point avant qu'elle eût franchi la forêt et fût descendue aux fermes de Snefugl d'où elle apercevait Budvik et le bras du fjord qui baigne Saltnes. Elle s'assit à l'écart dans un champ, ramena sur ses genoux le paquet qui contenait son enfant et dénoua sa robe sur sa poitrine. C'était bon de le serrer contre elle, c'était bon d'être assise, c'était une sensation divine, dans tout son corps, de sentir se vider ses seins durs comme la pierre et gonflés de lait, tandis que l'enfant tétait.

Au-dessous d'elle, elle voyait le village tranquille, ensoleillé, avec des terres verdâtres et des champs blonds dans la forêt sombre. Çà et là une petite fumée montait des toits. Par endroits la fenaison était commencée.

Elle traverserait en barque, de la plage de Saltnes jusqu'à Steine. Les villages lui étaient maintenant tout à fait inconnus. Au-dessus de la pointe de By le chemin passa un moment entre des fermes, puis ce fut de nouveau la forêt, mais les distances n'étaient plus si longues à présent entre les habitations. Elle se sentait très lasse. Mais elle pensait à ses parents : ils avaient fait, pieds nus, tout ce chemin de Joerundgaard en Sil par-dessus les Dofrines jusqu'à Nidaros, portant Ulvhild sur une civière. Elle n'avait pas le droit de penser que Naakkve était lourd sur son dos.

Seulement elle avait d'affreuses démangeaisons à la tête parce qu'elle transpirait sous l'épais mouchoir de bure. Et autour de sa taille, là où la corde retenait ses vêtements contre son corps, sa chemise s'était usée contre sa chair au point d'être certainement trouée.

La circulation sur le chemin devint plus intense. De temps en temps, dans un sens ou dans l'autre, des gens à cheval la dépassaient. Elle rejoignit une charrette de paysans avec des marchandises pour la ville. Les lourdes roues pleines cahotaient sur les racines et les pierres, crissaient et grinçaient. Deux hommes tiraient une bête de boucherie. Ils regardèrent un peu la jeune pèlerine parce qu'elle était jolie ; autrement, dans ces régions, les gens étaient habitués à de tels passants. Quelque part, des hommes étaient en train de construire une maison de bois un peu à l'écart de la route ; ils l'appelèrent et un homme âgé courut après elle pour lui offrir de la bière. Christine accepta, but et remercia avec les mots que les pauvres lui disaient d'ordinaire quand elle-même faisait l'aumône.

Un instant plus tard il lui fallut de nouveau se reposer. Elle trouva près du chemin une petite pente verdoyante où courait un ruisseau. Christine posa son enfant dans l'herbe ; il s'éveilla et poussa de tels cris qu'elle précipita distraitement les prières qu'elle aurait dû réciter. Puis elle prit Naakkve sur ses genoux et défit son maillot. Il s'était sali et elle avait peu de linge de rechange pour lui ; elle lava et rinça ses linges et les mit à sécher sur une pente rocheuse chauffée par le soleil. Elle enroula sans les serrer les langes autour du bambin. C'était assez de son goût de jaser ainsi étendu tandis qu'il têtait le sein de sa mère. Christine regardait avec ravissement ses membres fins et d'un blanc rosé, et elle pressait l'une de ses mains entre ses seins tandis qu'elle l'allaitait.

Deux cavaliers passèrent à vive allure. Christine les regarda furtivement : c'étaient un homme de marque et son écuyer. Mais brusquement l'homme arrêta son cheval, sauta de selle et revint vers l'endroit où elle était assise. C'était Simon Andressoen.

« Cela te contrarie-t-il que je te dise bonjour ? » demanda-t-il. Il restait debout, tenant son cheval et baissant les yeux vers elle. Il était en costume de voyage, veste de cuir sans manches sur un sarrau de toile bleu clair ; sur la tête il portait un petit bonnet de soie ; il avait le visage rouge et couvert de sueur.

« C'est étrange de te voir — mais peut-être n'as-tu pas envie de parler avec moi ?

— Tu dois bien savoir… mais que deviens-tu, Simon ? » Christine ramena sous sa robe ses pieds nus et voulut enlever l'enfant de son sein. Mais le bambin ouvrit la bouche et se mit à crier et se démener si fort qu'elle dut lui redonner la tétée. Elle ramena sa robe sur sa poitrine du mieux qu'elle put et baissa les yeux.

« Il est à toi ? demanda Simon en montrant l'enfant. Ma question est sotte ! ajouta-t-il en riant. Un fils sans doute ? Il a de la chance, Erlend Nikulaussoen ! » Il avait attaché son cheval à un arbre ; puis il s'assit sur une pierre à quelque distance de Christine. Il prit son épée entre ses genoux, posa ses mains sur la poignée et fouilla la terre avec la bouterolle.

« C'est une chose bien inattendue que de se rencontrer au nord des Dofrines, Simon, dit Christine pour dire quelque chose.

— Oui. Je n'avais pas affaire auparavant dans ce coin du pays. »

Christine se rappela avoir entendu dire, au festin donné pour son arrivée, que le plus jeune fils d'Arne Gjavvaldssoen de Ranheim devait épouser la plus jeune fille d'André Darre. Aussi demanda-t-elle s'il avait été chez eux.

« Tu le sais ? demanda Simon. Evidemment, la nouvelle s'est répandue par ici dans les villages...

— C'est donc vrai, dit Christine, que Gjavvald obtiendra Sigrid ? »

Simon leva brusquement les yeux et pinça les lèvres.

« Je me rends compte que tu n'es pas bien au courant.

— Je n'ai pas quitté Husaby de tout l'hiver. Et j'ai vu peu de gens. J'ai entendu dire qu'il était question de ce mariage...

— Oh ! tu peux aussi bien l'entendre de ma bouche : le bruit viendra toujours jusqu'ici. » Il fit une petite pause. « Gjavvald est mort trois jours avant la mi-octobre : une chute de cheval qui lui a brisé la colonne vertébrale. Te rappelles-tu cet endroit, juste avant d'arriver à Dyfrin, où le chemin passe à l'est du fleuve et où la berge tombe à pic ? Non, évidemment, tu ne te souviens pas. Nous nous rendions à la fête de leurs fiançailles ; Arne et ses fils étaient venus par bateau à Oslo. »

Simon se tut.

« Sans doute Sigrid était-elle heureuse d'épouser Gjavvald ? demanda Christine timidement.

— Oui, dit Simon. Et elle a eu de lui un fils — le jour de la fête des saints apôtres ce printemps.

— Oh ! Simon ! »

Sigrid Andresdatter avait un petit visage rond entouré de

boucles brunes. Quand elle riait, des fossettes se creusaient profondément sur ses joues. Simon avait eu lui aussi des fossettes et des petites dents blanches d'enfant. Christine se rappelait qu'à l'époque où ses sentiments pour son fiancé s'étaient refroidis, cela lui avait paru peu viril, surtout après qu'elle eut fait la connaissance d'Erlend. Ils se ressemblaient absolument, Sigrid et Simon, mais cela lui allait très bien, à elle, d'être potelée et rieuse. Elle avait alors quatorze ans. Christine n'avait jamais entendu un rire aussi joyeux que celui de Sigrid. Simon taquinait sa jeune sœur et ne cessait de plaisanter avec elle. Christine avait compris qu'elle était sa préférée parmi ses frères et sœurs.

« Tu sais que c'était Sigrid que notre père aimait le mieux, dit Simon.

« Il voulut que Gjavvald et elle eussent le temps de s'étudier et de savoir s'ils pouvaient se convenir, avant de conclure cette affaire avec Arne. Et c'est ce qu'ils ont fait — en poussant les choses un peu trop loin, à mon avis. Leurs rencontres se passaient en taquineries, plaisanteries et rires ; c'était l'été dernier dans les Dofrines. Mais ils étaient si jeunes ! Personne n'eût jamais imaginé cela. Et Astrid, tu sais qu'elle était déjà fiancée lorsque toi et moi... D'objections, ma foi, elle n'en faisait point ; Torgrim est d'ailleurs très riche, aimable aussi d'une certaine manière... mais à présent il n'est content de rien ni de personne, et puis il se croit atteint de toutes les maladies et infirmités qui ont un nom dans notre langue. Alors nous fûmes tous ravis de voir Sigrid tellement heureuse du mariage qu'elle allait faire...

« Et puis nous conduisîmes Gjavvald à la ferme... Halfrid, ma femme, fit le nécessaire pour la faire venir avec nous à notre maison de Mandvik. Ensuite on vit qu'elle n'était pas seule à suivre Gjavvald... »

Ils se turent un instant. Puis Christine dit doucement :

« Ce n'est pas un voyage d'agrément que tu as fait là, Simon !

— Oh ! non. Mais je commence à être habitué à courir les chemins pour des raisons douloureuses, Christine. Et puis j'étais le plus indiqué pour cela — notre père n'en avait pas la force — et ils sont chez moi à Mandvik, Sigrid et le marmot. Mais il prend à présent la place de son père dans la famille, et j'ai bien compris à les voir tous là-bas, qu'on ne le tiendra pas pour un indésirable, le pauvre petit, quand il arrivera...

— Et ta sœur ? interrogea Christine un peu angoissée. Où va-t-elle demeurer ? »

Simon baissa les yeux.

« Père veut l'avoir désormais chez lui à Dyfrin, dit-il à voix basse.

— Simon ! Auras-tu le cœur d'accepter cela ?

— Tu comprends bien, répondit-il sans lever les yeux, quel énorme avantage il y a pour l'enfant à entrer dès le début dans la famille de son père. Halfrid et moi nous aurions bien aimé les prendre tous deux chez nous. Aucune sœur n'eût pu être plus dévouée et plus affectueuse envers une autre sœur que Halfrid l'était pour Sigrid. Ne crois pas qu'aucun de nous ait été dur à son égard. Père non plus, mais l'événement l'avait accablé. Mais, comme bien tu penses, il serait injuste qu'un de nous s'opposât à ce que l'innocent bambin héritât des biens et des droits de parenté de son père. »

Le bébé de Christine lâcha le sein. La mère ramena vivement ses vêtements sur sa poitrine et pressa en frémissant le petit contre elle. Il eut deux ou trois hoquets de satisfaction et vomit sur ses vêtements et sur les mains de sa mère.

Simon leur lança un regard furtif et dit avec une sorte de sourire :

« Toi, Christine, tu as eu plus de chance que ma sœur.

— Oui, tu as le droit de penser que c'est par un destin injuste que je suis appelée épouse et que mon enfant est légitime. Peut-être aurais-je mérité de rester seule avec un bâtard.

— Cela m'eût paru la pire nouvelle que je pusse apprendre, dit Simon. Je me réjouis de tout ce qui t'arrive de bon, Christine », dit-il plus bas.

L'instant d'après il s'enquit de sa route. Il était venu vers le nord par bateau depuis Tunsberg. « Je vais maintenant continuer à cheval et rejoindre mon compagnon...

— Est-ce Finn qui est avec toi ?

— Non. Finn est marié à présent ; il n'est plus chez moi. Tu te souviens donc de lui ? demanda Simon avec un peu de gaieté dans la voix.

— Est-ce que le petit de Sigrid est un bel enfant ? demanda Christine en regardant Naakkve.

— J'ai entendu dire que oui. Moi je trouve qu'un enfant en maillot ressemble à un autre.

— Alors, c'est que toi-même tu n'as pas d'enfant.
— Non », répondit-il brièvement. Puis il lui dit adieu et s'éloigna à cheval.

Lorsque Christine continua sa route, elle ne prit pas l'enfant sur son dos. Elle le tint dans ses bras en pressant le petit visage contre le creux de sa gorge. Elle ne pouvait distraire sa pensée de Sigrid Andresdatter.

Son père à elle n'aurait pu agir ainsi. Laurent Bjoergulfsoen serait parti mendier, pour le bâtard de sa fille, une place parmi les parents du père ! Jamais il n'eût été capable d'une action pareille. Et jamais, jamais il n'aurait eu le courage de la séparer de son nourrisson, d'arracher un bébé du sein de sa mère, de l'enlever à la poitrine maternelle quand il avait encore le lait de sa mère sur ses lèvres innocentes. « Non, mon Naakkve, il n'aurait pas eu le cœur de faire cela ; même si cela eût été dix fois juste, mon père ne l'aurait pas fait... »

Mais elle ne pouvait chasser une image de son esprit : un groupe de cavaliers disparaissant au nord, vers la ferme de Rosten, là où la vallée se rétrécit et où les montagnes se pressent l'une contre l'autre, noires de forêts. Un souffle froid monte du fleuve qui roule en grondant sur des pierres plates, gris comme glace, écumant, avec par endroits des trous noirs. Celui qui s'y jette est broyé aussitôt entre les écueils... Jésus ! Vierge Marie !...

Elle voyait ensuite les terres de chez elle, à Joerundgaard, par une claire nuit d'été ; elle se voyait elle-même, dévalant la pente jusqu'à l'endroit verdoyant sous le bois des aunes, près du fleuve, où on avait coutume de laver le linge. L'eau courait dans un grondement rude et monotone sur un lit de grandes pierres plates. Seigneur Jésus, c'est plus fort que moi !...

Pourtant, mon père n'aurait jamais eu le cœur d'agir ainsi ! Même si c'était juste, il ne serait pas allé jusque-là. Je l'aurais prié, supplié en me traînant sur les genoux : « Père, ne sépare pas de moi mon enfant !... »

Christine se trouvait sur la colline de Feginsbrekka et regardait, à ses pieds, Trondhjem qui brillait dans la lumière dorée du soir. Par-delà les larges arabesques étincelantes du fleuve elle apercevait des fermes brunes au toit de gazon vert, des dômes sombres de verdure dans les jardins, de claires maisons de pierre aux pignons dentelés, des églises qui dressaient leurs échines noires barbelées et d'autres dont les toits de plomb avaient un éclat mat. Mais au-dessus de la campagne verdoyante, au-dessus de la magnifique cité s'élevait l'église du Christ, si lumineuse de puissance et d'éclat que tout paraissait prosterné à ses pieds. Avec le soleil du soir qui frappait sa façade et ses vitraux resplendissants, avec ses tours, ses flèches vertigineuses et ses girouettes dorées, elle s'élançait dans le lumineux ciel estival.

Tout autour s'étendaient des villages dans la verdure de l'été, avec de belles et grandes fermes sur les pentes. En face s'ouvrait le fjord clair et large, avec les ombres mouvantes de grands nuages qui passaient sur les éclatantes montagnes bleues de la rive opposée. L'îlot du couvent, semblable à une verte couronne avec les blanches fleurs et ses maisons de pierre, émergeait au ras de la mer. Que de mâts de bateaux, là-bas sur les bancs de sable, que de jolies maisons !...

Accablée, la gorge pleine de sanglots, la jeune femme se laissa tomber au pied de la croix au bord du chemin, là où des milliers de pèlerins avaient rendu grâce à Dieu de ce que des mains secourables étaient tendues vers les hommes pendant leur voyage à travers le monde dangereux et beau.

Les cloches sonnaient les vêpres dans les églises et les couvents lorsque Christine entra dans le cimetière qui entoure la cathédrale. Un instant elle osa lever les yeux vers le portail occidental de la cathédrale, puis elle les baissa, aveuglée.

Ce n'étaient pas avec leurs seules forces que des hommes avaient réalisé cette œuvre. L'esprit de Dieu était descendu en saint Œistein et, après lui, dans l'âme des hommes qui avaient construit cette demeure. Que ton royaume vienne jusqu'à nous, que ta volonté soit faite sur la terre comme au ciel !... ces paroles, elle les comprenait à présent. Un reflet de la splendeur du royaume de Dieu témoignait dans la pierre que sa volonté apparaissait en tout ce qui est beau. Christine frissonnait. Oui, Dieu devait se détourner avec courroux de toute laideur, du péché, de la honte et de l'impureté.

Dans les galeries du palais céleste il y avait de saints hommes et de saintes femmes, si beaux qu'elle osait à peine les regarder. Les vignes symboliques de l'éternelle jeunesse s'enroulaient avec calme et grâce vers les hauteurs — s'élançaient dans les tours et les flèches, s'épanouissaient dans les ostensoirs de pierre. Au-dessus du porche central s'élevait le Christ en croix, Marie et Jean l'Evangéliste à côté de lui ; ils étaient blancs, comme pétris dans la neige, et l'or étincelait sur le blanc.

Trois fois elle fit en priant le tour de l'église. Les masses puissantes des murs aux folles richesses de piliers, d'arcs, de vitraux brillaient sous les vastes pentes des toits, la tour, l'or de la flèche qui pointait dans les espaces célestes... Christine se sentait écrasée sous le poids de son péché.

Elle frissonna en embrassant la pierre sculptée du portail. En un éclair elle revit les sombres figures de bois qui ornaient la porte de l'église de chez elle et qu'elle avait embrassées de ses lèvres d'enfant après son père et sa mère.

Elle aspergea d'eau bénite son enfant et elle-même... elle se rappela le temps où son père faisait ainsi, quand elle était petite. Avec l'enfant étroitement pressé contre sa poitrine elle avança à travers l'église.

Elle avançait comme dans une forêt. Les colonnes étaient cannelées comme de vieux arbres, et, à l'intérieur de la forêt, la lumière filtrait, claire et multicolore comme un chant à travers les vitraux historiés. Tout là-haut, au-dessus d'elle, des animaux et des hommes s'ébattaient parmi des feuillages de pierre, et des anges jouaient de la musique. Des voûtes lancées à des hauteurs encore plus vertigineuses élevaient l'église vers Dieu. Dans une nef latérale on célébrait un office à un autel. Christine s'agenouilla contre une colonne. Le chant la pénétrait comme une lumière trop forte. Elle voyait à présent combien elle s'était enfoncée dans la poussière...

Pater noster. Credo in unum Deum. Ave Maria, gratia plena. Elle avait appris ses prières en les récitant après son père et sa mère avant de pouvoir en comprendre un seul mot ; cela remontait plus haut qu'elle ne pouvait se souvenir. Seigneur Jésus ! Existait-il une pécheresse pareille à elle ?...

Sous l'arc triomphal, tout en haut, élevé au-dessus des hommes, se dressait le Christ cloué sur la croix. Sa mère, cette Vierge toute pureté, se tenait là debout, dans une angoisse mortelle, regardant son fils innocent qu'on avait martyrisé jusqu'à la mort comme un malfaiteur.

Et, Christine, agenouillée là, portait dans ses bras le fruit de son péché. Elle pressait l'enfant contre elle ; il était frais comme une pomme, rose et blanc comme une rose ; il venait de s'éveiller et la regardait de ses yeux clairs et doux.

Enfanté dans le péché. Porté sous son cœur dur et mauvais. Tiré de ses membres souillés par le péché, si blanc, si sain, si indiciblement tendre, frais et pur ! Son cœur se brisait à la pensée de cette grâce imméritée ; le repentir l'accablait et les pleurs jaillissaient de son âme comme le sang d'une blessure mortelle.

« Naakkve, Naakkve, mon fils... Dieu punit dans les enfants la malignité des parents. Ne le savais-je point ? Si, je le savais. Mais je n'ai eu aucune pitié de la vie innocente qui pouvait s'éveiller en ma chair, être maudite et suppliciée à cause de mon péché...

« Me suis-je repentie de mon péché quand je te portais en moi, mon fils bien-aimé ? Oh ! non. Ce n'était pas du repentir. Le chagrin et les pensées mauvaises durcissaient mon cœur au moment où j'ai senti pour la première fois que tu remuais, tout petit et sans défense... *Magnificat anima mea Dominum. Et exultavit spiritus meus in Deo salutari meo...* C'est ainsi que parlait la douce reine des femmes, lorsqu'elle fut choisie pour porter celui qui devait mourir pour nos péchés. Je ne me suis pas souvenue du rédempteur de mon péché et du péché de mon enfant. Oh ! non, je n'avais pas de repentir, mais je me faisais petite, misérable, et je suppliais Dieu de révoquer son ordre de justice parce que s'il maintenait sa loi et me punissait selon la parole que j'avais chaque jour entendue, je ne pourrais le supporter. »

Elle le savait bien à présent. Elle avait toujours considéré Dieu et saint Olav comme elle considérait son propre père. Toujours au plus profond de son cœur, elle avait espéré qu'au moment où le châtiment deviendrait intolérable, elle rencontrerait non pas la justice, mais la pitié !...

Elle pleurait tellement qu'elle n'avait pas le courage de se lever en même temps que tous les assistants pendant l'office ; elle demeurait effondrée, repliée sur son enfant. Auprès d'elle étaient agenouillées d'autres personnes qui, elles non plus, ne se levaient pas — deux paysannes bien vêtues avec un petit garçon entre elles.

Elle leva les yeux vers le maître-autel. Derrière le grillage doré des portes étincelait dans l'obscurité la châsse de saint Olav, haut placée derrière l'autel. Elle sentit un froid glacial couler le long de son dos. C'était là que se trouvait le corps du saint, en attendant le jour de la Résurrection. Le couvercle sauterait alors et Olav se dresserait. Sa hache à la main, il traverserait cette nef. Et des caveaux de pierre, de la terre là, au-dehors, de tous les cimetières du pays de Norvège les squelettes jaunis des morts surgiraient, revêtiraient leur chair et se rangeraient autour de leur roi. Ceux qui avaient fait l'effort de marcher sur ses traces sanglantes et ceux qui avaient seulement eu recours à lui pour qu'il les soulageât des fardeaux du péché, des peines et des maladies qu'ils avaient supportés en cette vie pour eux-mêmes et pour leurs enfants. Ils se pressent à présent autour de leur roi et le prient de rappeler à Dieu leur misère. Seigneur, écoutez ce que j'implore de vous pour ce peuple qui m'a été si cher que j'ai préféré subir le bannissement, la détresse, la haine et la mort plutôt que de voir grandir homme ou femme en Norvège qui ne sût que vous êtes mort pour le salut de tous les pécheurs. Seigneur, qui nous avez demandé d'aller par le monde et de faire de tous les peuples vos disciples, c'est avec mon sang que moi, Olav Haraldssoen, j'ai écrit votre message en langue norvégienne pour mes pauvres sujets que voici.

Christine ferma les yeux, prise de malaise et de vertige. La figure du roi était devant elle ; ses yeux étincelants la pénétraient jusqu'au fond de l'âme ; elle tremblait à présent sous le regard de saint Olav.

Dans ton village du nord, Christine, où je me suis reposé quand mes propres compatriotes m'eurent chassé de mes biens parce qu'ils ne voulaient pas accepter la loi de Dieu, n'a-t-on pas construit une église ? Des hommes savants n'y sont-ils pas venus vous enseigner les divins commandements ?

Tes père et mère honoreras. Homicide point ne seras. Dieu punit dans leurs enfants la malignité des parents. Je suis mort pour que vous appreniez ces préceptes. Ne les as-tu point appris, toi, Christine Lavransdatter ?

Si, si, mon Seigneur et Roi !

L'église Saint-Olav de chez elle ! Elle en revoyait la nef hospitalière, aux poutres brunes. Le toit n'était pas à une telle hauteur qu'elle pût en être effrayée. C'était une œuvre sincère, élevée à la gloire de Dieu avec le même bois foncé et goudronné dont les gens construisaient leurs maisons, leurs celliers à provisions et leurs étables. Mais les troncs étaient taillés en fûts élégants et ils étaient dressés et assemblés pour former les murs de la maison de Dieu. Ainsi, enseignait Sira Erik à chaque anniversaire de la consécration de l'église, nous devons avec les instruments de la foi tailler et travailler notre être humain foncièrement enclin au péché de manière à en faire un membre fidèle de l'église du Christ !...

As-tu oublié cela, Christine ? Où sont les actions qui témoigneraient, au jour du Jugement, que tu as été un membre de l'église de Dieu, les bonnes actions qui témoignent que Dieu est en toi ?

Seigneur Jésus, ses bonnes actions ! Elle avait récité les prières qu'on lui avait enseignées ! Elle avait donné les aumônes que son père avait mises dans ses mains ; elle avait aidé sa mère quand celle-ci vêtait les pauvres, rassasiait les affamés et soignait les plaies des malades !...

Les mauvaises actions, en revanche, étaient bien à elle !

Elle s'était accrochée à tous ceux qui lui offraient aide et soutien. Les recommandations affectueuses de frère Edvin, la peine que lui causait son péché, ses tendres supplications, elle ne les avait acceptées que pour s'abandonner aux joies brûlantes du péché dès qu'elle se trouvait hors de son doux regard de vieillard. Elle était allée s'étendre dans les étables et les communs, et elle n'avait guère éprouvé de honte à tromper la bonne et digne Dame Groa ; elle avait accepté les soins affectueux des pieuses sœurs, incapable même de rougir quand elles vantaient à son père sa douceur et son excellente conduite.

Son père !... C'était sa pensée la plus pénible... Son père, qui ne lui avait pas dit un seul mot un peu sévère quand il était venu au printemps à Husaby !...

Simon avait gardé le secret quand il avait surpris sa fiancée avec un homme dans une auberge de marins en bordée. Et elle l'avait laissé prendre, devant son père, la responsabilité de son propre manquement à sa parole...

Oui, elle avait fait cela, mais c'est à l'égard de son père qu'elle s'était le plus mal conduite. Et pourtant, non, elle avait agi plus mal encore envers sa mère. Est-ce que son Naakkve allait, en grandissant, lui témoigner aussi peu de tendresse qu'elle-même en avait montré à sa mère ?... Cela, elle ne pourrait le supporter. Sa mère qui l'avait mise au monde et nourrie de son lait, qui avait veillé sur elle quand elle était malade, qui avait lavé et peigné ses cheveux, toute joyeuse qu'ils fussent si beaux. Et dès l'instant où elle avait cru avoir besoin de l'aide et de la consolation de sa mère, elle s'était attendue à ce que celle-ci vînt la trouver au mépris de tout. « Tu peux bien penser, avait dit son père, que ta mère serait partie pour le nord et venue auprès de toi si elle avait su que cela pouvait être pour toi une consolation. » Ah ! mère, mère, mère...

Elle se souvenait de l'eau de la fontaine de chez elle. Elle paraissait pure et limpide quand elle était dans des coupes en bois. Mais son père avait un gobelet de verre et, quand il l'emplissait d'eau et le faisait briller au soleil, on la voyait bourbeuse et pleine d'impuretés.

Oui, Seigneur et Roi, je me vois à présent telle que je suis !

Elle avait accepté la bonté et la tendresse de tous comme si cela lui était dû. Elle ne voyait pas de fin à toute la bonté et la tendresse qu'au fil des jours elle avait rencontrées. Mais la première fois que quelqu'un lui avait résisté, elle s'était dressée comme une vipère se dresse et pique. Sa volonté avait été dure et tranchante comme un couteau quand elle avait précipité dans la mort Eline Ormsdatter...

Elle se serait dressée de la même façon contre Dieu lui-même s'il avait voulu poser sur sa nuque une main équitable. Comment son père et sa mère avaient-ils pu supporter tout cela ? Ils avaient perdu trois enfants, tout petits. Ils avaient vu Ulvhild tomber malade et mourir après qu'ils se furent efforcés, durant de longues et pénibles années, de lui rendre la santé. Mais ils avaient supporté toutes les épreuves avec patience, ne doutant jamais que Dieu n'arrangeât tout pour le bien de leurs enfants. Puis c'était elle, maintenant, qui leur causait tout ce chagrin et cette honte...

Mais si elle avait été éprouvée en son enfant, s'ils le lui avaient pris comme on avait pris l'enfant de Sigrid Andresdatter ? Ne nous laissez pas succomber à la tentation, mais délivrez-nous du mal...

Elle avait marché tout droit jusqu'au bord du gouffre de l'Enfer. Si elle avait perdu son enfant, elle se serait jetée dans le précipice enfumé, elle se serait détournée en ricanant de l'espoir d'être un jour réunie aux êtres bons et affectueux qui l'aimaient — elle se serait mise par la mort à la merci du diable.

Il n'était certes pas étonnant que Naakkve portât sur sa poitrine la marque d'une main sanglante.

« Saint Olav, toi qui m'as entendue lorsque je te suppliais d'aider mon enfant ! Je te suppliais de détourner sur moi le châtiment et de libérer l'innocent. Oui, Seigneur, je sais comment j'ai tenu ma part de ce pacte. »

Comme un animal sauvage et fougueux elle s'était cabrée sous le premier châtiment. Erlend... Pas un instant elle n'avait pensé qu'il ne tînt plus à elle. Car si elle avait cru cela, elle n'aurait pas eu le courage de continuer à vivre. Non, elle avait pensé, dans le secret de son cœur, que lorsqu'elle redeviendrait belle, fraîche et joyeuse, les choses se passeraient de telle sorte qu'elle lui permettrait de mendier ses faveurs. Ce n'était pas qu'il ne lui eût pas témoigné d'amour l'hiver précédent. Mais elle qui, depuis qu'elle était petite, avait entendu dire que le diable se tient toujours près d'une femme enceinte pour la tenter pendant qu'elle est faible, elle avait prêté une oreille attentive à ses mensonges. Elle avait fait semblant de croire qu'Erlend ne se souciait point d'elle, parce qu'elle était laide et malade ; quand elle s'aperçut qu'il en souffrait, il les avait livrés, lui et elle, aux racontars des gens. Ses petits mots tendres et timides, elle les lui avait refoulés dans la gorge, et quand c'était elle-même qui l'entraînait à dire des choses vives et inconsidérées, elle les mettait en évidence en insistant longuement. Seigneur, était-elle donc une mauvaise femme ?... Elle avait été une mauvaise épouse...

Comprends-tu maintenant, Christine, que tu as besoin d'aide ?

Oui, Seigneur et Roi, à présent je le comprends. J'ai grand besoin que tu me soutiennes pour que je ne me détourne plus de Dieu. Accompagne-moi, ô chef du peuple, dans mon chemin de prières, intercède pour ma sûreté. Saint Olav, prie pour moi.

Cor mundum crea in me, Deus, et Spiritum rectum innova in visceribus meis.

Ne projicias me a facie tua.

Libera me de sanguinibus, Deus, Deus salutis meœ...

L'office était terminé. Les gens sortirent de l'église. Les deux paysannes à genoux près de Christine se levèrent. Mais le bambin qui était entre elles, lui, ne se leva pas ; il se traîna sur le sol en posant ses doigts sur les dalles et en sautant comme une petite corneille incapable de voler. Il avait de toutes petites jambes croisées sous son ventre. Les femmes marchaient de façon à le cacher de leur mieux.

Quand elles furent hors de vue, Christine se jeta à terre et baisa le sol à l'endroit où ils avaient passé devant elle.

Un peu désemparée et indécise, elle se tenait à l'entrée du chœur, lorsqu'un jeune prêtre sortit par la porte à claire-voie. Il s'arrêta devant la jeune femme en pleurs, et Christine lui exposa son cas du mieux qu'elle put. D'abord il ne comprit pas. Elle tira sa couronne d'or et la lui tendit.

« Oh ! Etes-vous Christine Lavransdatter, épouse d'Erlend de Husaby ? » Il la regardait un peu surpris ; elle avait le visage tuméfié à force de pleurer. « Oui, oui, votre beau-frère, maître Gunnulf, nous a conté l'histoire... »

Il la conduisit à la sacristie, prit la couronne, la sortit du linge qui l'enveloppait et l'examina. Puis il sourit légèrement :

« Hum !... Vous pouvez bien comprendre... il faut des témoins et le reste... Vous ne pouvez donner un tel objet précieux, comme si c'était une miche de pain, madame... Mais je puis la prendre en garde car vous ne désirez sans doute pas la porter sur vous en ville. Priez donc Sira Arne de venir, dit-il à un sacristain.

« Il faudrait aussi, je crois, que votre mari fût présent pour que tout soit en règle. Mais peut-être Gunnulf a-t-il une lettre de lui ?

« Vous devez être reçue par l'archevêque lui-même, n'est-ce pas ? Sinon c'est Hauk Tomassoen qui est le pénitencier. Je ne sais si Gunnulf a parlé avec Messire Eiliv. Mais venez ici demain à matines ; vous pourrez me demander après les prières, mon nom est Paul Aslakssoen. Et lui, dit-il en montrant l'enfant, ramenez-le à l'auberge. Vous devez loger chez les sœurs à Bakke, a dit, je crois, votre beau-frère ? »

Un autre prêtre entra, et tous deux parlèrent un peu ensemble. Le premier ouvrit un petit placard, prit une balance et pesa la couronne, tandis que l'autre notait dans un livre. Puis ils placèrent la couronne dans le placard qu'ils fermèrent à clef.

Messire Paul avant de lui ouvrir la porte lui demanda si elle voulait qu'il soulevât son fils jusqu'à la châsse de saint Olav.

Il prit l'enfant avec les gestes sûrs et un peu indifférents d'un prêtre habitué à tenir les enfants sur les fonts baptismaux. Christine le suivit dans l'église, et il lui demanda si elle ne voulait pas, elle aussi, baiser la châsse.

Je n'ose pas, se disait Christine, mais elle monta, derrière le prêtre, les marches de l'estrade sur laquelle reposait la châsse. Une sorte de grande lueur, blanche comme la craie, l'éblouit quand elle approcha ses lèvres de la châsse d'or.

Le prêtre la surveillait un peu, dans la crainte qu'elle ne fût prise d'un étourdissement. Mais elle garda son équilibre. Ensuite il fit toucher les reliques au front de l'enfant.

Messire Paul la reconduisit jusqu'à la porte de l'église et lui demanda si elle était sûre de pouvoir trouver le chemin du bac. Puis il lui souhaita bonne nuit. Il parlait d'un ton égal et sec, comme s'il eût été un jeune courtisan poli.

Il s'était mis à pleuvoir légèrement, et une brume parfumée montait suavement des prés et de la rue qui était fraîche et verte comme une cour, de chaque côté des ornières profondes creusées par les voitures. Christine abritait de son mieux le bébé contre la pluie. Il était lourd, si lourd, à présent, que les bras de Christine étaient comme morts à force de le porter. Et il ne cessait de gémir et de pleurer ; de nouveau il avait faim.

La mère était épuisée de fatigue, tant à cause de la longue marche que de ses pleurs et de l'intense émotion ressentie à l'église. Elle avait froid, la pluie ajoutait à son malaise ; les gouttes fouettaient les arbres dont les feuilles luisaient et frémissaient. Elle chemina par les ruelles et arriva sur une place d'où elle aperçut le fleuve qui courait large et gris pareil à un crible transpercé par l'averse.

Il n'y avait point de bac. Christine parla avec deux hommes accroupis sous une baraque élevée sur des troncs d'arbres au bord de l'eau. Ils lui conseillèrent de se rendre aux bancs de sable, où les nonnes avaient une maison et où elle trouverait un passeur.

Christine retraversa la place, éclopée, mouillée, lasse. Elle arriva devant une petite église de pierre grise. Il y avait par-derrière quelques maisons entourées d'une clôture. Naakkve criait si furieusement qu'elle ne pouvait entrer dans l'église.

Mais les chants venaient jusqu'à elle par les ouvertures vitrées des fenêtres, et elle reconnut l'antiphonie *Laetare Regina Cœli* — Réjouis-toi, Reine du Ciel — car celui que tu avais été élue pour porter est ressuscité comme il l'avait dit. Alleluia !

C'était la prière du soir que chantaient les frères mineurs après le completorium, frère Edvin lui avait appris cet hymne à la Mère de Dieu pendant les nuits où elle le veillait, lorsqu'il était mortellement malade, là-bas, chez eux, à Joerundgaard. Elle se glissa dans le cimetière et, debout contre le mur, avec son enfant sur le bras, elle le récita pour elle-même à voix basse. « Quoi que tu puisses faire, Christine, rien ne saurait changer les sentiments de ton père à ton égard. C'est pour cela que tu ne dois pas lui faire plus de chagrin... »

Tes mains aussi, ô bien-aimé Roi du Ciel, étaient ouvertes, percées de clous, sur la croix... Si loin qu'une âme se fût écartée du droit chemin, tes mains ouvertes, transpercées, l'attendaient... Il suffisait à l'une de ces âmes pécheresses de se tourner vers cette poitrine qui s'offrait, confiante comme l'enfant qui va vers son père et non point amère comme l'esclave que l'on chasse vers la maison de son dur maître. Elle comprenait à présent combien horrible est le péché. Cette douleur emplissait de nouveau sa poitrine comme si son cœur éclatait de repentir et de honte pour la grâce imméritée.

Le long du mur de l'église il était possible de s'abriter un peu contre la pluie. Elle s'assit sur une pierre tombale et s'occupa d'apaiser la faim de son enfant. De temps en temps elle se penchait pour baiser le petit crâne garni de duvet.

Elle avait dû s'endormir. Quelqu'un lui toucha l'épaule. Un moine et un vieux frère lai, sa pelle de fossoyeur à la main, se tenaient debout devant elle. Le frère déchaux lui demanda si elle cherchait un gîte pour la nuit.

Une idée la traversa. Elle aimerait bien passer la nuit ici, chez les cordeliers, frères de frère Edvin. Le chemin était si long jusqu'à Bakke, et elle se sentait lasse à tomber. Alors le moine offrit de la faire accompagner par le frère servant jusqu'à l'hôtellerie des femmes « et qu'on lui donne un peu de décoction d'acore pour ses pieds ; je vois qu'elle est éclopée »...

Il faisait lourd et sombre à l'hôtellerie des femmes, qui était en dehors de la clôture, dans une ruelle. Le frère lai lui apporta de l'eau pour se laver et un peu de nourriture. Elle s'assit près du foyer et s'efforça de calmer son enfant. Naakkve s'apercevait, en tétant, que sa mère était exténuée et avait jeûné ce jour-là ; il grimaçait, geignait et de temps à autre reprenait le sein épuisé. Christine prit quelques gorgées du lait que le frère convers avait apporté. Elle essaya de les faire passer de sa bouche dans celle de l'enfant mais il protesta vivement contre cette façon de le nourrir, et le vieillard sourit en hochant la tête. Elle dut boire le lait elle-même ; le petit en profiterait certainement...

Finalement le frère s'en alla. Christine se hissa dans un des dortoirs placés tout en haut sous la poutre du toit. De là elle pouvait ouvrir une lucarne. Il y avait dans l'hôtellerie une odeur affreuse ; une des femmes couchées avait une maladie d'estomac. Christine ouvrit. La nuit d'été était claire et fraîche ; un air lavé de pluie s'engouffra. Elle resta assise dans le lit court, la nuque appuyée contre les troncs d'arbres du mur. Elle avait si peu de place dans ce lit, avec son enfant ! Le petit dormait contre son sein. Elle pensait refermer la lucarne au bout d'un instant, mais elle s'endormit sans l'avoir fait.

Elle s'éveilla fort avant dans la nuit. La lune brillait au-dessus d'elle et de l'enfant avec cet éclat jaune de miel et cette pâleur qu'elle a en été, éclairant le mur en face de Christine. Elle s'aperçut alors qu'un homme se tenait au milieu du faisceau de lumière du clair de lune, planant entre le plancher et la charpente du comble.

Il portait un froc gris cendré, il était grand et voûté. Il tourna vers elle son visage très vieux et ridé. C'était frère Edvin. Il souriait avec une indicible tendresse et une gaieté un peu malicieuse, tout comme au temps où il vivait sur terre.

Christine ne fut pas surprise le moins du monde. Humble, heureuse, pleine d'espoir, elle le regarda, attendant ce qu'il allait dire ou faire.

Le moine lui sourit et tendit vers elle un gant vieux et lourd ; puis il l'ôta et le suspendit au rayon de la lune. Il sourit ensuite davantage, fit un salut à Christine et disparut.

2

Husaby

1

Au nouvel an ils reçurent à Husaby des hôtes inattendus. C'étaient Laurent Bjoergulfsoen et le vieux Smid Gudleikssoen des Dofrines. Ils arrivaient accompagnés de deux hommes que Christine ne connaissait pas. Mais Erlend fut fort étonné de voir son beau-père en cette société — c'étaient Messire Erling Vidkunssoen de Giske et Bjarkoey, et Haftor Graut de Godoey — il ne savait pas que Laurent les connaissait. Messire Erling expliqua qu'ils s'étaient rencontrés à Lindesnaes ; il avait siégé avec Laurent et Smid au tribunal des six qui avait enfin arbitré le litige de succession entre les héritiers de Jon Haukssoen. Laurent et lui en étaient venus à parler d'Erlend, et Erling, qui avait affaire à Nidaros, dit ensuite qu'il lui serait agréable de faire une visite à Husaby si Laurent voulait se joindre à lui pour faire voile vers le nord. Smid Gudleikssoen ajouta en souriant qu'il s'était, pour ainsi dire, offert lui-même à être de la partie :

« Je voulais ainsi revoir notre Christine, la plus jolie rose du Norddal. Et puis je pensais que ma parente Ragnfrid me saurait gré d'avoir l'œil sur son mari et sur les grands projets qu'il ourdit avec ces hommes entendus et puissants. Tu penses bien, petite Christine, que ton père a autre chose à faire en plein hiver que de courir les fermes avec nous, à fêter Noël jusqu'à l'arrivée du carême ! Toutes ces années-ci nous sommes restés chacun chez soi à prendre soin de nos intérêts. Mais voici que Laurent, au plus dur de l'hiver, veut former une troupe des fidèles habitants de la vallée pour se rendre à cheval avec lui à Oslo. Nous irions exposer notre façon de voir au conseil des grands seigneurs et surveiller les intérêts du roi. Ils dirigent si mal à la place du pauvre enfant mineur », ajouta Laurent...

Messire Erling paraissait un peu embarrassé. Erlend haussa légèrement les sourcils :

« Faites-vous partie de ces conseils, beau-père... pour la grande assemblée de la garde du roi ?

— Non, non, dit Laurent. Je me rends à la réunion ainsi que les autres sujets du roi, habitants de notre vallée, parce que nous y sommes convoqués... »

Mais Smid Gudleikssoen revint à la charge. C'était bien Laurent qui l'avait convaincu, ainsi que Herstein de Kruke et Trond Gjesling, et Guttorm Sneis et d'autres encore qui n'auraient pas voulu se mettre en route...

« N'est-ce pas l'habitude, dans cette ferme, de prier les étrangers d'entrer ? demanda Laurent. Nous allons juger à présent si Christine brasse de la bière aussi bonne que sa mère... » Erlend semblait de méchante humeur et Christine était fort intriguée.

« Qu'y a-t-il, père ? » demanda-t-elle un peu plus tard quand il la rejoignit dans la petite pièce où elle avait transporté l'enfant par égard pour les étrangers.

Laurent berçait son petit-fils sur ses genoux. Naakkve avait maintenant dix mois ; il était grand et beau. Pour Noël on lui avait donné une robe et des sucreries.

« Je n'ai pas souvenir, père, qu'auparavant vous ayez jamais pris part à de telles délibérations, reprit Christine. Vous avez toujours dit que pour le pays, pour la guerre, pour le bien des sujets, le mieux était que la décision fût confiée au roi et aux hommes qu'il appelait près de lui. Erlend dit que cette entreprise est l'œuvre des grands du sud du pays. Ils voulaient écarter du gouvernement Dame Ingebjoerg et les hommes que son père lui a donnés pour conseillers, et ressaisir la puissance qu'ils avaient lorsque le roi Haakon et son frère étaient enfants. Mais c'était au grand dam du pays, avez-vous dit vous-même autrefois... »

Laurent pria tout bas Christine d'éloigner la servante de l'enfant. Quand ils furent seuls, il demanda :

« Comment Erlend a-t-il été informé de cela ? Est-ce par Munar ? »

Christine raconta qu'Orm avait apporté une lettre de Messire Munar quand il était venu à Husaby en automne. Elle ne dit point que c'était elle qui l'avait lue à Erlend — celui-ci n'étant point habile à déchiffrer l'écriture. Mais dans cette lettre Munar se plaignait vivement qu'à présent tout homme en Norvège qui portait des armoiries se figurât être plus apte à diriger le royaume que les hommes qui avaient été aux côtés du roi Haakon de son vivant, et fût persuadé de mieux s'entendre au bonheur du jeune roi que très noble Dame sa propre mère. Il avait averti Erlend que s'il s'avérait que les seigneurs norvégiens voulussent, à l'imitation de ce que les Suédois avaient fait l'été d'avant à Skara, ourdir un complot contre Dame Ingebjoerg et ses vieux conseillers éprouvés, les parents de celle-ci devraient se tenir prêts, et Erlend se mettre en route pour rejoindre Munar à Hamar.

« Est-ce qu'il ne signalait pas, dit Laurent en enfonçant un doigt sous le menton grassouillet de Naakkve, que j'étais l'un des hommes qui se sont opposés aux levées illégales que Munar a exigées au nom de notre roi en remontant la vallée ?

— Vous ! dit Christine. Avez-vous rencontré Munar Baardsoen l'automne dernier ?

— Oui, dit Laurent. Et nous n'avons pas été tout à fait d'accord.

— Avez-vous parlé de moi ?

— Non, petite Christine, dit le père avec un léger sourire. Je n'ai pas souvenir qu'il ait été alors question de toi entre nous. Sais-tu si ton mari pense vraiment partir pour le sud et rencontrer Munar Baardsoen ?

— Je le crois, répondit Christine. Sira Eiliv a rédigé récemment une lettre pour Erlend et Erlend racontait qu'il aurait à faire bientôt un voyage au sud. »

Laurent regarda un instant l'enfant qui jouait avec le manche de son poignard et essayait de mordre le cristal de roche serti dans la poignée.

« Est-il vrai que vous vouliez retirer le pouvoir à Dame Ingebjoerg ?

— Dame Ingebjoerg est à peu près du même âge que toi, répondit le père, toujours avec le même sourire. Personne ne veut enlever à la mère du roi l'honneur ou la puissance qui lui sont échus. Mais l'archevêque et quelques-uns des amis et parents de notre feu roi ont convenu qu'une assemblée aurait lieu pour examiner de quelle façon le pouvoir et l'honneur de Dame Ingebjoerg et l'intérêt de notre peuple seraient le mieux défendus. »

Christine dit doucement :

« Je comprends bien, père, que cette fois vous n'êtes pas venu à Husaby seulement pour nous voir, Naakkve et moi.

— Non, pas seulement pour cela », dit Laurent.

Puis il sourit :

« Et moi, je comprends, ma fille, que cela ne te plaît qu'à moitié ! »

Il posa une de ses mains sur le visage de Christine et lui caressa la joue. C'était un geste dont il avait l'habitude depuis le temps où elle était petite fille, chaque fois qu'il l'avait grondée ou taquinée.

Cependant Messire Erling et Erlend étaient assis dans la salle des chevaliers — ainsi qu'on appelait la grande annexe qui se trouvait au nord-est dans la cour, tout près de la barrière de la ferme. Le bâtiment était haut comme une tour, avec trois étages ; le plus élevé comprenait une chambre avec des meurtrières, et on y gardait toutes les armes qui n'étaient pas d'un usage quotidien à la ferme. C'était le roi Skule qui avait construit cette maison.

Messire Erling et Erlend portaient des fourrures, parce qu'il faisait dans la pièce un froid intense. L'hôte d'Erlend regardait l'une après l'autre les nombreuses et belles armes et armures qu'Erlend avait héritées de son aïeul maternel, Gaute Erlendssoen.

Erling Vidkunssoen était un homme assez petit, frêle et un peu replet, mais il avait de l'aisance et de la grâce. Son visage n'était pas beau malgré des traits réguliers, mais il avait les cheveux d'un roux clair, les cils et les sourcils blancs ; ses yeux étaient d'un bleu très clair. Cependant si les gens trouvaient que Messire Erling se présentait bien, cela tenait peut-être à ce que tout le monde savait qu'il était le chevalier le plus riche de Norvège. Mais il avait aussi une douceur extrêmement séduisante. Il était très intelligent, cultivé et expérimenté, mais comme il ne cherchait jamais à mettre en relief sa science et paraissait toujours disposé à écouter les autres, il avait acquis la réputation d'être un des hommes les plus sages du pays. Il était du même âge qu'Erlend Nikulaussoen, et ils étaient parents par la famille de Stovreim, bien que de loin ; ils s'étaient toujours connus, mais il n'y avait jamais eu d'amitié étroite entre eux.

Erlend, assis sur un coffre, parlait de la barque qu'il avait fait construire pour lui l'été précédent : un bateau à seize places qui, pensait-il, serait extrêmement rapide et facile à conduire. Il avait employé deux charpentiers de navires du nord et lui-même avait dirigé le travail avec eux.

« Les bateaux sont parmi les rares choses auxquelles je m'entends à présent, Erling, dit-il, et tu verras que ce sera un beau spectacle que celui de la *Sirène* fendant les vagues de la mer.

— La *Sirène*... c'est un nom terriblement païen que tu as donné à ton bateau, cousin. Tu as l'intention de t'y embarquer pour le sud ?

— Serais-tu aussi pieux que ma femme ? Elle aussi dit que c'est un nom païen. Et ce bateau, elle ne l'aime pas, mais elle est terrienne !... Elle ne supporte pas la mer.

— Elle paraît, en effet, pieuse, fine et charmante, ta femme, dit Messire Erling poliment, comme on pouvait s'y attendre si l'on considère les gens dont elle descend.

— Oui... Elle ne laisse passer aucun jour sans entendre la messe. Et Sira Eiliv, notre prêtre que tu as vu, nous lit les livres saints ; c'est ce qu'il aime le mieux, après la bière et les plats de gâteaux. Les pauvres viennent ici demander à Christine aide et conseil ; ils aiment à embrasser ses vêtements ; je ne reconnais plus mes hommes. Elle ressemble à ces femmes des légendes des saints que le roi Haakon nous faisait lire par le prêtre, t'en souviens-tu ? au temps où nous étions porte-flambeaux ? Il en est aujourd'hui tout autrement à Husaby que la dernière fois où tu étais mon hôte, Erling. Par ailleurs, il est surprenant que tu aies voulu venir me trouver cette fois.

— Tu viens de rappeler le temps où nous étions ensemble porte-flambeaux à la cour, dit Erling Vidkunssoen avec un sourire qui lui allait bien. Nous étions alors des amis ? Tous nous attendions de toi, Erlend, que tu fisses ton chemin magnifiquement dans notre pays... »

Mais Erlend se contenta de rire :

« Moi aussi je l'espérais.

— Ne peux-tu faire voile vers le sud en ma compagnie, Erlend ?

— Je pensais faire le voyage par terre.

— Ce sera fatigant pour toi de passer par la montagne en hiver. Ce serait gentil de ta part de te joindre à Haftor et à moi.

— J'ai déjà promis à d'autres, répondit Erlend.

— Ah ! Tu pars avec ton beau-père ? Evidemment, c'est très naturel.

— Oh ! non. Je connais si peu ces gens de la vallée avec lesquels il doit faire route. » Erlend fit une pause. « Non, j'ai promis d'aller trouver Munar chez lui à Stange, continua-t-il.

— Tu peux t'épargner la peine d'y chercher Munar. Il est parti pour ses fermes de Hising, et il peut se passer un bon moment avant qu'il ne remonte vers le nord. Y a-t-il longtemps que tu as eu de ses nouvelles ?

— J'en ai reçu à la Saint-Michel ; il m'a écrit à ce moment de Ringabu.

— Tu es bien au courant de ce qui s'est passé dans la vallée en automne ? Non ? Tu sais pourtant qu'il a fait une tournée auprès des juges de la région de Mjoes et de la vallée d'amont en produisant des lettres d'après lesquelles les paysans devaient fournir contribution entière en vivres et en chevaux — six paysans pour un cheval — et les écuyers devaient envoyer des chevaux mais étaient eux-mêmes autorisés à rester chez eux ? N'as-tu pas appris cela ? Et aussi que les montagnards du nord refusèrent de fournir cette contribution lorsque Munar accompagna Erik Topp à l'assemblée de Vaage ? Ce fut d'ailleurs Laurent Bjoergulfsoen qui s'éleva contre ce projet, demandant à Erik de procéder de façon légale si un arriéré de contributions demeurait dû, mais c'était un attentat contre le peuple que de lever un contingent de paysans pour aider un Danois à faire la guerre au roi de Danemark ; si notre roi appelait au service ses fidèles, il s'apercevrait qu'ils étaient prompts à se rassembler avec de bonnes armes, des chevaux et des compagnons armés — mais lui, Laurent, n'enverrait pas de Joerundgaard un seul bouc avec un licou de chanvre à moins que le roi n'eût demandé à le monter lui-même à la réunion de l'armée. Vraiment, ne sais-tu pas cela ? Smid Gudleikssoen dit que Laurent avait promis à ses paysans de payer l'amende pour eux si cela était nécessaire... »

Erlend était stupéfait.

« Laurent aurait fait cela ? Jamais je n'ai entendu dire que mon beau-père se fût mêlé d'autres affaires que de celles de ses propriétés et de ses amis.

— Il ne le fait, certes, pas souvent. Mais j'en ai appris assez depuis que je suis entré dans Lindesnaes pour savoir que lorsque Laurent Bjoergulfsoen dit son mot dans une affaire il la suit jusqu'au bout, car il ne parle pas d'une question sans la bien connaître de sorte qu'il est difficile de le contredire. Sur ces événements il a dû échanger des lettres avec ses parents de Suède — Dame Ramborg sa grand-mère paternelle et le grand-père paternel de Messire Erngisles étaient enfants de deux frères, si bien qu'il a là-bas une nombreuse parenté. Si paisible que soit ton beau-père, il n'en a pas moins une influence assez grande dans les villages où les gens le connaissent — seulement il n'en fait pas souvent usage.

— Tu me fais comprendre que tu t'es bien entendu avec lui. Je suis surpris de vous voir devenus des amis aussi chauds...

— Peux-tu en être étonné ? répondit gravement Erling. Il faudrait être un homme extraordinaire pour ne pas être content d'appeler Laurent de Joerundgaard son ami. Il serait plus avantageux pour toi, cousin, de l'écouter, plutôt que Munar...

— Munar a été pour moi comme un frère aîné depuis le jour où j'ai quitté Husaby pour la première fois, dit Erlend en s'échauffant un peu. Jamais il ne m'a trompé quand j'étais dans l'embarras. Et c'est lui maintenant qui est dans l'embarras...

— Munar se tirera d'affaire, dit Erling du même ton calme. Les lettres qu'il emportait avec lui étaient revêtues illégalement du sceau du royaume de Norvège, mais il n'en est point responsable. Ce qui est plus grave, c'est qu'il ait été témoin, et qu'il ait apposé son sceau à l'acte d'engagement de Demoiselle Euphémie, mais c'est difficile à dévoiler sans mettre en cause quelqu'un que nous ne... A dire vrai, Erlend, je crois que Munar se sauvera sans ton aide, mais que toi, tu peux te faire du tort...

— C'est à Dame Ingebjoerg que vous en voulez, je le comprends, dit Erlend. Or, j'ai promis de servir notre parente à la fois dans le pays et au-dehors...

— Je l'ai fait, moi aussi. Et j'ai l'intention de tenir ma promesse ; ainsi fera sans doute tout Norvégien qui a servi et aimé notre seigneur et parent le roi Haakon. Et le meilleur service à rendre à une femme si jeune est de la séparer des conseillers qui la dirigent, pour son malheur et celui de son fils...

— Crois-tu que vous en soyez capables ?...

— Oui, dit Erling Vidkunssoen, d'une voix ferme. Je le crois. Et, ajouta-t-il avec un haussement d'épaules, tous ceux qui ne veulent pas écouter le mauvais Esprit et les racontars le croient aussi. Et il nous appartient à nous, parents de la Dame, plus qu'à quiconque, de nous en méfier. »

Une servante souleva la trappe du plancher et demanda si la maîtresse de maison pouvait faire servir le repas dans la grand-salle...

Pendant qu'on était à table la conversation tomba soudain sur les grandes nouvelles du moment. Christine remarqua que son père et Messire Erling s'abstenaient de s'y mêler ; ils échangeaient des nouvelles sur des mariages et des décès, des procès de succession et des achats de fermes survenus parmi leurs parents et leurs connaissances. Une inquiétude la prit sans qu'elle en comprît la cause. Sans vouloir se l'avouer à elle-même, elle connaissait maintenant assez bien son mari pour savoir que si entêté qu'il fût il pouvait être assez facilement retourné par n'importe qui ayant, comme on dit, une main de fer dans un gant de velours.

Après le repas les hommes allèrent s'asseoir près du foyer pour boire. Christine s'assit sur le banc, et prenant son métier sur ses genoux se mit à tresser un galon. Tout de suite après arriva Haftor Graut ; il posa à terre un coussin et s'assit aux pieds de la maîtresse de maison. Ayant trouvé le *strengelek* d'Erlend, il le posa sur ses genoux et en joua tout en causant. Haftor était un homme très jeune aux cheveux blonds et bouclés avec les traits les plus fins, mais le visage criblé de taches de rousseur. Christine s'aperçut vite qu'il était fort bavard. Il venait de faire un riche mariage, mais il s'ennuyait chez lui dans ses fermes ; c'est pourquoi il voulait se rendre à la convocation à la cour.

« Mais il est probable qu'Erlend Nikulaussoen préférera rester chez lui », dit-il en appuyant sa tête contre les genoux de Christine. Celle-ci s'écarta un peu, sourit et dit d'un air innocent que tout ce qu'elle savait, c'est que son mari avait l'intention de partir pour le Sud « pour une raison quelconque ». Il y a une telle agitation dans le pays, tous ces temps-ci, qu'il n'est pas bon pour une simple femme de se mêler de ces choses.

« Et c'est pourtant la niaiserie d'une femme qui en est la principale cause, répondit Haftor en souriant et se rapprochant. C'est l'opinion d'Erlend et de Laurent Bjoergulfsoen. J'aimerais savoir ce qu'ils veulent dire par là. Vous, Christine, qu'en pensez-vous ? Dame Ingebjoerg est une bonne et simple femme... Peut-être est-elle comme vous, en ce moment, en train de tisser la soie avec ses doigts blancs comme neige, peut-être se dit-elle qu'il faudrait avoir le cœur bien dur pour refuser à un fidèle capitaine de son défunt mari un peu d'aide pour améliorer sa situation. »

Erlend vint s'asseoir près de sa femme, ce qui obligea Haftor à s'écarter un peu.

« Les femmes se laissent aller à de tels bavardages dans les hôtelleries quand les hommes ont la bêtise de les emmener avec eux aux assemblées...

— Chez nous, dit Haftor, on dit qu'il n'y a pas de fumée sans feu...

— Ce dicton-là, nous l'avons aussi, dit Laurent qui venait d'arriver avec Erling. Pourtant j'ai été trompé cet hiver, Haftor... J'ai voulu allumer une lanterne avec du crottin frais... » Il s'assit sur le bord de la table. Messire Erling alla aussitôt lui chercher son gobelet et le lui tendit avec un salut ; ensuite le chevalier prit place sur le banc près de lui :

« Il est peu probable, Haftor, dit Erlend, que vous puissiez savoir au nord, dans le Haalogaland, ce que Dame Ingebjoerg et ses conseillers ont pu apprendre quant aux desseins et entreprises des Danois. Je ne sais si vous n'avez pas eu la vue courte en vous opposant à l'appel du roi. Messire Knut — nous pouvons bien prononcer son nom que nous avons tous dans l'esprit — ne me paraît pas être homme à se laisser surprendre assoupi sur son perchoir. Vous êtes trop loin des grandes marmites pour pouvoir sentir ce qui bout dedans. Et mieux vaut prévoir que pourvoir, voilà mon avis.

— Oui, dit Erling. On pourrait presque dire qu'ils font la cuisine pour nous chez le voisin. Autant dire que nous, Norvégiens, nous recevons une pension alimentaire. Ils nous envoient par la porte la bouillie qu'ils ont faite en Suède. Mangez cela si vous avez faim. A mon avis ce fut une faute de notre seigneur et roi Haakon que de transférer la cuisine dans un coin de la propriété en faisant d'Oslo la plus grande ville du pays. Auparavant, pour continuer la même image, la cuisine était en plein sur la grande cour — c'était Bergen ou Nidaros — mais il n'y a plus ici maintenant que l'archevêque et le chapitre. Quel est ton avis, Erlend, toi qui es du Trondhjémois où tu as tout ton bien et toute ta puissance ?

— Seigneur Dieu, Erling, est-ce cela que vous voulez, rapporter la marmite à la maison et la suspendre au-dessus du vrai foyer ?

— Oui, dit Haftor. Pendant trop longtemps nous avons dû nous contenter, dans le Nord, de sentir l'odeur de brûlé et d'avaler des choux froids... »

Laurent intervint :

« C'est ainsi, Erlend... je n'aurais pas pris sur moi d'être le porte-parole des gens de chez nous si je n'avais eu en ma garde des lettres de mon parent Messire Erngisle. Je savais donc qu'aucun des hommes qui donnent de justes conseils, aussi bien dans le royaume du roi de Danemark que dans celui de notre roi, n'a aussi bien songé à rompre la paix et l'accord entre les deux pays.

— Si vous savez qui conseille à cette heure en Danemark, beau-père, vous en savez plus que la plupart des autres hommes.

— Il y a une chose que je sais. C'est qu'il y a un homme que personne ne veut voir commander ni ici, ni en Suède, ni en Danemark. Tel a été l'objet de l'assemblée des Suédois à Skara cet été comme ce sera l'objet de la réunion que nous allons tenir à Oslo : rendre clair à l'esprit de tous ceux qui ne l'ont pas encore compris, que sur ce point tous les hommes de bon sens sont d'accord. »

Tous avaient à présent assez bu pour que leur conversation fût un peu bruyante — à l'exception du vieux Smid Gudleikssoen qui sommeillait sur sa chaise près du foyer. Erlend lança :

« Oui, vous avez tant de bon sens que le diable lui-même ne saurait vous duper. Il est probable que Knut Porse vous fait peur. Vous ne comprenez pas, mes bons seigneurs, qu'il n'est pas homme à se contenter de regarder benoîtement les jours couler et l'herbe croître à la volonté du bon Dieu. J'aimerais le rencontrer, ce chevalier ; je l'ai connu quand j'étais en Halland. Et il ne me déplairait pas d'être à la place de Knut Porse.

— Je n'aurais pas osé dire cela devant ma femme », s'écria Haftor Graut.

Mais Erling Vidkunssoen avait lui aussi un peu bu. Il essaya de garder encore ses manières courtoises, mais il ne put se dominer. « Cousin, dit-il en éclatant d'un grand rire. Mon cousin !... Erlend ! » Et il tapait sur les épaules d'Erlend en riant éperdument. « Erlend, dit sans ménagement Laurent, il s'agit là de chose plus haute que de séduire les femmes. Si le rôle de Knut Porse se réduisait à jouer au renard dans la cage aux oies, nous autres, seigneurs de Norvège, nous sentirions trop paresseux pour nous décider à sortir de chez nous et à le chasser — encore que l'oie soit la mère de notre roi. Mais quelle que soit la personne que Messire Knut puisse amener à faire des sottises, il ne fait aucune folie qui ne cache un dessein. Il a un but, vous pouvez être sûrs qu'il ne le perd pas des yeux... »

Il y eut un silence. Puis Erlend dit, avec une flamme dans les yeux :

« Alors j'aimerais que Messire Knut soit norvégien. »

Pendant quelques instants personne ne bougea. Puis Messire Erling avala une gorgée de son gobelet et dit :

« Dieu nous en garde ! Si nous avions un pareil homme parmi nous en Norvège, j'aurais bien peur que c'en fût fait bientôt de la paix dans le pays.

— La paix dans le pays ! dit Erlend ironiquement.

— Oui, la paix dans le pays ! répondit Erling Vidkunssoen. Rappelle-toi, Erlend, que nous autres chevaliers ne sommes pas les seuls à former ce pays. Peut-être serait-ce une joie pour toi que surgît un homme épris d'aventure et ambitieux comme Knut Porse. Les choses se passaient ainsi, autrefois ; lorsqu'un homme de ce pays levait une bande de rebelles, il lui était toujours facile de trouver des seigneurs pour le suivre. Ou bien ils l'emportaient et obtenaient des titres et des festins, ou bien c'étaient des parents à eux qui l'emportaient, et ils obtenaient des garanties pour leur vie et leurs biens — évidemment il était tenu compte de ceux qui avaient perdu la vie, mais la majeure partie s'en tirait d'une façon ou d'une autre. Ainsi était-ce du temps de nos pères. Mais les paysans et les citadins, Erlend, le peuple du travail à qui on demandait des contributions pour deux maîtres plusieurs fois en une année et qui devait néanmoins se réjouir chaque fois qu'une bande traversait les villages sans brûler les fermes ni abattre les bestiaux, les paysans qui devaient supporter un fardeau et une tyrannie aussi intolérables, ceux-là, je pense, remercient Dieu et saint Olav de ce que le vieux roi Haakon et le comte Magnus et ses fils ont donné de la force aux lois et garanti la paix...

— Oui. Je crois que c'est ton avis... » Erlend rejeta la tête en arrière. Laurent regardait le jeune homme... il était bien éveillé à ce moment, Erlend ; son visage foncé et vif rayonnait ; sa gorge se tendait en arc sur son cou brun et svelte. Laurent regarda sa fille. Christine avait laissé tomber son travail et suivait attentivement la conversation des hommes.

« Es-tu tellement sûr que les paysans et les gens du peuple pensent ainsi et apprécient le nouvel ordre ? Il est vrai que les temps ont été souvent durs pour eux, autrefois, quand les rois et leurs adversaires répandaient la guerre dans le pays. Je sais qu'ils se rappellent encore le temps où ils devaient gagner la montagne avec leurs bestiaux, leurs femmes et leurs enfants, tandis que leurs fermes flambaient dans les villages. Je les ai entendus en parler. Mais je sais qu'ils se rappellent aussi une autre chose ; c'est que leurs propres pères faisaient partie des bandes ; nous n'étions pas seuls à jouer la partie pour le pouvoir, Erling ! les fils des paysans la jouaient avec nous — et il leur est arrivé de conquérir nos biens allodiaux. Ce n'est pas au temps où la loi règne dans le pays que le fils d'une prostituée de Skidan, qui ne connaît pas le nom de son père, obtient la veuve d'un vassal et les biens de celle-ci, comme il advint à Reidar Darre ; son descendant était un bon parti pour ta fille, Laurent, et il a maintenant la nièce de ta femme, Erling ! Maintenant règnent la loi et le droit ; je ne sais comment cela se fait, mais ce que je sais, c'est que la terre paysanne passe en nos mains, et cela à la faveur de la loi ; et plus le droit règne, plus vite ils perdent le pouvoir et la capacité de prendre part à la direction des affaires du royaume et de leurs propres affaires. Et cela, Erling, les paysans le savent aussi ! Oh ! non, ne soyez pas tellement sûrs, vous autres, que les paysans ne regrettent pas le temps où ils risquaient de perdre leurs fermes par le feu et la violence, mais aussi où ils pouvaient gagner, par les armes, plus qu'ils ne peuvent gagner par le droit... »

Laurent fit un signe d'approbation.

« Il est vrai qu'en cela Erlend a un peu raison », dit-il à voix basse.

Mais Erling Vidkunssoen se leva :

« Je le crois volontiers, les paysans se rappellent mieux les quelques hommes qui se sont élevés de rien et sont devenus des seigneurs — sous le règne de l'épée — que l'innombrable masse des gens qui ont sombré dans une pauvreté et une misère noires. Cependant il n'y a pas eu de seigneurs aussi durs aux paysans que ceux-là ; je pense que c'est à leur sujet qu'est né le dicton : rien n'est pire qu'un parent. Qui n'est point né seigneur devient un seigneur dur, mais celui qui a grandi parmi serviteurs et servantes comprend plus aisément que sans les petites gens nous sommes toujours chétifs comme des enfants ; il comprend aussi que pour l'amour de Dieu, mais beaucoup aussi dans notre propre intérêt, nous devons en retour les servir et leur apporter l'aide de notre savoir et de notre chevalerie. Jamais encore un royaume n'a pu se soutenir sans qu'il y eût des seigneurs ayant le pouvoir et la volonté de faire servir leur force à la défense du droit des faibles...

— Tu pourrais rivaliser avec mon frère, Erling, dit Erlend en riant. Mais je crois que les habitants des côtes trondhjémoises nous aimaient mieux au temps jadis, nous autres seigneurs, quand nous emmenions leurs fils en campagne, mêlions notre sang au leur sur le pont des navires, brisions les chaînes à coups de hache et partagions le butin avec nos valets. Oui, tu entends, Christine, parfois je ne dors que d'une oreille, quand Sira Erik nous fait la lecture des grands livres.

— Bien mal acquis n'arrive jamais à la troisième génération, dit Laurent Bjoergulfsoen. N'as-tu jamais entendu dire cela, Erlend ?

— Si, je l'ai entendu dire ! s'écria Erlend d'une voix forte. Mais je ne l'ai point observé. »

Erling Vidkunssoen dit :

« La vérité, Erlend, c'est que peu naissent grands seigneurs, mais que tous naissent pour servir ; la vraie aristocratie, c'est d'être le serviteur de ses serviteurs... »

Erlend se croisa les mains derrière le cou et s'étira en souriant :

« Cela n'a jamais été mon idée. Et je ne crois pas que mes fermiers aient à me remercier d'aucun service. Cependant, si étonnant que cela soit, je crois qu'ils m'aiment. » Il frotta d'une façon caressante sa joue contre le petit chat noir de Christine qui avait sauté sur ses épaules et tournait autour de son cou en ronronnant et faisant le gros dos. « Mais ma femme que vous voyez est, elle, la plus serviable des femmes... bien que vous n'ayez pas de raison de le croire... car pots et cruches sont vides, ma Christine ! »

Orm, qui était demeuré silencieux et suivait la conversation des hommes, se leva aussitôt et sortit.

« Notre hôtesse s'est tellement ennuyée qu'elle s'est endormie, dit Haftor en souriant. Et c'est vous qui en êtes cause... Vous auriez dû me laisser parler tranquillement avec elle, moi qui m'entends à parler aux femmes...

— Oui, ce bavardage a certainement duré trop longtemps pour vous, notre hôtesse », commença Messire Erling en s'excusant, mais Christine répondit :

« La vérité, messeigneurs, c'est que je n'ai pas compris tout ce qui a été dit ce soir, mais je me le rappelle bien, et j'aurai tout le temps d'y penser par la suite... »

Orm revint avec quelques servantes qui apportaient à boire. Le jeune garçon versa la boisson. Laurent regardait tristement le joli enfant. Il avait essayé d'engager la conversation avec Orm Erlendssoen, mais l'enfant était peu causeur malgré ses manières gentilles et polies.

Une des servantes chuchota à l'oreille de Christine que Naakkve était éveillé dans la petite pièce et criait terriblement. La maîtresse de maison souhaita alors bonne nuit à tous et se retira avec les servantes.

Les hommes se remirent à boire. Messire Erling et Laurent échangeaient de temps à autre un regard. Puis le premier dit :

« Il y a une chose, Erlend, dont j'avais l'intention de te parler. Le bruit court d'une conscription dans la région de notre fjord et de Moere. Les gens ont peur, dans le Nord, que les Russes ne reviennent en plus grand nombre cet été, si bien qu'ils ne pourraient assurer seuls la défense du pays. C'est le premier avantage dont nous ayons à remercier la monarchie commune à la Norvège et à la Suède ; il n'est pas juste que les gens du Haalogaland, dans le Nord, soient les seuls à en profiter. Mais voilà, Arne Gjavvaldssoen est trop vieux et infirme ; aussi a-t-il été question de te désigner comme chef des bateaux des paysans de ce côté du fjord. Qu'en penses-tu ? »

Erlend croisa ses mains ; tout son visage rayonnait :

« Ce que j'en pense... !

— Il n'est évidemment pas question d'un appel important, dit Erling à voix basse. Mais, en vérité, tu ferais bien de te renseigner auprès des juges cantonaux. Tu es connu dans la région. Il a été dit entre ces messieurs du Conseil que tu pouvais bien être l'homme capable d'agir en cette affaire. Ils se souviennent que tu t'es acquis beaucoup d'honneur lorsque tu étais à l'armée auprès du comte Jacob. — Je me souviens moi-même d'avoir entendu dire au roi Haakon qu'il avait eu tort de se montrer si dur à l'égard d'un jeune compagnon très bien doué : il disait que tu étais destiné à être un soutien pour ton roi...

— Sans doute ne deviendras-tu jamais notre roi, toi, Erling Vidkunssoen ! Voilà donc l'objet de vos méditations, dit-il en éclatant de rire. Faire d'Erlend un roi ? »

Erling dit avec impatience :

« Voyons, Erlend, ne comprends-tu pas que maintenant je parle sérieusement ?

— Dieu m'assiste ! Tu plaisantais donc auparavant ? Je croyais que tu avais parlé sérieusement toute la soirée... Enfin, bon ! Parlons donc sérieusement. Dis-moi tout au sujet de cette affaire, cousin... »

Christine était couchée et dormait avec son enfant contre son sein quand Erlend descendit à la petite pièce. Il piqua une baguette de bois résineux dans la braise du foyer et les éclaira tous deux un long moment.

Qu'elle était belle ! Et quel bel enfant était leur fils ! A présent, Christine avait toujours si grande envie de dormir le soir. A peine était-elle couchée et avait-elle pris contre elle son enfant que tous les deux s'endormaient. Erlend sourit et rejeta la baguette dans le foyer. Lentement il se dévêtit.

Partir vers le nord au printemps avec la *Sirène* et trois ou quatre bateaux de guerre. Haftor Graut avec trois bateaux du Haalogaland... mais Haftor n'avait aucune expérience ; évidemment ils prendraient ensemble les décisions qui lui plairaient ; oui il comprenait que ce serait lui-même qui déciderait. Cet Haftor ne paraissait ni trop peureux ni engourdi. Erlend se coucha ; il souriait dans l'obscurité. Il avait pensé prendre son équipage pour la *Sirène* hors de Moere. Mais c'était plein de gaillards dispos et hardis ici, à la ville, aussi bien qu'à Birgsi. Il pouvait se composer une magnifique équipe.

Il n'y avait pas beaucoup plus d'un an qu'il était marié. Naissance de l'enfant, pénitence et jeûne ; et à présent le mioche par-ci, le mioche par-là, nuit et jour. Pourtant, elle était toujours la même jeune et gentille Christine — quand il pouvait lui faire oublier un petit instant le bavardage du prêtre et ce marmot qui la suçait goulûment.

Il lui baisa l'épaule, mais elle ne s'en aperçut point. La pauvre, il fallait la laisser dormir ; il avait à penser à tant de choses cette nuit ! Il lui tourna le dos et fixa son regard sur le tison qui luisait faiblement dans le foyer. Il aurait dû se lever et le couvrir de cendre, mais il n'en eut pas le courage.

Par fragments les souvenirs de sa jeunesse lui revenaient à l'esprit. Une vibrante étrave de bateau qui s'arrêtait un court instant sur la crête de la vague assaillante — l'eau qui balayait le pont. Le grondement puissant de la tempête et de la mer. Tout le bateau gémissait sous la pression des lames ; le sommet du mât décrivait sa courbe furieuse sur les nuages déchaînés. C'était quelque part sur la côte de Halland. Accablé, Erlend sentait que les larmes emplissaient ses yeux. Il ne s'était pas rendu compte combien ces années de désœuvrement lui avaient été pénibles.

Le lendemain matin, Laurent Bjoergulfsoen et Erling Vidkunssoen se trouvaient au bout de la grande cour et regardaient des chevaux d'Erlend courir de l'autre côté de la clôture.

« A mon avis, dit Laurent, si Erlend vient à cette assemblée, il est, par sa situation et sa naissance, comme parent du roi et de sa mère, appelé à prendre rang parmi les chefs. Je me demande, Messire Erling, si vous pouvez être certain que ses opinions ne l'inclineront pas vers l'autre parti. Si Ivar Ogmundssoen veut tenter une contre-offensive, Erlend a également des liens étroits avec les hommes qui suivront Messire Ivar...

— Je ne crois guère que Messire Ivar veuille tenter quelque chose, dit Erling Vidkunssoen. Et quant à Munar — il pinça un peu les lèvres —, il est assez malin pour se tenir à l'écart ; il sait bien qu'autrement tout le monde verrait quel cas, grand ou petit, il faut faire de Munar Baardsoen. » Tous deux sourirent. « Vous saviez sans doute mieux que moi, Laurent, fils de juge, vous qui avez là-bas votre famille et vos parents, que les seigneurs suédois n'aiment guère considérer notre chevalerie comme l'égale de la leur. Nous pourrions avoir besoin de tous les hommes les plus riches et de la plus haute naissance. Et nous serions mal inspirés de laisser un homme comme Erlend rester chez lui à badiner avec sa femme et administrer ses fermes — quelle que soit la façon dont il les administre », dit-il en voyant la mine de Laurent. Celui-ci eut un sourire furtif. « Mais, si vous pensez qu'il serait maladroit d'insister auprès d'Erlend pour qu'il nous accompagne, je m'en dispenserai.

— Je trouve, mon bon seigneur, qu'Erlend pourra se rendre plus utile dans nos villages. Comme vous le disiez vous-même, on peut s'attendre à ce que la conscription soit accueillie avec mauvaise humeur dans les villages au sud de l'isthme de Nandal, où les gens pensent qu'ils n'ont rien à craindre des Russes. Il se pourrait qu'à cet égard Erlend fût homme à modifier dans une certaine mesure l'opinion populaire...

— Il est diablement fort en gueule », laissa échapper Messire Erling.

Laurent répondit :

« Beaucoup de gens peut-être comprennent mieux ce langage que celui d'hommes plus raisonnables... » De nouveau ils se regardèrent tous deux en riant. « En tout cas, il peut faire plus de mal à l'assemblée où il aurait le verbe trop haut...

— Oui, si vous ne pouvez pas le contraindre...

— Je ne le puis, en tout cas, que jusqu'au moment où il rencontre des oiseaux en la compagnie desquels il est habitué à voler... Mon gendre et moi sommes trop différents. »

Erlend vint à eux :

« La messe vous a-t-elle si bien nourris que vous puissiez vous passer de déjeuner ?

— Je n'ai pas entendu appeler pour le déjeuner... J'ai une faim de loup — et une soif !... » Laurent caressa un cheval d'un blanc sale qu'il était en train de palper. « Si l'homme qui s'occupe de tes chevaux de travail était à moi, mon gendre, je voudrais..., je voudrais le chasser de ma ferme avant de me rendre à table.

— Je n'ose le faire par égard pour Christine, dit Erlend. Il a fait un enfant à une de ses servantes.

— Ah, ah ! Ici vous considérez cela comme un tel exploit, dit Laurent en fronçant les sourcils, que l'homme vous paraît indispensable ?

— Non, mais vous comprenez, Christine et le prêtre veulent les marier, et ils comptent sur moi pour amener cet homme à vivre avec elle. La fille ne veut pas, son parrain pas davantage et Tore lui non plus ne veut qu'à regret — mais on ne me donne pas la permission de le renvoyer, de peur qu'il ne prenne la poudre d'escampette. D'ailleurs il est maintenant sous le contrôle d'Ulf Haldorssoen, quand il est à la maison... »

Erling Vidkunssoen rejoignit Smid Gudleikssoen ; Laurent dit à son gendre :

« Christine me paraît un peu pâle aujourd'hui.

— Oui, dit vivement Erlend. Ne pourriez-vous pas lui parler, beau-père ? Ce mioche la suce jusqu'aux moelles. Je crois qu'elle veut lui donner le sein jusqu'au troisième carême, comme une vulgaire paysanne...

— Oui, elle aime passionnément son fils, dit Laurent avec un léger sourire.

— C'est vrai. » Erlend hocha la tête. « Ils restent des heures ensemble, Sira Eiliv et elle, à bavarder sur des rougeurs qui lui sont venues ici ou là et sur chaque dent qui lui pousse, comme si c'était un grand miracle. J'ai toujours vu les enfants faire leurs dents et il y aurait lieu de s'étonner bien davantage si Naakkve ne faisait pas les siennes... »

2

L'année suivante, à la fin des fêtes de Noël, Christine Lavransdatter et Orm Erlendssoen arrivèrent à l'improviste chez maître Gunnulf, dans sa maison de ville.

Vent, neige et pluie avaient fait rage tout le jour jusqu'au dîner, et dans la soirée cela devint une vraie tempête de neige. Tous deux étaient entièrement couverts de neige quand ils entrèrent dans la maison où le prêtre était en train de prendre son repas avec ses commensaux.

Gunnulf demanda avec frayeur s'il se passait quelque chose à Husaby. Christine hocha négativement la tête. Elle répondit aux questions de son beau-frère qu'Erlend était à un festin à Gelmin, mais elle s'était sentie si fatiguée qu'elle ne l'avait pas accompagné.

Le prêtre réfléchit qu'ils avaient fait à cheval tout le chemin jusqu'à la ville, les chevaux de Christine et d'Orm étaient exténués — pendant la fin du trajet ils avaient eu grand-peine à se frayer un chemin à travers les amas de neige. Gunnulf envoya ses deux servantes donner des vêtements secs à Christine. C'étaient sa mère nourricière et la sœur de celle-ci ; il n'y avait pas d'autres femmes dans la maison du prêtre. Il s'occupa lui-même de son neveu. Cependant Orm racontait :

« Christine est malade, je crois. Je l'ai dit à papa, mais il s'est fâché... Elle avait été tout à fait hors d'elle ces derniers temps », dit l'enfant. Il ne savait pas pourquoi. Il ne pouvait pas se rappeler si c'était elle ou lui qui avait eu l'idée de venir ici... Attendez ! Elle avait commencé par dire qu'elle désirait tant revenir à l'église du Christ ; alors il avait répondu qu'il l'accompagnerait volontiers. Ce matin, aussitôt après que père était parti à cheval, Christine avait déclaré qu'elle voulait s'en aller. Orm lui avait obéi, bien qu'il trouvât le temps bien menaçant — mais il ne pouvait soutenir le regard de Christine.

Gunnulf pensa que lui non plus ne le pouvait pas, lorsque Christine revint. Elle paraissait affreusement maigre dans la robe noire d'Ingrid ; son visage était pâle comme la tille et ses yeux enfoncés avec des cernes bleu sombre ; son regard était étrange et noir.

Il y avait plus de trois mois que Gunnulf ne l'avait vue ; depuis qu'il était à Husaby pour la fête de la naissance de l'enfant. Elle avait alors bonne mine, parée d'atours dans son lit, et elle avait dit qu'elle se sentait bien. La délivrance avait été facile. Il avait été d'avis contraire, lorsque Ragnfrid Ivarsdatter et Erlend avaient décidé de confier cet enfant à une mère nourricière, Christine pleurant et suppliant qu'on la laissât allaiter Bjoergulf. Ce second fils avait, en effet, été baptisé du nom du père de Laurent.

Le prêtre s'enquit donc tout d'abord de Bjoergulf — il savait que Christine n'aimait pas la nourrice qu'on avait donnée à l'enfant. Mais elle dit que l'enfant allait bien et que Frida l'aimait bien et le soignait beaucoup mieux qu'on n'eût pu s'y attendre. « Et Nicolas ? demanda l'oncle. Est-il aussi beau ? » Un léger sourire passa sur le visage de la mère. Naakkve devenait plus beau de jour en jour. Non, il ne disait pas encore grand-chose, mais était en tout au-dessus de son âge et si grand ! — personne n'aurait pu croire qu'il en était seulement à son second hiver ; c'est aussi ce que disait Dame Gunna...

Après quoi Christine retomba dans ses pensées. Gunnulf les regardait tous deux, sa belle-sœur et son neveu, assis à ses côtés. Ils paraissaient si las et si tristes que leur vue lui serrait le cœur.

Orm semblait maintenant toujours mélancolique. Il avait quinze ans ; c'eût été le plus joli des compagnons s'il n'avait eu l'air si frêle et si faible. Il était presque aussi grand que son père, mais trop fluet, avec des épaules trop étroites. De visage aussi il ressemblait à Erlend, mais avec des yeux d'un bleu plus sombre et une bouche, sous le premier petit duvet noir de la barbe, plus petite et plus molle ; il la tenait toujours fermée, avec un petit sillon de tristesse aux commissures des lèvres. Il n'était pas jusqu'au cou étroit et brun sous la chevelure noire et bouclée qui n'eût un air étrangement malheureux, tandis qu'Orm était en train de manger, légèrement penché en avant.

Christine ne s'était encore jamais assise à table avec son beau-frère dans la propre maison de celui-ci. L'année précédente elle était venue avec Erlend à la ville pour l'assemblée de printemps, et ils avaient été hébergés dans cette maison que Gunnulf avait héritée de son père, mais à ce moment le prêtre demeurait dans la maison des frères croisiers comme suppléant d'un des chanoines. Maintenant maître Gunnulf était prêtre de la paroisse de Steine, mais il en avait confié les fonctions à un assistant et il surveillait le travail de copie des livres pour les églises de l'archevêché pendant la maladie du chantre, Messire Erik Finssoen. C'est ainsi qu'il demeurait dans sa propre maison.

La grand-salle était un peu différente des pièces dont Christine avait l'habitude. La maison était en bois de charpente, mais au milieu du pignon du levant, Gunnulf avait fait bâtir en maçonnerie une grande cheminée comme il en avait vu dans les pays du sud ; des bûches y flambaient entre des chenets de fer forgé. La table se trouvait le long d'un des longs murs, et contre le mur d'en face il y avait des bancs avec des planches à écrire. Devant une image de la Vierge Marie brûlait une lampe de métal doré et à côté s'alignaient des rayons contenant des livres.

La maison lui semblait étrangère ; étranger aussi son beau-frère maintenant qu'elle le voyait assis à table avec les gens de sa maison, clercs ou serviteurs qui avaient un air singulier, à demi ecclésiastique. Il y avait aussi des pauvres — des vieillards, et un jeune garçon aux paupières rouges, minces comme une membrane, qui adhéraient à des orbites vides. Au banc des femmes, à côté des deux vieilles domestiques, était assise une jeune fille avec un enfant de deux ans sur les genoux ; elle avalait goulûment de la viande et gavait l'enfant de telle façon que les joues de celui-ci semblaient près d'éclater.

A la vérité tous les prêtres de l'église du Christ offraient aux pauvres le repas du soir, mais Christine avait entendu dire que les pauvres venaient moins nombreux chez Gunnulf Nikulaussoen que chez les autres prêtres, bien qu'il les fît asseoir avec lui dans la grand-salle et traitât chaque mendiant en hôte d'honneur, ou peut-être à cause de cela. Ils mangeaient de son propre plat et buvaient la bière de son tonneau. Aussi venaient-ils chez lui quand ils sentaient le besoin d'un repas de viande, sinon ils préféraient aller chez les autres prêtres où on leur donnait de la bouillie et de la bière légère dans la maison de cuisine.

Aussitôt que le clerc se disposait à faire la lecture après le repas, les convives pauvres voulurent s'en aller. Gunnulf parla avec douceur à chacun d'eux en particulier, leur demandant s'ils voulaient un abri chez lui pour la nuit ou s'ils désiraient quelque autre chose, mais le jeune aveugle fut le seul qui demeura. La jeune fille à l'enfant demanda au prêtre en particulier de rester pour éviter d'emporter le petit dehors en pleine nuit, mais elle marmonna ensuite une excuse et s'esquiva. Gunnulf pria un des serviteurs de veiller à ce qu'Arnstein l'aveugle eût de la bière et un bon lit dans la salle commune. Puis il revêtit un manteau à capuchon :

« Vous êtes sans doute fatigués, Orm et Christine, et désirez vous reposer. Audhild prendra soin de vous. Je pense que vous dormirez quand je rentrerai de l'église. »

Christine lui demanda la permission de l'accompagner. « C'est pour cela que je suis venue », dit-elle en fixant sur Gunnulf ses yeux désespérés. Ingrid lui prêta alors un manteau sec, et Orm et elle se joignirent à la petite troupe qui sortit de la maison du prêtre.

Les cloches sonnaient comme si elles eussent été juste au-dessus de leurs têtes là-haut dans le ciel noir ; la distance n'était pas longue jusqu'à l'église. Ils avançaient péniblement dans la neige fraîche, profonde et humide. Le temps était calme ; çà et là un petit flocon de neige voltigeait et brillait faiblement dans l'obscurité.

Mortellement lasse, Christine voulut s'appuyer contre une colonne qui était près d'elle, mais la pierre la glaça. Debout dans l'église sombre, elle regardait fixement les lumières du chœur. Elle ne pouvait apercevoir là-haut Gunnulf. Mais il était assis parmi les prêtres, avec sa chandelle près de son livre. Tout de même elle ne pouvait pas lui parler...

Il semblait que ce soir elle ne trouverait d'aide nulle part. A la maison Sira Eiliv lui reprochait de prendre trop à cœur ses péchés — il disait que c'était un penchant à l'orgueil ; qu'elle s'appliquât aux prières et aux bonnes actions, elle n'aurait point loisir de tant méditer sur de tels sujets. « Le diable n'est pas tellement bête qu'il ne le comprenne, il ne demeurera pas maître de ton âme ; il renoncera à te tenter si fort... »

Elle entendait chanter les litanies et se rappelait l'église des nonnes à Oslo. Elle-même avait mêlé aux cantiques sa voix frêle, tandis que là-bas, dans la nef, Erlend attendait, le manteau relevé jusqu'au menton, et que tous deux ne pensaient qu'au plaisir d'un entretien clandestin.

Elle avait pensé que cet ardent amour païen ne pouvait être un si horrible péché. Ils ne pouvaient rien contre cela, et d'ailleurs ils n'étaient point mariés. C'était surtout une infraction aux lois humaines. Il voulait précisément se dégager d'une affreuse vie de péché, et elle pensait qu'il trouverait plus de force pour se libérer de la tare ancienne quand elle aurait remis sa vie, son honneur et son bonheur entre les mains d'Erlend.

La dernière fois qu'elle s'était agenouillée dans cette église, elle avait parfaitement compris qu'en se disant de telles choses en son cœur elle ne cherchait qu'à tromper Dieu par des mensonges et des artifices. S'il se trouvait des commandements qu'ils n'avaient pas enfreints, des péchés qu'ils n'avaient pas commis, ils le devaient non pas à leur vertu, mais à leur bonne étoile. Si elle eût été la femme d'un autre quand elle avait rencontré Erlend, elle n'eût pas été plus attentive à la santé morale et à l'honneur de son mari, que ne l'avait été l'autre femme qu'elle avait si impitoyablement condamnée. Il n'était rien, lui semblait-il, à quoi elle ne se fût laissé entraîner dans sa passion farouche et son désespoir. L'amour avait trempé sa volonté jusqu'à la rendre coupante et dure comme un couteau, prête à trancher tous les liens de la parenté, de la foi chrétienne, de l'honneur. Il n'y avait plus eu en elle que la soif ardente de le voir, d'être près de lui, d'ouvrir ses lèvres à sa bouche brûlante et son sein au délicieux et mortel plaisir qu'il lui avait appris.

Oh ! non. Le diable n'était pas tellement sûr que son âme fût perdue pour lui. Mais quand elle s'était trouvée là, écrasée de chagrin à cause de ses péchés, de la dureté de son cœur, de sa vie impure et de l'aveuglement de son âme, elle avait senti que le saint roi la prenait sous le pan protecteur de son manteau. Elle avait saisi sa main chaude et forte ; il lui avait indiqué la lumière qui est la source de toute force et de toute sainteté. Avec saint Olav elle avait tourné ses yeux vers le Christ en croix — « Regarde, Christine, l'amour de Dieu... » Oui, elle avait commencé à comprendre l'amour et la patience de Dieu. — Mais ensuite elle s'était de nouveau détournée de la lumière et avait fermé son cœur, et maintenant il n'y avait rien d'autre en son âme qu'impatience, colère et crainte.

Elle était misérable, misérable. Elle avait compris, en femme qu'elle était, qu'elle devrait subir de dures épreuves avant d'être guérie de sa sécheresse de cœur. Et pourtant elle était si peu patiente qu'elle avait le sentiment que son cœur allait se briser sous le poids de ses chagrins. C'étaient de petits chagrins, mais ils étaient si nombreux... et elle avait si peu de patience...

... Elle entrevoyait la figure haute et svelte de son beau-fils se détachant dans la travée des hommes.

Elle n'y pouvait rien. Elle aimait Orm comme s'il eût été son propre enfant, mais il lui était impossible d'avoir de l'affection pour Margret. Elle avait fait de grands efforts pour se contraindre à aimer cette enfant dès le jour de l'hiver passé où Ulf Haldorssoen était arrivé avec elle à Husaby. Elle trouvait que c'était affreux d'éprouver une pareille aversion et une telle colère contre une petite fille de neuf ans ! Et elle savait bien que cela venait un peu de ce que l'enfant ressemblait si étrangement à sa mère. Elle ne comprenait pas Erlend : il était seulement fier que sa petite fille aux boucles blondes et aux yeux bruns fût si jolie ; mais l'enfant ne paraissait pas éveiller en lui de pénibles souvenirs. On eût dit qu'Erlend avait oublié tout ce qui concernait la mère de ces enfants. Mais ce n'était pas seulement parce que Margret ressemblait à l'autre que Christine était mal disposée à l'égard de sa belle-fille. Margret ne supportait pas que quelqu'un voulût rien lui apprendre ; orgueilleuse et méchante avec les serviteurs, elle n'était pas franche mais doucereuse avec son père. Elle ne l'aimait pas comme l'aimait Orm ; c'était toujours pour obtenir quelque chose qu'elle s'insinuait auprès d'Erlend avec des cajoleries et des caresses. Erlend la comblait de cadeaux et cédait à tous les caprices de la fillette. Orm, lui non plus, n'aimait pas sa sœur, Christine s'en était aperçu.

Elle souffrait de se sentir dure et méchante, au point de ne pouvoir considérer sans malveillance et irritation les faits et gestes de Margret. Mais il lui était encore plus pénible d'être témoin des perpétuelles discussions entre Erlend et son fils aîné. Et elle souffrait d'autant plus qu'elle comprenait que son mari, au fond de son cœur, aimait Orm infiniment ; il devenait injuste et violent envers l'enfant parce qu'il ne savait à quel saint se vouer pour décider comment il assurerait l'avenir de son fils. Il avait donné ferme et bétail à ses bâtards mais l'idée qu'Orm ferait un paysan lui paraissait, pour ainsi dire, inconcevable. Erlend y renonça donc en voyant combien son fils était faible et débile. Alors il le traita de pourriture, voulut avec rage l'aguerrir, le prit avec lui pendant des heures pour l'exercer à l'usage de lourdes armes que le jeune garçon était tout à fait incapable de manier, le contraignit à boire certains soirs jusqu'à en être malade, l'épuisa par des chasses dangereuses et exténuantes. En même temps, Christine voyait Erlend angoissé ; il avait souvent un chagrin farouche parce qu'il comprenait que son fils élégant et beau aurait dû occuper une seule place que sa naissance lui interdisait. Et puis Christine savait combien Erlend avait peu de patience dès qu'il avait de l'inquiétude ou de la pitié pour quelqu'un qui lui était cher.

Elle s'aperçut qu'Orm aussi s'en rendait compte. Et elle comprit que l'âme de l'enfant était partagée entre son amour pour son père et la fierté qu'il avait de lui et d'autre part son mépris pour le déséquilibre de l'homme, quand Erlend se vengeait sur son fils des soucis dont il était lui-même responsable. Mais Orm se réfugiait auprès de sa jeune belle-mère ; auprès d'elle il reprenait haleine et se sentait l'âme plus libre. Quand il était seul avec elle, il pouvait rire et plaisanter — tranquillement, à sa manière. Mais cela ne plaisait point à Erlend — on eût dit qu'il les soupçonnait tous deux de vouloir juger sa conduite.

En vérité, tout était difficile pour Erlend — rien d'étonnant à ce qu'il eût le cœur navré quand il s'agissait des deux enfants. Cependant...

Elle avait un frisson de douleur en y pensant.

La semaine précédente ils avaient la ferme pleine d'hôtes. Erlend venait de faire aménager le grenier au-dessus de la chambre et du vestibule, lorsque Margret était arrivée à Husaby. Ce serait sa chambre de jeune fille, avait-il dit, et c'est là qu'elle dormait avec la jeune chambrière que son père avait désignée pour l'accompagner et la servir ; Frida couchait là aussi avec Bjoergulf. Mais, comme ils avaient pour Noël des hôtes si nombreux, Christine avait préparé cette chambre du grenier pour les jeunes gens ; les deux servantes et le nourrisson dormaient dans le bâtiment des domestiques femmes. Mais pensant bien qu'Erlend n'aimerait pas beaucoup qu'elle envoyât Margret coucher avec les gens de service, elle avait préparé pour elle un des bancs du hall où dormaient les femmes et les jeunes filles. Margret rechignait toujours à se lever le matin. Ce matin-là Christine l'avait réveillée plusieurs fois, mais elle s'était recouchée, et elle dormait encore après que toutes les autres s'étaient levées. Christine voulait que le hall fût débarrassé et mis en ordre ; il fallait servir aux hôtes le petit déjeuner... ; elle finit par perdre patience. Elle avait arraché les coussins de sous la tête de Margret, puis enlevé la couverture. Mais quand elle avait vu l'enfant allongée toute nue sur le drap de peau, elle avait jeté sur elle le manteau qui lui couvrait les épaules. C'était un vêtement de simple bure non teinte, qu'elle mettait seulement pour aller et venir entre les différents bâtiments de la ferme, et aussi après les soins du ménage.

A cet instant survint Erlend. Il dormait dans un cellier avec quelques hommes, car Dame Gunna couchait avec Christine dans le lit conjugal. Cela l'avait rendu tout à fait furieux. Il saisit Christine par le bras si violemment que les marques de ses doigts demeurèrent imprimées dans la chair.

« Crois-tu donc que ma fille peut coucher dans la paille et la bure ? Elle est à moi, Margit, et non à toi. Ce qui n'est pas bon pour tes propres enfants est assez bon pour elle... Mais, puisque tu as outragé cette innocente et frêle enfant en présence de ces femmes, il te faut lui donner réparation sous les yeux de ces mêmes femmes... Etends sur Margit ce que tu lui as enlevé... »

Il faut dire qu'Erlend s'était enivré la veille au soir et qu'en pareil cas il était toujours maussade le lendemain matin. Il se figurait alors que les femmes bavardaient entre elles en voyant les enfants d'Eline. Et il était douloureusement sensible à leur opinion. Mais tout de même...

Christine avait essayé d'aborder ce sujet avec Sira Eiliv. Mais il ne pouvait lui être d'aucune aide. Gunnulf lui avait dit que les péchés qu'elle avait confessés et rachetés avant qu'Eiliv Serkssoen devînt le prêtre de sa paroisse, elle n'avait pas à les lui raconter — à moins qu'elle n'estimât nécessaire qu'il les connût pour juger de ses affaires et la conseiller. Aussi n'avait-elle pu se décider à lui dire beaucoup de choses bien qu'elle sentît qu'elle passerait ainsi, aux yeux de Sira Eiliv, pour une femme meilleure qu'elle n'était. Mais cela lui faisait tant de bien d'avoir l'amitié de cet homme au cœur excellent et pur. Erlend plaisantait à ce sujet, mais Sira Eiliv lui apportait une telle consolation ! Avec lui elle pouvait parler autant qu'elle voulait de ses enfants. Toutes les petites nouvelles qui faisaient fuir Erlend, le prêtre acceptait d'en discuter avec elle. Il s'entendait aussi facilement avec les jeunes enfants et comprenait leurs petites misères et leurs maladies.

Erlend riait quand elle allait elle-même au bâtiment de cuisine préparer des friandises qu'elle faisait porter à la maison du prêtre — Sira Eiliv, il est vrai, aimait bien boire et bien manger. Elle prenait plaisir à ce genre d'occupation, et aimait à essayer ce qu'elle avait appris chez sa mère ou vu faire au couvent. Erlend, lui, était indifférent à ce qu'il mangeait pourvu qu'on lui servît de la viande quand ce n'était point jour de jeûne. Sira Eiliv au contraire venait bavarder, remercier, vanter l'habileté de Christine, quand elle lui avait envoyé de jeunes perdrix de neige bardées de lard fin et rôties, ou un plat de langues de rennes au vin de France et au miel. Puis il lui donnait des conseils pour son jardin, lui procurait des plants de Tautra où son frère était moine et du couvent de Saint-Olav dont le prieur était un de ses bons amis. Il lui faisait aussi la lecture et savait lui raconter tant de jolies choses sur ce qui se passait dans le monde...

Mais justement parce qu'il était un homme si bon et si croyant, Christine trouvait souvent difficile de parler avec lui du mal qu'elle voyait en son propre cœur. Lorsqu'elle lui avait avoué son amertume de l'attitude d'Erlend à propos de sa réprimande à Margret, il lui avait recommandé d'être patiente avec son mari. Mais il semblait être d'avis qu'Erlend seul avait failli lorsqu'il avait dit à sa femme des paroles si injustes — Christine était aussi de cet avis — en présence d'étrangers. Mais dans le fond de son cœur elle éprouvait un sentiment de complicité qu'elle ne pouvait exprimer et qui lui causait une douleur profonde.

Christine leva les yeux vers la sainte châsse dont l'or mat brillait dans la demi-obscurité derrière le maître-autel. Elle revenait là avec une si confiante espérance que quelque chose arriverait, qu'une rédemption l'attendait ! De nouveau une source vivante jaillirait en son cœur et emporterait toute cette inquiétude, cette angoisse, cette amertume, ce trouble qui le remplissaient.

Mais il n'y avait personne qui eût de la patience avec elle ce soir. N'as-tu point appris autrefois, Christine, à éclairer ton propre sentiment de justice à la lumière de la justice de Dieu, à élever ton amour païen et égoïste à la lumière de l'amour divin ? C'est que tu ne veux point l'apprendre, Christine.

Mais la dernière fois qu'elle s'était agenouillée ici, elle avait

Naakkve dans ses bras. La petite bouche contre son sein réchauffait si bien son cœur ! C'était comme une cire molle, si facile à former pour l'amour céleste. Elle avait Naakkve, en vérité ; il courait dans le hall à la maison, si gentil et si doux que son cœur bondissait dans sa poitrine rien que de penser à lui. La chevelure soyeuse et bouclée de l'enfant commençait à devenir plus foncée ; il serait brun comme son père. Et il était si plein de vie et d'intelligence ! Elle faisait pour lui des animaux avec de vieilles couvertures de fourrure ; il les jetait et courait derrière, luttant à l'envi avec les jeunes chiens. Le jeu se terminait souvent par la chute de l'ours de fourrure dans le feu du foyer où il flambait au milieu de la fumée et d'une affreuse puanteur. Naakkve restait là hurlant, sautant, trépignant, cachant sa tête dans le giron de sa mère, — c'était ainsi jusqu'à présent que finissaient toutes ses aventures. Les servantes se disputaient ses bonnes grâces, les hommes le prenaient dans leurs bras et le lançaient au plafond quand ils venaient à la maison des maîtres. Si le bambin voyait Ulf Haldorssoen, il courait à lui et se pendait à ses jambes — Ulf l'avait emmené quelquefois aux bâtiments de la ferme. Erlend tendait à son fils ses mains jointes, le mettait un instant sur ses épaules ; mais à Husaby c'était le père qui faisait le moins attention au petit. Pourtant il aimait Naakkve. Erlend était heureux d'avoir maintenant deux fils légitimes.

La mère eut un serrement de cœur : on lui avait enlevé Bjoergulf. Il gémissait quand elle voulait le prendre, et Frida lui donnait aussitôt le sein — la mère nourricière veillait jalousement sur l'enfant. Mais son prochain enfant, elle ne le lâcherait pas. Sa mère et Erlend avaient dit qu'il fallait désormais la ménager, et ils lui avaient pris son fils nouveau-né pour le donner à une autre femme. Elle ressentait presque une joie vengeresse en réfléchissant que tout ce qu'ils avaient obtenu ainsi, c'est qu'elle pouvait s'attendre à avoir son troisième enfant avant que Bjoergulf eût onze mois accomplis.

Christine n'osait aborder cette question avec Sira Eiliv. Il croirait sans doute seulement qu'elle était irritée parce qu'il lui fallait déjà refaire ce voyage. Mais ce n'était pas cela.

Elle était revenue de son pèlerinage l'âme remplie d'une horreur profonde — jamais plus elle ne se laisserait dominer par ce sauvage état d'âme. Jusqu'à la fin de l'été elle était demeurée seule avec son enfant dans la grand-salle, pesant dans son esprit les paroles de l'archevêque et les propos de Gunnulf, vigilante dans ses prières et dans ses pénitences, assidue au travail pour remettre sur pied la ferme négligée, gagner ses gens par sa bonté et son souci de leur bien-être, ardente à aider et servir tout le monde autour d'elle, aussi loin que pouvaient atteindre ses mains et son autorité. Une paix fraîche et vivifiante descendait en elle. Dans ses pensées elle trouvait un appui auprès de son père, un appui dans ses prières aux saints hommes et aux saintes femmes dont Sira Eiliv lui lisait la vie ; elle méditait sur leur fermeté et leur courage. Emue de bonheur et de reconnaissance, elle se rappelait frère Edvin qui lui était apparu certaine nuit au clair de lune. Elle avait bien compris son message quand il souriait si doucement et suspendait son gant à la poutre du clair de lune. Qu'elle eût seulement assez de foi, elle deviendrait une femme bonne.

Lorsque la première année de son mariage fut écoulée, elle dut retourner auprès de son mari. Elle se consolait quand elle se sentait incertaine — l'archevêque lui-même lui avait recommandé de chercher son bonheur dans la vie en commun avec son mari. Et elle s'appliquait avec un soin jaloux à garantir le bien-être et l'honneur de son époux. Erlend l'avait dit : « Une chose est vraie, Christine : tu as ramené l'honneur à Husaby. » Les gens lui témoignaient beaucoup de bonté et de considération — tous paraissaient disposés à oublier que son mariage avait été un peu précipité. Quand les femmes se rassemblaient, on lui demandait conseil ; on louait l'ordonnance de sa maison, on l'appelait pour chaperonner les mariées et secourir les femmes en couches dans les grosses fermes : personne ne lui faisait sentir qu'elle était jeune, inexpérimentée et nouvelle venue dans les villages. Les serviteurs demeuraient tard le soir dans le hall, tout à fait comme chez elle, à Joerundgaard — ils avaient tous quelque chose à demander à la mère de famille. Elle était comme grisée de sentir que les gens lui témoignaient tant de gentillesse et qu'Erlend était fier d'elle.

Puis Erlend eut à s'occuper de la levée des équipages dans les districts au sud du fjord. Il faisait des tournées à cheval et en bateau, fort affairé avec les gens qui venaient le trouver et les lettres qu'il devait envoyer. Il était si jeune, beau, joyeux ; l'apathie, la tristesse qu'elle avait vues peser sur lui si souvent auparavant s'étaient comme évanouies. Il avait l'éclat du matin qui s'éveille. Il n'avait pas beaucoup de temps à lui consacrer maintenant, mais elle devenait espiègle et malicieuse quand il s'approchait d'elle avec le sourire et l'œil ardent d'un coureur de filles.

Elle s'était conformée pour sa conduite avec Erlend à la lettre qui était arrivée de Munar Baardsoen. Le chevalier n'était pas allé lui-même à l'assemblée de la garde royale, mais il raillait toutes les mesures prises, et, en particulier, jugeait plaisant qu'Erling Vidkunssoen eût été fait lieutenant-général du royaume. Tout d'abord il s'était lui-même donné des titres ; il eût bien voulu maintenant être appelé grand sénéchal. Munar écrivait aussi au sujet du père de Christine : « Le loup de Sil s'est caché sous un rocher et est demeuré tranquille. Je veux dire que ton beau-père est descendu chez les prêtres de l'église Saint-Laurent et n'a pas fait entendre sa jolie voix aux séances de discussion. Il avait en sa garde des lettres portant le sceau de Messire Erngisle et de Messire Karl Turesson ; si elles ne sont pas encore en morceaux, c'est que le parchemin a été plus résistant que les semelles du diable. Sache également que Laurent a donné huit marcs au couvent des nonnes. Il aura probablement compris que Christine ne s'y était pas autant ennuyée qu'il eût été convenable... »

Elle avait bien ressenti, en lisant cela, une piqûre de douleur et de honte, mais elle avait fini par en rire avec Erlend. L'hiver et le printemps s'étaient écoulés pour elle dans une ivresse de gaieté et de bonheur malgré quelques orages à propos d'Orm... Erlend ne savait pas s'il devait prendre l'enfant avec lui dans le nord. Cela finit par une explosion au moment de Pâques — une nuit, Erlend fondit en larmes dans les bras de Christine : il n'osait pas prendre son fils avec lui à bord ; il avait peur qu'Orm soit incapable de se bien comporter dans une expédition de guerre. Elle avait trouvé des mots de consolation et pour lui et pour elle — et pour l'enfant... celui-ci croîtrait certainement en force avec les années !

Le jour où elle partit avec Erlend pour les sables de Birgsi, elle n'avait pu éprouver ni peur ni affliction. Elle était comme enivrée d'Erlend, et de la joie, et de l'orgueil d'Erlend.

Elle-même ne savait pas alors que déjà elle attendait son second enfant. Quand elle s'était sentie souffrante elle avait attribué son malaise au vacarme que faisait Erlend, au désordre et aux beuveries dont il avait rempli la maison ; et aussi à Naakkve qui tétait jusqu'à l'épuiser. Quand elle sentit qu'une nouvelle vie remuait en elle, elle était devenue... Elle avait eu tant de joie pendant l'hiver, heureuse d'aller par les villes et les villages avec son beau et fier mari, jeune et jolie elle-même ! Elle avait pensé sevrer son enfant à l'automne — c'était un encombrement de les emmener avec elle, lui et sa bonne, partout où elle se rendait. Elle était si sûre que dans cette guerre contre les Russes Erlend montrerait qu'il était bon à autre chose qu'à ruiner son nom et son bien. Non, cette grossesse ne la réjouissait pas, et elle l'avait dit à Sira Eiliv. Le prêtre l'avait vertement réprimandée pour ses sentiments d'une mondanité peu chrétienne. Et tout l'été elle s'était efforcée d'être joyeuse et de remercier Dieu du nouvel enfant qu'elle allait mettre au monde et des bonnes nouvelles qu'elle apprenait sur la conduite hardie d'Erlend dans le nord.

Erlend revint à son foyer juste pour la Saint-Michel. Et Christine avait compris qu'il n'était pas enchanté du proche événement. Il s'en était d'ailleurs expliqué le même soir :

« Quand je t'ai obtenue, je me figurais que ce serait comme de fêter Noël chaque jour. Mais cela prend tournure surtout de longs jeûnes. »

Chaque fois que ce souvenir lui revenait, un afflux de sang lui montait au visage, aussi brûlant que le soir où elle s'était séparée de lui, sombre et sans larmes. Erlend avait essayé d'effacer cette impression par de la tendresse et de la bonté. Mais elle n'y pouvait rien. Le feu intérieur que toutes ses larmes de repentir n'avaient pu éteindre ni son angoisse du péché étouffer... il lui semblait qu'Erlend s'acharnait à le piétiner en prononçant de telles paroles.

Tard dans la nuit ils étaient assis près de la cheminée chez Gunnulf, lui, Christine et Orm. Une cruche de vin et de petits gobelets étaient posés sur le bord du foyer. Maître Gunnulf avait à plusieurs reprises donné à entendre que ses hôtes devaient aller se reposer. Mais Christine demanda à rester.

« Te souviens-tu, beau-frère, questionna-t-elle, que le

prêtre de chez nous m'a conseillé d'entrer au couvent si père ne voulait pas consentir à me marier avec Erlend ? »

Malgré lui Gunnulf regarda Orm. Mais Christine dit avec un petit sourire maladif :

« Penses-tu que ce grand garçon ne sache pas déjà que je suis une femme faible et pécheresse ? »

Maître Gunnulf répondit doucement :

« Avais-tu alors des dispositions pour la vie de couvent, Christine ?

— Dieu m'eût sans doute ouvert les yeux dès que je serais entrée à son service...

— Peut-être estimait-il que tes yeux avaient besoin d'être ouverts pour t'amener à comprendre que tu dois le servir là où tu es. Ton mari, tes enfants, tes gens à Husaby ont sans doute besoin d'une fidèle et patiente servante de Dieu au milieu d'eux pour veiller à leurs besoins... Assurément la jeune fille qui fait le meilleur mariage est celle qui choisit le Christ pour époux et ne se livre pas au pouvoir d'un homme pécheur. Mais l'enfant qui a déjà fait le mal...

— J'aurais voulu que tu vinsses à Dieu avec ta couronne, murmura Christine. C'est cela que me disait frère Edvin Rikardssoen dont je t'ai souvent parlé. Es-tu du même avis... ? »

Gunnulf Nikulaussoen fit un signe d'assentiment.

« Pourtant beaucoup de femmes se sont arrachées avec tant de force à une vie de péché que nous implorons à présent leur intercession. Mais cela arrivait autrefois plus souvent en ce monde lorsqu'on les menaçait de la torture, du bûcher et des fers rouges si elles se déclaraient chrétiennes. J'ai souvent pensé, Christine, qu'il était alors plus facile de se dégager des liens du péché quand cela pouvait se faire d'un coup, par la violence. Nous sommes bien pervertis, pauvres humains que nous sommes, mais tout de même, par nature, le courage demeure encore dans le cœur de beaucoup, et c'est généralement le courage qui entraîne une âme à rechercher Dieu. Aussi les tortures sont-elles pour beaucoup un aiguillon de constance, aussi bien que de lâcheté pour les âmes veules. Mais une jeune enfant égarée, arrachée aux délices du péché avant d'avoir pu comprendre quelle menace plane sur elle, devient la sœur des pures jeunes filles qui se sont consacrées à veiller et prier pour ceux qui dorment dans le monde...

« Si seulement l'été arrivait bientôt ! » dit-il brusquement en se levant.

Christine et Orm le regardaient étonnés.

« Voilà... Je me suis rappelé la saison où le coucou chante au matin sur les collines de Husaby. Toujours nous entendions son premier appel sur le versant du levant derrière les bâtiments, et un écho lui répondait ensuite, au loin, venant de la forêt qui entoure By, se répercutant si joliment sur le lac dans le calme matinal. Ne trouves-tu pas que c'est beau à Husaby, Christine ?

— Coucou du levant, coucou méchant, dit Orm Erlendssoen à voix basse. Pour moi, Husaby est la plus belle ferme qu'il y ait au monde. »

Le prêtre posa un instant ses mains sur les épaules minces de son neveu.

« C'était aussi ce que je pensais, mon neveu. Pour moi aussi, c'était la ferme de mon père. Le bien allodial n'est pas plus rattaché au fils cadet qu'à toi-même, mon cher Orm.

— Quand père vivait avec ma mère, c'est toi qui étais le plus proche héritier, dit le jeune homme d'une voix aussi basse.

— Nous n'y pouvons rien, ni moi ni mes enfants, Orm, dit tristement Christine.

— Tu as bien remarqué que je n'ai aucune irritation contre vous, répondit Orm d'un ton calme.

— Le pays est si large et si ouvert ! dit Christine au bout d'un instant. On a une vue si vaste de Husaby, et le ciel est si... si vaste aussi ! Là d'où je suis il est comme un toit au-dessus des flancs des montagnes. La vallée est si ronde, si verte et si fraîche dans le bas, à l'abri. Le monde y apparaît de si justes proportions : ni trop grand ni trop étroit. »

Elle soupira et déplaça ses mains sur ses genoux.

« C'est là que demeurait l'homme avec qui ton père voulait te marier ? » demanda le prêtre. Christine fit signe que oui.

« Regrettes-tu quelquefois de ne l'avoir pas épousé ? » Elle secoua la tête.

Gunnulf alla prendre un livre sur un rayon. Il s'assit de nouveau auprès du feu, défit les agrafes et feuilleta les pages.

Il ne lisait pourtant pas mais demeurait assis avec le livre ouvert sur ses genoux.

« Lorsque Adam et sa femme eurent bravé la volonté de Dieu, ils sentirent dans leur propre chair une force qui bravait leur volonté. Dieu les avait créés, mari et femme, jeunes et beaux, afin qu'ils vécussent dans le mariage et engendrassent des héritiers des dons de sa bonté : la beauté du jardin du Paradis, les fruits de l'arbre de vie et le bonheur éternel. Ils n'avaient pas à rougir de leur corps, car tant qu'ils obéissaient à Dieu, tous leurs membres étaient au pouvoir de leur volonté, comme le sont main et pied. »

Le teint écarlate, Christine croisa ses mains sur sa poitrine. Le prêtre se pencha un peu vers elle ; elle sentit sur son visage incliné le regard intense des yeux jeunes de Gunnulf.

« Eve s'empara de ce qui appartenait à Dieu et son mari accepta qu'elle lui donnât ce qui était la propriété de leur père et créateur. Ils seraient désormais pareils à lui. Ils remarquèrent alors qu'ils étaient pareils à lui seulement en ceci : comme ils avaient trahi son autorité dans le vaste monde, leur propre autorité sur le petit monde de la maison de chair de leur âme était, elle aussi, trahie. Comme ils avaient trompé leur seigneur Dieu, le corps tromperait maintenant l'âme, son seigneur.

« Alors ces corps leur parurent si mauvais et si haïssables qu'ils se firent des vêtements pour les cacher. Ce ne furent d'abord que de courtes braies de feuilles de figuier. Mais comme ils apprenaient à connaître de mieux en mieux l'essence de leur nature charnelle, ils étendirent leurs vêtements sur le cœur et sur le dos rebelle à se courber. Et les hommes en sont venus ces derniers temps à se revêtir d'acier jusqu'à la dernière articulation de leurs mains et de leurs pieds et à cacher leur visage derrière une visière de casque... Tant la discorde et l'imposture ont fait de progrès en ce monde.

— Viens-moi en aide, Gunnulf », supplia Christine. Elle avait les lèvres toutes blanches. « Je... je ne sens pas ma propre volonté.

— Alors dis : Que votre volonté soit faite, répondit doucement le prêtre. Tu sais que tu dois ouvrir ton cœur à son amour. Il te faut donc l'aimer de toute la force de ton âme... »

Christine se tourna brusquement vers son beau-frère :

« Tu ne sais pas combien Erlend m'était cher. Et mes enfants !...

— Ma sœur, tout autre amour n'est qu'un reflet du ciel dans les flaques d'eau d'un chemin boueux. Tu t'y saliras si tu t'y plonges. Mais souviens-toi toujours que c'est un reflet de la lumière de l'autre séjour ; alors tu jouiras de sa beauté, mais crains de la détruire en remuant la vase qui est au fond...

— Oui, mais tu es prêtre, toi, Gunnulf... tu as promis à Dieu de fuir ces... difficultés.

— Toi aussi, Christine, tu l'as promis — lorsque tu as juré de renoncer à Satan et à ses œuvres. L'œuvre du diable commence dans la douceur du plaisir et finit de telle sorte que deux êtres humains ressemblent au serpent et au crapaud qui se combattent. C'est là ce qu'apprit Eve : en voulant donner à son mari et à sa race ce qui appartenait à Dieu, elle ne leur apporta rien d'autre que le bannissement, le crime et la mort qui apparurent en ce monde lorsque le frère tua le frère sur ce premier lopin de terre où croissaient des ronces et des chardons parmi les cailloux qui entouraient les petits champs...

— Oui, mais toi, tu es prêtre, répéta Christine. Tu ne dois pas chaque jour essayer de t'entendre avec un autre pour — elle fondit en larmes — être patient... »

Le prêtre dit avec un léger sourire :

« En cette affaire il y a désaccord entre le corps et l'âme chez tous les enfants de la femme. C'est pour cela que la bénédiction et la messe nuptiales ont été instituées, pour que l'homme et la femme trouvent une aide à vivre, époux, parents, enfants et gens de service, en compagnons fidèles et secourables pendant le voyage vers la demeure de paix... »

Christine dit doucement :

« J'ai le sentiment qu'il doit être plus facile de veiller et prier pour ceux qui dorment en ce monde que de peiner avec ses propres péchés...

— C'est vrai, dit sèchement le prêtre. Mais tu ne crois sans doute pas, Christine, qu'un seul homme marié ait jamais vécu sans avoir à se protéger contre le Malin, de la même façon qu'il aurait à protéger des moutons contre le loup... »

Christine dit d'une voix basse et timide :

« J'avais pensé... ceux qui voyagent d'un lieu saint à un autre et ont à leur disposition toutes les fortes paroles et les prières... »

Gunnulf se pencha, arrangea le feu, puis demeura assis les coudes sur les genoux :

« Il y a six ans ces jours-ci nous arrivions à Rome, Eiliv et moi, et deux prêtres écossais dont nous avions fait la connaissance à Avignon. Nous avions parcouru toute la route à pied.

« Nous arrivions dans la ville juste avant le début du carême. Les gens du pays du sud tiennent alors de grands festins et banquets — ils appellent cela carnaval. Alors le vin, rouge et blanc, coule en fleuves dans les tavernes et les gens dansent pendant la nuit, à la lueur de torches et de flambeaux, sur les places publiques. C'est le printemps en Italie, et les fleurs poussent dans les prairies et les jardins ; les femmes s'en parent et jettent des roses et des violettes sur les gens qui passent dans les rues. Elles sont assises aux fenêtres d'où pendent des tapis de soie et des bannières le long des murs. Tous là-bas ont des maisons de pierre et les chevaliers ont leurs châteaux et leurs maisons fortifiées à l'intérieur de la ville. Il n'y a aucune espèce de loi de Bjarkoe sur la paix publique en cette ville, mais les chevaliers et leurs valets se battent en pleine rue et le sang coule.

« Il y avait un castel de ce genre dans la rue où nous demeurions, commandé par un seigneur qui s'appelait Ermes Malavolti. Il jetait son ombre sur toute l'étroite ruelle où se trouvait notre auberge et notre chambre était sombre et froide comme le cachot d'un château de pierre. Souvent, lorsque nous sortions, nous devions nous aplatir contre le mur tandis que le seigneur passait à cheval, avec des grelots d'argent sur ses habits, suivi de toute une troupe d'hommes d'armes, et qu'ordures et excréments pleuvaient sur nos têtes car dans ce pays tous jettent simplement devant leurs portes saletés et immondices. Les rues sont froides, sombres et étroites comme des gorges de montagnes — elles ressemblent peu aux rues verdoyantes de nos villes. Dans ces rues ils organisent des courses pendant le temps du carnaval, et font lutter de vitesse des chevaux arabes sauvages... »

Le prêtre s'arrêta un peu, puis il reprit :

« Ce seigneur Ermes avait une parente qui demeurait dans sa maison. Elle s'appelait Isota et aurait pu être la blonde Isoda elle-même. Elle avait le teint et les cheveux couleur de miel, mais ses yeux étaient franchement noirs. Je l'apercevais quelquefois à une fenêtre...

« Mais hors de la ville le pays est plus désert que les hauts plateaux les plus déserts de notre pays où nul ne passe, où crient le renne, le loup et l'aigle. Pourtant il y a des villes et des châteaux dans les montagnes des environs ; sur de vastes étendues verdoyantes on voit partout des vestiges d'anciennes habitations ; là paissent de grands troupeaux de moutons et des bandes de bœufs blancs. Des bergers armés d'une longue lance les suivent à cheval ; pour les voyageurs ce sont des hôtes dangereux à rencontrer, car ils assomment et détroussent les passants et jettent leurs cadavres dans des trous...

« Mais dans ces plaines verdoyantes se trouvent les églises des pèlerins... »

Maître Gunnulf se tut un instant.

« Peut-être cette région paraît-elle indiciblement déserte parce que s'y trouve la ville qui fut la reine de tout le monde païen et devint l'épouse du Christ. Les gardiens de la ville l'ont désertée ; dans la bruyante pétulance des festins, elle a l'air d'une femme abandonnée. Les ribauds se sont abattus sur la forteresse dont le seigneur est absent ; ils ont appelé sa femme pour banqueter avec eux au milieu de leurs plaisirs, de leurs querelles sanglantes et de leur turbulence.

« Mais il y a sous la terre des splendeurs plus précieuses que celles que le soleil éclaire. Ce sont les tombeaux des saints martyrs creusés sous terre en pleine montagne — et ils sont si nombreux que la seule pensée en donne le vertige. Quand on se rappelle tous ces martyrs qui ont souffert la mort pour la cause du Christ, il semble que tous les grains de poussière que font tourbillonner sous leurs sabots les chevaux des ribauds devraient être sacrés et mériteraient d'être adorés. »

Le prêtre tira de sous ses vêtements une chaîne mince et ouvrit la petite croix d'argent qui y était suspendue. Elle contenait quelque chose de noir qui ressemblait à de l'amadou et un petit os vert.

« Une fois nous avions passé tout le jour dans ces souterrains et nous avions récité nos prières dans des grottes et des oratoires où les premiers disciples de saint Pierre et saint Paul se réunissaient pour entendre la messe. C'est alors que les moines qui possédaient l'église où nous étions descendus nous donnèrent ces saintes reliques. C'est un morceau de cet amadou avec lequel les vierges sages épongeaient le sang des martyrs pour qu'il ne fût pas répandu, et la phalange du doigt d'un saint dont Dieu est seul à connaître le nom. Nous nous sommes promis alors, tous les quatre, d'invoquer chaque jour ce saint dont la gloire est inconnue des hommes et de toujours nous souvenir que rien au monde ne mérite qu'on le désire, fors sa miséricorde... »

Christine baisa la croix avec vénération et la tendit à Orm qui fit de même. Alors Gunnulf dit tout à coup :

« Je veux te donner cette relique, mon neveu. »

Orm mit un genou en terre et baisa la main de son oncle. Gunnulf suspendit la croix au cou du jeune garçon.

« Est-ce que tu n'aurais pas envie de voir ces lieux saints, Orm ? »

Les traits de l'enfant s'éclairèrent d'un sourire.

« Oh ! Je sais bien à présent qu'un jour je m'y rendrai.

— N'as-tu jamais eu envie de devenir prêtre ?

— Si, lorsque père maudit mes faibles bras. Mais je ne sais s'il aimerait que je devinsse prêtre. Il en va de cela comme tu sais.

— On pourrait obtenir une dispense concernant ta naissance. Peut-être, Orm, pourrions-nous un jour partir ensemble pour le sud, toi et moi...

— Raconte encore, mon oncle, dit Orm doucement.

— Volontiers. »

Gunnulf saisit le bras du fauteuil et regarda le feu :

« Tandis que je parcourais ces lieux, ne voyant que les souvenirs des martyrs et me rappelant les tortures abominables qu'ils avaient subies au nom de Jésus, il me vint une forte tentation. Je pensais que Notre-Seigneur était demeuré cloué sur la croix pendant des heures. Mais c'était durant de nombreux jours que ses témoins avaient subi des tortures indicibles — des femmes avaient vu leurs enfants massacrés sous leurs yeux, de tendres jeunes filles avaient eu leur chair labourée jusqu'aux os par des peignes de fer, de jeunes hommes avaient été jetés à des bêtes fauves et à des taureaux furieux. Et j'eus l'impression que beaucoup d'entre eux avaient souffert plus que le Christ lui-même.

« Je méditai là-dessus au point de sentir que mon cœur et

mon cerveau allaient éclater. Mais à la fin, la lumière que j'avais demandée et implorée se fit en moi. Et je compris que ce qu'ils avaient souffert nous devrions avoir le courage de le souffrir. Qui serait assez fou pour ne pas accepter de bon cœur les tourments et les peines lorsque c'est la voie qui conduit à un époux fidèle et constant qui vous attend les bras ouverts et la poitrine sanglante et brûlante d'amour ?

« Car il aimait les hommes. Et c'est pourquoi il est mort comme meurt l'époux qui se précipite pour sauver son épouse des mains des bandits. On le lie, on le torture jusqu'à la mort, mais il voit son ami le plus cher assis à table avec ses bourreaux, plaisanter avec eux et railler ses souffrances et son amour fidèle... »

Gunnulf Nikulaussoen appuya ses mains sur son visage :

« Alors je compris que cet amour puissant entretient tout dans l'univers — même le feu de l'enfer. Car si Dieu voulait, il pourrait prendre l'âme par la force — nous serions absolument impuissants entre ses mains. Mais, puisqu'il nous a aimés comme l'époux aime l'épouse, il ne veut pas la contraindre, et si elle ne consent pas à le recevoir, il supportera qu'elle le fuie et l'évite. J'ai pensé aussi que peut-être aucune âme ne sera perdue pour l'éternité. Car, me semble-t-il, toute âme doit aspirer à cet amour, mais le prix paraît si élevé, quand il faut renoncer à toute autre nourriture ! Toutefois lorsque le feu a détruit toute volonté maligne et ennemie de Dieu, la volonté d'aller à Dieu, ne serait-elle pas plus considérable dans l'homme qu'un clou dans une maison entière, doit subsister dans l'âme comme le fer subsiste dans l'immeuble incendié...

— Gunnulf... » Christine se dressa à moitié. « J'ai peur... »

Gunnulf, tout pâle, leva vers elle des yeux de flamme.

« J'ai eu peur, moi aussi. Car je comprenais que ce tourment de l'amour de Dieu n'aura point de fin tant que naîtront sur terre des hommes et des femmes et qu'il craindra de perdre leurs âmes — tant que, chaque jour et à chaque heure, il donne son corps et son sang sur mille autels — bien qu'il y ait des hommes qui rejettent cette offrande...

« Et j'étais inquiet pour moi-même qui, impur, avais servi à son autel, dit la messe avec des lèvres impures et élevé l'hostie avec des mains impures. Et je me faisais l'effet d'un homme qui aurait conduit sa bien-aimée dans un bouge et l'aurait trahie... »

Il saisit dans ses bras Christine qui s'effondrait, et Orm et lui la portèrent sur le lit évanouie.

Au bout d'un instant elle ouvrit les yeux — s'assit et mit les mains sur son visage. Elle fondit en larmes, farouche et gémissante :

« Je ne peux pas, je ne peux pas, Gunnulf… quand tu parles ainsi, je sens que je ne pourrai jamais… »

Gunnulf lui prit la main. Mais elle détourna la tête sous le pâle regard farouche du prêtre.

« Christine… Tu ne peux te contenter d'un amour inférieur à celui qui existe entre Dieu et l'âme… Christine, regarde ce qu'est le monde autour de toi. Toi qui as donné le jour à deux enfants, n'as-tu jamais réfléchi que chaque enfant qui naît est baptisé dans le sang et que la première chose qu'un être humain respire est l'odeur du sang ? Ne penses-tu pas que toi, qui es leur mère, tu devrais employer toute ton activité à faire que tes fils ne retournent pas à ce premier pacte avec le monde, mais s'attachent à ce second pacte qu'ils ont conclu avec Dieu sur les fonts baptismaux ? »

Christine sanglotait éperdument.

« Tu me fais peur, répéta-t-elle. Gunnulf, quand tu parles ainsi je comprends que jamais je n'aurai la force de trouver le chemin de la paix…

— C'est Dieu qui te trouvera, dit le prêtre doucement. Sois calme et ne le fuis point, lui qui t'a cherchée avant même que tu existasses dans le sein de ta mère. »

Il resta un instant assis sur le bord du lit. Puis il demanda d'un ton égal et calme s'il devait éveiller Ingrid et la prier de venir aider Christine à se dévêtir.

Christine secoua la tête.

Alors Gunnulf fit trois fois sur elle le signe de la croix. Puis il souhaita bonne nuit à Orm et se retira dans la chambre où il dormait.

Orm et Christine se dévêtirent. L'enfant paraissait plongé dans un abîme de réflexions. Lorsque Christine fut couchée, il vint la trouver. Il regarda son visage couvert de larmes et lui demanda si elle permettait qu'il s'assît près d'elle jusqu'à ce qu'elle s'endormît.

« Bien sûr… mais non, Orm, tu dois être fatigué, toi qui es jeune. La nuit, certainement, est très avancée… »

Néanmoins, Orm resta un peu.

« Ne trouves-tu pas cela étonnant ? dit-il tout à coup. Père et oncle Gunnulf, si différents qu'ils soient l'un de l'autre, se ressemblent pourtant d'une certaine façon... »

Christine réfléchit quelques instants :

« Oui, peut-être. Ils ne ressemblent pas aux autres hommes... »

Peu après elle s'endormit. Orm alla vers l'autre lit. Il ôta ses vêtements et se coucha. Les draps de dessous étaient en toile ainsi que les taies des coussins. Le jeune garçon eut grand plaisir à s'allonger sur la couche lisse et fraîche. Son cœur battait d'émotion à l'idée de ces nouvelles aventures dont les paroles de son oncle lui avaient ouvert la voie. Les prières, les jeûnes qu'il avait pratiqués parce qu'on les lui avait enseignés, devenaient tout d'un coup quelque chose de nouveau, des armes pour une belle guerre après laquelle il soupirait. Peut-être deviendrait-il moine — ou prêtre — s'il pouvait obtenir une dispense, étant né hors du mariage.

La couche de Gunnulf était un banc de bois avec un drap de peau sur un peu de paille et un seul petit oreiller, de sorte qu'il devait s'allonger complètement. Le prêtre ôta sa soutane, se coucha avec ses vêtements de dessous et tira sur lui la légère couverture de bure.

Il laissa brûler la petite mèche qui s'enroulait autour d'un chandelier de fer.

Ses propres paroles avaient fait naître en lui une angoisse et une inquiétude qui l'oppressaient.

Il se sentait accablé par le regret de ces jours lointains. Retrouverait-il jamais cette joie des noces de son cœur qui l'avait rempli tout ce printemps-là à Rome ? En compagnie de ses trois frères il marchait au soleil dans les prairies verdoyantes étoilées de fleurs. Il était tremblant et faible devant la beauté du monde, sachant en outre que tout cela n'était rien en comparaison des richesses de l'autre vie. Cependant ce monde les saluait de mille petits souvenirs joyeux et doux de l'épousé. Les lis du sol et les oiseaux du ciel rappelaient ses paroles ; il avait parlé d'ânes pareils à ceux qu'ils voyaient et de puits semblables aux citernes de pierre près desquelles ils passaient. Ils étaient nourris chez les moines attachés aux églises qu'ils visitaient, et quand ils buvaient le vin rouge sang et rompaient la croûte dorée des pains de froment, les quatre prêtres des pays de l'orge comprenaient pourquoi le Christ avait glorifié le vin et le froment, les plus purs des aliments donnés par Dieu aux hommes, en voulant se manifester sous leurs apparences dans le sacrifice de la messe.

Ce printemps-là il n'avait éprouvé ni inquiétude ni crainte. Il s'était trouvé si détaché des séductions de ce monde que, lorsqu'il sentit le tiède soleil sur sa peau, il comprit aisément ce qui auparavant avait été pour lui l'objet de méditations angoissées : comment son corps pouvait devenir, par la purification du feu, le corps de la glorification. Léger et affranchi des nécessités de la terre, il n'avait pas plus besoin de sommeil que le coucou pendant les nuits d'été. Son cœur chantait dans sa poitrine ; il avait l'impression que son âme était comme une épouse dans les bras de son époux.

Il avait compris que cela ne pouvait durer. Sur terre, aucun homme ne pouvait vivre longtemps ainsi. Et il avait accepté chaque heure de ce printemps lumineux comme un sage — une gracieuse promesse qui devait le rendre fort et endurant quand les nuages deviendraient noirs au-dessus de lui et que son chemin le conduirait à de sombres précipices, par-dessus des fleuves bruissants et de froids amas de neige.

Mais c'est seulement à son retour en Norvège que le trouble s'était réellement emparé de son esprit.

Il y avait là tant de choses ! Là étaient ses richesses : le grand héritage de son père — et la riche cure. Là était la voie qui s'ouvrait à lui. Sa place au chapitre de la cathédrale — car il savait qu'elle lui était réservée. A moins qu'il ne se séparât de tout ce qu'il possédait — entrât au couvent des frères prêcheurs, devînt un moine courbé sous la règle. C'était la vie qu'il souhaitait à demi.

Et puis quand il serait assez vieux et assez endurci... Sous la domination norvégienne des hommes vivaient et mouraient bestialement, païens ou hérésiarques égarés par les fausses doctrines que les Russes répandaient au nom du christianisme. Les Lapons et autres peuplades à demi sauvages, auxquels de tout temps il n'avait pu s'empêcher de songer — n'était-ce pas Dieu qui avait éveillé en lui ce désir de se rendre dans leurs pays pour leur apporter le verbe et la lumière ?

Mais il écarta ces pensées de son esprit en se disant qu'il devait obéir à l'archevêque. Messire Eiliv le dissuada de son projet, après avoir causé avec lui, l'avoir écouté et lui avoir clairement témoigné qu'il parlait au fils de son vieil ami Messire Nikulaus de Husaby. « Mais vous ne pouvez apprécier, vous qui êtes de la race des filles de Gaute de Skogheim, si ce que vous vous êtes mis dans l'esprit est bon ou mauvais. » Le salut des Lapons lui était cher à lui aussi, assurément, mais ils n'avaient pas besoin d'un Père de l'Eglise capable d'écrire et de parler le latin aussi bien que sa langue maternelle et possédant la loi aussi bien que l'arithmétique et l'algorithme. Il avait bien reçu son instruction pour en faire usage, « mais il ne me paraît pas évident que tu aies reçu le don de parler aux peuplades pauvres et simples du Nord ».

Ah ! Par ce doux printemps, sa science ne lui avait point paru plus digne de respect que la science dont n'importe quelle petite fille hérite de sa mère — filer, brasser, cuire et traire — enseignement dont toute enfant a besoin pour accomplir son œuvre en ce monde.

Il s'était plaint à son archevêque de l'inquiétude et du trouble qui l'assaillaient quand il pensait à sa richesse et au plaisir qu'il avait d'être riche. Pour les besoins de son propre corps il se contentait de peu ; il vivait comme un pauvre moine. Mais il aimait à voir beaucoup de gens riches à sa table ; il aimait prévenir par ses dons les besoins des pauvres. Et il aimait ses chevaux et ses livres...

Messire Eiliv parla sérieusement de la gloire de l'Eglise. Certains étaient appelés à l'honorer par un train de vie fastueux et digne, comme d'autres étaient appelés à montrer au monde par une pauvreté volontaire, que la richesse n'est rien par elle-même. Il rappela ces archevêques, prélats et prêtres qui avaient dû souffrir violences, bannissements et outrages de la part des rois, au temps jadis, parce qu'ils défendaient les droits de l'Eglise. A maintes reprises ils avaient montré que, lorsque les autorités de l'Eglise norvégienne le demandaient, ils renonçaient à tout et répondaient à l'appel divin. Dieu lui-même signifiait si cela était exigé de nous — pourvu que cela nous fût toujours bien présent à l'esprit, nous n'avions pas à craindre que la richesse devînt une ennemie pour notre âme.

Gunnulf avait toujours remarqué que l'archevêque aimait

peu qu'il pensât et réfléchît tellement par lui-même. Il lui semblait que Messire Eiliv Kortin et ses prêtres étaient comme des hommes qui maçonnaient, maçonnaient sans trêve pour élever la maison. Honneur de l'Eglise, puissance de l'Eglise, droits de l'Eglise... Dieu savait qu'il serait certes aussi dévoué aux intérêts de l'Eglise qu'aucun autre prêtre, qu'il ne se soustrairait pas au travail de traîner la pierre et de porter la chaux. Mais ils semblaient avoir peur d'entrer dans la maison et de s'y reposer. Ils semblaient avoir peur de s'égarer s'ils pensaient trop...

Cela, il ne le craignait pas. L'homme ne pouvait choir dans l'hérésie, qui tenait ses yeux obstinément fixés sur la croix et se confiait continuellement à la protection de la Vierge. Il n'y avait point de danger pour lui...

Le danger, c'était en son âme le désir inextinguible de conquérir la bienveillance et l'amitié des hommes.

Lui qui avait senti au plus profond de son être... Dieu m'aime, pour Dieu mon âme est aussi chère et précieuse qu'aucune autre âme sur la terre...

Mais après son retour, le souvenir de tout ce qu'il avait souffert pendant sa jeunesse se représenta à son esprit. Sa mère n'avait pas eu pour lui l'attachement qu'elle avait pour Erlend. Son père n'aimait pas à s'occuper de lui comme il s'occupait d'Erlend, inlassablement. Ensuite, chez Baard à Hestnes, Erlend était un prodige et un garnement — lui ne faisait qu'accompagner son frère. Erlend était le chef pour tous les jeunes compagnons, et celui que les servantes maudissaient et qui pourtant les faisait sourire. Et lui-même aimait Erlend plus que tout sur la terre. Si seulement Erlend voulait avoir de l'attachement pour lui... mais il ne serait jamais rassasié des retours d'affection d'Erlend. Erlend était le seul qui tînt à lui, mais Erlend tenait à tant de gens !...

Et maintenant il voyait comment Erlend disposait de tout ce qu'il avait eu en partage. Dieu seul pouvait savoir ce qu'il adviendrait de la richesse de Husaby — on bavardait à Nidaros au sujet de la gestion déraisonnable d'Erlend. Pourquoi n'appréciait-il pas davantage que Dieu lui eût donné quatre beaux enfants — car ils étaient beaux, les enfants qu'il avait engendrés dans sa vie de désordre... Pourtant il ne prenait pas cela comme une grâce, mais comme une chose qui devait être ainsi...

Puis finalement il avait gagné l'amour d'une jeune fille charmante et de bonne famille. Quant à la façon dont Erlend s'était conduit envers elle, Gunnulf sentait qu'il ne pouvait plus avoir aucune estime pour son frère. Il s'exaspérait contre lui-même quand il apercevait en lui des traits qui lui étaient communs avec son frère. Erlend, même à l'âge qu'il avait, pâlissait et rougissait comme une toute jeune fille — et il devenait furieux de sentir le sang lui monter si facilement au visage. Ils tenaient cela de leur mère, qui changeait de couleur pour un mot.

A présent Erlend était persuadé que Christine était une femme excellente, le modèle des maîtresses de maison — après qu'il eut tenté année après année de corrompre cette enfant et de l'amener à sa perte. Mais Erlend ne paraissait même pas avoir l'idée qu'il pût en être autrement — maintenant qu'il était marié avec elle, qu'il l'avait exercée à la volupté, à la duplicité et au mensonge, il n'estimait pas qu'il dût lui faire honneur d'être demeurée, en dépit de ces circonstances, sincère, fidèle, pleine de dignité et de bonté.

Et cependant... lorsque étaient arrivées en été et en automne les nouvelles de l'expédition d'Erlend vers le nord, il n'avait eu qu'un seul désir : être avec son frère. Erlend nommé lieutenant du roi en Haalogaland et porte-parole de Dieu dans les régions désertes, à demi païennes, de la mer Blanche...

Gunnulf se leva. Sur l'un des petits côtés de la chambre était suspendu un grand crucifix et devant, sur le sol, il y avait une dalle de pierre.

Il s'agenouilla sur la dalle et étendit les bras. Il avait endurci son corps à supporter cette position, si bien qu'il pouvait rester ainsi des heures entières, immobile comme une statue. Les yeux fixés sur le crucifix, il attendait la consolation qui arrivait quand il pouvait se concentrer complètement dans la contemplation de la croix.

Mais la première pensée qui lui vint à l'esprit fut celle-ci : se séparerait-il de cette image ? Saint François et ses frères avaient des croix qu'ils fabriquaient eux-mêmes avec deux branches. Il devrait donner ce beau crucifix... il pouvait le donner à l'église de Husaby. Paysans, enfants et femmes qui assistaient à la messe seraient réconfortés par la vue de cette image de l'aimable douceur du Sauveur au milieu de ses souffrances. Des âmes simples comme Christine... quant à lui, pourquoi la garderait-il inutilement ?

Nuit après nuit il s'était agenouillé, les sens annihilés et les membres insensibles, jusqu'à ce qu'il eût une vision... Le tertre avec les trois croix dressées sur le ciel. La croix du milieu, destinée à porter le roi du ciel et de la terre, était secouée et tremblait ; elle s'inclinait tel un arbre dans la tempête, comme effrayée de porter le fardeau trop précieux qui s'immolait pour les péchés du monde. Le seigneur des montagnes orageuses la maîtrisait comme le cavalier maîtrise son cheval de bataille ; le chef des palais du soleil la portait au combat. Alors survenait le prodige qui était la clé de prodiges de plus en plus grands. Le sang qui coulait de la croix pour la rédemption de tous les péchés et pour la guérison de toutes les peines, c'était là le miracle visible. Devant ce premier miracle les yeux de l'âme s'ouvraient à la contemplation de miracles encore plus obscurs — Dieu qui descendait sur la terre devenait le fils d'une vierge et le frère de la famille humaine ; il dévastait l'enfer et s'élançait avec son butin d'âmes délivrées vers l'océan de lumière éblouissante d'où le monde est sorti et qui conserve le monde. Les pensées de Gunnulf étaient entraînées vers la profondeur insondable et éternelle de cette lumière, elles s'y fondaient et disparaissaient comme une troupe d'oiseaux dans la gloire d'un ciel vespéral.

Ce fut seulement quand les matines sonnèrent à l'église que Gunnulf se leva. Tout était silencieux lorsqu'il traversa la grand-salle — Christine et Orm dormaient.

Dans les ténèbres humides de la cour le prêtre attendit un peu. Mais nul de ses gens ne sortit pour l'accompagner à l'église. Il ne leur demandait pas d'entendre plus de deux services par jour. Mais Ingrid, sa mère nourricière, l'accompagnait presque toujours à matines. Ce matin-là elle dormait sans doute, elle aussi. Bien sûr, elle s'était couchée tard la veille au soir.

Dans la journée les trois parents parlèrent peu ensemble, et seulement de choses insignifiantes. Gunnulf paraissait fatigué, mais il plaisantait à bâtons rompus. « Nous étions stupides hier soir, dit-il une fois, nous étions tristes comme des enfants orphelins. » Il survenait à Nidaros maints incidents joyeux — histoires de pèlerins et autres et les prêtres en plaisantaient entre eux. Un vieux de Herjedal était venu chargé de commissions par tous les gens de son village ; il s'embrouillait complètement dans leurs requêtes — cela ferait un joli effet dans son village si saint Olav le prenait au mot, pensait-il par la suite.

Tard dans la soirée Erlend arriva, trempé. Il était venu par mer à la ville, et maintenant le vent redoublait de violence. Il était hors de lui et accabla aussitôt Orm de paroles furieuses. Gunnulf les écouta un instant :

« Quand tu parles ainsi à Orm, Erlend, tu ressembles à notre père — tel qu'il était d'ordinaire quand il te parlait, à toi... »

Erlend se tut tout d'un coup. Puis il lança :

« Je sais que lorsque j'étais gamin, je ne commettais pas de bêtises aussi grosses que de quitter la ferme comme vous avez fait, toi, une femme malade, et lui, jeune polisson, par une tourmente de neige ! Quant au courage d'Orm, il n'y a vraiment pas lieu d'en tirer vanité, mais ce que tu peux voir c'est qu'il n'a pas peur de son père !

— Tu n'avais pas peur du tien non plus », dit Gunnulf en souriant.

Orm se leva devant son père, ne dit rien et s'efforça de paraître indifférent.

« Oui, tu peux t'en aller, dit Erlend. Je suis dégoûté de toutes les affaires de Husaby. Mais je sais bien que si Orm m'accompagne cet été dans le Nord, cela apprendra à vivre à ce mignon de Christine. Il n'est d'ailleurs pas empoté, dit-il vivement à Gunnulf. Il tire bien, sais-tu, et n'est point poltron, mais il est toujours chagrin et rêveur, et semble ne pas avoir de moelle dans les os.

— Ma foi, si tu l'apostrophes souvent comme tu viens de le faire, rien d'étonnant à ce qu'il soit triste », dit le prêtre.

Erlend changea d'attitude, sourit et dit :

« J'en ai eu bien d'autres à supporter de mon père, et Dieu sait que je n'en suis pas devenu plus chagrin. Mais laissons cela... me voici de retour, fêtons la Noël, puisque c'est Noël. Où est Christine ? Et qu'avait-elle à te dire encore ?...

— Je ne crois pas qu'elle ait rien eu à me dire, dit le prêtre. L'idée lui est venue d'entendre la messe ici pour Noël...

— Il me semble qu'elle pourrait se débrouiller avec ce dont elle dispose à la maison, dit Erlend. Mais il est dommage qu'elle ruine ainsi en elle toute jeunesse. » Il frappa ses mains l'une contre l'autre. « Je ne comprends pas que Notre-Seigneur puisse estimer que nous ayons besoin d'un nouveau fils tous les ans... »

Gunnulf leva les yeux vers son frère.

« Hum !... Je ne sais pas de quoi Notre-Seigneur estime que vous ayez besoin. Mais Christine a besoin avant tout, je crois, que tu sois gentil avec elle...

— Oui, c'est vrai », dit Erlend à voix basse.

Le lendemain matin Erlend se rendit avec sa femme à la messe de neuf heures. Ils avaient choisi l'église Saint-Grégoire — c'était là qu'Erlend entendait toujours la messe quand il était à la ville. Ils allèrent à pied, seuls, et, en descendant la ruelle où la neige, lourde et humide, formait de grands tas, Erlend conduisait joliment et gentiment sa femme par la main. Il ne lui avait pas dit un mot de son escapade et il avait été aimable avec Orm après le premier orage.

Christine marchait pâle et silencieuse, la tête un peu penchée ; l'ample pelisse noire aux agrafes d'argent semblait peser à son corps frêle et menu.

« Si tu veux que nous retournions à cheval à la maison, dit le mari, Orm peut faire le trajet avec le bateau. Tu aimes certainement mieux ne pas faire la traversée du fjord...

— Tu sais que je n'aime pas aller en bateau... »

A présent le temps était calme et le dégel était venu. Des masses de neige lourde et humide se détachaient tout d'un coup des arbres. Le ciel pesait, bas et gris sombre sur la ville blanche. Il y avait une lueur gris-vert d'aquosité dans la neige ; les murs en troncs d'arbres des maisons, les barrières, les fûts des arbres paraissaient noirs dans l'air humide. Jamais Christine n'avait vu le monde aussi froid, aussi pâle, aussi décoloré...

3

Christine, tenant Gaute dans ses bras, était assise sur la colline au nord de la ferme et regardait au loin. La soirée était si belle ! Tout en bas, le lac brillant et calme reflétait les pentes des montagnes, les fermes de By et les nuages dorés du ciel. L'odeur des feuilles et de la terre montait, violente, après la pluie de la journée. L'herbe dans les prairies du bas devait arriver déjà à la hauteur du genou et les champs étaient couverts d'herbes naissantes.

L'air était sonore. Flûteaux, tambours et rebecs retentissaient dans la prairie de Vinjar — et leur concert arrivait si joli jusqu'en haut !

Le coucou se taisait pendant de longues heures, puis il lançait quelques notes tout là-bas dans la forêt du sud. Les oiseaux sifflaient aussi dans tous les bosquets qui entouraient la ferme — mais par intervalles et faiblement, car le soleil était haut encore.

Dans le tintement des clochettes, la masse ondulante des troupeaux revenait du pâturage au-dessus de la ferme.

« Il va être l'heure de la tétée pour mon Gaute », chuchota-t-elle à l'enfant qu'elle souleva. Le petit, comme d'habitude, posa sa tête sur l'épaule de sa mère. De temps en temps il se serrait davantage contre elle, et Christine interprétait cela comme un signe qu'il comprenait tout de même ses mots caressants et son babillage.

Elle descendit vers les bâtiments de la ferme. Devant la porte de la grande maison, Naakkve et Bjoergulf couraient et cherchaient à attirer le chat qui avait grimpé sur le toit pour leur échapper. Ensuite ils reprirent le poignard hors d'usage qu'ils possédaient à eux deux et ils continuèrent à creuser le trou qu'ils faisaient dans le sol du vestibule.

Dagrun entra dans le hall avec du lait de chèvre dans un seau et Christine fit boire à Gaute, cuillerée par cuillerée, le tiède breuvage. Le marmot poussa des grognements de colère quand la servante lui parla, et il lui lança des coups de pied en se cachant dans le sein de sa mère quand elle fit mine de l'emporter.

« On dirait pourtant qu'il va mieux », dit la fille d'étable.

Christine releva dans sa main le petit visage ; il était d'un blanc jaunâtre comme du suif, et les yeux étaient toujours fatigués. Gaute avait une tête grosse et lourde, et des membres fluets et chétifs. Il avait eu deux ans huit jours après la Saint-Laurent, mais il ne se tenait pas encore sur ses jambes, n'avait que cinq dents et ne parlait pas encore.

Sira Eiliv disait qu'il n'était pas noué ; ni chasuble ni rituels n'y avaient rien fait. Partout où il allait le prêtre demandait conseil sur cette maladie qui était survenue à Gaute. Christine savait qu'il mentionnait l'enfant dans toutes ses prières. Mais tout ce qu'il pouvait lui dire, à elle, c'était qu'elle devait se courber patiemment sous la volonté de Dieu. Et aussi lui faire boire du lait de chèvre tout chaud...

Son pauvre, pauvre petit... Christine le serra et le baisa quand la femme fut partie. Il était si beau, si beau. Elle trouvait qu'il ressemblait à la famille de son père à elle — ses yeux étaient gris foncé, ses cheveux pâles comme le lin, drus et doux comme la soie.

Il se remit à gémir. Christine se leva et fit avec lui quelques pas. Si petit et frêle qu'il fût, elle le trouva lourd, mais Gaute ne voulait être nulle part ailleurs que dans les bras de sa mère. Alors elle se mit à aller et venir, en le portant et le berçant pour l'apaiser, dans la grand-salle sombre.

Quelqu'un entra à cheval dans la cour. La voix d'Ulf Haldorssoen résonna entre les maisons. Christine vint à la porte du vestibule avec son enfant dans les bras.

« Il te faudra sans doute desseller ton cheval toi-même ce soir, Ulf... tous nos valets sont à la danse. C'est ennuyeux, mais excuse-nous... »

Ulf marmonna quelques grognements tandis qu'ils dessellait son cheval. Cependant Naakkve et Bjoergulf faisaient les diables autour de lui et voulaient être hissés sur le cheval jusqu'au pâturage.

« Non, reste auprès de Gaute, mon Naakkve, pour jouer avec ton frère et l'empêcher de pleurer pendant que je vais à la maison de cuisine. »

L'enfant fit la moue, mais il se mit aussitôt à quatre pattes, faisant des bonds et montrant les cornes devant le petit que Christine avait posé sur un coussin près de la porte du vestibule. La mère se pencha et caressa les cheveux de Naakkve. Il était si gentil avec ses frères !

Lorsque Christine revint dans le hall avec la grande terrine dans les bras, Ulf Haldorssoen était assis sur le banc et jouait avec les enfants. Gaute se plaisait avec Ulf, tant qu'il ne voyait pas sa mère — mais maintenant il pleurnichait en tendant les mains vers elle. Christine posa la terrine et prit Gaute dans ses bras.

Ulf souffla la mousse de la bière fraîchement tirée, but et remplit les petites écuelles en puisant dans la terrine.

« Alors toutes tes servantes sont sorties, ce soir ? »

Christine dit :

« Il y a des violons, des tambours et des fifres, une bande de ménétriers venus d'Orkdal après les noces. Tu penses bien qu'elles ont demandé la permission d'y aller... ce sont de toutes jeunes filles...

— Tu les laisses courir et s'échapper, Christine. Je crois surtout que tu as peur qu'il ne soit difficile de trouver ici une nourrice pour l'automne... »

Involontairement Christine défripa sa robe le long de sa taille mince. Les paroles d'Ulf lui avaient fait monter une rougeur au visage. Ulf eut un sourire bref et dur :

« Mais si tu continues à t'occuper ainsi de Gaute, tu feras comme l'an dernier... Viens ici trouver ton père nourricier, petit ; tu mangeras au plat avec moi... »

Christine ne répondit pas. Elle plaça ses trois petits en rang sur le banc contre l'autre mur, alla chercher le bol de bouillie au lait et apporta un petit banc de bois. Elle s'assit alors pour leur donner la becquée, mais Naakkve et Bjoergulf rechignèrent — ils voulaient avoir des cuillers et manger eux-mêmes. L'aîné avait maintenant quatre ans, l'autre bientôt trois.

« Où est Erlend ? demanda Ulf.

— Margret voulait aller danser, il est parti avec elle.

— C'est tout de même bien, qu'il sache être le chaperon de sa fille. »

De nouveau Christine ne répondit pas. Elle dévêtit les enfants et les coucha, Gaute dans son berceau et les deux autres dans le lit conjugal. Erlend avait pris le parti de les avoir là après qu'elle avait été rétablie de sa grande maladie l'année précédente.

Quand Ulf fut rassasié, il s'étendit sur le banc. Christine tira la chaise de bois massif jusqu'au berceau, alla chercher sa corbeille à fils de laine et se mit à faire des pelotes pour le tissage tandis que du pied elle agitait le berceau doucement et sans bruit.

« Est-ce que tu ne vas pas te coucher ? demanda-t-elle sans tourner la tête. Tu dois être fatigué, Ulf ? »

L'homme se leva, arrangea un peu le feu et vint vers Christine. Il s'assit sur le banc juste en face d'elle. Christine vit qu'il n'était pas si défait que de coutume, lorsqu'il avait passé quelques jours à Nidaros.

« Pas une fois tu ne m'as demandé des nouvelles de la ville, Christine », dit-il en la regardant, penché en avant, les coudes sur les cuisses.

Le cœur de Christine se mit à battre de frayeur. Elle comprenait aux mines et aux manières d'Ulf qu'il y avait encore une fois des nouvelles qui n'étaient pas bonnes. Mais elle répondit avec un sourire doux et calme :

« Raconte, Ulf. As-tu appris quelque chose ?

— Oh ! oui... » Mais il prit d'abord son autre sac et en déballa les choses qu'il était allé chercher pour elle à la ville. Christine le remercia.

« Si je comprends bien tu as appris du nouveau à la ville ? » demanda-t-elle peu après.

Ulf regarda la jeune maîtresse de maison — puis il tourna les yeux vers l'enfant pâle qui dormait dans le berceau.

« Est-ce qu'il sue toujours ainsi de la tête ? » demanda-t-il à voix basse en touchant avec précaution les cheveux noirs trempés de sueur. « Christine... à l'époque où tu as épousé Erlend, l'acte qui fut alors rédigé ne précisait-il pas que tu disposerais toi-même de son apport de mari et de ses présents du lendemain des noces ? »

Le cœur de Christine battit plus fort, mais elle dit avec calme :

« A la vérité, Ulf, Erlend m'a toujours demandé mon assentiment pour tous les actes relatifs à ces biens. S'agit-il de ces parts de ferme du Verdal qu'Erlend a vendues à Vigleik de Lyng ?

— Oui. Maintenant il a acheté Hugrekken à Vigleik. Et il va entretenir deux bateaux... Que te revient-il à toi, Christine ?

— La part d'Erlend à Skjervastad, deux lots à Ulfkelstad et ce qu'il possède à Aarhammar. Tu ne penses sans doute pas qu'Erlend aurait vendu ce bien sans mon consentement et sans me donner une compensation ?...

— Hum ! » Ulf fit une pause. « Cependant tes revenus ont diminué, Christine. C'est à Skjervastad qu'Erlend a trouvé du foin cet hiver en abandonnant pour trois ans au paysan le loyer de la terre...

— Erlend ne pouvait faire autrement, car nous n'avions pas eu de foin sec l'an passé... Je sais, Ulf, que tu as fait tout ce que tu pouvais, mais avec toute cette misère, il y a eu l'été de l'année dernière...

— Il a vendu plus de la moitié d'Aarhammar aux sœurs de Rein à l'époque où il se préparait à quitter le pays avec toi — Ulf eut un léger sourire — ou bien il l'a donné en gage, ce qui revient au même quand il s'agit d'Erlend. La contribution de guerre écartée, tout l'impôt repose sur Audun qui demeure sur cette terre qui sera maintenant ta propriété.

— Ne peut-il donner à bail la terre qui se trouve au-dessous du couvent ? demanda Christine.

— Le fermier des sœurs de la ferme voisine l'a louée. Il est difficile pour les tenanciers de se tirer d'affaire quand les propriétés sont morcelées comme Erlend s'applique à le faire. »

Christine se tut. Elle ne le savait que trop.

« Erlend va vite à augmenter sa famille et à ruiner son bien », dit Ulf.

Comme la jeune femme ne répondait pas, Ulf reprit :

« Tu auras bientôt beaucoup d'enfants, Christine Lavransdatter.

— Pourtant aucun n'est de trop, répondit Christine dont la voix tremblait un peu.

— N'aie point si grand-peur pour Gaute ; il se fortifiera sans doute, dit Ulf doucement.

— Ces choses sont ce que Dieu veut qu'elles soient,... mais l'attente est longue. »

Ulf perçut la souffrance cachée de Christine et un sentiment extraordinairement poignant s'empara de ce gros homme brun.

« Cela ne sert pas à grand-chose, Christine... tu as fait

beaucoup ici à Husaby mais si Erlend doit maintenant rester au loin avec ses deux bateaux... Je ne crois guère à la paix dans le nord, et ton mari est si peu rusé qu'il ne sait pas tirer profit de ce qu'il a gagné dans ces deux années. Ce furent de mauvaises années — et ici tu es constamment maladive. Si cela dure ainsi, tu finiras par tomber tout à fait, bien que tu sois une jeune femme. Je t'ai aidée autant que j'ai pu à la ferme, mais cela... les extravagances d'Erlend...

— Oui, Dieu le sait, interrompit Christine, tu as... tu as été pour nous le meilleur des parents, ami Ulf, et jamais je ne pourrai te remercier assez ou te récompenser... »

Ulf se leva, alluma une chandelle au foyer, la plaça dans le chandelier sur la table et resta là, debout, tournant le dos à la maîtresse de maison. Christine avait laissé tomber ses mains sur ses genoux ; elle se remit alors à pelotonner de la laine et à pousser du pied le berceau.

« Ne peux-tu envoyer un message chez toi ? demanda Ulf doucement, afin que cet automne Laurent accompagne ici ta mère quand elle viendra te voir ?

— Je n'avais pas pensé déranger ma mère cet automne. Elle commence à prendre de l'âge, et mes couches reviennent si souvent que je ne puis l'appeler chaque fois à mon chevet. » Christine eut un sourire un peu contraint.

« Fais-le cette fois, répondit Ulf. Et prie ton père de venir lui aussi ; tu pourras ainsi lui demander conseil sur ces choses...

— Je ne veux pas demander conseil là-dessus à mon père, dit Christine avec calme et fermeté.

— A Gunnulf, alors ? demanda Ulf au bout d'un instant. Ne peux-tu en parler avec lui ?

— Il ne convient pas de l'importuner en ce moment à ce sujet.

— Veux-tu dire parce qu'il est entré au couvent ? dit Ulf avec un sourire ironique. Je n'ai jamais remarqué que les moines s'entendaient moins que d'autres à gérer des biens.

« Si tu ne veux prendre conseil de personne, Christine, parle toi-même à Erlend, reprit Ulf comme elle ne répondait pas. Pense à tes fils, Christine ! »

Christine demeura longtemps silencieuse.

« Tu es si bon pour nos enfants, Ulf, dit-elle finalement. Il me paraîtrait plus juste que tu te maries et que tu aies à veiller sur tes propres biens plutôt que d'être ici à te tourmenter à propos des difficultés d'Erlend... et des miennes. »

Ulf se retourna vers la jeune femme. Il était debout, les mains posées derrière lui sur le bord de la table, regardant Christine. Assise devant lui, elle était droite, élancée, belle. Elle avait une robe de laine foncée teinte à la maison ; un tissu de lin fin et doux encadrait son visage pâle et calme. Sa ceinture, à laquelle pendait un trousseau de clefs, était formée de petites roses d'argent. Sur sa poitrine brillaient les deux chaînes avec une croix. La plus grande, avec des anneaux dorés, lui pendait presque jusqu'à la taille ; elle la tenait de son père. Au-dessus elle portait la mince chaîne d'argent avec la petite croix qu'Orm avait demandé qu'on donnât à sa marraine en la priant de toujours la porter.

Elle s'était remise sur pied après tous ses accouchements, aussi belle, seulement un peu plus calme, avec une responsabilité un peu plus lourde sur ses jeunes épaules. Les joues un peu amaigries, les yeux un peu plus sombres et plus sérieux sous son large front blanc, la bouche un peu moins rouge et charnue. Mais sa grâce s'userait sans doute avant qu'elle ne fût beaucoup plus vieille, si cela continuait ainsi...

« Ne crois-tu pas, Ulf, que tu te trouverais mieux dans ta propre ferme ? Tu as encore acheté trois parcelles à Skjoldvirkstad, m'a dit Erlend. Tu posséderas bientôt la moitié de cette ferme. Et Isak n'a qu'un enfant... Aase est à la fois jolie et gentille... une femme parfaite... et elle semble t'aimer...

— Pourtant je ne l'aurai pas si je me marie avec elle, dit l'homme avec une rude grimace et un sourire. D'ailleurs Aase Isaksdatter est trop bien pour... » Sa voix changea. « Je n'ai jamais connu d'autre père que mon père nourricier, Christine — et je crois que c'est mon lot de n'avoir pas d'autres enfants que des enfants adoptifs.

— Je vais prier la Vierge Marie pour que tu aies plus de bonheur, Ulf.

— Je ne suis plus si jeune. Trente-cinq hivers, Christine... » Il sourit. « Il ne s'en faut pas de beaucoup que je puisse être ton père.

— Il t'aurait fallu pécher de bonne heure, répondit Christine en s'efforçant de montrer de l'aisance et de l'enjouement dans sa voix.

— Est-ce que tu ne vas pas te coucher bientôt ? demanda Ulf aussitôt après.

— Si, bientôt... mais toi, Ulf, tu es sans doute fatigué ?... Tu devrais aller te reposer. »

Silencieusement l'homme lui souhaita bonne nuit et sortit.

Christine prit le chandelier sur la table et éclaira les deux enfants endormis dans l'alcôve où était le lit. Bjoergulf n'avait pas de chassie aux cils, Dieu merci ! Il venait de faire beau pendant quelque temps. Quand le vent était un peu vif ou que le temps était tel que les enfants dussent rester à l'intérieur auprès du foyer, Bjoergulf avait mal aux yeux. Elle resta longtemps à les regarder tous deux. Puis elle se pencha sur Gaute dans son berceau.

Ses trois fils avaient été bien portants comme des oiselets jusqu'à cette épidémie qui avait envahi les villages l'été précédent. C'était la scarlatine qui avait emporté les enfants dans les foyers tout autour du fjord, et c'était grand-pitié. Elle avait réussi à les conserver tous les trois — ses propres enfants.

Pendant cinq jours elle était demeurée près du lit du sud où tous trois étaient couchés avec des plaques rouges sur la peau et des yeux malades craignant la lumière — leurs petits corps tout brûlants. La main étendue sous le drap, elle tapotait la plante des pieds de Bjoergulf, tout en chantant jusqu'à ce que son chant grêle ne fût plus qu'un souffle.

Ferre, ferre le cheval de l'homme du roi.
Comment vaut-il mieux que nous le ferrions ?
C'est un fer de fer qui convient pour le cheval de l'homme
[du roi.

Ferre, ferre le cheval du jarl.
Comment vaut-il mieux que nous le ferrions ?
C'est un fer d'argent qui convient pour le cheval du jarl.

Ferre, ferre le cheval du roi.
Comment vaut-il mieux que nous le ferrions ?
C'est un fer d'or qui convient pour le cheval du roi.

Bjoergulf était le moins malade et le plus agité.

Si elle s'arrêtait de chanter un seul petit instant, il voulait aussitôt rejeter sa couverture. Gaute, lui, n'avait que dix mois. Il était si misérable qu'elle ne pensait pas qu'il vivrait. Il demeurait contre sa poitrine, enveloppé dans des tapis et des peaux, n'ayant pas la force de téter. Elle le tenait dans l'un de ses bras et elle tapotait la plante des pieds de Bjoergulf avec l'autre main.

Cependant, quand ils s'endormaient tous les trois un instant, elle s'allongeait dans le lit contre eux, tout habillée. Erlend marchait de long en large, regardant d'un air perplexe ses trois jeunes fils. Il essayait de chanter pour eux, mais ils n'aimaient pas la belle voix de leur père — c'était la mère qui devait chanter, bien qu'elle n'eût guère de voix.

Les servantes passaient et disaient à leur maîtresse de se ménager ; les hommes venaient poser des questions. Orm essayait de jouer pour ses petits frères. Sur les conseils de Christine, Erlend avait envoyé Margret en Oesterdal, mais Orm avait voulu rester — il était grand maintenant. Sira Eiliv restait assis près du lit des enfants quand il n'était pas en train de visiter des malades. De chagrin, le prêtre perdait tout l'embonpoint qu'il avait gagné à Husaby — il était profondément affecté de voir mourir tant de jeunes et beaux enfants. Quelques adultes moururent aussi.

Le sixième soir les enfants allaient tellement mieux que Christine promit à son mari de se dévêtir et de se coucher cette nuit-là. Erlend offrit de veiller avec les servantes et de l'appeler si besoin était. Mais au repas du soir elle s'aperçut qu'Orm avait la tête en feu et les yeux brillants de fièvre. Il dit que ce n'était rien, mais tout à coup il se leva et sortit. Il était dans la cour en train de vomir quand Erlend et Christine sortirent à leur tour.

Erlend entoura l'enfant de ses bras.

« Orm — mon fils — es-tu malade ?

— J'ai tellement mal à la tête ! » dit l'enfant en la laissant tomber lourdement sur l'épaule de son père.

Ils passèrent la nuit à le veiller. Il ne faisait que murmurer dans le délire, poussait de grands cris et lançait dans tous les sens ses longs bras, paraissant avoir d'affreuses visions. On ne pouvait comprendre ce qu'il disait.

Au matin Christine s'effondra. On s'aperçut qu'elle était de nouveau enceinte ; elle fut très malade, et ensuite elle resta comme plongée en léthargie ; puis elle eut une grosse fièvre. Orm était enterré depuis plus de quinze jours quand elle apprit la mort de son beau-fils.

Christine n'avait pas la sensation d'avoir vraiment du chagrin, tant elle était faible, exsangue et épuisée ; rien ne pouvait la toucher — elle se trouvait bien, vivant d'une demi-vie dans son lit. Il y avait eu une période affreuse, pendant laquelle les femmes pouvaient à peine la toucher ou lui donner des soins et lui faire sa toilette, mais cela disparut tout d'un coup avec le délire et la fièvre. C'était si bon à présent de se sentir choyée. Autour de son lit on avait suspendu une quantité de couronnes de fleurs de la montagne, pour écarter les mouches. Les gens des chalets les avaient envoyées et elles répandaient une odeur délicieuse, surtout quand il y avait de la pluie dans l'air.

Un jour Erlend lui amena ses enfants. Elle vit que l'épidémie les avait éprouvés et que Gaute ne la reconnaissait pas, mais cela même ne lui fit pas mal. La seule impression qu'elle avait, c'était qu'Erlend lui semblait toujours être à côté d'elle.

Il allait à la messe chaque jour et priait sur la tombe d'Orm. Le cimetière se trouvait près de l'église paroissiale de Vinjar, mais quelques petits enfants de la famille avaient leur sépulture dans la chapelle de Husaby : deux frères d'Erlend et une fille de Munan Biskopssoen. Christine avait eu souvent une pensée de regret pour ces petits qui gisaient là tout seuls sous les dalles de pierre. Maintenant Orm était venu dormir auprès d'eux son dernier sommeil.

Ce fut à l'époque où les autres craignaient pour sa vie que les groupes de mendiants qui se rendaient à Nidaros pour la Saint-Olav (29 juillet) traversèrent le village. C'étaient pour la plupart les mêmes mendiants et mendiantes qui passaient chaque année — les pèlerins étaient toujours généreux envers les pauvres dont les prières avaient une vertu spéciale. Ils avaient aussi appris à se montrer à Skaun depuis que Christine habitait Husaby. Ils savaient qu'ils trouveraient maintenant à la ferme un gîte pour la nuit, une nourriture abondante et une aumône avant le départ. Cette fois les domestiques voulurent les renvoyer parce que leur maîtresse était malade. Mais lorsque Erlend, qui avait été dans le nord les deux étés précédents, apprit que sa femme avait pour habitude de recevoir si bien les pauvres, il ordonna de les héberger et traiter comme elle-même l'avait fait. Et le matin il se rendit lui-même parmi les mendiants, aida à leur verser à boire et à leur apporter à manger, et leur distribua des aumônes en leur demandant avec douceur de prier pour sa femme. Beaucoup des mendiants pleurèrent en apprenant que la douce jeune femme était à la mort.

Sira Eiliv lui avait raconté cela quand elle fut mieux. C'est seulement aux approches de Noël qu'elle put reprendre ses clefs.

Erlend avait envoyé un messager aux parents de Christine aussitôt qu'elle était tombée malade, mais ils se trouvaient alors dans le sud du pays pour un mariage à Skog. Ils vinrent ensuite à Husaby ; elle était alors mieux portante, mais si fatiguée qu'elle n'eut pas la force de beaucoup parler avec eux. Elle ne désirait qu'une chose : la présence d'Erlend auprès de son lit.

Faible, frileuse, anémiée, elle se blottissait contre la force d'Erlend. L'ancienne ardeur de son sang avait si bien disparu qu'elle ne pouvait plus se rappeler ce que c'était que d'aimer ainsi, mais en même temps avaient disparu l'inquiétude et l'amertume de ces dernières années. Elle trouvait la vie bonne à présent — bien que le regret d'Orm pesât lourdement sur eux deux, et qu'Erlend ne comprît pas ses angoisses au sujet du petit Gaute, elle se sentait maintenant si heureuse avec son mari ! Elle voyait qu'il avait eu grand-peur de la perdre.

Il était difficile et mauvais de lui parler à présent… de toucher à quelque chose qui pourrait rompre la paix et la joie revenues entre eux.

Elle se tenait devant la porte de la grande maison dans la claire nuit d'été, quand les gens de la ferme revinrent de la danse. Margret était suspendue au bras de son père, vêtue et parée de telle façon que cela eût mieux convenu pour un festin de noces que pour une danse sur le gazon au milieu de toute espèce de gens. Mais la belle-mère avait tout à fait renoncé à se mêler de l'éducation de la jeune fille. Erlend prenait pour sa fille les décisions qu'il voulait.

Ils avaient soif, et Christine alla leur chercher de la bière. La jeune fille s'assit et se mit à bavarder ; elle et sa belle-mère étaient devenues bonnes amies depuis que Christine ne cherchait plus à éduquer Margret. Erlend riait à tout ce que sa fille racontait de la danse. Mais finalement Margret et ses servantes montèrent au grenier se coucher.

Le mari traîna encore un peu dans la salle — s'allongea, bâilla, mais dit qu'il n'était pas fatigué. Il passait les doigts dans sa noire et longue chevelure.

« Je n'avais pas le temps quand nous sommes revenus de la maison de bains — avant la danse — mais je pense que tu pourrais me couper les cheveux, Christine... Je ne pourrais pas aller ainsi à la fête... »

Christine objecta qu'il faisait sombre, mais Erlend lui montra en souriant la lumière qui tombait du trou à fumée : de nouveau il faisait jour. Alors elle fit un peu plus de lumière, le pria de s'asseoir et étendit un linge sur ses épaules. Tandis qu'elle coupait, il remuait comme sous un chatouillement et riait quand les ciseaux approchaient de son cou.

Elle rassembla soigneusement les cheveux coupés et les brûla sur le foyer. Elle secoua aussi le linge au-dessus du feu. Ensuite, avec un peigne, elle lissa les cheveux d'Erlend depuis le sommet du crâne et elle donna de petits coups de ciseaux aux endroits où le contour n'était pas tout à fait net.

Erlend lui saisit les mains tandis qu'elle se tenait derrière lui, les ramena sur sa gorge et, penchant la tête en arrière, il la regarda en souriant :

« Tu es fatiguée », dit-il ensuite. Il la lâcha et se leva en poussant un léger soupir.

Erlend fit voile pour Bjoergvin aussitôt après la Saint-Jean. Il était contrarié parce que, de nouveau, sa femme avait été empêchée de partir avec lui — elle souriait avec lassitude : de toute façon elle n'aurait pas pu se séparer de Gaute...

Ainsi, cet été-là également, Christine demeura seule à Husaby. Du moins, cette année n'attendait-elle pas l'enfant avant la Saint-Mathias (24 février) ; c'était pénible à la fois pour elle-même et pour les femmes qui devaient l'assister quand cela se passait à l'époque des grands travaux.

Elle se demandait si cela continuerait toujours ainsi. Maintenant les temps étaient autres que pendant son enfance. Elle avait entendu son père parler de la guerre danoise, et elle se rappelait le temps où il avait été absent pendant l'expédition contre le duc Erik. C'est de là qu'il avait rapporté les grandes balafres visibles sur son corps. Mais chez eux, dans les vallées, il semblait que l'on fût si loin de la guerre ! De l'avis de tous elle ne viendrait jamais plus jusque-là. Tout reflétait la paix, et ceci entre autres que le père restait chez lui à gérer ses biens, pensant à tous les siens et veillant sur eux.

A présent il y avait toujours de l'inquiétude. Tous parlaient guerre, contribution de guerre, gouvernement du royaume. Dans l'esprit de Christine cela évoquait l'image de la mer et de la côte, comme elle les avait vues une seule fois en venant ici dans le nord. Le long de la côte arrivaient des hommes qui avaient la tête pleine de conseils, de plans, de contre-plans, d'argumentations ; des clercs et des laïcs. Erlend comptait parmi eux en raison de sa naissance et de sa richesse. Mais elle sentait qu'il était à demi hors de leur cercle.

Qu'est-ce qui obligeait son mari à être ainsi ? Elle méditait et réfléchissait sur le cas que faisaient de lui ses pairs.

Tant qu'il fut seulement l'homme qu'elle aimait, elle ne se posa jamais pareille question. Elle avait bien vu qu'il était prompt, violent, irréfléchi, avec un don spécial pour se conduire d'une façon déraisonnable. Mais elle lui avait trouvé alors des excuses, sans jamais se préoccuper de prévoir ce que le caractère d'Erlend pourrait bien leur valoir à tous deux. Quand ils seraient autorisés à se marier, tout irait autrement, se disait-elle comme consolation. Cependant elle sentait vaguement qu'à partir de l'instant où elle avait compris qu'il y avait un enfant entre eux, elle avait commencé à penser... à se dire qu'Erlend était ce que les gens appelaient un esprit léger et étourdi, un homme en qui personne ne pouvait avoir confiance.

Elle, elle avait eu confiance en lui. Elle se rappelait le grenier de Brynhild, elle se rappelait comment le lien qui existait entre lui et l'autre femme avait fini par être rompu. Elle se rappelait l'attitude d'Erlend après qu'elle fut devenue son épouse légale. Mais il lui était resté attaché malgré toutes les humiliations et les rebuffades ; et maintenant elle avait vu qu'il ne voulait pas la perdre pour tout l'or du monde...

Elle ne put s'empêcher de penser à Haftor de Godoey. Il s'accrochait toujours à elle pour lui dire des futilités ou des flatteries quand ils se rencontraient, et elle n'en avait jamais fait de cas. Ce n'était là sans doute que sa façon de plaisanter. Aujourd'hui encore elle ne pouvait avoir une autre opinion ; elle avait aimé cet homme beau et vif — elle l'aimait encore.

Mais elle ne comprenait pas que l'on pût prendre cela pour une simple plaisanterie...

Elle avait retrouvé Haftor Graut aux festins royaux à Nidaros, et là aussi il s'accrocha à elle comme de coutume. Un soir ils étaient montés dans une chambre d'étage et elle s'était couchée avec lui sur un lit qui se trouvait là. Chez elle, dans les vallées, elle n'aurait pu agir ainsi — l'hospitalité ne comportait pas les tête-à-tête entre homme et femme. Mais là tous en usaient ainsi et personne ne paraissait y trouver rien à redire — telles étaient sans doute les mœurs des chevaliers à l'étranger. Lorsqu'ils entrèrent dans la chambre, Dame Eline, femme de Messire Erling, était couchée dans l'autre lit avec un chevalier suédois ; elle entendit qu'ils parlaient du mal d'oreilles du roi. Le Suédois parut joyeux lorsque Dame Eline voulut se lever et retourner dans la grand-salle.

Lorsqu'elle comprit que Haftor, au beau milieu de leur conversation, lui demandait pour de bon de lui céder, elle en fut si stupéfaite qu'elle n'arrivait à en éprouver ni peur ni véritable indignation. Tous deux étaient mariés, tous deux avaient des enfants de leur conjoint légitime. Elle n'avait certes jamais cru réeilement que pareille chose pût advenir. Pourtant, après tout ce qu'elle-même avait fait... mais non, elle n'avait pas cru que cela arrivât. Haftor avait été rieur, enjoué, caressant... elle ne pouvait se décider à qualifier son essai de séduction ; il ne fallait pas le prendre tellement au sérieux. Mais il avait voulu l'amener à commettre le pire des péchés...

Il se leva du lit dès qu'elle lui eut dit de partir — il était devenu humble, mais paraissait plus surpris que honteux. Et il demanda à Christine du ton le plus incrédule... si elle croyait vraiment que les gens mariés ne fussent jamais infidèles. Elle devait pourtant savoir qu'il y avait peu d'hommes qui pussent se dire sans maîtresses. Les femmes étaient peut-être un peu meilleures, et encore !...

« Croyiez-vous à tout ce que les prêtres racontent sur le péché, à l'époque où vous étiez jeune fille ? demanda-t-il. Alors je ne comprends pas, Christine Lavransdatter, comment Erlend a pu vous avoir à sa merci. »

Il l'avait regardée bien en face, et les yeux de Christine

devaient être éloquents, bien qu'elle n'eût pas voulu, à prix d'or, parler avec Haftor sur ce sujet. Sa voix devint en effet claire et chantante d'étonnement quand il lui dit :

« Je croyais que cela ne se rencontrait que... dans les chansons. »

Christine n'avait soufflé mot de cette histoire à personne, et à Erlend non plus. Il aimait Haftor. Et certes c'était chose affreuse que des hommes pussent être aussi légers que Haftor Graut, mais en tout cas elle ne pouvait pas réaliser que cela la concernât. Par la suite il n'avait d'ailleurs pas essayé d'être pressant envers elle. Il ne faisait que la regarder en ouvrant largement ses yeux bleu d'eau pleins d'étonnement, quand ils se rencontraient.

Erlend était peut-être d'esprit léger, mais non de cette manière. Etait-il vraiment si futile ? Elle voyait les gens rester interdits devant les choses qu'il disait et chuchoter ensuite entre eux. Il pouvait y avoir beaucoup de bon et de juste dans ce que déclarait Erlend Nikulaussoen. Mais la vérité, c'est que jamais il ne voyait ce que les autres ne perdaient jamais de vue, cette sagesse prudente avec laquelle ils se traitaient. Erlend appelait cela des artifices et en riait d'un rire orgueilleux qui agaçait un peu les gens, mais les désarmait à la longue. Ils se mettaient à rire, lui tapaient sur l'épaule et disaient qu'il avait l'esprit vif, mais court.

Puis il démolissait lui-même ses propres paroles avec une plaisanterie malicieuse et insolente. Les gens supportaient beaucoup de choses de la part d'Erlend. Sa femme soupçonnait vaguement la raison de leur indulgence pour ses paroles moqueuses et elle en était humiliée. Erlend se laissait effrayer, dès qu'il rencontrait un homme fermement attaché à son opinion — même s'il considérait cette opinion comme une bêtise ; il abandonnait sa propre manière de voir à tout propos, mais ensuite couvrait sa retraite de paroles hautaines sur cet homme. Et les gens passaient à Erlend cette lâcheté de caractère, parce qu'il était imprudent pour son propre bien-être, aventureux, témérairement épris de tout danger que l'on pouvait affronter avec la force des armes. Ils n'avaient pas enfin à se laisser troubler par Erlend Nikulaussoen...

L'année précédente, à la fin de l'hiver, le grand sénéchal était venu à Nidaros, accompagné du petit roi. Christine avait assisté au grand festin dans la maison royale. Elle était demeurée silencieuse et digne dans ses atours de soie, portant tous ses plus beaux bijoux sur sa robe rouge de mariée, au milieu des femmes du plus haut rang de l'assemblée. De ses yeux vigilants elle avait surveillé la conduite de son mari au milieu des hommes, observé, écouté et réfléchi — comme elle observait, écoutait et réfléchissait partout où elle allait avec Erlend et voyait des gens parler avec lui.

Elle avait compris certaines choses. Messire Erling Vidkunssoen voulait tout mettre en œuvre pour faire respecter la puissance norvégienne dans le nord jusqu'à la mer Blanche, pour protéger et défendre le Haalogaland. Mais le conseil et les chevaliers lui étaient contraires et ne consentaient que difficilement à approuver une entreprise qui pouvait être utile. L'archevêque lui-même et le clergé du diocèse s'étaient disposés à fournir une aide pécuniaire — cela, Christine le savait par Gunnulf — mais ailleurs, dans tout le pays, les gens d'Eglise s'opposaient au projet, bien qu'il s'agît d'une guerre contre des ennemis de Dieu, des hérétiques et des païens. Et les gens influents travaillaient contre le grand sénéchal, tout au moins ici, dans le Trondhjémois. Ils avaient pris l'habitude de s'affranchir quelque peu des livres de loi et du droit de la couronne, et ils n'aimaient guère que Messire Erling défendît si âprement en ces matières les idées du défunt roi Haakon, son parent. Mais ce n'était pas à cause de cela qu'Erlend refusait de se laisser utiliser comme le sénéchal, elle le comprenait à présent, avait jugé bon de le faire. Le seul motif d'Erlend était que la nature sérieuse et digne de Messire Erling l'ennuyait — et il se vengeait en raillant un peu son puissant parent.

Christine croyait comprendre la position actuelle de Messire Erling à l'égard d'Erlend. Il était certain que depuis leur enfance il avait eu une sorte de prédilection pour Erlend ; ensuite il s'était dit que s'il pouvait s'attacher le maître de Husaby, grand par la naissance et valeureux par les armes, et qui avait en outre une certaine expérience de l'art militaire depuis l'époque où il avait servi le comte Jacob (il en avait plus en tout cas que la plupart des autres sédentaires), il serait possible de l'utiliser aussi bien pour les plans d'Erling Vidkunssoen que pour le bien d'Erlend. Mais il n'en avait pas été ainsi.

Pendant deux étés Erlend était demeuré au loin, absent jusqu'à la fin de l'automne, se baignant dans les lacs qui longent la longue côte septentrionale et donnant la chasse aux barques des pirates avec les quatre petits bateaux qui suivaient son drapeau. Il était arrivé un jour pour se ravitailler dans un nouveau village norvégien tout là-haut dans le nord, sur le fjord de Tana, au moment même où les Caréliens étaient en train de le piller ; avec la poignée d'hommes qu'il avait avec lui à terre il avait fait prisonniers dix-huit des pillards et les avait pendus à la poutre maîtresse d'une grange à demi consumée. Il avait abattu une bande de Russes qui cherchaient à gagner la montagne, avait anéanti et brûlé un certain nombre de barques ennemies quelque part sur les écueils de haute mer. Il n'était bruit dans le nord que de la promptitude et de l'audace de ses actes ; ses Trondhjémois du large et de la côte de Moere aimaient leur chef pour son endurance et pour sa volonté de partager toutes les fatigues et toutes les épreuves avec ses hommes. Il s'était fait des amis parmi les petites gens et parmi les jeunes fils des gros fermiers du nord de Haalogaland, où la population s'était presque accoutumée à défendre seule ses propres côtes.

Pourtant Erlend ne fut d'aucune aide au grand sénéchal dans son projet d'une grande croisade vers le nord. Dans la province de Trondhjem les gens vantaient ses exploits contre les Russes — si on venait à en parler, ils se rappelaient qu'Erlend était leur compatriote. Les jeunes gars riverains du fjord avaient certes bien montré qu'ils étaient du même poil que ceux du bon vieux temps. Mais dans ce que disait et ce que faisait Erlend de Husaby il n'y avait rien qui pût retenir des hommes mûrs et réfléchis.

Christine voyait qu'Erlend continuait à être compté parmi les jeunes. Pourtant il avait un an de plus que le grand sénéchal. Elle comprenait que cela convenait à beaucoup qu'il fût ainsi, de sorte que ses paroles et ses actes pouvaient être rabaissés et considérés comme les idées et les actes d'un homme jeune et téméraire. Erlend fut donc aimé, gâté et loué — mais non pas jugé un homme accompli. Et elle voyait avec quelle volonté Erlend s'efforçait d'être tel que ses pairs voulaient qu'il fût.

Il parlait en faveur de la guerre de Russie. Il parlait des Suédois qui partageaient le roi avec nous. Mais les Suédois ne voulaient pas reconnaître les écuyers et les chevaliers norvégiens comme nobles et égaux aux leurs. Depuis que le monde était monde, avait-on jamais entendu dire qu'en aucun pays on eût exigé des nobles le service armé sous une autre forme que de monter leurs propres chevaux et arborer leurs propres écus en campagne ? Christine savait que c'était à peu près ce que son père avait dit à l'assemblée de Vaage et qu'il l'avait fait pour Erlend, qui paraissait peu disposé à se libérer des conseils de Munar Baardsoen. Non, disait Erlend, à présent — en citant à ce propos l'illustre famille de son beau-père — il savait bien quel cas les seigneurs suédois faisaient de nous. Si nous ne montrons pas ce que nous valons, il n'y aura plus bientôt qu'à nous considérer comme les pensionnés des Suédois...

Ma foi, disaient les gens, il y a du vrai là-dedans. Mais ils se remettaient à parler du grand sénéchal. Erlend avait sa marmite à faire bouillir là-haut dans le nord ; une année, les Caréliens avaient brûlé Bjarkoe malgré son homme de confiance, et saccagé les biens de ses paysans. Alors Erlend donnait le change par des plaisanteries... Il avait la certitude qu'Erling Vidkunssoen ne pensait pas à ce qui lui appartenait. C'était un chevalier si noble, si fin, si élégant !... On ne pouvait, certes, avoir d'homme plus accompli à la tête de toute l'organisation. Pardieu ! Erling était aussi honorable et respectable que la plus élégante des lettrines dorées du livre des lois. Les gens riaient et s'attachaient moins aux éloges d'Erlend concernant l'équité du grand sénéchal qu'à cette comparaison avec une lettrine dorée.

Non, ils ne prenaient pas Erlend au sérieux — même en ce moment où il était, en quelque sorte, à l'honneur. Mais à l'époque où, jeune, insolent et désespéré, il vivait avec sa maîtresse et refusait de la renvoyer malgré l'ordre du roi et le ban de l'Eglise, ils l'avaient pris au sérieux, se détournant de lui avec un sentiment d'irritation agressive contre sa vie impie et infamante. Maintenant tout cela était oublié et pardonné, et Christine comprenait qu'il y avait un peu de reconnaissance dans ce désir d'être tel que les gens désiraient qu'il fût — il avait évidemment assez amèrement souffert à l'époque où on l'avait pour ainsi dire exclu, dans son pays, du corps de ses pairs. Ce n'était pas autre chose... elle ne pouvait s'empêcher de penser à son père quand il pardonnait à des hommes incapables leurs fautes et annulait leurs dettes — avec un léger haussement d'épaules. Il se conformait au devoir chrétien d'être indulgent à ceux qui ne savent pas se conduire. C'est ainsi qu'Erlend avait obtenu le pardon de ses péchés de jeunesse...

Mais Erlend savait parfaitement ce qu'il faisait quand il vivait avec Eline. Il avait répondu de son péché jusqu'à ce qu'il l'eût rencontrée et qu'elle l'eût suivi docilement dans un nouveau péché. Etait-ce donc elle... ?

Non. Maintenant elle s'effrayait de ses propres pensées.

Et elle essaya de fermer son esprit à toute préoccupation des choses qu'elle ne pouvait approfondir. Elle ne voulait penser qu'aux choses à propos desquelles sa sollicitude lui permettait d'arriver à un résultat. Elle remettait le reste entre les mains de Dieu. Dieu l'avait aidée dans tous les cas où ses propres efforts pouvaient l'aider. Husaby, remis en état, allait maintenant devenir une bonne ferme, comme autrefois — malgré les mauvaises années. Dieu lui avait accordé trois fils beaux et sains... chaque année il lui avait de nouveau donné la vie, tandis qu'elle aurait dû trouver la mort dans l'enfantement ; il lui avait permis de se relever en pleine santé après chacune de ses couches. L'année précédente, quand la maladie emportait tant de beaux enfants dans les villages, elle avait reçu la grâce de conserver ses trois gentils petits. Et Gaute... Gaute devenait bien portant, elle en était convaincue.

Les choses devaient sans doute aller comme le disait Erlend... sans doute devait-il se conduire ainsi et faire de telles dépenses. Sinon il ne pourrait tenir sa place parmi ses pairs ni obtenir du roi les droits et les revenus que lui conférait sa naissance. Elle avait la conviction qu'il comprenait cela mieux qu'elle.

On ne pouvait imaginer que sa situation fût plus favorable lorsqu'il vivait dans les liens du péché avec l'autre... et avec elle-même. Peu à peu, en une série d'images elle revoyait le visage d'Erlend à cette époque : ravagé de soucis, tordu par la passion. Non, non, tout était bien ainsi à présent. Erlend était seulement un peu trop insouciant et irréfléchi.

Erlend revint à son foyer, pour la Saint-Michel. Il avait pensé trouver Christine au lit, mais elle se levait tout de même. Elle vint à sa rencontre en bas du chemin. Elle avait, cette fois, les pieds terriblement lourds, mais elle portait Gaute sur le bras, comme toujours ; les deux aînés couraient devant elle.

Erlend sauta de son cheval et mit en selle les enfants. Puis il prit le plus petit des bras de sa femme et voulut le porter. Le visage pâle, épuisé, de Christine s'éclaira quand elle vit que Gaute n'avait pas peur de son père — sans doute le reconnaissait-il. Elle ne posa aucune question sur le voyage de son mari, mais parla seulement des quatre dents que Gaute avait faites — et qui l'avaient rendu si malade !

Soudain l'enfant poussa un cri... Il s'était égratigné la joue à la barbe que son père portait sur la poitrine. Il voulait revenir dans les bras de sa mère et celle-ci le reprit malgré les protestations d'Erlend.

Le soir, quand les enfants furent endormis et qu'ils se trouvèrent seuls, Christine demanda à son mari des nouvelles de son voyage à Bjoergvin — comme si elle y pensait seulement à cet instant.

Erlend jeta sur sa femme un regard furtif. Sa pauvre amie !... Elle avait l'air si pitoyable ! Il conta d'abord toutes sortes de petites nouvelles. Erling l'avait prié de la saluer et de lui donner ceci... c'était un poignard de bronze vert, rongé de vert-de-gris. Ils l'avaient trouvé à Giske dans un éboulis de pierres. — Il serait utile dans le berceau, si c'était du rachitisme que souffrait Gaute.

Christine renveloppa le poignard, se leva péniblement de sa chaise et alla vers le berceau. Elle laissa tomber le poignard sur tous les autres objets qu'il y avait sous la literie : une hache de pierre trouvée dans la terre, du castoreum, une croix de bois gentil, de l'argenterie de famille, un briquet, des racines d'orchis maculé et de fougère cornue.

« Couche-toi, ma Christine », dit Erlend tendrement. Il vint à elle et lui ôta ses chaussures et ses chaussettes, tout en lui faisant ce récit : Haakon Ogmundssoen était revenu et la paix avec les Russes et les Caréliens venait d'être conclue et scellée. Lui-même partirait pour le nord cet automne. Car on ne pouvait être certain que le calme reviendrait tout de suite. Il fallait aussi qu'il y eût à Vargoey un homme connaissant bien la région. Il avait reçu pleins pouvoirs comme lieutenant du roi, pour commander le fort de là-bas — qui devait être renforcé pour assurer la paix dans cette région des nouvelles frontières.

Erlend regardait attentivement sa femme. Elle paraissait un peu effrayée, mais ne questionnait guère. Elle ne comprenait évidemment pas grand-chose à ces nouvelles. Il vit combien elle était fatiguée — aussi ne dit-il plus rien là-dessus mais resta un moment auprès d'elle, assis sur le bord du lit.

Lui-même savait de quoi il s'était chargé. Il souriait tranquillement tout en se déshabillant avec nonchalance. Il ne s'agissait pas de demeurer assis avec une ceinture d'argent sur la panse, d'organiser des festins pour ses amis et parents, de se faire des ongles fins et lisses, en expédiant de-ci de-là ses vassaux et chefs de troupes — comme le faisaient les hommes de confiance du roi dans leurs châteaux du sud du pays. Le château de Vargoey, c'était une forteresse d'une espèce particulière...

Lapons, Russes, Caréliens, et un mélange de toute espèce de mauvaises graines — sorciers, magiciens, chiens de païens, vrais suppôts du diable à qui il fallait apprendre à payer de nouveau l'impôt aux autorités norvégiennes et à laisser en paix les foyers norvégiens disséminés à des intervalles aussi grands que la distance de Husaby à Moere. La paix... peut-être pourrait-elle s'établir un jour là-haut — mais pour la génération d'Erlend il n'y avait de tranquillité qu'aux heures où le diable était à la messe. Et puis il y avait parmi ses hommes les fortes têtes qu'il fallait tenir en bride, surtout à l'approche du printemps, quand l'obscurité, la tempête, le vacarme infernal de la mer et du froid rendaient l'âme malade. Alors, il y avait pénurie de farine, de beurre et de boisson, ils se battaient pour les femmes et il n'y avait pas moyen de supporter la vie dans l'île. Il avait eu de cela un léger aperçu quand, jeune garçon, il était là-bas avec Gissur Galle. Ah ! Il n'y avait pas à faire le paresseux.

Ingolf Peit, qui commandait au nord, était un homme, évidemment. Mais Erlend avait raison : il fallait qu'un chevalier prît les choses en main là-haut — personne ne comprendrait que c'était la ferme volonté du roi de Norvège de maintenir son autorité sur cette région. Ah ! ah ! ah ! Dans cette région il serait perdu comme une aiguille dans une tapisserie. Pour rencontrer une habitation norvégienne il fallait s'en aller au diable jusqu'à Malang. Ingolf était un gaillard capable — quand il avait quelqu'un pour le commander. Il lui donnerait Hugrekken à diriger. Il avait pu se rendre compte que la *Sirène* était le plus parfait des bateaux. Erlend eut un léger sourire heureux. Il l'avait dit bien des fois à Christine... il fallait qu'elle lui accordât cette maîtresse...

Un enfant pleurant dans les ténèbres le réveilla. Contre l'autre paroi du lit il entendit Christine remuer et dire à voix basse des paroles de tendresse — c'était Bjoergulf qui se plaignait. Il arrivait que l'enfant s'éveillât dans la nuit et que, les cils collés, il ne pût ouvrir les yeux — la mère les lui humectait alors avec sa langue. Erlend avait toujours trouvé cela laid à voir.

Christine fredonnait doucement dans son coin pour endormir l'enfant. Ce grêle petit air importuna Erlend.

Il se rappelait un rêve : il marchait quelque part sur un rivage. La marée était basse, et il sautait de pierre en pierre. La mer, pâle et brillante, léchait les varechs sur une grande distance ; pas de soleil — on eût dit une nuit d'été tranquille et nuageuse. Vers la bouche d'argent clair du fjord il apercevait sa barque à l'ancre, noire, svelte, balancée légèrement par la houle. Il flottait dans l'air une forte odeur de mer et de varech...

Son cœur se remplit de nostalgie. Dans les ténèbres de la nuit il était couché là, dans le lit des hôtes, écoutant les notes monotones de la chanson de nourrice lui écorcher le tympan... et il mesurait à présent la force de son désir. Fuir ce foyer, ces enfants qui remplissaient la maison, fuir ces bavardages sur le ménage de la ferme, sur les domestiques, sur les tenanciers, sur les petits... cette inquiétude au sujet de Christine toujours malade et qu'il devait prendre en pitié...

Erlend croisa ses mains sur son cœur. Il semblait qu'il eût cessé de battre et ne fît plus que frémir dans sa poitrine. Il avait un désir violent de la quitter. En pensant aux souffrances qui attendaient Christine dans l'état de faiblesse et d'épuisement où elle se trouvait — et l'événement pouvait arriver d'un moment à l'autre — il étouffait d'angoisse. Et s'il devait perdre sa femme, il ne comprenait pas comment il aurait la force de vivre. Mais il n'avait pas non plus la force de vivre avec elle — pas maintenant ; il voulait fuir tout cela ; sa vie même était en jeu.

Jésus, mon Sauveur... quel homme était-il donc ? Il s'en rendait compte cette nuit... Christine, ma douce amie, ma bien-aimée !... Il n'avait senti de joie vraiment profonde auprès d'elle que pendant le temps où il l'avait séduite...

Il avait été tellement convaincu que le jour où Christine serait sa femme légitime, devant Dieu et devant les hommes, tout le mal serait effacé si complètement de sa vie qu'il ne se souviendrait plus qu'il eût jamais existé !

Il était ainsi fait qu'il ne pouvait rien supporter de vraiment bon et pur auprès de lui. Car depuis que Christine s'était affranchie du péché et de l'impureté où il l'avait entraînée, elle avait été comme un ange du royaume de Dieu. Tendre et fidèle, douce, capable, digne de respect. Elle avait ramené l'honneur à Husaby. Elle était redevenue la jeune fille au sang jeune et pur qui, une nuit d'été, dans le jardin du couvent, s'abritait sous le manteau d'Erlend, tandis qu'il pensait, en sentant contre lui ce corps délicat et tendre, que le diable lui-même n'aurait pas le cœur de faire du mal à cette enfant ou de lui causer du chagrin.

Les larmes inondaient le visage d'Erlend.

C'était vrai, sans doute, ce que les prêtres lui avaient dit, que le péché rongeait l'âme d'un homme comme une rouille, car il n'avait pas de repos ni de paix à vivre auprès de sa douce bien-aimée, il n'aspirait qu'à fuir loin d'elle et de tout ce qui la concernait...

A force de pleurer il s'était à demi assoupi, quand il eut soudain le sentiment qu'elle était debout et marchait dans la pièce, berçant un enfant et chantonnant.

Erlend sauta du lit, trébucha dans l'ombre sur un soulier d'enfant, rejoignit sa femme et lui enleva Gaute des bras. L'enfant poussa des cris et Christine dit fâchée : « Moi qui avais presque réussi à l'endormir ! »

Le père secoua l'enfant, lui donna quelques coups sur les fesses, et, comme le petit criait encore plus fort, il le menaça si durement que Gaute terrifié se tut brusquement. Pareille chose ne lui était encore jamais arrivée.

« C'est le moment de mettre en pratique ta raison, Christine. » La violence lui avait fait perdre tout empire sur lui-même ; il était là debout, farouche, nu, frissonnant dans la pièce profondément obscure, avec, dans les bras, un enfant qui hoquetait. « En voilà assez, te dis-je ! C'est bien la peine d'avoir des servantes pour les enfants ! Les petits doivent dormir avec elles. Tu n'y résisteras pas...

— Ne peux-tu m'accorder de garder mes enfants auprès de moi pendant le temps qui me reste à vivre ? » dit Christine d'une voix douce et plaintive.

Erlend ne voulut pas comprendre à quoi elle faisait allusion.

« Le temps qui t'appartient, tu dois le consacrer au repos. Couche-toi, Christine », ajouta-t-il d'un ton plus doux.

Il emporta Gaute dans son lit, fredonna un peu pour l'endormir et trouva dans l'obscurité sa ceinture sur le marchepied du lit. Les petites plaques d'argent cliquetèrent l'une contre l'autre quand l'enfant se mit à jouer avec elles.

« Le poignard n'y est pas, au moins ? » interrogea Christine de son lit, d'une voix angoissée, et Gaute poussa un long cri aigu en entendant la voix de sa mère. Erlend le menaça et fit tinter la ceinture. Finalement l'enfant céda et demeura tranquille.

Ce pauvre petit malheureux, qui pouvait lui souhaiter de vivre ? Il n'était pas certain que Gaute eût sa raison.

Pourtant non, non ! bienheureuse Vierge Marie, il ne voulait pas dire cela... il ne souhaitait pas la mort de son propre fils ! Non, non ! Erlend prit l'enfant dans ses bras et posa son visage sur les cheveux courts, tièdes et fins.

Leurs beaux enfants !... Mais il était las d'entendre parler d'eux du matin au soir ; de trébucher sur eux partout dans la maison. Que trois petits enfants fussent partout à la fois dans une grande ferme, cela il ne le comprenait pas. Mais il se rappelait sa furieuse irritation contre Eline parce qu'elle ne s'occupait pas de leurs enfants. Il devait être un homme déraisonnable, puisqu'il s'irritait également de ne plus jamais voir Christine sans enfants suspendus à ses jupes.

Quand il prenait dans ses bras ses enfants légitimes, jamais il n'avait senti rien de pareil à ce qu'il avait éprouvé la première fois qu'il avait tenu Orm sur sa poitrine. Oh ! Orm, Orm, mon fils !... Il était déjà si las d'Eline à cette époque — dégoûté de son égoïsme, de sa violence, de son amour excessif. Il s'était rendu compte qu'elle était trop vieille pour lui. Et il avait commencé à comprendre ce que cette folie lui coûterait. Mais il avait estimé qu'il ne pouvait pas la quitter — elle qui avait tout perdu par amour pour lui. La naissance de l'enfant lui avait donné une raison de supporter la mère. Quand il devint le père d'Orm il était si jeune qu'il n'avait pas compris tout à fait la situation de l'enfant dont la mère était la femme légitime d'un autre homme.

Il se remit à pleurer et il pressa plus fort Gaute contre lui. Orm... il n'avait aimé aucun de ses enfants comme lui ; il avait un tel regret de lui, et un tel remords de tous les mots durs et vifs qu'il lui avait dits ! Orm n'avait pas pu savoir combien son père l'aimait. L'amertume et le désespoir l'avaient accablé à mesure qu'il avait compris d'une façon tout à fait évidente que jamais Orm ne pourrait être considéré comme son fils légitime, et ne pourrait jamais hériter des armoiries de son père. Il éprouvait aussi de la jalousie à voir que son fils s'attachait plus à sa belle-mère qu'à lui-même, et, de fait, la bonté égale et douce de Christine à l'égard du jeune homme faisait à Erlend l'effet d'un reproche...

Puis étaient arrivées les journées qu'il n'avait pas le courage de se rappeler. Orm étendu dans le grenier sur un lit de parade, et les femmes arrivant et disant qu'à leur avis Christine ne survivrait pas à ce malheur. On avait creusé une tombe pour Orm dans l'église et on lui demandait si Christine serait enterrée là ou transportée dans l'église de Saint-Grégoire où se trouvaient ses parents.

Ah !... Dans son angoisse, il perdait le souffle. Derrière lui s'étendait toute une vie de souvenirs qu'il écartait par lâcheté. Cette nuit il la revoyait. Dans la routine journalière il pouvait en quelque sorte l'oublier, mais il ne pouvait l'empêcher de réapparaître à de tels moments où son courage semblait lui avoir été enlevé par magie.

Les jours de Haugen... Il avait eu la chance de les oublier presque complètement dans la vie de tous les jours. Il n'était pas retourné à Haugen depuis la nuit où il en était parti, et il n'avait pas revu Bjoern et Aashild depuis le jour de ses noces. C'est Messire Bjoern qu'il avait craint de rencontrer. Et maintenant... Il pensait à ce que Munar avait raconté — qu'ils revenaient là-bas. Haugen était tellement hanté que les bâtiments restaient déserts et que les gens ne voulaient pas y demeurer, leur donnât-on la ferme pour rien.

Bjoern Gunnarssoen avait eu une sorte de courage dont Erlend se sentait incapable. Sa main n'avait pas tremblé quand il avait tué sa femme — d'un coup en plein cœur, disait Munar.

L'hiver suivant il y aurait deux ans que Bjoern et Dame Aashild étaient morts. Durant une semaine les gens n'avaient pas vu de fumée monter des bâtiments de Haugen ; alors quelqu'un avait rassemblé son courage pour y aller. Messire Bjoern gisait dans son lit, la gorge tranchée ; il tenait dans son bras le cadavre de sa femme. Sur le sol, devant le lit, était son poignard sanglant.

Tout le monde avait compris ce qui s'était passé, mais Munar Baardsoen et son frère ne les en avaient pas moins fait conduire en terre sainte : cela pouvait être l'œuvre de quelque coureur de grands chemins, avait-on dit. Pourtant, le coffre qui contenait la fortune de Bjoern et Aashild était intact. Rats et souris n'avaient pas touché aux cadavres — il n'y avait pas, d'ailleurs, de ces bêtes malfaisantes à Haugen — et les gens virent là un signe certain de la sorcellerie de Dame Aashild.

Munar Baardsoen avait été terriblement ému de la mort de sa mère. Il partit en pèlerinage à Saint-Jacques-de-Compostelle aussitôt après.

Erlend se rappelait le matin qui avait suivi la mort de sa propre mère. Ils étaient à l'ancre dans le détroit de Moldoey, mais le brouillard était si blanc et si épais qu'on n'apercevait que par instants la muraille des montagnes au-dessus d'eux. Mais quand la barque retourna vers la terre avec le prêtre, le bruit sourd se répercuta en un écho ouaté. Il était à l'avant de son bateau et les regardait s'éloigner à la rame. Tout ce qu'il touchait était humide de brouillard ; l'humidité dégouttait de ses cheveux et de ses vêtements ; le prêtre qu'il avait appelé et son compagnon étaient assis à la pointe de la barque, les épaules courbées au-dessus des vases sacrés posés sur leurs genoux. Ils faisaient l'effet d'autours sous la pluie. Les coups de rames, les frottements dans les tolets et les échos renvoyés par la montagne continuaient leur bruit sourd longtemps après que le bateau eut été englouti dans le brouillard.

Alors lui aussi avait fait vœu d'aller en pèlerinage. Il n'avait eu qu'une pensée, il voulait revoir le doux et charmant visage de sa mère tel qu'il avait été autrefois, avec son teint délicat et lisse, d'un brun pâle. Maintenant elle gisait là, morte, le visage ravagé par les affreuses blessures qui s'entrouvraient et d'où suintaient de petites gouttes claires de suppuration, comme si elle essayait de lui sourire.

Il ne dépendait pas de lui que son père l'eût traité de cette manière, ni qu'il eût été contraint de rejoindre un autre être banni comme lui-même... Puis il avait chassé ce pèlerinage de ses pensées, et ensuite il ne s'était plus soucié de penser à sa mère. Elle avait eu beaucoup à souffrir sur cette terre, mais elle était sans doute maintenant en un lieu où elle goûtait la paix — tandis que ce n'avait pas été précisément la paix pour lui, après qu'il eut repris la vie avec Eline.

La paix !... une seule fois, certainement il l'avait connue dans sa vie, c'était la nuit où il était assis derrière la clôture de pierre, à l'orée de la forêt, à Hofvin, tenant dans ses bras Christine qui dormait de son sommeil d'enfant, calme, paisible, ininterrompu. Il n'avait pas attendu longtemps pour user de violence envers elle. Et ce n'était pas la paix qu'il avait goûtée ensuite auprès d'elle ; ce n'était pas la paix qu'il goûtait maintenant. Et pourtant il voyait que tous les autres, à son foyer, trouvaient la paix auprès de sa jeune femme !

Et maintenant il n'aspirait qu'à repartir vers l'aventure. Il aspirait furieusement et farouchement à vivre au milieu des récifs, sur ces mers mugissantes qui baignent les terres avancées du nord, sur cette côte interminable et dans ces fjords imposants qui pourraient abriter les embûches et les fraudes de tout l'univers, au milieu de ces populations dont il ne connaissait la langue que par bribes, et de leurs sorcelleries, leur inconstance et leur ruse, dans la guerre et sur la mer, avec le bruit de ses propres armes et des armes de ses hommes.

Erlend finit par s'endormir. Puis il se réveilla. Qu'avait-il donc rêvé ? Ah ! oui. Il se trouvait dans un lit avec une brune Lapone de chaque côté de lui. Cette aventure à demi oubliée lui était arrivée lorsqu'il se trouvait avec Gissur dans le nord, une nuit sauvage où ils étaient tous ivres et inconscients. De toute l'aventure il ne se rappelait rien d'autre que l'âcre odeur de bête fauve de ces femmes...

Et le voilà ici avec son fils malade entre ses bras, faisant des rêves de ce genre ! Il eut tellement peur de lui-même qu'il n'osa pas se coucher pour dormir davantage. Il n'avait pas non plus le courage de se coucher sans dormir. Décidément son destin était misérable. Pétrifié par l'angoisse, il demeurait étendu sans faire un mouvement, sentant son cœur battre dans sa poitrine, attendant que la naissance du jour le délivrât.

Il persuada Christine de rester au lit le jour suivant. Car il lui semblait qu'il ne pourrait supporter de la voir se traîner à travers la maison — dans l'état pitoyable où elle se trouvait. Il resta assis auprès d'elle, lui caressant la main. Elle avait eu de très beaux bras, sveltes, mais si ronds que les os petits et fins ne se voyaient pas dans les membres fluets. Maintenant ils ressortaient comme des nœuds sur les bras amaigris et sur le revers du bras la peau était d'un blanc bleuté.

Dehors il ventait et pleuvait si fort qu'on entendait un crépitement sur le flanc de la montagne. Comme Erlend revenait, vers la fin du jour, de la chambre aux chevaliers, il entendit Gaute crier et pleurer quelque part dans la cour. Dans l'étroit passage entre deux des bâtiments il trouva ses trois jeunes fils assis en plein sous la gouttière du toit. Naakkve maintenait à deux mains le plus petit tandis que Bjoergulf essayait, en le menaçant, de lui faire avaler un ver de terre — il avait la main pleine de vers rosés qui grouillaient et se tortillaient.

Les gamins prirent des mines contrites sous la réprimande paternelle. C'était Aan le vieux, dirent-ils, qui leur avait raconté que Gaute ferait ses dents sans peine s'ils pouvaient le faire mordre dans un ver vivant.

Tous les trois étaient trempés de la tête aux pieds. Erlend appela en rugissant les servantes des enfants — elles arrivèrent en trombe, l'une de la chambre des domestiques, l'autre de l'étable. Leur maître les agonit d'injures, prit Gaute sous son bras comme un petit cochon et chassa les autres devant lui vers la grand-salle.

Peu après les petits étaient secs et contents, dans leur robe des jours de fête, placés en rang sur l'escabeau devant le lit de leur mère. Le père avait envoyé promener un tabouret, tempêté et ronchonné, puis il pressa contre lui, en souriant, les petits pour endormir ce qui restait dans son esprit de son effroi de la nuit. Mais la mère souriait de joie à voir Erlend jouer avec leurs enfants. Il avait, leur racontait-il, une sorcière de Laponie qui était âgée de deux cents ans et si desséchée qu'elle n'était « pas plus grande que ça ». Il la gardait dans un sac de cuir, dans le grand coffre qui se trouvait dans sa remise à bateaux. Eh ! oui, bien sûr qu'elle mangeait — toutes les nuits de Noël la cuisse d'un chrétien — cela lui suffisait pour une année. Et s'ils n'étaient pas sages et gentils, s'ils ne cessaient pas de tourmenter leur mère qui était malade, ils iraient eux aussi dans le sac de cuir.

« Mère est malade parce qu'elle est enceinte de notre sœur », dit Naakkve avec l'assurance de quelqu'un qui sait à quoi s'en tenir.

Erlend prit l'enfant par les oreilles et l'attira sur ses genoux.

« Oui — et quand elle sera née, votre sœur, je dirai à ma jolie sorcière de vous jeter des sorts à tous les trois, et alors vous deviendrez des ours blancs et trotterez dans la forêt sauvage, mais ma fille, elle, héritera de tout ce que je possède... »

Les enfants poussèrent des cris et grimpèrent dans le lit près de leur mère. Gaute, qui n'avait pas compris, n'en criait pas moins et grimpait lui aussi pour faire comme ses frères. Christine se plaignait... il ne devait pas faire de si méchantes plaisanteries ! Mais Naakkve revint en trébuchant ; avec des rires et des cris il courut à son père, se suspendit à sa ceinture et mordit les mains d'Erlend avec exaltation.

Cette fois-là non plus Erlend n'eut pas la fille qu'il souhaitait tellement. Christine lui donna deux grands et beaux fils, mais ils lui avaient presque coûté la vie.

Erlend les fit baptiser, l'un en mémoire d'Ivar Gjesling, l'autre en mémoire du roi Skule. Le nom de celui-ci n'avait pas encore été repris dans la famille — Dame Ragnfrid ayant dit que son père était un homme fatal et que, pour cette raison, son nom ne devait pas reparaître. Mais Erlend jura qu'aucun de ses fils ne portait un nom plus fier que son dernier-né.

L'automne était assez avancé pour qu'Erlend se mît en route vers le nord aussitôt que le plus gros danger fut passé pour Christine. Et il se disait en son cœur qu'il valait mieux qu'il partît avant qu'elle eût de nouveau quitté le lit. Cinq fils en cinq ans, c'était peut-être suffisant, et il n'avait vraiment pas à craindre qu'elle mourût en couches tandis qu'il serait là-haut à Vargoey.

Il comprenait que Christine avait des pensées analogues. Elle ne se plaignait plus qu'il dût la quitter. Elle avait accepté chacun de ses enfants comme un don précieux de Dieu, et ses souffrances comme une épreuve qu'elle devait supporter sans se plaindre. Mais cette fois elle avait si affreusement souffert qu'Erlend comprenait que tout courage l'avait pour ainsi dire abandonnée. Elle était couchée, le visage jaune comme la cire, regardant les deux petits paquets emmaillotés à côté d'elle, et elle n'avait pas un regard aussi heureux que pour les autres.

Erlend, assis près d'elle, ruminait en pensée son voyage vers le nord. La traversée serait dure, sans doute, en cette fin d'automne, et ce serait merveilleux d'arriver là-haut pour la longue nuit d'hiver. Il aspirait à cela indiciblement. Cette dernière angoisse au sujet de sa femme avait complètement brisé toute résistance en son âme : il s'abandonnait passivement au désir qui l'emportait loin de son foyer.

4

Durant près de deux ans Erlend Nikulaussoen fut le chef de la garnison royale à la forteresse de Vargoey. Pendant toute cette période il ne revint pas plus loin que Bjarkoey dans le sud, une fois que Messire Erling Vidkunssoen et lui s'y donnèrent rendez-vous. Le second été après le départ d'Erlend, Henning Alfssoen mourut enfin, e+ Erlend recueillit ses fonctions dans la province d'Orkdoela. Haftor Graut partit vers le nord pour le remplacer à Vargoey.

Il était joyeux quand il fit voile vers le sud quelques jours après la Nativité (8 septembre). Il avait aspiré à cette satisfaction pendant toutes ces années : obtenir les fonctions que son père avait remplies jadis. Non qu'il se fût en aucune façon efforcé d'atteindre ce but. Mais il lui avait toujours paru que c'était cela même dont il avait besoin pour être mis à la place qui lui revenait — à la fois à ses propres yeux et aux yeux de ses pairs. Maintenant cela lui était égal d'être considéré comme un peu différent des autres fainéants — il n'y avait plus rien de choquant dans sa situation particulière.

Et il languissait de son foyer. Il avait rouvé le Finmark plus tranquille qu'il ne s'y attendait. Le premier hiver déjà l'avait fatigué ; il resta inactif dans le fort et ne put rien faire pour l'amélioration de l'ouvrage. Celui-ci avait été remis en état dix-sept ans auparavant, mais à présent il était tout à fait en ruine.

Puis arrivèrent le printemps et l'été avec leur vie et leur

agitation : les entrevues de côté et d'autre dans les fjords avec les collecteurs d'impôts norvégiens et à demi norvégiens et avec les porte-parole des populations des régions désertiques. Erlend vagabondait avec ses deux bateaux et s'amusait beaucoup. Dans l'île, les maisons furent réparées et l'ouvrage renforcé. Mais l'année suivante tout fut de nouveau tranquille.

Haftor aurait bien dû s'arranger pour que revînt une période de troubles ! Et Erlend riait... Ils avaient fait voile ensemble jusque près de Trjanema, où Haftor avait fait la conquête d'une Lapone qu'il avait emmenée avec lui. Erlend lui parla à ce sujet. Il devait se rappeler que la chose importante était de faire comprendre aux païens que nous étions les maîtres. Il fallait donc s'arranger pour n'irriter personne inutilement, étant donné le peu de forces dont on disposait : ne pas se mêler au jeu, si les populations lapones se battaient et s'entre-tuaient, mais les laisser en paix goûter cette joie ; être au contraire comme un autour contre les Russes, les bandits et toute cette engeance, quel qu'en fût le nom ; et laisser en paix leurs femmes — à dire vrai, elles étaient toutes des sorcières, et d'autre part il y avait assez d'occasions qui s'offraient. Mais le seigneur de Godoey pouvait s'arranger comme bon lui semblait jusqu'à ce qu'il se rendît compte de tout cela.

Haftor voulait se débarrasser de ses fermes et de sa femme. Erlend, lui, à présent voulait retourner à son foyer, à tout ce qui lui appartenait. Il avait un désir irrésistible de revoir Christine, Husaby, son village, et tous ses enfants — tout ce qui était là-bas autour de Christine.

Dans le fjord de Lyng il s'aboucha avec un bateau à bord duquel étaient des moines ; ce devaient être des frères du couvent des dominicains de Nidaros qui gagnaient le nord pour tenter d'implanter la vraie foi parmi les païens et les hérétiques des régions frontières.

Erlend était convaincu que Gunnulf se trouvait parmi eux. Et réellement trois nuits plus tard il se trouvait seul avec son frère dans une cabane de terre qui dépendait d'une petite ferme norvégienne proche du rivage où ils s'étaient rencontrés.

Erlend était étrangement ému. Il avait entendu la messe et communié — c'était la seule fois ici dans le nord, sauf lorsqu'il avait été à Bjarkoey. L'église de Vargoey n'avait pas de prêtre ; un sacristain revenu au fort avait essayé de leur faire observer les jours fériés, mais par ailleurs, pour les Norvégiens aventurés tout là-haut dans le nord, il avait été peu question d'assistance spirituelle. Ils devaient se consoler en considérant qu'ils faisaient partie d'une sorte de croisade, si bien qu'il ne pouvait être tenu un compte trop rigoureux de leurs péchés.

Erlend racontait tout cela à Gunnulf, et son frère l'écoutait avec un sourire lointain et étrange sur sa longue bouche mince. Il semblait sucer sans arrêt sa lèvre inférieure, comme fait l'homme qui pense intensément à quelque chose et paraît comprendre, mais n'a pas atteint la pleine clarté de ce qu'il pense.

La nuit était déjà fort avancée. Tous les autres habitants de la ferme dormaient dans le hangar ; les deux frères savaient qu'ils restaient seuls éveillés. Et tous deux étaient pris par ce qu'il y avait d'étrange à se sentir là, seuls tous les deux...

Le bruit de la mer et de la tempête arrivait jusqu'à eux, assourdi et étouffé, à travers les murs de tourbe. De temps à autre une bouffée d'air s'engouffrait, soufflait sur les braises du foyer et faisait légèrement vaciller la flamme de la lampe à huile. Il n'y avait pas de meubles dans la hutte ; les deux frères étaient assis sur le banc de terre bas qui courait le long de trois côtés de la pièce, ayant entre eux la planche à écrire de Gunnulf avec un encrier, une plume d'oie et un rouleau de parchemin. Gunnulf avait noté plusieurs choses que son frère lui avait dites à mesure qu'elles lui venaient à l'esprit sur les assemblées et sur les habitations des paysans, sur les repères de navigation, sur les présages météorologiques et sur des mots de la langue lapone. Gunnulf gouvernait lui-même son bateau, qui avait nom *Sunnivasuden*, car les frères prêcheurs avait choisi sainte Sunniva comme protectrice de leur entreprise.

« Pourvu que vous n'ayez pas le même sort que les gens de Selje ! » dit Erlend, ce qui fit de nouveau sourire un peu Gunnulf.

« Tu m'appelles un agité, Gunnulf, reprit Erlend. Comment faudrait-il donc t'appeler, toi ? Tu as commencé par vagabonder de côté et d'autre dans les pays du sud pendant des années, et à peine es-tu de retour au pays que tu laisses là fonctions ecclésiastiques et prébendes pour aller prêcher le diable et ses enfants à Velli-aa dans le nord. Tu ne connais pas leur langue et ils ne connaissent pas la tienne. Il me semble que tu es encore plus instable que moi.

— Je n'ai ni biens ni parents dont je réponde, dit le moine. Je me suis dégagé de tous liens, tandis que toi, frère, tu t'es lié.

— C'est vrai. Est vraiment libre celui qui n'a rien.

— Toutes les choses que possède un homme le tiennent plus que lui-même ne les tient.

— Hum ! Et pourtant non ; miséricorde ! Admettons que Christine me tienne… en tout cas, jusqu'à nouvel ordre, je ne veux pas que mes biens et mes enfants me tiennent.

— N'aie point de telles pensées, dit Gunnulf doucement. Sinon il arriverait facilement que tu perdes tout cela.

— Non, je ne veux pas ressembler aux autres vieux — qui sont enterrés dans leur sol jusqu'aux mâchoires.

— Je n'ai jamais vu de plus jolis enfants qu'Ivar et Skule, dit Gunnulf. Je me figure que tu étais ainsi à leur âge… aussi n'est-ce pas étonnant que notre mère ait eu tant d'amour pour toi. »

Les deux frères avaient posé chacun une main sur la planche à écrire qui se trouvait entre eux. Même à la faible lueur de la lampe à huile on voyait combien leurs mains étaient différentes. Celle du moine, nue et dépourvue de bagues, blanche et musclée, plus petite et beaucoup plus ramassée que la main de son frère, paraissait néanmoins beaucoup plus forte, bien que la paume d'Erlend fût maintenant dure comme la corne et qu'une cicatrice d'un blanc bleuâtre, due à un coup de flèche, labourât la peau bronzée à partir du poignet en remontant sous la manche. Mais les doigts de la main maigre et tannée d'Erlend étaient secs et noueux aux articulations comme des branches d'arbre, et couverts de bagues d'or et de pierres.

Erlend avait envie de prendre la main de son frère mais il n'osa pas. Il se contenta de boire à sa santé et fit une grimace à cause de la mauvaise qualité de la bière.

« Christine te paraissait-elle tout à fait bien portante à présent ? demanda-t-il de nouveau.

— Oui, elle était épanouie comme une rose à Husaby cet été », dit le moine avec un léger sourire. Il fit une pause, puis il dit sérieusement : « Je te demanderai une chose, frère : pense un peu plus que tu n'as fait jusqu'à présent au bonheur de Christine et de tes enfants. Et puis laisse-toi conseiller par elle et conclus les affaires qu'Eiliv et elle ont arrangées ; ils n'attendent plus que ton accord pour conclure.

— Je n'aime pas précisément ces projets de Christine dont tu parles, dit Erlend avec hésitation. Et puis, d'ailleurs, maintenant ma situation va changer...

— Tes biens prendront plus de valeur quand tu les auras groupés. Les conseils de Christine m'ont paru judicieux quand elle me les a exposés.

— Il n'y a sans doute pas dans toute la Norvège une femme dont les conseils soient plus libres que les siens.

— En fin de compte, c'est tout de même toi qui disposes. Et toi, tu disposes de Christine elle-même, à ta guise », dit Gunnulf d'une voix singulièrement faible.

Erlend eut un petit rire de gorge, s'étira et bâilla. Puis il dit brusquement d'un ton grave : « Tu as été son conseil toi aussi, frère. Et il est arrivé que tes conseils, quelquefois, se soient mis en travers de notre amitié.

— Parles-tu de l'amitié entre ta femme et toi ou de l'amitié entre nous deux, les frères ?

— Je parle des deux, répondit Erlend comme si c'était une pensée qui lui vînt pour la première fois. Une laïque n'a vraiment pas besoin d'être si pieuse, dit-il d'un ton plus léger.

— Je lui ai conseillé ce que j'estimais être le meilleur. Ce qui est le meilleur », rectifia-t-il.

Erlend considéra le moine dans le froc grossier, blanc grisâtre, des frères prêcheurs, avec le manteau noir rejeté en arrière et retombant en plis épais autour du cou et derrière les épaules. Son crâne était si bien rasé qu'il ne subsistait qu'une étroite couronne de cheveux autour de son visage large, maigre et pâle, mais ils étaient aussi drus et noirs que dans les jeunes années de Gunnulf.

« A présent tu n'es pas plus mon frère que tu n'es le frère de n'importe qui, dit Erlend, surpris lui-même de la profonde amertume de sa remarque.

— Il n'en est pas ainsi... mais il devrait en être ainsi.

— Dieu m'assiste ! Je crois que c'est pour cela que tu veux aller chez les Lapons ! »

Gunnulf pencha la tête. Une lueur passa dans ses yeux brun doré.

« D'une certaine façon c'est aussi pour cela », dit-il d'une voix faible et rapide.

Ils étendirent les peaux et les couvertures qu'ils avaient apportées. Il faisait trop froid et trop humide dans la pièce pour qu'ils pussent se dévêtir. Alors ils se souhaitèrent bonne nuit et se couchèrent sur le banc de terre qui était tout à fait bas et proche du sol, à cause de la fumée.

Erlend pensait aux nouvelles qu'il avait reçues de chez lui. Il n'en avait pas eu beaucoup au cours de ces années : deux lettres de sa femme lui étaient parvenues, mais elles étaient alors déjà anciennes. Sira Eiliv les avait écrites pour elle. Elle savait écrire, bien et joliment, mais elle ne le faisait pas volontiers, estimant cela peu convenable pour une femme sans instruction.

Elle allait sans doute devenir encore plus pieuse maintenant qu'ils avaient reçu dans la paroisse voisine des reliques offertes par un homme qu'elle avait connu pendant qu'il vivait — Gaute venait d'y obtenir la guérison de sa maladie et elle-même y avait recouvré la santé après la faiblesse que lui avait value la naissance des deux jumeaux. Gunnulf raconta que les dominicains de Hamar avaient dû finalement rendre le corps d'Edvin Rikardssoen à ses frères d'Oslo et que ceux-ci faisaient rédiger tout ce qui avait trait à la vie de frère Edvin et aux miracles qu'il aurait effectués, tant de son vivant qu'après sa mort. Ils avaient l'intention d'envoyer ce récit au pape et de tâcher d'obtenir la béatification du moine. Quelques paysans du Gauldal et du Medaldal étaient donc partis pour le sud témoigner des miracles que frère Edvin avait accomplis sur leurs prières dans leurs paroisses, par le moyen d'un crucifix sculpté par lui et qui se trouvait maintenant à Medalhus. Ils avaient promis d'ériger une petite église sur la montagne de Vat où il avait vécu en ermite plusieurs étés et où jaillissait depuis son départ une source miraculeuse. On leur avait donné une main du corps d'Edvin à conserver dans cette église.

Christine avait fait don de deux coupes d'argent et de la grande agrafe de manteau ornée de pierres bleues qu'elle tenait de sa grand-mère, Ulvhild Haavardsdatter, et elle avait chargé Tiedeken Paus, de Trondhjem, d'en faire une main d'argent pour les phalanges d'Ervin. Et elle avait été à la montagne de Vat avec Sira Eiliv, ses enfants et une grande escorte lorsque l'archevêque avait consacré l'église, à la Saint-Jean de l'année qui avait suivi le départ d'Erlend pour le nord.

Après cela Gaute était vite devenu bien portant et avait appris à marcher et à parler, et il était maintenant pareil aux enfants de son âge. Erlend s'étira... cette guérison de Gaute, c'était assurément le plus grand bonheur qui pût leur arriver. Il voulait donner quelque terre à cette église. Gaute était blond, disait Gunnulf, et beau de visage — comme sa mère. Si seulement il avait été une petite fille !... On l'aurait appelée Magnhild. Oui... il languissait aussi de revoir ses beaux enfants...

Gunnulf, lui, pensait à ce jour de printemps, trois ans plus tôt, où il gagnait Husaby à cheval. Sur le chemin il avait rencontré un homme de la ferme ; la maîtresse de maison n'était point là ; elle était chez une femme malade.

Il allait par un chemin étroit, herbeux, bordé de vieilles clôtures. Il y avait un bois d'arbres à feuilles caduques sur les pentes d'éboulis argileux, aussi bien au-dessus de lui qu'en bas vers le fleuve dont le grondement printanier retentissait tout au fond de la combe. Il avançait vers le soleil, et le tendre feuillage vert brillait en flammes d'or sur les branches, mais au sein de la forêt une ombre froide tombait déjà sur le fond herbeux.

En avançant il aperçut le miroitement d'un lac qui renvoyait le reflet sombre d'un autre versant, avec le ciel bleu et l'image des grands nuages d'été fondus et divisés par les moires de l'eau courante. Tout en bas, au-dessous du sentier cavalier, il y avait une petite ferme au milieu des prairies vertes émaillées de fleurs. Un groupe de femmes aux coiffes blanches se trouvait dans la cour, mais Christine n'était point parmi elles.

Un peu plus loin, il vit le cheval de Christine dans l'enclos avec d'autres. Le chemin s'enfonçait devant lui dans un creux d'ombre verte et, à l'endroit où apparaissait la première ondulation de la pente, Christine était debout sous le feuillage contre la barrière, écoutant le chant des oiseaux ; il apercevait le blanc de la coiffe et le blanc du bras. Mais quand il fut plus près, il vit qu'il n'y avait là qu'un tronc de bouleau...

Le soir suivant, lorsque ses gens le ramenèrent à la ville en bateau, le prêtre se mit lui aussi à ramer. Il sentait son cœur ferme et régénéré dans sa poitrine. Rien ne pourrait désormais ébranler sa résolution.

Il savait maintenant que c'était ce désir ardent et inextinguible qu'il portait en lui depuis l'enfance qui l'avait fait rester en arrière en ce monde. Il voulait conquérir l'affection des hommes. Pour être aimé il avait été bienfaisant, doux et enjoué avec les petites gens ; il n'avait fait briller sa science qu'avec discrétion et modestie parmi les prêtres de la ville, pour leur être agréable ; il avait été déférent à l'égard de Messire Eiliv Kortin parce que c'était un ami de son père et qu'il savait comment Messire Eiliv aimait que fussent les gens. Il avait été affectueux et doux avec Orm pour essayer de gagner l'affection du jeune garçon en butte à l'humeur capricieuse de son père. Et il avait été sévère et exigeant pour Christine parce qu'il comprenait qu'elle avait besoin de rencontrer quelque chose qui ne fléchît point quand elle cherchait un appui, quelque chose qui ne la déçût point quand elle s'offrait docilement.

Mais à présent il avait compris ; il avait cherché à gagner la confiance de Christine pour lui-même beaucoup plus qu'à la fortifier dans sa confiance en Dieu...

Erlend avait ce soir trouvé le mot : tu n'es pas plus mon frère que le frère de tous les hommes. C'était le détour qu'il fallait prendre avant que son amour du prochain pût gagner quelqu'un.

Deux semaines plus tard il avait partagé ses biens entre ses parents et l'Eglise et pris les habits de profès au couvent des dominicains. Et ce printemps, alors que toutes les âmes étaient bouleversées par l'affreux malheur qui s'était abattu sur le pays, la foudre ayant incendié l'église du Christ à Nidaros et à demi ravagé la maison de saint Olav, Gunnulf avait obtenu l'appui de l'archevêque pour son vieux projet. En compagnie de frère Olav Jonssoen, qui était ordonné prêtre comme lui-même, et de trois plus jeunes moines, un de Nidaros et deux dominicains de Bjoergvin, il s'en allait maintenant vers le nord pour apporter la lumière du Verbe aux infortunés qui vivaient et mouraient dans les ténèbres en deçà des frontières d'un pays chrétien.

Christ, qui fus crucifié ! Maintenant j'ai vendu tout ce qui pouvait m'attacher. Je me suis remis moi-même entre tes mains, si tu daignes payer de ma vie la libération des compagnons de Satan. Prends-moi ; que je me sente ton esclave, car alors je te posséderai aussi. — Ainsi, un jour sans doute son cœur exulterait et chanterait de nouveau dans sa poitrine comme il avait chanté et battu lorsqu'il allait, par les plaines verdoyantes qui avoisinent la ville forte de Rome, d'une église de pèlerinage à une autre... « je suis à mon bien-aimé et à lui va mon désir ».

Etendus chacun sur leur banc, dans la petite hutte, les deux frères méditaient dans leur sommeil. Un maigre feu couvait dans l'âtre entre eux. Ils se voyaient s'éloignant de plus en plus l'un de l'autre. Et, le lendemain, l'un partit pour le nord, l'autre pour le sud.

Erlend avait promis à Haftor Graut de passer par Godoey et d'emmener avec lui sa sœur vers le sud. Elle était mariée à Baard Aasulfssoen de Lensvik qui était parent d'Erlend, mais à un degré éloigné.

Le premier matin, la *Sirène* franchit le goulet de Godoey, sa voile gonflée par une fine brise se détachant sur les montagnes bleues ; Erlend était debout à l'arrière sur le pont de commandement. Ulf Haldorssoen tenait le gouvernail. Alors survint Sunniva. Elle avait rejeté son capuchon et le vent faisait flotter son voile de tête en arrière de ses cheveux frisés que dorait le soleil. Elle avait les mêmes yeux que son frère, brillants et d'un bleu d'eau et, comme lui, un joli visage, mais aussi les mêmes petites mains potelées couvertes de taches de rousseur.

Dès le premier soir où il l'avait vue à Godoey, leurs yeux s'étaient rencontrés ; ils se regardèrent en se souriant insidieusement, Erlend ayant compris qu'elle le connaissait, et que lui-même la connaissait. Sunniva Olavsdatter, il n'avait qu'à la prendre par le poignet, et elle s'attendait à ce qu'il le fît.

Il était là, tenant la main de la jeune femme dans la sienne, pour l'aider à monter. Ses yeux rencontrèrent le visage rude et sombre d'Ulf. Ulf avait compris lui aussi. Une étrange confusion lui vint sous le regard de cet homme. Dans un éclair il se rappela tout ce qu'avait fait ce parent qui était aussi son compagnon — toutes les bêtises dans lesquelles il s'était empêtré depuis sa prime jeunesse. Ulf n'avait pas besoin de le regarder avec tant d'ironie — il n'avait nullement songé à s'approcher de cette femme plus que l'honneur et la vertu ne le permettaient, se disait-il pour se consoler. Il était aujourd'hui assez âgé et expérimenté pour ne pas se laisser entraîner à faire une sottise avec la femme d'un autre homme, fût-ce tout là-haut dans le Nord, en Haalogaland. Il avait lui-même une femme, à présent ; dès la première fois qu'il avait vu Christine, et jusqu'à ce jour, il lui avait été fidèle ; aucun homme de bon sens ne pouvait faire état de telle ou telle histoire qui lui était arrivée dans le nord. Sur aucune femme il n'avait depuis jeté les yeux — comme cette fois. Il le savait lui-même... avec une femme norvégienne, même de sa condition... non, il n'aurait point l'âme en paix une seule minute s'il trompait ainsi Christine. Mais ce voyage vers le sud avec elle à bord .. c'était peut-être risqué.

Ce qui lui vint un peu en aide, c'est qu'ils rencontrèrent du gros temps, si bien qu'Erlend eut autre chose à faire qu'à badiner avec Sunniva. A Dynoey il dut s'abriter dans le port et attendre quelques jours. Tandis qu'ils étaient là, une chose survint qui fut cause que Dame Sunniva lui parut beaucoup moins séduisante.

Erlend, Ulf et quelques-uns des hommes dormaient dans la même cahute que Sunniva et ses servantes. Il s'y trouvait seul un matin, et elle n'était pas encore levée. Elle l'appela et lui dit qu'elle avait perdu une bague en or dans le lit. Il dut venir l'aider à chercher. Elle-même, à genoux, rampait dans le lit en chemise, sans plus. Il leur arriva de se faire face, et chaque fois un sourire un peu libertin brillait dans leurs yeux. Puis elle le saisit à pleines mains... Certes, il n'avait pas eu des manières particulièrement respectueuses — le temps et le lieu ne s'y prêtaient guère — mais elle montrait tant d'effronterie et d'impudicité qu'une froideur subite s'empara de lui. Rouge de honte, il se détourna de ce visage abandonné au rire et à la paillardise, se dégagea sans autre prétexte et sortit. Puis il dépêcha les servantes de Sunniva vers leur maîtresse.

Que diable ! Il n'était tout de même pas un jeune rat pour se laisser prendre dans la paille du lit ! Autre chose était de séduire, autre chose de se laisser séduire. Il y avait de quoi rire : il venait d'échapper à une jolie femme comme cet Hébreu de Joseph. Sur mer comme sur terre il arrive toujours quelque chose.

Non, Dame Sunniva... Et le souvenir d'une femme s'imposait à lui — d'une femme qu'il connaissait. Elle était venue le trouver dans une auberge de marins en bordée — elle était aussi chaste et digne en sa démarche qu'une jeune fille de sang royal qui se rend à la messe. Elle s'était donnée à lui dans des bosquets et des granges. Que Dieu lui pardonne, il avait oublié la naissance et l'honneur de cette femme ; elle aussi avait oublié tout cela pour l'amour de lui, Erlend, mais n'avait pu le bannir de son âme. Son sang se révélait même quand elle n'y pensait pas.

Dieu te bénisse, ma Christine, et Dieu me vienne en aide ! La foi que je t'ai donnée secrètement et devant la porte de l'église, je la garderai ou je ne serais pas vraiment un homme.

Après quoi il débarqua Dame Sunniva à Yrjar où elle avait des parents. Ce qu'il y eut de mieux, c'est qu'elle ne parut pas trop fâchée quand ils se séparèrent. Il n'avait pas eu besoin de pencher la tête et d'être triste comme un moine — ils s'étaient jetés l'un l'autre par-dessus bord, comme on dit. En adieu il donna à la femme quelques fourrures de prix pour s'en faire un manteau, et elle lui promit qu'il la verrait avec ce manteau. Ils se rencontrèrent une fois ou deux. La pauvre ! Son mari n'était point jeune et il avait l'air maladif...

Erlend cependant était heureux de rentrer à son foyer sans rien avoir dans l'esprit qu'il dût cacher à sa femme, et il se sentait fort de sa fermeté mise à l'épreuve. Il exultait, fou du désir de revoir Christine... la plus douce, la plus chère des roses et des lis — et elle était à lui !

Quand Erlend aborda à Birgsi, Christine était venue à sa rencontre sur la plage. Des pêcheurs avaient apporté à Vigg la nouvelle que la *Sirène* avait été aperçue au large à Yrjar. Elle avait avec elle ses deux fils aînés et Margret et à la maison, à Husaby, un festin était préparé pour les amis et les parents qui devaient fêter le retour d'Erlend.

Christine était devenue si belle qu'Erlend perdit le souffle quand il la vit. Mais elle était assez changée. Cet air de jouvencelle qu'elle avait gardé après chacune de ses couches, cette apparence tendre et frêle qui la faisait ressembler à une nonne sous ses habits de femme mariée, tout cela avait disparu. C'était une femme et une mère toute jeune et épanouie. Ses joues étaient rondes et d'un rouge frais entre les blanches pointes de son foulard de tête. sa poitrine était haute et ferme sous les chaînes et les broches qui resplendissaient. Ses hanches s'arrondissaient avec plus d'ampleur et de douceur sous la ceinture qui portait les clefs et l'étui doré réservé aux ciseaux et au couteau. Oui, elle n'en était devenue que plus jolie et, telle qu'elle apparaissait maintenant, on ne la lui ravirait pas aussi facilement qu'auparavant pour l'emporter au ciel. Même ses mains longues et minces étaient devenues plus charnues et plus blanches.

Ils passèrent la nuit à Vigg dans la maison de l'abbé. Et ce fut une Christine jeune, rose et joyeuse, douce et faible de bonheur qui cette fois chevaucha avec lui vers le festin de Husaby, lorsqu'ils s'en furent chez eux le lendemain.

Elle aurait eu beaucoup de choses sérieuses à dire à son mari quand il rentra chez lui. Mille choses sur leurs enfants, ses préoccupations au sujet de Margret, ses plans pour remettre sur pied leurs propriétés. Mais tout cela disparut en bloc dans l'ivresse de la fête.

Ils allaient d'un festin à l'autre, et elle accompagnait le juge cantonal dans ses déplacements. Erlend gardait encore plusieurs hommes à Husaby ; des messages et des lettres circulaient entre lui et ses fermiers ou représentants. Il était toujours espiègle et joyeux... ne pouvait-il faire un bon juge, lui qui s'était heurté à presque tous les chapitres de la loi norvégienne et du droit chrétien ? Ce genre de choses, il les avait bien apprises et ne les avait pas oubliées facilement. Erlend avait l'esprit vif et ouvert et il avait reçu une bonne instruction dans ses jeunes années. Cela apparaissait de nouveau en lui à présent. Il s'accoutumait à lire les lettres lui-même, et il avait pris comme secrétaire un Islandais. Autrefois Erlend avait mis son sceau sous tout ce que d'autres lisaient pour lui et il répugnait à regarder une ligne d'écriture. Christine en avait fait l'expérience pendant ces deux années ; elle s'était familiarisée avec tout ce qui se trouvait dans les coffres à lettres d'Erlend.

Il lui vint alors une légèreté d'esprit qu'elle n'avait jamais connue auparavant. Elle devint plus vive et moins silencieuse en société, parce qu'elle sentait qu'elle était tout à fait jolie à présent et, pour la première fois depuis son mariage, très bien portante. Et le soir, quand Erlend et elle étaient couchés ensemble chez des étrangers dans une grande ferme ou dans une maison de paysans, ils riaient, bavardaient et plaisantaient à propos des gens qu'ils avaient rencontrés et des nouvelles qu'ils avaient apprises. Erlend avait la langue mieux pendue que jamais et les gens paraissaient l'aimer mieux que quelque temps auparavant.

Elle en fit la remarque à propos de leurs propres enfants. Ils étaient pris d'un enthousiasme délirant quand leur père s'occupait d'eux quelques instants. Naakkve et Bjoergulf ne s'intéressaient à présent qu'à des arcs, des javelots et des haches. Aussi arrivait-il que le père s'arrêtât en traversant la cour, les regardât et rectifiât leurs gestes. « Pas comme cela, mon fils... voilà comme tu dois t'y prendre. » Et il modifiait la mauvaise prise de la main, il plaçait les doigts dans la bonne position. Alors l'excitation des enfants était à son comble.

Les deux fils aînés étaient inséparables. Bjoergulf, le plus grand et le plus fort des enfants, était de la même taille que Naakkve d'un an et demi plus âgé, et plus gros. Ses cheveux, d'un noir de corbeau, bouclaient rageusement ; il avait un petit visage large, mais de beaux yeux d'un bleu noir. Un jour Erlend demanda avec inquiétude à la mère si elle savait que Bjoergulf ne voyait pas bien d'un œil : il louchait aussi un peu. Christine dit qu'elle ne pensait pas que ce fût vrai ; en grandissant cela lui passerait. A la vérité, Christine s'intéressait à lui moins qu'aux autres enfants ; à sa naissance elle était épuisée par les soins donnés à Naakkve et Gaute arriva aussitôt après. Il était le plus fort, et certainement le plus intelligent des enfants, mais il parlait peu. C'était celui de ses fils qu'Erlend aimait le mieux.

Bien qu'il ne s'en rendît pas compte lui-même, Erlend en voulait à Naakkve parce qu'il était venu à un mauvais moment et aurait dû porter le nom de son père. Et Gaute n'était pas tel qu'il l'avait espéré. L'enfant avait une grosse tête, ce qui pouvait être naturel, car pendant deux ans on eût dit que sa tête seule avait grandi, mais maintenant les membres se développaient à leur tour. Son intelligence était assez bonne, mais il parlait très lentement, car, lorsqu'il parlait vite, il se mettait à grasseyer ou à bégayer, et Margret se moquait de lui. Christine avait un faible pour cet enfant, bien qu'Erlend comprît qu'à certains égards elle préférait l'aîné, mais Gaute avait été très chétif et il ressemblait un peu à son grand-père maternel, avec ses cheveux de lin et ses yeux d'un gris noir, et il s'ennuyait énormément de sa mère. Il était un peu isolé entre les deux aînés qui ne se quittaient pas et les jumeaux si petits qu'ils étaient encore confiés à leurs mères nourricières.

Christine avait moins de temps maintenant pour s'occuper de ses enfants, et elle devait comme les autres femmes les donner à garder à des servantes, mais les deux aînés aimaient courir dans la cour avec les hommes. Elle ne les couvait plus avec la tendresse maladive d'autrefois, mais elle jouait et riait davantage avec eux quand elle avait un moment pour les rassembler autour d'elle.

Au nouvel an ils reçurent à Husaby une lettre qui portait le sceau de Laurent Bjoergulfsoen. Elle était écrite de sa propre main et avait été confiée au prêtre d'Orkedal qui s'était rendu dans le Sud, de sorte qu'elle datait de deux mois. La principale nouvelle qu'elle apportait était celle des fiançailles de Ramborg avec Simon Andressoen de Formo. Le mariage aurait lieu à la fête de l'Invention de la sainte croix.

Christine fut extrêmement surprise. Mais Erlend dit qu'il avait bien pensé que cela pouvait arriver, depuis qu'il avait appris que Simon Darre, devenu veuf, s'était établi à sa ferme de Sil après la mort du vieux seigneur André Gudmundsoen.

5

Simon Darre avait trouvé tout naturel autrefois que son père eût arrangé son mariage avec la fille de Laurent Bjoergulfsoen. C'était une vieille coutume dans sa famille que les parents décidassent en pareil cas. Il avait été heureux de voir que sa fiancée était jolie et charmante. D'ailleurs il avait toujours pensé qu'ils ne pourraient être que bons amis, lui et la femme choisie par son père. Christine et lui se convenaient par l'âge, la fortune et la naissance... Si Laurent était d'origine un peu plus haute, le père de Simon était chevalier et avait été un des familiers du roi Haakon, tandis que Laurent avait toujours vécu tranquillement dans ses fermes. D'ailleurs Simon avait toujours observé que les gens mariés s'entendaient quand ils étaient bien assortis.

Puis il y avait eu ce fameux soir du grenier de Finsbrekken, où les gens voulaient faire son affaire à la jeune et innocente enfant. A partir de ce moment, il avait bien compris qu'il tenait à sa fiancée plus qu'il n'était simplement convenable. Il n'y pensait pas beaucoup... il était heureux ; il voyait que sa fiancée était timide et pudique, mais il ne pensait pas non plus à cela.

Puis étaient venus les jours d'Oslo, quand il fut obligé de réfléchir sur les faits — et ensuite le soir du grenier chez Fluga.

Il lui était arrivé une chose qu'il croyait impossible — entre honnêtes gens de bonne famille et à cette époque. Ses fiançailles brusquement rompues, il sortait de là aveuglé et bouleversé, mais, par nature, il avait toujours été un peu froid, tranquille et impassible quand il parlait de ces événements avec son père et le père de Christine.

Ensuite, s'écartant des usages de sa race, il avait fait une chose qui, elle aussi, était inouïe dans sa famille : sans demander le moindre conseil à son père, il avait recherché en mariage la jeune et riche veuve de Mandvik. Il fut ébloui quand il comprit que Dame Halfrid l'aimait — elle était beaucoup plus riche et de plus haute naissance que Christine, petite-fille du baron Tore Haakonssoen de Tunsberg, veuve du chevalier Finn Aslakssoen ; elle était belle et avait une nature si fine et si noble qu'auprès d'elle les femmes de son propre milieu paraissaient des paysannes. Que diable, il leur montrerait, à tous, qu'il pouvait obtenir la plus élégante des femmes ; avec sa richesse et tout le reste elle surpassait, certes, ce Trondhjémois qui n'apportait que honte à Christine. Et une veuve, c'était fort clair, on savait ce que c'était — au diable les vierges...

Il avait appris que ce n'était pas aussi simple de vivre dans le monde qu'il l'avait cru chez lui dans les Dofrines. Là-bas, son père décidait de tout, et son humeur était la règle. Simon avait, il est vrai, séjourné à la cour, et avait été un temps porte-flambeau du roi ; il avait aussi reçu quelque instruction chez lui du chapelain de son père ; il lui arrivait donc de trouver un peu désuète telle ou telle opinion de son père, de le contredire, mais c'était par pure plaisanterie, et son père le prenait ainsi. « Ce Simon ! disait le père en riant, quelle tête vive il a sur les épaules ! » Et tous riaient avec lui, la mère et les frères et sœurs de Simon qui jamais ne disaient un mot contre Messire André. Mais tout allait selon la volonté du père ; et Simon lui-même trouvait cela naturel.

Les années où il demeura à Mandvik, marié à la fille de Halfrid Erling, il apprit chaque jour davantage que la vie pouvait être un peu plus mauvaise et compliquée qu'André Gudmundsoen ne l'avait imaginée.

Il ne se serait jamais figuré qu'il ne pourrait se plaire avec une femme comme celle qu'il avait obtenue. Dans le fond de son âme il éprouvait un étonnement douloureux en regardant sa femme vaquer à ses occupations dans la maison tout le long du jour, si jolie avec ses doux yeux, sa bouche si mignonne quand elle était fermée... il n'avait jamais vu une femme porter vêtements et bijoux avec autant de grâce. Et dans les ténèbres de la nuit il était dégoûté d'elle au point d'en perdre toute jeunesse et toute ardeur... elle était maladive, son haleine n'avait aucune fraîcheur, ses caresses l'importunaient. Et de plus elle était si bonne que cet état de choses le rendait honteux et désespéré, mais à présent il lui en voulait.

Puis ils n'étaient pas mariés depuis longtemps quand il comprit qu'elle ne lui donnerait jamais un enfant vivant et venu à terme. Il comprit qu'elle en avait encore plus de chagrin que lui — ce lui fut comme un coup de poignard au cœur que de penser à la destinée de sa femme à cet égard. Certains bruits étaient arrivés à ses oreilles : la cause en aurait été que Messire Finn l'avait brutalisée à coups de pied et battue au point que plusieurs fois elle avait avorté pendant qu'elle était mariée avec lui. Il avait été d'une jalousie tout à fait absurde au sujet de sa jeune et jolie épouse. Les parents de la jeune femme avaient voulu la lui arracher, mais Halfrid estimait que c'était le devoir d'une femme chrétienne de rester près de son mari, quel qu'il fût.

Mais, si elle ne lui donnait pas d'enfants, il devait bientôt sentir chaque jour que c'était sur la terre de sa femme qu'ils vivaient et ses richesses qu'il administrait. Il les gérait avec soin et intelligence. Mais pendant ces années grandit en son âme un désir ardent de Formo, la ferme familiale de sa grand-mère paternelle, qu'il avait de tout temps été désigné pour recevoir en héritage à la mort de son père. Il lui semblait, dans le Gudbrandsdal, être plus chez lui qu'en Romerike.

Les gens continuaient à appeler sa femme Dame Halfrid comme au temps du chevalier, son premier mari. Et cela lui donnait encore davantage l'impression d'être simplement, à Mandvik, le conseiller de sa femme.

Puis il arriva qu'un jour, alors que Simon et sa femme étaient seuls dans la grand-salle, une des servantes y vînt pour quelque affaire. Halfrid l'avait examinée.

« Voilà qui m'étonne, avait-elle dit. J'ai peur que Jorunn n'ait un enfant cet été... »

Simon, assis, tenait sur ses genoux une arbalète dont il arrangeait le mécanisme. Il changeait la filière à vis, inspectait le ressort, et il répondit sans lever la tête :

« Oui. Et il est de moi. »

Sa femme ne dit rien. Lorsque, finalement, il leva son regard vers elle, il la vit en train de coudre, aussi absorbée par son travail qu'il l'avait été par le sien.

Simon était chagriné d'avoir ainsi blessé sa femme et d'avoir eu des relations avec la servante, et aussi agacé d'avoir endossé cette paternité. Lui-même était loin d'être convaincu... Jorunn, elle, était chose légère. En réalité il ne l'avait jamais aimée ; elle était laide, mais avait la langue bien pendue, ce qui rendait sa conversation amusante, et toujours elle l'avait attendu quand il rentrait tard à la maison l'hiver précédent. Il avait répondu précipitamment à sa femme parce qu'il supposait que sa femme se plaindrait et le blâmerait. C'était une idée sotte, il aurait dû savoir que Halfrid en était incapable. Mais maintenant c'était fait. Il ne voulait pas revenir sur ses propres paroles. Il lui fallait prendre son parti d'être considéré comme le père de l'enfant de la servante, que ce fût vrai ou non.

Halfrid ne fit allusion à cet incident qu'un an plus tard ; elle demanda un jour à Simon s'il savait que Jorunn allait se marier à Borg. Il le savait fort bien, car il lui avait lui-même donné une dot. « Où irait l'enfant ? demanda sa femme. — Chez les parents de la mère, où il était déjà », répondit Simon. Alors elle dit :

« Il me semble qu'il serait plus convenable que ta fille grandît dans ta ferme.

— Dans ta ferme à toi, veux-tu dire ? »

Un léger frisson passa sur le visage de la femme.

« Tu sais bien, Simon, qu'aussi longtemps que nous vivrons tous deux, tu seras le maître ici à Mandvik », dit-elle.

Simon s'avança et mit ses mains sur les épaules de sa femme.

« Si vraiment tu veux dire, Halfrid, que tu supporterais de voir cette enfant ici, chez nous, je veux te remercier profondément de ta grandeur d'âme. »

Il n'aimait pas cette enfant. Il l'avait vue quelquefois. C'était une petite fille laide, et il ne lui trouvait aucune ressemblance avec lui ni avec aucun des siens. Il croyait moins que jamais en être le père. Et il avait été profondément irrité quand il avait appris que Jorunn, sans lui en demander la permission, avait baptisé la petite Arngjerd, du nom de sa mère à lui. Mais il laissa Halfrid décider. Elle fit venir l'enfant à Mandvik, lui donna une mère nourricière et veilla elle-même à ce que rien ne lui manquât. Elle la prenait souvent sur ses genoux et lui donnait des soins gentiment et tendrement. Et à mesure que Simon voyait davantage la petite, il se mit à l'aimer — il avait un faible pour les enfants. Il finit par trouver une certaine ressemblance entre Arngjerd et son père. Il y avait bien des chances que Jorunn fût demeurée tranquille après que son maître l'eût approchée... Sans doute Arngjerd était-elle donc sa fille, et Halfrid lui avait fait faire ce qu'il y avait de mieux et de plus honnête.

Au bout de cinq ans de mariage, Halfrid donna à son mari un enfant qui vint à terme. Elle fut comme transfigurée de bonheur, mais aussitôt après ses couches elle tomba si malade qu'il fut bientôt évident pour tout le monde qu'elle en mourrait. Pourtant elle était pleine de courage la dernière fois qu'elle eut, pendant un instant, toute sa connaissance. « Tu vas rester à Mandvik, Simon, et t'occuper de la propriété pour moi et pour ma descendance », dit-elle à son mari.

Après cela, la fièvre augmenta tellement qu'elle ne retrouva plus ses esprits et ainsi n'eut pas le chagrin, pendant qu'elle était sur terre, d'apprendre que l'enfant était mort un jour avant elle. Et, dans l'autre monde, au lieu d'éprouver cette peine, pensait Simon, elle devait être heureuse d'avoir Erling auprès d'elle.

Simon se rappela ensuite que la nuit où les deux cadavres se trouvaient là-haut dans le grenier, il alla s'accouder à la barrière d'un champ auprès de la mer. C'était juste avant la Saint-Jean, et la nuit était si claire que la pleine lune brillait à peine. L'eau avait un éclat pâle ; elle ondulait et clapotait légèrement en se retirant avec la marée. Simon avait à peine dormi une heure depuis la nuit de la naissance de l'enfant. Il lui semblait à présent que cela était très éloigné, et il était si fatigué qu'il avait à peine conscience de son chagrin.

Il avait à cette époque vingt-sept ans.

Vers la fin de l'été, quand la succession eut été partagée, Simon céda Mandvik à Stig Haakonssoen, neveu de Halfrid. Il partit pour Dyfrin où il passa l'hiver.

Le vieux seigneur André était alité, perclus de toutes sortes de maux et infirmités ; sa fin approchait et il se plaignait beaucoup — pour lui non plus la vie n'avait pas été très douce dans les derniers temps. Cela n'avait pas marché pour ses enfants, si beaux et si pleins de promesses, comme il l'avait espéré. Auprès de son père, Simon faisait de grands efforts pour retrouver son humeur égale et badine d'autrefois, mais le vieux ne cessait de se lamenter. Helga Saksesdatter, la femme de Gyrd, était si délicate qu'elle ne savait quelles inepties inventer — Gyrd n'avait pas le droit de rester dans sa propre maison sans la permission de sa femme ! Et ce Torgrim qui songeait continuellement à son ventre, jamais il ne lui aurait donné sa fille s'il avait su que c'était un blasé qui n'avait le courage ni de vivre ni de mourir. Astrid ne pouvait avoir aucune joie de sa jeunesse et de son aisance tant que vivrait son mari. Sigrid s'étiolait de chagrin — elle avait complètement perdu son sourire et sa gaieté, la chère enfant. Dire qu'elle avait eu cet enfant — et Simon n'en avait pas ! Malheureux, vieux, malade, Messire André pleurait. Gudmund avait fait des objections à tous les mariages que son père avait proposés, et celui-ci était devenu si âgé et si faible qu'il avait laissé son garçon... en faire à sa tête.

Mais le malheur avait commencé quand Simon et cette hypocrite jeune fille s'étaient dressés contre leurs parents. C'était d'ailleurs la faute de Laurent. Bien qu'il fût brave entre les braves, il faiblissait quand il s'agissait de ses femmes. Quelques soupirs et cris de la jouvencelle, et aussitôt il s'était effondré et avait envoyé quérir ce riche Trondhjémois coureur de filles, qui n'avait même pas pu attendre que sa fiancée fût unie à lui par la mariage. Mais si Laurent s'était montré le maître dans sa maison, lui, André Darre, aurait bien fait voir qu'il était capable d'apprendre à vivre à un polisson de fils imberbe. Christine Lavransdatter, elle, avait eu des enfants, un fils frétillant tous les onze mois, avait-il entendu dire...

« Cela se paie cher, père, dit Simon en riant. L'héritage sera joliment divisé. » Il prit Arngjerd sur ses genoux — elle entrait justement dans la chambre à pas de loup.

« Oui, ce n'est pas elle qui sera cause que l'héritage s'émiettera après toi... quelle que soit la personne qui doive le partager », dit Messire André avec humeur. Il était heureux d'avoir sa petite-fille, mais mécontent que Simon eût eu un enfant illégitime. « As-tu pensé à te remarier, Simon ?

— Laissez au moins le corps de Halfrid se refroidir dans sa tombe, père, dit Simon en caressant les cheveux pâles de l'enfant. Je me remarierai sans doute, mais ce n'est pas si pressé. »

Il prit alors son arc et ses skis et s'en alla vers la forêt pour respirer un peu. Avec ses chiens il suivait l'élan sur la neige durcie, et il tirait le coq de bruyère sur les arbres ; pendant les nuits il couchait dans les chalets forestiers des Dofrines et trouvait bonne la solitude.

Des skis craquèrent dans la cour. Les chiens s'élancèrent, et au-dehors d'autres chiens répondirent. Simon ouvrit la porte sur la nuit bleutée de lune et Gyrd entra, svelte, grand, beau, calme. Il paraissait plus jeune que Simon qui avait toujours été un peu gras et avait encore pris de l'embonpoint pendant les années de Mandvik.

Les frères s'assirent avec, entre eux, le sac à provisions, mangèrent et burent, puis regardèrent le feu de l'âtre.

« Tu as appris sans doute, dit Gyrd, que Torgrim veut faire un beau fracas quand père ne sera plus — et que Gudmund fait chorus avec lui. Helga aussi. Ils ne veulent pas que Sigrid ait sa pleine demi-part avec nous.

— Je sais. Mais sa demi-part, elle l'aura. Toi et moi nous y pourvoirons, frère.

— Le mieux serait sans doute que père lui-même arrangeât cela avant de mourir.

— Non. Laisse père mourir en paix. Toi et moi pouvons certainement faire en sorte de protéger notre sœur et de les empêcher de la dépouiller parce qu'il lui est arrivé un pareil malheur... »

Les héritiers de Messire André Darre se séparèrent avec une amère inimitié. Gyrd fut le seul dont Simon prit congé quand il partit de la maison — et il savait que désormais Gyrd ne vivrait pas des jours trop doux avec sa femme. Il emmena Sigrid avec lui à Formo — elle prendrait soin de sa maison, il dirigerait les propriétés de Sigrid.

Il entra à cheval dans sa ferme par un jour gris-bleu de dégel, quand la forêt d'aunes qui borde le Laug était brune de fleurs. Comme il allait franchir la porte de la maison principale, avec Arngjerd sur le bras, Sigrid Andresdatter lui demanda :

« Pourquoi as-tu souri ainsi, Simon ?

— Est-ce que j'ai souri ? »

Il lui était venu à l'esprit que ce retour était différent de celui qu'il avait jadis espéré — quand viendrait le jour où il s'installerait dans la ferme de sa grand-mère. Une sœur séduite et un bâtard, voilà ce qui maintenant lui appartenait.

Le premier été il n'alla pas voir beaucoup les gens de Joerundgaard ; il les évitait soigneusement.

Mais le dimanche d'après la Nativité il se trouva à l'église à côté de Laurent Bjoergulfsoen, si bien qu'ils durent se donner mutuellement le baiser de messe quand Sira Erik eût ordonné « que la paix de la Sainte Eglise emplît notre âme ». Et quand il sentit les lèvres minces et sèches du vieillard contre sa joue et qu'il l'entendit murmurer sur lui la prière de paix, il fut étrangement troublé. Il comprit que Laurent pensait ce qu'il disait au lieu de suivre seulement un rite de l'Eglise.

Il sortit en hâte quand la messe fut finie, mais dehors, près des chevaux, il trouva Laurent qui le pria de l'accompagner à Joerundgaard et d'y prendre un repas. Simon répondit que sa fille était malade et que sa sœur était auprès d'elle. Alors Laurent pria Dieu de donner meilleure santé à l'enfant et serra la main de Simon.

Quelques jours plus tad, à Formo, ils avaient travaillé dur à engranger, parce que le temps était peu sûr. On avait déjà rentré la plus grande partie du grain, quand, le soir, s'abattit la première averse. Simon traversait la cour en courant sous une pluie battante et les flammes d'un soleil doré, déchirant les nuages, éclairaient la grande maison et le flanc de la montagne par-derrière, quand il aperçut une petite fille qui se tenait devant la porte de la maison, sous la pluie et le soleil. Elle avait près d'elle le chien favori de Simon qui s'élança vers son maître, tandis qu'une ceinture de femme, tissée, traînait à terre, attachée à son collier.

Il vit que la fillette était de bonne famille — sans manteau et nu-tête, elle avait une robe rouge vin faite d'un drap acheté en ville, brodée et retenue sur la poitrine par une broche dorée. Un ruban de soie relevait sur son front ses cheveux à grandes boucles, plus foncés sous la pluie. La fillette avait un petit visage intelligent, un front large, un menton pointu, de grands yeux étincelants, et ses joues étaient d'un rouge éclatant, comme si elle avait couru très fort.

Simon comprit qui elle était et l'appela par son nom, Ramborg.

« D'où vient que tu me fais ce grand honneur de venir nous voir ? »

C'était le chien, raconta-t-elle, tout en le suivant dans la maison pour s'abriter de la pluie. Il avait pris l'habitude de s'échapper à Joerundgaard ; elle le ramenait, voilà ! Elle savait que c'était son chien, pour l'avoir vu courir après lui quand il allait à cheval.

Simon la gronda un peu d'être venue ainsi toute seule. Il dit qu'il allait faire seller des chevaux et l'accompagner lui-même chez elle. Mais d'abord elle devait se restaurer. Ramborg courut aussitôt au lit où la petite Arngjerd était couchée, malade ; l'enfant aussi bien que Sigrid furent enchantées de leur hôte, car Ramborg était vive et animée. Simon trouvait qu'elle ne ressemblait pas à ses frères et sœurs.

Il l'accompagna à cheval jusqu'au chemin de la ferme, puis il voulut s'en retourner, mais il rencontra Laurent qui venait justement d'apprendre que l'enfant n'était pas avec ses camarades de jeu à Laugarbru ; il était sorti avec des gens pour faire des recherches ; il était très effrayé. Simon dut entrer avec lui, et, une fois qu'il se fut installé sur une chaise dans la grand-salle, il perdit sa timidité et se trouva vite à son aise avec Ragnfrid et Laurent. Ils restèrent à boire tard, et, comme le temps était maintenant affreux, Simon accepta avec gratitude de passer la nuit à Joerundgaard.

Il y avait deux lits dans la maison principale. Ragnfrid en arrangea un avec soin pour leur hôte, et la question se posa alors de savoir où dormirait Ramborg — avec ses parents ou dans un autre bâtiment.

« Non, moi je veux être dans mon lit à moi, dit l'enfant. Est-ce que je ne peux pas dormir avec toi, Simon ? »

Laurent dit qu'ils ne pouvaient importuner leur hôte en faisant coucher des enfants avec lui, mais Ramborg répétait qu'elle voulait coucher avec Simon. Finalement Laurent dit d'un ton sévère qu'elle était trop grande pour partager le lit d'un étranger.

« Non, père, dit-elle avec entêtement. N'est-ce pas, Simon, que je ne suis pas trop grande ?

— Tu es trop petite, dit Simon en riant. Offre-moi de coucher avec moi dans cinq ans, je ne dirai certainement pas non. Mais alors tu voudras sans doute pour mari un autre homme qu'un laid, gros et vieux veuf, petite Ramborg ! »

Laurent ne parut pas goûter la plaisanterie. Il dit sèchement qu'à présent elle devait se taire et aller se coucher dans le lit de ses parents. Mais Ramborg cria encore :

« Tu m'as demandée, Simon Darre, de telle façon que mon père l'a entendu.

— C'est bien cela, dit Simon. Mais j'ai peur qu'il ne réponde non, Ramborg. »

A partir de ce jour les gens de Formo et de Joerundgaard furent constamment ensemble. Ramborg se rendait à la ferme voisine aussi souvent qu'elle en avait le loisir, traitait Arngjerd comme si l'enfant eût été sa poupée, courait avec Sigrid et aidait au ménage, s'asseyait sur les genoux de Simon quand ils étaient dans la grand-salle. Simon prit l'habitude de faire des caresses à la petite et de bavarder avec elle comme il avait coutume de le faire au temps passé, quand elle et Ulvhild devaient devenir pour lui des sœurs.

Simon demeurait depuis deux ans dans la vallée quand Geirmund Hersteinssoen de Kruke demanda Sigrid Andresdatter en mariage. La famille de Kruke était de vieille et libre souche paysanne, mais, bien que quelques-uns des hommes eussent servi à la cour du roi, ils n'avaient jamais eu de notoriété hors de leur pays. Ce n'en était pas moins un mariage aussi bon que Sigrid pût l'espérer, et elle-même acceptait volontiers d'épouser Geirmund. Ses frères conclurent donc cette affaire, et Simon fit chez lui les noces de sa sœur.

Un soir, juste avant le mariage, tandis qu'ils s'affairaient plus que jamais aux préparatifs du festin, Simon dit en plaisantant qu'il ne voyait pas bien comment irait sa maison quand Sigrid serait partie. Alors Ramborg déclara :

« Arrange-toi du mieux que tu pourras pendant deux ans,

Simon. A quatorze ans une fille est bonne à marier, tu pourras donc me prendre avec toi.

— Non, je ne veux pas de toi, dit Simon en riant. Je ne me sens pas capable de brider une fille sauvage comme toi.

— Mon père dit que ce sont les filles les plus paisibles qui ont un fond trompeur, dit Ramborg. Je suis une sauvage, moi. Ma sœur était douce et tranquille, elle. As-tu oublié Christine, Simon Andressoen ? »

Simon sauta de son banc, prit la fillette dans ses bras, la souleva contre son épaule et l'embrassa si fort dans le cou qu'il se forma une tache rouge. Terrifié et stupéfait tout le premier, il la lâcha — il saisit Arngjerd, la lança et la chiffonna de la même manière, pour donner le change. Il fit tellement le diable à quatre avec les fillettes, celle qui était à moitié grande et la plus petite, qu'elles sautèrent sur les tables et les bancs. Finalement il les jucha sur la poutre transversale tout près de la porte et sortit en courant.

On ne parlait presque jamais de Christine à Joerundgaard de façon qu'il l'entendît.

Ramborg Lavransdatter grandit et devint jolie. Les potins de village prétendaient la marier. Un temps, il fut question d'Eindride Haakonssaen des Gjesling de Valder. Ils étaient parents au quatrième degré, mais Laurent et Haakon étaient si riches tous les deux qu'ils pouvaient s'arranger pour envoyer une lettre au pape et obtenir une dispense. Cela pouvait mettre un terme aux vieux procès qui duraient depuis que les vieux Gjesling s'étaient joints au duc Skule et que le roi Haakon leur avait pris la propriété de Vaage pour la donner à Sigur Eldjarn. Le jeune Ivar Gjesling avait récupéré Sundbu, par échange, à son mariage, mais ces affaires avaient entraîné avec elles beaucoup de querelles et de désunion. Laurent en riait lui-même ; la part qu'il pouvait réclamer pour sa femme ne valait pas le vélin et la cire qu'il avait employés à l'affaire — sans parler du tracas et des voyages. Mais il était dans la haute vallée depuis son mariage et il y demeura fixé.

Cependant Eindride Gjesling épousa une autre jeune fille, et les gens de Joerundgaard ne semblèrent pas en être désolés. Ils assistèrent au festin, et, de retour chez elle, Ramborg racontait librement que quatre hommes l'avaient demandée en mariage en présence de ses parents ou à elle-même. Laurent avait répondu qu'il ne voulait conclure aucune union pour sa fille avant qu'elle fût en âge de dire elle-même son mot à ce sujet.

Ainsi allèrent les choses jusqu'au printemps de l'année où Ramborg eut quatorze hivers. Elle se trouvait alors un soir dans l'étable de Formo avec Simon et regardait un veau qu'ils venaient d'avoir. Il était blanc avec une tache brune, et Ramborg trouvait que cette tache ressemblait à une église. Simon était assis sur le bord de la huche avec la fillette appuyée à ses genoux et il passait la main sur ses nattes.

« Cela veut dire sans doute que ton cheval de noces te conduira bientôt à l'église, Ramborg.

— Tu sais bien que mon père ne te répondra pas non le jour où tu me demanderas, dit-elle. Je suis assez grande maintenant pour être bonne à marier cette année. »

Simon tressaillit légèrement, mais il essaya de sourire.

« Te revoilà avec cet enfantillage ?

— Tu sais bien que ce n'est pas un enfantillage, dit la fillette en fixant sur lui ses grands yeux. Je sais depuis longtemps que c'est ici, à Formo, auprès de toi, que je préférerais vivre. Pourquoi m'as-tu embrassée et prise sur tes genoux si souvent toutes ces années dernières, si tu ne voulais pas m'avoir à toi ?

— T'avoir, je le voudrais certes bien, ma Ramborg. Mais je ne me suis jamais figuré qu'une toute jeune fille, et si charmante, pût m'être destinée. J'ai dix-sept ans de plus que toi — tu ne réfléchis certainement pas que tu aurais ainsi un mari vieux, chassieux et ventru, tandis que tu serais toi-même une femme dans ses plus belles années.

— Ce sont mes années de maintenant qui sont les meilleures, dit-elle d'un air rayonnant, et tu n'es pas précisément décrépit, Simon !

— Je suis laid et tu en auras vite assez de m'embrasser, moi !

— Tu n'as aucune raison de croire cela », répondit-elle en riant, et elle lui tendit sa bouche. Mais Simon ne l'embrassa pas.

« Je ne veux pas profiter de ce que tu n'as point ta pleine raison, ma chérie. Laurent veut t'emmener au sud avec lui cet été. Si tes intentions n'ont pas changé quand tu reviendras, je remercierai Dieu et Notre-Dame de m'offrir un bonheur plus grand que je ne l'avais espéré, mais je ne veux pas te lier, jolie Ramborg. »

Il prit ses chiens, son javelot et son arc et partit pour la montagne le même soir.

Il y avait encore beaucoup de neige dans les immenses étendues ; il fit le tour du chalet, prit des skis, s'installa auprès de la mer au sud des monts Raane et chassa le renne durant une semaine. Mais le soir où il redescendit au pays, il fut pris de nouveau d'inquiétude et de peur. Il était possible que Ramborg ne se fût pas gênée pour parler à son père. Comme il s'était assis au bout de la prairie devant le chalet de Joerundgaard, il vit de la fumée et des étincelles s'échapper du toit. Il pensa que Laurent lui-même pouvait être là, et il monta au chalet.

A l'attitude de Laurent, il crut comprendre qu'il avait deviné juste. Mais ils bavardèrent sur les malheurs du dernier été, sur le moment où il conviendrait cette année de mener le bétail à la montagne, sur le nouveau faucon de Laurent qui était à terre, battant des ailes au-dessus des entrailles des oiseaux en train de cuire à la broche au-dessus du feu. Laurent n'était monté que pour voir son enclos à chevaux de l'Ilmandsdal — quelqu'un de l'Alvdal, qui était passé par là ces derniers temps, lui ayant dit que le hangar s'était écroulé. Ils devisèrent ainsi la majeure partie de la soirée. Alors Simon finit par dire :

« Il y a une chose que je ne sais pas... est-ce que Ramborg t'a parlé d'une affaire dont nous avions dit un mot ici un soir ? »

Laurent dit lentement :

« Je trouve que tu aurais pu me parler à moi tout d'abord, Simon... tu dois bien imaginer quelle réponse tu aurais reçue. Oui... oui... je comprends que les circonstances ont pu t'amener à en parler d'abord à ma fille... et cela ne peut pas faire grande différence. Je suis heureux de confier mon enfant à un honnête homme. »

Ainsi, il n'y avait pas grand-chose à dire de plus, pensait Simon. C'était pourtant étrange : lui qui jamais n'avait eu l'idée de poursuivre une honnête jeune fille ou jeune femme, il se trouvait engagé d'honneur à en épouser une qu'il aurait préféré éviter.

Cependant il insista :

« A la vérité, Laurent, je n'ai pas ensorcelé ta fille derrière ton dos. Mon âge m'obligeait à penser qu'elle attribuerait à nos vieilles relations fraternelles le fait que je bavardais beaucoup avec elle. Et si tu trouves que je suis trop vieux pour elle, je ne m'en étonnerai pas ni ne permettrai que cela rompe notre amitié.

— J'ai rencontré peu d'hommes que j'aurais plus de plaisir à voir me tenir lieu de fils que toi, Simon, dit Laurent. Et je te donnerais volontiers Ramborg. Mais tu sais qui devra la conseiller pour son mariage quand je ne serai plus là ? » C'était la première fois qu'une allusion à Erlend Nikulaussoen était faite entre eux. « A beaucoup de points de vue mon gendre vaut mieux que je ne me le figurais tout d'abord, lorsque j'ai fait sa connaissance. Mais je ne sais s'il est homme à donner de sages conseils pour le mariage d'une jeune fille. Quant à Ramborg je vois bien qu'elle est spontanément disposée à t'épouser.

— C'est son avis à l'heure actuelle, dit Simon. Mais elle sort à peine de l'enfance. Aussi n'ai-je point l'intention d'insister auprès de toi si tu trouves qu'il faut laisser les choses en état quelque temps encore...

— Et moi, dit Laurent en tronçant légèrement les sourcils, je n'ai pas l'intention d'user de menaces envers ma fille pour qu'elle soit à toi, je te prie de le croire.

— Et toi, sois bien sûr qu'il n'est point de fille au pays de Norvège que je préférerais à Ramborg. La vérité, Laurent, c'est que cela me paraît être un bonheur trop grand pour moi que d'obtenir une femme si jolie, si jeune, si bonne, riche en même temps, et issue des plus nobles familles... Et t'avoir comme beau-père », ajouta-t-il avec un peu d'embarras...

Laurent sourit, gêné lui aussi.

« Tu connais mon opinion. Et tu en useras toujours avec mon enfant et son héritage de façon que nous n'ayons jamais lieu de regretter cette affaire, sa mère et moi...

— Avec l'aide de Dieu et de tous les saints, cela, je le promets », dit Simon.

Alors ils se serrèrent la main. Simon se rappela la première fois qu'il avait conclu une pareille affaire par une poignée de main avec Laurent. Son cœur se serra douloureusement.

Mais cette fois c'était un meilleur mariage qu'il ne pouvait l'espérer. Les deux filles de Laurent seraient seules à se partager son héritage. Et il tiendrait lieu de fils à l'homme qu'il avait toujours honoré et aimé le plus parmi tous ceux qu'il connaissait. Et Ramborg était jeune, gentille, bien portante...

Il devait bien enfin avoir le jugement d'un homme mûr. S'il

avait pensé qu'il aurait un jour, veuve, celle qu'il n'avait pu avoir jeune fille, puisque c'était l'autre qui avait joui de sa jeunesse ainsi qu'une douzaine de prétendants du même acabit — vraiment il méritait que ses frères le fissent interdire et déclarer incapable de gérer ses propres affaires. Erlend deviendrait aussi vieux que pierre de montagne, c'était toujours le sort de pareils gaillards.

Ils seraient donc beaux-frères. Ils ne s'étaient pas vus depuis le soir de la maison d'Oslo. Mais ce souvenir serait encore plus gênant pour l'autre que pour lui.

Il serait pour Ramborg un bon mari, sans défaillance. Pourtant il semblait bien que cette enfant lui avait tendu un piège...

« Tu ris ? interrogea Laurent.

— Ai-je ri ?... Une idée qui m'a traversé l'esprit.

— Dis-moi ce que c'est, Simon... que je puisse rire à mon tour. »

Simon Andressoen fixa sur Laurent ses deux petits yeux pénétrants.

« Je pensais... aux femmes. Je me demande si une femme peut faire cas de l'honneur d'un homme comme nous le faisons entre nous, lorsqu'elle a avantage à passer outre. Halfrid, ma première femme... Avant toi, Laurent Bjoergulfsoen, je n'ai raconté cela à âme qui vive, et je ne le raconterai à personne d'autre. C'était une femme si bonne, si pieuse, si droite, que j'ai peine à croire qu'elle ait eu au monde sa pareille... Je t'ai dit comment elle prit la venue d'Arngjerd. Mais quand nous comprîmes ce qui était arrivé à Sigrid, eh bien, elle voulait que nous cachions ma sœur quelque part, tandis qu'elle-même ferait semblant d'être enceinte et donnerait pour sien l'enfant de Sigrid. Ainsi nous aurions un héritier, l'enfant serait bien soigné, et Sigrid pourrait rester chez nous sans avoir à se séparer de lui. Je ne crois pas qu'elle ait compris que ce serait une fraude à l'égard de ses propres parents... »

Laurent dit peu après :

« Et tu aurais pu demeurer à Mandvik, toi, Simon...

— Oui. » Simon Darre eut un gros rire. « Et peut-être aussi légitimement que beaucoup demeurent sur la terre qu'ils appellent l'héritage de leurs aïeux. Puisque, en pareille matière, nous ne pouvons nous reposer que sur l'honneur des femmes... »

Laurent ajusta le capuchon sur la tête de son faucon et mit celui-ci sur son poignet.

« C'est un propos bizarre pour un homme qui a des idées de mariage », dit-il à voix basse. Il y avait une sorte de colère dans sa voix.

« Personne n'a pareille opinion de tes filles », répondit Simon.

Laurent regarda son faucon et lui gratta le dos avec une baguette.

« De Christine non plus ? murmura-t-il.

— Non, dit Simon avec fermeté. Elle n'a pas bien agi à mon égard, mais je n'ai jamais trouvé qu'elle manquât de sincérité. Elle m'a dit honnêtement et franchement qu'elle avait rencontré un homme qu'elle aimait plus que moi.

— Quand tu l'as si aisément laissée t'échapper, demanda doucement le père, n'était-ce point parce que tu avais... entendu quelques... bruits... sur elle ?

— Non. Je n'avais jamais entendu aucun bruit sur Christine. »

Il fut convenu que le festin des fiançailles aurait lieu ce même été et les noces après Pâques de l'année suivante, lorsque Ramborg aurait quinze ans accomplis.

Christine n'avait pas revu sa maison natale depuis le jour où elle en était partie à cheval comme jeune mariée — il y avait huit ans de cela. Elle y revenait maintenant en grand cortège, avec son mari, Margret, ses cinq fils, les bonnes des enfants, les servantes, les compagnons et les chevaux portant les bagages. Laurent était venu à cheval au-devant d'eux ; ils se rencontrèrent dans les Dofrines. Christine n'avait plus les larmes aussi faciles que dans sa jeunesse, mais quand elle vit son père s'avancer vers elle, ses yeux s'emplirent de pleurs. Elle arrêta son cheval, se laissa glisser de sa selle et courut au-devant de son père, et quand ils se furent rejoints elle lui saisit la main qu'elle embrassa tendrement. Laurent sauta aussitôt de cheval et souleva sa fille dans ses bras. Puis Erlend et lui se firent un salut de la main ; Erlend avait fait comme les autres et venait à pied au-devant de son beau-père, en le saluant respectueusement.

Le lendemain Simon arriva à Joerundgaard pour saluer ses nouveaux parents. Gyrd Darre et Geirmund de Kruke étaient avec lui, mais leurs femmes étaient restées à Formo. Simon voulait que son mariage eût lieu chez lui, si bien que les femmes avaient là-bas fort à faire.

La rencontre se passa de telle sorte que Simon et Erlend se dirent bonjour librement et sans contrainte. Simon était maître de lui, et en voyant Erlend si dispos et si gai il pensa qu'il avait certainement oublié le lieu où ils s'étaient vus la dernière fois. Ensuite Simon donna la main à Christine. Ils avaient moins d'assurance, et, un instant, leurs yeux se rencontrèrent.

Christine trouva qu'il avait beaucoup enlaidi. Dans sa jeunesse il avait été, malgré tout, assez beau garçon, bien que déjà trop corpulent avec le cou trop court. Ses yeux gris d'acier paraissaient déjà petits sous de lourdes paupières, la bouche trop petite et les fossettes trop grandes dans son visage rond d'enfant. Mais il avait le teint frais et le front large, blanc comme lait, avec de jolis cheveux bouclés, d'un brun clair. Il avait encore à présent des cheveux bouclés, aussi bruns et aussi drus, mais son visage était rouge sombre, avec des rides sous les yeux, des joues alourdies et un double menton. Tous ses membres avaient épaissi, et il avait pris aussi un peu de ventre. Aujourd'hui il n'avait point l'air d'un homme qui pût se permettre de s'allonger sur le bord du lit le soir pour chuchoter avec sa fiancée. Christine pensait que c'était dommage pour sa jeune sœur ; elle était fraîche et gracieuse ; elle avait une joie enfantine de se marier. Dès le premier jour elle avait montré à Christine les coffres contenant sa dot, les cadeaux de noces de Simon, et elle avait raconté ce qu'elle avait entendu dire à Sigrid Andresdatter sur un écrin doré qui se trouvait à Formo dans la chambre nuptiale ; il renfermait douze voiles précieux et son mari lui en ferait présent le matin d'après les noces. Pauvre petite, elle ne comprenait pas ce que c'était que le mariage. Quel dommage qu'elle connût si peu sa petite sœur !... Ramborg avait été deux fois à Husaby, mais elle s'y était toujours montrée revêche et peu aimable — elle n'aimait pas Erlend ni Margret qui était du même âge qu'elle.

Simon réfléchissait qu'il avait attendu — espéré, peut-être —

que Christine parût un peu flétrie, après avoir eu tant d'enfants. Mais elle était rayonnante de jeunesse et de santé ; la tête haute et le dos droit, elle marchait aussi gracieusement que jamais, bien que son pas fût peut-être un peu plus ferme. C'était la plus belle des mamans au milieu de ses cinq beaux enfants. Elle était vêtue d'une robe de laine couleur rouille faite à la maison, avec des oiseaux bleu foncé brochés dans le tissu — Simon se rappela qu'il avait tenu ce tissu dans ses mains pendant qu'elle y travaillait à son métier.

Il y eut quelque agitation quand ils se mirent à table dans le grenier à foin. Skule et Ivar se mirent à crier : ils voulaient comme d'habitude être assis entre leur mère et leur nourrice. Laurent trouvait inadmissible que Ramborg fût assise plus loin qu'une femme au service de sa sœur et que de jeunes enfants ; aussi pria-t-il sa fille de s'asseoir à la place d'honneur à côté de lui, étant donné qu'elle devait bientôt quitter la maison paternelle.

Les petits garçons de Husaby étaient turbulents, et paraissaient ne pas savoir se tenir à table. Le repas n'était pas encore fort avancé que le tout jeune aux cheveux blonds se glissa sous la table et réapparut auprès du banc contre les genoux de Simon.

« Montre-moi le joli fourreau que tu as à ta ceinture, cousin Simon », dit-il d'une voix lente et sérieuse. Ses yeux étaient tombés sur le grand fourreau incrusté d'argent contenant une cuiller et deux couteaux.

« Le voilà, mon petit. Comment t'appelles-tu, cousin ?

— Je m'appelle Gaute Erlendssoen. »

Il posa le morceau de lard qu'il tenait sur le vêtement de drap flamand gris argent de Simon, tira le couteau du fourreau et l'examina attentivement. Puis il prit le couteau avec lequel Simon mangeait et la cuiller, et mit tout en place afin de voir quel effet cela faisait quand tout était groupé dans le fourreau. Il était tout à fait sérieux, les doigts et le visage luisants de graisse. Simon regardait en souriant cette vive et jolie petite tête.

L'instant d'après, les deux aînés étaient eux aussi sur le banc des hommes ; les deux jumeaux s'ébrouaient sous la table et caracolaient entre les jambes des gens — puis s'en allaient rejoindre les chiens auprès du poêle. Les grandes personnes n'avaient plus guère de tranquillité à table. La mère et le père admonestaient bien les enfants en leur disant de se tenir tranquilles, mais ceux-ci ne les écoutaient pas ; les parents, d'ailleurs, riaient tout le temps et ne semblaient pas prendre au sérieux leur vacarme, pas même lorsque Laurent, sur un ton assez rude, pria un de ses hommes d'emmener les chiens dans la pièce d'en dessous, afin qu'on pût entendre ce qu'on avait à se dire dans le grenier. Les gens de Husaby devaient dormir dans le grenier à foin, et, après le repas, quand on apporta de nouveau à boire pour les hommes, Christine et ses servantes emmenèrent les enfants dans un coin pour les déshabiller. Ils s'étaient tellement barbouillés en mangeant que la mère voulut un peu les laver. Mais les petits ne voulaient pas se laisser faire et les grands faisaient gicler l'eau, et tous se promenaient par-ci par-là dans la chambre entre chaque vêtement que les femmes leur ôtaient. Finalement, on les mit tous dans le même lit, mais là ils continuèrent à faire du vacarme, à se rouler, à se pousser, à rire et à hurler ; coussins, tapis, draps furent lancés de côté et d'autre, si bien que dans toute la pièce l'air était empli de poussière et sentait le foin. Christine riait et disait tranquillement qu'ils étaient excités parce qu'ils étaient chez des étrangers.

Ramborg suivit son fiancé dehors et se promena un peu avec lui entre les haies dans la nuit de printemps. Gyrd et Geirmund étaient partis à cheval en avance. Simon s'arrêta et souhaita bonne nuit. Il avait déjà le pied à l'étrier quand il se retourna vers la jeune fille, la prit dans ses bras et l'étreignit si fort qu'elle poussa un léger gémissement dans l'ivresse de son bonheur.

« Dieu te bénisse, ma Ramborg, fine et jolie... trop fine et trop jolie pour moi », murmura-t-il parmi ses boucles folles.

Ramborg, debout, le suivit des yeux tandis qu'il s'éloignait à cheval sous le clair de lune embrumé.

Folle de joie, elle se disait que dans trois jours elle serait mariée avec lui.

Laurent se tenait avec Christine devant le lit des enfants, et il la regardait prendre soin des petits corps. Les aînés étaient de grands garçons, avec des corps maigres et des membres sveltes et secs, mais les petits étaient potelés et d'un blanc rosé, avec des replis dans la chair et des fossettes dans les membres. Le spectacle lui paraissait joli, de ces enfants couchés tout rouges et chauds, trempés de sueur sous leurs épaisses chevelures, respirant calmement dans le sommeil. Ses petits-fils étaient de sains, de beaux enfants, mais jamais il n'en avait vu d'aussi mal élevés. Heureusement que la sœur et la belle-sœur de Simon n'étaient pas là ce soir. Mais peut-être ne devait-il point parler de l'éducation des enfants, lui ! Laurent soupira légèrement et fit le signe de la croix sur les petites têtes.

Puis Simon Andressoen donna son festin de mariage, et ce fut joli et magnifique à tous points de vue. Le marié et la mariée avaient l'air joyeux et beaucoup de personnes trouvèrent Ramborg plus charmante en son jour de gloire que ne l'avait été sa sœur ; pas d'une beauté aussi éblouissante, mais plus joyeuse et plus douce ; tous pouvaient lire dans les yeux clairs et innocents de cette jeune mariée qu'elle portait en ce jour en tout honneur la couronne d'or de la famille des Gjesling.

Joyeuse et fière, elle était assise, les cheveux relevés, dans le fauteuil devant son lit de mariée, quand les invités montèrent voir le jeune couple le matin d'après les noces. Au milieu des rires et de malicieuses plaisanteries ils regardèrent Simon poser la coiffure de maîtresse de maison sur la tête de sa jeune femme. Des hourras et un fracas d'armes éclatèrent quand Ramborg se leva et donna la main à son mari, droite et les joues rouges sous le blanc foulard de tête.

Ce n'était pas si souvent que deux enfants de haut rang du même village se mariaient ; quand on examinait la famille dans toutes ses branches, on trouvait en général une parenté trop proche. Aussi tous considéraient ce mariage comme une grande et joyeuse fête.

6

Une des premières choses que Christine avait remarquée chez ses parents, c'était que les vieilles têtes d'hommes qui se trouvaient aux croisées des pignons de la maison avaient disparu. A leur place on avait installé des flèches avec du feuillage et des oiseaux et une girouette dorée sur la nouvelle maison aux provisions. De même, les vieux piliers de bois du siège d'honneur dans la grand-salle à foyer avaient été remplacés par de nouveaux. Les anciens étaient sculptés et représentaient deux figures d'hommes, assez laids, mais ils existaient certainement depuis qu'on avait construit la maison et on avait coutume de les frotter à la graisse et de les laver à l'huile pour les fêtes. Sur les nouveaux piliers, le père de Christine avait sculpté deux hommes aux heaumes et aux écus marqués d'une croix. Ce n'était pas saint Olav lui-même, disait-il, car il lui eût semblé inconvenant qu'un pécheur eût dans sa maison des figures de saints devant lesquelles il ne dît pas ses prières, mais ils pouvaient tout aussi bien être des guerriers de l'armée de saint Olav. Laurent avait lui-même démoli et brûlé les vieilles sculptures — les domestiques n'osaient y toucher. Ils avaient la permission de porter des aliments à la grande pierre de la butte de Joerund les soirs de fête... — Laurent trouvait que c'eût été dommage d'en priver le vieux de la butte qui y était accoutumé depuis que la ferme avait été habitée ; il mourut longtemps avant la venue du christianisme — ce n'était donc pas sa faute s'il avait été un païen.

Les gens aimaient peu ces pratiques de Laurent Bjoergulfsoen. Sans doute n'en souffrait-il pas, car il pouvait acheter autrement sa sécurité. Il paraissait toujours aussi plein d'énergie, car il avait toujours, comme paysan, la même chance qu'auparavant. Mais on se demandait si les êtres souterrains ne se vengeraient pas quand il y aurait à la ferme un maître moins pieux et moins généreux pour l'église. Et les petites gens trouvaient que mieux valait donner aux anciens ce qu'ils étaient habitués à recevoir que d'engager la guerre avec eux et de se reposer sur les prêtres.

D'ailleurs on ne savait trop ce que deviendrait l'amitié entre Joerundgaard et le presbytère une fois Sira Erik disparu. Le prêtre était devenu vieux et infirme, si bien qu'il avait dû prendre un vicaire. Il avait d'abord parlé avec l'évêque de son neveu Bentein Jonssoen — mais Laurent aussi avait parlé avec l'évêque qui était son ami d'autrefois. Les gens pensaient qu'il n'avait pas raison. Evidemment le jeune prêtre avait été trop entreprenant certain soir à l'égard de Christine et avait peut-être effrayé la jeune fille, mais mieux valait ne pas chercher à savoir si elle n'avait pas provoqué l'effronterie du gaillard. On avait pu constater par la suite qu'elle n'était pas si timide qu'elle en avait l'air. Mais Laurent avait toujours cru à la perfection de sa fille, la considérant exactement comme si elle eût été une châsse pleine de reliques.

Après cela il y eut pendant quelque temps un froid entre Sira Erik et Laurent. Mais alors arriva ce Sira Solmund qui se prit aussitôt de querelle avec le curé à propos d'un lopin de terre, et on discuta s'il appartenait à la cure ou à Erik. Laurent était la première autorité du village en fait d'achat de terrains, et cela depuis toujours ; ce fut son témoignage qui décida. Après cela, Sira Solmund et lui ne furent pas bons amis, mais à présent Sira Erik et Audun, le vieux sacristain, habitaient presque à Joerundgaard, car ils venaient chaque jour voir Laurent, pour se plaindre de tous les torts et tribulations que leur faisait subir le nouveau prêtre, et on les traitait comme s'ils eussent été deux évêques.

Cela était plus ou moins parvenu aux oreilles de Christine par l'intermédiaire de Borgar Trondssoen de Sundbu qui avait pris femme dans le Trondhjémois et avait été plusieurs fois son hôte à Husaby. Trond Gjesling était mort depuis quelques années ; personne ne trouvait que ce fût une grande perte, car il avait été une sorte de non-valeur dans la vieille famille : cupide, têtu et maladif. Laurent seul avait persisté à voir Trond, par pitié pour son beau-frère, et surtout à cause de Gudrid, sa femme. Maintenant ils n'étaient plus, et leurs quatre fils habitaient la ferme ensemble ; c'étaient de beaux hommes pleins d'avenir et d'énergie, si bien que les gens les considéraient comme de bons partis. Il y avait une grande amitié entre eux et leur oncle maternel de Joerundgaard — celui-ci venait à cheval, à Sundbu, deux fois par an et les accompagnait à la chasse dans les montagnes de l'ouest. Mais Borgar trouvait tout à fait absurdes les pénitences et dévotions que Laurent et Ragnfrid s'imposaient à présent : « Il avale toujours autant d'eau pendant les jeûnes, mais il ne dit plus son mot aux bols de bière avec le même cœur qu'au bon vieux temps, ton père », disait-il. Personne n'y pouvait rien comprendre ; on ne pouvait imaginer que Laurent eût quelque péché secret à expier, et, au su de tous, il avait vécu aussi chrétiennement qu'aucun enfant d'Adam, fors les saints.

Tout au fond de son cœur, Christine soupçonnait pourquoi son père s'efforçait de se rapprocher chaque jour davantage de Dieu. Mais elle n'osait pas se l'avouer nettement.

Elle ne voulait pas convenir qu'elle voyait combien son père avait changé. Il n'était, certes, pas tellement âgé. Demeuré svelte, il tenait son corps droit et élégant. Ses cheveux avaient beaucoup grisonné, mais cela ne sautait point aux yeux car il avait toujours été très blond. Cependant, dans la mémoire de Christine, apparaissait l'image d'un Laurent jeune, brillant et beau, avec des joues rondes et fraîches dans un visage long et mince, un teint rose tendre sous le hâle, une bouche rouge et charnue avec de profondes commissures. Maintenant son corps musculeux était desséché jusqu'à n'avoir qu'os et tendons ; son visage brun et anguleux paraissait taillé dans le bois, ses joues plates et maigres avaient un nœud de muscles au coin des lèvres. Oui il n'était plus un jeune homme... bien qu'il ne fût pourtant pas très âgé.

Il avait toujours été pacifique, réfléchi et pensif, et elle savait que depuis sa plus tendre enfance il avait observé avec un zèle extrême les préceptes du christianisme, aimé les messes et les prières en latin et fréquenté l'église comme l'endroit où il trouvait son meilleur refuge. Mais tout le monde sentait qu'une libre vaillance et une joie de vivre palpitaient largement et tranquillement dans l'âme de cet homme calme. A présent il semblait que quelque chose se fût retiré de lui.

Elle ne l'avait vu ivre qu'une seule fois depuis son retour à Joerundgaard — c'était un soir pendant les noces, à Formo.

Il titubait un peu et avait la voix pâteuse, mais il n'avait pas été d'une gaieté particulière. Elle se rappelait son enfance, les grandes beuveries de bière des fêtes et les festins, quand son père riait à gorge déployée et se tapait sur les cuisses à chaque plaisanterie, défiait à la lutte tous ceux qui étaient renommés pour leur force corporelle, essayait des chevaux ou s'élançait dans la danse, mais riait tout le premier quand il ne tenait pas bien sur ses jambes, prodiguait les cadeaux et débordait de bienveillance et d'amitié pour tout le monde. Christine comprenait que son père avait besoin de cette grande ivresse comme dérivatif à son travail constant, aux jeûnes sévères qu'il observait et à la calme vie de famille avec les siens qui voyaient en lui leur meilleur ami et leur soutien.

Elle sentait aussi que son mari n'avait jamais ce besoin de boire jusqu'à s'enivrer, parce qu'il ne savait guère se contenir s'il se départait de la sobriété ; il suivait alors ses impulsions jusqu'au bout, sans beaucoup réfléchir sur ce qui était bien ou mal, ou sur ce que les gens considéraient comme les convenances ou les manières des honnêtes gens. Erlend était en ce qui concernait les boissons fortes l'homme le plus modéré que Christine eût connu. Il buvait pour apaiser sa soif ou pour faire raison à quelqu'un en société, mais sans attacher à cela trop d'importance.

A présent, Laurent Bjoergulfsoen avait perdu sa bonne vieille affection pour les coupes de bière. Il n'avait plus en lui ce qu'il avait eu besoin de dissiper dans l'ivresse. Jamais il ne lui était venu à l'idée de noyer ses soucis dans la boisson, pas plus autrefois que maintenant. A son avis, c'était toujours avec joie qu'un homme devait se rendre à la table de beuverie.

A ses soucis il avait cherché un autre exutoire. Dans l'âme de sa fille, une image demeurait toujours dans une demi-clarté : celle de son père, la nuit où l'église avait brûlé. Il était debout sous le crucifix qu'il avait sauvé, portant la croix et s'appuyant sur elle. Sans qu'elle en eût une idée claire, Christine soupçonnait que l'inquiétude concernant son avenir à elle et l'avenir de ses enfants avec l'homme qu'elle avait choisi, et le sentiment de sa propre impuissance en cette affaire avaient une grande part dans ce qui avait transformé Laurent.

Cette idée lui rongeait le cœur secrètement. Et elle était venue chez ses parents lasse des soucis du dernier hiver, de la légèreté avec laquelle elle avait voulu se tranquilliser au sujet de l'insouciance d'Erlend. Elle savait qu'il était et demeurait prodigue, incapable d'administrer ses biens qui diminuaient lentement et irrésistiblement sous sa direction. Elle avait obtenu que sur ses conseils et sur ceux de Sira Eiliv, il surveillât une ou deux choses, mais elle n'osait l'entretenir, sans répit, de pareils sujets ; et puis il était tentant de se laisser aller à être heureuse avec lui maintenant. Elle se sentait fatiguée de lutter et de combattre à propos de tout, hors d'elle-même et en elle-même ! Mais elle était ainsi faite que l'insouciance aussi l'angoissait et l'usait.

Elle avait espéré retrouver chez ses parents la paix de son enfance sous la garde de son père.

Non, elle ne se sentait pas rassurée. Erlend tirait maintenant un bon revenu de ses fonctions, mais il était aussi entraîné à des dépenses bien plus grandes, entretien de gens et d'une suite dignes d'un chef. En outre, il avait commencé à l'exclure de tout ce qui, dans sa vie, ne se rapportait pas de près à leur communauté. Il ne voulait pas que les yeux vigilants de sa femme demeurassent fixés sur sa conduite. Avec les hommes, il parlait assez volontiers de tout ce qu'il avait vu et vécu dans le nord — à elle, il n'en disait jamais rien. Et il y avait encore autre chose. A plusieurs reprises, ces années-là, il avait rencontré Dame Ingebjoerg, mère du roi, et Messire Knut Porse ; mais alors elle ne s'était jamais trouvée là. Maintenant Messire Knut était duc en Danemark et la fille du roi Haakon s'était unie à lui en justes noces. Cela avait soulevé une amère indignation dans l'âme de bien des Norvégiens. Et l'évêque de Bjoergvin avait fait parvenir en secret plusieurs caisses à Husaby ; elles étaient maintenant à bord de la *Sirène*, et le bateau se trouvait à Lindesnaes. Erlend avait reçu des papiers et il devait faire voile pour le Danemark à la fin de l'été. Il voulut finalement l'emmener avec lui, mais elle s'y opposa. Elle comprit qu'Erlend évoluerait au milieu de ces gens puissants comme un de leurs pairs et de leurs chers parents, et elle avait peur ; ce n'était pas rassurant avec un homme aussi peu circonspect qu'Erlend. Elle n'osait pas partir avec lui ; elle ne pourrait l'aider en rien là-bas et elle ne voulait pas s'exposer à être mêlée à des gens au rang desquels la simple maîtresse de maison qu'elle était ne pouvait s'élever. Et puis elle avait peur de la mer ; le mal de mer lui semblait pire que le plus pénible des accouchements.

Elle séjourna donc chez ses parents à Joerundgaard avec une âme inquiète et tremblante.

Un jour elle était descendue à Skjenne avec son père. Et elle avait revu le remarquable objet précieux qu'ils avaient là-bas à la ferme. C'était un éperon de l'or le plus pur, massif, antique de forme, avec de merveilleuses ornementations. Elle connaissait son origine comme tous les enfants du pays.

Peu de temps après que saint Olav eut christianisé la vallée, Audhild la Belle de Skjenne fut ravie dans la montagne par les trolls. On porta là-haut la cloche de l'église et on la fit sonner pour appeler la jeune fille. Le troisième jour elle arriva par-dessus la clôture, tellement parée d'or qu'elle brillait comme une étoile. Alors la corde se rompit, la cloche roula à travers le chaos de la pente et Audhild dut retourner à la montagne.

Mais une nuit, bien des années après, douze guerriers arrivèrent chez le prêtre — qui était le premier prêtre ici à Sil. Ils portaient des heaumes d'or et des étriers d'argent et ils chevauchaient des étalons bai brun. C'étaient les fils d'Audhild et du roi de la montagne et ils demandaient que leur mère eût un enterrement de chrétienne et une tombe en terre bénite. Elle avait tenté de maintenir, dans la montagne, sa foi et les jours fériés de l'Eglise et c'était une grâce qu'elle demandait. Mais le prêtre refusa. Les gens disaient qu'à cause de cela il n'avait lui-même à présent aucun repos dans sa tombe, mais que, dans les nuits d'automne, on l'entendait marcher dans le bosquet au nord de l'église et pleurer de regret pour sa dureté. La même nuit les fils d'Audhild s'étaient rendus à Skjenne et avaient porté les salutations de leur mère à ses vieux parents. Le lendemain matin on avait trouvé l'éperon d'or dans leur cour. Et le peuple des trolls continua de considérer les gens de Skjenne comme des parents, car ils avaient toujours une chance singulière dans la montagne.

Laurent dit à sa fille tandis qu'ils s'en retournaient à cheval à la maison par la nuit d'été :

« Ces fils d'Audhild récitaient les prières chrétiennes qu'ils avaient apprises de leur mère. Le nom de Dieu et le nom de Jésus, ils ne savaient pas les prononcer, mais ils récitaient le *Pater noster* et le *Credo* comme ceci : Je crois au Tout-Puissant, je crois en son fils unique, je crois en l'Esprit saint. Et ils récitaient encore : Salut, bienheureuse femme qui êtes bénie entre toutes les femmes, et béni est le fruit de vos entrailles, consolation du monde. »

Christine regarda timidement le maigre visage hâlé de son père. Dans la claire nuit d'été il paraissait plus ravagé que jamais par les soucis et les méditations.

« Vous ne m'aviez jamais encore raconté cela, père, dit-elle doucement.

— Ne l'ai-je point fait ? Non. J'imaginais sans doute que tu n'en recueillerais que des pensées trop lourdes pour ton âge. Sira Erik dit qu'il était écrit par l'apôtre saint Paul qu'il n'y a pas que la race des hommes qui gémisse dans la peine... »

Un jour, Christine cousait assise sur la plus haute marche de l'escalier du grenier à foin lorsque Simon entra à cheval dans la cour. Il s'arrêta devant elle, mais sans la voir. Ses parents sortirent tous les deux. Non, Simon ne voulait pas descendre. Ramborg l'avait seulement prié de demander, quand il passerait par là, le mouton qui avait été son favori ; sans doute ne l'avaient-ils pas envoyé à la montagne ; elle voulait l'avoir près d'elle.

Christine vit son père se gratter la tête. Le mouton de Ramborg, oui... Et il rit avec colère. Cela tombait mal ; il avait espéré qu'elle ne s'en souvenait pas. Car il avait donné une hachette à chacun des deux aînés de ses petits-enfants, et le premier usage qu'ils en avaient fait avait été de tuer le mouton de Ramborg.

Simon eut un léger sourire. « Oui, ces jeunes garçons de Husaby, ce sont de petits bandits. »

Christine descendit en courant l'escalier du grenier et détacha ses ciseaux d'argent de la chaîne de sa ceinture :

« Tu les donneras à Ramborg en compensation puisque mes fils ont tué son mouton — je sais qu'elle souhaitait les avoir depuis qu'elle était petite. Personne ne doit dire que mes fils... » Elle avait parlé avec excitation ; elle se tut brusquement. Elle avait vu les visages de ses parents ; ils paraissaient mécontents et stupéfaits de ce qu'elle faisait.

Simon ne prit pas les ciseaux ; il semblait gêné. Puis il aperçut Bjoergulf, dirigea son cheval vers lui, se pencha et souleva le petit devant lui sur la selle.

« C'est comme cela que tu pilles le pays !... Je te fais mon prisonnier et demain tes parents pourront venir me trouver, nous débattrons le prix de ta rançon... »

Ce disant il lança un salut en arrière et s'en fut avec le gamin qui gigotait et riait dans ses bras. Simon était devenu très ami avec les fils d'Erlend. Christine se rappelait qu'il gagnait l'affection des enfants ; ses deux petites sœurs l'avaient aimé. Cela lui causait un chagrin étrange qu'il se plût tellement avec les enfants et eût tant de goût à jouer avec eux, tandis que son mari pouvait à peine entendre leur babillage.

Le lendemain, comme ils étaient à Formo, elle comprit d'ailleurs que Simon n'avait pas reçu de remerciements de sa femme pour avoir amené cet hôte avec lui à la maison.

« Personne ne doit s'attendre à ce que Ramborg s'occupe encore beaucoup des enfants, dit Ragnfrid. A peine est-elle sortie elle-même de l'enfance. Il en sera autrement quand elle sera plus âgée...

— Probablement. » Simon et sa belle-mère échangèrent un regard et un sourire. « Eh ! se disait Christine, il y aura bientôt deux mois qu'ils sont mariés... »

Bien qu'elle eût l'âme déchirée et inquiète, Christine n'en laissa rien paraître à Erlend. Celui-ci prenait ce séjour à la ferme des parents de sa femme avec la tranquillité et le plaisir du juste. Ragnfrid et lui étaient bons amis, et il se montrait profondément attaché à sa belle-mère. Laurent aussi paraissait être content de son gendre. Mais Christine était devenue si sensible et si attentive qu'elle sentait dans la bonté de son père pour Erlend beaucoup de cette tendresse indulgente que Laurent avait toujours eue pour tout être qui lui paraissait peu capable de se diriger seul. Son affection pour son autre gendre était différente — il trouvait en Simon comme un ami et un frère d'armes. Et bien qu'Erlend fût, par l'âge, beaucoup plus près de son beau-père que ne l'était Simon, Simon et Laurent se tutoyaient tandis que, depuis qu'Erlend était devenu le fiancé de Christine, Laurent l'avait tutoyé, mais Erlend avait continué à lui dire vous. Et Laurent n'avait jamais proposé d'y rien changer.

Simon et Erlend aussi étaient bons amis quand ils se rencontraient, mais ils ne recherchaient pas la société l'un de l'autre. Christine continuait à éprouver une secrète aversion pour Simon Darre — en raison de ce qu'il savait sur son compte, mais encore plus parce qu'elle savait que l'honneur avait été du côté de Simon et la honte du côté d'Erlend. Elle enrageait à la pensée que, même cela, Erlend paraissait l'avoir oublié. Aussi n'avait-elle pas toujours un caractère facile avec son mari. Si Erlend était alors d'humeur à supporter son irritabilité avec bienveillance et douceur, cela agaçait Christine qu'il ne prît pas à cœur ses paroles. Un autre jour il pouvait arriver qu'Erlend eût peu de patience ; alors il s'emportait, mais elle répondait à son tour avec amertume et froideur.

Un soir, ils se trouvaient à Joerundgaard dans la maison du foyer. Laurent continuait à préférer cette maison, surtout par un temps de pluie et d'atmosphère lourde comme ce jour-là, car dans la grand-salle, sous le toit plat du grenier à foin, la fumée du poêle était gênante, tandis que dans la maison du foyer la fumée montait sous le faîte même quand il fallait, à cause du temps, fermer le trou à fumée.

Christine cousait assise près du foyer ; elle était de mauvaise humeur et s'ennuyait. En face d'elle, Margret à demi endormie sur sa couture bâillait de temps en temps ; les enfants de Christine faisaient du vacarme dans la pièce. Ragnfrid était à Formo et la plupart des domestiques étaient sortis. Laurent, assis sur son siège élevé, et Erlend, tout au bout du banc extérieur, avaient entre eux l'échiquier et poussaient leurs pions en silence et avec beaucoup de réflexion. A un certain moment Ivar et Skule s'amusaient à tirer chacun à soi un petit chien ; Laurent se leva et prit la petite bête qui criait ; il ne dit rien, mais se remit à jouer avec le chien sur ses genoux.

Christine vint les rejoindre, posa une main sur l'épaule de son mari et les regarda jouer. Erlend jouait beaucoup moins bien aux échecs que son beau-père ; Laurent gagnait généralement quand ils jouaient le soir, mais Erlend n'en perdait ni sa placidité, ni son égalité d'humeur. Ce soir-là il jouait particulièrement mal. Christine lui en fit des reproches qui manquaient de douceur et de gentillesse. Finalement Laurent dit d'un ton assez vif :

« Evidemment Erlend ne peut être à son jeu quand tu es là et le déranges. Que viens-tu faire ici, Christine ? Tu n'as jamais su jouer aux tables !

— Et vous trouvez que je n'ai jamais rien su...

— Il y a une chose, en tout cas, que tu ne sais pas, dit le père d'un ton tranchant, c'est comment il convient qu'une femme parle à son mari. Tu ferais mieux d'aller calmer tes mioches qui se tiennent plus mal que des lutins de Noël. »

Christine s'en fut mettre ses enfants en rang sur le banc et s'assit parmi eux.

« La paix maintenant, mes enfants, dit-elle. Grand-père ne veut pas que vous jouiez et plaisantiez dans cette pièce. »

Laurent regarda du côté de sa fille, mais ne dit rien. Peu après les nourrices entrèrent et Christine, les servantes et Margret s'en allèrent avec les enfants pour les mettre au lit.

Erlend dit, quand son beau-père et lui furent demeurés seuls :

« J'aurais souhaité, beau-père, que vous ne réprimandiez pas Christine ainsi. Si cela peut lui faire du bien de s'en prendre à moi quand elle est de mauvaise humeur... ; il ne sert à rien de lui parler, et elle ne souffre pas qu'on lui dise un mot sur ses enfants.

— Alors, toi aussi, demanda Laurent, tu supportes que tes fils grandissent si mal élevés ? Où sont-elles, les servantes qui doivent garder et soigner les enfants ?...

— Dans la maison de vos serviteurs, j'imagine, dit Erlend en riant et s'étirant. Mais je n'ose pas dire un mot à Christine sur ses servantes, car elle entre alors dans une grande colère et elle me laisse entendre que ni elle ni moi n'avons été des modèles pour nos gens... »

Le lendemain, Christine s'en fut cueillir des fraises le long d'une prairie au sud de la ferme. Son père l'appela de la porte de la forge, la priant de venir le trouver.

Christine vint, sans empressement. C'était sans doute encore Naakkve ! Ce matin encore il avait ouvert une barrière et les vaches de la ferme avaient pénétré dans un champ d'orge.

Le père tira un fer rouge de la forge et le posa sur l'enclume. Sa fille attendait, et pendant longtemps il n'y eut d'autre bruit que les coups de marteau sur le fer à forger qui lançait des étincelles, et la réponse sonore de l'enclume. A la fin Christine demanda ce qu'il lui voulait.

Le fer était froid maintenant. Laurent mit de côté les pinces et le marteau et vint à elle. Avec le visage et les cheveux couverts de suie, les vêtements et les mains tout noirs, le grand tablier de cuir le couvrant par-devant, il avait l'air plus sévère que de coutume.

« Je t'ai appelée, ma fille, parce que je voulais te dire ceci : ici, à ma ferme, il faut que tu montres à ton mari le respect qui convient à une femme. Je ne veux pas entendre ma fille répondre à son mari comme tu as répondu et parlé à Erlend hier soir.

— C'est nouveau, père, que vous estimiez Erlend un homme digne de respect.

— Il est ton mari. Je n'ai exercé aucune pression sur toi pour te faire faire ce mariage. Tu dois t'en souvenir.

— Vous êtes si bon amis, dit Christine. Si vous l'aviez connu comme vous le connaissez maintenant, vous l'auriez fait très certainement. »

Le père la regarda gravement et tristement :

« Tu parles trop vite, Christine, et tu ne dis point la vérité, tu le sais. Je n'ai pas essayé de te contraindre quand tu as voulu congédier ton fiancé légal ; tu savais pourtant que j'avais une profonde affection pour Simon...

— Non, mais Simon n'aurait pas voulu de moi dans ces conditions...

— C'est vrai. Simon était trop fier pour vouloir défendre son droit contre ta volonté. Mais je ne sais pas si, en son cœur, il aurait fait tellement d'objections si j'avais agi comme le voulait André Darre — si nous n'avions pas tenu compte de ce que vous pensiez, vous deux, les jeunes gens. Et je ne sais pas trop si le chevalier n'avait pas raison, quand je vois que tu ne peux pas vivre comme il sied avec le mari que tu as réclamé si fort. »

Christine rit à haute voix et, méchante :

« Simon ! Vous n'auriez jamais obtenu de Simon qu'il épousât la femme qu'il avait trouvée avec un autre homme dans une telle maison !... »

Laurent perdait le souffle :

« ... une telle maison ? dit-il involontairement.

— Oui... de celles que vous autres hommes vous appelez bordels. La propriétaire, c'était la maîtresse de Munar : elle m'avait engagée elle-même à ne pas venir là. Je lui dis que je devais y rencontrer mon parent... je ne savais pas qu'il était son parent. » Elle rit de nouveau avec un air farouche et mauvais.

« Tais-toi », dit le père.

Il se contint un peu. Un frémissement passait sur son visage — un sourire qui était une sort de blêmissement. Il vint à l'esprit de Christine l'image de la pente couverte de feuillage, toute blanche quand l'assaut de la tempête retourne toutes les feuilles et l'enveloppe d'une lumière brillante et pâle.

« Il faut beaucoup savoir pour ne pas questionner... »

Christine s'effondra sur le banc où elle était assise, s'allongeant sur l'un de ses coudes et levant l'autre main devant ses yeux. Pour la première fois de sa vie elle avait peur de son père — une peur mortelle.

Il se détourna d'elle, alla prendre le marteau et le mit à sa place au milieu des autres. Puis il ramassa les limes et autres petits outils et se mit à les ranger sur la poutre traversière. Il tournait le dos à Christine ; ses mains tremblaient violemment.

« N'as-tu jamais pensé, Christine ?... Erlend ne m'a jamais rien dit de cela. » Il se tenait debout devant elle, le regard fixé sur le visage blanc de terreur. « Je lui ai répondu non, assez sèchement, quand il est venu me trouver à Tunsberg avec ses riches parents et m'a demandé ta main — je ne savais pas alors que c'était *moi* qui aurais dû le remercier de vouloir redresser l'honneur de ma fille. — Bien des hommes auraient dû me mettre au courant...

« Il revint me demander ta main en tout honneur. Tous les hommes n'auraient pas eu cette ténacité de prendre pour femme une jeune fille qui était déjà... qui était déjà... ce que tu étais alors.

— Je me figure qu'aucun homme n'aurait osé vous dire...

— Ce n'est pas du froid de l'acier qu'Erlend a jamais eu peur... » Le visage de Laurent exprima tout à coup une fatigue indicible, et sa voix s'éteignit, mourante, imperceptible. Mais il reprit bientôt, d'une voix calme et forte :

« Si mal que cela soit, Christine, le pire me paraît être que tu dises cela maintenant qu'il est ton mari et le père de tes enfants...

« Mais, si les choses sont ainsi, tu savais le pire au sujet d'Erlend avant de te dresser pour devenir sa femme légitime. Il était pourtant décidé à t'acheter aussi cher que si tu avais été une jeune fille honnête. Il t'a laissé beaucoup de liberté — aussi dois-tu racheter ta faute en prenant intelligemment la direction de vos affaires et en y apportant la prudence qui manque à Erlend. Cela, tu le dois à Dieu et à tes enfants.

« J'ai dit moi-même, et d'autres ont dit comme moi, qu'Erlend ne semblait bon à rien d'autre qu'à séduire les femmes. Tu portes ta part de responsabilité à cet égard ; tu viens d'en témoigner toi-même. Il a montré depuis qu'il était aussi bon à autre chose : ton mari s'est acquis une bonne renommée par son courage et ses brillantes qualités militaires. Ce n'est pas un mince avantage pour tes fils que leur père se soit fait une réputation de hardiesse et de valeur sous les armes. S'il a été... peu raisonnable, tu dois le savoir mieux qu'aucun de nous tous. La meilleure façon d'effacer ta honte, c'est d'honorer et d'aider le mari que toi-même tu t'es choisi... »

Christine s'était penchée en avant, la tête dans les mains. Elle leva les yeux, pâle et désespérée :

« C'est cruel de ma part de vous avoir dit cela. Ah !... Simon m'avait priée — c'est la seule chose dont il m'ait priée — de vous épargner d'apprendre le plus horrible...

— Simon t'avait priée de m'épargner... » Christine perçut la détresse qu'il y avait dans la voix de Laurent. Et elle se rendit compte que c'était une cruauté de plus de lui dire qu'un étranger avait compris qu'elle pourrait avoir à se souvenir d'épargner son père.

Alors Laurent s'assit auprès d'elle, prit l'une des mains de sa fille entre les siennes et la posa sur ses genoux.

« Oui ! c'est cruel, ma Christine, dit-il d'une voix douce et triste. Tu es bonne avec tous, ma chère enfant, mais je l'ai déjà compris auparavant, tu peux être cruelle envers ceux que tu aimes trop. Pour l'amour de Dieu, Christine, épargne-moi d'avoir tant à craindre pour toi. Que ton caractère intraitable n'attire pas sur toi et sur les tiens d'autres tristesses. Comme un poulain attaché pour la première fois à son box, tu arraches tout ce qui te retient par les fibres de ton cœur. »

Elle se laissa aller vers lui en sanglotant et son père la pressa très fort contre sa poitrine. Ils restèrent ainsi assez longtemps, mais Laurent ne dit plus rien. A la fin, il releva la tête de Christine :

« Tu t'es noircie, dit-il avec un léger sourire. Il y a bien un linge, là, dans le coin, mais il ne servirait qu'à te noircir davantage. Rentre à la maison... tout le monde peut voir que tu t'es assise sur les genoux du forgeron... »

Il la poussa dehors avec douceur, ferma la porte et s'arrêta un instant. Puis il marcha en titubant vers le banc et s'affaissa, assis, la nuque appuyée contre les troncs d'arbres du mur, le visage levé et contracté. De toute sa force il pressait une de ses mains contre son cœur.

Cela ne durait jamais longtemps. La suffocation, le noir vertige, la douleur qui, du cœur luttant et tressautant, rayonnait jusqu'aux membres, l'assaillaient de quelques rudes coups puis s'apaisaient de nouveau en calmes vibrations. Le sang battait dans les artères de son cou.

Cela passa au bout d'un instant. Cela passait toujours après qu'il s'était un peu assis. Mais cela revenait — de plus en plus souvent.

Erlend avait convoqué son équipage à Veoey le soir de la Saint-Jacques, mais il resta un peu plus longtemps à Joerundgaard pour accompagner Simon à la chasse d'un ours qui avait fait des ravages parmi le bétail des chalets. Quand il revint de cette expédition, il trouva un message pour lui : quelques-uns de ses hommes s'étaient battus avec des citadins et il devait partir en hâte pour le nord afin de congédier les délinquants. Laurent avait affaire là-haut, et il partit avec son gendre.

La fête de Saint-Olav venait de finir quand ils débarquèrent dans l'île. Le bateau d'Erling Vidkunssoen se trouvait là et à vêpres, dans l'église Saint-Pierre, ils rencontrèrent le grand sénéchal. Celui-ci les accompagna à la maison des moines où Laurent était descendu, mangea avec eux et envoya ses hommes au bateau chercher quelques bouteilles d'un excellent vin français dont il s'était muni à Nidaros.

La conversation languissait tandis qu'ils buvaient. Erlend, plongé dans ses propres pensées, avait les yeux gais comme toujours lorsqu'il était en route vers quelque chose de nouveau, mais il restait distrait lorsque les autres parlaient. Laurent ne touchait au vin que du bout des lèvres, et Messire Erling gardait le silence.

« Tu parais fatigué, cousin », lui dit Erlend.

Oui. Ils avaient eu gros temps devant le golfe de Hustad cette nuit. Il avait dû rester debout...

« Et tu devras presser ta monture, si tu veux être à Tunsberg pour la Saint-Laurent. Tu n'auras sans doute ni grand repos, ni plaisir, là non plus. Maître Paul est-il avec le roi maintenant ?...

— Oui. Est-ce que tu ne relâches pas à Tunsberg ?

— Ce serait pour demander si le roi veut envoyer un bonjour affectueux et filial à sa mère, dit Erlend. Ou si l'évêque Audfinn veut nous charger d'un message pour la dame...

— Beaucoup s'étonnent que tu partes pour le Danemark au moment où les chefs se rendent à la réunion de Tunsberg, dit Messire Erling.

— Oui, n'est-ce pas étrange que les gens s'étonnent toujours à mon sujet ? Je peux bien avoir envie de revoir ces mœurs que je n'ai pas vues depuis la dernière fois que j'étais au Danemark, d'assister une fois encore à un tournoi, surtout quand notre parente nous y invite. De Norvège, aucun autre membre de sa famille, si ce n'est Munar et moi, ne la reconnaîtra maintenant.

— Munar... » Erling fronça les sourcils. Puis il sourit. « Le vieux sanglier a-t-il encore tellement de vie, si j'ose dire, qu'il soit encore capable de transporter son lard ? Donc il doit organiser un tournoi, le duc Knut. Munar sera sans doute du carrousel ?

— Oui... c'est dommage pour toi, Erling, que tu ne puisses être des nôtres et voir ce spectacle. » Erlend riait aussi. « Je comprends, tu as peur que Dame Ingebjoerg nous ait invités à ce festin d'enfants pour que nous en préparions un autre où nous l'inviterions. Tu sais toi-même mieux que personne que j'ai la patte trop lourde et le cœur trop léger pour être utilisé dans un conseil secret. Et, quant à Munar, vous lui avez arraché toutes ses dents...

— Oh ! non. Nous n'avons pas tellement peur d'un conseil secret de ce côté-là non plus. Ingebjoerg Haakonsdatter doit bien se rendre compte qu'elle a perdu tout droit dans son pays en se mariant avec Porsen. Ce serait un malheur pour elle que de mettre le pied chez nous depuis qu'elle a épousé un homme dont nous ne voulons pas voir même le petit doigt sur notre territoire...

— Oui, vous avez eu raison de séparer l'enfant de sa mère, dit Erlend d'un air sombre. Ce n'est encore qu'un enfant, et dès maintenant, nous, Norvégiens, nous avons le droit de porter la tête haute quand nous pensons au roi à qui nous avons juré fidélité.

— Tais-toi, dit Erling Vidkunssoen d'une voix basse et désespérée. Ce n'est certainement pas vrai... »

Les autres comprirent qu'il savait que c'était vrai. Tout enfant que fût encore le comte Magnus Erikssoen, il était déjà infecté d'un vice qu'il ne convient pas de mentionner entre chrétiens. Un clerc suédois, qu'on avait chargé de son éducation pendant le séjour de l'enfant en Suède, l'avait égaré d'innommable façon.

Erlend dit :

« Dans toutes les fermes et tous les foyers, chez nous, dans le nord, les gens chuchotent que l'église du Christ a brûlé parce que notre roi n'était pas digne de s'asseoir sur le trône de saint Olav.

— Au nom de Dieu, Erlend, je dis qu'on ne sait pas si c'est vrai. Et cet enfant, le roi Magnus, nous devons croire qu'aux yeux de Dieu il est innocent. Il peut se purifier. Tu dis que nous l'avons séparé de sa mère ? Je dis, moi : Dieu punisse la mère qui trahit son enfant comme Ingebjoerg a trahi son fils ! Et toi, Erlend, ne mets point ta confiance en quelqu'un de pareil... souvient-t'en, ce sont des gens perfides que tu vas rencontrer.

— J'ai idée qu'ils ont été assez loyaux les uns envers les autres. Mais tu parles, toi, comme si des messages tombaient du ciel tous les jours dans le pli de ton manteau. C'est peut-être pour cette raison que tu es assez audacieux pour offrir de te battre avec des hommes d'Eglise.

— Arrête, Erlend. Parle des choses que tu connais, mon petit. Autrement, tais-toi... » Messire Erling s'était dressé. Ils étaient debout, Erlend et lui, irrités, le visage empourpré.

Erlend tordait sa bouche de dégoût.

« L'animal avec lequel des hommes ont péché, nous l'abattons et nous jetons son corps dans la chute d'eau...

— Erlend ! » Le grand sénéchal saisit des deux mains le bord de la table. « Tu as toi-même des fils..., dit-il à voix basse. Peux-tu parler ainsi !... Surveille ta langue, Erlend. Avant de parler, réfléchis bien où tu t'engages. Et réfléchis vingt fois avant de passer aux actes...

— Si c'est ainsi que vous faites, vous qui menez les affaires du royaume, je ne m'étonne pas que tout aille de travers. Mais tu n'as pas besoin d'avoir peur. » Il fit une grimace. « Je... ne ferai rien du tout. Mais c'est devenu charmant de vivre en ce pays !...

« Au fait, tu dois partir de bonne heure demain. Et mon beau-père est fatigué... »

Les deux autres restèrent assis sans rien dire après qu'il eut souhaité bonne nuit. Erlend dormit à bord de son bateau. Erling Vidkunssoen faisait tourner son gobelet entre ses doigts.

« Vous toussez ? fit-il pour dire quelque chose.

— Les vieux s'enrhument si facilement. Nous avons tant

d'infirmités dont vous autres jeunes n'avez pas idée, mon cher seigneur », dit Laurent en souriant.

Après quoi, nouveau silence. Puis Erling Vidkunssoen dit, comme s'il se parlait à lui-même :

« Oui, c'est l'avis de tous — que les choses vont mal en ce royaume. Il y a six ans, à Oslo, je croyais voir clairement le ferme dessein de soutenir le pouvoir royal chez les hommes des familles qui sont nées pour jouer ce rôle. J'ai... tablé là-dessus.

— Je crois que vous voyiez juste, Messire. Mais vous disiez vous-même que nous sommes prêts à former le carré autour de notre roi. Maintenant c'est un enfant — qui est la moitié du temps dans un autre pays.

— Oui. Par moments je pense que rien n'est si absurde qu'il n'en sorte quelque bien. Auparavant, quand nos rois bondissaient comme des étalons, il ne manquait pas d'excellents poulains à choisir ; le pays n'avait qu'à élire celui qui se défendait le mieux. »

Laurent sourit légèrement : « Oui, oui.

— Nous parlions de cela il y a trois ans, Laurent... quand vous reveniez de votre pèlerinage à Skoevde et étiez venu saluer vos parents à Gautland...

— Je me souviens, Messire. Vous m'aviez fait l'honneur de venir me trouver...

— Non, non, Laurent, vous n'avez pas besoin d'être si courtois. »

Messire Erling fit de la main un geste d'impatience. « Cela se passa comme je disais, ajouta-t-il d'une voix triste. Il n'y a maintenant personne qui puisse rassembler ses vassaux en ce pays. Ceux qui ont le plus d'appétit se mettent en avant — il y a encore quelque chose dans l'écuelle. Mais ceux qui pourraient aspirer à acquérir puissance et richesse avec honneur, comme autrefois, au temps de nos aïeux, ceux-là n'arrivent à rien.

— En effet. A la vérité, maintenant, l'honneur suit le drapeau du chef.

— Alors les gens devraient se rendre compte que peu d'honneur suit mon drapeau, dit Erling sèchement. Vous vous êtes tenu éloigné de tout ce qui pouvait faire connaître votre nom, Laurent Fils du Juge.

— Cela, je l'ai fait depuis mon mariage, Messire. Je me suis marié de bonne heure ; ma femme était maladive et supportait mal le commerce des gens. Et il semble que notre race ne s'acclimate pas en Norvège. Mes fils sont morts jeunes, et un seul de mes neveux a vécu jusqu'à l'âge adulte. »

Il eut du regret de s'être laissé aller à dire cela. Erling Vidkunssoen avait eu lui-même beaucoup de chagrins de cet ordre à son foyer. Ses filles étaient des enfants saines et bien développées mais lui aussi n'avait pu conserver en vie qu'un de ses fils qui devait être d'une santé chétive. Mais Messire Erling demanda seulement :

« Vous n'avez pas non plus de proches parents du côté de la mère, autant que je me rappelle.

— Non, personne de plus proche que les enfants de la sœur du grand-père maternel. Sigurd Lodinssoen n'avait que ces deux filles et elles moururent toutes les deux en donnant le jour à leur premier enfant ; ma tante maternelle emporta le sien dans la tombe. »

Ils gardèrent un instant le silence.

« Tout comme Erlend, dit le sénéchal à voix basse. Ce sont les plus dangereux. Des gens qui pensent un peu au-delà de ce qui est à eux. Mais pas assez loin. En vérité, Erlend n'est-il pas comme un enfant paresseux ?... » Dans sa mauvaise humeur il faisait des ronds sur la table avec son gobelet de vin. « Il est bien doué, pourtant ! Et bien né, hardi ! Mais jamais il n'a le courage d'écouter ce qui a trait à une question jusqu'à ce qu'il la comprenne à fond... Et s'il fait l'effort d'écouter quelqu'un jusqu'au bout, on peut être sûr qu'il a oublié le début avant qu'on soit à la fin... »

Laurent regardait son partenaire. Messire Erling avait beaucoup vieilli depuis la dernière fois qu'il l'avait vu. Il paraissait usé et fatigué — semblait remplir moins son siège. Les traits de son visage étaient fins et clairs, mais trop petits ; il avait le teint comme décoloré, et l'avait toujours eu tel. Laurent sentait que cet homme, bien qu'il fût un chevalier loyal, intelligent, résolu à servir sans faillir ni se ménager — avait été un peu trop petit à tous points de vue pour devenir un homme de premier plan. S'il avait eu une tête de plus, il aurait sans doute entraîné plus aisément de nombreux partisans.

Laurent dit doucement :

« Messire Knut est lui aussi un homme assez clairvoyant pour se rendre compte que, s'ils veulent entreprendre quelque chose là-bas, ils ne peuvent pas tirer grand parti d'Erlend dans un conseil secret...

— Vous aimez votre gendre d'une certaine façon, Laurent, dit l'autre avec une sorte d'irritation. A dire vrai, vous n'avez pourtant pas beaucoup de raisons de l'aimer... »

Du bout du doigt Laurent faisait des dessins avec un peu de vin répandu. Messire Erling remarqua que les bagues semblaient trop larges sur ses mains.

« Et vous, en avez-vous ? » Laurent releva les yeux avec un léger et fin sourire. « Il me semble pourtant que vous l'aimez, vous aussi !...

— Oui, oui, Dieu sait que... Mais, Laurent, vous pouvez jurer que Messire Knut a bien des choses en tête à l'heure qu'il est. Il est père d'un fils qui, par sa mère, est petit-fils du roi Haakon...

« Erlend lui-même doit bien comprendre que le père de l'enfant a de trop larges épaules pour faire jamais défaut à ce petit damoiseau. Et la mère a tout le pays contre elle à cause de ce mariage. »

Un peu plus tard Erling Vidkunssoen se leva et ceignit son épée. Avec courtoisie, Laurent avait décroché le manteau de son hôte et le tenait dans les mains, quand tout à coup il vacilla et faillit tomber à la renverse. Mais Messire Erling le soutint dans ses bras. Avec peine il réussit à porter sur le lit Laurent qui était fort et grand. Ce n'était pas une attaque. Laurent avait les lèvres blanches, les membres flasques et mous. Messire Erling traversa la cour en courant et éveilla le père hospitalier.

Laurent semblait confus en revenant à lui... Cettre faiblesse reparaissait de temps à autre — depuis une chasse à l'élan de l'avant-dernier hiver, où il s'était égaré dans une tourmente de neige. « C'est sans doute un signe avertisseur que c'en est fait de la jeunesse du corps », dit-il en s'excusant.

Messire Erling attendit que le moine eût saigné le malade, bien que Laurent le priât de ne pas être inquiet, lui qui devait repartir à l'aube.

La lune brillait très haut au-dessus des montagnes du côté de la terre ferme et l'eau s'étendait noire à leurs pieds, mais au-delà du fjord les flots brillaient comme des plaques d'argent. Aucune fumée ne montait des trous à fumée ; sur les toits des maisons les gouttes de rosée des herbes scintillaient au clair de lune. Nul être humain dans les courtes ruelles de la ville quand Messire Erling descendit rapidement les quelques mètres qui le séparaient de la maison royale où il allait dormir. Il paraissait étrangement frêle et petit sous la clarté lunaire, tremblant un peu de froid, avec son grand manteau serré contre lui. Quelques jeunes hommes ensommeillés qui l'avaient attendu là-haut se précipitèrent dans la cour avec une lanterne. Le sénéchal prit la lanterne, envoya les hommes se coucher et eut de nouveau un léger frisson de froid en montant au grenier de la maison aux provisions où il couchait.

7

Un peu après la Saint-Bartholomé (24 août), Christine s'en retourna chez elle avec sa grande escorte d'enfants, de serviteurs et de bagages. Laurent l'accompagna à cheval jusqu'à Hjerdkinn.

Le père et la fille restèrent à bavarder dans la cour le matin où Laurent devait repartir. Il faisait un soleil éclatant sur la montagne ; les marais étaient déjà rouges, et les jeunes bouleaux habillaient d'or jaune les collines ; à perte de vue l'eau étincelait pour redevenir sombre à mesure que les ombres des grands et brillants nuages de beau temps passaient à sa surface. Ils montaient à l'assaut sans répit et disparaissaient entre les lointaines gorges et les crevasses des hauts sommets gris et des montagnes bleuâtres couvertes d'une fine poussière de neige et de vieux amas neigeux qui encerclaient l'immense horizon. Les petits champs de céréales d'un gris-vert, qui appartenaient à l'auberge, faisaient un contraste de couleur surprenant avec cet univers montagneux sous son éclat automnal.

Le vent soufflait rude et frais. Laurent remonta le capuchon du manteau de Christine que l'air avait rejeté sur ses épaules, et avec le doigt il lissa à plusieurs reprises la pointe de sa coiffe de toile.

« Il me semble que tu es devenue pâle et que tes joues se sont amincies à ma ferme. Est-ce que nous n'avons pas pris bien soin de toi, Christine ?

— Mais si ! Ce n'est pas cela...

— C'est aussi un voyage fatigant pour toi, avec tous ces enfants.

— Oui, oui. Pourtant ce n'est point à cause de ces cinq-là que mes joues sont pâles... » Elle eut un sourire furtif, et, comme son père lui jetait un regard effrayé et interrogateur, elle fit un petit signe de tête et esquissa un nouveau sourire. Le père regardait ailleurs, mais au bout d'un instant il demanda :

« Les choses sont ainsi, je le comprends, que tu ne pourras peut-être pas revenir de sitôt dans notre vallée ?

— Il ne se passera tout de même pas huit ans cette fois. » Elle aperçut alors le visage de son père. « Père !... oh ! Père !

— Chut ! Chut ! ma fille... » Involontairement il la prit par l'épaule et l'arrêta comme elle voulait se jeter dans ses bras.

« Non, Christine. »

Il lui prit la main fermement dans la sienne et se mit à marcher avec elle. Ils avaient dépassé les bâtiments et suivaient maintenant un petit sentier à travers le bois de bouleaux dorés sans faire attention à la direction qu'ils prenaient. Le père sauta par-dessus un petit ruisseau qui barrait le chemin, se retourna vers sa fille et lui tendit la main.

Rien qu'à ce petit mouvement elle remarqua qu'il avait perdu son agilité et sa souplesse. Elle s'en était aperçue mais sans y attacher d'importance. Il ne sautait plus sur son cheval ni n'en descendait aussi légèrement qu'auparavant. Il ne courait plus en montant les escaliers des greniers, il ne soulevait plus un poids lourd comme autrefois. Il avait la démarche plus raide et plus attentive, comme si son corps recelait une douleur sommeillante qu'il eût craint de réveiller. On voyait le sang battre aux artères de son cou lorsqu'il revenait d'une tournée à cheval. Plusieurs fois elle avait remarqué que le dessous de ses yeux paraissait gonflé ou bouffi — elle se souvenait d'être entrée un matin dans la grand-salle, et de l'avoir vu, à demi habillé, étendu, les jambes nues hors du lit ; la mère de Christine, accroupie, lui frottait l'articulation du pied.

« Si tu dois être peinée pour tout homme que la vieillesse abat, ma fille, tu auras beaucoup à gémir, dit-il d'un ton égal et tranquille. Tu as toi-même de grands fils à présent, Christine ; cela ne peut guère te surprendre que ton père devienne bientôt un vieux bonhomme. Quand nous nous sommes séparés — j'étais jeune alors — pas plus qu'aujourd'hui nous ne pouvions savoir si nous étions destinés à nous revoir sur cette terre. Je puis vivre encore longtemps... cela, c'est la volonté de Dieu, Christine...

— Etes-vous malade, père ? demanda-t-elle d'une voix sourde.

— Quelques infirmités arrivent avec l'âge, dit le père d'un ton léger.

— Vous n'êtes pas vieux, père. Vous avez cinquante-deux ans...

— Mon père n'est pas devenu si vieux. Viens t'asseoir près de moi... »

Il y avait une sorte de banquette basse et herbeuse au-dessous d'une paroi de la montagne qui surplombait le ruisseau. Laurent dégrafa son manteau, le plia et attira sa fille sur ce siège auprès de lui. Le ruisseau glougloutait et murmurait sur les petites pierres devant eux et balançait une branche d'osier qui traînait dans l'eau. Le père avait tourné son regard vers les montagnes bleues et blanches, tout au loin, par-delà l'étendue automnale.

« Vous avez froid, père... Prenez mon manteau... » Elle le dégrafa et Laurent en prit un pan sur ses épaules, si bien que le manteau les enveloppa tous deux. Par-dessous il passa sa main autour de la taille de Christine.

« Tu le sais bien, ma Christine, peu sage est celui qui pleure la disparition d'un être humain. Le Christ te protégera mieux que moi, tu l'as sans doute entendu dire ; j'ai pleine confiance en la miséricorde de Dieu. Ce n'est pas pour bien longtemps que les amis sont séparés. Cela pourra quelquefois te paraître long, pendant que tu es jeune, mais tu as tes enfants et ton mari. Quand tu arriveras à mon âge, il te semblera qu'il y a à peine un instant que tu nous as vus, nous qui aurons disparu, et, si tu comptes les hivers qui auront passé, tu t'étonneras qu'il y en ait tant. J'ai l'impression qu'il n'y a pas si longtemps j'étais moi-même un enfant, et pourtant il y a tant d'années que tu étais la petite fille blonde qui courait après moi lorsqu'elle me voyait passer... Tu aimais tant accompagner ton père !... Dieu te récompense, ma Christine, pour toute la joie que tu m'as donnée.

— S'il me récompense comme je t'ai récompensé !... »

Elle glissa à genoux devant son père, lui prit les poignets et baisa les paumes de ses mains tandis qu'elle y cachait son visage en larmes. « Père, mon cher père... A peine étais-je une jeune fille que pour vous payer de votre tendresse, je vous ai causé le chagrin le plus amer...

— Non, non, mon enfant, ne pleure pas ainsi. » Il retira ses mains, la releva, et ils restèrent assis comme auparavant.

« Tu m'as donné beaucoup de joie aussi pendant ces années, Christine. J'ai vu grandir sur tes genoux de beaux enfants pleins de promesses ; tu es devenue une femme capable et réfléchie, et j'ai compris que de plus en plus quand tu es dans quelque difficulté tu t'accoutumes à chercher une aide là où il y a le plus de chances de la trouver. Christine, mon plus cher trésor, ne pleure pas si fort. Tu peux faire du mal à l'enfant que tu portes dans ton sein, murmura-t-il. N'aie pas tant de chagrin ! »

Mais il ne parvenait pas à la consoler. Alors il la souleva tout contre lui et l'assit sur son genou ; il la tenait là comme lorsqu'elle était petite, les bras passés autour de son cou et le visage posé contre son épaule.

« Il y a une chose que je n'ai jamais dite à aucun enfant des hommes, sauf à mon confesseur, et que je veux te dire, à toi. Du temps de mon adolescence, chez nous, à Skog, et la première fois que je fus à la cour, j'avais l'idée d'entrer au couvent aussitôt que je serais en âge de le faire. Oh ! je n'avais fait aucune promesse, même en mon propre cœur. Beaucoup de raisons aussi me poussaient dans l'autre voie. Mais quand j'étais à la pêche dans le fjord de Botn et que j'entendais sonner les cloches chez les frères de Hovedoe, c'est ce qui m'attirait le plus...

« Lorsque j'eus seize ans, mon père me fit faire ce plastron de cuirasse en plaques d'acier espagnol émaillées d'argent que l'Anglais Rikard, d'Oslo, assembla, et il me donna mon épée, dont je me sers toujours, ainsi que la cuirasse de mon cheval. A cette époque, le pays n'était pas aussi tranquille que durant ta jeunesse ; nous avions la guerre avec les Danois, de sorte que je savais que j'aurais bientôt sans doute l'occasion de me servir de mes belles armes. Et je n'osai pas m'en débarrasser. Je me consolai en me disant que mon père n'aimerait pas que son fils aîné devînt moine et que je ne devais pas agir contre sa volonté.

« Mais, de moi-même, je choisis le monde et j'essayai de me convaincre que, puisque le monde venait à moi, ce serait lâche de me plaindre du destin que j'avais moi-même choisi. Car, avec les années, je me suis de mieux en mieux rendu compte qu'il n'y a pas de plus digne occupation pour l'homme qui a reçu la grâce de comprendre un peu la miséricorde de Dieu, que de le servir, de veiller et de prier pour les hommes qui ont encore devant les yeux l'ombre des choses de ce monde. Pourtant je peux bien le dire, ma Christine, il me paraîtrait douloureux de sacrifier pour l'amour de Dieu la vie que j'ai vécue dans mes fermes à m'occuper des choses temporelles et des joies de ce monde, avec ta mère à mes côtés et les enfants et petits-enfants que vous m'avez donnés. Un homme qui procrée des enfants de sa chair doit donc supporter que son cœur souffre s'il arrive qu'il les perde ou que le monde leur soit contraire. Ce n'est pas à moi qu'ils appartiennent, mais à Dieu qui leur a donné une âme... »

Christine était secouée de sanglots ; son père se mit à la bercer comme un petit enfant.

« Il y avait beaucoup de choses que je ne comprenais pas quand j'étais jeune. Père aimait aussi Aasmund, mais pas comme moi. C'était à cause de ma mère, comprends-tu ? Jamais il ne l'avait oubliée, mais il avait pris Inga parce que son père le voulait. Je regrette maintenant de n'avoir pu rencontrer ma belle-mère sur cette terre pour lui demander de me pardonner de n'avoir pas fait cas de sa bonté...

— Tu m'as dit souvent, père, que ta belle-mère ne te faisait ni du bien ni du mal, dit Christine à travers ses larmes.

— C'est vrai, Dieu m'assiste ; je ne voyais pas plus loin. A présent cela me paraît grand, qu'elle ne m'ait pas pris en haine et ne m'ait jamais dit un vilain mot. Comment prendrais-tu cela, toi, Christine, de voir ton beau-fils préféré à ton fils toujours et à propos de tout ? »

Christine s'était un peu calmée. Elle avait maintenant détourné son visage et regardait la montagne. Le temps s'était assombri à cause d'un amoncellement de nuages gris-bleu qui passaient sous le soleil. Quelques rayons d'or filtraient à travers ; de vifs reflets coloraient l'eau du ruisseau.

Christine éclata de nouveau en pleurs.

« Oh !... Père, mon père, si je ne dois plus vous revoir en vie...

— Dieu te garde, Christine, mon enfant, pour que nous nous trouvions dans l'autre monde, nous tous qui étions amis en cette vie, et toute âme humaine... Que le Christ, la Vierge Marie, saint Olav et saint Thomas te protègent toute ta vie ! » Il prit le visage de Christine entre ses mains et lui donna un baiser sur la bouche. « Dieu te donne sa grâce, Dieu resplendisse à tes yeux dans la lumière de ce monde. »

Quelques heures plus tard, quand Laurent Bjoergulfsoen s'en fut à cheval de Hjerdkinn, Christine l'accompagna à pied à côté du cheval. Son valet était déjà assez loin devant lui, mais Laurent continua de mener son cheval au pas. C'était si dur de voir Christine dans les larmes et le désespoir. Elle était restée assise, en cet état, dans la grand-salle, pendant qu'il mangeait et bavardait avec ses petits-enfants, plaisantant avec eux et les prenant tour à tour sur ses genoux.

Laurent dit doucement :

« Ne pleure plus sur ta conduite à mon égard, Christine. Mais souviens-t'en lorsque tes enfants grandiront et que tu trouveras peut-être qu'ils ne sont pas envers toi et envers leur père tels que tu estimerais raisonnable qu'ils fussent. Et souviens-toi aussi de ce que je t'ai dit de ma jeunesse. Ta tendresse pour eux est sincère, je le sais, mais c'est avec ceux que tu aimes le plus que tu es le plus obstinée, et l'entêtement est solidement enraciné en ces gamins, je l'ai remarqué », ajouta-t-il avec un léger sourire.

Finalement Laurent pria Christine de s'en retourner. « Je ne veux pas que tu t'éloignes seule davantage des bâtiments. » Ils étaient arrivés dans une petite vallée entre deux collines bordées à leurs pieds de bois de bouleaux et couvertes d'éboulis sur leurs flancs.

Christine se jeta sur la jambe de son père posée sur l'étrier. Ses doigts caressèrent les vêtements de son père, sa main, sa selle, le cou et les reins de son cheval. Elle frottait sa tête contre lui, et pleurait avec des gémissements si profonds, si pitoyables, que le père sentait son cœur se briser à la voir dans un chagrin toujours aussi grand.

Il sauta de cheval, prit sa fille dans ses bras et la pressa une dernière fois contre sa poitrine. A plusieurs reprises il fit sur elle le signe de la croix et la mit sous la protection de Dieu et des saints. Finalement il lui dit qu'elle devait le quitter.

Ils se séparèrent alors. Mais quand Laurent eut fait un bout de chemin, Christine vit qu'il ralentissait le pas de son cheval et elle comprit qu'il pleurait en s'éloignant d'elle.

Elle s'enfonça en courant dans le bois de bouleaux, droit devant elle, et elle se mit à escalader à quatre pattes le chaos de pierres dorées de lichen de la hauteur voisine. Mais il y avait là de gros rocs difficiles à franchir et la petite montagne était plus haute qu'elle n'avait cru. Elle finit par atteindre le sommet, mais Laurent avait alors disparu derrière les collines. Elle se coucha parmi la mousse et les arbousiers qui croissaient là, et elle y resta étendue, en pleurs et le visage caché dans son bras.

Laurent Bjoergulfsoen arriva tard le soir chez lui à Joerundgaard. Il éprouva un peu de réconfort en voyant qu'il y avait encore du monde debout dans la salle du foyer : une faible lueur clignotait derrière la minuscule fenêtre de verre qui donnait sur la galerie. C'est dans cette maison qu'il se sentait toujours le plus chez lui.

Ragnfrid était seule à l'intérieur, occupée à un grand travail de couture qu'elle avait devant elle sur la table ; elle était éclairée par une chandelle posée sur une baguette de cuivre. Elle se leva aussitôt, lui souhaita le bonsoir, mit du bois dans le feu et s'en fut elle-même chercher à manger et à boire. Ma foi, elle avait depuis longtemps envoyé les servantes se coucher — elles avaient eu une rude journée, mais il y avait aussi du pain d'orge cuit justement pour Noël. Paul et Gunstein étaient partis cueillir du lichen dans la montagne. Puisqu'ils parlaient de lichen, Laurent voulait-il comme vêtement d'hiver le tissu coloré avec du lichen ou le tissu vert de bruyère ? Orm de Moar, venu le matin, avait demandé à acheter quelques courroies. Elle avait pris celles qui étaient suspendues dans la resserre et lui avait dit qu'elle lui en faisait cadeau. Quant à leur fille, elle allait un peu mieux — sa blessure à la jambe se cicatrisait fort bien.

Laurent répondait par des signes de tête tout en mangeant et buvant avec son valet. Mais le maître fut bientôt rassasié. Il se leva, essuya son couteau au revers de sa cuisse et prit une pelote posée à la place de Ragnfrid. Le fil était enroulé sur une cheville sculptée, avec un oiseau à chaque bout ; l'un d'eux avait la queue un peu cassée. Laurent aplanit la cassure, la tailla un peu de façon à la retrousser. Il avait fait autrefois, il y avait bien longtemps, toute une série de ces chevilles pour sa femme.

« Est-ce que tu vas faire cela toi-même ? » demanda-t-il en regardant le travail de couture de sa femme. C'était une de ses culottes de cuir. Ragnfrid mettait des pièces sur le côté intérieur des cuisses, là où elle s'était usée contre la selle. « C'est un travail dur pour tes doigts, Ragnfrid.

— Oh !... » La femme posa les morceaux bord à bord et piqua des trous avec l'alène.

Le valet souhaita bonne nuit et se retira. L'homme et la femme restèrent seuls. Lui se chauffait auprès du foyer, un pied posé sur le bord et une main sur la perche du trou à fumée. Ragnfrid le regarda. Elle s'aperçut alors qu'il n'avait pas la petite bague avec le rubis, la bague de mariage de sa mère. Et lui comprit qu'elle s'en était aperçue.

« Oui... je l'ai donnée à Christine, dit-il. Elle lui était destinée depuis toujours. J'ai pensé qu'elle pouvait tout aussi bien lui revenir dès maintenant. »

Alors Ragnfrid dit à Laurent qu'ils pourraient peut-être aller se coucher. Mais il resta debout, là où il était, et elle s'assit à son travail. Ils échangèrent quelques mots sur le voyage de Christine, sur le travail qu'il y avait à faire à la ferme, sur Ramborg et sur Simon. Puis ils reparlèrent d'aller se coucher, mais ni l'un ni l'autre ne bougeait. Alors Laurent retira de sa main droite l'anneau d'or à pierre bleue et blanche et alla vers sa femme. Timide et embarrassé, il lui prit la main pour lui essayer l'anneau. Il dut le déplacer plusieurs fois avant de trouver le doigt auquel l'anneau convenait. Ce fut le médius, au-dessus de la bague de mariage.

« Je veux que tu aies cet anneau », dit-il à voix basse et sans la regarder.

Ragnfrid se taisait ; elle avait le sang aux joues.

« Pourquoi fais-tu cela ? Crois-tu que j'envie sa bague à notre fille ?... »

Laurent hocha la tête et sourit légèrement :

« Tu comprends bien pourquoi je fais cela.

— Tu as dit autrefois que tu voulais avoir cet anneau avec toi, dans la tombe. Personne ne devait le porter après toi...

— C'est pourquoi tu ne devras jamais l'enlever de ta main,

Ragnfrid. Promets-le-moi. Après toi, je veux que personne ne le porte...

— Pourquoi fais-tu cela ? » demanda-t-elle de nouveau en retenant son souffle.

Le mari la regarda face à face.

« Il y a eu trente-quatre ans ce printemps qu'on nous a donnés l'un à l'autre. J'étais mineur ; pendant toute ma vie d'homme tu as été à mon côté quand j'avais un chagrin et quand il m'arrivait un bonheur. Dieu m'assiste, j'ai trop peu compris quel lourd fardeau tu as porté au cours de notre vie commune. Mais il me semble à présent que je me rendais compte chaque jour qu'il était bien que tu fusses là...

« Je ne sais pas si tu as cru réellement que j'aimais Christine plus que toi. En vérité elle était ma plus grande joie et elle m'a causé le pire chagrin. Mais tu étais leur mère à tous. Il me semble que le plus dur sera de te quitter...

« C'est pour cela que tu ne dois jamais donner mon anneau à personne, pas même à l'une de nos filles, mais leur dire qu'elles ne doivent pas te l'enlever...

« Peut-être trouves-tu, ma femme, que près de moi tu as eu plus de peine que de joie — d'une façon la vie nous a donné du fil à retordre — mais il me semble pourtant que nous avons été des amis fidèles. Et je pense que plus tard nous aurons ce bonheur que rien de mauvais ne pourra plus nous séparer, tandis que l'amitié qui existait déjà, Dieu la rendra plus forte et meilleure. »

La femme leva son visage pâle et ridé ; un feu ardent brûlait dans ses yeux profondément enfoncés dans leurs orbites tandis qu'elle regardait son mari. Il lui tenait encore la main ; elle la considéra posée dans celle de Laurent, un peu soulevée. Les trois bagues brillaient l'une au-dessus de l'autre. Celle de ses fiançailles, puis celle de son mariage, et enfin, celle-ci...

Comme cela lui paraissait étrange ! Elle se rappelait le jour où il lui avait passé au doigt la première bague, devant la perche du trou à fumée, chez elle, à Sundbu, en présence de leurs pères. Il était à la fois rouge et pâle ; il avait les joues rondes ; il sortait à peine de l'enfance, un peu timide quand il fit ce pas en avant de Messire Bjoergulf.

La deuxième, il la lui avait mise au doigt devant la porte de l'église de Gerdarud, au nom du Dieu en trois personnes, sous la main du prêtre.

Elle sentait qu'en lui offrant ce dernier anneau il semblait lui avoir de nouveau donné sa foi. Il voulait qu'elle sût, quand elle serait bientôt près de son corps inerte, qu'avec cet anneau il avait uni à sa femme la force robuste et vivante qui avait habité cette poussière et cette cendre...

Elle sentait son cœur se briser dans sa poitrine et saigner, d'un sang jeune et impétueux. Deuil de l'ardent et vivant amour qu'elle souffrait en secret d'avoir perdu, joie angoissée de cette pâle et rayonnante tendresse qui l'entraînait avec elle aux ultimes limites de la vie terrestre. Au-delà du crépuscule qui s'avançait, elle apercevait la lueur d'un autre soleil plus doux, elle sentait le parfum des herbes dans le jardin qui s'ouvre quand la réalité s'éteint.

Laurent lâcha la main de sa femme et s'assit sur le banc, non loin d'elle, le dos à la table où s'appuyait sa main. Il ne regardait plus Ragnfrid, mais le feu de l'âtre.

Quand elle reprit la parole, elle dit d'une voix calme et posée :

« Je n'imaginais pas, Laurent, que tu eusses tant d'amour pour moi...

— Cela est pourtant. »

Ils demeurèrent silencieux. Ragnfrid enleva son ouvrage de ses genoux et le posa près d'elle sur le banc. Puis elle demanda :

« Ce que je t'ai dit une nuit, jadis... est-ce que tu l'as oublié ?

— Oublier pareille chose, un homme ne le peut en ce monde. En réalité, j'ai senti que cela n'allait pas mieux entre nous une fois que je l'ai su. Et pourtant, Ragnfrid, Dieu le sait, j'ai lutté rudement pour que tu ne t'aperçoives jamais combien j'y pensais...

— Je ne savais pas que tu y pensais ainsi... »

Il se retourna brusquement et regarda sa femme. Ragnfrid dit alors :

« C'est par ma faute, Laurent, que les choses se sont aggravées entre nous. Je pensais que, si tu pouvais être à mon égard tout à fait comme auparavant, après cette nuit, tu devais te soucier de moi encore moins que je n'avais cru. Si, après cela, tu avais été pour moi un mari dur, si tu m'avais battue, ne fût-ce qu'une fois, un jour d'ivresse, j'aurais mieux supporté mon chagrin et mes angoisses. Mais ton indifférence...

— Me croyais-tu indifférent ? »

Le faible tremblement de la voix de Laurent déchaîna en elle une passion farouche. Elle eût voulu s'engloutir en lui dans ces profondeurs agitées où sa voix vibrait en ondes violentes et tourmentées. Elle dit avec exaltation :

« Oui, si tu m'avais prise une seule fois dans tes bras non parce que j'étais l'épouse chrétienne qu'on avait mise à ton côté, mais la femme que tu avais convoitée et pour la conquête de laquelle tu avais lutté... alors tu n'aurais pas pu avoir à mon égard la même attitude que si ces paroles n'avaient pas été prononcées... »

Laurent réfléchit :

« Non... Évidemment... Non.

— Si tu avais éprouvé autant de joie d'avoir ta fiancée que Simon en éprouva devant notre Christine... »

Laurent ne répondit pas. Peu après il dit, comme à contrecœur, avec douceur et inquiétude :

« Pourquoi as-tu parlé de Simon ?

— Je ne pouvais tout de même pas te parler de l'autre », répondit la femme, troublée et effrayée, mais en essayant de sourire. « Vous êtes vraiment trop différents. »

Laurent se leva, fit quelques pas, inquiet, puis il dit d'une voix encore plus basse :

« Dieu n'abandonnera pas Simon.

— Et toi ? dit la femme. Il ne t'a jamais semblé que Dieu t'abandonnait ?

— Non.

— Qu'est-ce que tu as pensé, cette nuit où nous étions dans la grange, lorsque, soudain, tu as appris que nous qui t'avions été si chers, que tu avais aimés si fidèlement, nous t'avions trompé autant que nous l'avions pu ?...

— Je n'y ai pas beaucoup pensé.

— Ensuite, lorsque tu y pensais constamment, comme tu viens de le dire... »

Laurent s'éloigna en lui tournant le dos. Elle vit qu'une rougeur se répandait sur son cou hâlé.

« Je pensais toujours que j'avais trahi le Christ », dit-il à voix très basse.

Ragnfrid se leva et eut une hésitation avant d'aller poser ses mains sur les épaules de son mari. Quand il l'eut prise dans ses bras, elle pencha son front contre la poitrine de Laurent ; il sentit qu'elle pleurait. Il la serra davantage contre sa poitrine et appuya son visage sur la tête de Ragnfrid.

« Il est l'heure de nous reposer, Ragnfrid. »

Ils allèrent ensemble devant le crucifix, s'inclinèrent et firent le signe de la croix. Laurent récita les prières du soir ; il les disait dans la langue de l'Église, à voix basse et claire, et sa femme répétait les mots après lui.

Puis ils se déshabillèrent ; Ragnfrid s'étendit au fond du lit, dont le chevet était maintenant disposé beaucoup plus bas, parce que, depuis quelque temps, Laurent avait eu souvent des évanouissements. Laurent ferma la porte au verrou et mit la barre, balaya en un tas le feu du foyer, souffla la lumière et se coucha auprès de sa femme. Un instant après leurs doigts étaient entrelacés.

Ragnfrid Ivarsdatter méditait... c'était comme une nouvelle nuit de noces, et une merveilleuse nuit de noces. Bonheur et malheur coulaient ensemble, l'emportaient si rapidement sur leurs flots qu'elle sentait que maintenant son âme commençait à dégager de son corps les premières racines, maintenant la main de la mort était tournée vers elle aussi — pour la première fois.

Tel devait être forcément le cours des choses — quand il avait ainsi commencé. Elle se rappelait la première fois qu'elle avait vu son fiancé. Il était joyeux de la voir — un peu embarrassé, mais désireux d'aimer sa fiancée. Une chose déjà l'avait irritée, c'est que le jeune garçon fût si rayonnant de beauté avec des cheveux qui retombaient si drus, si lisses, si blonds autour de son visage blanc et rose, au duvet doré. Son cœur n'était qu'une blessure, dominé par l'image d'un homme ni beau ni jeune, sans aucune douceur, et elle mourait d'envie de se blottir dans ses bras et en même temps de lui enfoncer son couteau dans la gorge. Et la première fois que son fiancé essaya de la caresser — ils étaient assis ensemble, chez elle, sur l'escalier d'une maison aux provisions — et lui prit ses tresses dans une main — elle se tourna vers lui pâle de colère et partit.

Oui, elle se rappelait aussi leur chevauchée nocturne, quand elle se rendit avec Trond et Toerdis, à travers le Jerndal, chez la sorcière de Dovre. Elle s'était jetée à genoux, avait arraché et lancé à terre devant Dame Aashild ses bagues et ses bracelets ; vainement elle avait mendié, les mains jointes, le moyen d'empêcher que son mari lui imposât sa volonté. Elle se rappelait le long voyage avec son père, ses parents, ses filles d'honneur, et tous les gens de sa suite, vers le bas de la vallée, à travers les plaines, pour se rendre à son mariage à Skog. Et elle se rappelait la nuit de ses noces — et toutes celles qui avaient suivi, quand elle accueillait le débordement de caresses de son jeune mari avec une froideur de pierre, sans lui cacher combien elle y prenait peu de plaisir.

Non, Dieu ne l'avait pas trompée. Avec miséricorde il avait entendu son cri de détresse, lorsque, sombrant de plus en plus profond dans son malheur, elle l'avait imploré — même quand elle criait vers lui sans espérer être exaucée. Il lui semblait que des flots noirs s'étaient abattus sur elle — maintenant ils la soulevaient vers une félicité merveilleuse et douce, qui, elle le savait, allait l'emporter dans l'autre monde.

« Parle-moi, Laurent, dit-elle à voix basse. Je suis si fatiguée !... »

Le mari murmura :

« Le Seigneur a dit : *Venite ad me, omnes qui laborate et onerati estis. Ego reficiam vos*[1]... »

Il glissa l'un de ses bras sous les épaules de Ragnfrid et l'attira tout contre lui. Ils restèrent quelque temps joue contre joue. Puis elle dit doucement :

« Je viens de prier la mère de Dieu d'intercéder pour que je ne te survive pas des années, Laurent. »

Les lèvres et les cils de Laurent caressaient dans les ténèbres la joue de Ragnfrid aussi doucement que l'aile d'un oiseau d'été :

« Ma Ragnfrid, ma Ragnfrid... »

1. « Venez à moi, vous tous qui souffrez et êtes accablés. Je vous redonnerai des forces... »

8

Christine resta à Husaby tout l'automne et l'hiver, n'acceptant d'aller nulle part et disant pour s'excuser qu'elle n'était pas bien portante. Mais elle était seulement lasse. Elle n'avait jamais été aussi lasse : lasse de joie, lasse de chagrin, et surtout lasse de ses réflexions.

Cela irait mieux quand elle aurait ce nouvel enfant, pensait-elle, et elle l'attendait avec une extrême impatience ; il lui semblait qu'elle lui devrait son salut. Si c'était un fils et que son père mourût avant sa naissance, il porterait son nom. Et elle imaginait combien elle aimerait cet enfant ; elle le nourrirait de son lait ; il y avait si longtemps qu'elle n'avait eu un nourrisson ; des pleurs d'impatience lui venaient aux yeux quand elle pensait que bientôt elle aurait dans les bras un enfant qu'elle allaiterait.

Elle assemblait de nouveau ses fils autour d'elle comme autrefois, et s'efforçait d'apporter à leur éducation un peu plus de discipline et de méthode. Elle sentait qu'en agissant ainsi elle se conformait au désir de son père et cela mettait une sorte de paix dans son âme. Sira Eiliv avait commencé à apprendre à Naakkve et à Bjoergulf leurs lettres et la langue latine, et Christine était souvent dans la maison du prêtre aux heures où les enfants prenaient leurs leçons. Mais ce n'étaient point des écoliers avides de s'instruire ; tous les enfants de Christine étaient indisciplinés et turbulents, sauf Gaute qui demeura l'enfant gâté de sa mère, ainsi que disait Erlend.

A la Toussaint, Erlend était rentré du Danemark de très bonne humeur. Il avait été reçu avec les plus grands honneurs par le duc et par sa cousine Ingebjoerg ; ils l'avaient beaucoup remercié de ses cadeaux de fourrures et d'argenterie ; il avait pris part à un carrousel et avait chassé le cerf et la biche, et, au départ, Messire Knut lui avait fait présent d'un étalon espagnol noir d'ébène, et la dame avait envoyé à sa femme, avec d'affectueuses salutations, deux lévriers gris argentés. Christine trouva que ces chiens étrangers paraissaient sournois et peu fidèles, et elle eut peur qu'ils ne fissent du mal à ses enfants. Les gens des environs parlaient du « Castillan ». Erlend avait grand air sur le cheval haut et mince, mais de tels animaux ne s'acclimatent pas chez nous, et Dieu sait comment l'étalon vivrait dans la montagne. Cependant Erlend acheta, partout où l'appelaient ses fonctions, les plus magnifiques juments noires ; il en eut ainsi une douzaine qui étaient belles à voir. Erlend Nikulaussoen avait l'habitude de donner d'élégants noms étrangers à ses chevaux de selle : Belcolor, Bayard, etc., mais, pour le dernier, Erlend dit qu'il était si magnifique qu'il n'avait pas besoin de ce genre d'attribut — et il l'appela simplement La Suie.

Erlend fut très fâché que sa femme ne voulût l'accompagner nulle part. Il ne pouvait se rendre compte qu'elle était malade — elle n'avait cette fois ni syncopes ni vomissements, en tout cas il n'y paraissait rien — si elle était pâle et fatiguée cela tenait sans doute à ce qu'elle restait constamment à ruminer les torts de son mari. Aux environs de Noël, il s'éleva entre eux de violentes disputes. Et cette fois Erlend ne vint pas exprimer son repentir pour sa vivacité, comme il avait toujours fait auparavant. Jusque-là il avait toujours cru, quand il y avait entre eux un désaccord, que la faute en était à lui. Christine était bonne, elle avait toujours raison, et quand il s'ennuyait chez lui, c'est que sa nature était ainsi faite qu'il se fatiguait du bon et du raisonnable si on lui en donnait trop. Mais l'été précédent il avait en plusieurs occasions observé que son beau-père l'approuvait et paraissait trouver que Christine manquait de douceur et d'humeur conciliante. Il eut alors le sentiment qu'elle était un peu susceptible et qu'elle lui pardonnait difficilement des peccadilles qui n'avaient pas été si malignement préméditées. Toujours il lui avait demandé pardon après avoir fait un petit examen de conscience, et elle avait dit qu'elle lui pardonnait, mais par la suite il s'était aperçu que les griefs demeuraient cachés, non oubliés.

Alors il s'absenta fréquemment et emmena souvent avec lui sa fille Margret. L'éducation de la jeune fille avait toujours été une source de désaccords entre eux. Christine n'avait jamais rien dit à ce sujet, mais Erlend savait suffisamment ce qu'elle et d'autres pensaient. A tous points de vue il avait considéré Margret comme son enfant légitime, et quand elle accompagnait son père et sa marâtre, les gens la recevaient comme si elle l'eût été vraiment. Au mariage de Ramborg elle avait été une des demoiselles d'honneur et avait porté la couronne d'or sur ses cheveux flottants. Beaucoup de femmes blâmaient cela, mais Laurent leur avait parlé, et Simon avait déclaré lui aussi que personne ne devait en faire le reproche à Erlend ni rien dire à la jeune fille ; la jolie enfant n'était pas cause que sa naissance eût été si malheureuse. Mais Christine se rendait compte qu'Erlend projetait de marier Margret avec un homme d'armes, persuadé que sa situation actuelle lui permettait d'arranger cette affaire, bien que sa fille fût illégitime et qu'il fût difficile de lui donner une situation tout à fait sûre et inébranlable. Cela aurait pu être possible si les gens avaient cru réellement qu'Erlend fût capable de conserver et d'accroître ses moyens et sa richesse. Mais, bien que, dans une certaine mesure, Erlend fût aimé et honoré, personne n'avait la certitude que la prospérité durerait à Husaby. Aussi Christine craignait-elle qu'il eût beaucoup de peine à mener à bien son plan. Et, bien qu'elle n'aimât pas particulièrement Margret, elle avait pitié de la jeune fille et prévoyait avec terreur le jour où l'orgueil de celle-ci serait brisé, si elle devait se contenter d'un mariage très inférieur à celui que son père l'avait habituée à envisager et de conditions de vie tout autres que celles dans lesquelles il l'avait élevée.

Juste après la Chandeleur trois hommes arrivèrent de Formo à Husaby. Ils étaient venus à skis par la montagne, et ils apportaient à Erlend un message exprès de Simon Andressoen. Simon écrivait que leur beau-père était malade et semblait ne pas devoir vivre longtemps. Laurent demandait qu'Erlend vînt, s'il le pouvait, à Sil ; il aimerait causer avec ses deux gendres et leur dire comment il faudrait disposer de tout après lui.

Erlend jeta un coup d'œil à sa femme. Elle était enceinte, très pâle, les traits tirés, et elle avait l'air si affligée qu'on eût dit à chaque instant qu'elle allait pleurer. Aussi regrettait-il la conduite qu'il avait eue envers elle cet hiver. La maladie de son père n'était point inattendue pour elle, et si elle avait vécu à Husaby en gardant pour elle cette peine secrète, il lui pardonnait de n'avoir pas été raisonnable.

Seul il pouvait faire assez vite le trajet jusqu'à Sil en allant à skis par la montagne. S'il devait emmener sa femme en traîneau, ce serait un voyage long et pénible. Et alors il devrait attendre que les assemblées de carême des hommes armés fussent passées, fixer auparavant des rendez-vous avec ses vassaux ; il y avait aussi des rendez-vous et des assemblées auxquels il devait assister. Avant de pouvoir partir, ils couraient le risque d'être bien près de l'accouchement — et Christine ne supportait pas la mer, même quand elle était bien portante ! Mais il ne pouvait se faire à l'idée qu'elle ne reverrait pas son père avant sa mort. Le soir, quand ils furent couchés, il demanda à sa femme si elle oserait se risquer à faire le voyage.

Il se jugea récompensé, quand elle se jeta en larmes dans ses bras, reconnaissante, pleine de repentir pour sa mauvaise humeur de l'hiver. Erlend devint doux et tendre, comme toujours quand il avait causé du chagrin à une femme et qu'il la voyait le manifester sous ses yeux. Aussi supporta-t-il relativement bien les exigences de Christine. Il avait dit tout de suite qu'il ne voulait pas emmener les enfants. Mais la mère lui prouva que Naakkve était tout de même assez grand maintenant ; cela pouvait être un bien pour lui d'être présent au décès de son grand-père. Erlend refusa. Elle trouva alors qu'Ivar et Skule étaient trop petits pour être confiés de nouveau à la garde des servantes. Non, dit le père. Et Gaute, qui avait été une telle joie pour Laurent ? Non, dit Erlend ; il serait difficile pour Ragnfrid d'avoir dans sa ferme une femme enceinte tandis que son mari gisait sur son lit de souffrance ; ensuite comment repartiraient-ils avec le nouveau-né ? Ou bien elle mettrait l'enfant en nourrice dans une des fermes de Laurent, ou bien elle attendrait à Joerundgaard que l'été fût venu, mais alors il reviendrait seul d'avance à Husaby. Il exposa tout cela à Christine à plusieurs reprises, mais il s'efforçait de parler avec calme et persuasion.

Puis l'idée lui vint qu'il devrait aller chercher à Nidaros beaucoup de choses dont sa belle-mère pouvait avoir besoin pour le festin des funérailles : du vin et de la cire, de la farine de froment et du gruau de paradis, etc. Finalement ils partirent, et arrivèrent à Joerundgaard la veille de la Sainte-Gertrude.

Mais le séjour de Christine chez elle fut tout autre qu'elle avait pensé.

Elle aurait dû être tout heureuse d'avoir pu voir son père encore une fois. Quand elle pensait à la joie qu'il avait eue à son arrivée et à la reconnaissance qu'il en avait témoignée à Erlend, elle s'en réjouissait. Mais elle sentait que maintenant elle était en dehors de beaucoup de choses, et cela lui était douloureux.

Elle avait à peine un mois à attendre sa délivrance ; aussi Laurent avait-il absolument défendu qu'elle bougeât le petit doigt pour le soigner ; on ne lui permit même pas de le veiller la nuit avec les autres et dans l'affairement général la mère ne put supporter qu'elle les aidât en quoi que ce fût. Elle demeurait auprès de son père tout le jour, mais ils étaient rarement seuls. Presque quotidiennement arrivaient à la ferme des hôtes — des amis qui voulaient voir encore une fois Laurent Bjoergulfsoen. Il en éprouvait du plaisir, bien que cela le fatiguât beaucoup. Il parlait joyeusement et cordialement avec tous, femmes et hommes, riches et pauvres, jeunes et vieux ; il les remerciait de leur amitié, leur demandait de prier pour son âme — et que Dieu nous permette de nous retrouver au grand jour ! Pendant les nuits, tandis que seuls ses proches demeuraient auprès de lui, Christine était couchée au-dessus, dans le grenier à foin ; elle regardait fixement dans les ténèbres sans pouvoir s'empêcher de penser à la disparition de son père, ainsi qu'à l'absurdité et à la malignité de son propre cœur.

La fin de Laurent était vite arrivée. Il resta debout jusqu'à ce que Ramborg ait eu son enfant et que Ragnfrid n'eût plus besoin d'être aussi souvent à Formo ; il s'était aussi fait conduire un jour là-bas et avait vu sa fille et sa petite-fille ; celle-ci avait été baptisée sous le nom d'Ulvhild. Mais ensuite il se coucha pour ne plus se relever.

Il couchait dans la grande maison, sous le grenier à foin. On avait arrangé pour lui une sorte de lit sur le banc de la place d'honneur, car il ne supportait pas d'avoir la tête trop haute ; tout de suite il avait été pris de vertiges, de syncopes et de douleurs cardiaques. On n'osait plus lui faire de saignées, car il avait fallu lui en faire si souvent durant l'automne et l'hiver qu'il était tout à fait exsangue et n'avait plus la force de manger ni de boire.

Maintenant les traits fins et beaux du père étaient rudes et le hâle de son visage s'était décoloré. Ses lèvres et les orbites de ses yeux avaient la teinte jaune des os et une pâleur anémique. Sa chevelure drue, blonde et mêlée de cheveux blancs se répandait, non coupée, terne et lâche sur le coussin aux motifs bleus. Mais ce qui le défigurait le plus, c'était la barbe épaisse et grise qui poussait sur le bas de son visage et le long de son cou long et large où les tendons faisaient saillie comme de fortes cordes.

Laurent avait toujours été si content de se raser les jours de fête ! Son corps était amaigri au point de n'être presque plus qu'un squelette. Mais il disait qu'il se sentait bien, allongé presque sans bouger. Et il restait gai et enjoué.

On abattit des animaux, on brassa de la bière, on boulangea pour le repas des funérailles, on sortit de la literie que l'on examina — on prépara à l'avance tout ce qu'on pouvait pour que régnât la paix quand viendrait l'agonie. Cela ranimait Laurent d'entendre ces préparatifs : le dernier festin qu'il offrait ne devait pas être le moindre qui eût eu lieu à Joerundgaard : c'est avec honneur et dignité qu'il devait quitter son poste de maître de maison. Un jour il voulut voir les deux vaches qui devaient suivre son enterrement pour être données à Sira Erik et Sira Solmund, et on les fit entrer dans la maison. Tout l'hiver elles avaient reçu double ration, aussi étaient-elles aussi belles et grasses que les vaches à la montagne à l'époque de la Saint-Olav, bien qu'on fût justement, pour le fourrage, à la difficile soudure de printemps. Il rit lui-même plus que tout le monde quand l'une d'elles s'oublia sur le sol de la pièce.

Cependant il avait peur que sa femme s'épuisât complètement. Christine se croyait une habile maîtresse de maison, ainsi qu'elle en avait la réputation à Skaun, mais en comparaison de sa mère il lui semblait à présent n'être qu'une incapable. Personne ne pouvait comprendre comment Ragnfrid s'arrangeait pour suffire à tout — et pourtant elle semblait ne jamais s'éloigner longtemps de son mari : elle le veillait aussi la nuit avec les autres.

« Ne t'inquiète pas de moi, Laurent, disait-elle en lui prenant la main. Quand tu seras mort, tu sais bien que je me reposerai complètement de mes fatigues. »

Laurent Bjoergulfsoen avait acheté plusieurs années auparavant un lieu de repos chez les frères prêcheurs de Hamar, et Ragnfrid voulait accompagner le corps jusque-là et y demeurer ; elle prendrait pension dans une ferme que les moines possédaient à la ville. Le cercueil serait d'abord conduit à l'église du pays à laquelle de grands dons seraient faits ainsi qu'aux prêtres ; son étalon suivrait avec son équipement et ses armes qu'Erlend rachèterait pour quarante-cinq marks d'argent. Elles reviendraient sans doute un jour à l'un des fils d'Erlend et de Christine — de préférence à l'enfant qu'elle portait si c'était un fils. Peut-être serait-il un jour Laurent de Joerundgaard, dit le malade en souriant. En descendant le Gudbrandsdal, le corps serait également conduit, pour y passer la nuit, dans plusieurs églises auxquelles Laurent avait réservé, par testament, des dons en argent et en cierges.

Un jour, Simon prévint que son beau-père souffrait d'escarres. Il aida Ragnfrid à soulever et arranger le malade.

Christine sentait avec désespoir la jalousie emplir son cœur. Elle supportait difficilement la confiance que ses parents montraient à Simon Andressoen. Il était chez lui à Joerundgaard comme Erlend ne l'avait jamais été. Presque tous les jours son gros cheval isabelle était attaché à la barrière de la cour ; Simon était dans la maison, auprès de Laurent, avec son chapeau et son manteau ; il ne devait rester qu'un moment. Peu après il apparaissait à la porte et criait de rentrer tout de même son cheval. Il connaissait toutes les affaires du père, allait chercher le coffret aux documents, produisait des actes et des copies, donnait des commissions à Ragnfrid et causait avec le premier valet des affaires de la ferme. Christine se souvenait combien elle avait souhaité que son père se plût avec Erlend — et la première fois que Laurent avait donné raison à Erlend contre elle, elle avait aussitôt fait les pires sottises.

Simon Andressoen pensait avec beaucoup de tristesse à la prochaine séparation d'avec son beau-père. Mais sa grande joie, c'était d'avoir eu sa petite fille. Laurent et Ragnfrid parlaient beaucoup de la petite Ulvhild et Simon pouvait répondre à toutes leurs questions sur sa croissance et sa santé. A cause de cela aussi Christine sentait la jalousie lui mordre le cœur. Jamais Erlend ne s'était occupé de leurs enfants de cette façon. En même temps elle trouvait un peu ridicule cet homme plus très jeune, avec son lourd visage rougeâtre, qui parlait en connaisseur des coliques et de l'appétit d'un enfant à la mamelle.

Un jour Simon vint la prendre avec un traîneau pour la conduire au sud voir sa sœur et sa nièce.

Il avait fait reconstruire complètement la vieille et noire maison à foyer où depuis plusieurs siècles les femmes de Formo avaient coutume de demeurer quand elles devaient accoucher. On avait démoli le foyer, bâti un poêle ; un élégant lit sculpté, tiède et bon, était appuyé contre l'un des côtés du poêle et sur le mur d'en face il y avait une jolie image sculptée de la mère de Dieu, placée de façon que la personne couchée dans le lit puisse l'apercevoir. On avait ajouté un plancher, une fenêtre à vitres, de jolis petits meubles et de nouveaux bancs. Simon voulait que Ramborg en fît une maison pour les femmes, où elle aurait son service en argent, recevrait des maîtresses de maison ; et s'il y avait un festin à la ferme, elle en ferait un refuge pour les femmes qui ne se trouvaient pas à leur aise quand les hommes étaient sous l'empire de la boisson à la fin de la soirée.

Ramborg, parée d'un bonnet de soie et d'un corsage rouge bordé de fourrure blanche, s'était mise au lit en l'honneur de son hôte ; elle avait derrière le dos des coussins de soie imprimée. Devant le lit, couvert d'un velours à fleurs, était le berceau d'Ulvhild Simonsdatter, ce vieux berceau suédois que Ramborg Sunesdatter avait apporté avec elle en Norvège ; il avait servi au père et au grand-père de Christine, ainsi qu'à elle-même et à tous ses frères et sœurs. Selon la coutume, ce berceau aurait dû faire partie de sa dot, puisqu'elle était la fille aînée, mais il n'en avait pas été question lors de son mariage. Elle avait bien compris que ses parents l'oubliaient volontairement... ils n'estimaient pas que les enfants d'Erlend et d'elle en fussent dignes.

Après cela, elle s'excusa de ne pas aller à Formo. Elle dit qu'elle n'en avait pas la force.

Elle se sentait malade aussi, mais de chagrin et d'angoisse. Car elle ne pouvait pas se dissimuler que plus elle prolongeait son séjour chez ses parents, plus elle souffrait. Elle était ainsi faite ; cela lui faisait mal, de voir que son père, sur le point de mourir, était plus attaché à sa femme qu'à nul autre des siens.

Elle avait toujours entendu citer la vie de ses parents comme un exemple de mariage beau et digne dans l'union, la fidélité et la bienveillance. Mais elle avait senti, sans y réfléchir, que quelque chose, pourtant, les séparait — une ombre vague, mais qui rendait la vie au foyer silencieuse, bien que leurs rapports fussent paisibles et bons. Maintenant il n'y avait plus d'ombre entre ses parents. Ils parlaient ensemble d'un ton égal et calme, surtout des petits riens de tous les jours, mais Christine découvrait quelque chose de nouveau dans leurs regards et le son de leurs voix. Elle se rendait compte que, quand son père n'avait pas sa femme dans la chambre, auprès de lui, elle lui manquait. Quand il l'avait décidée à aller prendre un peu de repos, il éprouvait une espèce d'inquiétude à l'attendre, et, quand elle entrait, on eût dit que la paix et la joie arrivaient avec elle jusqu'au malade. Un jour elle les entendit parler de leurs enfants morts ; pourtant ils paraissaient heureux. Quand Sira Erik venait faire la lecture à Laurent, Ragnfrid demeurait toujours auprès d'eux ; alors Laurent prenait souvent la main de sa femme, jouait avec ses doigts et faisait tourner ses bagues.

Christine savait que son père ne l'aimait pas moins qu'auparavant. Mais elle n'avait pas compris jusque-là qu'il aimait leur mère. Et elle sentait la différence entre la tendresse du mari pour la femme qui avait vécu avec lui toute cette longue vie de bons et de mauvais jours, et la tendresse du père pour l'enfant qui n'avait partagé que ses joies et joui de sa plus profonde affection. Et elle pleurait, priait Dieu et saint Olav de venir à son aide — car elle se rappelait cet adieu tendre et tout en larmes de l'automne dans la montagne, mais pourtant elle ne souhaitait pas qu'il eût été le dernier.

En avril, Christine eut son sixième fils ; dès le cinquième jour après ses couches, elle se leva et se rendit à la grande maison pour s'asseoir près de son père. Laurent ne fut pas satisfait : la coutume avait toujours été, à sa ferme, qu'une accouchée ne sortît que le jour où elle se rendait à l'église. En tout cas, elle ne devait traverser la cour que par un soleil radieux. Ragnfrid l'écoutait.

« Il me semble, Laurent, dit-elle, que nous, tes femmes, nous n'avons jamais été très obéissantes avec toi, mais que le plus souvent nous avons fait ce que nous voulions.

— Ne t'en es-tu pas avisée auparavant ? demanda Laurent en souriant. En tout cas, ce n'est pas la faute de ton frère Trond. Ne te souviens-tu pas qu'il me traitait toujours de pantoufle parce que je me laissais mener par vous ? »

Le jour de messe qui suivit, Ramborg fit à l'église sa visite de relevailles et elle vint ensuite à Joerundgaard pour la première fois depuis ses couches. Helga Rolfsdatter, mariée elle aussi, l'accompagnait. Haavard Trondssoen de Sundbu se trouvait auprès de Laurent. Ces trois jeunes gens avaient le même âge, et, pendant trois ans, ils avaient vécu ensemble comme frère et sœur à Joerundgaard. Haavard, le garçon, était alors le plus hardi des trois et le boute-en-train de leurs jeux. Les deux jeunes femmes à la coiffe blanche lui firent cette fois clairement sentir qu'elles étaient maintenant des maîtresses de maison avec l'expérience des hommes, des enfants et du ménage, tandis qu'il n'était qu'un enfant inexpérimenté. Laurent s'amusa beaucoup de la dispute.

« Attends seulement d'avoir pris femme, toi aussi, mon petit Haavard. Tu apprendras alors combien ta science est courte ! » dit Laurent. Et tous les hommes qui se trouvaient dans la pièce se mirent à rire.

Sira Erik venait tous les jours voir le moribond. Leur vieux prêtre avait maintenant la vue faible, mais l'histoire sainte en norvégien, les Evangiles et les Psaumes en latin, tout cela il le lisait aisément et couramment car il connaissait ces livres à la perfection. Quelques années auparavant, Laurent avait acheté un gros livre à Saastard ; c'était celui-là qu'il préférait, mais Sira Erik n'arrivait pas à le lire avec ses mauvais yeux. Alors Laurent pria Christine d'essayer. Et quand le livre lui fut devenu un peu familier, Christine s'en tira très bien ; ce fut pour elle une grande joie de pouvoir faire quelque chose pour son père.

Ce livre contenait des sortes de dialogues entre Crainte et Courage, Foi et Doute, Corps et Ame. Il s'y trouvait aussi les légendes des saints, et plusieurs récits sur des hommes qui, pendant leur vie temporelle, avaient été ravis en esprit et avaient vu les tortures du monde des supplices, les épreuves du Purgatoire et la félicité du royaume des cieux. Laurent parlait beaucoup, à présent, du Purgatoire où il s'attendait à entrer bientôt, mais il était tout à fait tranquille. Il attendait un grand réconfort des prières de ses amis et des prêtres et il se consolait à la pensée que saint Olav et saint Thomas le soutiendraient en cette suprême épreuve comme ils l'avaient si souvent soutenu en cette vie. Il avait toujours entendu dire que celui qui était ferme dans sa foi aurait toujours devant les yeux la félicité à laquelle l'âme atteignait à travers les flammes brûlantes. Christine avait l'impression que son père se réjouissait de ce qui l'attendait comme d'une épreuve de courage. Elle se souvenait nettement de son enfance, de cette expédition des gens de leur vallée, fidèles au roi contre le duc Erik — il lui apparaissait que maintenant son père regardait sa mort en face comme il avait alors regardé en face l'aventure et le combat.

Elle dit un jour qu'il lui semblait que son père avait passé par tant d'épreuves qu'il se tirerait sans doute aisément de celles de l'autre monde. Laurent répondit qu'il n'était pas de cet avis ; il avait été un homme riche, issu d'une grande famille, il avait eu des amis et des succès en ce monde. « Mes plus lourds chagrins ont été de n'avoir jamais vu le visage de ma mère, et d'avoir perdu mes enfants. Mais bientôt ce ne seront plus des chagrins pour moi. Et il est ainsi d'autres choses qui ont pesé sur moi pendant ma vie ; ce sont des chagrins qui vont finir. »

La mère était souvent là quand Christine lisait ; il y avait aussi des étrangers, et Erlend venait volontiers. Tous prenaient une grande joie à la lecture, mais Christine, elle, en était troublée et désespérée ; elle pensait à son propre cœur qui savait si bien ce qui était juste et bon et cependant avait toujours un penchant à l'iniquité. Elle avait peur pour son petit enfant, osait à peine dormir pendant les nuits, de crainte qu'il ne mourût sans être baptisé. Deux gardes devaient toujours la veiller et pourtant elle craignait de s'endormir. On avait baptisé ses autres enfants avant qu'ils fussent âgés de trois jours, mais pour celui-ci, qui était grand et fort, on attendait ; on voulait lui donner le nom de Laurent, mais dans la vallée les gens tenaient fermement à la coutume de ne pas donner aux enfants le nom d'hommes vivants.

Un jour que, près de son père, elle tenait son enfant sur les genoux, Laurent lui demanda d'enlever le maillot du petit, dont il n'avait vu jusque-là que le visage. Elle s'exécuta et mit l'enfant dans les bras de son père. Laurent caressa la petite poitrine bombée et prit l'une des menottes potelées dans sa main : « C'est merveilleux, petit, que tu doives un jour porter ma cotte de mailles. Maintenant tu ne tiendrais pas plus de place dedans qu'un ver dans une noix creuse, et cette main devra beaucoup grandir avant de pouvoir saisir la poignée de mon épée. Quand on voit de petits compagnons comme celui-ci, on est bien près de comprendre que la volonté de Dieu n'est pas que nous portions les armes. Mais tu n'auras pas beaucoup grandi, mon petit, que tu brûleras de les porter. Parmi les hommes nés de la femme, il n'y en a que très peu qui, pour l'amour de Dieu, fassent serment de s'en abstenir. Moi, je ne l'ai point fait. »

Il fit une pause et considéra le petit :

« Tu portes tes enfants sous un cœur affectueux, ma Christine. Le petit est gros et grand, mais tu es pâle et mince comme une baguette et ta mère disait qu'il en a été de même d'eux tous quand tu les as mis au monde. La fille de Ramborg était menue et petite, ajouta-t-il en riant, mais Ramborg est rayonnante comme une rose.

— Pourtant il me paraît surprenant qu'elle ne veuille pas donner le sein à son enfant, dit Christine.

— Simon ne l'a pas voulu non plus. Il dit qu'il ne veut pas la récompenser en la laissant se châtier. Rappelle-toi que Ramborg n'avait pas encore seize ans. A peine ses chaussures d'enfant étaient-elles usées qu'elle a eu une fille, et jamais elle n'avait connu auparavant une heure de maladie ; ce n'est pas étonnant qu'elle ait montré peu de patience. Toi, ma Christine, tu étais une femme faite quand tu t'es mariée ! »

Brusquement Christine fut prise d'un accès de larmes. Elle savait à peine pourquoi elle pleurait. Mais c'était bien vrai : elle avait aimé ses enfants dès l'instant où elle avait su qu'elle les portait dans son sein, elle les avait aimés alors même qu'ils la faisaient souffrir d'inquiétude, l'alourdissaient et la défiguraient. Elle avait aimé leurs petits visages dès qu'elle les avait vus et elle les avait aimés sans cesse pendant qu'ils grandissaient, se transformaient, devenaient hommes. Mais personne ne les avait vraiment aimés en même temps qu'elle, en se réjouissant avec elle — ce n'était pas dans la nature d'Erlend ; évidemment il les aimait, mais à son avis Naakkve était venu trop vite, et les autres, il les avait toujours estimés trop nombreux. Elle se rappelait confusément les pensées qu'elle roulait en son esprit au sujet du fruit du péché le premier hiver qu'elle avait passé à Husaby... elle comprenait qu'elle en avait goûté l'amertume, moins toutefois qu'elle ne l'avait craint. Quelque chose était alors intervenu entre elle et Erlend, et il ne serait certainement jamais possible d'y remédier.

Sa mère ? Elle ne lui avait jamais été attachée. Ses sœurs ? Elles étaient toutes petites quand elle-même était déjà une jeune fille, et elle n'avait point eu de camarades de jeux. Elle avait été élevée parmi des hommes, et elle avait pu se laisser aller complètement à être douce et sensible, car il y avait toujours eu autour d'elle des hommes pour l'abriter et la protéger de leurs mains contre le reste du monde. Il lui semblait si naturel de ne donner le jour qu'à des fils, d'avoir des mâles à nourrir de son sang et de son lait, à aimer, protéger et soigner jusqu'à ce qu'ils fussent d'âge à se mêler aux hommes. Elle se rappelait avoir entendu parler d'une reine qui avait pour sobriquet Drengemor (« la mère aux garçons »). Elle avait eu sans doute, autour de sa chambre d'enfant, une haie d'hommes vigilants...

« Qu'est-ce qu'il y a, Christine ? » demanda tranquillement le père au bout d'un instant.

Elle ne pouvait le lui dire. Mais, quand ses larmes s'apaisèrent et lui permirent de parler, elle dit peu après :

« Comment n'aurais-je pas de chagrin, père, de vous voir là ?... » Finalement, comme Laurent la pressait un peu, elle lui dit sa crainte pour l'enfant non baptisé. Alors Laurent demanda immédiatement que l'enfant fût porté à l'église le plus prochain jour de messe. Il ne croyait pas, dit-il, que cela pût être cause qu'il mourût avant l'heure fixée par Dieu !

« Au surplus, dit-il en riant, je trouve que je suis couché là depuis assez longtemps ! Ce sont de misérables circonstances qui accompagnent notre entrée dans le monde comme notre sortie, Christine. Nous sommes nés dans la maladie, et nous mourons dans la maladie quand ce n'est pas de mort violente. Dans ma jeunesse, la mort qui me semblait la meilleure, c'était d'être tué sur le champ de bataille. Mais il se peut qu'un pécheur ait besoin d'un lit de souffrance... Je ne m'aperçois pourtant pas que mon âme s'améliore, à rester ici étendu... »

Le petit fut baptisé le dimanche suivant et reçut le nom de son grand-père maternel. Christine et Erlend furent beaucoup blâmés de cette décision dans le pays, encore que Laurent Bjoergulfsoen dit à tous ceux qui venaient à la ferme qu'il l'avait lui-même demandé ; qu'il ne voulait pas avoir un païen dans sa maison quand la mort était à la porte.

Laurent commença alors à craindre que sa mort n'arrivât au milieu des travaux du printemps, pour la plus grande gêne des gens qui tiendraient à l'honorer en suivant son enterrement. Mais quinze jours après le baptême de l'enfant, Erlend vint trouver Christine à la vieille maison de tissage où elle couchait depuis la naissance de l'enfant. C'était tard dans la matinée, après le déjeuner ; Christine était encore couchée, car le petit avait été agité. Erlend, très troublé, lui dit d'un ton calme et affectueux qu'elle devait se lever et venir voir son père. Laurent avait eu au petit jour quelques violents et affreux accès de crampes cardiaques et il avait perdu connaissance depuis longtemps. Sira Erik se trouvait auprès de lui et l'avait confessé.

C'était le cinquième jour après la Saint-Halvard. Une pluie douce tombait sans arrêt. Lorsque Christine sortit dans la cour, elle sentit, apportée par le souffle doux du vent du sud, l'odeur de terre des champs fraîchement labourés et fumés. Le pays était brun sous la pluie de printemps ; l'air bleuissait entre les hautes montagnes et le brouillard montait à mi-hauteur sur les pentes. De petites clochettes tintaient dans les bosquets le long du fleuve gris qui coulait à pleins bords : dehors le troupeau de chèvres broutait les rameaux bourgeonnants. Ce temps qui avait toujours réjoui le cœur de son père, c'était la fin de l'hiver et du froid pour les gens et pour les bêtes ; on délivrait les troupeaux de leurs étroites et sombres étables et de leur trop juste alimentation.

Christine vit aussitôt sur le visage de son père que la mort était proche. Les ailes du nez étaient blanches comme neige, les lèvres et le pourtour de ses grands yeux bleuâtres ; ses cheveux se séparaient en mèches humides sur son front large et moite. Mais il avait maintenant toute sa connaissance et il parlait clairement, bien que d'une voix lente et faible.

Un à un tous les domestiques s'avancèrent vers le lit. Laurent leur prit la main à tous, les remercia de leurs services, leur dit adieu, les pria de lui pardonner s'il les avait offensés en quoi que ce fût et de se souvenir de lui dans une prière pour son âme. Puis il prit congé des siens. Il pria ses filles de se baisser pour qu'il pût les embrasser ; il appelait sur elles la bénédiction de Dieu et de tous les saints. Elles pleuraient toutes deux amèrement, et la jeune Ramborg se jeta dans les bras de sa sœur. Les deux filles de Laurent enlacées allèrent prendre leur place au pied du lit, et la cadette continua de pleurer contre la poitrine de Christine.

Le visage d'Erlend frémissait et des larmes coulaient le long de ses joues quand il souleva la main de Laurent et l'embrassa, en priant son beau-père de lui pardonner les offenses qu'il lui avait faites pendant ces années. Laurent dit qu'il lui pardonnait de grand cœur et qu'il priait Dieu d'assister son gendre chaque jour. Il y avait sur le beau visage d'Erlend une étrange lueur pâle lorsqu'il alla se placer debout à côté de sa femme et lui prit la main.

Simon Darre ne pleurait pas, mais il s'agenouilla en prenant la main de son beau-père pour la baiser, et il resta ainsi un moment, en la serrant dans la sienne. « Ta main est chaude et bonne, mon gendre », dit Laurent avec un faible sourire. Ramborg se tourna vers son mari lorsqu'il vint la rejoindre et Simon entoura de son bras les frêles épaules de la jeune femme.

Pour finir, Laurent dit adieu à sa femme. Ils chuchotèrent quelques mots que personne n'entendit, et ils échangèrent un baiser devant tous, comme cela est possible quand la mort est dans la maison. Après quoi Ragnfrid s'agenouilla devant le lit de son mari, le visage tourné vers le visage de Laurent ; elle était pâle, calme et tranquille.

Sira Erik resta dans la maison après avoir oint le moribond des saintes huiles et lui avoir donné le viatique. Il s'assit au chevet du lit et lut des prières. Quelques heures passèrent. Laurent avait les yeux à demi fermés. De temps à autre, il remuait la tête sur le coussin avec inquiétude, agitait un peu les mains sur la tapisserie du lit, respirait péniblement en poussant un ou deux gémissements. On pensait qu'il avait perdu la parole, mais ce n'était point l'agonie.

Le jour tomba vite et le prêtre alluma une lumière. Les gens demeuraient silencieux, regardant le moribond et écoutant le ruissellement et le murmure de l'eau dehors, autour de la maison. Puis le malade s'agita, son corps tressaillit, son visage bleuit, et il parut avoir de la peine à respirer. Sira Erik le prit par les épaules, le souleva de façon à l'asseoir tandis qu'il lui appuyait la tête contre sa poitrine et tenait la croix devant son visage.

Laurent ouvrit les yeux, fixa son regard sur le crucifix et dit tout bas, mais si nettement que la plupart des gens dans la pièce l'entendirent : « *Exsurrexi et adhuc sum tecum*[1]. »

Son corps fut encore traversé de quelques tressaillements et ses mains tâtonnèrent sur la couverture. Sira Erik continua à le tenir quelques instants contre lui. Puis il ramena délicatement sur les coussins le cadavre de son ami, l'embrassa sur le front et lui lissa les cheveux avant de lui fermer les paupières et les narines ; puis il se releva et se mit à réciter une prière.

1. « Je me suis éveillé, et je suis encore avec toi. » Ps. 139, 18.

On permit à Christine de veiller le corps la nuit avec les autres. On avait étendu Laurent sur de la paille dans le grenier à foin parce qu'il y avait plus de place et qu'on attendait beaucoup de gens pour la veillée mortuaire.

Son père lui paraissait indiciblement beau à la lueur des cierges, avec son visage découvert, d'une pâleur dorée. On avait rabattu le suaire afin qu'il ne fût point sali par tous ceux qui venaient et voulaient voir le cadavre. Sira Erik et le curé de Kvam chantaient pour lui des prières ; le curé était venu le soir pour dire à Laurent le suprême adieu, mais il ne l'avait pas trouvé en vie.

Dès le lendemain les hôtes commencèrent à arriver à cheval dans la cour, et Christine, par respect des convenances, dut se coucher, parce qu'elle n'avait pas encore fait sa visite de relevailles à l'église. Ce fut elle cette fois qui eut son lit d'accouchée garni de tapis de soie et des plus jolis coussins de la maison. Le berceau de Formo fut apporté ; on y coucha le jeune Laurent et chaque jour les gens ne cessèrent d'entrer et sortir pour les voir, elle et l'enfant.

Elle entendait dire que le cadavre de son père continuait à bien se conserver ; il avait seulement un peu jauni. Et personne n'avait vu apporter autant de cierges sur la bière d'un mort.

Le cinquième jour commença le repas de funérailles, qui fut à tous points de vue d'une extrême magnificence ; il y avait plus de cent chevaux à la ferme et à Laugarbru ; à Formo aussi on logea des hôtes. Le septième jour le partage se fit entre les héritiers, en toute concorde et amitié : Laurent avait tout réglé lui-même avant de mourir et tous suivirent exactement ses désirs.

Le lendemain le cadavre, qui se trouvait maintenant dans l'église Saint-Olav, devait partir pour Hamar.

La veille, assez tard dans la nuit, Ragnfrid entra dans la maison du foyer, où sa fille était couchée avec son enfant. La maîtresse de maison était très fatiguée, mais elle avait le visage clair et tranquille. Elle pria les servantes de sortir.

« Toutes les maisons sont pleines de monde, mais vous trouverez bien un coin ; je désire veiller ma fille la dernière nuit que je passe à ma ferme. »

Elle prit l'enfant des bras de Christine, l'emporta près du foyer et l'arrangea pour la nuit.

« Ce doit être étrange pour vous, mère, de quitter cette ferme où vous avez vécu avec mon père pendant toutes ces années, dit Christine. J'ai peine à comprendre que vous en ayez le courage.

— J'aurais, je crois, encore moins de courage, répondit Ragnfrid en berçant dans ses bras le petit Laurent, pour rester ici sans y voir ton père s'affairer parmi les bâtiments.

« Tu n'as jamais entendu raconter comment il s'est fait que nous sommes venus habiter ici dans la vallée. Lorsque nous parvint la nouvelle qu'Ivar, mon père, était sur le point de rendre l'âme, j'étais hors d'état de faire le voyage à cheval ; Laurent dut se rendre seul dans le nord. Je me rappelle qu'il faisait un si beau temps le soir où il partit ; dès ce temps-là il aimait beaucoup chevaucher tard quand il faisait frais ; il voulut donc partir pour Oslo le soir — c'était juste avant la Saint-Jean. Je l'accompagnai jusqu'à l'endroit où le chemin de la ferme coupe le chemin de l'église — te souviens-tu qu'il y a là quelques grands plateaux entourés de terre stérile ? — les plus mauvaises terres de Skog, où règne toujours la sécheresse ; mais cette année-là le grain était beau dans les champs, et nous causions de la moisson. Laurent marchait en conduisant son cheval par la bride, et moi, je te tenais par la main — tu avais quatre ans...

« Quand nous arrivâmes à la croisée des chemins, je te dis de courir à la maison. Cela ne te plaisait pas, mais ton père ajouta que tu devais essayer de trouver cinq pierres blanches que tu placerais en croix dans le ruisseau en dessous de la source ; cela le protégerait contre les trolls de la forêt de Mjoersa quand il la traverserait. Alors tu t'en fus en courant...

— Est-ce que les gens racontent quelque chose comme cela ?

— Je ne l'ai entendu dire ni avant ni depuis. Je pense que ton père inventait cela à sa fantaisie. Te rappelles-tu qu'il inventait tant de choses quand il jouait avec toi ?

— Oui, je me rappelle...

— Je l'accompagnai à travers la forêt jusqu'à la pierre des nains. Là il me pria de m'en retourner et il revint de nouveau avec moi jusqu'à la croisée des chemins — il riait et disait que je savais bien qu'il ne me permettrait pas de traverser seule la forêt, surtout après le coucher du soleil. Quand nous fûmes au carrefour, je passai mes bras autour de son cou ; si j'étais mal portante, c'est que je ne pouvais pas aller chez moi ; je ne pouvais réellement pas me plaire à Skog, et j'avais toujours la nostalgie du nord de la vallée. Laurent me consola, et il dit finalement : " Quand je reviendrai, si je te trouve avec mon fils sur le bras, tu pourras me demander ce que tu voudras : s'il est au pouvoir d'un homme de te le donner, tu ne me l'auras pas demandé en vain. " Alors je répondis que je lui demanderais de nous en aller là-haut habiter ma propriété. Cela lui plaisait peu, et il me dit aussi : " Ne pouvais-tu trouver quelque chose de plus important à me demander ? " Il souriait et je pensais : " Cela, il ne le fera jamais ", ce qui me paraissait aussi naturel. Ensuite, tu sais que ton plus jeune frère Sigurd ne vécut pas une heure... Halfdan le baptisa, et il mourut aussitôt après. Ton père rentra un matin, de bonne heure. Le soir il avait appris à Oslo ce qui se passait chez lui, puis il était parti à cheval, sur-le-champ. J'étais encore alitée, si triste que je ne pouvais me résoudre à me lever ; il me semblait que jamais plus je ne me lèverais. Dieu me pardonne ! Quand ils t'apportèrent sur mon lit je me retournai contre le mur et ne voulus pas te voir, ma pauvre enfant. Mais alors Laurent, assis sur le bord de mon lit avec son manteau et son épée, dit que nous pourrions essayer de vivre ici à Joerundgaard, et c'est ainsi que nous quittâmes Skog. Mais tu dois bien imaginer que je n'ai pas envie de demeurer là maintenant que Laurent n'est plus... »

Ragnfrid apporta l'enfant et le mit dans les bras de sa fille. Elle prit la tapisserie de soie qui recouvrait le lit de Christine pendant le jour, la plia et la mit de côté. Puis elle resta un instant debout à regarder sa fille et palpa l'épaisse natte brun doré qui s'allongeait entre ses seins :

« Ton père me demandait souvent si tes cheveux étaient aussi longs et aussi beaux. Il avait une telle joie de savoir que tu n'avais pas perdu ta beauté après avoir eu tant d'enfants ! Il était si heureux, ces dernières années, que tu fusses devenue une femme capable, et que tu fusses fraîche et jolie avec tes tout jeunes fils autour de toi ! »

Deux ou trois fois Christine avala ses larmes.

« A moi, mère, il me disait souvent que vous aviez été la meilleure des femmes ; il me disait que je devais vous le répéter. » Elle se tut, embarrassée. Ragnfrid sourit et dit doucement :

« Laurent savait bien qu'il n'avait pas besoin de charger

quelqu'un de m'exprimer sa bienveillance. » Elle caressa la tête de l'enfant et la main de sa fille qui entourait le petit. « Mais peut-être voulait-il… ? En réalité, Christine, je n'ai jamais été jalouse de la tendresse de ton père pour toi. Il est juste et raisonnable que tu l'aies aimé plus que tu ne m'as aimée. Tu étais une petite fille si douce et si tranquille !… Je n'appréciais pas assez que Dieu me permît de te conserver. Je pensais toujours plus à ce que j'avais perdu qu'à ce que je possédais… »

Ragnfrid s'assit sur le bord du lit.

« Il y avait à Skog d'autres coutumes que chez nous. Je n'ai pas souvenance que mon père m'ait embrassée ; il embrassa ma mère quand elle fut étendue sur son lit de parade. Mère embrassait Gudrun à la messe, parce qu'elle se trouvait tout près d'elle, puis ma sœur m'embrassait — autrement nous n'avions pas de tels usages chez nous.

« A Skog on avait cette habitude : lorsque nous revenions de l'église où nous avions reçu l'hostie et que nous descendions de nos chevaux dans la cour, Messire Bjoergulf embrassait ses fils et moi sur la joue, mais nous lui embrassions la main. Ensuite tous les couples mariés s'embrassaient et nous échangions des poignées de main avec tous les domestiques qui avaient assisté à l'office en nous adressant mutuellement des vœux pour le repas. Laurent et Aasmund avaient l'habitude d'embrasser la main de leur père quand il leur faisait des cadeaux ou en d'autres cas de ce genre. Quand lui ou Inga entrait, les fils se levaient toujours et restaient debout jusqu'à ce qu'ils eussent été invités à s'asseoir. Cela m'avait fait d'abord l'effet de mœurs bouffonnes et d'usages étranges…

« Puis, pendant les années que j'ai vécues avec ton père, lorsque nous perdîmes nos fils et pendant toutes les années où nous avons éprouvé tant d'angoisses et de tristesse pour notre Ulvhild, cela a été bon pour moi que Laurent eût reçu cette éducation et pût se plier à des mœurs plus douces et plus affectueuses. »

Au bout d'un instant Christine dit doucement :

« Alors, père n'a jamais vu Sigurd ?

— Non, répondit Ragnfrid du même ton calme. Moi non plus je ne l'ai pas vu pendant le temps qu'il a vécu. »

Christine attendit un peu, puis elle dit :

« Pourtant, mère, il me semble que vous avez eu tout de même beaucoup de bon dans votre vie. »

Les larmes commencèrent à couler le long du blanc visage de Ragnfrid Ivarsdatter :

« Oui, grâce à Dieu ! C'est aussi ce que je pense, maintenant. »

Peu après elle enleva avec précaution, du sein de sa mère, le nouveau-né qui s'était endormi et elle le mit dans son berceau. Elle agrafa la chemise de Christine avec la petite broche en filigrane, caressa la joue de sa fille et l'engagea à dormir. Christine leva une main :

« Mère », pria-t-elle.

Ragnfrid se pencha, attira sa fille à elle et l'embrassa plusieurs fois. Elle ne l'avait pas fait pendant toutes les années qui avaient suivi la mort d'Ulvhild.

Le jour suivant il faisait un splendide temps de printemps. Christine, derrière l'angle de la grande maison, regardait les pentes de la montagne de l'autre côté du fleuve. Il y avait dans l'air une odeur de végétation, un chant de ruisseaux déchaînés de toutes parts, et de la verdure dans tous les bosquets et les prairies.

Là où le chemin s'enfonçait dans la montagne, au-dessus de Langarbru, on voyait luire un tapis de seigle d'hiver, frais et brillant. Jon avait brûlé un taillis, l'année précédente, et le seigle avait été semé dans la terre ainsi préparée.

Quand le cortège funèbre parviendrait à cet endroit, c'était de là qu'elle le verrait le mieux.

Le cortège parut au-dessous des éboulis de pierres, au-dessus du nouveau et frais champ de seigle.

Elle pouvait distinguer tous les prêtres qui chevauchaient en avant ; il y avait aussi des clercs qui portaient la croix et les cierges dans le groupe de tête. Elle ne pouvait voir les flammes dans la clarté du jour, mais elle apercevait les lumières comme de minces traits blancs. Puis venaient les deux chevaux qui portaient le cercueil de son père sur une civière placée entre eux, et elle reconnut Erlend sur son cheval noir, sa mère, Simon et Ramborg, et beaucoup de ses parents et amis dans le long cortège.

Un instant elle entendit nettement le chant des prêtres

dominer le grondement du Laag, mais ensuite les accents de l'hymne s'éteignirent dans le bruit du fleuve et le murmure des ruisseaux printaniers sur les flancs de la montagne. Christine demeura debout à la même place, le regard fixe, longtemps après que le dernier cheval de somme, portant les bagages, eut disparu au-delà du petit bois.

3

Erlend Nikulaussoen

1

Ragnfrid Ivarsdatter ne survécut pas même deux années à son mari ; elle mourut tout au début de l'hiver de 1332. Il y a loin de Hamar à Skaun, si bien que lorsqu'ils apprirent sa mort à Husaby elle était déjà en terre depuis plus d'un mois. Mais, à la Pentecôte, Simon Andressoen vint à Husaby ; il avait à parler de beaucoup de choses avec ses parents à propos de l'héritage de Ragnfrid. Christine Lavransdatter était maintenant la propriétaire de Joerundgaard et il fut convenu que Simon aurait la surveillance de ses biens et recevrait les comptes de ses fermiers ; il avait déjà géré les biens de sa belle-mère dans la vallée, depuis qu'elle habitait Hamar.

A ce moment, Erlend avait des soucis et des contrariétés à propos de certaines affaires qui avaient trait à ses fonctions. L'automne précédent, Huntjov, le paysan de Forbregd, dans l'Updal, avait tué un voisin parce que celui-ci avait appelé sa femme sorcière. Les paysans du pays amenèrent le meurtrier enchaîné au juge cantonal, et Erlend le prit sous sa garde dans un grenier. Mais comme le froid augmentait à la fin de l'hiver, il laissa l'homme circuler librement parmi ses valets. Huntjov avait accompagné Erlend dans le nord sur la *Sirène* et il avait montré alors une grande bravoure. Lorsque Erlend envoya un rapport sur l'affaire et demanda un sauf-conduit pour Huntjov, il montra l'accusé sous le jour le plus favorable, et comme Ulf Haldorssoen s'était porté garant que Huntjov se rendrait au jour fixé au tribunal d'Orkedal, Erlend permit au paysan d'aller chez lui pour les fêtes de Noël. Mais ensuite Huntjov et sa femme firent une visite à l'aubergiste de Drivdal — qui était leur parent — et ils disparurent durant ce voyage. Erlend pensa qu'ils avaient péri dans les furieuses tempêtes qu'il y eut à cette époque, mais bien des gens prétendirent qu'ils s'étaient enfuis et que les hommes du juge pouvaient bien siffler pour les rattraper. De nouvelles affaires furent alors portées au compte des disparus : quelques années auparavant Huntjov aurait tué un homme dans la montagne et enfoui le cadavre sous un tas de pierres — il soupçonnait cet homme d'avoir blessé aux reins sa jument. On découvrit aussi que la femme avait pratiqué la sorcellerie.

Le prêtre de l'Updal et le représentant de l'archevêque firent une enquête sur cette accusation de sorcellerie. Et il en résulta de fâcheuses révélations sur la manière dont les gens comprenaient le christianisme dans la paroisse d'Orkdoela. Il s'agissait surtout d'endroits reculés : Rennabu, la forêt d'Updal, mais un vieux de Budvik fut aussi traduit devant le tribunal de l'archevêque à Nidaros. Erlend montra à ce propos si peu de zèle que cela fit jaser. C'était ce vieil Aan, qui avait habité près de la mer au-dessous de Husaby et qui pouvait presque être compté parmi les gens de la maison d'Erlend. Il aurait pratiqué les runes et les maléfices, et il aurait eu dans sa maison des images devant lesquelles il aurait fait des sacrifices. Mais on ne trouva rien de tel dans son galetas. Erlend lui-même et Ulf Haldorssoen se trouvaient chez lui quand il expira, et les gens disaient qu'ils avaient certainement fait disparaître maintes choses avant l'arrivée du prêtre. Et, en y pensant bien, la tante d'Erlend n'avait-elle pas été accusée de sorcellerie, d'adultère et du meurtre de son mari ? Mais Dame Aashild Gautesdatter était trop intelligente et trop adroite et sans doute aussi avait-elle de trop puissants amis pour qu'on pût rien tenter contre elle. Ensuite les gens se rappelèrent soudain que dans sa jeunesse Erlend avait vécu d'une façon peu chrétienne et bravé le ban de l'Eglise...

La conclusion fut que l'archevêque convoqua Erlend Nikulaussoen à Nidaros pour s'entretenir avec lui. Simon accompagna son beau-frère à la ville ; il devait aller chercher à Ranheim le fils de sa sœur, et ramener l'enfant chez lui dans la vallée pour le faire séjourner quelque temps chez sa mère.

C'était une semaine avant l'assemblée de Frosta, à Nidaros,

et il y avait foule dans la ville. Quand les deux beaux-frères arrivèrent à la maison de l'archevêque et furent introduits dans le parloir, il y avait là plusieurs frères croisiers et quelques seigneurs laïques — entre autres le juge de l'assemblée de Frosta, Harald Nikulaussoen, Olav Hermanssoen, juge à Nidaros, le chevalier Guttorm Helgessoen, juge en Jemtland, ainsi que Arne Gjavvaldssoen qui vint aussitôt vers Simon Darre et le salua cordialement. Arne emmena Simon dans l'embrasure d'une fenêtre où ils s'assirent.

Simon n'était pas tout à fait à son aise. Il n'avait pas rencontré Arne depuis qu'il avait été à Ranheim dix ans plus tôt, et, bien que les gens l'eussent alors très bien accueilli, ce voyage et l'affaire qui l'avait amené lui avaient laissé dans l'esprit une blessure mal cicatrisée.

Tandis qu'Arne vantait le jeune Gjavvald, Simon avait les yeux fixés sur Erlend. Celui-ci parlait avec le trésorier du roi — il s'appelait Baard Petersoen, mais n'était pas apparenté à la famille de Hestne. On ne pouvait pas dire que la tenue d'Erlend manquât de courtoisie ; il était pourtant tout à fait libre et à son aise tout en bavardant avec le vieux seigneur ; il se balançait légèrement sur la pointe des pieds et les talons, les mains croisées derrière le dos. Il portait, comme souvent, un vêtement de couleur sombre, mais fort beau, un pourpoint bleu violet, fendu sur les côtés, qui lui moulait le corps, un collet noir à capuchon rejeté en arrière de telle façon qu'on voyait la doublure de soie grise, une ceinture incrustée d'argent et de hautes bottes rouges, fortement lacées sur les mollets, qui faisaient valoir ses pieds et ses jambes beaux et sveltes.

Sous la vive lumière qui entrait par les vitres de la maison de pierre, on voyait bien qu'Erlend avait les tempes grisonnantes. Autour de sa bouche et de ses yeux son fin visage hâlé était à présent un peu marqué de rides ; des sillons s'étaient formés sur son long et joli cou à la courbe gracieuse. Cependant il paraissait tout jeune parmi les autres seigneurs, bien qu'il ne fût pas le plus jeune de l'assistance. Mais il était toujours aussi svelte et mince, il avait un port aussi aisé que dans sa jeunesse, avec un peu de nonchalance, une allure légère et souple ; le trésorier l'avait quitté, il faisait les cent pas dans la salle, les mains toujours croisées derrière le dos. Tous les autres seigneurs s'étaient assis ; ils parlaient un peu entre eux avec des voix basses et sèches. Le pas léger d'Erlend et le tintement de ses petits éperons d'argent faisaient trop de bruit.

Finalement, un homme jeune le pria aigrement de s'asseoir : « Mais ne faites donc pas tant de tapage ! »

Erlend s'arrêta court, fronça les sourcils, puis il se tourna en riant vers celui qui avait parlé :

« Où es-tu allé boire hier soir, cousin Jon, pour avoir si mal aux cheveux ? » Ce disant, il s'assit. Comme le juge Harald venait à lui, il se leva à demi et resta ainsi jusqu'à ce que Harald se fût assis, mais ensuite il se laissa retomber à côté du juge, passa une jambe sur l'autre et croisa les mains sur son genou tandis que l'autre parlait.

Erlend avait raconté très franchement à Simon tous les ennuis qu'il avait eus du fait que le meurtrier et la sorcière lui avaient échappés. Mais il eût été impossible de trouver un homme qui eût l'air plus insouciant qu'Erlend tandis qu'il agitait la question avec le juge.

L'archevêque arriva. Il fut conduit à sa place d'honneur par deux hommes qui disposèrent des coussins autour de lui. Simon n'avait encore jamais vu Messire Eiliv Kortin. L'archevêque semblait âgé et faible ; il paraissait avoir froid, bien qu'il fût vêtu d'un manteau de fourrure et coiffé d'un bonnet à bords fourrés. Quand vint son tour, Erlend lui présenta son beau-frère, et Simon mit un genou à terre tandis qu'il baisait l'anneau de Messire Eiliv. Erlend aussi baisa l'anneau respectueusement.

Il se tint très poliment et respectueusement quand il se trouva ensuite devant l'archevêque, après que celui-ci eut conféré un bon moment avec les autres seigneurs sur divers sujets. Mais il répondit d'un ton assez léger aux questions qu'un des chanoines lui posa et il avait l'air plein de confiance et d'innocence.

Certes, depuis de longues années, il avait eu vent de ces racontars sur la sorcellerie. Mais tant que personne ne s'adressait à lui comme magistrat, il n'était pas obligé d'examiner dans le détail tous ces radotages de femmes qui courent le pays. Il appartenait à un prêtre d'enquêter s'il y avait matière à procès.

On parla de ce vieux qui avait habité à Husaby et qu'on accusait d'être sorcier.

Erlend eut un léger sourire. Oui, Aan lui-même s'en était vanté, mais Erlend n'avait jamais vu de preuves de son art. Dès son enfance, il avait entendu Aan parler de certaines femmes qu'il appelait Haern, Skoegul et Snotra, mais il avait toujours pris cela pour des contes et des plaisanteries. « Mon frère Gunnulf et notre prêtre Sira Eiliv l'ont bien interrogé plusieurs fois, mais ils n'ont rien trouvé à lui reprocher, puisqu'ils n'ont rien fait. Le vieux allait à l'église les jours de messe, et savait ses prières chrétiennes. » Erlend n'avait jamais attaché grande importance aux maléfices d'Aan, mais depuis qu'il avait vu dans le nord quelque chose de la magie et de la sorcellerie lapones, il avait compris que les pratiques d'Aan n'étaient que fariboles.

Alors le prêtre demanda si vraiment Erlend avait un jour reçu d'Aan quelque chose — quelque chose qui devait lui donner la chance en amour.

Oui, répondit Erlend vite, nettement et en souriant. C'était quand il avait quinze ans, il y avait donc de cela vingt-huit ans. Un sachet de cuir contenant une petite pierre blanche et quelques viscères d'animaux desséchés. Mais il n'avait pas cru beaucoup non plus à de tels talismans, et il s'en était débarrassé l'année suivante, la première année qu'il avait été dans la garde du roi. Dans une maison de bains de la ville haute il avait, par espièglerie, montré ce prétendu charme à de jeunes camarades. Et alors un des jeunes gens de la garde était venu le trouver et avait voulu le lui acheter. Erlend le lui avait donné en échange d'un joli rasoir.

On lui demanda qui était ce jeune homme.

D'abord Erlend ne voulut pas répondre. Mais l'archevêque lui-même le pressa de parler. Erlend regarda en l'air, avec une lueur ironique dans ses yeux bleus :

« C'était Messire Ivar Ogmundssoen... »

Une expression de surprise se dessina sur les visages. Le vieux Guttorm Helgessoen fit entendre un grognement bizarre. Messire Eiliv lui-même essayait de ne pas sourire. Alors Erlend se risqua à dire, en baissant les yeux et en se mordant un peu la lèvre inférieure :

« Monseigneur, vous ne voudrez certainement pas inquiéter ce bon chevalier avec cette vieille histoire. Comme je vous le disais, je ne croyais pas beaucoup moi-même à ce charme, et je ne me suis jamais aperçu que cela ait fait une différence pour aucun de nous, de lui avoir donné cet objet... »

Messire Guttorm émit un nouveau mugissement, si bien que les assistants, l'un après l'autre, se laissèrent aller à rire tout haut. L'archevêque poussait de petits cris, toussait, hochait la tête. Personne n'ignorait que Messire Ivar avait toujours eu plus de bonne volonté que de succès en certaines affaires.

Au bout d'un instant cependant un des frères de la croix se reprit suffisamment pour rappeler qu'ils s'étaient réunis afin de parler de choses sérieuses. Erlend demanda un peu ironiquement si on avait déposé une plainte quelconque contre lui et si c'était un interrogatoire — quant à lui, il avait seulement compris qu'on l'avait convoqué pour un entretien. Mais Guttorm Helgessoen causa un certain trouble en éclatant soudain en petits rires contenus.

Le jour suivant, tandis que les deux beaux-frères après avoir quitté Ranheim retournaient à cheval chez eux, Simon mit cet entretien sur le tapis. Il trouvait qu'Erlend l'avait pris fort à la légère ; pour sa part il avait compris que plusieurs de ces grands seigneurs étaient assez désireux de lui jouer quelque tour, s'ils en avaient le moyen.

Erlend dit qu'il savait bien qu'ils le feraient volontiers s'ils le pouvaient. Car à présent, dans le nord, la plupart penchaient pour le chancelier — sauf l'archevêque, en qui Erlend avait un fidèle ami. Mais la conduite d'Erlend était en tous points conforme à la loi ; en toutes affaires il s'en rapportait à son clerc Kloeng Aressoen, excellent jurisconsulte. Erlend, cette fois, parlait sérieusement, souriant d'une façon évasive en disant que personne ne s'attendait certainement à ce qu'il montrât une telle intelligence de ces affaires, pas plus ses chers amis de la région, que ces messieurs du conseil. D'ailleurs il n'était pas certain de tenir à son emploi si on voulait lui imposer d'autres conditions que celles qu'il avait eues lorsque Erling Vidkunssoen se trouvait à la direction. Telle était sa situation à l'heure actuelle, surtout après la mort des parents de sa femme, qu'il n'avait pas besoin de marchander la faveur de ceux qui étaient arrivés au pouvoir du fait que le roi avait été déclaré majeur. Ce mauvais garçon, ils pouvaient bien le déclarer majeur tôt ou tard, il n'en deviendrait pas plus homme si on le tenait à l'ombre. On verrait d'autant plus vite ce qu'il avait dans le ventre — lui ou bien ces messieurs suédois qui régnaient avec lui. Le peuple témoignerait en tout cas qu'Erling avait vu clair. Cela nous coûterait cher si le roi Magnus voulait placer la Scanie sous la domination suédoise et on en viendrait inévitablement à une guerre avec les

Danois dès qu'un seul homme, danois ou allemand, aurait le pouvoir en ce pays. Et quant à la paix dans le nord, qui devait avoir une durée de dix ans, la moitié de ce délai était maintenant passée, et on ne savait pas si les Russes observeraient longtemps encore la convention. Erlend ne le pensait pas — Erling non plus. Sans doute le chancelier Paul était-il un homme instruit, raisonnable aussi à bien des points de vue... Mais ces messieurs du conseil, qui l'avaient pris pour chef, n'avaient pas plus de jugement que le cheval noir d'Erlend. Mais enfin ils s'étaient débarrassés d'Erling — jusqu'à nouvel ordre. Et jusqu'à nouvel ordre aussi Erlend pourrait bien se tenir à l'écart. Mais Erling et ses amis préféraient qu'Erlend gardât son pouvoir et sa fortune là-haut, dans le nord, de sorte qu'il était un peu indécis.

« Il me semble que tu as appris à chanter la chanson de Messire Erling », ne put s'empêcher de dire Simon Darre.

Erlend répondit que c'était vrai. Il avait demeuré à la ferme de Messire Erling l'été précédent, quand il se trouvait à Bjoergvin, et maintenant il avait appris à mieux comprendre l'homme. En réalité, Erling voulait avant tout maintenir la paix dans le pays. Mais il voulait aussi que la puissance norvégienne s'exprimât par la paix du lion ; il fallait que personne ne brisât une dent ni ne rognât une griffe du lion de leur parent le roi Haakon — et que ce lion ne s'abâtardît pas non plus en chien de chasse pour un autre peuple. D'ailleurs Erling avait à cœur à présent de mettre un terme aux vieilles disputes entre les Norvégiens et Dame Ingebjoerg. Maintenant qu'elle était veuve de Messire Knut, on pouvait souhaiter seulement qu'elle eût de nouveau quelque pouvoir sur son fils. Certes, elle portait un amour si extraordinaire aux enfants qu'elle avait donnés à Knut Porse, qu'elle semblait en quelque sorte avoir oublié son fils aîné, mais il en irait sans doute autrement quand elle se rencontrerait de nouveau avec lui. Et en réalité Dame Ingebjoerg ne pouvait avoir aucune raison de souhaiter que le roi Magnus fût mêlé aux agitations de Scanie sous prétexte que ses demi-frères y avaient leurs fiefs.

Simon pensait qu'on pouvait facilement se rendre compte qu'Erlend était tout à fait bien informé. Mais Erling Vidkunssoen surtout l'étonnait... L'ex grand sénéchal croyait-il qu'Erlend Nikulaussoen eût quelque qualité pour juger de pareilles choses, ou, en réalité, Erling recourait-il à n'importe quel appui ? Le chevalier de Bjarkoe renonçait difficilement à son pouvoir. On n'avait jamais pu lui dire qu'il le faisait servir à son intérêt personnel, mais il n'était pas non plus dans une situation à en avoir besoin. Et tout le monde disait qu'avec les années il était devenu de plus en plus volontaire et entêté, et à mesure que les autres seigneurs du conseil du royaume avaient tenté de se dresser contre lui, il était devenu si autoritaire qu'il consentait à peine à écouter la parole d'un autre homme.

Cela ressemblait bien à Erlend d'avoir fini par sauter, pour ainsi dire, à pieds joints à bord du bateau d'Erling Vidkunssoen quand celui-ci avait rencontré vent debout et l'on ne pouvait savoir s'il était avantageux pour Messire Erling ou pour Erlend lui-même qu'il parût s'être rangé de propos délibéré du parti de son riche parent. Pourtant Simon devait s'avouer à lui-même que, si imprudent que fût d'ordinaire le langage d'Erlend au sujet des gens et des choses, ses paroles ne paraissaient pas tout à fait déraisonnables.

Mais dans la soirée Erlend était d'une gaieté folle et espiègle. Il se trouvait maintenant à Nikulausgaard, ferme que son frère lui avait donnée en entrant au couvent. Christine était auprès de lui avec trois de leurs enfants, les deux aînés et le plus jeune, ainsi que Margret, la fille d'Erlend.

Assez tard tout un groupe de gens entra, parmi lesquels plusieurs des seigneurs qui avaient assisté à la délibération chez l'archevêque le matin précédent. Erlend était rieur et bruyant à la table où ils buvaient après le repas du soir. Il avait pris une pomme dans une coupe sur la table, l'avait pelée en spirale avec son couteau, puis il la lança sur les genoux de Dame Sunniva Olavsdatter qui était assise juste en face de lui.

La voisine de Dame Sunniva voulut se mêler au jeu et saisir la pomme ; l'autre refusait de la lâcher, et toutes deux se livrèrent à un petit pugilat au milieu des rires et des cris. Mais Erlend cria que Dame Eyvor elle aussi devait recevoir de lui une pomme. Bientôt il avait jeté des pommes à toutes les femmes de la société, et sur chacune, dit-il, il avait gravé des runes d'amour.

« Tu seras à sec, mon petit, cria un homme, si tu dois retirer tous ces gages.

— Alors je ne les retirerai pas... cela m'est déjà arrivé », riposta Erlend pendant que de nouveau les rires fusaient.

Cependant l'Islandais Kloeng avait examiné une des

pommes, et il cria que ce n'étaient point des runes, mais seulement des gribouillis sans signification. Il allait leur montrer, lui, comment on gravait de vraies runes. Erlend lui cria de ne point le faire :

« Alors on va me demander de te lier les mains, Kloeng, et sans toi je ne puis me tirer d'affaire... »

Pendant tout ce brouhaha le plus jeune fils d'Erlend et de Christine était entré dans la salle et trébuchait à droite et à gauche. Laurent Erlendssoen avait maintenant un peu plus de deux ans ; c'était un très bel enfant, blond et potelé, avec des cheveux dorés, fins comme la soie et bouclés. Les femmes assises sur le banc extérieur voulurent aussitôt s'emparer du petit ; elles se le passèrent de l'une à l'autre en le caressant, de façon assez maladroite parce que toutes étaient maintenant un peu grises et excitées. Christine, assise à la place d'honneur contre le mur avec son mari, réclama le petit, qui d'ailleurs se plaignait et voulait aller vers elle, mais rien n'y fit.

Brusquement Erlend sauta par-dessus la table et prit l'enfant qui criait maintenant parce que Dame Sunniva et Dame Eyvor le tiraient l'une et l'autre et se battaient pour l'avoir. Le père prit le marmot dans ses bras, lui dit des mots tendres, et, comme le petit pleurait encore, il se mit à chantonner pour l'endormir, tout en faisant les cent pas à l'écart dans la pénombre. Il semblait avoir tout à fait oublié ses hôtes. La petite tête blonde de l'enfant reposait sur l'épaule de son père, sous la noire chevelure d'Erlend, tandis que celui-ci baisotait avec ses lèvres entrouvertes la petite main qui s'appuyait sur sa poitrine. Il se promena ainsi jusqu'à ce qu'entrât la servante qui aurait dû prendre soin de l'enfant et l'avoir couché depuis longtemps.

L'un des convives cria alors qu'Erlend devrait leur chanter un air de danse — il avait une si jolie voix ! D'abord Erlend s'excusa — mais il finit par aller vers sa fille, assise sur le banc extérieur. Il prit Margret par la taille et l'entraîna doucement.

« Allons, ma petite Margret, viens danser avec ton père ! »

Un jeune homme s'avança et prit la main de la jeune fille — « Margret a promis de danser avec moi ce soir... », mais Erlend souleva la jeune fille dans ses bras et la posa à terre de l'autre côté.

« Toi, Haakon, danse avec ta femme ! Moi, à l'époque où

j'étais aussi jeune marié que tu l'es, je ne dansais pas avec les autres...

— Ingebjoerg dit qu'elle ne peut pas, et j'ai promis à Haakon de danser avec lui, père », dit Margret.

Simon Darre ne voulait pas danser. Il resta un instant avec une vieille femme, à regarder. De temps à autre son regard glissait vers Christine. Celle-ci, tandis que ses servantes débarrassaient et essuyaient la table et apportaient de la bière et des noix d'Italie, se tenait debout à l'extrémité de la table. Ensuite elle vint s'asseoir auprès de la cheminée et parla avec un prêtre qui était au nombre des convives. Peu après Simon s'asseyait auprès d'eux.

On avait dansé une chanson ou deux lorsque Erlend s'approcha de sa femme.

« Viens danser avec nous, Christine, implora-t-il en lui prenant la main.

— Je suis fatiguée.

— Invite-la, toi, Simon... elle ne peut pas refuser de danser avec toi. »

Simon se leva à demi de son siège et tendit la main, mais Christine hocha la tête : « N'insiste pas, Simon, je suis si fatiguée... »

Erlend attendait ; il semblait contrarié. Puis il tourna le dos, alla trouver Dame Sunniva, lui prit la main dans la chaîne de danse, tandis qu'il criait que Margret pouvait maintenant leur chanter un air.

« Avec qui danse ta belle-fille ? » demanda Simon. Il se disait que ce visage ne lui plaisait pas trop, bien que ce fût un superbe et mâle jeune homme au teint frais et brun, aux jolies dents et aux yeux brillants mais trop rapprochés ; il avait aussi la bouche et le menton grands et forts, mais le front étroit. Christine dit que c'était Haakon Eindridessoen de Gimsar, petit-fils de Tore Eindridessoen, juge de la paroisse de Gauldoela. Haakon avait justement épousé la jeune et jolie femme qui était assise sur les genoux du juge Olav — son parrain.

Simon l'avait remarquée parce qu'elle ressemblait à sa première femme, tout en n'étant pas aussi jolie. Lorsqu'il apprit qu'ils étaient un peu parents, il alla saluer Ingebjoerg et s'assit auprès d'elle pour lui parler.

La ronde se disloqua pour une pause. Les gens d'âge se

groupèrent pour boire, mais la jeunesse continua de chanter et de jouer dans la salle. Erlend s'en alla vers le foyer avec quelques hommes âgés, mais il conduisait toujours Dame Sunniva par la main, comme sans y penser. Les hommes s'assirent près du feu ; la femme n'avait pas de place, mais elle se tint debout devant Erlend, mangeant des noix qu'il brisait pour elle entre ses doigts.

« Tu n'es pas poli, Erlend, dit-elle tout à coup. Tu es assis, et moi je suis debout devant toi...

— Assieds-toi », dit Erlend en riant et en l'attirant sur ses genoux. Elle se débattit, rit et appela la femme d'Erlend, lui demandant si elle voyait comment son mari se comportait.

« Erlend agit ainsi parce qu'il est bon, répondit Christine en riant. Jamais ma chatte ne se frotte contre ses jambes sans qu'il la prenne sur ses genoux. »

Erlend et la dame restèrent assis comme avant et firent semblant de n'avoir rien entendu, mais tous deux avaient rougi. Il avait un bras mollement passé autour de la taille de Dame Sunniva comme s'il s'apercevait à peine de sa présence, tandis qu'il parlait aux autres hommes de cette inimitié entre Erling Vidkunssoen et le chancelier Paul, qui occupait tellement les pensées de tous. Erlend dit que Paul Baardsoen avait souvent montré son sentiment à l'égard d'Erling tout à fait à la manière des bonnes femmes — il allait leur en citer un exemple.

L'été de l'année précédente un des jeunes fils de la ferme de Finnen était venu à l'assemblée des chefs pour se mettre à la disposition du roi. Ce pauvre gars de Voss fit tous ses efforts pour s'initier aux mœurs de cour et aux façons des courtisans ; il devait donc aussi émailler son langage de mots suédois — « dans ma jeunesse la mode était au français, mais elle est à présent au suédois » — c'est ainsi qu'un beau jour il demande à des camarades ce que signifie en norvégien le mot suédois *traakig* (ennuyeux). Messire Paul, qui a entendu, lui dit : « *Traakig*, mon cousin, mais c'est le mot qui convient à Dame Eline, la femme de Messire Erling. » Notre jeune Vossien interprète donc *traakig* par jolie ou gentille, parce que c'est l'idée qu'il a d'elle, n'ayant sans doute pas eu beaucoup d'occasions de l'entendre caqueter. Mais un jour Erling le rencontre dans l'escalier extérieur du hall ; il arrête le jeune homme et lui parle amicalement, s'informant s'il se trouve bien à la ville, etc., et le priant de faire ses compliments à son père. L'adolescent remercie et dit que ce sera une grande joie pour son père, quand il reviendra chez lui, de recevoir les compliments « de vous-même, cher seigneur, et de votre *traakige* (ennuyeuse) femme ». Cela lui vaut d'Erling une telle gifle que le pauvre garçon dégringole sur le dos trois ou quatre marches, jusqu'à ce qu'un homme le cueille dans ses bras. Là-dessus grand brouhaha ; les gens accourent et on tire la chose au clair. Erling était furieux — cela fit rire de lui naturellement — mais il fit comme si de rien n'était. Et le chancelier se contenta de rire et de dire qu'il aurait mieux valu répondre que *traakig* était un mot qui s'appliquait fort bien au grand sénéchal... de cette façon, sans doute, le jeune garçon ne se serait pas mépris.

L'avis unanime fut qu'une telle conduite de la part du chancelier était peu digne, mais beaucoup riaient. Simon écoutait sans mot dire, la joue appuyée sur sa main. Il trouvait qu'Erlend témoignait d'une singulière façon de son amitié pour Erling Vidkunssoen. Cette histoire montrait même clairement qu'Erling manquait un peu d'équilibre pour avoir pu croire qu'un jeune gars tout frais débarqué de son pays osât se moquer de lui en plein visage dans l'escalier du hall de la maison royale. Il ne s'attendait guère à ce qu'Erlend se rappelât son ancienne qualité de beau-frère de Dame Eline et de Messire Erling.

« A quoi penses-tu, Christine ? » demanda Erlend à sa femme qui demeurait silencieuse, le corps droit, les mains croisées sur les genoux. Mais elle répondit :

« Je pensais à Margret. »

Assez tard dans la nuit, Erlend et Simon sortirent dans la cour, firent peur à deux personnes qui se trouvaient derrière l'angle de la maison. Les nuits étaient claires comme le jour, et Simon reconnut Haakon de Gimsar et Margret Erlendsdatter. Erlend les suivit des yeux — il avait été relativement sobre, et Simon comprit que cela ne lui plaisait pas mais il dit sur un ton d'indulgence que ces deux-là se connaissaient depuis leur plus tendre enfance et s'étaient toujours beaucoup taquinés. Simon pensait à part lui que s'il n'y avait rien là-dessous, c'était tout de même dommage pour la jeune femme, Ingebjoerg.

Mais le lendemain le jeune Haakon vint à Nikulausgaard et il demanda à voir Margret. Erlend s'emporta :

« Ma fille n'est point Margret pour toi. Et si vous ne vous

êtes point tout dit hier, tu n'as qu'à garder pour toi ce que tu as à lui dire... »

Haakon haussa les épaules et, en partant, pria Erlend de saluer de sa part *Margareta.*

Les gens de Husaby restèrent à Nidaros pendant l'assemblée et Simon ne s'y plut qu'à moitié. Erlend était maussade dès qu'il se trouvait dans sa maison de ville parce que Gunnulf avait accordé à l'hôpital, situé de l'autre côté du verger, la jouissance de certaines maisons qui donnaient de ce côté et aussi de certains droits relativement au jardin. Erlend voulut finalement racheter ces droits à l'hôpital ; il n'aimait pas voir les malades dans le jardin et dans la cour de la ferme ; beaucoup d'entre eux étaient laids à regarder, et il avait peur de la contagion pour ses enfants. Mais il ne pouvait arriver à un accord avec les moines qui dirigeaient l'hôpital.

Puis il y avait Margret Erlendsdatter. Simon se rendait compte qu'on jasait sur elle et que Christine le prenait à cœur, mais le père paraissait demeurer indifférent ; il avait sans doute la certitude qu'il pouvait protéger sa fille et que cela n'avait pas grande importance. Cependant il raconta un jour à Simon que Kloeng Aressoen semblait assez désireux d'avoir sa fille, mais qu'il ne savait pas bien comment agir en cette affaire. Il reprochait à l'Islandais d'être fils de prêtre, et il serait dommage qu'on pût dire des enfants de Margret que la naissance de chacun de leurs parents avait été marquée d'une tache. A part cela Kloeng était un homme séduisant, gai, intelligent et très instruit. Son père, Sira Are, l'avait formé lui-même et avait fait son instruction ; il avait l'intention de faire de son fils un prêtre, et avait sans doute déjà entrepris des démarches pour lui obtenir une dispense, mais alors Kloeng n'avait pas voulu être ordonné. Erlend semblait d'humeur à laisser les choses en rester là — si aucun meilleur parti ne se présentait, il pourrait toujours donner sa fille à Kloeng Aressoen.

Par ailleurs Erlend avait déjà eu une si belle offre pour sa fille que les gens en disaient long sur son orgueil et son peu de raison lorsqu'il la laissa échapper. Il s'agissait d'un petit-fils du baron Sigvat de Leirhole, qui s'appelait Sigmund Finssoen ; il n'était point riche, car Finn Sigvatssoen avait eu onze enfants vivants, et plus très jeune — de l'âge d'Erlend, à peu près —

mais c'était un homme considéré et d'un grand bon sens. Avec les terres qu'Erlend avait données à sa fille quand il avait épousé Christine Lavransdatter et tous les bijoux et objets précieux qu'il lui avait offerts au cours des années, avec la dot dont il était convenu avec Sigmund, Margret serait fort à l'aise. Aussi Erlend avait-il accueilli avec une grande joie l'idée d'un tel prétendant pour sa fille illégitime. Mais quand il amena ce fiancé à sa fille, celle-ci s'avisa qu'elle ne voulait pas de lui parce qu'il avait quelques verrues sur la paupière et qu'elle en éprouvait un grand dégoût. Erlend n'alla pas plus loin, et, comme Sigmund se fâchait et parlait de rupture de convention, Erlend s'échauffa lui aussi, et l'autre fut bien obligé de comprendre que toutes les conventions étaient subordonnées à l'acceptation de la jeune fille ; la fille d'Erlend ne serait pas conduite de force au lit nuptial. Christine s'accordait avec son mari pour penser qu'il ne devait exercer aucune contrainte sur la jeune fille, mais elle avait trouvé tout de même qu'Erlend aurait dû parler sérieusement avec sa fille et lui faire comprendre qu'elle pouvait difficilement s'attendre, étant donné sa naissance, à trouver un meilleur parti que Sigmund Finssoen. Mais Erlend fut très irrité contre sa femme, pour cette seule raison qu'elle avait osé lui parler de cela. Simon avait entendu dire tout cela à Ranheim. Là-bas on prédisait que cela ne pouvait pas bien finir — sans doute Erlend était-il à présent un homme puissant, et elle une jeune fille séduisante, mais il ne pouvait être bon pour Margret que son père l'eût gâtée et eût flatté ses caprices et son orgueil pendant toutes ces années.

Après l'assemblée de Frosta, Erlend retourna à Husaby avec sa femme, ses enfants et Simon Darre qui avait maintenant avec lui son neveu Gjavvald Gjavvaldssoen. Il avait peur que ce retour, dont Sigrid s'était si indiciblement réjouie, ne se passât pas bien. Sigrid de Kruke vivait dans de belles conditions, avait de son mari trois jolis enfants, et Geirmund lui-même, l'homme le meilleur qu'il y eût au monde, avait prié son beau-frère de ramener Gjavvald au sud afin que sa mère pût le voir — car la pensée de cet enfant ne quittait jamais Sigrid. Mais Gjavvald était formé aux habitudes des parents de son père : les vieilles gens aimaient l'enfant de façon tout à fait déraisonnable, lui donnaient tout ce qu'il montrait seulement du doigt et cédaient à tous ses caprices... il n'en allait pas à Kruke de même qu'à Ranheim. Il ne fallait pas s'attendre non plus à ce que cela plût à Geirmund que le fils illégitime de sa femme, en séjour chez eux, eût les habitudes d'un enfant royal, avec un valet à lui, homme d'âge que le petit menait à sa guise et commandait, et qui n'osait souffler mot devant les absurdités du gamin. Mais, pour les enfants d'Erlend, ce furent des jours de fête quand Gjavvald arriva à la ferme. Erlend pensait que ses enfants ne pouvaient céder le pas au petit-fils d'Arne Gjavvaldssoen et ainsi Naakkve et Bjoergulf obtinrent de leur père qu'on leur fît cadeau de toutes les choses que possédait leur invité.

Comme les aînés des enfants étaient assez grands maintenant pour voyager et monter à cheval avec Erlend, il les emmena davantage avec lui. Simon remarqua que Christine n'en éprouvait pas que de la joie — elle ne trouvait pas bon tout ce qu'ils apprenaient, à fréquenter les hommes de leur père. C'était surtout à propos des enfants que les époux échangeaient des mots aigres-doux ; même si cela ne prenait pas l'allure d'une vraie querelle, ils en approchaient bien souvent plus près que Simon ne le trouvait convenable. Et il lui semblait que Christine généralement en était cause. Erlend s'emportait facilement — mais souvent elle parlait comme sous l'empire d'une rancune profonde et secrète. Tel fut le cas un jour où elle exprima quelque plainte au sujet de Naakkve. Le père répondit qu'il parlerait sérieusement au petit. Sur une remarque que la mère lui fit ensuite, il se mit en colère, disant qu'il ne pouvait pourtant pas rouer de coups son grand fils à cause de ses gens.

« Non, il est trop tard à présent. Si tu l'avais fait quand il était plus jeune, il t'écouterait maintenant. Mais alors tu ne regardais jamais de quel côté il allait.

— Oui, oui, évidemment. Mais il était tout de même naturel que je le laisse te suivre quand il était petit — ce n'est pas l'affaire d'un homme de fouetter les mioches qui ne portent point culotte.

— Ce n'est pas ce que tu pensais l'autre semaine », dit Christine avec ironie et amertume.

Erlend ne répondit pas, se leva et sortit. Simon ne trouvait point jolies les paroles de Christine. Celle-ci faisait allusion à un fait de la semaine précédente. Erlend et Simon arrivaient à cheval dans la cour, lorsque le petit Laurent courut au-devant d'eux avec une épée de bois et, en passant devant le cheval de son père, il le frappa à la jambe, par espièglerie, d'un coup de son épée. Le cheval se cabra et le petit roula sous ses jambes. Erlend fit un mouvement de recul et jeta le cheval de côté, en lançant la bride à Simon. Il avait le visage blanc de terreur quand il souleva le petit dans ses bras. Mais quand il vit que l'enfant n'avait aucun mal, il le prit sur son bras gauche, saisit l'épée de bois et, à nu, lui en donna une fessée — l'enfant ne portait pas encore culotte. Dans le premier accès de sa colère, Erlend ne se rendait pas compte combien il frappait dur et Laurent s'en tira avec un derrière bleu verdâtre. Toute la journée Erlend chercha bien à regagner l'amitié du petit, mais celui-ci se tenait près de sa mère, battant ou menaçant son père. Et quand Laurent fut couché dans le lit conjugal où il dormait parce que sa mère l'allaitait encore pendant la nuit, Erlend se tint à l'écart dans le lit toute la soirée ; mais il ne cessait de toucher légèrement l'enfant endormi et de le regarder. Il dit à Simon que, de tous ses fils, c'était celui qu'il aimait le plus.

Quand Erlend se rendit aux assemblées de l'été, Simon prit lui aussi le chemin du retour. Il partit pour le sud en suivant le Gauldal, à une telle allure que les étincelles jaillissaient sous les pieds des chevaux. Comme ils chevauchaient un jour plus lentement en remontant une côte, ses valets lui demandèrent en riant s'ils allaient faire en deux jours le trajet qui en prenait trois. Simon rit à son tour et dit qu'il le voudrait bien « car il lui tardait d'être à Formo ».

Cela se passait toujours ainsi quand il avait été pendant quelque temps absent de sa ferme. Il aimait son foyer et était toujours heureux quand il faisait prendre à son cheval le chemin du retour. Mais il lui semblait n'avoir jamais autant désiré revoir sa vallée, sa ferme et ses petites filles — il aspirait aussi à revoir Ramborg. Au fond il trouvait absurde d'éprouver ce désir avec une telle force, mais il avait été dans un tel état d'esprit là-bas, à Husaby, qu'il lui semblait comprendre maintenant ce que les animaux ressentent dans leur corps quand un orage se prépare.

2

Durant tout l'été Christine ne pensa guère à autre chose qu'à ce que lui avait raconté Simon sur la mort de sa mère.

Ragnfrid Ivarsdatter était morte seule — personne ne se trouvait auprès d'elle quand elle avait rendu le dernier soupir, sauf une vieille servante qui dormait. Simon disait qu'elle avait été bien préparée à sa mort, mais il avait beau dire... Comme par une intervention spéciale de la Providence, quelques jours avant sa mort, elle avait ressenti une telle faim du corps du Sauveur qu'après s'être confessée elle avait reçu la communion des mains du moine prêtre du couvent qui était son directeur de conscience. Elle avait certainement fait une bonne mort — Simon avait vu son cadavre et disait qu'il en gardait un souvenir impressionnant. Elle était très belle dans la mort ; elle avait environ soixante ans, avec, depuis bien des années déjà, un visage sillonné de rides, mais il s'était complètement transformé, rajeuni et poli ; on eût dit une jeune femme endormie, on l'avait placée à côté de son mari pour le dernier repos ; les restes d'Ulvhild Lavransdatter avaient aussi été transportés là peu de temps après la mort du père. Sur les tombes on avait posé une grande dalle de pierre divisée en deux par une belle croix sculptée, et un ruban qui l'enlaçait portait inscrit un long vers latin composé par le prieur du couvent, mais Simon ne pouvait se le rappeler exactement, parce qu'il ne comprenait pas grand-chose à cette langue.

Ragnfrid avait eu une maison à elle dans la ferme de la ville haute où demeuraient les pensionnaires du couvent : une pièce, et, au-dessus, un joli grenier. Elle demeurait là, seule avec une pauvre paysanne veuve qui s'était retirée chez les frères où elle payait une pension minime, en se tenant à la disposition de quelques riches pensionnaires femmes. D'ailleurs, pendant les derniers six mois, c'est Ragnfrid qui avait été au service de la veuve, car celle-ci — qui s'appelait Torgunna — était devenue presque infirme, et Ragnfrid la soignait avec beaucoup de tendresse et d'attentions.

Le dernier soir de sa vie, Ragnfrid avait été aux nocturnes à l'église du couvent, et, au retour, elle était entrée à la maison de cuisine de la ferme des pensionnaires ; elle avait fait une bonne soupe où elle avait mis quelques fortifiants, et elle avait dit aux autres femmes qui se trouvaient là qu'elle voulait la donner à Torgunna ; elle espérait que la vieille serait assez bien le lendemain pour l'accompagner à matines. Ce fut la dernière fois qu'on aperçut en vie la veuve de Joerundgaard. Ni elle ni la paysanne ne vinrent ni à matines ni à prime. L'un des moines du chœur remarqua que Ragnfrid n'assistait pas non plus à la messe du jour et comme elle n'avait jamais manqué trois offices dans la journée on envoya un messager à la ville haute pour savoir si la veuve de Laurent Bjoergulfsoen était malade. Lorsque les gens pénétrèrent dans le grenier, ils trouvèrent l'écuelle de soupe intacte sur la table. Dans le lit, contre le mur, Torgunna dormait paisiblement, tandis que Ragnfrid Ivarsdatter était allongée contre le bois du lit, les mains croisées sur la poitrine, morte et déjà presque froide. Simon et Ramborg descendirent la vallée pour assister à son enterrement qui fut très beau.

Maintenant qu'il y avait à Husaby une très grande domesticité et que Christine avait six fils, elle ne pouvait plus prendre part à tous les travaux de la maison. Elle eut une femme de confiance, ce qui lui permit de rester souvent assise dans le hall occupée à un travail de couture ; il y avait toujours quelqu'un qui avait besoin d'un vêtement : Erlend, Margret ou les enfants.

La dernière fois qu'elle avait vu sa mère, c'était quand celle-ci suivait à cheval le cercueil de son mari, par ce clair matin de printemps où elle-même se trouvait dans la prairie devant Joerundgaard et regardait le convoi de son père franchir le tapis verdoyant du seigle d'hiver au-dessous de la pente pierreuse.

L'aiguille de Christine courait, courait, et elle pensait à ses parents et à son foyer de Joerundgaard. Maintenant que tout n'était plus que souvenir, il lui semblait découvrir une foule de choses qu'elle n'avait pas vues quand elle vivait au milieu d'elles et les estimait toutes naturelles, la tendresse et la sollicitude de son père aussi bien que la constante et tranquille application au travail de sa mère muette et mélancolique. Elle pensait à ses propres enfants, qui lui étaient plus chers que le sang de son cœur et qui ne quittaient point sa pensée un seul instant pendant qu'elle était éveillée. Il y avait encore en son esprit beaucoup de choses sur lesquelles elle méditait davantage — car elle aimait ses enfants sans se poser de problèmes à leur sujet. Quant à elle, tant qu'elle avait été à Joerundgaard, elle avait toujours été persuadée que toute la vie de ses parents, en pensées et en actes, se rapportait à elle et à ses sœurs. Elle croyait comprendre maintenant qu'entre ces deux êtres qui dans leur jeunesse avaient été donnés l'un à l'autre par leurs parents sans avoir été consultés, de rudes courants de tristesse et de joie avaient coulé ; mais elle savait seulement qu'ils avaient disparu ensemble de sa vie. Elle le comprenait à présent, la vie de ces deux êtres avait enfermé bien d'autres choses que le dévouement à leurs enfants, et pourtant cet amour avait été fort, large, d'une profondeur infinie, tandis qu'elle les avait aimés d'un amour faible, irréfléchi, égoïste, même dans son enfance alors qu'ils étaient pour elle tout l'univers. Elle croyait se voir elle-même, à une très longue distance, toute petite dans l'éloignement du temps et de l'espace, inondée de la clarté du soleil qui se glissait par le trou à fumée dans leur vieille maison à foyer, la maison d'hiver de son enfance. Ses parents se tenaient un peu en retrait, dans l'ombre ; ils prenaient les dimensions fantastiques qu'ils avaient à ses yeux quand elle était petite, et ils lui souriaient comme elle savait à présent que l'on sourit lorsque arrive un petit enfant qui chasse vos lourds et pénibles pensers.

« Je me suis dit, Christine, que lorsque tu aurais toi-même mis des enfants au monde tu comprendrais mieux... »

Elle se rappelait ces paroles de sa mère. La fille y pensait avec tristesse — non pas certes qu'elle comprît maintenant sa mère. Mais elle commençait à se rendre compte combien il y avait de choses qu'elle ne comprenait pas.

Cet automne-là mourut l'archevêque Eiliv. Presque à la même époque le roi Magnus fit modifier la condition de plusieurs juges cantonaux du pays, mais non pas celle d'Erlend Nikulaussoen. Alors qu'il se trouvait à Bjoergvin, l'été précédent, pendant la minorité du roi, Erlend avait été avisé par lettre officielle qu'il toucherait le quart des amendes payées en cas de meurtres, de délits et de crimes. Cela avait fait beaucoup jaser, qu'il obtînt de pareils avantages à la fin d'une régence. Erlend avait de gros revenus car il possédait maintenant beaucoup de terres dans la province et il séjournait généralement dans ses propres fermes quand il voyageait pour ses fonctions, mais il laissait ses paysans se libérer à prix d'argent de l'obligation d'hébergement. A vrai dire, il recevait peu en rentes foncières et il menait un train dispendieux ; outre les gens de service à la ferme, il n'avait jamais moins de douze valets armés autour de lui à Husaby ; ces hommes, parfaitement équipés, montaient les meilleurs chevaux, et, en tournée officielle, ils étaient à la charge de leur seigneur.

On en parla un jour que le juge Harald et le juge cantonal de la paroïsse de Gauldoela se trouvaient à Husaby. Erlend répondit que beaucoup de ces valets étaient avec lui quand il séjournait dans le nord du pays ; « alors nous partagions le régime de vie qui s'imposait là-haut : poisson séché et bière aigre. Maintenant, ces hommes que j'habille et nourris, savent que je ne leur ménage pas le pain blanc et la bière de choix, et, si je les envoie au diable quand je suis en colère, ils comprennent tout de même que mon intention n'est pas de les mettre en route sans que je chevauche à leur tête... »

Ulf Haldorssoen, le premier valet d'Erlend, confirma plus tard à Christine que c'était vrai. Les hommes d'Erlend l'aimaient et il les avait tout à fait en main.

« Tu le sais toi-même, Christine, personne ne doit trop compter sur ce que dit Erlend, mais il faut le juger sur ce qu'il fait. »

D'ailleurs on racontait qu'Erlend, en plus de ses valets domestiques, avait des hommes dans le pays, même hors de la paroisse d'Orkdoela, qu'il s'était attachés en leur faisant prêter serment sur la poignée de son épée. Le roi finit par lui faire tenir une lettre à ce sujet, mais Erlend répondit que ces hommes avaient constitué son équipage et qu'il leur avait fait prêter serment le premier printemps qu'il avait dû faire voile vers le nord. On lui intima ensuite l'ordre de licencier ces hommes à la première assemblée qu'il tiendrait pour publier le jugement et la décision de la cour suprême ; il devrait convoquer à cette assemblée même les hommes étrangers à la paroisse et payer les frais de leur déplacement. A l'assemblée d'Orkedal Erlend convoqua effectivement quelques-uns de ses vieux loups de mer de par-delà Moere — mais on n'entendit pas dire qu'il les eût licenciés, ni eux ni d'autres dont il avait été le chef. Cependant l'affaire ne fut plus remise en question, et, après l'automne, on cessa d'en parler.

A la fin de l'automne Erlend partit pour le sud du pays et séjourna pendant les fêtes de Noël chez le roi Magnus qui cette année-là se trouvait à Oslo. Erlend était mécontent de ne point amener avec lui sa femme, mais elle n'eut pas le courage d'affronter le pénible voyage d'hiver et elle resta à Husaby.

Erlend revint trois semaines après Noël, rapportant de jolis cadeaux pour sa femme et pour tous leurs enfants. Christine reçut une clochette d'argent pour sonner ses servantes, et Margret une agrafe en or pur, car elle n'en possédait pas encore, bien qu'elle eût toutes sortes de bijoux d'argent et de métal doré. Mais quand les femmes voulurent remettre dans leurs écrins tous ces objets précieux, quelque chose resta accroché à la manche de Margret. La jeune fille fit un geste prompt pour le cacher avec la main, en disant à sa marâtre :

« Cela me vient de ma mère. C'est pour cette raison que père ne voulait pas que je te le montre. »

Mais Christine avait rougi encore plus que la jeune fille. Son cœur battait d'angoisse, mais il lui sembla qu'elle devait dire un mot à la jeune fille pour l'avertir.

Au bout d'un instant elle dit d'un ton doux et mal assuré :

« Cela ressemble à l'agrafe d'or que Dame Helga de Gimsar portait habituellement aux grandes cérémonies...

— Oh ! Il y a beaucoup d'objets d'or qui se ressemblent », répondit la jeune fille sèchement.

Christine ferma son écrin à clef et resta debout, les mains appuyées sur le couvercle pour que Margret ne pût les voir trembler.

« Ma Margret », dit-elle d'une voix calme et douce. Elle dut s'arrêter, mais elle rassembla toutes ses forces. « Ma Margret, j'ai eu d'amers remords... Jamais je n'ai joui pleinement d'aucune joie, avant que mon père ne m'ait pardonné de tout son cœur la peine que je lui ai faite... tu sais que pour l'amour de ton père j'ai péché gravement contre mes parents. Mais plus je vis, mieux je comprends, et plus pesante devient pour moi la pensée que j'ai récompensé leur bonté en leur causant du chagrin. Ma Margret, ton père a pourtant toujours été bon pour toi...

— Tu n'as rien à craindre, mère, répondit la jeune fille. Je ne suis pas ta vraie fille ; tu n'as pas à redouter que j'endosse ta chemise sale ni ne chausse tes chaussures... »

Christine tourna vers sa belle-fille un visage étincelant de colère. Puis elle serra dans sa main la croix qu'elle portait au cou et ravala les mots qu'elle avait sur les lèvres.

Le même soir, elle alla trouver Sira Eiliv après vêpres, mais elle guetta en vain quelque signe sur le visage du prêtre... était-il déjà arrivé un malheur, et le savait-il ? Elle se rappelait l'égarement de sa jeunesse et le visage de Sira Erik qui ne trahissait rien, tandis que, entre elle et ses parents pleins de confiance, il gardait enfermé dans sa poitrine le coupable secret de Christine ; et les dures admonestations et menaces du prêtre la rendaient muette de terreur. Elle se rappelait aussi le jour où elle avait montré à sa mère les cadeaux qu'Erlend lui avait donnés à Oslo — c'était après qu'elle avait été unie à lui légalement. Sa mère, avec un calme imperturbable, prenait dans sa main les objets, un à un, les regardait, en faisait l'éloge et les mettait de côté.

Christine, désespérée, avait une frayeur mortelle et maudissait Margret de toutes ses forces. Erlend remarqua la gêne de sa femme, et un soir, quand ils furent couchés, il lui demanda si elle était de nouveau enceinte.

Christine attendit un peu avant de répondre qu'elle le croyait en effet. Et quand son mari l'entoura tendrement de son bras, sans en demander davantage, elle n'osa pas dire que c'était autre chose qui lui pesait ainsi. Quand Erlend lui chuchota que cette fois elle devait s'arranger pour lui donner une fille, elle n'eut pas la force de répondre, mais demeura raidie d'angoisse à la pensée qu'Erlend saurait assez tôt quelle joie un homme peut attendre de ses filles.

Quelques nuits plus tard, les gens de Husaby dormaient profondément après avoir un peu trop bu et mangé, parce que c'étaient les derniers jours avant le carême. Mais assez tard dans la nuit le petit Laurent s'éveilla dans le lit de ses parents, se mit à crier et, à demi endormi, chercha le sein de sa mère. Or, c'était l'époque où l'on voulait le sevrer. Erlend s'éveilla, grommela de mauvaise humeur, mais prit l'enfant, lui donna du lait d'une coupe placée sur l'escabeau du lit et le recoucha ensuite auprès de lui.

Christine était tout à fait replongée dans la stupeur du sommeil quand elle sentit qu'Erlend s'asseyait dans le lit. Mi-éveillée, elle demanda ce qu'il y avait. Il dit : Chut ! d'une voix qu'elle ne connaissait pas. Il se glissa sans bruit hors du lit. Elle comprit qu'il s'enveloppait d'un manteau, mais comme elle se soulevait sur le coude, il la recoucha d'une main sur les coussins tandis qu'il se baissait pour prendre son épée suspendue au chevet du lit.

Il faisait tout cela avec des précautions de lynx, mais elle se rendit compte qu'il montait l'escalier qui menait au grenier de Margret au-dessus du vestibule.

Un moment elle demeura tout à fait pétrifiée par la peur, puis elle s'assit, trouva sa chemise et sa robe et, dans l'obscurité, chercha ses souliers sur le sol, à côté du lit.

Au même instant un cri de femme partit du grenier — il devait avoir été entendu de toute la ferme. La voix d'Erlend cria un mot ou deux, puis Christine entendit un cliquetis d'épées, un piétinement — ensuite le bruit d'une arme tombant sur le plancher, et Margret criant de terreur.

Christine se mit à genoux, recroquevillée, devant le foyer, écarta la cendre chaude avec ses mains et souffla sur les braises ; après avoir allumé une baguette résineuse elle l'éleva dans ses mains tremblantes et aperçut Erlend là-haut dans l'obscurité. Il sauta en bas sans se soucier de l'escalier, tenant à la main son épée nue. Puis il se précipita par la porte du vestibule.

De toutes parts, dans l'obscurité, des têtes d'enfants regardaient. Elle alla au lit du nord où dormaient les trois aînés, les pria de se coucher et de fermer la porte. Comme Ivar et Skule, debout sur le banc, clignaient des yeux, effrayés et troublés par la lumière, elle les invita à se glisser dans le lit conjugal, et les y enferma. Puis elle alluma une lumière et sortit dans la cour.

Il pleuvait. Un instant, tandis que sa lumière se reflétait dans l'humidité glissante et polie, elle vit qu'il y avait beaucoup de monde devant la porte de la maison voisine — le fort où dormaient les valets d'Erlend. Puis sa lumière s'éteignit et un instant il fit noir comme dans un four, mais du fort sortit Ulf Haldorssoen portant une lumière.

Il se pencha au-dessus d'un corps sombre recroquevillé dans

un amas de glace. Christine s'agenouilla et saisit l'homme avec ses mains. C'était le jeune Haakon de Gimsar, évanoui ou mort. Christine eut aussitôt les mains pleines de sang. Avec l'aide d'Ulf elle redressa et retourna le corps. Le sang coulait à flots du bras droit, dont la main était tranchée.

Involontairement elle leva les yeux vers le volet de la chambre de Margret qui battait au vent. Elle ne put distinguer aucun visage, mais il faisait très noir.

Tandis qu'elle s'agenouillait dans les flaques d'eau et serrait de toute sa force le poignet de Haakon, pour arrêter l'effusion du sang, elle sentait que les valets d'Erlend, à demi vêtus, formaient le cercle autour d'elle. Puis elle aperçut le visage gris et contracté d'Erlend. Avec un pan de son vêtement il essuyait son épée sanglante. Il était dévêtu sous son manteau, et pieds nus.

« L'un de vous... trouvez-moi un lien... et toi, Bjoern, va éveiller Sira Eiliv. Nous le porterons à la maison du prêtre. »

Elle prit la courroie de cuir qu'on lui tendait et ligota le moignon du bras. Brusquement Erlend dit, d'un ton rude et farouche :

« Que personne ne le touche ! Qu'on laisse cet homme là où il s'est lui-même allongé...

— Comprends, Erlend, dit Christine avec calme, bien que son cœur battît comme s'il allait l'étouffer, que ce n'est pas possible. »

Erlend appuya lourdement son épée sur le sol.

« Pardi !... Il ne s'agit pas de ta chair et de ton sang... Je m'en suis aperçu chaque jour depuis des années. »

Christine se redressa et lui dit doucement :

« Pourtant tout ce que je désire pour elle, c'est que cela ne s'ébruite pas — s'il est possible. » Elle se tourna alors vers les valets qui l'entouraient. « Hommes, vous êtes assez fidèles à votre maître pour ne rien dire de tout cela avant qu'il vous ait expliqué comment s'est élevée cette querelle entre Haakon et lui... »

Tous les hommes acquiescèrent. L'un d'eux s'avança... ils avaient été réveillés en entendant une femme crier comme si on lui faisait violence. Tout de suite après quelqu'un avait sauté sur leur toit mais avait sans doute glissé sur l'amas de glace ; ils avaient entendu un grand vacarme puis le bruit d'une chute.

Mais Christine pria le valet de se taire. Sira Eiliv arrivait en courant.

Comme Erlend se retournait et allait vers la maison, sa femme courut après lui et essaya de le dépasser. Puis elle courut de nouveau pour s'interposer car il se dirigeait vers l'escalier du grenier et elle le prit par le bras.

« Erlend !... que veux-tu faire avec l'enfant ? » questionna-t-elle précipitamment, les yeux levés vers son visage sombre et farouche.

Il ne répondit pas, voulut l'écarter, mais elle s'accrocha à lui.

« Attends, Erlend, attends !... Ton enfant ! Tu ne sais donc pas ?... Mais l'homme était tout habillé ! » cria-t-elle dans une tentative désespérée.

Erlend poussa d'abord de hauts cris. Christine était pâle d'horreur, comme un cadavre. Les paroles d'Erlend étaient si brutales et sa voix méconnaissable sous l'effet de la sauvage douleur.

Elle demeura interdite devant cet homme furieux qui grondait et grinçait des dents, jusqu'au moment où elle rencontra son regard dans la demi-obscurité.

« Erlend, laisse-moi aller la trouver d'abord. Je n'ai pas oublié le jour où je n'ai pas mieux valu que Margret... »

Alors il la laissa, alla s'appuyer contre le mur de la chambre et resta là, tremblant comme un animal à l'agonie. Christine avait allumé une lumière ; elle revint, passa devant lui et monta à la chambre de Margret.

La première chose que la lumière éclaira fut une épée qui gisait sur le sol, non loin du lit, et, tout à côté, la main coupée. Christine arracha le foulard que, sans en avoir conscience, elle avait jeté à la hâte sur ses cheveux dénoués avant d'aller dehors auprès des hommes. Elle l'étendit sur ce qui était par terre.

Margret était assise, recroquevillée sur les coussins du chevet du lit ; elle fixa la lumière de Christine avec des yeux farouchement écarquillés. Elle ramassait autour d'elle les couvertures, mais ses épaules blanches brillaient nues au milieu des boucles dorées de sa chevelure. Il y avait du sang partout dans la chambre.

L'angoisse de Christine éclata en pleurs violents ; c'était un spectacle si lamentable de voir cette jeune et belle enfant au milieu de cette horreur. Margret s'écria alors avec force :

« Mère… qu'est-ce que père va faire de moi ? »

En dépit de sa profonde compassion pour la jeune fille, Christine sentit son cœur se serrer et se durcir dans sa poitrine. Margret ne demandait pas ce que son père avait fait de Haakon ! Une image passa dans son esprit comme un éclair : Erlend gisant à terre et son propre père au-dessus de lui avec l'épée sanglante, et elle-même… Margret, elle, n'avait pas bougé ! Christine sentit néanmoins s'atténuer sa vieille aversion méprisante pour la fille d'Eline lorsque Margret se jeta contre elle, tremblante, presque folle de terreur ; elle s'assit sur le bois du lit et essaya d'apaiser un peu l'enfant.

Elles se tenaient ainsi lorsque Erlend apparut dans l'escalier. Il était maintenant tout à fait habillé. Margret poussa de nouveaux cris et se cacha dans les bras de sa belle-mère. Christine regarda un instant son mari. Il était calme à présent mais avait le visage pâle et l'air absent. Pour la première fois il portait son âge véritable.

Mais quand il dit posément : « Il te faut descendre, Christine. J'ai à parler seul à seul avec ma fille », elle obéit. Elle remit doucement la jeune fille dans le lit, lui ramena la couverture jusqu'au menton et descendit.

Elle fit comme Erlend, s'habilla tout à fait — personne ne dormirait plus à Husaby cette nuit-là — et elle s'occupa d'apaiser par ses paroles les enfants effrayés et les domestiques.

Le lendemain matin, après une tourmente de neige, la servante de Margret, toute en pleurs, quitta la ferme en emportant ses effets dans un sac sur son dos. Le maître de maison la chassait avec les paroles les plus dures, lui disant sur un ton menaçant qu'elle avait encore de la chance de conserver la vie, après avoir ainsi trahi sa maîtresse.

Il interrogea ensuite les autres domestiques — pour savoir si les servantes ne s'étaient doutées de rien depuis qu'Ingeleiv, en automne et en hiver, avait dormi avec elles au lieu de coucher dans la chambre de Margret.

Il se retira enfin avec sa femme dans une pièce séparée. Le cœur brisé et mortellement lasse, Christine essaya d'opposer à son injustice des paroles apaisantes. Elle ne nia point qu'elle avait eu peur, mais se garda de dire qu'elle ne lui avait pas fait part de ses craintes parce qu'elle avait toujours été assez mal récompensée quand elle avait essayé de les conseiller, lui ou Margret, pour le bien de la jeune fille. Et elle jura par Dieu et par la Vierge Marie que jamais elle n'avait compris ou imaginé que cet homme venait trouver Margret dans le grenier pendant la nuit.

« Toi ! dit Erlend ironiquement. Mais tu dis toi-même que tu te rappelles le temps où tu n'étais pas meilleure que Margret. Et, par le Seigneur Dieu du royaume du ciel, tu m'as assez fait remarquer, tous les jours, pendant les années que nous avons vécues ensemble, que tu te souvenais du tort que je t'avais fait !... bien que ta volonté eût été égale à la mienne, bien que celui qui eût la grande part de responsabilité dans le malheur, ce ne fût pas moi, mais ton père, en refusant de te donner à moi comme femme, alors que, depuis le premier moment, j'étais bien décidé à réparer la faute. Quand tu as vu “ l'or de Gimsar ” — Erlend saisit rudement la main de sa femme et la souleva ; aux doigts brillaient deux bagues qu'il avait données à Christine pendant qu'ils étaient ensemble à Gerdarud — ne pouvais-tu comprendre : tu as porté chaque jour, durant toutes ces années, les bagues que je t'ai offertes lorsque tu t'es donnée à moi ?... »

Christine, sur le point de s'effondrer de fatigue et de chagrin, répondit doucement :

« Je me demande, Erlend, si tu te souviens encore du temps où tu as gagné mon honneur... »

Alors Erlend mit la tête dans ses bras et se jeta sur le banc, violemment ébranlé et tordu par la douleur. Christine s'assit à quelque distance. Elle comprenait que ce mauvais destin lui était encore plus lourd à supporter parce que lui-même avait été coupable envers les autres comme on venait d'être coupable envers lui. Et lui, qui n'avait jamais aimé prendre la responsabilité des malheurs qu'il avait lui-même provoqués, était absolument incapable de supporter la responsabilité de celui-ci — et il n'y avait personne d'autre que Christine sur qui il pût la faire retomber. Mais elle éprouvait moins d'irritation que de souci et de frayeur pour ce qui allait arriver.

Cependant, elle monta chez Margret. La jeune fille était couchée, immobile, blanche, les yeux fixes. Elle n'avait pas encore demandé ce qu'il était advenu de Haakon. Christine ne savait pas si elle n'osait pas ou si sa propre misère l'avait complètement hébétée.

Vers la fin de l'après-midi Christine vit qu'Erlend et Kloeng l'Islandais se dirigeaient ensemble, à travers les flocons de neige, vers le grenier aux chevaliers. Mais il ne se passa qu'un court instant avant qu'Erlend revînt tout seul. Christine l'observa un instant quand il fut en pleine lumière et passa devant elle ; ensuite elle n'osa plus tourner les yeux vers le coin de la salle où il s'était caché. Elle avait vu qu'il était tout à fait accablé.

Ensuite elle eut à faire à la maison aux provisions. Ivar et Skule accoururent prévenir leur mère que Kloeng l'Islandais devait partir le soir même. Les enfants en étaient tout tristes parce que le clerc était leur bon ami. Il faisait ses paquets et voulait être à Birgsi pour la nuit.

Christine avait déjà deviné ce qui était arrivé. Erlend avait offert sa fille au copiste, et celui-ci n'avait pas voulu de la fille séduite. Mais elle était malade et avait le vertige à l'idée de ce que cet entretien avait dû être pour Erlend et elle n'osait même pas suivre jusqu'au bout sa pensée.

Le lendemain un messager arriva de la maison du prêtre. Haakon Eindridessoen demandait à parler avec Erlend. Erlend fit répondre qu'il n'avait plus rien à lui dire. Sira Eiliv dit à Christine que, si Haakon survivait, il serait tout à fait infirme — outre qu'il avait perdu sa main droite, il s'était aussi gravement meurtri le dos et les hanches en tombant du toit de la maison des hommes. Mais il voulait se rendre chez lui dans l'état où il était et le prêtre lui avait promis de lui procurer un traîneau. Il regrettait maintenant sa faute de tout son cœur, disant que le père de Margret avait été dans son droit, puisque la loi le déclarait, mais il aimerait que tous fissent le nécessaire pour étouffer cette affaire, de façon que sa faute et la honte de Margret fussent dissimulées autant que possible. Dans l'après-midi on le porta dans un traîneau que Sira Eiliv avait pu emprunter à Repstad et le prêtre l'accompagna lui-même à cheval jusqu'à Gauldal.

Le lendemain, qui était le mercredi des Cendres, les gens de Husaby durent descendre à l'église du pays à Vinjar. Mais à l'heure des vêpres Christine se fit ouvrir leur chapelle par le sacristain.

Elle sentait encore la cendre sur sa tête quand elle s'agenouilla sur la tombe de son beau-fils et récita le Pater pour le repos de son âme.

Sans doute ne restait-il aujourd'hui de l'enfant que des ossements, là sous la pierre. Des os, des cheveux, et une partie des vêtements dans lesquels il avait été enseveli. Elle avait vu ce qui restait de sa petite sœur quand on l'avait exhumée pour la transporter à Hamar auprès de son père. Poussière et cendre... Elle pensa au beau visage de son père, aux grands yeux de sa mère dans son visage ridé, à cette démarche si étonnamment jeune, souple et légère, qu'elle avait gardée si longtemps, encore que sa face eût prématurément vieilli. Ils étaient là sous la pierre et se désagrégeaient comme une maison s'effondre quand les gens sont partis. Des images se succédaient devant elle : les restes incendiés de l'église de chez elle, une ferme de la vallée de Silsaa devant laquelle ils étaient passés à cheval en se rendant à Vaage : les maisons désertes s'écroulaient ; ceux qui géraient ce bien n'osaient pas s'en approcher après le coucher du soleil. Elle pensait à ses chers morts... à leur mine, leur voix, leur sourire, leurs habitudes, leurs gestes... Maintenant qu'ils étaient partis pour l'autre monde, comme il était douloureux de penser à leur apparence ! Comme de penser à sa maison, quand on savait que maintenant elle était vide, que les troncs d'arbres des murs pourrissaient et s'effondraient dans la tourbe.

Elle s'assit sur le banc dans l'église vide. L'odeur de la fumée froide de l'encens retenait ses pensées attachées aux images de la mort et du dépérissement des choses de ce monde. Et elle n'osait pas élever son âme au point d'apercevoir ce pays où ils étaient, où toute bonté, toute tendresse, toute fidélité finalement s'en allaient et demeuraient. Chaque jour, quand elle priait pour le repos de leur âme, il lui semblait absurde que ce fût elle qui priât pour eux : dès leur vie sur la terre, ils avaient connu une plus grande paix de l'âme qu'elle n'en avait jamais éprouvée elle-même depuis le moment où elle était devenue une vraie femme. Sira Eiliv disait, il est vrai, que la prière pour les morts était toujours bonne — bonne pour qui priait, puisque ceux de l'autre monde vivaient déjà dans la paix de Dieu.

Mais cela ne lui servait de rien. Il lui semblait que lorsque son corps fatigué pourrirait sous la pierre, son âme inquiète viendrait rôder aux alentours, comme un revenant misérable erre et gémit autour des maisons effondrées d'une ferme déserte. Car dans son esprit le péché continuait à subsister comme les racines de la mauvaise herbe demeurent entremêlées à la terre. Il n'y avait plus ni fleur ni flamme ni odeur, mais la mauvaise herbe était dans la terre, pâle, vigoureuse, vivante. Cependant, avec toute la tendresse dont s'emplissait son âme quand elle voyait le désespoir de son mari, elle n'avait aucune volonté d'étouffer la voix qui demandait en elle, avec douleur et amertume : « Peux-tu me parler ainsi, à moi, as-tu oublié que je t'ai donné ma foi et mon honneur, as-tu oublié que j'ai été ton amie bien-aimée ?... » Mais elle comprenait que, tant que cette voix s'élèverait en elle, elle-même parlerait à Erlend comme si elle avait oublié...

Elle s'abîma en pensée devant la châsse de saint Olav, joignit les mains sur les reliquaires contenant les menus restes du linceul d'une morte et des éclats d'os d'un martyr inconnu, saisit, pour leur demander protection, ces pauvres petits débris qui, à travers la mort et la destruction, avaient conservé un peu de la force de l'âme partie vers l'au-delà — comme une vertu magique émane de l'épée d'un antique guerrier enfouie dans le sol, toute rouillée.

Le jour suivant, Erlend partit à cheval pour la ville, accompagné seulement d'Ulf et d'un valet. Il ne retourna pas à Husaby de tout le carême, mais Ulf vint chercher son escorte pour le retrouver à l'assemblée de Mi-Carême à Orkedal.

Seul avec Christine, Ulf lui raconta qu'Erlend était convenu avec Tiedeken Paus, l'orfèvre allemand de Nidaros, que Margret épouserait le fils de Tiedeken, Gerlak, aussitôt après Pâques.

Erlend revint à Husaby pour les fêtes. Il était maintenant calme et rassuré, mais Christine avait dans l'idée qu'il ne surmonterait pas cette aventure comme il en avait surmonté tant d'autres, soit parce qu'il n'était tout de même plus si jeune, soit parce que rien ne l'avait si profondément humilié. Quant à Margret, elle paraissait tout à fait indifférente à ce que son père avait arrangé pour elle.

Un soir, comme mari et femme étaient seuls, Erlend dit cependant :

« Si elle avait été ma fille légitime, ou si sa mère eût été une femme non mariée, jamais je ne l'aurais donnée à un étranger pendant qu'elle est dans cet état ; j'aurais pu la garder et lui accorder abri et protection. C'est la pire des solutions, mais, étant donné sa naissance, c'est un époux légitime qui peut le mieux la protéger... »

Mais tandis que Christine faisait tous les préparatifs pour le départ de sa belle-fille, Erlend dit un jour rapidement :

« Sans doute n'es-tu pas assez bien portante pour nous accompagner à la ville ?

— Si tu le désires, tu sais bien que je viendrai.

— Pourquoi le désirerais-je ? Si tu lui as tenu lieu de mère jusqu'à présent, tu peux bien t'en dispenser à présent — ce ne sera pas une noce réjouissante. D'ailleurs Dame Gunna de Raasvold et sa bru ont promis de se rappeler leur parenté et de venir. »

Aussi Christine resta-t-elle à Husaby, tandis qu'Erlend, à Nidaros, donnait sa fille à Gerlak Tiedekenssoen.

3

Cet été-là, juste avant la Saint-Jean, Gunnulf Nikulaussoen revint à son couvent. Erlend était dans la ville pour l'assemblée de Frosta. Il envoya un messager chez lui pour faire demander à sa femme si elle croyait pouvoir venir saluer son beau-frère. Cela ne plaisait qu'à demi à Christine, mais pourtant elle se mit en route. Quand elle rejoignit Erlend, celui-ci lui dit que la santé de son frère lui semblait tout à fait délabrée. Les frères établis au nord, sur le Mumkefjord n'avaient pas eu trop de succès dans leur entreprise. Ils n'avaient jamais pu consacrer leur église, parce que, en ces temps troublés, l'archevêque ne pouvait risquer un voyage dans le nord ; ils avaient toujours dû dire la messe à leur autel portatif. Finalement ils en étaient venus à manquer de pain, de vin, de lumière et d'huile pour les offices, et, lorsque frère Gunnulf et frère Aslak voulurent faire voile pour Vargoey afin de se ravitailler, les Lapons avaient exercé contre eux leurs sorcelleries, si bien qu'ils avaient chaviré et passé trois jours sur un écueil ; ensuite tous deux avaient été malades, et frère Aslak était mort quelque temps après. Ils avaient beaucoup souffert du scorbut pendant le Carême, parce qu'ils manquaient de pâtes et de légumes pour le poisson séché. C'est pourquoi l'évêque Haakon de Bergen et maître Arne, qui était à la tête du chapitre de Nidaros pendant que Messire Paul se trouvait à la curie pour être consacré, ordonnèrent aux moines encore vivants de revenir : les prêtres de Vargoey prendraient soin du troupeau de Munkefjord jusqu'à nouvel ordre.

Bien qu'elle eût été prévenue, Christine fut cependant effrayée quand elle revit Gunnulf Nikulaussoen. Elle avait accompagné Erlend au couvent dès le lendemain, et ils furent introduits au parloir. Le moine entra. Il se tenait courbé ; sa couronne de cheveux était devenue tout à fait grise ; le dessous de ses yeux caves était ridé et noirâtre, et sur la peau blanche et polie de son visage il y avait des taches plombées. Christine remarqua aussi de ces mêmes taches sur la main quand il la sortit de la manche de son froc et la lui tendit. Il sourit — et elle vit qu'il avait perdu plusieurs dents.

Ils s'assirent et parlèrent un instant, mais on eût dit que Gunnulf avait aussi perdu l'usage de la parole. Il en fit la remarque lui-même, avant leur départ.

« Mais toi, Erlend, tu es toujours le même ; tu ne sembles pas avoir vieilli », dit-il en souriant légèrement.

Christine savait assez elle-même qu'elle avait l'air pitoyable. Erlend, debout, était beau, grand, svelte, brun et bien vêtu. Christine pensait pourtant, au fond de son cœur, que lui aussi avait bien changé. C'était étrange que Gunnulf ne s'en aperçût pas, lui qui auparavant avait toujours été si clairvoyant !

A la fin de l'été, Christine se trouvait un jour dans le grenier d'habillement avec Dame Gunna de Raasvold. Celle-ci était venue pour aider Christine qui allait de nouveau être en couches. Elles entendirent à ce moment Naakkve et Bjoergulf chanter dans la cour, tandis qu'ils aiguisaient leurs couteaux, une chanson grossière et libertine qu'ils braillaient à pleine gorge.

La mère était hors d'elle de colère ; elle descendit trouver les garçons et les admonesta dans les termes les plus durs. Elle voulut aussi savoir de qui ils avaient appris pareille chose... c'était sans doute à la maison des hommes ; mais lequel d'entre eux apprenait cela aux enfants ? Ceux-ci ne voulaient pas répondre. Alors Skule s'avança sous l'escalier du grenier et dit que mère n'avait rien à dire parce que la chanson, ils l'avaient apprise en l'entendant chanter par leur père...

Alors Dame Gunna intervint : la crainte de Dieu ne les retenait donc pas de chanter d'aussi vilaines choses, quand ils ne pouvaient savoir, le soir en se couchant, s'ils n'auraient plus de mère avant le chant du coq ?... Christine ne dit rien et rentra tranquillement à la maison.

Peu après, alors qu'elle s'était étendue sur son lit, Naakkve entra et alla vers elle. Il prit la main de sa mère mais ne dit rien, puis il se mit à pleurer tout doucement. Christine, alors, lui parla tendrement et en plaisantant, le priant de n'avoir ni chagrin ni tourment : elle avait passé par là six fois déjà, elle s'en tirerait certainement la septième. Mais l'enfant pleurait de plus en plus fort. Alors elle lui permit de se glisser entre elle et le mur, et là il continua de pleurer, les bras passés autour du cou de sa mère et la tête contre sa poitrine, mais elle ne put le décider à dire pourquoi il avait tant de chagrin, bien qu'il restât couché contre elle jusqu'au moment où les servantes apportèrent le repas du soir.

Naakkve était maintenant dans sa douzième année. Grand pour son âge, il voulait paraître mâle et adulte, mais il avait l'âme sensible et la mère s'apercevait de temps à autre qu'il était très enfant. Il était assez âgé pour avoir pu comprendre le malheur arrivé à sa demi-sœur ; la mère se demandait s'il avait aussi compris combien Erlend avait changé depuis.

Erlend avait toujours été ainsi : lorsqu'il s'échauffait, il lui arrivait de dire les pires choses, mais auparavant il n'avait jamais adressé de gros mots à quelqu'un que sous l'empire de la colère. Maintenant il pouvait dire des choses dures et vilaines en gardant son sang-froid. Il avait été le pire des hommes pour maudire et jurer ; cependant, il avait à peu près perdu cette mauvaise habitude, parce qu'il voyait que cela faisait de la peine à sa femme et blessait Sira Eiliv pour qui peu à peu il avait éprouvé une grande considération. Mais jamais il n'avait été grossier ou libertin en paroles, pas plus qu'il n'avait aimé voir les autres s'y laisser aller, de telle façon qu'il avait été plus timide que bien des hommes dont la vie avait été plus pure. Si douloureusement que Christine fût affectée d'entendre ces horreurs dans la bouche de ses fils encore tout jeunes, surtout dans l'état où elle était, et de savoir qu'ils les avaient apprises de leur père, une chose cependant la remplissait d'une amertume plus grande encore : elle comprenait qu'Erlend était lui-même assez enfant pour considérer qu'il prenait une revanche, lorsque, après le scandale relatif à sa fille, il proférait des paroles et des expressions grossières et inconvenantes.

Dame Gunna lui avait appris que Margret avait accouché d'un fils mort un peu avant la Saint-Olav. Elle croyait savoir aussi que Margret s'était déjà consolée : elle s'entendait bien avec Gerlak qui était gentil avec elle. Erlend allait voir sa fille quand il se trouvait en ville, et Gerlak s'enorgueillissait de son beau-père, mais Erlend ne tenait pas particulièrement à le reconnaître pour son parent. Depuis que Margret avait quitté la ferme, jamais Erlend n'avait fait allusion à sa fille à Husaby.

Christine eut encore un fils. Il fut baptisé Munan, du nom du grand-père paternel d'Erlend. Pendant tout le temps qu'elle demeura couchée dans la petite chambre, Naakkve vint chaque jour apporter à sa mère des baies et des noisettes qu'il avait cueillies dans la forêt ou des couronnes d'herbes médicinales qu'il avait tressées. Erlend rentra chez lui comme l'enfant avait trois semaines ; il resta beaucoup auprès de sa femme, s'efforçant d'être doux et tendre, et cette fois il ne se plaignit point que l'enfant ne fût pas une fille, ou qu'il fût chétif et grêle. Mais Christine répondait peu à ses tendres prévenances ; elle restait silencieuse, pensive et triste, et elle mit très longtemps cette fois à recouvrer la santé.

Christine languit durant tout l'hiver, et l'enfant ne paraissait guère en état de vivre. La mère ne pensait qu'au pauvre petit. Elle n'entendit qu'à demi tout ce qu'on disait à propos des grandes nouvelles dont il était question cet hiver-là. Le roi Magnus, tombé dans les plus graves embarras financiers à la suite de ses tentatives pour établir sa domination en Scanie, avait demandé aide et contributions à la Norvège. Plusieurs des seigneurs du conseil étaient décidés à lui donner leur appui en cette affaire. Mais lorsque les émissaires du roi arrivèrent, le trésorier du roi était absent, et Stig Haakonssoen qui commandait à Tunsberg ferma le château aux hommes du roi et se prépara à le défendre par les armes. Il avait peu de gens, mais Erling Vidkunssoen, le mari de la sœur de son père qui se trouvait à sa ferme d'Aker, lui envoya quatre-vingts de ses hommes d'armes à la forteresse, tandis que lui-même faisait voile vers l'ouest. Au même moment les neveux du roi, Jon et Sigurd Haftorssoenner, se levèrent contre le roi à propos d'un jugement qui avait frappé un de leurs hommes. Erlend dit en riant que les Haftorssoenner s'étaient en cela montrés de jeunes sots. Il y avait dans le pays un grand mécontentement à l'égard du roi Magnus. Les grands réclamaient qu'un sénéchal fût placé à la tête du gouvernement du pays et que le sceau du royaume fût mis entre les mains d'un Norvégien puisque le roi, en raison de son affaire de Scanie, paraissait vouloir rester en Suède la plupart du temps. Les citadins et le clergé des villes marchandes avaient été effrayés par les rumeurs d'un emprunt royal auprès des cités allemandes. L'orgueil et la mauvaise humeur des Allemands à l'égard des lois et coutumes du pays étaient par trop intolérables, et l'on disait à présent que le roi leur avait promis des privilèges et des libertés encore plus grandes dans les villes norvégiennes, ce qui deviendrait tout à fait impossible à supporter pour les Norvégiens qui se livraient au commerce et l'exerçaient déjà dans des conditions difficiles. Parmi le menu peuple la rumeur persistait d'un péché secret du roi Magnus, et beaucoup de curés et de moines ambulants s'accordaient à dire qu'à leur avis c'était la raison pour laquelle l'église de Saint-Olav de Trondhjem avait brûlé. Ensuite les paysans attribuèrent à la même cause les nombreux malheurs qui, dans les dernières années, avaient frappé tantôt un canton et tantôt l'autre — maladie du bétail, nielle des céréales avec, pour conséquence, épidémies et calamités chez les hommes et chez les animaux, mauvaises récoltes de céréales et de foin. Erlend dit ensuite que si les Haftorssoenner avaient l'esprit de se tenir tranquilles encore quelque temps et de s'acquérir une réputation de gentillesse et de courtoisie, les gens sauraient se rappeler qu'ils étaient eux aussi les petits-fils du roi Haakon.

Mais cette agitation tomba, et la cause en fut que le roi nomma Ivar Ogmundssoen grand sénéchal de Norvège. Erling Vidkunssoen, Stig Haakonssoen, les Haftorssoenner et tous leurs partisans furent menacés d'être poursuivis pour haute trahison. Ils mirent les pouces et firent la paix avec le roi. Un homme puissant des Oplandene qui avait pris part à l'entreprise des Haftorssoenner ne composa pas avec le roi, mais il vint à Nidaros après Noël. Il y rencontra souvent Erlend, et par lui les gens du Nordenfjeld furent mis au courant des choses telles qu'Ulf les envisageait. Christine avait beaucoup d'aversion pour cet homme ; elle ne le connaissait pas, mais elle connaissait sa sœur, Helga Saksesdatter, mariée avec Gyrd Darre de Dyfrin. Elle était jolie, mais fort orgueilleuse, et Simon ne l'aimait pas, bien que Ramborg s'entendît bien avec elle. Assez avant dans le carême, les juges cantonaux reçurent des lettres royales prescrivant qu'Ulf Saksessoen fût exclu des assemblées, mais déjà il avait quitté le pays par mer en plein hiver.

Ce printemps-là, à Pâques, Erlend et Christine séjournaient dans leur maison de ville avec leur dernier-né, Munan. Une sœur du couvent de Bakke était si habile médecin que tous les enfants malades qu'on remettait entre ses mains devenaient bien portants, si ce n'était pas la volonté de Dieu qu'ils mourussent.

Un jour, juste après les fêtes, Christine revenait du couvent avec le petit. Le valet et la servante qui l'avaient accompagnée entrèrent avec elle dans la maison. Erlend s'y trouvait, tout seul, couché sur l'un des bancs. Quand le valet fut parti et que les femmes eurent enlevé leurs manteaux, Christine s'assit près du feu avec l'enfant, et la servante se mit à faire chauffer un peu d'huile qu'elle avait reçu de la nonne. De l'endroit où il se trouvait, Erlend demanda ce que sœur Ragnfrid avait dit au sujet de l'enfant. Christine répondit brièvement tout en défaisant le maillot, et, à la fin, elle ne répondit plus.

« Est-ce que le petit va si mal que tu ne veuilles pas le dire, Christine ? demanda Erlend d'un ton un peu impatienté.

— Tu as déjà demandé cela, Erlend, répondit sèchement Christine, et je t'ai donné bien des fois des explications. Mais comme tu ne t'intéresses pas assez à l'enfant pour te rappeler d'un jour à l'autre...

— Il m'est arrivé aussi, Christine, dit Erlend en se levant et en venant à elle, d'avoir à répondre deux et trois fois à tes questions, parce que tu n'étais pas capable de te rappeler ce que j'avais dit.

— Ce n'est certainement pas à propos de choses aussi

importantes que la santé des enfants, dit Christine sur le même ton.

— Ce n'était pas non plus pour de petites choses — ce dernier hiver ; elles m'intéressaient vivement.

— Ce n'est pas vrai, Erlend. Il y a des jours et des années que tu ne m'as pas parlé des choses qui t'intéressent le plus...

— Va-t'en, Signe », dit Erlend à la servante. Son front avait rougi. Il se tourna vers sa femme : « Je comprends à quoi tu fais allusion. Je ne veux pas causer avec toi de cela de manière que ta servante puisse entendre — même si tu es si bonne amie avec elle que tu ne tiennes aucun compte de sa presence quand tu cherches querelle à ton mari et dis que je fais un mensonge...

— On finit par prendre les manières de ceux avec qui l'on vit.

— Je ne comprends pas bien ce que tu veux dire. Jamais je ne t'ai dit des mots malsonnants que des étrangers pussent entendre ni oublié de te témoigner des égards et du respect devant nos domestiques. »

Christine éclata d'un rire étrangement maladif et saccadé.

« Tu oublies fort bien, Erlend ! Toutes ces années Ulf Haldorssoen a vécu près de nous. Te rappelles-tu que tu me faisais accompagner par Haftor et par lui pour aller te trouver dans la chambre du grenier chez Brynhild, à Oslo ? »

Erlend retomba sur le banc, les yeux fixés sur sa femme et la bouche à demi ouverte. Mais elle continua :

« Il n'est guère survenu d'inconvenance ou de honte, à Husaby — ou ailleurs — que tu aies eu l'idée de cacher à tes domestiques, même si c'était déshonorant pour toi-même ou pour ta femme... »

Erlend immobile la regardait avec terreur.

« Te rappelles-tu le premier hiver après notre mariage ? J'étais enceinte de Naakkve ; il pouvait me paraître assez difficile d'exiger obéissance et respect de mes domestiques. Te rappelles-tu comment tu m'as soutenue ? Te rappelles-tu que ton père nourricier vint nous voir avec des étrangères et des servantes et des valets, que nos propres domestiques étaient à table avec nous... te rappelles-tu que Munar m'arracha le moindre fil dont j'aurais pu me couvrir et que tu demeuras placide sans avoir le courage de lui river son clou ?

— Jésus ! Tu as pu tenir cela caché pendant quinze ans ? »

Erlend leva vers elle ses yeux dont le regard paraissait d'un bleu clair tout à fait étrange, tandis que sa voix était faible et déprimée. « Pourtant, ma Christine, il ne me semble pas que tout cela mérite que nous échangions des paroles malveillantes et amères...

— Ce que j'ai encore enduré de pire, c'est lorsque, pendant notre fête de Noël, tu m'as injuriée parce que j'avais jeté mon manteau sur Margret — et il y avait là des femmes de trois paroisses qui entendaient... »

Erlend ne répondit pas.

« Et puis tu me reproches aussi ce qui est arrivé à Margret... Mais chaque fois que j'essayais de lui dire un mot pour la former, elle courait te trouver, et toi, tu me priais, avec des paroles désobligeantes, de la laisser tranquille... elle était à toi, non à moi, disais-tu...

— Moi, t'avoir fait des reproches ? Jamais !... » répondit Erlend mal à son aise et en faisant un grand effort pour demeurer calme. « Si l'un de nos enfants avait été une fille, tu aurais sans doute compris plus facilement que ce qui est arrivé à ma fille, cela broie jusqu'à la moelle les os d'un père...

— Je croyais t'avoir montré l'année dernière, au printemps, que je comprenais, dit doucement Christine. Je n'ai qu'à me rappeler mon propre père...

— Cependant, dit Erlend avec le même calme, cette fois c'était pire. Moi, je n'étais pas marié. Cet homme-là... était... marié ! Moi, je n'étais pas lié... pas lié de telle façon, rectifia-t-il de lui-même, que je ne pusse me délier.

— Et cependant tu ne t'es pas délié, dit Christine. Te rappelles-tu comment tu redevins libre ? »

Erlend bondit et la frappa au visage. Après quoi il resta terrifié, les yeux hagards — une marque rouge apparaissait sur la joue blanche. Mais elle demeurait raide et silencieuse, le regard dur. L'enfant s'était mis à pleurer, effrayé ; elle le berça un peu dans ses bras et l'apaisa.

« Cela a été... très mal de ta part, Christine ! dit Erlend d'une voix mal assurée.

— La dernière fois que tu m'as frappée, dit tout bas Christine, je portais ton enfant dans mon sein. Maintenant tu m'as frappée pendant que j'avais ton fils dans mes bras...

— Ah ! Toujours ces enfants !... » cria Erlend avec impatience.

Ils se turent. Erlend se mit à arpenter la pièce. Christine porta l'enfant dans la chambre et le coucha dans le lit. Quand elle reparut à la porte de la chambre, Erlend se plaça devant elle :

« Je... je n'aurais pas dû te frapper, ma Christine. Je voudrais ne l'avoir pas fait... J'en aurai des remords aussi longtemps que la dernière fois. Mais toi... tu m'as reproché d'oublier trop facilement. Toi, tu n'oublies rien — aucun des torts que je t'ai faits. J'ai pourtant essayé... essayé d'être un bon mari, mais cela ne te paraît sans doute pas mériter qu'on s'en souvienne. Toi... tu es belle, Christine... » Il la regardait tandis qu'elle passait devant lui.

Certes, la maîtresse de maison avait des gestes calmes et dignes aussi beaux que la grâce souple de la jeune fille ; sa poitrine et ses hanches s'étaient élargies mais elle était aussi plus grande. Elle se tenait droite, et son cou portait aussi fièrement et joliment sa petite tête ronde. Son visage pâle et énigmatique aux grands yeux gris sombre exaltait et enflammait Erlend tout autant que sa figure enfantine ronde et rose avait exalté et enflammé l'esprit inquiet d'Erlend par son étrange quiétude.

Il alla vers elle et lui prit la main :

« Pour moi, Christine, tu seras toujours la plus belle des femmes, et la plus chère... »

Elle lui abandonna sa main, mais ne répondit pas à la pression. Alors il la rejeta ; de nouveau il se laissa emporter par la colère.

« Oublié ! J'ai oublié, dis-tu ? Ce n'est pas toujours le pire des péchés, d'oublier ! Je ne me suis jamais comporté en homme pieux, mais je me rappelle ce que j'ai appris de Sira Erik quand j'étais enfant, et les ministres de Dieu me l'ont rappelé plus tard. C'est pécher que de couver et de se rappeler les péchés qu'on a confessés, qu'on a expiés devant Dieu et dont on a obtenu rémission de la main et de la bouche du prêtre. Et ce n'est pas par pitié, Christine, que tu reparles toujours de nos vieux péchés à toi et à moi, mais tu veux me faire sentir ton couteau chaque fois que je te contrarie... »

Il s'éloigna d'elle, puis revint :

« Despotique — Dieu sait que je t'aime, Christine ! — mais je vois que tu es despotique et jamais tu ne m'as pardonné d'avoir commis une injustice envers toi ou de t'avoir entraînée à l'injustice. J'ai supporté beaucoup de choses de ta part, Christine, mais ce que je ne veux plus supporter c'est de n'avoir jamais la paix concernant ces anciens combattants, ni que tu me parles comme si j'étais ton esclave... »

Christine tremblait, bouleversée, quand elle répondit :

« Je ne t'ai jamais parlé comme à un esclave. M'as-tu une seule fois entendue parler durement ou vivement à quelqu'un qui pouvait être considéré comme un subordonné — fût-ce le plus maladroit et le pire de nos serviteurs ? Je me sais innocente devant Dieu du péché d'offense envers ses pauvres — en paroles ou en actes. Mais tu devrais être mon seigneur, je devrais t'obéir et t'honorer, me courber devant toi et trouver en toi mon soutien après Dieu — conformément à la loi de Dieu, Erlend ! Et si j'ai perdu patience, si je ne t'ai point parlé comme il sied qu'une femme parle à son mari, cela vient sans doute de ce que bien des fois tu rendais difficile pour moi de plier ma bêtise à ta supériorité de jugement, d'honorer et d'écouter mon époux et maître autant que je l'aurais souhaité, et j'attendais peut-être de toi... je croyais peut-être pouvoir t'exciter à montrer que tu étais un homme et moi une pauvre femme...

« Mais sois tranquille, Erlend. Je ne t'offenserai plus par des paroles, et, à partir de ce jour, je n'oublierai jamais de te parler aussi doucement que si tu étais un descendant d'esclaves... »

Le visage d'Erlend était devenu rouge sombre. Il leva son poing vers elle — puis il tourna brusquement les talons, saisit son manteau et son épée sur le banc près de la porte et sortit.

Dehors il faisait du soleil et le vent cinglait. L'air était froid, mais, comme des étincelles brillantes, les gouttes d'eau glacées du dégel éclaboussaient Erlend en tombant de l'auvent et des arbres secoués par le vent. Sur les toits des maisons, la neige étincelait comme de l'argent, et derrière les pentes boisées d'un vert presque noir qui entouraient la ville, les montagnes d'un bleu froid et d'un blanc éclatant scintillaient dans ce jour de printemps encore hivernal, piquant et lumineux.

Erlend erra à travers rues et ruelles, vite, au hasard. Son sang bouillait ; c'est elle qui avait eu tort depuis le début, c'était clair comme le jour, et lui avait raison, mais il s'était oublié ; en la frappant il avait amoindri son bon droit, mais elle avait tort. Que pouvait-il bien faire de lui maintenant ? Il n'en savait rien.

Il n'avait pas envie d'aller voir des connaissances et il ne voulait pas revenir chez lui.

Il y avait un peu d'agitation dans la ville. Un grand bateau marchand d'Islande, le premier de ce printemps, était arrivé aux appontements dans la matinée. Erlend se dirigea vers l'ouest à travers les ruelles, passa près de l'église Saint-Martin, descendit vers les clôtures. Il y avait déjà du bruit et des cris dans les auberges et les tavernes, bien qu'on ne fût qu'au début de l'après-midi. Dans sa jeunesse il aurait pu entrer dans de telles maisons avec des amis et camarades. Mais si aujourd'hui le juge du canton d'Orkdoela, qui avait maison en ville, avec bière, hydromel et vin en surabondance sur sa propre table, entrait dans une auberge et demandait un verre de leur mauvaise bière, les gens en écarquilleraient les yeux de stupeur et n'en finiraient pas de bavarder. En réalité c'est de cela qu'il avait le plus envie : s'asseoir pour boire avec les petits paysans venus en ville, avec les domestiques, avec les matelots. Il n'y avait pas d'histoires quand ces gaillards-là donnaient une gifle à leurs femmes, et ils s'y entendaient... Par le feu de l'enfer, comment un homme viendrait-il à bout d'une femme s'il n'avait le droit de la battre pour l'honneur de sa race à elle et de son propre honneur ?... Quant à lutter par la parole avec les femmes, Satan lui-même ne le pourrait pas. Christine était une magicienne... et si belle !... Il faudrait seulement pouvoir la battre jusqu'à ce qu'elle devînt bonne !...

Les cloches de toutes les églises de la ville appelaient les gens à vêpres. Dans l'air agité, le vent printanier emmêlait les sons au-dessus d'Erlend. Sans doute se rendait-elle en ce moment à l'église du Christ, la pieuse magicienne... elle allait se plaindre à Dieu, à la Vierge Marie et à saint Olav d'avoir reçu une gifle de son mari. Erlend adressa aux saints protecteurs de sa femme un salut de pensées coupables tandis que les cloches tintaient, sonnaient et carillonnaient. Il dirigea ses pas vers l'église Saint-Grégoire.

Le tombeau de ses parents était devant l'autel de sainte Anne, dans le bas-côté nord de la nef. Tandis qu'il récitait ses prières, il s'aperçut que Dame Sunniva, accompagnée de sa servante, entrait par la porte de l'église. Comme il avait terminé sa prière, il alla la saluer.

Depuis qu'il avait fait la connaissance de la jeune femme, la nature de leurs relations, pendant toutes ces années, avait été telle qu'ils ne pouvaient que batifoler et plaisanter assez librement chaque fois qu'ils se rencontraient. Et ce soir-là, alors que, assis sur le banc, ils attendaient le commencement des vêpres, il se montra si malicieux qu'elle dut plusieurs fois lui rappeler qu'ils se trouvaient dans l'église et que des gens entraient constamment.

« Oui, oui, dit Erlend, mais tu es si jolie ce soir, Sunniva ! C'est bon de plaisanter avec une femme qui a des yeux aussi doux...

— Tu ne mérites pas, Erlend Nikulaussoen, que je te regarde avec des yeux doux, dit-elle en riant.

— Alors je viendrai plaisanter avec toi quand il fera nuit, répondit Erlend pareillement. Quand l'office sera fini, je t'accompagnerai chez toi... »

Les prêtres entraient dans le chœur. Erlend se rendit dans la travée sud où il prit place parmi les hommes.

Quand l'office fut fini, il sortit par la grand-porte. Il aperçut Dame Sunniva et sa servante un peu plus bas dans la rue. Il pensa qu'il valait mieux ne pas l'accompagner mais rentrer chez lui. A ce moment un groupe d'Islandais du bateau marchand remonta la rue ; ils avançaient en se tenant par le bras et en titubant, et semblaient vouloir barrer la route aux deux femmes. Erlend se précipita. Dès que les matelots virent un seigneur portant une épée à la ceinture venir à leur rencontre, ils s'écartèrent et laissèrent le passage aux femmes.

« Il vaut tout de même mieux que je t'accompagne chez toi, dit Erlend. Il y a beaucoup d'agitation en ville ce soir.

— Sais-tu, Erlend, que si vieille que je sois, il ne m'est peut-être pas désagréable que des hommes me trouvent tout de même assez jolie pour avoir envie de me barrer la route... »

A cela, un homme poli n'avait qu'une chose à répondre.

Il revint chez lui le lendemain matin à la pointe du jour et s'arrêta quelques instants devant la porte fermée de la maison d'habitation ; il était gelé, harrassé de fatigue, douloureux, dégoûté. Faire du tapage pour éveiller les domestiques, entrer et se glisser dans le lit auprès de Christine qui avait son enfant dans les bras ? Non... Il avait dans sa poche la clef du grenier de la maison aux provisions du côté est, où étaient enfermées certaines choses dont il avait la responsabilité. Il ouvrit, entra, retira ses bottes et, en guise de lit, entassa sur de la paille quelques étoffes grossières et des sacs vides. Il enroula son manteau autour de lui, se glissa entre les sacs et brisé et bouleversé comme il l'était se réfugia dans un sommeil où il échappait à tout.

Christine était pâle et lasse d'avoir veillé quand elle prit place avec ses domestiques au petit déjeuner. Un des valets dit qu'il avait prié son maître de venir à table — il était dans le grenier du bâtiment aux provisions — mais Erlend l'avait envoyé à tous les diables.

Erlend devait se rendre à une réunion à Elgeseter après la grand-messe, afin d'être témoin dans certaines affaires de fermes. Mais il s'excusa de ne pouvoir assister au repas qui devait avoir lieu ensuite dans le réfectoire, et aussi auprès d'Arne Gjavvaldssoen qui ne pouvait, lui non plus, rester à boire avec les frères, mais voulait absolument emmener Erlend à Ranheim.

Il regretta ensuite d'avoir faussé compagnie aux autres, et fut effrayé quand il se vit en route pour la ville... il réfléchissait à ce qu'il avait fait. Un instant il fut tenté de descendre à l'église Saint-Grégoire. Il était autorisé à se confesser à l'un des prêtres de cette église quand il se trouvait à Nidaros. Mais s'il récidivait après s'être confessé, le péché serait plus grave. Il valait mieux attendre...

Elle devait penser... Sunniva... qu'il n'était qu'un poussin qu'elle avait attrapé à la main ! Mais aussi, comment diable aurait-il pu croire qu'une femme pouvait lui apprendre tant de choses nouvelles ! Et pourtant le voici là en train de réfléchir à l'aventure dont il sortait ! Il s'était cru passablement instruit dans l'*ars amoris,* comme disent les clercs. S'il avait été jeune et dans sa pleine verdeur, il eût sans doute été tout à fait d'aplomb, et d'avis que tout était pour le mieux. Mais il n'aimait pas la femme — cette maudite engeance de beau sexe ; celle-là le dégoûtait, d'elle-même et de toutes les femmes sauf de la sienne — et voilà qu'il était dégoûté d'elle aussi, Dieu de Dieu, à force d'être marié avec elle, voilà qu'elle l'avait rendu tout à fait pieux lui aussi — car il avait cru à la piété de Christine !... Mais c'était un beau cadeau qu'il avait reçu de sa pieuse femme — cette magicienne — pour prix de sa fidélité et de son amour ! Il se rappelait les paroles cuisantes et méchantes de Christine, la veille au soir, quand elle prétendait qu'il se conduisait comme s'il était d'une famille d'esclaves. Et l'autre, Sunniva, elle le jugeait sans doute tout à fait novice et froid pour s'être laissé prendre à l'improviste et avoir montré quelque effroi de ses pratiques amoureuses. Il allait lui montrer qu'il n'était pas plus un saint homme qu'elle n'était une sainte femme. Il lui avait promis de descendre passer la nuit avec elle à la ferme de Baard... pourquoi n'irait-il pas ? Il avait commis le péché ; il pouvait tout aussi bien accepter le plaisir qui s'offrait à lui !... Puisqu'il avait déjà violé la foi qui l'attachait à Christine, et qu'elle-même en était la cause par son attitude mauvaise et absurde à son égard !...

Il rentra chez lui, rôda dans les étables et les communs en cherchant quelque prétexte à bougonner, se querella avec la servante du prêtre qui, de l'hôpital, avait apporté du malt dans le bâtiment du four à sécher bien qu'elle sût que ses domestiques ne se serviraient pas du four cette fois pendant leur séjour en ville. Il souhaitait avoir ses enfants avec lui ; ils lui auraient tenu compagnie. Il souhaitait pouvoir rentrer sur-le-champ chez lui, à Husaby. Mais il était obligé d'attendre à la ville des lettres du sud — c'eût été trop de sans-gêne que de recevoir un courrier de ce genre chez lui au pays.

La maîtresse de maison n'assista pas au repas du soir — elle restait dans sa chambre, dit Signe, la servante, en regardant son maître avec un air de reproche. Erlend répondit d'un ton rude qu'il n'avait pas demandé sa femme. Quand les domestiques eurent quitté la grand-salle, il entra dans la chambre. Il y régnait une obscurité profonde. Erlend se pencha au-dessus de Christine couchée dans son lit.

« Est-ce que tu pleures ? » demanda-t-il tout bas, car sa respiration était étrange. Mais elle répondit d'une voix enrouée qu'elle ne pleurait pas.

« Es-tu fatiguée ?... J'ai envie de me mettre au lit, moi aussi », dit-il doucement.

La voix de Christine tremblait quand elle dit :

« Je préférerais, Erlend, que tu ailles coucher cette nuit où tu as couché la nuit dernière. »

Erlend ne répondit pas. Il sortit, apporta la lumière de la salle dans la chambre et ouvrit son coffre à vêtements. Il était assez bien vêtu pour aller n'importe où, car il portait le pourpoint bleu violet qu'il avait le matin à Elgeseter. Mais il changea de vêtement avec lenteur et ostentation, mit une chemise de soie rouge et un sarrau de velours gris souris à crevés avec de petits grelots d'argent au bout des manches, se brossa les cheveux et se lava les mains. Cependant il ne cessait de regarder vers sa femme, mais celle-ci garda le silence et ne bougea pas. Alors il sortit sans lui souhaiter bonne nuit. Le lendemain il rentra ouvertement à l'heure du petit déjeuner.

Cela dura une semaine. Erlend rentra alors chez lui un soir, après avoir été à Hangrar pour une affaire, quand il apprit que Christine venait de partir à cheval le matin pour Husaby.

Il s'était déjà rendu compte qu'il n'était pas possible de retirer jamais moins de plaisir d'un péché qu'il n'en avait eu de son aventure avec Sunniva Olavsdatter. Au fond de son cœur il avait un profond dégoût de cet être dément, un dégoût d'elle à l'heure même où il jouait avec elle et la caressait. Il avait en même temps été stupide : certainement le bruit courait déjà par la ville et le pays qu'il avait passé la nuit à la ferme de Baard — et Sunniva ne méritait certes pas qu'il ternît, pour elle, sa réputation. De temps à autre il pensait aussi que cela pouvait entraîner des conséquences : cette femme avait un mari déjà vieux et maladif. C'était dommage pour Baard d'être marié avec une pareille femme, passionnée et déraisonnable... Lui, Erlend, n'était certainement pas le premier à avoir porté atteinte à l'honneur du mari. Et Haftor... Erlend avait oublié, en s'acoquinant avec Sunniva, qu'elle était la sœur de Haftor ; il ne s'en souvint que lorsqu'il fut trop tard. Tout allait le plus mal possible — et il se rendait compte à présent que Christine le savait.

Elle ne pouvait certainement pas se décider à le citer devant l'évêque — à demander l'autorisation de se séparer de lui. Elle avait bien Joerundgaard pour s'y réfugier, mais il serait impossible pour elle de faire le voyage à travers la montagne à cette époque de l'année, et à plus forte raison si elle voulait prendre avec elle les tout jeunes enfants, sans lesquels elle ne partirait certainement pas. Elle ne ferait pas non plus le voyage en bateau avec Munan et Laurent juste au début du printemps, se disait-il pour se consoler. D'ailleurs, cela ne ressemblerait pas à Christine d'invoquer contre lui l'aide de l'archevêque — elle avait pour cela des raisons — mais il s'abstiendrait de bonne grâce de partager le lit conjugal jusqu'à ce qu'elle comprît qu'il se repentait sincèrement. Christine ne voudrait jamais que cette situation fût connue. Mais il se rendait compte que depuis assez longtemps il savait ce que sa femme pouvait faire ou ne pas faire.

Il passa la nuit dans son lit à lui, et sa pensée vagabonda. Il lui apparut qu'il s'était mis dans une situation encore plus stupide qu'il ne l'avait compris au premier abord, en se lançant dans cette pitoyable aventure à une époque où il siégeait dans les plus hauts conseils.

Il se maudissait d'avoir été à un tel point le jouet de la femme qu'elle avait pu l'entraîner jusque-là. Il maudissait Christine et Sunniva. Que diable ! Il n'était pourtant pas plus entiché des femmes que beaucoup d'hommes, et il avait eu, pour son propre compte, moins d'affaires de femmes à débrouiller que la plupart des autres dont il connaissait les histoires. Mais on eût dit que le diable lui-même cuisinait cela à son intention ; il ne pouvait approcher une femme qu'il ne s'enlisât jusqu'aux aisselles dans une fondrière...

Maintenant cela allait finir. Loué et glorifié soit Dieu, qu'il eût autre chose entre les mains ! Bientôt, bientôt, il allait sans doute recevoir la lettre scellée de Dame Ingebjoerg. Evidemment, dans cette affaire aussi il n'échappait pas aux commérages féminins, mais c'était sans doute une punition de Dieu pour ses péchés de jeunesse. Dans l'obscurité, Erlend souriait. La dame devait comprendre que les choses étaient telles qu'on les lui avait exposées. Il s'agissait de savoir si ce serait un de ses fils ou un des fils de la sœur de sa maîtresse que les Norvégiens opposeraient au roi Magnus. Et elle aimait les enfants qu'elle avait eus de Knut Porse comme elle n'avait jamais aimé ses autres enfants...

Bientôt, bientôt... ce serait le vent mordant et les embruns salés qui lui empliraient la poitrine ! Dieu du ciel, qu'il serait bon de se faire tremper par les lames de l'océan et d'aspirer jusqu'aux moelles le grand air frais — d'en avoir fini avec le sexe féminin pendant une longue période de vraie vie !

Sunniva ?... Elle pouvait penser ce qu'elle voulait ! Il n'irait plus là-bas. Et quant à Christine, il la laissait bien libre de partir pour Joerundgaard ! Ce serait peut-être justement plus sûr et meilleur pour elle et pour les enfants d'être au fin fond du Gudbrandsdal pendant l'été ! Ensuite ils redeviendraient sans doute bons amis tous les deux...

Le lendemain matin il s'en fut à cheval à Skaun. Il n'était tout de même pas tranquille tant qu'il ne savait pas ce que sa femme avait l'intention de faire...

Elle l'accueillit avec une politesse douce et froide quand il arriva vers la fin du jour à Husaby. Comme il ne la questionnait pas elle ne lui dit pas un mot, pas même un mot désagréable, et elle n'émit aucune objection lorsque le soir, comme pour l'éprouver, il vint se coucher dans le lit conjugal. Mais au bout d'un instant il chercha, en hésitant, à poser sa main sur la poitrine de sa femme.

La voix de Christine tremblait, mais Erlend ne put discerner si c'était de chagrin ou d'irritation, quand elle murmura :

« Tu n'es tout de même pas descendu si bas, Erlend, que tu veuilles rendre pire la situation. Je ne puis entamer une discussion avec toi ; les enfants dorment autour de nous. Et comme j'ai de toi sept fils, je préfère que nos gens ne se rendent pas compte que je suis une femme outragée... »

Erlend attendit longtemps avant d'oser répondre.

« C'est vrai, que Dieu me pardonne, Christine. Je t'ai offensée. Je n'aurais pas... je ne l'aurais pas fait si j'avais pu prendre moins à cœur les paroles si atroces que tu m'as dites à Nidaros. En réalité, je ne suis pas venu chez nous pour mendier ton pardon, car je sais bien qu'il serait difficile de te le demander à présent...

— Je me rends compte que Munar disait vrai, répondit Christine ; le jour n'arrivera jamais où tu auras le courage de prendre la responsabilité des torts que tu as causés. C'est à Dieu qu'il faut t'adresser, avec lui qu'il faut faire la paix. C'est moins à moi qu'à lui que tu as à demander pardon...

— Oui, je comprends », dit Erlend d'un ton amer. Après quoi ils ne dirent plus rien. Et le lendemain matin Erlend repartit à cheval pour Nidaros.

Il était à la ville depuis quelques jours lorsque la servante de Dame Sunniva vint le trouver un soir à l'église Saint-Grégoire. Erlend estima qu'il devait tout de même parler une dernière fois avec la dame et il pria la jeune fille de guetter le soir ; il viendrait par le même chemin que d'ordinaire.

Il avait dû ramper et grimper comme un voleur de poules pour monter au grenier où ils s'étaient enfermés. Maintenant il avait honte à en être malade de s'être laissé jouer de la sorte, à son âge et dans sa situation ! Mais au premier abord, il avait trouvé amusant de se livrer à une telle fredaine de jeunesse.

La femme le reçut dans son lit.

« Te voilà enfin, si tard ! dit-elle en riant et en bâillant. Dépêche-toi, ami, viens te coucher, et apprends-moi où tu as été depuis si longtemps... »

Erlend ne savait pas exactement ce qu'il devait faire, ni comment il lui dirait ce qu'il avait sur le cœur. Inconsciemment il commença à se déshabiller.

« Nous avons tous deux agi stupidement, Sunniva. Il est certainement inepte que je reste ici cette nuit. Il faut tout de même bien s'attendre à ce que Baard rentre chez lui un beau jour ? dit-il.

— Est-ce que tu as peur de mon mari ? demanda Sunniva d'un air taquin. Tu as vu toi-même que Baard n'a même pas dressé l'oreille quand nous plaisantions sous ses yeux. S'il apprend que tu t'es introduit ici à la ferme, je saurai le convaincre que cela n'a pas le sens commun. Il me croit trop bien...

— Oui, il semble te croire trop bien, dit Erlend en riant et en passant ses doigts dans la blonde chevelure, sur les blanches et fermes épaules.

— Dis-tu cela... » Elle lui saisit le poignet. « Tu crois ta femme, toi aussi ? J'étais encore toute pudeur et honnêteté, moi, quand Baard m'a eue...

— Nous laisserons *ma* femme en dehors de cette affaire, dit Erlend d'un ton tranchant en la lâchant.

— Non, mais... ? Est-ce qu'il te paraît plus inconvenant de parler de Christine Lavransdatter que de Messire Baard, mon mari ? »

Erlend serra les dents et ne répondit pas.

« Toi, Erlend, dit ironiquement Sunniva, tu es de ces hommes qui se croient si irrésistibles et si beaux que l'on peut difficilement reprocher à une femme de leur montrer une vertu fragile comme verre — fût-elle par ailleurs solide comme l'acier !

— Je n'ai jamais cru cela de toi », dit Erlend d'un ton rude.

Les yeux de Sunniva étincelèrent.

« Que me voulais-tu donc, Erlend... puisque tu étais si bien marié ?

— Je t'ai dit de ne pas faire allusion à ma femme...

— Ta femme ou mon mari !...

— C'est toujours toi qui as commencé à parler de Baard, et tu t'acharnais à te moquer de lui, dit Erlend avec aigreur. Et tu aurais eu beau ne pas te moquer de lui en paroles, je n'en aurais pas moins été fixé sur le cas que tu faisais de son honneur, puisque tu as pris un autre homme que ton mari. *Elle... elle* n'est pas diminuée parce que moi j'ai mal agi.

— Si c'est cela que tu veux me dire... que tu aimes Christine, encore qu'il te plaise assez de jouer avec moi !...

— Je ne sais pas à quel point je t'aime... tu as montré, toi, que tu m'aimais...

— Et Christine, elle, ne comprend pas ton amour ? ricana Sunniva. J'ai constaté avec quelle douceur elle veille sur toi, Erlend !...

— En voilà assez ! cria celui-ci. Elle savait peut-être ce que je méritais, dit-il avec rudesse et avec haine. Toi et moi nous pouvons sans doute nous ressembler...

— Serais-je pour toi, dit Sunniva, menaçante, un fouet qui te servirait à corriger ta femme ? »

Erlend haletait.

« Tu peux appeler cela ainsi. Mais c'est toi-même qui t'es placée dans ma main...

— Prends garde, dit Sunniva, que ce fouet ne te cingle toi-même... »

Elle se souleva dans le lit et attendit. Mais Erlend ne fit pas mine de riposter ou de vouloir se réconcilier avec son amie. Il s'habilla et sortit sans un mot de plus.

Il n'était pas très content de lui-même ni de la manière dont il avait quitté Sunniva. Ce n'était pas précisément à son honneur. Mais n'importe... il était débarrassé d'elle.

4

Ce printemps et cet été-là on ne vit pas beaucoup le maître de la maison à Husaby. Lorsqu'il venait à la ferme, sa femme et lui avaient des rapports polis et aimables. Erlend n'essaya en aucune façon d'abattre le mur qu'elle élevait entre eux, bien qu'il la regardât souvent d'un œil interrogateur. Il paraissait d'ailleurs avoir beaucoup de soucis étrangers à son foyer. Il ne posa jamais une question relative à l'exploitation de la ferme.

C'est ce que lui fit observer sa femme, lorsque, juste après la fête de l'exaltation de la Croix (14 septembre) il lui demanda de l'accompagner dans le Raumsdal. Il avait affaire dans les Oplandene... ne voulait-elle pas emmener avec elle les enfants pour faire un séjour à Joerundgaard, visiter des parents et des amis dans la vallée ? Mais Christine ne le voulut à aucun prix.

Il alla à Nidaros pour la session de la cour de justice, et ensuite dans l'Orkedal, puis il revint à Husaby, mais il fut aussitôt fort occupé par les préparatifs d'un départ pour Bjoergvin. La *Sirène* était à l'ancre à Nidarholm, et Erlend attendait seulement Haftor Graut en compagnie de qui il devait faire voile.

Trois jours avant la Sainte-Marguerite (20 juillet) la fenaison commença à Husaby. Le temps était splendide, et lorsque les faneurs retournèrent dans les prairies après le petit déjeuner, Olav, le premier valet, voulut que les enfants eux aussi fussent de la partie.

Christine se trouvait dans la réserve d'habillement, située au second étage du grenier aux chevaliers. La maison était construite de telle façon qu'un escalier extérieur conduisait à cette pièce et qu'il y avait en dehors une galerie, mais le troisième étage faisait saillie, et il n'y avait pour y accéder de la réserve d'habillement qu'une échelle et une trappe.

Christine sortit la pelisse qu'Erlend voulait porter pendant son voyage en mer, et elle la battit sur la galerie. Son attention fut alors attirée par le bruit d'une forte troupe de cavaliers, et au même moment elle vit des gens qui débouchaient à cheval de la forêt, sur le chemin de Gauldal. L'instant d'après Erlend était près d'elle :

« Ne disais-tu pas, Christine, qu'on avait éteint le feu ce matin dans la maison de cuisine ?

— Oui. Gudrid a renversé la marmite. Il nous faut emprunter le feu chez Sira Eiliv... »

Erlend regarda du côté de la maison du prêtre.

« Non, il ne faut pas le mêler à cette affaire. Gaute ! » Il appela doucement l'enfant qui flânait au-dessous de la galerie, soupesait les râteaux l'un après l'autre et n'avait pas envie de s'en aller à la fenaison. « Viens ici dans l'escalier... Pas plus loin, sans quoi ils pourraient te voir. »

Christine regardait fixement son mari. Elle ne l'avait jamais vu ainsi : une tranquillité attentive et vigilante dans la voix et sur le visage tandis qu'il explorait le chemin vers le sud — ainsi que sur toute sa longue et souple silhouette quand il entra en courant dans le grenier et revint aussitôt après avec un paquet plat enfermé dans une toile cousue.

« Cache-le contre ta poitrine et fais bien attention à ce que je te dis. Il faut que tu sauves ces lettres... il s'agit de choses plus graves que tu ne peux comprendre, mon Gaute. Prends ton râteau sur l'épaule et descends tranquillement le champ jusqu'à ce que tu arrives à l'aulnaie. Tiens-toi au milieu des buissons jusqu'à la forêt — tu connais bien l'endroit — faufile-toi par les endroits les plus épais tout le long du chemin jusqu'à Skjoldvirkstad. Fais bien attention si tout est tranquille à la ferme. Si tu remarques une agitation quelconque ou si tu vois par là des personnes étrangères, cache-toi. Mais, si tu es certain qu'il n'y a rien à craindre, va remettre ceci à Ulf, s'il est chez lui. Si tu ne peux pas lui remettre les lettres en main propre, en étant sûr qu'il n'y a personne dans le voisinage, brûle-les le plus vite qu'il te sera possible. Mais prends bien garde qu'il ne reste absolument aucune trace ni de l'écriture ni du cachet et que ceci ne tombe à la merci d'aucun autre homme qu'Ulf. Dieu nous assiste, mon petit !... Ce sont là des choses importantes à confier à un garçon de dix ans, la vie et le bonheur de beaucoup de braves gens sont en jeu... Comprends-tu que c'est très grave, Gaute ?

— Oui, père, j'ai compris tout ce que vous m'avez dit. »

Gaute, au bas de l'escalier, levait son petit visage blond et sérieux.

« Dis à Isak, si Ulf n'est pas à la maison, qu'il doit partir à cheval tout droit jusqu'à Hevne en voyageant toute la nuit, pour aller dire à ceux qu'il sait qu'un vent contraire vient de se lever ici et que je crains que mon voyage ne soit compromis. Comprends-tu ?

— Oui, père. Je me rappellerai tout ce que vous avez dit.

— Alors va. Et Dieu te garde, mon petit ! »

Erlend remonta en courant au grenier des chevaliers et voulut faire retomber la trappe, mais Christine était déjà à demi engagée dans l'ouverture. Il attendit qu'elle fût passée, puis il ferma et courut à une caisse où il prit quelques documents. Il rompit les scellés et les piétina sur le plancher, déchira en menus morceaux les parchemins, en enveloppa les clefs et jeta le tout dehors par la lucarne dans les orties qui poussaient très hautes derrière le bâtiment. Les mains posées sur le châssis de la lucarne, il suivit des yeux le petit qui longeait le champ de blé en descendant vers la prairie où les faneurs avançaient en ligne avec leurs faux et leurs râteaux. Lorsque Gaute fut arrivé dans le petit bois entre le champ et la prairie, Erlend ferma la lucarne. Le bruit des sabots des chevaux résonnait fort, proche de la ferme.

Erlend se tourna vers sa femme :

« Si tu peux faire ramasser ce que je viens de jeter — charges-en Skule, il est malin — dis-lui d'aller le plonger dans la fosse derrière l'étable. Ils vont sans doute avoir l'œil sur toi, et peut-être aussi sur les enfants. Mais ils ne te fouilleront probablement pas. » Il fourra les débris des scellés dans le corsage de Christine. « Evidemment ils ne sont plus reconnaissables, mais...

— Es-tu en danger, Erlend ? » demanda Christine avec calme.

Après l'avoir regardée dans les yeux, il ouvrit les bras et l'en entoura. Un instant il la pressa contre sa poitrine.

« Je ne sais pas, Christine. Nous le verrons tout à l'heure. Tore Eindridessoen marche en tête des cavaliers, et Messire Baard est auprès de lui, si je ne me trompe. Je n'attends pas que Tore vienne ici avec de bonnes intentions... »

Les cavaliers étaient maintenant dans la cour. Erlend attendit un instant. Puis il embrassa vivement sa femme, ouvrit la trappe et descendit en courant. Lorsque Christine parut sur la galerie, Erlend, dans la cour, aidait le trésorier, âgé et pesant, à descendre de cheval. Il y avait là au moins une trentaine de cavaliers armés avec Messire Baard et le juge du canton de Gauldoela.

Tandis que Christine s'avançait dans la cour, elle entendit ce dernier dire :

« J'ai à te saluer de la part de tes beaux-frères, Erlend. Borgar et Guttorm, eux, sont les hôtes du roi à Veoey, et je pense que Haftor Toressoen visite en ce moment, à Sundbu, Ivar et son petit garçon. Grauten avait chez lui Messire Baard hier matin à Nidaros.

— Et maintenant tu viens m'inviter à la même assemblée des hommes du roi, si je ne me trompe, dit Erlend en souriant.

— C'est bien cela, Erlend.

— Et vous avez sans doute une perquisition à faire à ma ferme ? Oh ! J'ai tant de fois participé à de telles opérations que j'en connais assez la procédure...

— Tu n'as pas eu entre les mains des affaires aussi graves qu'un procès de haute trahison, dit Tore.

— Non, pas jusqu'à ce jour, dit Erlend. Et j'ai l'impression que je joue avec les pions noirs et que tu m'as fait mat, Tore... n'est-ce pas, cousin ?

— Il nous faut les lettres que tu as reçues de Dame Ingebjoerg Haakonsdatter, dit Tore Eindridessoen.

— Elles sont dans le coffre recouvert de cuir rouge, là-haut dans la chambre aux chevaliers — d'ailleurs il n'y a pas grand-chose : ce sont des salutations comme des parents qui s'aiment ont coutume d'en échanger, et toutes sont anciennes. Stein que voici peut vous accompagner là-haut... »

Les cavaliers étaient descendus de leurs montures et les gens de la ferme se pressaient maintenant dans la cour.

« Il y avait davantage dans ce que nous avons pris chez Borgar Trondssoen », dit Tore. Erlend se mit à siffloter.

« Nous pourrions entrer dans la grand-salle, dit-il. Il y a beaucoup de monde ici. »

Christine suivit les hommes dans le hall. Sur un signe de Tore, deux des cavaliers se joignirent au groupe.

« Veuille quitter ton épée, Erlend, dit Tore de Gimsar,

quand ils furent dans le hall, en signe que tu es notre prisonnier. »

Erlend se frappa les reins pour montrer qu'il ne portait pas d'autre arme que son poignard à la ceinture. Mais Tore répéta :

« Veuille nous remettre ton épée en signe...

— Ah, ah ! Si cela doit se passer si gentiment !... » dit Erlend avec un léger sourire. Il alla décrocher son épée à la patère, la prit par le fourreau et tendit la poignée à Tore Eindridessoen avec une petite révérence.

Le vieillard de Gimsar dégrafa la bretelle, tira l'épée hors du fourreau et passa un doigt sur la rainure.

« Est-ce avec cette épée, Erlend, que tu... ? »

Un éclair d'acier passa dans les yeux bleus d'Erlend et sa bouche se serra en une ligne mince :

« Oui. C'est avec cette épée que j'ai châtié ton petit-fils quand je l'ai trouvé auprès de ma fille. »

Tore restait là, l'épée dans la main ; il la regardait et il dit d'un ton menaçant :

« Toi qui devrais en personne faire respecter la loi, Erlend, tu aurais bien dû savoir que cette fois-là tu allais trop loin pour que la loi fût avec toi... »

Erlend rejeta la tête en arrière, avec un mouvement de violente passion :

« Il y a une loi, Tore, qui ne peut être abolie ni par les rois ni par aucune assemblée populaire : c'est qu'un homme défend par l'épée l'honneur de ses femmes...

— Il est heureux pour toi, Erlend Nikulaussoen, qu'aucun homme n'ait fait valoir cette loi contre toi, répondit haineusement Tore de Gimsar. Autrement il t'eût fallu avoir autant de vies que le chat... »

Erlend dit d'une voix ironique et lente :

« Cette affaire n'est-elle pas assez sérieuse pour qu'il vous paraisse intempestif d'y mêler les vieilles histoires de ma jeunesse ?

— Je ne sais si Baard de Lensviken estime que ce sont de vieilles histoires. »

Erlend se dressa et voulut répondre mais Tore lui cria : « Tu devrais d'abord t'assurer, Erlend, si tes maîtresses sont assez instruites pour pouvoir lire un écrit, avant de courir à un rendez-vous de nuit avec des lettres secrètes dans la ceinture de tes braies. Demande à Baard de qui nous tenons que tu as trahi ton roi à qui tu as juré fidélité et qui t'a commis une charge en fief... »

Involontairement Erlend porta la main à sa poitrine ; un instant il regarda sa femme et un flux de sang empourpra son visage. Alors Christine courut à lui et jeta ses bras autour de son cou. Erlend la regarda bien en face, et il ne vit sur son visage que de l'amour.

« Erlend... mon mari ! »

Le trésorier, qui jusque-là avait observé un silence presque absolu, se dirigea alors vers eux et dit doucement :

« Chère maîtresse de céans... peut-être vaudrait-il mieux que vous preniez avec vous les enfants et les servantes dans la maison des femmes et que vous y restiez tant que nous serons à la ferme. »

Erlend lâcha sa femme avec une dernière pression du bras sur ses épaules.

« Cela vaut mieux, en effet, ma chère Christine — fais comme le demande Messire Baard. »

Christine se dressa sur la pointe des pieds et lui offrit sa bouche. Puis elle sortit dans la cour. Et ayant tiré de la foule ses enfants et ses servantes, elle les prit avec elle dans la petite maison — il n'y avait pas d'autre maison des femmes à Husaby.

Pendant plusieurs heures ils restèrent là, et le calme de la maîtresse de maison, sa ferme contenance ramenèrent un peu de tranquillité dans le troupeau effrayé. Ensuite Erlend entra sans armes, et en tenue de voyage. Deux hommes se tenaient à la porte en bas.

Erlend prit la main de ses fils aînés et souleva les plus jeunes dans ses bras, tandis qu'il demandait où était Gaute : « ... Mais tu lui diras au revoir de ma part, Naakkve... Il court sans doute dans la forêt avec son arc, selon son habitude. Dis-lui que je lui permets de prendre mon arbalète anglaise que je lui ai refusée dimanche. »

Christine pressa son mari contre elle sans rien dire.

« Quand reviendras-tu, ami Erlend ? murmura-t-elle d'un ton suppliant.

— A la grâce de Dieu, ma femme. »

Elle demeura sur place, luttant pour ne pas s'effondrer. Erlend n'avait pas l'habitude de lui parler autrement qu'en l'appelant par son nom de baptême et ces derniers mots firent vibrer les fibres les plus intimes de son cœur. Elle avait l'impression de ne pleinement comprendre qu'à présent ce qui était arrivé.

Au coucher du soleil Christine était assise sur la hauteur au nord des bâtiments de la ferme.

Jamais auparavant elle n'avait vu le ciel aussi rouge et aussi doré. Au-dessus de la pente, juste en face d'elle, il y avait un grand nuage ; il avait la forme d'une aile d'oiseau, avec des incandescences de fer dans la forge, des clartés pareilles à l'ambre jaune. De petits flocons dorés qui ressemblaient à des plumes s'en détachaient et voguaient dans le ciel. Tout à fait en bas, sur le lac, au fond de la vallée, se reflétaient les images du ciel, du nuage et du versant de la montagne. On eût dit que des profondeurs montait la flamme de l'incendie qui embrasait tout ce que Christine apercevait.

L'herbe dans les prairies avait atteint toute sa croissance, et les tiges soyeuses brillaient d'un rouge sombre sous la lumière pourpre qui tombait du ciel. Les épis de seigle avaient poussé et retenaient l'éclat du jour sur leurs jeunes barbes satinées. Les toits des bâtiments de la ferme étaient couverts d'oseille et de renoncules jaunes qui émaillaient le gazon et le soleil épandait sur elles de larges rayons ; les bardeaux noirâtres du toit de l'église avaient un éclat sombre et les pierres claires de la construction une douce couleur dorée.

Le soleil perça le nuage, et apparut au bord de la montagne, illuminant les croupes boisées qui se succédaient à l'infini. Le soir était si clair ! La lumière permettait d'apercevoir des hameaux parmi les sapins des pentes. Elle distinguait au cœur des forêts des chalets et de petites fermes ; elle ne savait pas jusque-là qu'on pouvait les voir de Husaby. D'épaisses masses de montagnes d'un violet rouge escaladaient vers le sud les Dofrines, qui d'ordinaire étaient couvertes de brume et de nuages. La plus petite des cloches de l'église au-dessus d'elle se mit à tinter, et la cloche de l'église de Vinjar répondit. Christine courba la tête sur ses deux mains jointes jusqu'à ce que trois fois trois coups se fussent évanouis dans l'air.

Le soleil disparut derrière la croupe. L'éclat doré pâlit et le ton rouge du ciel devint plus rosé et plus doux. Quand le tintement de la cloche eut cessé, le murmure de la forêt grandit et se répandit à nouveau dans l'air ; le bruit du petit ruisseau qui traversait le bois d'arbres à feuilles caduques dans le bas de la vallée monta plus fort vers elle. Du pâturage voisin lui parvint le son familier des clarines des bêtes de Husaby. Une écore légère s'envola, fit en bourdonnant un demi-cercle autour d'elle et disparut...

Après ses prières elle poussa un soupir, implorant le pardon parce qu'elle s'était laissé distraire pendant qu'elle priait...

La belle et grande ferme était à ses pieds sur la pente, comme un joyau sur la large poitrine de la montagne. Elle voyait s'étaler au-delà toute la terre qu'elle avait possédée avec son mari. La pensée de cette propriété, les soins qu'elle exigeait, avaient empli son âme à pleins bords. Elle avait travaillé et lutté... jamais avant ce soir elle n'avait su elle-même combien elle avait lutté pour mettre cette propriété sur pied et la maintenir en état, combien de choses elle avait entreprises et combien elle en avait menées à bonne fin.

Elle avait accepté comme sa destinée — destinée qu'elle devait supporter patiemment et sans fléchir — que cela reposât sur elle. De même, elle s'était efforcée d'être patiente et d'accepter sans faiblir les conditions de sa vie chaque fois qu'elle avait senti qu'elle portait encore un nouvel enfant dans ses entrailles — toujours et toujours. A chaque fils qui augmentait la petite bande, elle avait senti qu'elle était de plus en plus responsable de l'aisance et de la sécurité de la famille. Elle se rendit compte ce soir que sa faculté de tout surveiller, sa vigilance avaient aussi augmenté à chaque nouvel enfant qu'elle avait à élever. Jamais elle n'avait vu aussi clairement que ce soir ce que le destin avait exigé d'elle et ce qu'il lui avait offert avec ses sept fils. Sans cesse la joie qu'ils lui donnaient avait revivifié les pulsations de son cœur, comme les angoisses à leur sujet l'avaient déchirée. Ils étaient ses enfants, ces grands garçons aux corps maigres et anguleux, comme ils l'avaient été lorsqu'ils étaient si petits et potelés qu'ils pouvaient difficilement se faire mal en culbutant dans leurs voyages entre le banc et ses genoux. Ils étaient à elle comme à l'époque où elle les prenait dans leur berceau pour leur donner le sein et où elle devait soutenir leur tête qui pendait à leur cou frêle comme une campanule bleue pend à sa tige. Que deviendraient-ils en ce monde, où s'en iraient-ils, oublieux de leur mère ? Il lui semblait que leur vie serait pour elle un mouvement de sa propre vie ; ils ne feraient qu'un avec elle-même comme cela avait été lorsque, seule sur terre, elle avait conscience de la vie nouvelle dissimulée en elle, qui buvait son sang et à qui elle devait la pâleur de ses joues. Toujours elle avait éprouvé l'angoisse qui consume et qui baigne de sueur, lorsqu'elle avait senti que de nouveau l'heure était proche où elle allait être engloutie par la lame de fond de l'enfantement... jusqu'au moment où elle remonterait à la surface avec un nouvel enfant dans les bras, combien plus riche, plus forte et plus courageuse à chaque enfant, cela, elle le comprenait ce soir pour la première fois.

Et pourtant elle se rendait compte ce soir qu'elle était la même Christine de Joerundgaard qui jamais n'avait appris à supporter un mot désobligeant, parce que tous les jours de sa vie elle avait été protégée par une tendresse si forte et si douce ! Entre les mains d'Erlend elle était encore la même...

Oui. Oui. Oui. C'est vrai que pendant des années elle avait reçu de lui des blessures qu'elle n'oubliait pas... mais elle avait toujours eu conscience qu'il ne l'avait pas blessée comme le fait un adulte qui veut du mal à une autre personne, mais comme un enfant qui, en jouant, donne un coup à son camarade. Elle avait traité chaque fois le souvenir de ses offenses comme on traite une blessure purulente. A chaque humiliation qu'il s'infligeait en s'abandonnant à tous ses caprices, elle avait senti sa chair déchirée comme par un coup de fouet et marquée d'une blessure suppurante. En réalité elle ne gardait pas de propos délibéré un ressentiment contre son mari ; elle savait que d'habitude elle n'était pas susceptible, mais elle le devenait dès qu'il s'agissait de lui. En ce cas, elle ne pouvait rien oublier, et la moindre blessure morale continuait à brûler, à saigner, à enfler, à la faire souffrir quand il la lui avait infligée.

Vis-à-vis de lui elle ne serait jamais plus sage, jamais plus forte. Elle avait beau lutter pour paraître crâne et fière et pieuse et forte dans la vie comme avec lui : il n'était pas vrai qu'elle le fût. Toujours, toujours s'élevait en elle la plainte d'un désir ardent : elle voulait être la Christine des bois de Gerdarud.

Alors elle avait préféré faire tout ce qu'elle savait être mauvais et coupable plutôt que d'accepter de le perdre. Pour s'attacher Erlend, elle lui avait donné tout ce qu'elle possédait :

son amour et son corps, son honneur et sa part du divin salut. Elle avait donné ce qu'elle pouvait trouver à donner qui n'était pas à elle : l'honneur de son père et sa foi en son enfant ; tout ce que des hommes d'âge et d'expérience avaient mis en œuvre pour protéger une petite fille mineure, elle l'avait renversé ; contre leurs plans pour le bonheur et la prospérité de la famille, contre leurs espoirs du fruit de leur travail après qu'ils seraient couchés sous la terre, elle avait dressé son amour. Elle avait engagé plus que sa propre vie dans le jeu où le gain unique était l'amour d'Erlend Nikulaussoen.

Elle avait gagné. Depuis la première fois qu'il l'avait embrassée dans le jardin de Hofvin jusqu'au moment où il l'avait embrassée aujourd'hui dans la petite maison avant qu'on l'emmenât prisonnier, elle avait su qu'Erlend mettait son amour pour elle à un prix aussi haut que sa propre vie. S'il l'avait mal dirigée, elle avait su, en tout cas, depuis le premier instant de leur rencontre, comment il se dirigeait lui-même. S'il n'avait pas toujours bien agi envers elle, il avait du moins mieux agi envers elle qu'envers lui-même.

Seigneur Dieu ! De quel prix elle l'avait payé ! Elle se l'avouait ce soir... Elle l'avait poussé à l'adultère par sa froideur et ses paroles venimeuses. Elle se l'avouait à présent... même pendant ces années où elle avait continuellement assisté à son inconvenant badinage avec cette femme, Sunniva, et où elle s'était indignée, elle avait éprouvé au milieu de sa colère une joie orgueilleuse et fière — personne n'apercevait une tache à la réputation de Sunniva Olavsdatter, mais Erlend parlait et plaisantait avec elle comme un valet avec une fille de taverne.

Tandis qu'il avait su qu'elle, Christine, était capable de mentir et de tromper ceux qui avaient le plus confiance en elle, qu'elle se laissait de bon gré attirer dans les pires lieux... et il ne l'en avait pas moins crue, pas moins respectée autant qu'il savait le faire. Si facilement qu'il eût oublié la crainte du péché, si facilement qu'il eût fini par violer la promesse faite à Dieu devant la porte de l'église, il avait regretté ses fautes envers elle, il avait lutté pendant des années pour tenir les promesses qu'il lui avait faites.

Elle-même l'avait choisi. Elle l'avait choisi dans une ivresse d'amour, et, son choix, elle l'avait fait de nouveau chaque jour pendant les dures années de Joerundgaard. Amour insensé pour

Erlend, plus fort que l'amour pour son père, qui ne pouvait supporter qu'aucun souffle un peu rude passât sur elle. Elle avait rejeté la destinée que son père était joyeux de lui préparer quand il voulait la mettre dans les bras d'un homme qui certainement l'aurait conduite par les chemins les plus sûrs et n'aurait demandé qu'à se baisser pour écarter la moindre pierre susceptible de heurter son pied. Elle avait choisi de suivre l'autre qui, elle le savait, était engagé dans de mauvaises voies. Moines et prêtres lui avaient montré le chemin du repentir, de la pénitence et de la paix ; mais elle avait préféré la vie troublée plutôt que de renoncer à son précieux péché.

Il n'y avait donc plus pour elle qu'une chose à faire : ne pas dire un mot ni se lamenter quoi qu'elle pût subir aux côtés de cet homme. Le moment où elle avait perdu son père lui apparaissait maintenant dans un lointain qui lui donnait le vertige. Mais elle revoyait son visage aimé, elle se rappelait ses paroles à la forge le jour où elle lui avait porté au cœur le dernier coup de couteau, elle se rappelait leur conversation là-haut dans la montagne au moment où elle avait compris que la porte de la mort était entrouverte derrière son père. C'est manquer de dignité que de se plaindre d'un sort qu'on a choisi soi-même. Saint Olav, aidez-moi, afin que je ne me montre pas tout à fait indigne de l'amour de mon père !...

Erlend, Erlend !... Après qu'elle l'eut rencontré dans sa jeunesse, la vie devint pour elle comme un fleuve rapide qui franchit souches et rochers. Pendant ces années de Husaby, la vie s'était élargie, ample et vaste comme un lac, reflétant tout ce qui l'entourait. Elle se souvenait du pays natal, quand le Laag débordait au printemps et s'étalait, gris et puissant, dans le fond de la vallée, portant mille débris flottants, et des masses touffues enracinées dans le sol que les eaux balançaient. Les petits remous sombres et menaçants apparaissaient là où le courant passait rapide, sauvage et dangereux sous la surface brillante. Elle savait maintenant que son amour pour Erlend avait coulé ainsi, pareil à un torrent impétueux, à travers sa vie, pendant toutes ces années. Maintenant la course se précipitait, l'entraînant elle ne savait où.

Erlend, ami bien-aimé !...

Une fois encore Christine récita un ave devant le soir empourpré. Bienheureuse Vierge Marie, pleine de grâce ! Je ne puis vous demander qu'une chose, je le vois bien : Sauvez Erlend, sauvez la vie de mon mari !...

Elle regarda Husaby au-dessous d'elle et pensa à ses fils. Dans la lueur crépusculaire, la ferme ressemblait à une image de rêve qui pouvait magiquement s'effacer, et son angoisse devant les destinées incertaines de ses enfants faisait tressaillir son cœur ; alors il lui vint à l'esprit que jamais elle n'avait pleinement remercié Dieu pour les riches fruits qu'elle avait récoltés de ses peines pendant ces années, jamais elle ne l'avait remercié de lui avoir sept fois donné un fils.

De la céleste voûte vespérale, des villages épars sous ses yeux, venaient à elle le chant de la messe qu'elle avait entendu des milliers de fois, la voix de son père qui lui en avait expliqué les paroles en la prenant sur ses genoux quand elle était enfant : voilà ce que chante Sira Erik dans la préface quand il se tourne vers l'autel, et ce qu'il dit en latin signifie : « Il est vraiment juste et raisonnable, il est équitable et salutaire que toujours et en tous lieux nous te rendions grâces, Saint Maître, Père Tout-Puissant, Dieu Eternel... »

Quand elle releva son visage d'entre ses mains, elle aperçut Gaute qui montait la pente. Christine attendit sans bouger que l'enfant fût devant elle ; alors elle lui tendit sa main et prit la sienne. La prairie s'étendait assez loin autour de la pierre sur laquelle elle était assise ; aucun endroit où se cacher.

« Comment t'es-tu acquitté de la commission de ton père, mon fils ?

— Comme il m'en avait prié, mère. Je suis arrivé à la ferme sans que personne s'en soit aperçu. Ulf n'était pas chez lui ; alors, comme père me l'avait ordonné, j'ai brûlé les lettres dans le foyer de la grand-salle. Je les ai retirées de leur toile... » Il hésitait un peu. « Mère... il y avait neuf cachets dessus.

— Mon Gaute ! » La mère fit remonter ses mains jusqu'aux épaules de l'enfant et le regarda bien en face. « Ton père a dû remettre entre tes mains des choses importantes. Si tu ne vois pas d'autre moyen d'être rassuré que de parler de cette affaire à quelqu'un, dis à ta mère le secret que tu gardes en toi. Mais j'aimerais mieux que tu te taises complètement, mon fils. »

Ce blond visage sous une chevelure lisse, blonde comme le lin, ces grands yeux, cette bouche rouge, pleine et ferme... comme il ressemblait à son père à elle, maintenant ! Gaute fit un petit salut de la tête. Puis il passa un bras autour des épaules de sa mère. Avec une douceur douloureuse Christine sentit qu'elle pouvait appuyer sa tête contre la frêle poitrine de son fils ; il avait tellement grandi que lorsqu'il était debout et elle assise, la tête de Christine arrivait juste au-dessus du cœur de Gaute. Pour la première fois ce fut elle qui s'appuya contre l'enfant.

Gaute dit :

« Isak était seul à la maison. Je ne lui ai pas fait voir ce que je portais. Je lui ai dit seulement que j'avais quelque chose que je devais brûler. Alors il a fait grand feu sur le foyer avant d'aller seller le cheval. »

La mère fit un signe d'approbation. Alors il la lâcha, se tourna vers elle et demanda avec une frayeur enfantine et d'une voix pleine d'étonnement :

« Mère, savez-vous ce qu'ils disent ?... Ils disent que père... voudrait devenir roi...

— C'est un bruit un peu ridicule, mon mignon... répondit Christine en souriant.

— Mais il est d'une famille qui lui permet d'y prétendre, ma mère, dit l'enfant avec sérieux et fierté. Et il me semble que père conviendrait mieux que la plupart des hommes...

— Chut ! » Elle lui prit de nouveau la main. « Mon Gaute, tu dois comprendre, puisque père t'a montré une telle confiance, que toi et que nous tous ne devons rien dire, mais bien tenir notre langue jusqu'à ce que nous sachions quelque chose qui nous permette de juger si nous devons parler, et comment. Je partirai à cheval demain pour Nidaros et, si je peux parler quelques instants en tête à tête avec ton père, je lui dirai que tu as bien rempli ta mission...

— Emmenez-moi, mère ! supplia l'enfant.

— Il ne faut pas que personne puisse avoir l'idée, Gaute, que tu es autre chose qu'un enfant sans réflexion. Essaie de jouer et d'être gai le plus possible à la maison, mon petit Gaute, c'est le meilleur service que tu puisses rendre à ton père. »

Naakkve et Bjoergulf remontaient lentement la colline. Ils allèrent rejoindre leur mère, jeunes, pensifs, troublés. Christine se disait qu'ils étaient encore tout à fait des enfants, puisque dans leur angoisse ils se réfugiaient auprès de leur mère, et d'autre part assez proches de l'âge d'homme pour vouloir la consoler ou la protéger s'ils en trouvaient le moyen. Elle tendit une main à chacun des deux garçons. Mais ils ne parlèrent pas beaucoup ensemble.

Peu après ils descendirent la colline, Christine ayant une main posée sur l'épaule de chacun de ses fils aînés.

« Qu'as-tu à me regarder ainsi, Naakkve ? » Mais l'enfant rougit, tourna la tête et ne répondit pas.

Jamais jusque-là il n'avait pensé au physique de sa mère. Il y avait des jours et des années qu'il avait commencé à comparer son père aux autres hommes — son père était le plus beau, celui qui avait le plus l'allure d'un chef. Sa mère était la mère qui mettait au monde de nouveaux enfants ; ceux-ci grandissaient en passant des mains des femmes à la vie, à la société, aux luttes, à l'amitié du groupe fraternel ; sa mère avait les mains ouvertes et toujours prêtes à donner ; sa mère savait porter remède à presque toutes les choses mauvaises ; sa mère était à la ferme comme le feu sur le foyer, elle portait la vie du foyer comme les terres de Husaby portaient les récoltes annuelles ; la vie et la chaleur avaient son odeur comme celle du bétail dans l'étable des bêtes à cornes et des chevaux à l'écurie. L'enfant n'avait jamais songé à la comparer à d'autres femmes...

Brusquement, ce soir, cela lui sautait aux yeux : sa mère était une fière et belle femme. Une femme au large front blanc sous l'étoffe de lin, aux yeux gris d'acier et au regard droit sous les arcs paisibles de ses sourcils, à la forte poitrine et aux membres longs et bien faits. Elle tenait le haut de son corps droit comme la lame d'une épée. Mais de tout cela il ne pouvait parler, et il marchait rougissant et silencieux, une main de Christine posée sur sa nuque.

Gaute marchait derrière Bjoergulf et tenait la ceinture de sa mère. Le frère aîné commença à grommeler parce que le plus petit lui marchait sur les talons, et de là vinrent coups de bec et coups de coude. La mère les fit taire et apaisa leur dispute, tandis qu'un sourire passait sur son visage sérieux. Tout compte fait, ses fils n'étaient que des enfants...

Christine resta éveillée dans la nuit, avec Munan endormi sur sa poitrine et Laurent entre elle et le mur.

Elle essayait de se faire une opinion sur le cas de son mari.

Elle ne pouvait croire que ce fût très dangereux ; Erling

Vidkunssoen et les neveux du roi qui habitaient Sudrheim avaient été poursuivis pour haute trahison et félonie envers le roi — ils n'en étaient pas moins riches et en sûreté dans le pays, tout en n'ayant plus au même degré la faveur du roi.

Erlend avait probablement commis quelques illégalités pour servir Dame Ingebjoerg. Pendant toutes ces années il avait évidemment conservé des relations amicales avec sa haute parente. Christine savait qu'une fois ou deux il lui avait illégalement prêté une assistance qu'il fallait tenir secrète, il y avait de cela cinq hivers, quand il était son hôte en Danemark. Maintenant qu'Erling Vidkunssoen avait pris en main la cause de Dame Ingebjoerg et voulait mettre à sa disposition les biens qu'il possédait en Norvège, il lui avait vraisemblablement indiqué Erlend ou bien elle s'était elle-même tournée vers les cousins de son père, après que les rapports entre Erling et le roi se furent refroidis. Et Erlend avait peut-être commis des imprudences en cette affaire...

Mais elle s'expliquait mal comment ses parents de Sundbu pouvaient y être mêlés.

En tout cas il était impossible que cela finît autrement que par un parfait accord d'Erlend avec le roi, s'il n'avait rien fait d'autre que de montrer trop de zèle à servir la mère de ce dernier.

Haute trahison. Elle avait entendu parler de la chute d'Audun Hugleikssoen... cela s'était passé au temps de la jeunesse de son père. Mais on avait accusé Audun de crimes affreux. Son père disait que c'était mensonge : Demoiselle Margret Eriksdatter était morte entre les bras de l'évêque Bjoergvin, et comme Audun n'avait pas fait partie du voyage, il n'avait pu la vendre aux païens. Demoiselle Isabelle avait treize ans, mais Audun en avait plus de cinquante quand il alla la chercher pour être l'épouse du roi Erik — c'était péché pour un chrétien que de seulement prêter l'oreille à des bruits tels que ceux qui couraient sur ce mariage. Le père de Christine interdisait qu'on chantât à sa ferme les chansons sur Audun. On racontait encore d'autres choses inouïes sur Audun Hestakorn — il aurait vendu toutes les forces militaires du roi Haakon au roi de France et promis de faire voile à son secours avec douze cents bateaux de guerre, pour prix de quoi il se serait fait payer sept tonnes d'or. Mais on n'avait jamais parfaitement expliqué aux gens de Norvège pourquoi Audun Hugleikssoen avait été pendu au gibet de Nordnes.

Son fils avait quitté le pays... on disait qu'il avait pris du service dans l'armée du roi de France. Les petites-filles du chevalier d'Aalhus, Gyrid et Signe, avaient été emmenées loin du lieu de supplice de leur grand-père par son écuyer. Elles vivaient comme de pauvres femmes de paysans quelque part dans un pays montagnard du Haddingjadal.

C'était en tout cas une bonne chose qu'Erlend et elle n'eussent pas eu de fille. Mais elle ne voulait pas avoir de pareils pensers. Il était si peu vraisemblable que l'affaire d'Erlend eût une solution pire que... que celle d'Erling Vidkunssoen et des fils de Haftor, par exemple !...

Nikulaus Erlendssoen de Husaby !... Maintenant elle trouvait elle aussi... que Husaby était la plus belle ferme de Norvège...

Elle irait trouver Messire Baard pour être bien renseignée. Le trésorier avait toujours été ami de Christine. Olav le Juge aussi — autrefois. Mais Erlend avait eu une telle conduite lorsque la sentence du juge lui avait été contraire dans l'affaire de la maison de Nidaros ! Et Olav prenait tellement à cœur le malheur du mari de sa filleule !

Ni Erlend ni elle n'avaient de proches parents, si grande que fût leur famille. Munar Baardsoen ne comptait plus beaucoup maintenant. Il avait agi illégalement dans ses fonctions de Ringerike, et il cherchait avec trop d'ardeur à pousser ses nombreux enfants (il en avait quatre de sa femme et cinq nés hors du mariage). Et il avait été très sérieusement touché par la mort de Dame Catherine. Inge de la province de Ry, Julietta et son mari, Ragnrid mariée en Suède, connaissaient peu Erlend — c'étaient les enfants qu'avaient laissé Messire Baard et Dame Aashild. Entre les gens de Hestnes et Erlend il y avait eu peu d'amitié depuis la mort de Messire Baard Petersoen. Tormod de Raasvold tombait en enfance, les enfants qu'il avait eus avec Dame Gunna étaient morts et leurs petits-enfants étaient mineurs.

Elle-même n'avait dans le pays d'autres parents du côté de son père que Ketil Aasmundssoen de Skog, et Sigurd Kyrning marié avec la fille aînée de son oncle. La seconde était veuve et la troisième nonne. Les hommes de Sundbu paraissaient tous les quatre impliqués dans l'affaire. Quant à Erlend Eldjarn, Laurent et lui s'étaient si bien brouillés lors du partage de la succession d'Ivar Gjesling qu'ils n'avaient jamais voulu se revoir par la suite — et c'est ainsi qu'elle ne connaissait pas le mari de sa tante et leur fils.

Le moine malade de l'ordre des dominicains était l'unique proche parent d'Erlend. Et celui qu'elle avait, elle, de plus proche au monde, était Simon Darre, depuis qu'il avait épousé sa sœur unique.

Munan s'éveilla et se mit à geindre. Christine se retourna dans son lit et mit l'enfant de l'autre côté. Elle ne pouvait l'emmener à Nidaros, quand tout était si incertain. Peut-être était-ce la dernière fois que ce petit tétait le sein de sa mère ! Peut-être était-ce la dernière fois qu'elle tenait ainsi dans son lit un petit enfant contre son sein, ce qui était si bon, si bon !... Si la vie d'Erlend était en jeu !... Bienheureuse Vierge Marie, mère de Dieu, avait-elle un seul jour, une seule heure, manqué de patience envers les enfants qu'elle avait eus par la grâce de Dieu ?... Etait-ce le dernier baiser qu'elle dût recevoir d'une petite bouche comme celle-ci, qui avait la douceur du lait ?...

5

Christine se rendit à la maison royale le soir suivant, dès son arrivée à la ville. Qu'avait-on fait d'Erlend dans cette demeure, pensait-elle en regardant tout autour d'elle les nombreux bâtiments de pierre ? Elle semblait plus préoccupée de l'état dans lequel se trouvait Erlend que de ce qu'elle voulait apprendre. Mais on lui dit que le trésorier était absent de la ville.

Les yeux lui brûlaient après la longue traversée en bateau sous un soleil éclatant, et le lait lui donnait des élancements dans sa poitrine gonflée. Comme les serviteurs qui étaient dans sa maison dormaient, elle resta debout et fit les cent pas toute la nuit.

Le lendemain, elle envoya Haldor, son propre valet, à la maison royale. Il revint accablé et malheureux... Ulf Haldorssoen, son oncle, avait été arrêté dans le fjord, comme il cherchait à traverser pour se rendre au couvent de Holm. Le trésorier n'était pas encore de retour.

Cette nouvelle effraya aussi terriblement Christine. Ulf n'avait pas demeuré à Husaby l'année précédente, mais avait siégé comme assesseur du juge cantonal, le plus souvent à Skjoldvirkstad dont il possédait maintenant la majeure partie. Que pouvait bien être cette affaire dans laquelle tant d'hommes paraissaient impliqués ? Elle ne pouvait se défendre de la pire angoisse, tant elle était malade et fatiguée de sa nuit de veille.

Le matin du troisième jour, Messire Baard n'était pas encore de retour. Et un message que Christine avait essayé d'envoyer à son mari n'était pas parvenu. Elle pensa à aller trouver Gunnulf au couvent, mais elle n'osa pas. Elle marchait, marchait sans cesse, de long en large, dans la grande pièce de leur maison, les yeux cuisants et à demi fermés. De temps à autre elle semblait prise d'un demi-sommeil, mais dès qu'elle s'étendait, elle était en proie à une crainte et à des douleurs telles qu'elle devait se lever de nouveau, tout éveillée, et marcher pour pouvoir résister.

Juste après trois heures de l'après-midi, Gunnulf Nikulaussoen vint la voir. Christine se précipita vers le moine :

« As-tu vu Erlend, Gunnulf ? De quoi l'accuse-t-on ?

— Les nouvelles sont mauvaises, Christine. Non, ils ne veulent pas que personne approche Erlend — surtout nous les moines. Ils croient que l'abbé Olav a été au courant de ses projets. Il a emprunté de l'argent au couvent, mais les frères jurent tous qu'ils ne savaient rien de ce qu'il voulait en faire quand ils apposaient le cachet du couvent. Et maître Olav refuse de donner aucune explication...

— Bon. Mais qu'y a-t-il ?... Est-ce la duchesse qui a entraîné Erlend dans cette affaire ? »

Gunnulf répondit :

« Il semblerait plutôt qu'ils aient dû faire sérieusement pression sur elle pour avoir son concours. La lettre, dont quelqu'un a vu le bouillon, qu'Erlend et ses amis ont envoyée à la duchesse au printemps, n'est sans doute pas entre leurs mains, mais ils peuvent par la menace décider la dame à la livrer. Pourtant ils n'ont trouvé aucun brouillon. Mais par la réponse et par la lettre d'Aage Laurisen qu'ils ont prise à Borgar

Trondssoen de Veoey, il paraît bien certain qu'elle a reçu un tel écrit d'Erlend et des hommes qui se sont engagés à le suivre en cette affaire. Il apparaît nettement qu'elle a craint longtemps d'envoyer le jeune gentilhomme Haakon en Norvège, mais on lui a fait valoir que, quelle que fût l'issue de l'affaire, le roi Magnus ne pourrait faire aucun mal à l'enfant : c'était son frère. Si Haakon Knutssoen ne gagnait pas le trône de Norvège, sa situation ne serait guère différente de ce qu'elle était auparavant, mais ces hommes étaient disposés à sacrifier leurs vies et leurs biens pour l'élever au trône. »

Christine demeura longtemps silencieuse.

« Je comprends. Ce sont des choses plus importantes que ce qu'il y avait entre Messire Erling ou les fils de Haftor et le roi.

— Oui, dit Gunnulf d'une voix sourde. Il devait être question pour Erlend et Haftor Olavssoen de faire voile vers Bjoergvin. Mais c'est d'un départ pour Kalundborg qu'il s'agissait, et ils devaient amener le jeune Haakon avec eux en Norvège, tandis que le roi Magnus est à l'étranger en prétendant... »

Peu après le moine dit :

« Il y a... cent ans bientôt, depuis qu'un grand de Norvège a fait une pareille tentative, et essayé de mettre sur le trône un ennemi du roi... »

Christine ouvrait de grands yeux. Gunnulf ne pouvait voir son visage.

« Oui. Les derniers qui ont risqué ce jeu étaient les aïeux d'Erlend et les tiens... Cette fois-là, ces miens parents de la famille Gjesling étaient du côté du roi Skule », dit-elle peu après d'un air pensif.

Elle rencontra le regard inquisiteur de Gunnulf et elle continua avec feu et passion :

« Je ne suis qu'une simple femme, Gunnulf — je n'ai prêté que peu d'attention à ce qu'on disait quand mon mari parlait de pareilles choses avec d'autres hommes ; je me refusais à écouter lorsqu'il voulait m'en entretenir. Dieu m'assiste ! Je n'étais pas capable de comprendre des sujets si importants. Mais si inintelligente que je sois, sans aptitude pour autre chose que conduire la maison et élever mes enfants, je sais tout de même que la justice avait trop de chemin à parcourir pour qu'une affaire parvînt jusqu'au roi et fît retour dans nos pays ; j'ai compris aussi que le menu peuple de ce pays a moins d'aise et des conditions de vie plus difficiles à présent que lorsque j'étais enfant et que le défunt roi Haakon était notre souverain. Mon mari — elle respira plusieurs fois d'un souffle rapide et frémissant —, mon mari avait entrepris une chose si grande qu'aucun des autres chefs de ce pays n'eût osé l'entreprendre, je le vois maintenant...

— C'est vrai. » Le moine joignit les mains, et sa voix devint un simple murmure.

« Une chose si grande ! Beaucoup lui reprochent sévèrement d'en avoir provoqué l'échec... »

Christine poussa un cri et se dressa. Dans ce mouvement de passion, la douleur qu'elle ressentit au seins et aux bras fit perler la sueur sur tout son corps. Farouche et fébrile, elle se tourna vers le moine et lui cria d'une voix forte :

« Ce n'est pas Erlend qui est responsable — c'est cette bande... c'est cela qui a été son malheur !... »

Elle se jeta à genoux la tête en avant, les mains sur le banc, et elle leva vers le moine son visage enflammé et désespéré :

« Toi et moi, Gunnulf, toi son frère et moi sa femme depuis treize ans, nous ne devons pas accabler Erlend aujourd'hui qu'il est un pauvre prisonnier, en danger peut-être de perdre la vie... »

Des frémissements passaient sur le visage de Gunnulf. Il regarda la femme agenouillée :

« Dieu te le rende, Christine, de pouvoir prendre cela ainsi ! » De nouveau il tordit ses mains décharnées. « Dieu... Dieu donne à Erlend et la vie et des conditions de vie telles qu'il puisse te récompenser de ta fidélité. Dieu détourne ce malheur de toi et de tes enfants, Christine !...

— Ne parle pas ainsi ! » Elle se redressa, mais en demeurant à genoux, et elle regarda le moine dans les yeux. « Cela n'a pas été un bien, Gunnulf, que tu te sois occupé de mes affaires et de celles d'Erlend. Personne ne l'a jugé aussi durement que toi — toi son frère, et serviteur de Dieu !

— Jamais je n'ai jugé Erlend plus durement que je ne devais. » Le pâle visage avait pâli davantage : « Je n'ai jamais eu sur cette terre personne de plus cher que mon frère. C'est pour cela sans doute que lorsque Erlend agissait mal à ton égard, je souffrais comme si ses péchés eussent été les miens et que je dusse les expier moi-même. Et puis il y a Husaby. Erlend seul devait continuer la famille qui est aussi la mienne. Je remis entre ses mains la majeure partie de mon héritage paternel. Tes fils sont les hommes qui par le sang me sont le plus proches...

— Erlend n'a pas mal agi à mon égard ! Je n'étais pas meilleure que lui ! Pourquoi me parles-tu ainsi, Gunnulf ? Jamais tu n'as été mon confesseur. Sira Eiliv ne blâmait pas mon mari devant moi ; c'est moi qu'il punissait pour mes péchés quand je me plaignais à lui des difficultés que j'éprouvais. Il était meilleur prêtre que toi ; c'est lui que Dieu m'a donné comme directeur, avec ordre de l'écouter, et jamais il n'a dit que j'aie subi une injustice. Je veux m'en remettre à lui ! »

Gunnulf s'était levé en même temps qu'elle. Pâle et frémissant, il murmura :

« Tu as raison. C'est Sira Eiliv qu'il te faut écouter... » Il se retournait pour partir quand elle lui prit vivement la main :

« Non ! Ne me quitte pas ainsi ! Je me souviens, Gunnulf... Je me souviens que j'ai été ton hôte dans cette ferme quand elle était à toi, tu as été bon pour moi. Je me rappelle la première fois que je t'ai rencontré... j'étais dans la peine et l'angoisse ; je me rappelle que tu m'as parlé pour excuser Erlend ; tu ne pouvais pas savoir. Tu me suppliais au nom de ma vie, au nom de la vie de mon enfant. Je sais que tu voulais notre bonheur, que tu aimais Erlend.

« Ne parle pas durement d'Erlend, Gunnulf... Qui de nous est pur devant Dieu ? Mon père avait de l'affection pour lui ; nos enfants aiment leur père. Souviens-toi : il m'a trouvée faible et facile à séduire, et il m'a installée dans une vie d'aise et d'honneur. Oh ! oui, c'est beau, Husaby ! Le dernier soir avant mon départ de là-bas, c'était si beau ! Le coucher du soleil était splendide, ce soir-là ! Nous avons vécu là beaucoup de jours heureux, Erlend et moi. Quoi qu'il arrive, quoi qu'il arrive, c'est mon mari... mon mari que j'aime... »

Gunnulf s'appuya de ses deux mains sur le bâton dont il se servait toujours à présent quand il sortait de son cloître.

« Christine... Ne bâtis rien sur la rougeur du soleil couchant et sur... l'amour... dont tu gardes le souvenir, maintenant que tu as peur pour sa vie.

« ... Je me rappelle le temps où j'étais jeune — un simple sous-diacre. Gudbjoerg, qu'Alf de Uvaasen épousa, était en service à Siheim ; elle fut accusée d'avoir volé une bague en or. Il fut prouvé qu'elle était innocente, mais la honte et l'effroi avaient tellement troublé son esprit que le diable la tint en son pouvoir ; elle descendit au lac et voulut s'y coucher. Plus tard elle nous a assuré qu'à ce moment le monde lui apparut splendide avec ses couleurs rouges et dorées ; l'eau étincelait et lui semblait douce et vivifiante, mais quand elle y fut entrée jusqu'à mi-corps, elle se mit à invoquer le nom de Jésus et à faire le signe de la croix... alors l'univers devint gris, l'eau froide et elle vit où son dessein allait l'entraîner...

— Je me tairai donc là-dessus. » Christine dit cela d'une voix sourde ; elle demeurait droite et le buste raide. « Si je croyais pouvoir être tentée de trahir mon maître quand il est dans le malheur ! Ce ne serait pas au nom du Christ mais plutôt au nom de Satan...

— Je n'avais point cette idée ; je pensais... Dieu soit ton soutien, Christine ; que tu aies la force de supporter avec une âme aimante la faute de ton mari...

— C'est ce que je fais, tu le vois », dit Christine.

Gunnulf, pâle et tremblant, se détourna d'elle. Il se prit la tête dans les mains.

« Je veux m'en aller chez moi. Je pourrai plus facilement... chez moi je pourrai plus facilement rassembler mes idées... faire ce qui est en mon pouvoir pour Erlend et pour toi. Dieu... Dieu et tous les saints veuillent assurer la vie et le salut de mon frère ! Ah ! Christine, ne crois pas que je n'aime pas Erlend !... »

Mais quand il fut parti, Christine eut l'impression que tout était devenu pire. Elle ne voulut aucun de ses domestiques dans la pièce où elle faisait les cent pas en se tordant les mains et en poussant de faibles gémissements. Il était déjà tard dans la soirée quand des gens entrèrent à cheval dans la cour. La porte de la maison s'ouvrit ; un grand et gros homme en manteau de voyage apparut dans le jour tombant et s'empressa vers elle en faisant résonner les éperons et traîner son épée. En reconnaissant Simon Andressoen, elle éclata en sanglots et courut à lui les bras ouverts, mais elle poussa un cri de douleur quand il la pressa contre lui.

Simon la lâcha. Elle demeura les mains posées sur ses épaules et le front appuyé contre sa poitrine, sanglotant sans arrêt. Il la prit doucement par la taille :

« Au nom de Dieu, Christine ! » Il y avait déjà une espèce de salut dans sa voix sèche et chaude, dans la vivante odeur masculine qui émanait de lui, sueur, poussière des grands chemins, cheval, manteau de cuir. « Au nom de Dieu, Christine, il est trop tôt pour perdre courage et espoir... On trouvera un moyen, tu penses bien !... »

Rapidement elle se ressaisit assez pour le prier de l'excuser. Elle était dans cet état pitoyable parce qu'elle avait cessé si brusquement de donner le sein au plus jeune de ses enfants...

Simon apprit ce qui lui était arrivé pendant ces trois jours. Il appela la servante de Christine et lui demanda avec vivacité s'il n'y avait point dans cette maison de femmes capables de comprendre ce qui manquait à leur maîtresse. Mais la servante était une jeune fille sans expérience et le gardien de la maison de ville d'Erlend était veuf avec deux filles non mariées. Simon envoya alors un homme en ville chercher une femme médecin, mais il pria Christine de se mettre au lit. Quand elle serait un peu soulagée, il entrerait pour causer avec elle.

Tandis qu'ils attendaient la praticienne, Simon et son valet prirent un repas dans la pièce. Cependant Simon parlait avec Christine qui se déshabillait dans la chambre. Voilà : il était parti à cheval vers le nord dès qu'il avait été informé de ce qui s'était passé à Sundbu — lui d'un côté, Ramborg de l'autre, pour être auprès des femmes d'Ivar et de Borgar. Ils avaient conduit Ivar au fort de Mjoes, mais laissaient Haavard en liberté, après lui avoir fait promettre, toutefois, de ne pas quitter le pays. On disait que Borgar et Guttorm avaient eu la chance de s'enfuir — Jon de Laugarbru était parti à cheval pour le Raumsdal afin d'obtenir des nouvelles et il devait envoyer ici un message. Simon avait été à Husaby à midi, mais il n'y était pas resté longtemps. Les enfants allaient bien, mais Naakkve et Bjoergulf l'avaient supplié de les emmener.

Christine avait retrouvé le calme et le repos quand Simon s'assit auprès d'elle sur le bord du lit, tard dans la soirée. Elle était plongée dans la bonne lassitude qui succède aux grandes souffrances, et elle regardait le lourd visage hâlé de son beau-frère et ses petits yeux perçants. C'était un grand soutien qui lui arrivait. Simon devint grave quand il apprit les détails de l'affaire, mais il n'en prononça pas moins des paroles réconfortantes.

Christine remarqua la ceinture en peau d'élan qu'il portait sur sa taille épaisse. La grande boucle de cuir plate au placage épais d'argent, sans autre ornement qu'un A et un M ajourés qui signifiaient Ave Maria, le long poignard aux incrustations d'argent doré et aux grands cristaux de roche sur la poignée, le pauvre petit couteau de table au manche de corne fendillé, raccommodé avec un fil de cuivre, tout cela avait fait partie de l'équipement de tous les jours de son père, depuis qu'elle était enfant. Elle se rappelait dans quelles circonstances Simon avait reçu tout cela. Juste avant de mourir, son père avait voulu donner à Simon sa ceinture dorée de cérémonie et de l'argent pour que son gendre fît faire autant de plaques qu'il lui semblerait bon. Mais Simon avait demandé à recevoir ce cadeau, et, comme Laurent disait qu'il se frustrait lui-même, Simon avait estimé que le poignard, en tout cas, était une pièce de prix. « Oui, et le couteau aussi », avait dit Ragnfrid en souriant, et les hommes avaient ri en disant : Oui, oui, le couteau. A propos de ce couteau le père et la mère avaient eu des querelles interminables : Ragnfrid s'indignait chaque jour de voir ce pauvre et mauvais couteau à la ceinture de son mari. Mais Laurent jurait qu'elle ne réussirait jamais à les séparer, le couteau et lui.

« Jamais je ne l'ai tiré contre toi, Ragnfrid, et on ne peut trouver au pays de Norvège de couteau plus parfait pour couper le beurre... quand il est tiède. »

Christine demanda à le voir et le tint un instant dans ses mains.

« Ce couteau, j'aurais désiré qu'il fût à moi, dit-elle d'une voix basse et prenante.

— Je le crois sans peine... Je suis heureux de le posséder ; je ne le vendrais pas pour vingt marcs. » Il lui saisit le poignet en riant et reprit le couteau. Simon avait de petites mains potelées, agréables au toucher, assez chaudes et sèches.

Peu après il souhaita bonne nuit, prit la lumière et entra dans la grand-salle. Christine l'entendit s'agenouiller devant la croix, se relever, laisser tomber ses bottes sur le plancher. Quelques instants plus tard il montait lourdement dans le lit placé contre le mur du nord. Puis Christine sombra dans un sommeil infiniment profond et doux.

Elle ne s'éveilla le lendemain que fort avant dans la journée. Simon Andressoen était sorti depuis bien des heures déjà et les domestiques la prièrent de sa part de se tenir tranquille à la maison.

Il ne rentra qu'après trois heures de l'après-midi et il dit aussitôt :

« J'ai à te saluer de la part d'Erlend, Christine. J'ai pu parler avec lui. »

Il remarqua combien le visage de Christine devenait jeune, doux, animé d'une tendresse inquiète. Alors il lui prit la main pendant qu'il faisait son récit. Erlend et lui n'avaient pu se dire grand-chose, parce que l'homme qui avait conduit Simon auprès du prisonnier était resté là tout le temps. C'était Olav le Juge qui avait ménagé à Simon cet entretien, parce qu'ils avaient été beaux-frères pendant la vie de Halfrid. Erlend envoyait à Christine et aux enfants d'affectueuses salutations ; il avait posé beaucoup de questions au sujet d'eux tous, mais surtout au sujet de Gaute. Simon pensait que dans quelques jours Christine serait sans doute autorisée à voir son mari. Erlend paraissait tranquille et plein de courage.

« Si j'étais sortie avec toi aujourd'hui, je l'aurais vu sans doute moi aussi », dit Christine doucement.

Simon ne le pensait pas. Il l'avait vu parce qu'il était venu seul. « Sans doute sera-t-il plus facile pour toi, d'arriver à le voir, Christine, maintenant qu'un homme l'a fait avant toi. »

Erlend était dans une chambre de la tour du levant, donnant sur la rivière — c'était une des chambres des seigneurs, bien qu'elle fût petite. Ulf Haldorssoen devait être dans le cachot, Haftor dans une autre chambre.

Avec prudence et circonspection, en épiant ce que Christine avait la force de supporter, Simon raconta ce qu'il avait pu apprendre en ville. Quand il vit qu'elle-même s'en rendait parfaitement compte, il ne dissimula point qu'il considérait lui aussi que l'affaire était grave. Mais tous ceux avec qui il s'était entretenu disaient qu'il leur paraissait impossible qu'Erlend eût eu l'audace de préméditer une pareille entreprise et de la mener aussi loin qu'il l'avait fait sans être assuré d'avoir derrière lui une grande partie des chevaliers et de leurs hommes. Et comme les seigneurs mécontents formaient un gros bataillon, il n'était guère vraisemblable que le roi se risquât à prendre des mesures rigoureuses contre leur chef ; il chercherait plutôt un moyen de faire la paix avec Erlend.

Christine demanda à voix basse :

« Et Erling Vidkunssoen, quel est son rôle en cette affaire ?

— J'ai compris que bien des gens donneraient quelque chose pour le savoir. »

Il y avait une chose qu'il ne dit pas à Christine pas plus qu'il ne l'avait dite aux hommes avec lesquels il s'était entretenu : selon lui, il était peu vraisemblable qu'il y eût derrière Erlend une bande d'hommes qui eussent pris l'engagement de risquer leurs vies et leurs biens pour le soutenir dans une affaire si dangereuse ; ils l'auraient difficilement choisi pour chef... tous ses pairs sachant bien qu'on ne pouvait se reposer sur lui. Il était, il est vrai, parent de Dame Ingebjoerg et du prétendant au trône ; pendant les dernières années il avait joui d'une certaine autorité et d'une bonne réputation ; il ne manquait pas complètement de l'expérience des choses de la guerre ainsi que la plupart des hommes de son âge, et il passait pour savoir gagner à sa cause les soldats et les commander ; et, bien qu'il se fût tant de fois conduit de façon absurde, il était tout de même capable de modérer ses paroles de façon convenable et raisonnable, si bien qu'on était tenté de croire que les dommages subis avaient fini par le rendre prudent sur le tard. Simon pensait que vraisemblablement les autres, ayant appris le projet d'Erlend, l'avaient poussé en avant, mais il eût été étonné qu'ils eussent pris des engagements si fermes qu'ils ne pussent quitter la partie en en laissant tout le poids sur les épaules d'Erlend.

Simon avait l'impression qu'Erlend lui-même ne s'attendait pas à autre chose et qu'il paraissait avoir compris qu'il aurait à payer cher sa témérité. « Quand les vaches sont tombées dans le marais, leur propriétaire doit les saisir par la queue », disait-il en souriant. Par ailleurs il n'avait pu dire grand-chose en présence d'un tiers.

Simon était le premier étonné que son entrevue avec son beau-frère l'eût ému pareillement. Mais l'étroite petite chambre de la tour où Erlend l'avait invité à s'asseoir sur son lit (ce lit allait d'un mur à l'autre et remplissait la moitié de la pièce), la figure droite et svelte d'Erlend se détachant sur la petite ouverture pratiquée dans le mur... Erlend absolument tranquille, les yeux clairs, inaccessible à la crainte comme à l'espoir... c'était un garçon vigoureux, calme, viril, depuis que toutes ces toiles d'araignée étouffantes des penchants amoureux et des ensorcellements féminins avaient été balayées. Pourtant c'étaient les femmes et l'amour qui l'avaient conduit là avec tous ses plans audacieux, détruits avant d'avoir été mis à exécution. Mais Erlend semblait ne pas penser à cela. Il était comme un homme qui, ayant risqué le jeu le plus hardi, a perdu et sait supporter la défaite d'un cœur viril et ferme.

Sa reconnaissance étonnée et joyeuse en voyant son beau-frère lui allait aussi très bien. Simon lui avait dit :

« Ne te rappelles-tu pas, Erlend, la nuit où nous avons veillé ensemble notre beau-père ? Nous nous sommes donné la main, et Laurent a posé la sienne par-dessus. Nous nous sommes promis et lui avons promis que nous serions toujours tous deux comme des frères.

— Oui. » Et un sourire avait éclairé le visage d'Erlend. « Oui, Laurent ne pensait certainement pas que toi tu aurais jamais besoin de mon aide.

— Le plus vraisemblable, avait dit Simon sans se troubler, c'est que, dans son esprit, toi, dans ta situation, tu pourrais devenir un soutien pour moi, et non pas avoir besoin de recevoir une aide de moi. »

Erlend avait répondu : « Laurent était un sage, Simon. Et, si étonnant que cela paraisse, je sais qu'il tenait à moi ! »

Simon avait pensé : C'est vrai, Dieu sait si cela est étrange ! Mais lui-même — en dépit de tout ce qu'il savait sur Erlend et de tout ce qu'Erlend lui avait fait — ne pouvait se défendre de ressentir une sorte d'affection fraternelle pour le mari de Christine. Alors Erlend lui avait demandé des nouvelles de sa femme.

Simon avait raconté comment il l'avait trouvée, malade et pleine d'anxiété au sujet de son mari. Olav Hermanssoen avait promis d'intervenir pour qu'elle pût venir le voir dès que Messire Baard serait rentré.

« Pas avant qu'elle soit bien portante ! » avait demandé Erlend, vivement, et d'un ton effrayé. Une étrange rougeur de jeune fille avait passé sur son visage brun non rasé. « C'est l'unique chose que je craigne, Simon. Je ne pourrais le supporter, quand je la rencontrerai. »

Mais peu après il avait dit, aussi calme qu'auparavant :

« Je sais que tu resteras fidèlement auprès d'elle si elle est veuve cette année. Elle et les enfants ne seront point pauvres avec l'héritage qui lui est venu de Laurent. Et elle t'aura près d'elle quand elle demeurera à Joerundgard. »

Le lendemain de la Nativité de la Vierge (8 septembre), le grand sénéchal, Messire Ivar Ogmundssoen, arriva à Nidaros. On nomma un jury de douze fidèles sujets du roi, du Nordenfjeld, qui devaient juger dans le procès d'Erlend Nikulaussoen. Messire Finn Ogmundssoen, frère du sénéchal, avait été choisi pour prononcer le réquisitoire.

Cependant, dans le courant de l'été, il advint que Haftor Olavssoen de Godoey se tua avec le petit poignard que chaque prisonnier avait eu le droit de conserver pour couper ses aliments. L'emprisonnement avait eu un tel effet sur Haftor qu'il n'avait pas gardé toute sa raison. En apprenant la nouvelle, Erlend dit à Simon qu'il n'y avait donc pas lieu de s'inquiéter que Haftor bavardât ou non. Mais il n'en était pas moins fort ému.

Peu à peu il arriva que le gardien s'absentait de temps à autre pour une commission, tandis que Simon ou Christine se trouvaient auprès d'Erlend. Tous deux comprenaient et se disaient entre eux que la première et dernière pensée d'Erlend était de sortir de ce procès sans que ses complices fussent découverts. Il dit cela un jour nettement à Simon. Il avait promis à ceux qui avaient conspiré avec lui qu'il tiendrait la corde de telle façon que ce serait lui qui recevrait le coup sur les doigts si les choses en venaient là, « et jamais jusqu'ici je n'ai trahi quelqu'un qui ait mis sa confiance en moi ! ». Simon le regarda ; les yeux d'Erlend étaient bleus et clairs ; il était évident qu'il disait cela de lui-même avec une parfaite bonne foi.

Les délégués du roi n'avaient pas non plus réussi à dépister des complices d'Erlend sauf les frères Greip et Torvard Toressoen de Moere ; ceux-ci prétendirent ignorer qu'Erlend eût un autre plan que d'engager la duchesse à faire élever en Norvège le jeune gentilhomme Haakon Knutssoen. Ensuite les chefs représenteraient au roi Magnus que ce serait un avantage pour ses deux royaumes s'il donnait à son demi-frère le titre de roi de Norvège.

Borgar et Guttorm Trondssoenner avaient eu la chance de

s'échapper de la maison royale de Veoey — personne ne savait comment, mais les gens devinaient que Borgar avait été aidé par une femme ; il était très beau et assez frivole. Ivar de Sundbu était toujours au fort de Mjoe. Quant au jeune Haavard il semblait que les frères l'eussent tenu en dehors de leurs délibérations.

En même temps que la cour de justice se tenait à la maison royale, l'archevêque avait un concilium dans son château. Simon avait beaucoup d'amis et de relations ; il pouvait apporter des nouvelles à Christine. Tout le monde pensait qu'Erlend serait sans doute condamné au bannissement et à la confiscation de ses biens par le roi. Erlend disait lui aussi que probablement il en serait ainsi ; il avait bon courage ; il avait l'intention de se réfugier au Danemark. Etant donné l'état de choses en Norvège, la voie serait toujours libre pour un homme résolu et habitué aux armes, et Dame Ingebjoerg recevrait certainement sa femme comme une parente et la garderait auprès d'elle avec honneur. Simon se chargerait des enfants, mais Erlend préférait cependant emmener les deux aînés…

Christine n'avait pas quitté la ville un seul jour pendant toute cette période et elle n'avait pas vu ses enfants, sauf Naakkve et Bjoergulf qui étaient arrivés à cheval tout seuls, un soir, à la maison. La mère les garda quelques jours auprès d'elle, mais ensuite elle les envoya à Raasvold où Dame Gunna avait pris chez elle les petits.

Erlend désirait qu'il en fût ainsi. Et elle avait peur des pensées qui pourraient surgir en elle si elle devait voir ses fils autour d'elle, entendre leurs questions et essayer de leur expliquer ce qui se passait. Elle luttait pour chasser tous les pensers et souvenirs des années de mariage qu'elle avait passées à Husaby. Elles avaient été si riches qu'elles lui paraissaient maintenant comme un grand repos — de même qu'une sorte de calme semble se dégager des vagues de la mer quand on les contemple d'un haut promontoire. Les vagues qui se chassent l'une l'autre sont un symbole d'unité et d'éternité ; ainsi la vie avait poussé sa houle dans le champ de son âme au cours de ces longues années.

Elle se trouvait de nouveau dans une situation pareille à celle de ses jeunes années lorsqu'elle s'était dressée contre tout et contre tous dans sa volonté d'être à Erlend. De nouveau sa vie était faite uniquement de l'attente des moments où elle pouvait voir son mari, assise à son côté sur le bois du lit dans la chambre de la tour de la maison royale, parlant avec lui d'une voix égale et tranquille — il arrivait qu'ils fussent seuls une courte minute ; ils se jetaient dans les bras l'un de l'autre, en un ardent et interminable baiser et de farouches embrassements.

Elle passait à l'église du Christ des heures entières. Elle restait à genoux, les yeux fixés sur la châsse dorée de saint Olav derrière les portes de la grille du chœur. Seigneur, je suis sa femme. Seigneur, je lui suis restée fidèle quand j'étais sienne dans le mal et le péché. Par la miséricorde de Dieu, les deux êtres indignes que nous étions ont été saintement unis par le sacrement du mariage. Marqués au fer rouge du péché, écrasés sous le faix du péché, nous nous sommes présentés ensemble sur le seuil de la maison de Dieu, nous avons reçu ensemble, de la main du prêtre, le corps du Sauveur. Puis-je me plaindre à présent si Dieu met ma foi à l'épreuve, puis-je avoir d'autre pensée que de me dire que je suis sa femme et qu'il est mon époux, aussi longtemps que nous vivrons tous deux ?...

Le jeudi d'avant la Saint-Michel, la cour de justice se réunit et le jugement fut prononcé sur Erlend Nikulaussoen de Husaby. Il fut reconnu coupable d'avoir trahi le roi Magnus, le pays et les sujets du roi, d'avoir voulu provoquer dans le pays un soulèvement contre le roi et introduire en Norvège une force armée de mercenaires. Se référant aux précédents en pareilles affaires, les juges déclarèrent qu'Erlend Nikulaussoen avait trahi le roi Magnus.

Arne Gjavvaldssoen vint trouver Simon Darre et Christine Lavransdatter à la maison Nikulaus. Il avait assisté à la séance.

Erlend n'avait pas essayé de réfuter l'accusation. Avec clarté et fermeté il avait avoué son dessein ; il avait voulu contraindre le roi Magnus Erikssoen à donner à son jeune demi-frère, le gentilhomme Haakon Knutssoen Porse, la souveraineté en Norvège. Arne trouvait qu'Erlend avait parlé excellemment. Il avait fait valoir les grandes difficultés que les paysans avaient à supporter du fait que, ces dernières années, le roi avait à peine séjourné en Norvège et avait toujours montré de la répugnance à nommer des régents capables de rendre la justice et d'exercer l'autorité royale. Etant donné l'entreprise du roi en Scanie, et la prodigalité et l'incompétence en matière financière dont avaient fait preuve les hommes qu'il écoutait le plus, le peuple était exposé aux exactions et à la misère, et ne se sentait jamais garanti contre de nouvelles demandes d'aide et de contributions extraordinaires. Comme les chevaliers et hommes d'armes norvégiens avaient beaucoup moins de droits et de libertés que leurs pairs suédois, les premiers rivalisaient difficilement avec les seconds, et il était naturel que le jeune et imprudent seigneur Magnus Erikssoen écoutât plutôt et préférât ses seigneurs suédois, ceux-ci ayant beaucoup plus de richesses et partant plus de moyens de le soutenir avec des hommes armés et rompus au métier de la guerre.

Lui et ses amis conjurés avaient le sentiment de connaître assez bien l'état d'esprit de la majeure partie de la population, des valets des seigneurs, des paysans et des citadins au nord et à l'ouest de la Norvège, pour être sûrs qu'ils seraient suivis lorsqu'ils mettraient en avant un prétendant aussi proche parent de notre cher Seigneur, feu le roi Haakon, que celui que nous avons à présent. Il avait donc présumé que la population se rassemblerait pour obliger le roi Magnus à laisser son frère accéder au trône. Le jeune Haakon jurerait de maintenir paix et rapports fraternels avec Messire Magnus, d'assurer à la Norvège ses vieilles frontières nationales, de défendre les droits de l'Eglise de Dieu, les lois et coutumes du pays selon les antiques traditions, les privilèges et libertés des paysans et des citadins, mais aussi d'empêcher l'intrusion des étrangers dans le royaume. Ce dessein, il avait été dans leur intention de le soumettre au roi Magnus par des voies pacifiques. D'ailleurs, cela avait toujours été jusque-là un droit des paysans et des chefs norvégiens d'écarter un roi qui tentait de régner en violant les lois.

Au sujet du voyage d'Ulf Saksessoen en Angleterre et en Ecosse, Erlend avait dit que leur but avait été uniquement de gagner les bonnes grâces de ces pays en faveur du seigneur Haakon pour le cas où Dieu nous accorderait de l'avoir comme roi. Il n'y avait eu avec lui dans cette entreprise aucun autre Norvégien que Haftor Olavssoen de Godoey, dont Dieu ait l'âme, ses beaux-frères les trois fils de Trond Gjesling de Sundbu, et Greip et Torvald Toressoen de la famille de Hatteberg.

Arne Gjavvaldssoen disait que les paroles d'Erlend avaient produit une grande impression. Mais ensuite, pour finir, il avait ajouté qu'ils avaient pensé être soutenus par des hommes d'Eglise et il avait rappelé les anciennes rumeurs des années d'adolescence du roi Magnus, et, de l'avis d'Arne, cela n'avait pas été adroit. L'official de l'archevêque avait vivement protesté ; l'archevêque Paul Baardsoen, tant à l'époque où il était chancelier qu'à l'heure présente, avait porté une grande affection au roi Magnus pour ses sentiments de piété ; et les gens aimaient mieux oublier les bruits qui avaient couru sur leur roi ; il devait d'ailleurs se marier maintenant avec la fille du comte de Namur ; s'il y avait jamais eu rien de vrai dans ces médisances, Magnus Erikssoen se serait sans doute complètement détourné d'un tel projet.

Arne Gjavvaldssoen avait témoigné la plus grande amitié à Simon Andressoen pendant que celui-ci était à Nidaros. Ce fut aussi Arne qui indiqua à Simon qu'Erlend pouvait faire appel de ce jugement pour vice de forme. D'après le texte de la loi, l'action contre Erlend aurait dû être intentée par un de ses pairs ; or, le seigneur Finn de Hestboe était chevalier, et Erlend écuyer. Il était donc vraisemblable qu'un nouveau jugement pourrait avoir lieu ; Erlend ne pouvait être condamné à une peine plus sévère que le bannissement.

Quant à la déclaration d'Erlend sur le gouvernement qui, à son avis, serait utile au pays, on l'avait écoutée d'une oreille bienveillante. Et tous savaient où il fallait chercher l'homme qui sans doute prendrait volontiers le gouvernail pour diriger la barque tant que le roi serait mineur. Arne plongeait ses doigts dans sa barbe grise, et du coin de l'œil il observait Simon.

« On n'a pas entendu parler de lui, on ne s'est pas adressé à lui l'été dernier ? dit Simon toujours à voix basse.

— Non. Il dit qu'il est en disgrâce auprès du roi et en dehors de toutes ces affaires. Il y a des années qu'il s'obstine à rester chez lui tout le temps, à écouter les bavardages de Dame Eline. On dit que ses filles sont aussi jolies et aussi sottes que leur mère. »

Erlend avait entendu sa condamnation d'un air calme et imperturbable, et il avait salué les seigneurs de la cour de justice avec la même politesse, la même aisance et la même élégance quand on l'avait emmené que lorsqu'il était entré. Il était tranquille et enjoué lorsque Christine et Simon purent causer avec lui le lendemain. Arne Gjavvaldssoen les accompagnait et Erlend dit qu'il voulait suivre le conseil d'Arne :

« Jamais jusqu'à présent je n'ai pu emmener Christine avec moi au Danemark, dit-il en passant un bras autour de la taille de sa femme. Et j'ai toujours eu une telle envie de courir le monde avec elle ! » Une sorte de frémissement passa sur les traits de son visage, et soudain il embrassa passionnément la joue pâle de Christine, sans se soucier des deux hommes qui regardaient.

Simon Andressoen partit pour Husaby, afin de préparer le déménagement des meubles de Christine pour Joerundgaard. Il lui conseilla aussi d'envoyer les enfants dans le Gudbrandsdal par la même occasion. Christine dit :

« Mes fils ne quitteront pas la ferme de leur père qu'ils n'en soient chassés.

— Je n'attendrais pas jusque-là si j'étais toi, dit Simon. Ils sont si jeunes qu'ils ne peuvent pas se rendre compte exactement de cette affaire. Il vaudrait mieux que tu leur fasses quitter Husaby persuadés qu'ils vont seulement faire un séjour chez leur tante pour reconnaître l'héritage de leur mère dans la vallée. »

Erlend donna raison à Simon. Il fut convenu cependant que seuls Ivar et Skule partiraient avec leur oncle pour le sud. Christine n'osait pas envoyer les deux petits si loin d'elle. Lorsqu'on lui avait amené Laurent et Munan à leur maison de Nidaros et qu'elle avait vu que le plus jeune ne la reconnaissait pas, elle avait eu le cœur brisé. Simon ne l'avait pas vu verser une larme depuis le soir de son arrivée à Nidaros. Maintenant elle pleurait sans arrêt à propos de Munan qui, pendant que sa mère l'étreignait contre sa poitrine, se débattait et gigotait en réclamant sa nourrice, ainsi que sur le petit Laurent qui avait grimpé sur les genoux de sa mère et la prenait par le cou en pleurant de la voir pleurer. Elle garda les deux petits auprès d'elle ; quant à Gaute, qui ne voulait pas partir avec Simon, elle trouva peu raisonnable d'envoyer au loin cet enfant qui portait un fardeau beaucoup trop lourd pour son âge.

Sira Eiliv avait amené les enfants à la ville. Il avait demandé à l'archevêque un congé de son église et l'autorisation d'aller voir son frère à Tautra ; congé que le prêtre d'Erlend Nikulaussoen avait facilement obtenu. Il fut d'avis que Christine ne pouvait rester à la ville avec tant d'enfants dont elle aurait à prendre soin, et il offrit d'emmener avec lui au couvent Naakkve et Bjoergulf.

Le dernier soir avant le départ du prêtre et des enfants — Simon était déjà parti avec les jumeaux — Christine se confessa à l'homme pieux au cœur pur qui durant toutes ces années avait été son père spirituel. Ils restèrent ensemble plusieurs heures, et Sira Eiliv lui recommanda d'être humble et soumise à Dieu, patiente, fidèle et aimante envers son époux. Elle était agenouillée près du banc où il était assis ; alors Sira Eiliv se leva, s'agenouilla à côté d'elle sans enlever son étole rouge, symbole du joug de l'amour du Christ, et pria longuement, ardemment, sans dire un mot. Mais Christine savait qu'il priait pour le père, la mère et les enfants, pour toute cette maisonnée dont, pendant toutes ces années, il s'était efforcé de sauvegarder la santé morale.

Le lendemain Christine se trouvait à l'embouchure de Bratoeren et regardait les frères convers de Tautra hisser la voile du bateau qui emmenait le prêtre et ses deux fils aînés. Sur le chemin du retour elle entra à l'église des cordeliers et elle y demeura jusqu'à ce qu'elle se crût assez forte pour oser revenir chez elle. Et le soir, quand les deux petits furent endormis, elle s'assit à filer en causant avec Gaute jusqu'à ce qu'arrivât pour lui aussi l'heure d'aller au lit.

6

Erlend resta à la maison royale jusqu'aux environs de la Saint-Clément (23 novembre). Alors arrivèrent un messager et des lettres prescrivant de l'amener, avec un sauf-conduit en bonne règle, à une entrevue avec le roi Magnus. Cette année le roi avait l'intention de passer les fêtes de Noël à Baagahus.

Christine fut prise d'une frayeur terrible. Avec une peine indicible elle s'était efforcée de paraître calme tandis qu'Erlend était en prison, sous le coup d'une accusation capitale. On allait maintenant l'emmener bien loin vers une destinée inconnue... Sur le roi on racontait des choses très différentes, et, parmi son entourage, le mari de Christine n'avait pas d'amis. Ivar Ogmundssoen, qui était maintenant capitaine du château de Baagahus, avait usé des termes les plus durs pour qualifier la félonie d'Erlend. Et il aurait été plus tard irrité d'apprendre certaines impertinences qu'Erlend s'était permis de dire à son sujet.

Mais Erlend continuait à être joyeux. Christine voyait bien qu'il ne prenait pas d'un cœur léger leur séparation imminente. Mais ce long emprisonnement commençait à le fatiguer tellement qu'il s'accrochait avidement à la perspective d'une longue traversée et semblait indifférent à toute autre chose.

Dans l'espace de trois jours tout fut prêt et Erlend partit sur le bateau de Messire Finn. Simon avait promis de revenir à Nidaros avant l'Avent, quand il se serait un peu occupé chez lui de ses propres affaires. Il avait prié Christine de lui envoyer un message s'il survenait d'ici là des nouvelles imprévues ; il reviendrait aussitôt. Elle se résolut à partir pour le sud afin de le voir. De là elle voulait aller trouver le roi, se jeter à ses genoux et demander grâce pour son mari — elle offrirait volontiers tout ce qu'elle possédait pour sauver sa vie.

Erlend avait vendu et engagé sa ferme de Nidaros à différentes personnes ; le couvent de Nidarholm était maintenant propriétaire de la maison principale, mais l'abbé Olav avait écrit à Christine une lettre affectueuse, la priant d'en garder la jouissance tant qu'elle en aurait besoin. Elle était là, seule à présent avec une servante, Ulf Haldorssoen qu'on avait remis en liberté sans avoir pu le convaincre de complicité, et son neveu Haldor, propre écuyer de Christine.

Elle consulta Ulf qui se montra d'abord un peu hésitant... il trouvait que ce serait un rude voyage pour elle de franchir les Dofrines ; il était déjà tombé beaucoup de neige dans la montagne. Mais quand il vit l'anxiété de Christine, il approuva son projet. Dame Gunna prit les deux petits à Raasvold, mais Gaute ne voulut pas se séparer de sa mère et elle ne jugea pas bon d'abandonner l'enfant dans le Nordenfjeld, loin de sa surveillance.

Ils trouvèrent un si mauvais temps en arrivant au sud, dans les Dofrines, que, sur le conseil d'Ulf, ils laissèrent leurs chevaux à la cabane de Drivstuen, dans la montagne, et empruntèrent là des skis — pour le cas où ils seraient obligés de passer dehors la nuit suivante. Comme Christine n'avait pas eu de skis aux pieds depuis qu'elle était petite fille, il lui fut très pénible d'avancer, bien que les hommes lui vinssent en aide de toutes leurs forces. Ce jour-là, ils n'allèrent pas plus loin qu'à mi-chemin entre Drivstuen et Hjerdkinn, en pleine montagne, et, lorsque la nuit commença à tomber ils durent chercher un refuge à l'abri d'une pente couverte de bouleaux et se faire un lit dans la neige. A Toftar ils purent louer des chevaux ; là ils rencontrèrent du brouillard, et, lorsqu'ils arrivèrent un peu plus bas dans la vallée, le temps était à la pluie. Plusieurs heures après que la nuit fut tombée, lorsqu'ils entrèrent à cheval dans la cour de la ferme de Formo, le vent hurlait aux angles de la maison, le fleuve mugissait, des grondements et des sifflements venaient de la montagne. La cour ressemblait à un marais spongieux qui étouffait le bruit des sabots des chevaux... En ce samedi soir, veille de fête, aucun signe de vie ne se manifestait dans la grande ferme ; ni gens ni chiens ne paraissaient s'apercevoir de leur arrivée.

Ulf heurta rudement avec sa lance à la porte de la maison. Un valet vint ouvrir. Juste derrière lui, dans le vestibule, se tenait Simon qui se détachait, large et sombre, devant la lueur d'une chandelle. Il tenait un enfant sur le bras et il tirait en arrière les chiens qui aboyaient. Il poussa un cri en apercevant sa belle-sœur, posa l'enfant à terre et fit entrer Christine et Gaute tandis qu'il leur enlevait leurs manteaux trempés de pluie.

Il faisait bon et chaud dans la salle, mais l'air y était étouffant parce que c'était une pièce à poêle avec un plafond plat, située au-dessous du grenier à foin. Il y avait une foule de gens — et des enfants et des chiens qui sortaient de tous les coins. Christine aperçut alors les visages de ses deux jeunes fils rouges, ardents et joyeux, cachés derrière la table sur laquelle brûlait une chandelle. Ils s'avancèrent et saluèrent d'un air un peu bizarre leur mère et leur frère. Christine se rendit compte qu'elle était tombée au milieu de gens en pleine liesse. D'ailleurs un grand désordre régnait dans la pièce, et, à chaque pas qu'elle faisait, Christine mettait le pied sur des coquilles de noix qui craquaient — tout le sol en était couvert.

Simon expédia valets et servantes, et la pièce se vida de gens et d'une bonne partie des enfants et des chiens — les hôtes étaient des voisins avec leur suite. Tout en questionnant et écoutant Christine, il agrafa sa chemise et son vêtement restés grands ouverts sur sa poitrine nue et velue. Les enfants l'avaient ainsi accommodé, dit-il pour s'excuser. Il était affreux à voir, avec sa ceinture de travers, ses vêtements et ses mains sales, son visage couvert de suie et ses cheveux remplis de détritus et de poussière.

Un instant après, deux servantes arrivèrent qui conduisirent Christine et Gaute à la maison de Ramborg. Il y avait là du feu dans le poêle ; des servantes empressées allumèrent une chandelle, préparèrent le lit et aidèrent Christine et le petit à mettre des vêtements secs, tandis que d'autres apportaient sur la table de quoi boire et manger. Une fillette aux tresses soyeuses apporta à Christine un bol de bière qui avait un col de mousse. C'était la fille aînée de Simon Arngjerd.

Alors Simon entra. Il avait fait sa toilette et ressemblait davantage à celui que Christine était habituée à voir, élégant et bien habillé. Il tenait sa petite fille par la main et Ivar et Skule l'accompagnaient.

Christine demanda des nouvelles de sa sœur ; Simon répondit que Ramborg était partie pour Ringheim avec les femmes de Sundbu ; Josteim, venu chercher sa fille Helga, avait voulu par la même occasion emmener Dagny et Ramborg ; c'était un vieillard enjoué et aimable, qui avait promis de prendre bien soin des trois jeunes femmes. Ainsi Ramborg passerait peut-être l'hiver là-bas. Elle attendait un enfant pour la Saint-Mathias (24 février)... Simon avait pensé qu'il pourrait s'absenter pendant l'hiver. Ramborg serait mieux chez ses jeunes parentes. Et le train de maison à Formo ? Il n'y avait aucune différence, que Ramborg fût là ou non, dit Simon en souriant, car il n'avait jamais exigé de l'enfant qu'était Ramborg qu'elle se fatiguât à tout diriger.

Apprenant le dessein de Christine, Simon dit qu'il l'accompagnerait au sud. Il avait là-bas beaucoup de parents et des amis de longue date, tant de son père que de lui-même, de sorte qu'il espérait pouvoir mieux lui rendre service là-bas que dans le Trondhjémois. Il se rendrait compte plus facilement sur place s'il était plus adroit qu'elle allât elle-même trouver le roi. Il serait prêt à partir dans trois ou quatre jours.

Ils allèrent ensemble à la messe le lendemain matin, qui était un dimanche, et ensuite ils furent les hôtes de Sira Erik à Romundgaard. Le prêtre était vieux maintenant ; il reçut Christine affectueusement et parut très affecté de son sort. Ensuite ils se rendirent à Joerundgaard.

Les maisons n'avaient pas changé, et, dans les pièces, il y avait les mêmes lits, les mêmes bancs, les mêmes tables. C'était maintenant sa ferme à elle ; il paraissait tout à fait probable qu'ici ses fils grandiraient et qu'elle-même se coucherait et fermerait les yeux. Mais elle n'avait jamais senti aussi clairement qu'en cet instant combien son père et sa mère avaient été les animateurs de cette maison. Quelques luttes secrètes qu'ils eussent eu à soutenir, ils avaient dispensé aide et chaleur, paix et sécurité à tous ceux qui vivaient autour d'eux.

Troublée et triste elle se fatigua un peu d'entendre le bavardage de Simon à propos de ses propres affaires, de sa ferme, de ses enfants. Elle se disait bien que ce n'était pas raisonnable ; il était disposé à lui venir en aide de toutes ses forces ; elle reconnaissait que c'était bien de sa part d'accepter de quitter sa maison pendant les fêtes de Noël et sa femme quand les circonstances le demandaient — il se préoccupait certainement de savoir s'il aurait un fils ; il n'avait eu jusqu'à présent avec Ramborg qu'un seul enfant, bien qu'ils fussent mariés depuis bientôt six ans. Elle ne pouvait attendre de lui qu'il prît leur malheur, à Erlend et à elle, tellement à cœur qu'il dût en oublier le bonheur de sa vie personnelle... mais cela lui faisait une impression étrange de marcher ici en sa compagnie ; il montrait ici, chez lui, tant de gaieté, de chaleur, d'assurance !...

Involontairement Christine avait imaginé qu'Ulvhild Simonsdatter ressemblerait à sa propre petite sœur dont elle avait reçu le nom — qu'elle serait blonde, délicate, éclatante de blancheur. Au lieu de cela, la petite fille de Simon était raide et potelée, avec des joues comme des pommes et une bouche comme une baie rouge, des yeux gris et mobiles pareils à ceux de son père dans sa jeunesse, et de jolis cheveux bruns et bouclés. Simon adorait cette vive et charmante enfant, et il était fier de son amusant bavardage.

« Comme cette gamine est laide, ennuyeuse et mauvaise ! » disait-il et il lui entourait la poitrine de ses bras pour la faire tourner en la soulevant en l'air. « C'est, je pense, un enfant-garou que les trolls du sommet de la montagne ont mis dans le berceau pour sa mère et pour moi, tant elle est vilaine et affreuse, cette petite ! » Puis il la posait brusquement à terre et faisait bien vite par trois fois le signe de la croix au-dessus de l'enfant, comme effrayé de ses paroles imprudentes.

Sa fille illégitime, Arngjerd, n'était pas jolie, mais elle paraissait gentille et intelligente, et le père l'emmenait avec lui toutes les fois qu'une occasion se présentait. Du matin au soir il vantait son habileté — Christine dut admirer dans le coffre d'Arngjerd tout ce qu'elle avait déjà filé, tissé et cousu pour sa dot.

« Le moment où je mettrai la main de ma fille dans celle d'un bon et brave fiancé, disait Simon en jetant un long regard sur l'enfant, sera l'un des plus heureux et plus beaux jours de ma vie. »

Par économie et pour que le voyage fût rapide, Christine ne voulut emmener aucune servante et aucun autre homme que Ulf Haldorssoen. Quinze jours avant Noël, lui et elle partirent donc à cheval de Formo avec Simon Andressoen et ses deux jeunes et diligents compagnons.

Quand ils arrivèrent à Oslo, Simon apprit tout de suite que le roi ne viendrait pas en Norvège — il passerait sans doute les fêtes de Noël à Stockholm. Erlend se trouvait au fort d'Akersnes ; le commandant en était absent, si bien que jusqu'à nouvel ordre il n'y avait nul moyen, pour personne, de voir le prisonnier. Mais le sous-sénéchal, Olav Kyrning, avait promis de faire savoir à Erlend qu'ils étaient en ville. Olav fut très aimable avec Simon et Christine parce que son frère était marié avec Ramborg Aasmundsdatter de Skog, et qu'il se considérait ainsi comme allié aux filles de Laurent.

Ketil de Skog vint à la ville les inviter à passer la Noël à sa ferme, mais Christine ne voulut faire aucune excursion pendant les fêtes alors qu'Erlend était dans cette situation. Simon ne voulut point partir lui non plus, bien qu'elle insistât beaucoup. Simon et Ketil se connaissaient un peu, mais Christine avait vu son cousin germain une seule fois depuis qu'il était adulte.

Christine et Simon étaient descendus à la ferme où elle avait été autrefois invitée par les parents de Simon, au temps où tous deux étaient fiancés, mais ils demeuraient dans un autre bâtiment. Il y avait deux lits dans la salle ; elle dormait dans l'un, Simon et Ulf dans l'autre. Les valets couchaient à l'écurie.

La nuit de Noël, Christine voulut aller à la messe de minuit à l'église de Nonneseter, parce que, dit-elle, les chants des nonnes étaient très beaux. Ils y allèrent donc ensemble tous les cinq. La nuit était étoilée, douce et belle, et il avait aussi un peu neigé dans la soirée, de sorte qu'il faisait assez clair. Lorsque les cloches se mirent à sonner, les gens accoururent de toutes les fermes, et Simon dut tenir Christine par la main. De temps à autre il l'observait à la dérobée. Elle avait beaucoup maigri cet automne, mais il semblait que sa figure haute et droite eût retrouvé quelque chose de sa grâce tendre et paisible de jeune fille. Son visage pâle avait de nouveau l'expression de calme et de douceur de sa jeunesse qui recouvrait la tension d'une âme profondément et secrètement sensible. Elle avait une étrange et fantomatique ressemblance avec la jeune Christine de ce lointain Noël. Simon lui pressa la main et ne se rendit compte qu'il l'avait fait que lorsqu'elle répondit en lui étreignant les doigts. Il leva les yeux — elle sourit en faisant un signe de tête, et il comprit qu'elle avait pris sa pression de main pour un encouragement ; elle s'efforça en effet de lui montrer qu'elle était vraiment courageuse.

Quand les saints jours de fête furent passés, Christine se rendit au couvent et demanda à présenter ses respectueuses salutations à l'abbesse et aux sœurs de ses années de couvent qui vivaient encore. Elle resta donc un court instant dans le parloir de l'abbesse. Ensuite elle entra dans l'église. Elle se rendait compte qu'elle n'avait rien à faire dans les murs du couvent. Les sœurs l'avaient accueillie aimablement, mais elle s'aperçut que pour elles, elle n'était qu'une des nombreuses jeunes filles qui avaient fait là une année d'études. Si les nonnes avaient appris qu'elle s'était distinguée en quelque façon des autres jeunes filles, et non en bien, elles n'en laissèrent rien paraître. Mais cette année de Nonneseter qui avait une si grande importance dans sa vie à elle en avait si peu dans la vie du couvent ! Son père avait acheté, pour lui et les siens, une part dans les prières du couvent pour le salut des âmes ; la nouvelle abbesse, Dame Eline, et les sœurs dirent qu'elles allaient prier pour le salut de Christine et de son mari. Mais elle se rendit compte qu'elle n'avait pas le droit d'insister et de déranger les nonnes avec ses visites. Leur église lui était ouverte comme à tout le monde ; elle put se tenir dans la galerie nord pour écouter les voix pures des nonnes qui chantaient dans le chœur, se retrouver dans ce lieu bien connu d'elle, reconnaître les autels et les images — et, quand les nonnes eurent quitté l'église par la porte donnant sur le cloître, elle alla s'agenouiller sur la pierre tombale de Dame Groa Guttormsdatter, se rappelant cette digne mère pleine de sagesse et de force, dont elle n'avait pas compris ni apprécié les conseils — dans cette demeure des servantes du Christ elle n'avait pas d'autre droit.

A la fin des fêtes, Messire Munar vint la voir — il venait seulement d'apprendre qu'elle était en ville, dit-il. Il offrit ses cordiales salutations à Christine, à Simon Andressoen et à Ulf que tout de go il appela son parent et son cher ami. Il leur serait sans doute difficile de voir Erlend, déclara-t-il ; on le gardait étroitement ; lui-même n'avait pas réussi à obtenir l'autorisation de voir son neveu. Mais quand le chevalier fut parti, Ulf dit en riant qu'il ne croyait pas que Munar eût insisté bien fort — il avait une telle peur d'être impliqué dans l'affaire qu'il préférait certainement qu'on ne lui en parlât pas. Munar était devenu tout à fait vieux, chauve et maigre ; sa peau pendait, flasque, sur son gros corps. Il demeurait à Skogheim et il avait chez lui une de ses filles bâtardes qui était veuve. Le père aurait bien voulu se débarrasser d'elle, car aucun de ses autres enfants, légitimes ou illégitimes, ne voulait se rapprocher de lui tant que cette demi-sœur dirigerait sa maison ; c'était une femme impérieuse, avare et médisante. Mais Munar n'osait pas la prier de s'en aller.

Finalement, assez longtemps après le nouvel an, Olav Kyrning procura à Christine et à Simon l'autorisation de voir Erlend. Simon accompagna donc de nouveau la malheureuse femme à ces déchirantes entrevues. On veillait beaucoup plus sévèrement ici qu'à Nidaros à ce qu'Erlend ne pût parler à personne hors la présence des gens du commandant du château.

Erlend était calme comme auparavant, mais Simon comprit que cette situation commençait à l'user. Il ne se plaignait jamais, disant au contraire qu'il n'avait à souffrir d'aucun manque d'égards, qu'on le traitait aussi bien qu'il était possible ; il avoua pourtant que le froid le gênait un peu : il n'y avait pas de foyer dans sa chambre. Et la propreté laissait peut-être à désirer, mais il assurait en riant que le temps lui aurait sans doute paru encore plus long s'il n'avait pas eu à lutter avec les poux...

Christine aussi était calme — si calme que Simon attendait avec une vive angoisse le jour où sans doute elle s'effondrerait tout à fait.

Le roi Magnus, cependant, faisait à travers la Suède sa chevauchée de joyeux avènement et on ne pouvait pas espérer qu'il apparût tout de suite à la frontière norvégienne ni qu'il y eût de sitôt un changement dans la situation d'Erlend.

Le jour de la Saint-Grégoire, Christine et Ulf Haldorssoen allèrent à l'église à Nonneseter. Lorsque, en revenant, ils eurent franchi le pont du ruisseau des nonnes, Christine ne prit pas le chemin qui descendait vers l'auberge située près de la maison de l'évêque, mais elle tourna à l'est vers le parvis de l'église Saint-Clément, puis par les étroites ruelles entre l'église et la rivière.

Le jour était grisâtre, et il y avait eu un instant de dégel, si bien que leurs chaussures et les pans de leurs manteaux étaient mouillés et alourdis par la glaise jaunâtre des bords du fleuve. Ils débouchèrent dans les terres au flanc de la colline. Une fois, leurs yeux se rencontrèrent. Ulf sourit silencieusement, fit de la bouche une sorte de grimace, tandis que ses yeux étaient pleins de tristesse ; Christine avait un sourire étrange et maladif.

Tout de suite après ils étaient à la crête de la colline ; l'argile s'en était un jour éboulée, et la ferme se trouvait juste au-dessous, si engagée dans cette falaise d'un jaune sale couronnée de mauvaises herbes noires, que la puanteur de l'étable à porcs dans laquelle leurs regards plongeaient leur arrivait directement. Deux truies grasses barbotaient dans cette boue noirâtre. Le fleuve ressemblait à une bande étroite ; le courant gris et fangeux, avec des glaçons qui s'entre-choquaient, montait à l'assaut des bâtiments délabrés dont les toits étaient d'une pâleur fanée.

Pendant qu'ils se tenaient là, un homme et une femme s'approchèrent de la palissade et regardèrent les gorets. Lui, en se penchant, gratta l'une des truies avec le manche de la hachette argentée qui lui servait de bâton. C'était Munar Baardsoen en personne, et la femme était Brynhild. Il leva les yeux et les aperçut. Comme il restait bouche bée, Christine lui cria un joyeux salut.

Messire Munar éclata de rire :

« Descends prendre un bol de bière chaude, avec ce fumier de temps ! » cria-t-il.

En descendant jusqu'à la barrière de la ferme, Ulf raconta que Brynhild Jonsdatter ne tenait plus auberge, ni débit de bière. Elle avait eu plusieurs fois des difficultés, on l'avait menacée d'avoir sa peau, mais Munar l'avait sauvée et s'était porté garant qu'elle cesserait définitivement ses trafics illégaux. Par ailleurs ses fils avaient maintenant de telles situations que, par égard pour eux, elle devait penser à se faire une meilleure réputation. Après la mort de sa femme Munar Baardsoen avait repris ses relations avec elle et fréquentait continuellement la ferme de Fluga.

Il les reçut à la barrière.

« D'une certaine manière nous sommes parents tous les quatre, dit-il en riant sous cape — il était un peu gris, mais sans excès —, tu es une brave femme, Christine Lavransdatter, pieuse et pas fière. Brynhild est maintenant une femme digne et respectable, et moi, je n'étais pas marié lorsque j'ai engendré les deux fils que nous avons eus ensemble... Et ce sont les meilleurs de tous mes enfants, je te l'ai dit chaque jour depuis des années, Brynhild. Inge et Gudleik sont ceux de mes enfants qui me sont le plus chers... »

Brynhild était encore jolie, mais elle avait le teint jaunâtre, et Christine pensait que sa peau, si on s'en approchait, devait être moite comme lorsqu'on est penché toute une journée au-dessus des marmites de graisse. Mais sa maison était bien tenue, les mets et les boissons qu'elle servait excellents, et sa vaisselle de bois propre et jolie.

« Oui, je fais un tour par ici lorsque j'ai affaire à Oslo, dit Munar. Tu comprends que la mère désire des nouvelles de ses fils. Inge m'écrit souvent, car c'est un homme instruit, Inge, comme il sied au représentant d'un évêque, sache-le !... et puis je lui ai fait faire un beau mariage avec Tora Bjarnesdatter de Grjote ; crois-tu que beaucoup de gens auraient trouvé pareille femme pour un bâtard ? Alors nous restons ici à bavarder de tout cela, et Brynhild me sert des plats et de la bière, comme autrefois quand elle portait mes clefs à Skogheim. C'est pénible d'être là-bas à penser à ma défunte femme. Alors je pars à cheval pour venir ici trouver un peu de bonheur — quand Brynhild est d'humeur à me faire la faveur d'un peu d'amitié et de bonheur... »

Ulf Haldorssoen, le menton dans la main, regardait la dame de Husaby. Christine écoutait et répondait avec beaucoup de calme, de douceur et de politesse — aussi tranquille et distinguée que si elle avait été en visite chez quelque gros propriétaire de son pays de Trondhjem.

« Toi, Christine Lavransdatter, dit Brynhild Fluga, tu as acquis le nom et l'honneur de femme légitime, bien que tu sois venue volontiers rejoindre Erlend dans mon grenier. Moi, j'ai toujours été ce qu'on appelle une garce et une fille — ma marâtre m'a vendue à celui-là — j'ai mordu et griffé, et les marques de mes ongles ont atteint son visage avant qu'il m'ait réduite à sa volonté...

— A quoi bon rabâcher tout cela ? gémit Munar. Tu sais bien que je l'ai raconté souvent aussi... Je t'aurais laissée aller si tu t'étais conduite de façon convenable et m'avais prié de te ménager, mais tu m'as sauté au visage comme une chatte sauvage avant même que j'eusse complètement franchi le seuil... »

Ulf Haldorssoen sourit légèrement.

« Et après cela je me suis toujours bien conduit à ton égard, dit Munar. Tu as obtenu tout ce qu'il te plaisait de me demander, et, quant à nos enfants, leur situation est meilleure et plus sûre que celle des pauvres fils de Christine. Dieu protège ces malheureux, quand on pense à l'état dans lequel Erlend a mis ses enfants ! Je pense qu'il y a, pour un cœur de mère, quelque chose de plus précieux que le nom d'épouse — et tu sais que j'aurais souhaité bien des fois que tu fusses d'une telle naissance que je pusse t'épouser — je n'ai aimé aucune femme autant que toi — encore que tu fusses rarement douce et gentille envers moi — et celle que j'ai eue comme femme, que Dieu ait son âme ! J'ai fait construire un autel pour ma Katrine et pour moi dans l'église de chez nous, Christine... Chaque jour j'ai remercié Dieu et Notre-Dame pour mon mariage ; aucun homme n'a été plus heureux... » Munar respira avec effort et pleura un peu.

Peu après Ulf Haldorssoen dit qu'il fallait partir. Christine et lui n'échangèrent pas un mot sur le chemin du retour. Mais devant la porte de l'auberge Christine tendit sa main à Ulf :

« Ulf... mon parent et mon ami !

— Si cela pouvait servir à quelque chose, dit Ulf à voix basse, j'irais volontiers au gibet à la place d'Erlend... pour l'amour de lui et de toi ! »

Le soir, un peu avant l'heure du coucher, Christine se trouvait seule dans la grand-salle avec Simon. Elle se mit tout à coup à raconter où elle avait été ce jour-là. Elle parla de l'entretien de là-bas.

Simon était assis sur une chaise de bois à peu de distance d'elle. Légèrement penché en avant, les bras posés sur les cuisses et les mains pendantes, il levait les yeux vers elle avec une expression d'attention étrange dans ses petits yeux perçants. Il ne disait pas un mot, et pas un muscle ne bougeait dans son visage lourd et replet.

Ensuite, Christine raconta ce qu'elle avait dit à son père et ce qu'il lui avait répondu.

Simon gardait la même attitude impassible. Mais au bout d'un instant, il dit tranquillement :

« C'est l'unique prière que je t'aie faite, si je me souviens bien, depuis tant d'années que nous nous connaissons : que tu devais — mais tu ne pouvais pas te taire et épargner Laurent... »

Christine tremblait de tout son corps.

« Oui, mais... Oh ! Erlend ! Erlend ! Erlend !... »

A ce cri farouche, Simon se leva. Christine s'était jetée en avant ; la tête dans les bras de Simon, elle oscillait d'un côté et de l'autre, continuant à appeler Erlend au milieu de sanglots entrecoupés de frissons et de plaintes, qui paraissaient lui être arrachés du corps, lui emplir la bouche, bouillonner et jaillir.

« Christine !... Seigneur Dieu ! »

Comme il lui saisissait les bras et essayait de l'apaiser, elle se jeta contre lui de tout le poids de son corps et le prit par le cou, tandis que, tout en pleurs, elle continuait de crier sans arrêt le nom de son mari.

« Christine !... Domine-toi ! » Il la pressa contre sa poitrine et remarqua qu'elle ne s'en apercevait même pas ; elle pleurait tellement qu'elle ne pouvait se tenir debout toute seule. Alors il la souleva dans ses bras, la serra à la broyer contre lui pendant un instant, puis l'emporta et la coucha sur le lit.

« Domine-toi ! » implora-t-il de nouveau, douloureux et presque menaçant, en posant ses mains sur son visage. Elle lui saisit les poignets et les bras et se blottit contre lui :

« Simon... Simon !... Oh ! Il faut le sauver !

— Je fais ce que je peux, Christine... mais à présent il faut te dominer ! » Il tourna brusquement les talons, alla vers la porte et sortit. Dehors il appela à tous les échos la servante que Christine s'était attachée à Oslo. La servante arriva en courant et Simon lui ordonna d'aller auprès de sa maîtresse. L'instant d'après, la jeune fille revenait... sa maîtresse voulait demeurer seule, dit-elle tout effrayée à Simon qui était resté sur place.

Il fit un signe d'assentiment et alla à l'écurie où il demeura jusqu'à ce que Gunnar, son valet, et Ulf Haldorssoen vinssent donner le fourrage au bétail pour la nuit. Simon se mit à bavarder avec eux, puis il retourna à la grand-salle en compagnie d'Ulf.

Christine ne vit pas beaucoup son beau-frère le lendemain. Mais après trois heures de l'après-midi, comme elle travaillait à un vêtement qu'elle voulait porter à son mari, Simon entra en courant, ne lui dit rien et ne la regarda pas, mais il ouvrit vivement son coffre de voyage, remplit de vin son gobelet d'argent et ressortit. Christine se leva et le suivit. Devant la porte il y avait un homme qui tenait encore son cheval. Simon enleva de son doigt une bague d'or, la plongea dans le gobelet et but à la santé de l'arrivant.

Christine devina ce qui se passait et cria joyeusement :

« Tu as un fils, Simon !

— Oui. » Il prit le messager par les épaules pendant que celui-ci remerciait et serrait gobelet et bague dans sa ceinture. Ensuite Simon prit la sœur de sa femme par la taille et la fit tourner en rond. Il paraissait si gai que Christine dut mettre ses mains sur les épaules de son cavalier. Simon alors l'embrassa en plein sur la bouche, en riant tout haut.

« Ce sera sans doute la famille des Darre qui restera à Formo après toi, dit-elle joyeusement.

— Ainsi sera-t-il... s'il plaît à Dieu !... Non, ce soir je veux être seul », déclara-t-il à Christine qui lui demandait s'ils iraient ensemble à vêpres.

Le soir, il dit à Christine avoir appris qu'Erling Vidkunssoen serait à sa ferme d'Aker, près de Tunsberg. Et le matin même il s'était procuré une place sur un bateau pour descendre le fjord — il voulait parler avec Messire Erling de l'affaire d'Erlend.

Christine ne dit pas grand-chose. Ils avaient déjà tellement agité cette question, tout en évitant de tirer au clair... si Messire Erling avait, oui ou non, eu connaissance des desseins d'Erlend. Simon dit qu'il voulait prendre conseil d'Erling Vidkunssoen pour savoir ce qu'il pensait du projet de Christine. Elle souhaitait que Simon l'accompagnât en Suède auprès des puissants parents de Laurent pour leur demander assistance en sa qualité d'épouse et au nom des liens de famille.

Elle dit alors :

« Mais maintenant que tu as reçu une si grande nouvelle, beau-frère, il me semble qu'il serait plus naturel que tu ajournes ce voyage à Aker et que tu commences par remonter à Ringheim pour voir Ramborg et ton fils. »

Il dut se détourner parce qu'il se sentait prêt à faiblir. C'était bien ce qu'il attendait, si Christine voulait lui manifester ainsi qu'elle comprenait sa hâte de voir son fils. Mais quand il eut maîtrisé son émotion, il dit d'une voix timide :

« Voici ce que j'ai pensé, Christine : Dieu tiendra peut-être compte, pour le bonheur du petit, de ce que j'aurai su être patient et refréner mon envie de le voir jusqu'à ce que j'aie réussi à apporter quelque secours efficace à Erlend et à toi. »

Le lendemain il sortit pour acheter de riches et splendides cadeaux pour sa femme et pour le petit — ainsi que pour toutes les femmes qui avaient assisté Ramborg au moment de l'accouchement. Christine sortit une jolie cuiller d'argent qu'elle avait héritée de sa mère et qui serait pour André Simonssoen, mais à sa sœur elle envoya la lourde chaîne d'argent doré que Laurent lui avait un jour donnée dans son enfance en même temps que la croix aux reliques. Elle ajusta celle-ci à la chaîne que lui avait offerte Erlend en cadeau de fiançailles. Le lendemain vers midi Simon mit à la voile.

Le soir le bateau jeta l'ancre à l'abri d'une île du fjord. Simon coucha dans un sac en peau avec quelques étoffes de bure étendues par-dessus, face au ciel étoilé où les constellations paraissaient plonger et surgir, tandis que le bateau tanguait au gré des vagues qui glissaient paresseusement. L'eau clapotait et les glaçons raclaient et heurtaient les flancs du bateau. Il éprouvait une sensation presque agréable à sentir le froid s'insinuer toujours un peu plus à travers son corps. C'était une sorte d'apaisement...

Cependant Simon était certain que tout avait été si mal que jamais ce ne pourrait être pis. Maintenant il avait un fils ! Il ne croyait pas qu'il aimerait ce fils plus que ses filles. Non, c'était autre chose. Quelque joie que son cœur éprouvât quand ses petites filles accouraient vers lui avec leurs jeux, leurs rires, leurs bavardages, quelques délices qu'il goûtât à les tenir dans ses bras et à sentir sous son menton leur soyeuse chevelure d'enfant, un homme se trouvait exclu de la chaîne des hommes de sa race, si sa ferme, ses biens et le souvenir de son passage en ce monde devaient s'en aller à une famille étrangère par le mariage de sa fille. Mais à présent, il osait l'espérer, si Dieu accordait que ce petit grandît, le fils succéderait au père à Formo — André Gudmundsoen, Simon Andressoen, André Simonssoen. Il allait de soi que pour le petit André il devait être pareil à ce que son père avait été pour lui-même, un honnête homme, dans le secret de ses pensées tout autant que dans les manifestations de sa conduite.

... A certains moments, la situation avait été telle qu'il ne comprenait pas comment il pourrait la supporter plus longtemps. Avait-il jamais vu le moindre signe que Christine comprît quelque chose ? Elle était envers lui comme s'ils avaient été frère et sœur par la chair, attentive à son bien-être, gentille, affectueuse, douce. Et il ne savait pas combien de temps cela durerait, à vivre de cette façon sous le même toit. N'avait-elle jamais l'idée qu'il ne pouvait oublier... car, s'il était à présent marié avec sa sœur, il ne pouvait oublier complètement que tous deux avaient un jour été destinés à vivre ensemble comme mari et femme.

Mais maintenant il avait ce fils. Il avait toujours eu honte, quand il récitait ses prières, d'ajouter quelques mots personnels de souhait ou de remerciement. Mais le Christ et la Vierge Marie savaient bien dans quelle intention il avait récité tous les jours, ces derniers temps, deux fois plus de *Pater noster* et d'*Ave Maria*. Et il continuerait à le faire tant qu'il serait absent de chez lui, et à montrer aussi sa reconnaissance de façon courtoise et généreuse. De cette façon aussi il tirerait peut-être un avantage de ce voyage.

En réalité il lui paraissait absurde d'attendre un bénéfice de cette démarche. Les rapports étaient maintenant très froids entre Messire Erling et le roi. Et si l'ancien chancelier était plus puissant et plus fier que jamais, s'il n'avait jamais eu si peu à redouter le jeune roi, dont la situation était bien plus difficile que celle des hommes les plus riches et les plus illustres de Norvège, on ne pouvait présumer qu'il voulût irriter encore davantage le roi Magnus en défendant la cause d'Erlend Nikulaussoen et attirer sur lui le soupçon qu'il aurait connu la trahison d'Erlend. Même s'il y avait participé, même s'il avait été derrière toute l'entreprise, prêt à intervenir et à se faire mettre de nouveau à la tête du gouvernement à l'instant où il y aurait en ce pays un roi mineur, il pouvait ne pas se sentir tenu de risquer quelque chose pour venir en aide à l'homme qui avait fait échouer le plan à cause d'une scandaleuse aventure amoureuse. Il avait l'impression d'avoir presque oublié cela pendant qu'il se trouvait avec Erlend et Christine, parce que tous deux semblaient à peine s'en souvenir. Mais en vérité, Erlend lui-même était cause que de toute l'entreprise il ne résulterait que malheur pour lui et pour les braves gens qui avaient été trahis par sa stupide légèreté.

Cependant il fallait essayer par tous les moyens de venir en aide à Christine et à son mari. Il commençait à espérer, car peut-être Dieu et la Vierge Marie, ou quelqu'un des saints qu'il avait coutume d'honorer par des offrandes et des aumônes, lui porteraient-ils secours en cette occasion.

Il arriva à Aker assez tard le lendemain soir. Un intendant de la ferme le reçut et envoya des valets qui s'occupèrent les uns de prendre soin des chevaux, les autres de conduire son écuyer à la maison des valets. Mais lui se rendit au grenier où le chevalier était en train de boire.

L'instant d'après, Messire Erling apparut sur la galerie du grenier tandis que Simon montait l'escalier. Il souhaita assez poliment la bienvenue à son hôte et le conduisit dans le cellier aux provisions où se trouvaient Stig Haakonssoen de Mandvik et un tout jeune homme, fils unique d'Erling, Bjarne Erlingssoen.

Là on lui fit bon accueil. Les domestiques lui enlevèrent son manteau et apportèrent à manger et à boire. Mais il se doutait que les hommes devinaient — tout au moins Messire Erling et Stig — pourquoi il était venu, et il sentait qu'ils se tenaient sur la réserve. C'est pourquoi, lorsque Stig déclara qu'on le voyait rarement en ce coin du pays et qu'il n'usait pas les seuils des portes de ses anciens beaux-frères — ma foi ! était-il descendu au sud plus loin que Dyfrin depuis la mort de Halfrid ?... — Simon répondit que non, pas avant cet hiver. Mais il se trouvait maintenant à Oslo depuis quelques mois avec la sœur de sa femme, Christine Lavransdatter, qui était mariée avec Erlend Nikulaussoen.

Là-dessus il y eut un silence. Puis Messire Erling demanda poliment des nouvelles de Christine ainsi que de la femme et des frères et sœurs de Simon. Simon à son tour demanda des nouvelles de Dame Eline et des filles d'Erling. Il s'informa de ce que faisait Stig, de ce qu'il y avait de neuf à Mandvik, de ce que devenaient là-bas de vieux voisins.

Stig Haakonssoen était un gros homme aux cheveux noirs, de quelques années plus âgé que Simon, fils du demi-frère de Halfrid Erlingsdatter, Messire Haakon Toressoen, et neveu de la femme d'Erling Vidkunssoen, Dame Eline Toresdatter. Il avait perdu l'emploi de juge à Skidu et le commandement du fort de Tunsberg il y avait deux ans, quand il s'était brouillé avec le roi ; il n'avait d'ailleurs pas à se plaindre d'être à Mandvik, mais il était veuf et sans enfants. Simon le connaissait très bien et avait été lié avec lui comme avec tous les parents de sa première femme, encore que ce n'eût pas été une amitié très chaude. Il savait si bien, en son for intérieur, ce que tous avaient pensé du second mariage de Halfrid — le plus jeune fils de Messire André Gudmundsoen pouvait bien être à son aise et de bonne famille, mais ce n'était pas un parti pour une Halfrid Erlingsdatter, et il était de dix ans plus jeune qu'elle ; ils n'arrivaient pas à comprendre pourquoi elle avait choisi ce jeune homme, mais ils l'avaient laissée faire comme elle voulait — étant donné qu'elle avait eu une vie si intolérable avec son premier mari.

Quant à Erling Vidkunssoen, Simon ne l'avait rencontré que deux ou trois fois auparavant, et toujours en compagnie de Dame Eline ; il n'avait donc pas fait beaucoup de bruit, car on ne pouvait guère dire autre chose que oui, et ah, quand elle était quelque part. Depuis ce temps Messire Erling avait un peu vieilli, il était devenu un peu plus corpulent, mais il avait encore une belle prestance car il était vêtu avec élégance, et cela lui allait bien que ses cheveux d'un roux pâle fussent devenus d'un gris argenté et brillant.

Simon n'avait encore jamais vu le jeune Bjarne Erlingssoen. Celui-ci avait grandi près de Bjoergvin dans la maison d'un ecclésiastique, ami d'Erling — parce que, disait-on dans la famille, le père ne voulait pas le voir traîner à Giske au milieu de tous ces papotages de femmes. Erling lui-même n'y allait que lorsqu'il ne pouvait pas faire autrement, et il n'osait, d'autre part, emmener l'enfant avec lui dans ses perpétuels voyages, car Bjarne avait été d'une santé très délicate pendant sa croissance, et Erling Vidkunssoen avait perdu deux autres fils quand ils étaient petits.

Assis à contre-jour et vu de profil, Bjarne paraissait être un fort bel enfant. Sa chevelure noire, drue et bouclée retombait sur son front, ses grands yeux semblaient noirs, son nez était grand et bien arqué, sa bouche ferme, pleine et fine, son menton bien dessiné. En outre il était grand, svelte et large d'épaules. Mais quand Simon s'assit à table pour manger, l'échanson déplaça la lumière et Simon vit alors que sur le cou de Bjarne la peau était tout à fait rongée de scrofule — des deux côtés jusque sous les oreilles et sous le menton s'étalaient des plaques de chair morte d'un blanc luisant marquées de raies violâtres et de nœuds ganglionnaires. Puis Bjarne avait l'habitude de relever brusquement à moitié sur sa tête, jusqu'aux oreilles, le capuchon d'un mantelet de velours rond et garni de fourrure qu'il gardait même dans la maison. Comme il trouvait, un peu plus tard, qu'il faisait trop chaud, il le rabaissait — pour le relever ensuite, sans paraître en avoir conscience. Devant ce spectacle, Simon sentait ses mains s'énerver, bien qu'il essayât de ne pas regarder de ce côté.

Messire Erling ne quittait guère son fils des yeux, mais il ne semblait pas se rendre compte lui non plus qu'il avait le regard fixé sur lui. Le visage d'Erling Vidkunssoen n'était pas très mobile, et il n'y avait pas d'expression particulière dans ses yeux bleu pâle, mais dans son regard un peu vague et glauque semblaient englouties d'innombrables années de souci, de réflexion et de tendresse.

Les trois hommes d'âge conversèrent alors avec une politesse nonchalante, tandis que Simon mangeait et que le jeune homme continuait à malmener son capuchon. Après quoi ils burent tous les quatre pendant quelque temps, puis Messire Erling demanda à Simon s'il ne se sentait pas fatigué de son voyage et Stig le pria de lui faire le plaisir de coucher chez lui. Simon fut heureux d'obtenir un sursis pour parler de sa mission. Ce premier soir passé à Aker l'avait beaucoup déprimé.

Le lendemain, quand il fit son exposé, Messire Erling répondit à peu de choses près ainsi que Simon s'y attendait. Il dit que jamais le roi Magnus ne l'avait écouté avec complaisance ; il avait compris que, depuis l'instant où il avait été en âge d'avoir quelques idées, le roi Magnus avait eu celle-ci : qu'il ne demanderait pas les conseils d'Erling Vidkunssoen quand il aurait atteint sa majorité. Et depuis que cette querelle entre lui et ses amis d'une part et le roi d'autre part s'était apaisée, il n'avait rien appris du roi et des amis du roi et ne leur avait rien demandé. S'il parlait de l'affaire d'Erlend au roi Magnus, cela ne pourrait guère profiter à l'intéressé. Mais il savait fort bien que beaucoup de gens dans le pays croyaient que d'une manière ou d'une autre il avait appuyé la tentative d'Erlend. Simon le croirait ou non, ni lui ni ses amis n'avaient eu en rien connaissance que quelque chose se préparait. Si cette affaire avait été éventée d'autre façon ou que ces jeunes téméraires eussent tenté leur coup hasardeux et échoué, il aurait fait une démarche pour offrir sa médiation. Mais de la manière dont les choses s'étaient passées, il ne trouvait pas qu'on pût raisonnablement lui demander de se mettre en avant et de confirmer parmi le peuple le soupçon qu'il aurait joué double jeu.

Il conseilla à Simon d'aller trouver les fils de Haftor. C'étaient les neveux du roi, et, comme ils n'avaient pas de démêlés avec lui, ils lui avaient tout de même conservé une sorte d'amitié. Et, autant qu'Erling pouvait en juger, les hommes qui se cachaient derrière Erlend devaient se trouver plutôt dans le cercle des fils de Haftor — et parmi les plus jeunes d'entre les grands seigneurs.

En outre le mariage du roi aurait lieu en Norvège pendant l'été. Cela pouvait être une occasion pour le roi Magnus de montrer de la douceur et de l'indulgence envers ses ennemis. Puis la mère du roi et Dame Isabelle viendraient sans doute aux festins. Or, la mère de Simon avait été demoiselle d'honneur de la reine Isabelle dans sa jeunesse ; pourquoi Simon ne s'adresserait-il pas à elle, ou pourquoi la femme d'Erlend ne se jetterait-elle pas aux pieds de la fiancée du roi et de Dame Ingebjoerg Haakonsdatter pour implorer leur intercession ?

Simon fut d'avis que la suprême ressource c'était que Christine se jetât aux pieds de Dame Ingebjoerg. Si la duchesse avait compris ce que c'était que l'honneur, elle serait depuis longtemps intervenue et aurait tiré Erlend de ses difficultés. Mais comme il avait une fois émis cette opinion devant Erlend, celui-ci n'avait fait qu'en rire et avait dit que la dame avait toujours elle-même une quantité d'affaires et de difficultés, et que sans doute elle était irritée de voir combien on s'intéressait peu à présent à ce que son fils le plus cher obtînt jamais le titre de roi.

7

Ce fut seulement au printemps que Simon Andressoen repartit vers le nord pour Toten, afin d'y prendre sa femme et son tout jeune fils et de les accompagner chez eux à Formo. Il demeura là-haut quelque temps pour s'occuper de ses affaires personnelles.

Christine ne voulut pas quitter Oslo. Elle n'osait pas céder à son désir ardent, épuisant, de revoir ses trois fils demeurés en garde dans la vallée. Si elle voulait continuer à mener la vie qu'elle vivait maintenant jour après jour, il fallait chasser de son esprit la pensée de ses enfants. Elle résistait, paraissait calme et courageuse, parlait avec les étrangers et les écoutait, accueillait conseils et consolations — mais elle devait concentrer sa pensée sur Erlend, rien que sur Erlend ! Dans les rares et courts instants où elle ne tenait pas son esprit sous la rigide emprise de sa volonté, des images et des pensées traversaient son cerveau : c'était Ivar debout avec Simon dans le hangar à bois de Formo, attendant impatiemment tandis que son oncle dénichait pour lui quelque chose, courbait et essayait entre ses mains des skis de bois... C'était le jeune et clair visage de Gaute, mâle et résolu, au moment où dans la montagne, par ce jour gris et presque hivernal d'automne, il penchait son corps en avant contre la tourmente de neige... son ski glissait en arrière, il tombait à la renverse sur la brusque pente, il était englouti au fond d'un tas de neige et pendant un instant il avait l'air tout près d'éclater, tant il était exténué, désespéré... La pensée de Christine passait aux deux petits. Munan devait sans doute marcher et parler un peu maintenant ; était-il aussi gentil que les autres l'avaient été à son âge ? Laurent l'avait sans doute oublié... Et les deux grands, là-haut, au couvent de Tautra !... Naakkve, Naakkve, son premier-né... que comprenaient et que pensaient ses deux grands fils, et comment Naakkve acceptait-il, en son âme d'enfant, que rien maintenant, dans la vie, ne dût être comme elle et lui-même et tout le monde l'avaient pensé ?...

Sira Eiliv lui avait encore envoyé une lettre, et elle avait communiqué à Erlend ce qui était relatif à ses fils. Autrement ils ne parlaient jamais de leurs enfants. Ils ne parlaient plus maintenant ni du passé ni de l'avenir. Christine lui apportait un vêtement ou quelque chose de bon à manger ; il lui demandait comment elle allait depuis sa dernière visite, et ils restaient assis sur le lit, la main dans la main. Il pouvait arriver aussi qu'on les laissât seuls un instant dans la petite chambre froide, sale, puante... ils se pressaient l'un contre l'autre dans une étreinte muette et ardente et entendaient sans en avoir conscience la servante de Christine qui riait dans l'escalier avec les soldats du fort.

Quand son Erlend lui aurait été ravi ou rendu, il serait temps de se remettre à penser à sa bande d'enfants et au changement de leurs conditions d'existence — comme à tout ce qui, dans la vie, n'était pas son mari. Elle ne pouvait perdre une heure du temps qu'on leur accordait de passer ensemble et elle n'osait pas penser au plaisir de revoir les quatre enfants qu'elle avait dans le Nordenfjeld — aussi accepta-t-elle quand Simon Andressoen lui offrit de partir seul pour Trondhjem et, avec l'aide d'Arne Gjavvaldssoen, de veiller à ses intérêts en dressant le compte de ses biens. Le roi Magnus ne deviendrait pas beaucoup plus riche en confisquant les biens d'Erlend, car celui-ci était beaucoup plus endetté que lui-même ne s'en doutait, et il avait réalisé des sommes qu'il avait envoyées au

Danemark, en Ecosse et en Angleterre. Erlend haussait les épaules en disant avec un demi-sourire que désormais il n'en attendait pas le remboursement.

L'affaire d'Erlend en était à peu près au même point quand Simon Andressoen revint à Oslo à l'époque de l'Exaltation de la Croix (14 septembre). Mais il fut effrayé de voir combien Christine et son beau-frère étaient épuisés, et il fut singulièrement et douloureusement ému lorsque tous deux eurent malgré tout assez d'empire sur eux-mêmes pour penser à le remercier d'être venu à Oslo en cette saison, alors qu'il lui était si difficile de s'absenter de ses fermes. Mais en ce moment les gens accouraient à Tunsberg où le roi Magnus attendait sa fiancée.

Un peu plus tard dans le même mois, Simon obtint une place sur un bateau pour s'y rendre en compagnie d'un marchand qui devait mettre à la voile huit jours plus tard. Survint alors un matin un jeune valet qui pria Simon Andressoen de se rendre sur-le-champ à l'église Saint-Halvard, où Olav Kyrning l'attendait.

Le sous-sénéchal était dans un grand émoi. Il se trouvait au fort, tandis que le sénéchal était à Tunsberg. Et, la veille au soir venait d'arriver un groupe de seigneurs qui lui avaient présenté des lettres portant le sceau du roi Magnus : ils devaient faire une enquête dans l'affaire d'Erlend, et il avait amené devant eux le prisonnier. Tous les trois étaient étrangers, et certainement français. Olav n'avait pas compris leur langue, mais le prêtre de la cour avait parlé avec eux en latin le matin même ; ils devaient être « des parents de la jeune fille qui deviendra notre reine — cela promet ! ». Ils avaient fait subir à Erlend un sévère interrogatoire... Ils étaient arrivés avec une espèce de chevalet et des hommes qui savaient s'en servir. Mais aujourd'hui il avait refusé d'amener Erlend de sa chambre et l'avait mis sous bonne garde — il prenait sur lui cette responsabilité parce que tout cela était illégal ; cette procédure était inconnue jusqu'à présent en Norvège.

Simon emprunta un cheval chez un des prêtres de l'église et partit tout droit pour Akersnes avec Olav.

Olav Kyrning regardait avec un peu d'angoisse le visage contracté de son compagnon sur lequel passaient des ondes de rougeurs. Cependant Simon faisait des gestes farouches et violents sans avoir l'air de s'en rendre compte, et le cheval qui ne le connaissait pas se cabrait et obéissait mal à ce cavalier.

« Je vois à votre air que vous êtes irrité, Simon », dit Olav Kyrning.

Simon ne savait guère lui-même ce qui dominait en son esprit. Il se sentait si troublé qu'à certains moments il suffoquait. L'instinct farouche et sauvage qui se déchaînait en lui et poussait sa rage au paroxysme, était une sorte de honte... qu'un homme nu, sans arme et sans défense, soit contraint de supporter que des poings étrangers fouillent ses vêtements, tripotent son corps ! c'était pour lui comme d'entendre parler de viol de femmes ; il devenait fou de désir de vengeance et de soif de voir le sang couler ! Non ! Jamais pareilles mœurs n'avaient existé en ce pays ; si ces gracieux seigneurs norvégiens, eux, se mettaient à tolérer pareilles horreurs ! Cela ne serait pas !

Il était malade de frayeur à la pensée de ce qu'il allait voir — l'angoisse de la honte qu'il allait causer à un autre homme en le voyant dans cet état dominait en lui tous les autres sentiments quand Olav Kyrning ouvrit la porte du cachot d'Erlend.

Celui-ci était couché sur le sol, étendu obliquement d'un angle de la pièce à l'autre ; il était si grand qu'il pouvait de cette façon seulement s'allonger de toute sa longueur. Il y avait sous lui un peu de paille et quelques vêtements sur l'épaisse couche de saleté qui couvrait le sol, et son corps était couvert de son manteau bleu foncé doublé de fourrure, relevé jusqu'au menton, de sorte que la moelleuse peau de martre gris brun du col se mêlait à la barbe noire, crépue et emmêlée qui avait poussé à Erlend depuis qu'il était en prison.

Sa bouche paraissait pâle, enfouie dans sa barbe ; son visage était blanc comme neige. Le fort triangle de son nez faisait une saillie incroyablement haute ; se cheveux grisonnants, mouillés de sueur, étaient rejetés de son front haut et étroit sur sa nuque en mèches séparées. Sur chacune de ses tempes creuses il y avait une large marque violâtre, comme si quelque chose lui avait été collé ou appliqué là.

Lentement, péniblement, il ouvrit ses grands yeux bleu d'eau, esquissa une sorte de sourire en reconnaissant les arrivants et dit d'une voix un peu étrange et indistincte :

« Assieds-toi, beau-frère... » D'un mouvement de tête il

indiquait le lit vide. « Oui, j'ai appris du nouveau, depuis la dernière fois que nous nous sommes vus... »

Olav Kyrning se pencha sur Erlend et lui demanda s'il désirait quelque chose. N'ayant point reçu de réponse — parce qu'Erlend n'avait pas la force de parler — il écarta le manteau. Erlend n'avait sur lui qu'un caleçon de toile et une chemise en loques, et la vue de ses membres enflés et couverts de meurtrissures indigna Simon et le fit frissonner comme une chose ignoble et horrible. Il se demanda si Erlend avait jamais rien vu de pareil — une ombre de rougeur passa sur son visage tandis qu'Olav, avec un chiffon qu'il avait plongé dans un pot d'eau, frottait les bras et les jambes d'Erlend. Et quand il remit le manteau sur Erlend, celui-ci l'arrangea avec quelques petits mouvements en le relevant jusqu'au cou, de façon à en être entièrement recouvert.

« Oui, dit-il d'une voix qui était un peu plus la sienne et en souriant un peu plus nettement de sa bouche pâle, la prochaine fois... ce sera pire ! Mais je n'ai pas peur... personne n'a besoin d'avoir peur... ils ne tireront rien de moi... de cette façon... »

Simon avait conscience que le prisonnier disait vrai. Les tortures ne pourraient arracher un mot à Erlend Nikulaussoen. Lui qui, par fougue et irréflexion, était capable de n'importe quoi, en acte ou en parole, ne céderait pas d'un empan à la violence. Et Simon comprit que la honte et l'outrage qu'il ressentait pour le compte d'un autre homme, Erlend lui-même y faisait à peine attention ; il était empli d'une joie volontaire à braver ses bourreaux et content d'être sûr de son endurance. Lui qui toujours s'effondrait si lamentablement quand il rencontrait une volonté ferme, et qui aurait pu être féroce dans un moment d'épouvante, il se redressait maintenant qu'il flairait dans cette férocité un adversaire plus faible que lui-même.

Mais Simon répondit en grinçant des dents :

« La prochaine fois... elle ne viendra sans doute pas ! qu'en dites-vous, Olav ? »

Olav hocha la tête, mais Erlend dit avec, dans la voix, une ombre de sa vieille espièglerie malicieuse :

« Si je pouvais croire cela... aussi fermement que vous ! Mais ces gaillards-là... se contenteraient difficilement... comme cela ! » Il remarqua des contractions sur le gros visage musclé de Simon : « Simon... beau-frère ! » Et il voulut se soulever sur son coude ; mais la douleur lui arracha un gémissement très faible, et il retomba sans connaissance.

Tant bien que mal Olav et Simon lui donnèrent des soins. Quand l'évanouissement fut passé, Erlend, les yeux entrouverts, dit plus gravement :

« Ne comprenez-vous pas... qu'il est... très important... pour Magnus.. de se rendre compte... quels hommes il ne doit pas croire... quand il n'a plus l'œil sur eux ?... Toute l'agitation... et le mécontentement... qu'il y a eus ici...

— Il pense apaiser ainsi le mécontentement », dit Olav Kyrning d'un ton menaçant. Alors Erlend dit doucement, d'une voix blanche :

« J'ai mené cette affaire de telle façon... que peu de gens trouveront... que ce qui m'arrive ait quelque importance... cela, je le sais... »

Les deux autres rougirent. Simon avait cru qu'Erlend ne s'en apercevait pas, et jamais jusque-là il n'avait été fait entre eux allusion à Sunniva. Il s'écria alors, désespéré :

« Dire que tu as pu... te compromettre de façon si... absurde et si imprudente !

— Je ne le comprends pas moi non plus... à présent, dit Erlend avec sincérité, mais du diable si je pouvais imaginer qu'elle savait lire ! Elle semblait... tout à fait illettrée... »

Ses yeux brillèrent de nouveau et il fut sur le point de s'évanouir encore. Olav Kyrning murmura qu'il lui fallait aller chercher quelque chose et sortit. Simon se pencha sur Erlend qui de nouveau avait les yeux à demi fermés :

« Beau-frère... est-ce que... Erling Vidkunssoen était avec toi dans l'affaire ? »

Erlend fit un léger signe de tête négatif et dit lentement en souriant :

« Dieu, non ! Nous pensions que... ou bien il n'aurait pas assez d'audace pour marcher avec nous... ou bien alors il aurait voulu être seul à tout diriger... Mais ne me questionne pas, Simon... je ne veux rien dire... à personne... Je suis sûr ainsi de ne pas en dire trop... »

Brusquement Erlend murmura le nom de sa femme. Simon se pencha vers lui. Il s'attendait à ce qu'Erlend le priât de lui amener Christine. Mais Erlend dit rapidement, comme dans une poussée de fièvre :

« Il faut qu'elle ne sache rien de ceci, Simon. Dis-lui qu'un ordre du roi est arrivé que personne ne m'approche. Conduis-la chez Munar... à Skogheim... Tu comprends... ces nouveaux amis... français... ou maures... de notre roi... ne veulent pas encore se déclarer vaincus. Fais-lui quitter Oslo avant qu'on en parle en ville, Simon !

— Bien. » Simon n'avait aucune idée de la façon dont il pourrait y arriver.

Erlend resta un instant les yeux fermés, puis il dit :

« Je pensais cette nuit... au moment où elle a eu notre fils aîné... Elle n'était certainement pas en meilleure posture que je ne le suis s'il faut en juger par la façon dont elle se plaignait. Et si elle a pu supporter cela... sept fois... au nom de notre bonheur... je puis bien, moi aussi... »

Simon se tut. La répugnance qu'il éprouvait à voir la vie lui découvrir ses derniers secrets de tourment et de joie — Erlend ne semblait même pas en avoir le moindre soupçon. Il s'abandonnait au pire et au meilleur avec la même confiance qu'un enfant innocent que des amis ont emmené avec eux dans une maison de prostitution, ivre et curieux.

Erlend, de la tête, fit un signe d'impatience :

« Ces mouches... sont ce qu'il y a de pis... en vérité, c'est le diable en personne ! »

Simon ôta son bonnet, en balaya de haut en bas des essaims de mouches d'un bleu noir qui, dans un bruyant bourdonnement, se répandirent en nuées dans l'air, et il écrasa d'un pied furieux dans les immondices toutes celles qui tombaient étourdies sur le sol. Cela ne devait d'ailleurs pas servir à grand-chose, car la lucarne du mur était grande ouverte. L'hiver précédent on l'avait fermée avec un panneau de bois muni d'un morceau de vitre, mais alors il faisait tout à fait sombre dans la pièce.

Simon n'en continuait pas moins, lorsque Olav Kyrning revint avec un prêtre qui portait un gobelet. Le prêtre releva la nuque d'Erlend et le soutint tandis qu'il buvait. Une partie du liquide se répandit dans la barbe et le long du cou d'Erlend qui resta tranquille et docile comme un enfant quand le prêtre l'essuya ensuite avec un chiffon.

Simon sentait dans son corps comme une fermentation ; le sang ne cessait pas de battre à son cou, au-dessous des oreilles, tandis que les pulsations de son cœur étaient étranges et inégales. De la porte il regarda un instant le long corps étendu sous le manteau. Le feu de la fièvre passait et repassait maintenant en ondes successives sur le visage d'Erlend ; il avait les yeux brillants et à demi ouverts, mais le sourire qu'il adressait à son beau-frère n'était que l'ombre de son sourire extraordinairement juvénile...

Le lendemain, comme Stig Haakonssoen de Mandvik prenait son petit déjeuner avec ses hôtes, Messire Erling Vidkunssoen et son fils Bjarne, les pas d'un cheval retentirent dans la cour. L'instant d'après, la porte de la maison s'ouvrait brusquement et Simon Andressoen se précipitait vers eux. Il s'épongea le visage avec sa manche. Il était éclaboussé de boue de la tête aux pieds.

Les trois hommes assis à table allèrent à la rencontre de l'arrivant, l'accueillant par des paroles entrecoupées à demi de salutations, à demi de surprise. Simon ne salua pas. Il resta debout, appuyé sur son épée, les deux mains sur la poignée, et il dit :

« Ecoutez d'étranges nouvelles... ils ont étendu Erlend sur un chevalet... ce sont des étrangers que le roi a dépêchés pour lui faire subir le supplice de la question... »

Les hommes s'empressèrent autour de Simon Andressoen. Stig frappa dans ses mains :

« Qu'a-t-il dit ?... »

En même temps, lui et Bjarne Erlingssoen se tournaient machinalement vers Messire Erling. Simon éclata d'un rire qui n'en finissait pas.

Il se laissa tomber sur la chaise que Bjarne Erlingssoen lui avait avancée, prit le bol de bière que le jeune homme lui tendait et but avidement.

« Pourquoi riez-vous ? demanda rudement Messire Erling.

— C'est Stig qui m'a fait rire !... » Il se pencha un peu en avant, les mains appuyées sur ses hauts de chausses couverts de boue, mais quelques petits gloussements de rire lui échappèrent encore. « J'avais pensé — car, tous ici, nous sommes des fils de grands chefs — j'avais pensé que telle serait votre indignation devant pareil traitement infligé à l'un de vos pairs, que vous m'auriez demandé avant tout comment une telle chose pouvait se faire...

« Je ne puis dire que je connais exactement la loi au sujet de pareilles questions. Depuis que mon seigneur le roi Haakon est mort, je m'en suis tenu à l'obligation où je suis de servir son successeur quand il me donnera ses ordres pour la paix ou la guerre — hors cela, je suis demeuré tranquille à ma ferme. Mais je suis obligé de rendre compte des illégalités que l'on a commises dans le procès d'Erlend Nikulaussoen. Ses pairs avaient instruit et jugé son affaire — au nom de quelle jurisprudence l'ont-ils condamné à mort ? je n'en sais rien, mais on lui offrit ensuite un sauf-conduit pour qu'il pût avoir audience de son parent le roi et tenter d'obtenir sa grâce et leur réconciliation. Ensuite Erlend a été gardé à la tour d'Akersborg depuis presque un an, et le roi a passé la plus grande partie de ce temps à l'étranger, quelques lettres ont été échangées, mais il n'en est rien résulté. Et voici qu'il envoie quelques jeunes hommes d'armes, qui ne sont pas norvégiens et n'appartiennent pas à la cour royale, pour tenter de soumettre Erlend à une instruction et à une procédure inouïes contre un Norvégien ressortissant au droit seigneurial — cependant que la paix règne dans le pays et que les parents et les pairs d'Erlend se réunissent à Tunsberg pour fêter le mariage du roi...

« Que pensez-vous de cela, Messire Erling ?

— Je pense... — Erling s'assit sur le banc en face de Simon. Je pense, Simon Darre, que vous avez fait un exposé clair et net de cette affaire. Je ne crois pas que le roi puisse faire autrement que de choisir une de ces trois solutions : ou bien laisser Erlend expier conformément au jugement qui a été rendu à Nidaros — ou bien nommer un nouveau tribunal de seigneurs et faire réviser le procès contre Erlend par un homme qui ne porte pas le titre de chevalier, de sorte qu'Erlend puisse être condamné au bannissement avec les délais légaux pour sortir des Etats du roi Magnus — ou bien faire grâce à Erlend et se réconcilier avec lui. Et c'est ce qu'il y aurait de plus sage.

« Cette affaire me paraît si nette à présent que quel que soit celui à qui vous l'exposiez à Tunsberg, il vous suivra et vous appuiera. Jon Haftorssoen et son frère sont là-bas. Erlend est leur parent, de même qu'il est parent du roi. Les fils d'Ogmund comprendront qu'il y a là une injustice absurde. Vous feriez bien de vous adresser d'abord au chef de la maison du roi et de les amener, Paul Erikssoen et lui, à convoquer une assemblée des hommes de la ville qui sont à toute épreuve et le plus désignés pour prendre en main ce mouvement...

— Ne voudriez-vous pas m'accompagner, vous et vos parents, Messire ?

— Nous ne tenons pas à nous rendre à ces festins, dit Erling sèchement.

— Les fils Haftor sont jeunes, et Messire Paul est vieux et débile, et les autres... vous le savez mieux que personne, Messire, ils doivent en réalité leur puissance à la faveur du roi ou à quelque chose de ce genre, tandis que... Erling Vidkunssoen, que valent-ils en face de vous ? Vous, Messire, vous avez une puissance en ce pays comme aucun autre chef n'en a eu depuis... je ne sais quand. Derrière vous, Messire, il y a les vieilles familles que le peuple de ce pays a connues homme par homme, si loin que remonte la tradition des temps heureux et malheureux de nos pays. Comme ascendance, que sont auprès de vous Magnus Erikssoen et Haftor de Sudrheim ? Ces conseils que vous me donnez prendront du temps ; les seigneurs français sont à Oslo, et vous pouvez jurer qu'ils ne se rendront pas, car il est clair que le roi veut tenter de gouverner en Norvège d'après les méthodes des pays étrangers ; je sais qu'à l'étranger le roi met son bon plaisir au-dessus des lois quand il peut trouver parmi les chevaliers des partisans qui le soutiennent contre leurs pairs. Olav Kyrning a envoyé une lettre et les jeunes seigneurs qu'il a pu trouver pour le seconder ; l'évêque a promis d'écrire... mais ce trouble et cette querelle, vous, Erling Vidkunssoen, pouvez y mettre fin dès l'instant où vous irez trouver le roi Magnus. Vous êtes, en ce pays, le plus éminent des héritiers de la vieille puissance seigneuriale... le roi sait que derrière vous nous nous lèverions tous ensemble...

— Je puis dire que ce n'est pas ce que j'ai constaté jusqu'à présent, dit Erling ironiquement. Tu défends ton beau-frère avec chaleur, Simon... Mais ne peux-tu pas comprendre !... Pour le moment cela m'est impossible. On dirait que j'ai attendu, pour agir, l'instant précis où ils ont exercé une telle pression sur Erlend qu'on pouvait craindre qu'il n'eût plus la force de tenir sa langue ! »

Il y eut un instant de silence. Puis Stig demanda de nouveau : « Est-ce que... Erlend a parlé ?

— Non, dit Simon avec impatience. Il est resté bouche close. Et je pense qu'il continuera. Erling Vidkunssoen, implora-t-il, il est votre parent... vous êtes des amis... »

Erling respira deux ou trois fois d'un souffle court et pesant :

« Oui... Simon Andressoen, vous êtes-vous pleinement rendu compte de ce qu'Erlend Nikulaussoen avait entrepris ? Dissocier cette royauté commune avec les Suédois... cette forme de gouvernement qui jamais jusqu'ici n'a été tentée, et qui semble, à chaque année qui passe, apporter à notre pays toujours plus de malaise et de difficultés... ramener le vieux gouvernement que nous connaissions et dans lequel nous savons trouver bonheur et prospérité. Vous rendez-vous compte que c'était là le dessein d'un homme hardi et intelligent... et qu'il est maintenant difficile à d'autres de reprendre ce dessein après lui ? Il a gâché la cause des fils de Porse... et il n'y a plus d'autres hommes de la famille du roi autour desquels le peuple puisse se grouper. Vous direz peut-être que si Erlend avait mené son projet à bonne fin et ramené le jeune Haakon en Norvège, il m'aurait eu dans son jeu. Ces... petits jeunes... auraient eu de la peine à conduire eux-mêmes leur entreprise beaucoup plus loin que le débarquement de leur jeune prince ; il eût fallu que des hommes expérimentés entrassent en scène et débrouillassent la situation. Telle est la vérité, j'ose l'affirmer. Dieu sait que non seulement je n'ai point tiré de profits, mais qu'il m'a fallu plutôt négliger le soin de mon propre bien pendant ces dix années que j'ai passées dans l'inquiétude, la peine, la lutte et des tribulations interminables... ils sont quelques-uns à avoir compris cela dans notre pays, et je dois m'en estimer content !... » Il abattit rudement sa main sur la table : « Comprenez-vous, Simon, l'homme qui s'était chargé de si grands desseins que personne ne sait s'il n'y allait pas de notre bonheur à nous tous dans ce pays et de celui de nos descendants pour de nombreuses générations, et qui a laissé traîner tout le plan avec ses hauts de chausses sur le pied du lit d'une prostituée... Dieu de Dieu ! Il mériterait d'être traité comme le fut Audun Hugleikssoen ! »

Il dit alors d'un ton un peu plus calme :

« D'ailleurs, ce n'est pas que je me désintéresse du salut d'Erlend, et n'allez pas croire que je ne m'indigne pas non plus de ce que vous nous avez rapporté. Et, si vous suivez mon conseil, je pense que vous trouverez assez d'hommes qui marcheront avec vous dans cette affaire. Mais je ne crois pas pouvoir vous être d'une assez grande utilité en me joignant à vous pour aller, sans y être invité, trouver le roi à propos de cette affaire. »

Simon se leva, raide et lourd. Son visage grimaçait de lassitude. Stig Haakonssoen alla vers lui et le prit par les épaules ; ils se mettraient à table, à présent ; seulement il n'avait voulu laisser entrer personne avant la fin de leur entretien. Mais Simon devait reprendre des forces en mangeant et buvant, et en dormant ensuite. Simon remercia. Il voulait repartir dans un instant, si Stig pouvait lui prêter un cheval frais. Et si l'on voulait héberger pour la nuit son valet, Jon Daalk. En route, la veille au soir, Simon avait dû se séparer du jeune homme parce que le cheval de celui-ci ne pouvait suivre Digerbein. Il avait donc passé presque toute la nuit à cheval ; il avait cru pouvoir reconnaître son chemin jusqu'ici, mais il s'était égaré deux ou trois fois...

Stig pria Simon d'attendre jusqu'au lendemain. Il l'accompagnerait à cheval, au moins une partie du chemin. Il pouvait même volontiers lui tenir compagnie jusqu'à Tunsberg.

« Je n'ai plus aucune raison d'attendre ici. J'ai seulement l'intention de me rendre à l'église ; puisque je me trouve une fois encore à cette ferme, je dirai une prière sur la tombe de Halfrid. »

Son sang bourdonnait et tintait dans son corps exténué ; son cœur battait à l'étourdir. Il lui semblait qu'il allait tomber en avant ; il était comme à demi éveillé. Mais il entendit sa propre voix dire d'un ton égal et tranquille :

« Ne voulez-vous pas m'accompagner, Messire Erling ? Je sais qu'elle vous considérait comme le plus cher de ses parents... »

Il ne le regarda point, mais il sentit combien Erling se raidissait. Au bout d'un instant il entendit, à travers la chanson bourdonnante de son propre sang, la voix claire et polie d'Erling Vidkunssoen :

« Volontiers, Simon Darre... Il fait mauvais », dit-il en ceignant son épée et en jetant un lourd manteau sur ses épaules. Simon demeura immobile comme une pierre jusqu'à ce que l'autre fût prêt. Ensuite ils partirent.

Dehors ruisselait la pluie d'automne et la brume montait si épaisse de la mer qu'ils pouvaient à peine distinguer quoi que ce fût à plus de deux longueurs de chevaux dans les terres et les arbres à feuilles caduques qui bordaient de chaque côté le sentier. Il n'y avait pas une grande distance jusqu'à l'église. Simon alla chercher la clef à la maison de l'aumônier, tout à côté — il eut plaisir à voir que des personnes nouvelles étaient venues depuis le temps où il demeurait là ; cela le dispensa d'une longue causerie.

La petite église de pierre avait un autel unique. Machinalement — sans en avoir pleine conscience — Simon regarda les vieilles images et les vieux ornements qu'il avait vus des centaines de fois, tandis qu'il s'agenouillait sur la dalle de marbre blanc à quelques pas d'Erling Vidkunssoen, et récitait les prières en se signant aux passages voulus.

Il ne comprenait pas lui-même qu'il eût pu faire cela. Mais à présent il y était en plein. Ce qu'il devait dire, il n'en avait pas idée, mais, malade de terreur et de honte de lui-même, il savait qu'il voulait tout de même essayer.

Il se rappelait le visage pâle, maladif, de cette femme entre deux âges dans la pénombre de son lit, sa voix douce et charmante... l'après-midi où il était assis près d'elle, sur le bord du lit, et où elle avait raconté la chose. C'était un mois avant la naissance de l'enfant ; elle se rendait compte que sa vie était en jeu, et elle était pleine de bonne volonté et de joie de payer si cher leur fils. Le pauvre mignon était couché là sous la pierre dans une petite caisse contre les épaules de sa mère. Non, aucun homme ne pouvait faire ce qu'il aurait voulu...

Mais il y avait le blanc visage de Christine. Elle savait, quand il était revenu d'Akersnes ce jour-là. Pâle et tranquille, elle lui avait parlé de cela et l'avait interrogé, mais il avait vu ses yeux un court instant et n'avait pas osé les rencontrer ensuite. Il ne savait pas où elle se trouvait maintenant ni ce qu'elle avait fait... était-elle à l'auberge, ou auprès de son mari, ou l'avait-on emmenée à Skogheim ?... il avait laissé à Olav Kyrning et à Sira Ingolf le soin d'en décider... il n'était pas capable de faire plus, et il lui semblait qu'il n'avait pas de temps à perdre...

Simon ne se rendait pas compte qu'il cachait son visage dans ses mains. Halfrid... il ne s'agit ni de péché ni de honte, mon Halfrid... Et pourtant... Ce qu'elle lui avait dit, à lui son mari...

de son chagrin et de son amour, qui étaient cause qu'elle avait été chez le vieux diable. Une fois déjà il avait tué son enfant dans les entrailles de la mère et elle était restée là parce qu'elle ne voulait pas tenter son très cher ami...

Erling Vidkunssoen était agenouillé ; on ne lisait rien sur son visage bien dessiné et sans couleur. Il tenait ses mains contre sa poitrine, les paumes appliquées l'une contre l'autre ; de temps à autre il se signait d'un joli geste tranquille et doux et il joignait à nouveau les pointes de ses doigts.

Ah ! L'affreuse chose qu'aucun homme ne fût capable de cela ! Il ne pouvait faire cela, même pour l'amour de Christine. Ils se levèrent en même temps, saluèrent l'autel et traversèrent l'église. A chaque pas les éperons de Simon tintaient légèrement sur les dalles. Ils n'avaient pas encore échangé un mot depuis qu'ils avaient quitté la ferme, et Simon ne savait pas ce qui allait se passer maintenant.

Il ferma à clef la porte de l'église ; Erling Vidkunssoen le devança à travers les tombes. Sous le petit auvent de la barrière du cimetière, il s'arrêta. Simon le rejoignit et ils attendirent un peu avant de se mettre en route sous la pluie battante.

Erling Vidkunssoen parlait d'un ton calme et égal, mais Simon devinait la fureur sourde et immense qui grondait profondément en son compagnon, et il n'osait lever les yeux.

« Au nom du diable, Simon Andressoen, quelle idée avez-vous... de préparer... cela ? »

Simon ne put répondre un mot.

« Est-ce votre idée de m'amener par la menace à faire votre volonté — parce que vous avez peut-être entendu quelques bruits mensongers sur les événements qui se sont passés — à une époque où vous étiez sans doute à peine sevré ?... »

La violence montait en lui.

Simon secoua la tête.

« J'ai pensé, Messire, qu'en vous rappelant celle qui fut meilleure que l'or le plus pur, vous prendriez peut-être pitié de la femme et des enfants d'Erlend. »

Messire Erling le regarda... Il ne répondit pas, mais il se mit à arracher des mousses et des lichens aux pierres du mur du cimetière. Simon étouffait et humectait ses lèvres avec sa langue.

« Je ne sais pas bien ce que je pensais, Erling Vidkunssoen...

En vous la rappelant, elle, qui supporta toutes les mauvaises années sans autre consolation ni aide que de Dieu seul, je pensais que vous voudriez sans doute secourir bien des gens, car vous le pouvez ! Puisque vous ne pouviez lui venir en aide, à elle. Avez-vous jamais regretté d'être parti de Mandvik ce jour où vous avez laissé de nouveau Halfrid au pouvoir de Messire Finn ?...

— Mais je n'ai pas fait cela ! » A présent la voix d'Erling était coupante. « Car je sais qu'elle... non, jamais... mais cela, je pense que tu ne peux le comprendre ! Car si tu avais pleinement compris, un seul instant, combien fière était la femme qui devint ton épouse — il riait avec colère — tu n'aurais pas fait cela. Je ne sais pas ce que tu sais, mais tu peux bien savoir cela. Comme Haakon était malade à cette époque, c'est moi qu'on a envoyé pour la conduire chez elle, à ses parents. Eline et elle avaient grandi comme deux sœurs ; elles étaient à peu près du même âge, bien qu'Eline fût sa tante. Nous avions... la situation était telle que, si elle était revenue de Mandvik, nous nous serions vus très souvent. Nous restâmes à parler de cela durant toute une nuit dans la galerie du cellier aux dragons... nous pouvons, elle et moi, répondre devant Dieu au jour du Jugement, de chaque parole qui fut prononcée. Alors lui nous expliquera pourquoi il fallait que ce fût ainsi...

« Cependant Dieu finit par récompenser sa piété. Il lui donna un bon mari pour la consoler de celui qu'elle avait eu auparavant — le polisson que tu étais — qui couchait avec ses servantes à elle dans sa propre ferme et qui faisait élever par elle ses bâtards !... » Erling jeta la balle de mousse qu'il avait pétrie.

Simon restait immobile et muet. Erling détacha une nouvelle plaque de mousse et la lança en l'air.

« Ce que j'ai fait là, c'est elle qui le demandait. En as-tu assez entendu ? Il n'y avait rien d'autre à faire. Où que nous nous fussions rencontrés, nous l'aurions fait... nous l'aurions fait. Adultère n'est pas un joli mot. Plus vilain est inceste. »

Simon fit de la tête un raide petit signe d'approbation.

Il se rendait compte lui-même qu'il serait ridicule de dire ce qu'il pensait. Dès sa vingtième année, Erling Vidkunssoen avait été fin et distingué. Halfrid l'avait aimé au point que, ce matin de printemps, elle eût voulu baiser les traces de ses pas sur l'herbe de la cour humide de rosée. Lui était un paysan entre deux âges, gros et laid — et il y avait Christine. Jamais certainement l'idée ne viendrait à celle-ci qu'il y eût un danger quelconque, même s'ils habitaient ensemble à la ferme pendant vingt ans. Il avait pu s'en rendre parfaitement compte...

Il dit ensuite avec douceur et une sorte d'humilité :

« Elle n'accepta pas que fût dans l'embarras l'enfant innocent que sa servante avait eu de son mari. Ce fut elle qui me pria de faire le nécessaire pour lui assurer son dû. Ah ! Erling Vidkunssoen, au nom de la pauvre et innocente femme d'Erlend !... Elle est mortellement triste... J'avais pensé remuer ciel et terre pour chercher de l'aide pour elle et ses enfants... »

Erling Vidkunssoen s'appuya contre le pilier de la porte. Son visage était aussi calme qu'à l'ordinaire et sa voix polie et paisible quand il reprit :

« Elle m'a plu, Christine Lavransdatter, si peu que je l'aie vue ; c'est une belle et digne femme, et je l'ai dit bien des fois, Simon Andressoen, si vous voulez suivre mes conseils, on vous viendra certainement en aide. Mais je ne comprends pas très bien quelle est votre idée avec cette... singulière invention. Vous ne pouvez sans doute estimer, puisque j'ai dû, mineur comme je l'étais alors, laisser mon oncle arranger mon mariage et que la jeune fille qui me plaisait le plus était promise à un autre lorsque nous nous sommes connus... La femme d'Erlend n'est certainement pas non plus aujourd'hui aussi innocente que vous dites. Oui, vous êtes marié avec sa sœur, c'est un fait, mais c'est vous et non pas moi qui êtes responsable de ce singulier entretien... et alors souffrez que je rappelle cela. Je me souviens qu'on en parlait au temps de son mariage avec Erlend... ce fut contre les idées et la volonté de Laurent Bjoergulfsoen que cette affaire fut conclue, mais la jeune fille avait pensé plutôt à faire triompher sa volonté qu'à obéir à son père et à défendre son honneur. Oh ! Elle peut n'en être pas moins une bonne épouse, mais Erlend, elle l'a obtenu, et ils ont eu leur temps de joie et de liesse. Je ne crois pas que Laurent ait été très content de ce gendre... il avait déjà, lui, choisi un autre homme pour sa fille, quand elle fit la connaissance d'Erlend... elle était promise en mariage, je le sais... » Il se tut brusquement, regarda Simon un instant et détourna la tête avec un peu d'embarras.

Rouge d'une honte brûlante, Simon pencha son visage sur sa poitrine, mais il dit néanmoins, d'une voix basse et ferme :

« Oui, elle m'était promise, à moi... »

Un instant ils restèrent là sans oser se regarder. Puis Erling Vidkunssoen jeta sa dernière balle de mousse, fit volte-face et partit sous la pluie. Simon ne bougeait pas, mais Erling, après quelques pas dans le brouillard, s'arrêta et fit un geste d'impatience.

Ils revinrent alors, aussi silencieux qu'ils étaient venus. Ils étaient presque arrivés à la ferme quand Messire Erling dit :

« Je ferai cela, Simon Andressoen. Attendez jusqu'à demain, et nous partirons en groupe tous les quatre. »

Simon regarda son compagnon... son visage était complètement ravagé par la honte et la souffrance. Il voulut le remercier, mais il n'en eut pas le courage ; il se mordit fortement la lèvre, car sa mâchoire tremblait affreusement.

Comme ils franchissaient la porte de la maison, Erling Vidkunssoen toucha comme par hasard l'épaule de Simon. Mais ils savaient tous deux qu'ils ne pouvaient pas se regarder.

Le lendemain, comme ils étaient en train de préparer leur voyage, Stig Haakonssoen voulut absolument prêter des vêtements de rechange à Simon qui n'en avait pas apporté. Simon examina sa toilette. Son valet avait brossé et nettoyé ses habits, mais ceux-ci étaient assez mal en point après le long trajet à cheval par le mauvais temps. Il se frappa sur les cuisses :

« Je suis trop gros, Stig. Et je ne me rends pas là-bas pour assister au festin... »

Erling Vidkunssoen avait posé un pied sur le banc et son fils lui ajustait ses éperons dorés. Il semblait que Messire Erling cherchât à tenir aujourd'hui le plus possible ses serviteurs à l'écart. Le chevalier eut un rire étrangement irrité :

« Cela ne saurait nuire qu'on voie, à la mise de Simon Darre, qu'il n'a rien épargné pour servir la cause de son beau-frère... c'est par ces paroles hardies et avisées qu'il sort de l'ordinaire. Il a la langue bien pendue, notre ancien beau-frère, Stig. Une seule chose me fait peur, c'est qu'il ne se rende pas compte lui-même quand il doit s'arrêter... »

Simon avait rougi, mais il ne dit rien. Dans tout ce qu'Erling Vidkunssoen lui avait dit depuis la veille il avait deviné un ressentiment ironique et une bonté singulièrement involontaire, mais aussi une volonté ferme de mener énergiquement cette affaire maintenant qu'il s'en était chargé.

Messire Erling, son fils et Stig partirent ensuite de Mandvik vers le nord, escortés de dix écuyers bien vêtus et bien armés. Simon, qui n'avait que son unique valet, se disait qu'il aurait dû penser à se présenter avec un équipage et un équipement plus dignes… Simon Darre de Formo n'aurait pas été contraint de voyager avec ses anciens beaux-frères sous l'apparence d'un petit fermier qui, dans sa faiblesse, a recherché leur appui. Mais cela lui était égal. Il était si fatigué et si brisé par ce qu'il avait fait la veille qu'il lui semblait surtout être indifférent à l'issue de cette démarche.

Simon avait toujours eu l'air de ne pas ajouter foi aux vilains bruits qui couraient sur le roi Magnus. Il n'était pas dévot au point de ne pouvoir tolérer une plaisanterie un peu corsée entre hommes. Mais quand les gens chuchotaient et murmuraient horrifiés à propos de sombres et mystérieux péchés, il était mal à l'aise. Et il lui paraissait inconvenant de croire ou d'écouter de tels propos au sujet du roi dont il était le dévoué serviteur.

Cependant il fut surpris quand il se trouva devant le jeune roi. Il n'avait pas vu Magnus Erikssoen depuis que celui-ci était enfant, et il s'attendait tout de même à ce qu'il y eût en lui quelque chose de féminin, de mou ou de gâté, mais c'était un des plus beaux jeunes hommes qu'il eût jamais contemplés, avec un air mâle et royal dans toute sa jeune et souple gracilité.

Il portait une robe plissée bleu clair, piquée de vert, qui tombait jusqu'à ses pieds, retenue à sa taille bien prise par une ceinture dorée ; son corps grand et svelte avait un port d'une grâce accomplie sous son lourd vêtement. Le roi Magnus avait les cheveux blonds et lisses, sur une tête bien conformée, bouclés avec art aux extrémités, et ils flottaient autour de la colonne large et dégagée de son cou. Les traits de son visage étaient fins et résolus, il avait le teint frais, les joues rouges et dorées par le hâle, les yeux clairs et le regard franc. Il salua ses hommes avec une jolie contenance et une douceur charmante. Ensuite il posa la main sur la manche d'Erling Vidkunssoen et il l'emmena à quelques pas des autres tout en le remerciant d'être venu.

Ils conversèrent un instant et Messire Erling exposa qu'il avait une affaire particulière à soumettre à la grâce et à la bienveillance royales. Les serviteurs du roi apportèrent une chaise au chevalier devant le trône royal, indiquèrent des sièges aux trois autres hommes, un peu en arrière dans la salle, et sortirent.

Tout naturellement Simon avait retrouvé les usages et les manières qu'il avait appris dans sa jeunesse. Il avait aussi consenti à emprunter à Stig un ample vêtement de drap brun, de sorte que dans son aspect extérieur il ne se distinguait pas non plus des autres. Mais il avait l'impression de vivre un rêve et de n'être pas le même que ce jeune Simon Darre, alerte et courtois, fils de chevalier, qui avait apporté la serviette et le cierge au roi Haakon dans le manoir royal d'Oslo, il y avait un nombre infini d'années. Il était et n'était pas le paysan Simon de Formo, qui avait vécu sa vie libre et heureuse dans le nord de la vallée toutes ces dernières années — insouciant, en quelque sorte, bien qu'il se rendît compte chaque jour que ce feu couvait en lui, mais il en détournait sa pensée. Un esprit de révolte sourd et menaçant s'élevait en lui, qui n'était de sa part ni péché ni faute intentionnels, il en avait conscience, mais c'était le destin qui l'avait attisé en une flamme claire, et il devait lutter sans avoir l'air de rien tandis qu'il grillait à petit feu.

Il se leva avec tous les autres. Le roi Magnus s'était dressé :

« Chers parents — sa voix arrivait jeune et fraîche —, voici comment m'apparaît l'affaire. Le jeune gentilhomme est mon frère, mais nous n'avons jamais essayé de tenir cour commune ; les mêmes hommes ne peuvent nous servir tous deux. Il ne semble pas non plus qu'Erlend ait estimé qu'il en pût être ainsi — bien que pendant un certain temps il ait occupé des fonctions sous mon gouvernement et que simultanément il ait été un fidèle de Haakon. Mais ceux de mes hommes qui préfèrent suivre mon frère Haakon auront la liberté de quitter mon service et de chercher leur bonheur dans sa maison. Mais qui peuvent-ils être ? Cela, je désire l'apprendre de la bouche d'Erlend.

— Alors, Sire, vous devez essayer de vous accorder sur ce point avec Erlend Nikulaussoen. Tenez la promesse de sauf-conduit que vous avez faite et daignez accorder un entretien à votre parent...

— Certes, il est mon parent et le vôtre, et Messire Ivar m'a fait promettre de lui accorder un sauf-conduit, mais il n'a pas tenu ses serments envers moi et il ne s'est pas rappelé notre parenté... » Le roi Magnus eut un léger sourire et posa la main sur le bras d'Erling. « Les parents semblent vivre conformément au dicton de ce pays : rien n'est pire qu'un parent. Pour l'amour de Dieu, de Notre-Dame et de ma fiancée je consens à me montrer clément envers mon parent Erlend de Husaby en lui accordant la vie et ses biens et l'autorisation de séjour s'il veut se réconcilier avec moi ; le délai légal pour sortir de mes Etats s'il veut rejoindre son nouveau seigneur le duc Haakon ; j'accorderai la même grâce à tous les hommes qui ont été ses complices — mais je veux savoir qui ils sont et lesquels de mes hommes, en ce pays de Norvège, ont forfait dans le service de leur maître. Qu'en dites-vous, Simon Andressoen ? Je sais que votre père a été un fidèle soutien de mon grand-père maternel, que vous-même avez servi avec honneur le roi Haakon. Ne trouvez-vous pas que j'ai raison de faire cette enquête ?

— Sire, dit Simon en s'avançant et en saluant de nouveau, mon avis est que, tant que Votre Grâce gouvernera avec clémence selon les lois et coutumes de ce pays, elle ne saura probablement jamais quels hommes avaient pensé recourir à l'illégalité et à la trahison envers leur souverain. Dès que le peuple verra que Votre Grâce veut maintenir le droit et les coutumes que vos ancêtres ont établis, aucun homme en ce royaume ne songera à compromettre la paix. Mais ceux-là se tairont et reviendront à de meilleurs sentiments, qui à un moment peut-être ont estimé difficile de croire que vous, Sire, jeune comme vous l'êtes, vous pouviez gouverner deux grands royaumes avec sagesse et autorité.

— En réalité, Sire, intervint Erling Vidkunssoen, il n'est pas un homme en ce pays qui ait pensé à vous refuser obéissance en quoi que ce fût que vous commandiez de bon droit...

— Vraiment ? Alors vous pensez qu'Erlend n'a pas agi en fourbe et en traître, si nous examinons l'affaire de plus près ? »

Un moment il sembla que Messire Erling allait répondre, lorsque Simon prit la parole :

« Vous êtes notre roi, Sire. Tout homme attend de vous que vous châtiez par la loi le viol de la loi. Mais si vous suivez les pas d'Erlend Nikulaussoen, il pourrait arriver qu'entrent en scène et disent leurs noms ceux que vous désirez vivement connaître, mais d'autres hommes aussi qui peuvent commencer à se demander comment a été menée toute cette affaire ; car elle sera beaucoup discutée. Votre Grâce s'en apercevra si elle met à exécution sa menace contre un homme aussi connu et d'aussi haute naissance qu'Erlend Nikulaussoen.

— Que voulez-vous dire, Simon Andressoen ? dit vivement le roi qui en même temps avait rougi.

— Simon veut dire, interrompit Bjarne Erlingssoen, que Votre Grâce pourrait ne pas avoir à se féliciter si les gens se mettaient à demander pourquoi n'ont pas été nécessairement assurées à Erlend les garanties que la loi accorde à tout homme, sauf aux voleurs et aux scélérats. Ils pourraient en venir à penser à d'autres petits-fils du roi Haakon... »

Erling Vidkunssoen se tourna violemment vers son fils ; il paraissait irrité ; mais le roi demanda sèchement :

« Est-ce que vous ne mettez pas les traîtres au nombre des scélérats ?

— S'il réussit dans ses desseins, Sire, personne ne l'appellera ainsi », répondit Bjarne.

Un moment tous demeurèrent silencieux. Puis Erling Vidkunssoen dit :

« Quel que soit le nom que l'on donne à Erlend, Sire, il ne convient pas que, pour lui, vous fassiez une dérogation à la loi...

— Alors la loi a besoin d'être amendée sur ce point, dit vivement le roi, si vraiment je n'ai pas le pouvoir de m'instruire de la façon dont le peuple compte me garder sa fidélité...

— Pourtant vous ne pouvez agir d'après un amendement avant qu'il ait été prononcé, sinon vous feriez un acte arbitraire contre le peuple, et de tous temps celui-ci a eu du mal à s'habituer à l'arbitraire de la part de ses rois, dit Erling d'un ton revêche.

— J'ai mes chevaliers et mes fidèles pour me soutenir, répondit Magnus Erikssoen avec un sourire enfantin. Qu'en dites-vous, Simon ?

— Je dis, Sire, que ce soutien peut ne pas sembler très sûr, à en juger par la façon dont la chevalerie et la noblesse ont traité leurs rois au Danemark et en Suède quand le menu peuple n'avait pas la force de soutenir contre elles le pouvoir royal. Mais, si Votre Grâce a de pareilles idées, je la prierai de me relever de mon service, car je préférerais me trouver dans les rangs des paysans. »

Simon avait parlé d'un air si calme et si réfléchi que le roi sembla tout d'abord n'avoir pas compris sa pensée. Ensuite il rit :

« C'est une menace, Simon Andressoen ? Et vraiment vous voulez me jeter le gant ?

— Il en sera ce que vous voudrez, Sire », dit Simon d'un ton aussi égal, mais en tirant ses gants de sa ceinture et en les tenant à la main. Alors le jeune Bjarne se pencha et les prit.

« Ce ne sont pas des gants de mariage bons à acheter pour Votre Grâce ! » En riant il tint en l'air les gants de cheval, gros et usés. « Si ce sont des gants de ce genre que vous avez demandés, Sire, il pourrait bien se faire qu'on vous en offrît beaucoup trop, et à bon compte ! »

Erling Vidkunssoen poussa un cri. D'un mouvement brusque il sembla vouloir écarter le jeune roi d'un côté, les trois hommes de l'autre, et il poussa ceux-ci en arrière vers la porte.

« Je veux parler avec le roi seul à seul.

— Non. Non ! Je veux parler avec Bjarne », criait le roi en courant derrière lui.

Mais Messire Erling poussa son fils dehors avec les autres.

Ils traînèrent quelque temps dans la cour du château et au-dehors, sur la montagne ; aucun d'eux ne soufflait mot. Stig Haakonssoen paraissait vexé, mais il gardait le silence, comme il l'avait fait tout le temps. Bjarne Erlingssoen dissimulait un sourire discret et contraint. L'écuyer d'Erling Vidkunssoen vint bientôt les prier, de la part de son maître, d'aller l'attendre à l'auberge ; leurs chevaux étaient dans la cour du château.

Ils restèrent ensuite dans l'auberge, évitant de parler de ce qui venait de se passer. La conversation tomba finalement sur leurs chevaux, leurs chiens et leurs faucons. Et, pour terminer, assez avant dans la soirée, Stig et Simon se racontaient des histoires de femmes. Stig Haakonssoen en avait toujours eu un riche répertoire, mais il arriva que Stig se mit justement à raconter la plupart de celles que se rappelait Simon, en spécifiant qu'elles lui étaient arrivées à lui-même ou bien que cela s'était passé près de Mandvik — alors que Simon se rappelait fort bien avoir entendu, dans sa jeunesse, des domestiques en faire le récit chez lui à Dyfrin.

Mais Stig et lui s'étranglaient de rire à qui mieux mieux. De temps à autre Simon avait l'impression que le banc sur lequel il était assis oscillait ; il avait un peu peur, mais n'osait se rendre compte de ce qui arrivait. Bjarne Erlingssoen riait silencieusement, buvait du vin, grignotait des pommes, maltraitait le capuchon de son mantelet et racontait de temps en temps une petite histoire. C'étaient les pires, mais si pleines d'astuce que Stig ne les comprenait pas. Bjarne disait les tenir d'un prêtre de Bjoergvin.

Finalement Messire Erling arriva. Son fils alla au-devant de lui pour le débarrasser de son manteau. Erling se tourna avec colère vers le jeune homme.

« Ah ! toi !... » Il lança son vêtement dans les mains de Bjarne. Puis l'esquisse d'un sourire passa sur son visage, comme si le danger avait disparu. Il se tourna vers Simon :

« Soyez content, Simon Andressoen ! Vous pouvez être assuré maintenant que le jour n'est pas loin où vous vous retrouverez voisins, Erlend et vous, et sa femme, et tous ses fils... »

Une ombre plus pâle avait passé sur le visage de Simon quand il se leva pour remercier Messire Erling. Il savait quelle était la crainte qu'il n'avait pas osé regarder en face. Mais à présent il n'y avait plus rien à faire...

Erlend Nikulaussoen fut libéré environ quinze jours plus tard. Simon vint le chercher à cheval à Akersnes avec ses deux valets et Ulf Haldorssoen.

Le vent violent qui avait soufflé la semaine précédente avait presque entièrement dépouillé les arbres. Il faisait un froid sec. Sous les sabots des chevaux le sol rendait un son dur, et les terres étaient blanches de gelée quand ils rentrèrent à cheval à la ville. On sentait qu'il allait neiger ; le ciel était uniformément couvert et le jour sombre et d'un gris froid.

Quand Erlend était sorti dans la cour du fort, Simon avait remarqué qu'il traînait la jambe et paraissait un peu raide et maladroit en montant à cheval. Il était aussi très pâle. Sa barbe était coupée et ses cheveux taillés et peignés ; il avait le haut du visage blême et les yeux cernés, et le bas très pâle avec l'ombre bleuâtre de la barbe. Mais il était élégant dans son ample vêtement bleu foncé et dans son manteau et, quand il prit congé d'Olav Kyrning et offrit des dons en argent aux hommes qui l'avaient gardé et lui avaient apporté ses repas dans la prison, il avait la prestance d'un chef qui prend congé des gens, dans une ferme, un jour de noces.

Au début de leur trajet à cheval, il paraissait avoir froid ; à plusieurs reprises on le vit frissonner. Puis ses joues prirent un peu de couleur ; son visage s'anima ; on eût dit que la sève de la vie remontait en lui. Simon pensait qu'Erlend était certainement aussi difficile à briser qu'une branche de saule.

Ils arrivèrent à l'auberge, et Christine vint au-devant de son mari dans la cour. Simon essaya de ne pas regarder de leur côté, mais ne put faire autrement.

Ils se donnèrent une poignée de main et échangèrent quelques mots d'une voix calme et claire. Ils surent assez bien se dominer pendant cette entrevue qui avait lieu sous les yeux de tous les domestiques de la ferme, mais une flamme les empourpra et ils se regardèrent une seconde, puis baissèrent tous deux les yeux. Erlend offrit ensuite de nouveau la main à sa femme, et ils se dirigèrent vers le grenier où ils allaient demeurer pendant le temps qu'ils resteraient en ville.

Simon se dirigea vers la maison où il avait séjourné jusqu'à présent avec Christine. Elle se retourna alors sur la première marche de l'escalier et l'appela d'une voix étrange :

« Ne viens-tu pas, beau-frère... pour prendre d'abord un peu de nourriture ?... Et toi aussi, Ulf ! »

Christine paraissait très jeune et délicate, quand on la voyait debout, les hanches un peu tournées pour regarder derrière elle par-dessus son épaule. Dès son arrivée à Oslo, elle avait commencé à nouer d'une autre façon son mouchoir de tête. Ici, au sud du pays, seules les femmes du menu peuple le portaient à la mode du bon vieux temps, comme elle avait coutume de le faire depuis son mariage : tendu autour du visage comme une coiffe de nonne, les pointes en croix sur les épaules de sorte que le cou était entièrement caché et que des plis retombaient nombreux sur les côtés et derrière le chignon. A Trondhjem on considérait pour ainsi dire comme un signe de piété de mettre sa coiffe de cette manière, toujours prônée par l'archevêque Eiliv comme la plus pudique et la plus décente pour les femmes mariées. Mais pour ne pas se faire remarquer, elle avait adopté la mode, répandue dans le Sud, de la coiffe posée à plat sur le crâne et tombant droit par-derrière, de façon à laisser voir les cheveux sur le front et à dégager le cou et les épaules ; les tresses étaient simplement relevées, afin de n'être pas visibles sous le bord de la coiffe, tandis que la toile épousait doucement la forme de la tête. Simon l'avait déjà vue ainsi coiffée et avait trouvé que cela lui allait bien ; il n'avait cependant jamais remarqué jusque-là combien cela lui donnait un air jeune. Et les yeux de Christine brillaient comme des étoiles.

Un peu plus tard dans la journée arrivèrent un certain nombre de gens qui voulaient saluer Erlend : Ketil de Skog, Markus Torgeirssoen, et dans la soirée Olav Kyrning en personne, Sira Ingolf et Messire Guttorm, prêtre de l'église Saint-Halvard. Quand les deux prêtres arrivèrent, la neige avait commencé à tomber en poudre fine et sèche ; en chemin, ils s'étaient fourvoyés dans un champ parmi des bardanes dont les capitules couvraient leurs vêtements. Tout le monde s'employa à nettoyer les prêtres et leurs valets. Erlend et Christine se chargèrent de Messire Guttorm ; ils rougissaient tout d'un coup et plaisantaient avec le prêtre, la voix singulièrement mal assurée et tremblante quand le rire les prenait.

Simon ne but sérieusement que sur le soir, mais il ne devint pas gris — à peine un peu alourdi. Il percevait avec une acuité incroyable tous les mots que l'on disait. Les autres étaient vite devenus loquaces — nul d'entre eux n'était ami du roi.

Il fut pris d'un dégoût profond de toute la scène qui suivit. Ce n'étaient que fusées de stupides bavardages proférés par des voix hautes et excitées. Ketil Aasmundssoen était un peu niais, et son beau-frère Markus guère plus intelligent ; Olav Kyrning, un homme droit et raisonnable, avait des idées courtes ; et quant aux deux prêtres, Simon ne les jugeait pas non plus très intelligents. Tous écoutaient Erlend et faisaient chorus avec lui ; de plus en plus il redevenait pareil à lui-même, l'homme qu'il avait toujours été, espiègle et irréfléchi. Il avait pris la main de Christine, l'avait posée sur ses genoux et jouait avec les doigts. Ils étaient assis de façon que leurs épaules se touchaient. Christine était tout empourprée d'une flamme ardente ; elle ne pouvait quitter Erlend des yeux. Quand il glissa un bras autour de sa taille, sa bouche eut un tel frémissement qu'elle eut peine à tenir ses lèvres closes...

La porte s'ouvrit et Munar Baardsoen entra.

« Voici le grand bœuf en personne, cria Erlend en riant et sautant sur ses pieds pour aller à sa rencontre.

— Dieu et la Vierge Marie vous assistent !... Je crois que tu es indifférent, Erlend, dit Munar choqué.

— Trouves-tu donc que cela serve à quelque chose de gémir et se désoler, cousin ?

— Jamais je n'ai vu ton pareil ! Tu as ruiné tout ton bonheur...

— Dame ! Je n'ai jamais été d'un caractère à me rendre en enfer avec les fesses à l'air pour empêcher mes hauts de chausses d'être brûlés ! » dit Erlend — ce qui fit rire tout bas, mais follement, Christine.

Simon s'affala sur le dessus de la table, la tête dans ses bras. Si les autres pouvaient le croire déjà ivre au point de s'être endormi, on le laisserait tranquille !...

Tout était comme il s'y attendait, en tout cas comme il aurait dû s'y attendre. Christine aussi : seule femme au milieu de tous ces hommes, elle était aussi douce, aussi timide, aussi tranquille, aussi assurée. Ainsi avait-elle été cette fois-là — quand elle l'avait trahi, cynique ou innocente ? il ne savait. Non, non, ce n'était pas vrai ; elle n'avait pas eu tant d'assurance, elle n'avait pas été cynique, elle n'avait pas été tranquille derrière son air tranquille... Mais cet homme l'avait ensorcelée... pour l'amour d'Erlend elle aurait marché avec joie sur des pierres brûlantes, et elle l'avait piétiné, lui, qu'elle ne savait pas être autre chose qu'une froide pierre...

Mais non, il radotait !... Elle voulait que sa volonté fût faite ; elle ne pensait à rien d'autre. Il fallait les laisser à leur joie ; cela lui était égal. Est-ce que cela le regardait, s'ils avaient sept autres fils et qu'ils fussent ainsi quatorze à se partager la moitié de la succession de Laurent Bjoergulfsoen ? Il ne semblait pas qu'il dût s'inquiéter de ses enfants ; Ramborg n'allait pas aussi vite en besogne que sa sœur pour lui en donner, mais il laisserait après lui une lignée qui un jour aurait puissance et richesse. D'ailleurs, cela lui était indifférent ce soir. Il avait envie de boire davantage, mais il sentait que cette nuit les dons de Dieu n'auraient point prise sur lui — et alors il lui fallait lever la tête et peut-être se mêler au bavardage.

« Tu crois certainement que tu aurais pu faire un chancelier du royaume ! dit Munar ironiquement.

— Mais non, tu penses bien que c'est sur toi que nous avions compté pour cet emploi ! répondit Erlend en riant.

— Au nom de Dieu, prends garde à ce que tu dis ! »

Et tout le monde de rire.

Erlend se dirigea vers Simon et lui toucha l'épaule :

« Dors-tu, beau-frère ? » Simon leva les yeux. Erlend était devant lui, un gobelet à la main. « Bois avec moi, Simon ! C'est toi, avant tous, que je dois remercier d'avoir la vie sauve... Et c'est une joie pour moi qu'il en soit ainsi, mon petit ! Tu as été un frère pour moi... Si je ne t'avais pas eu pour beau-frère, j'aurais sans doute perdu ma tête... Et alors ma veuve aurait pu être pour toi... ! »

Simon sursauta. Un instant, tous deux se regardèrent... Erlend, dégrisé, avait pâli. Dans un souffle ses lèvres s'écartèrent doucement l'une de l'autre...

D'un coup de poing, Simon arracha le gobelet de la main d'Erlend, et l'hydromel se répandit. Puis il tourna les talons et sortit de la salle.

Erlend restait sur place. Il essuya sa main et son poignet sur le devant de son vêtement sans se rendre compte de ce qu'il faisait... Il regarda autour de lui : les autres n'avaient rien remarqué. Du pied il poussa le gobelet sous le banc — attendit un instant — puis sortit tranquillement derrière son beau-frère.

Simon Darre était en bas de l'escalier. Jon Daalk amenait par la bride ses cheveux de l'écurie. Simon ne bougea pas quand Erlend le rejoignit.

« Simon !... Simon !... Je ne savais pas... je ne savais pas ce que je disais !...

— A présent tu le sais. »

Simon parlait d'une voix blanche. Il demeurait impassible, sans regarder Erlend.

Erlend, déconcerté, regardait autour de lui. En une tache pâle la lune pointait vaguement derrière un voile de nuages ; les petits flocons durs d'une neige poudreuse flottaient dans l'air. Erlend eut un frisson de froid :

« Où... où t'en vas-tu ? demanda-t-il d'une voix engourdie, en regardant le valet et les chevaux.

— Chercher une autre auberge, dit Simon sèchement. Tu dois bien penser que je n'ai aucun plaisir à être ici...

— Simon ! dit Erlend en éclatant. Ah ! Je ne sais pas ce que je donnerais pour que ces mots n'eussent pas été dits !...

— Moi aussi. »

La porte du grenier s'ouvrit. Christine, une lanterne à la main, sortit sur la galerie. Elle se pencha en dehors et projeta la lumière vers le bas.

« Etes-vous là ? demanda-t-elle d'une voix claire. Que faites-vous donc dehors ?

— Je me disais que je devais aller voir un peu ce que devenaient mes chevaux... comme se plaisent à dire les gens de cour, répondit Simon en levant un visage rieur.

— Mais... ne les as-tu pas sortis de l'écurie ? dit-elle avec une surprise enjouée.

— Eh oui... Voilà ce qu'un homme peut faire quand il est gris, dit Simon du même ton.

— Allons ! Monte bien vite ! trancha-t-elle d'une voix claire et joyeuse.

— Voilà. Sur-le-champ ! » Elle rentra et Simon cria à Jon de ramener les chevaux à l'écurie. Il se tourna vers Erlend qui demeurait comme paralysé. « Je vais venir dans un instant. Nous... essaierons de faire comme si rien n'avait été dit, Erlend, par amour pour nos femmes. Mais peut-être comprends-tu que tu étais le dernier homme sur terre que j'eusse voulu — qui dût avoir connaissance — de cela. Et n'oublie pas — que je ne suis pas aussi oublieux que toi ! »

La porte d'en haut s'ouvrit de nouveau. Les hôtes sortaient en groupe et à la file. Christine était avec eux, ainsi que sa servante qui portait la lanterne.

« Allons ! ricana Munar Baardsoen. La nuit est déjà avancée et je pense que ces deux jeunes gens languissent fort d'aller au lit... »

« Erlend ! Erlend ! Erlend ! » Christine s'était jetée dans ses bras dès qu'ils furent seuls derrière la porte du grenier. Elle se glissait, se pressait, se serrait contre lui. « Erlend... Tu parais triste... », murmura-t-elle, effrayée, les lèvres mi-ouvertes tendues vers la bouche de son mari. « Erlend ? » Elle lui prit les tempes dans ses deux mains.

Il demeura quelque temps les bras nonchalamment passés autour de sa taille. Puis avec un léger sanglot dans la gorge, il la pressa contre sa poitrine.

Simon se rendit à l'écurie. Il voulait dire quelque chose à Jon, mais il l'oublia en chemin. Un instant il demeura à la porte de l'écurie et regarda la lune embrumée et la neige poudreuse qui commençait à tomber en flocons plus épais. Jon et Ulf sortirent et éteignirent derrière eux, et les trois hommes se dirigèrent ensemble vers la maison où ils allaient dormir.

Achevé d'imprimer en septembre 1986
sur presse CAMERON
dans les ateliers de la S.E.P.C.
à Saint-Amand-Montrond (Cher)
pour le compte des Éditions Stock
103, boulevard Saint-Michel, 75005 Paris

Imprimé en France

Dépôt légal : Octobre 1986.
N° d'Édition : 2448. N° d'Impression : 1993-1295.

54-06-3617-01

ISBN 2-234-01977-X

54-3617-5